HET MYSTERIE VAN KAMER 622

JOËL DICKER BIJ DE BEZIGE BIJ

De waarheid over de zaak Harry Quebert
Het boek van de Baltimores
De verdwijning van Stephanie Mailer

Joël Dicker

Het mysterie van kamer 622

Vertaald door Manik Sarkar

2020
DE BEZIGE BIJ
AMSTERDAM

Oorspronkelijke titel *L'Énigme de la chambre 622*
Oorspronkelijke uitgever Éditions de Fallois, Parijs
Omslagontwerp bij Barbara
Omslagillustratie © Hotel Lobby, Edward Hopper, 1943, Indianapolis Museum of Art / Peter Barritt / Alamy / Imageselect
Foto auteur Jeremy Spierer
Vormgeving binnenwerk CeevanWee, Amsterdam
Druk- en bindwerk Wilco, Amersfoort
ISBN 978 94 031 1031 8
NUR 302

debezigebij.nl

FSC www.fsc.org
MIX
Papier van verantwoorde herkomst
FSC® C004472

Bij de productie van dit boek is gebruikgemaakt van papier dat het keurmerk van de Forest Stewardship Council (FSC®) mag dragen. Bij dit papier is het zeker dat de productie niet tot bosvernietiging heeft geleid.

Voor mijn uitgever, vriend en leermeester,
Bernard de Fallois (1926-2018).

Mogen alle schrijvers op de wereld ooit
zo'n uitzonderlijke uitgever treffen.

Proloog

De dag van de moord (zondag 16 december)

Het was halfzeven 's ochtends. Het Palace de Verbier was in duisternis gehuld. Buiten was het nog pikdonker en het sneeuwde hevig.

Op de zesde etage gingen de deuren van de dienstlift open. Een hotelmedewerker verscheen met een ontbijtblad en begaf zich naar kamer 622.

Toen hij aankwam, besefte hij dat de deur op een kier stond. Door de spleet kwam wat licht. Hij maakte zijn aanwezigheid bekend, maar hij kreeg geen antwoord. Uiteindelijk nam hij de vrijheid om naar binnen te gaan, ervan uitgaand dat de deur voor hem was opengelaten. Wat hij zag ontlokte hem een kreet. Hij vluchtte weg om zijn collega's te waarschuwen en de hulpdiensten te bellen.

Toen het nieuws zich door het Palace verspreidde, gingen op alle verdiepingen de lichten aan.

Op het tapijt van kamer 622 lag een lijk.

EERSTE DEEL

Voor de moord

HOOFDSTUK 1
Een donderslag

Toen ik aan het begin van de zomer van 2018 naar het Palace de Verbier ging, een prestigieus hotel in de Zwitserse Alpen, kon ik onmogelijk vermoeden dat ik mijn vakantie zou wijden aan het oplossen van een moord die daar jaren geleden was gepleegd.

De vakantie was bedoeld om mij een welkome afleiding te gunnen na twee kleine rampen die in mijn leven hadden plaatsgehad. Maar voordat ik jullie vertel wat er die zomer gebeurde, moet ik eerst nog even terugkomen op datgene wat aan deze hele geschiedenis ten grondslag ligt: de dood van mijn uitgever, Bernard de Fallois.

Bernard de Fallois is de man aan wie ik alles verschuldigd ben.

Mijn succes en mijn faam heb ik aan hem te danken.

Ze noemden me *De schrijver* en dat komt door hem.

Dankzij hem word ik gelezen.

Toen ik hem ontmoette, was mijn werk nog niet eens uitgegeven: hij maakte van mij een schrijver die over de hele wereld werd gelezen. Bernard was, onder het uiterlijk van een elegante patriarch, een van de meest vooraanstaande figuren uit de Franse uitgeverswereld. Voor mij was hij een leermeester, en ook, ondanks de bijna zestig jaar die we scheelden, een goede vriend.

Bernard stierf in januari 2018, in zijn tweeënnegentigste levensjaar, en ik reageerde op zijn dood zoals iedere schrijver dat zou doen: door een boek voor hem te schrijven. Ik stortte me erop met hart en ziel, opgesloten in de werkkamer van mijn appartement in de Geneefse wijk Champel, aan de avenue Alfred-Bertrand 13.

Zoals altijd wanneer ik schreef, was de enige menselijke aanwezigheid die ik verdroeg die van mijn assistente Denise. Zij was de goede fee die over me waakte. Steevast goedgehumeurd hield ze mijn agenda bij, schiftte en sorteerde ze de lezerspost, herlas en corrigeerde ze wat ik had geschreven. Verder vulde ze mijn ijskast aan en zorgde ze ervoor dat ik nooit zonder koffie zat. Ten slotte vervulde ze de functie van scheepsarts wanneer ze aanmonsterde op mijn werkkamer, alsof ze na een eindeloze oversteek aan boord van een schip kwam, en me gezondheidsadviezen gaf.

'Naar buiten!' commandeerde ze op vriendelijke toon. 'Ga maar wandelen in het park, je hoofd luchten. Je zit hier al uren opgesloten!'

'Ik heb vanochtend al hardgelopen,' zei ik.

'Je moet zorgen dat je hersenen regelmatig zuurstof krijgen!' drong ze aan.

Het was een haast dagelijks ritueel: ik bleef koppig weigeren en ging alleen even op het balkon staan. Ik vulde mijn longen met een paar teugen frisse februarilucht, dan wierp ik haar uitdagend een geamuseerde blik toe en stak een sigaret op. Ze protesteerde en zei: 'Als je maar weet dat ik je asbak niet leeggooi, Joël. Dan besef je tenminste dat je rookt.'

Iedere dag dwong ik mezelf tot de monnikenroutine die ik in acht neem tijdens de eerste fase van het schrijven en die uiteenvalt in drie essentiële stappen: met de dageraad opstaan, hardlopen, en doorschrijven tot de avond valt. Indirect komt het dus door dit boek dat ik Sloane ontmoette. Sloane was de nieuwe bewoonster op mijn verdieping. Sinds ze kortgeleden in het gebouw was komen wonen, hadden alle bewoners het over haar. Zelf had ik haar nog nooit ontmoet. Tot die ochtend dat ik terugkwam van mijn dagelijkse hardloopsessie en haar voor het eerst zag. Zij kwam ook net terug van het hardlopen, en we gingen samen naar binnen. Ik begreep direct waarom alle bewoners het over Sloane eens waren: ze was een jonge vrouw van een ontwapenende charme. We beperkten ons tot een beleefde groet, waarna we allebei in ons appartement verdwenen. Achter de deur bleef ik gelukzalig staan. Aan die korte ontmoeting had ik genoeg om een klein beetje verliefd op haar te worden.

Algauw dacht ik aan niets anders meer dan hoe ik met Sloane kon kennismaken. Ik deed een eerste toenaderingspoging met hardlopen. Sloane ging bijna elke dag, maar niet op een vast tijdstip. Ik zwierf urenlang door het Bertrandpark, wanhopig wachtend of ik haar zou tegenkomen. Totdat ik haar plotseling over de paden zag vliegen. Gewoonlijk was ik niet in staat om haar in te halen en dan wachtte ik haar op bij de ingang van ons gebouw. Ik stond te trappelen bij de brievenbussen, deed alsof ik de post pakte wanneer er buren binnenkwamen of weggingen, totdat ze eindelijk arriveerde. Ze liep langs en glimlachte, zodat ik smolt en van mijn stuk raakte: en tegen de tijd dat ik iets samenhangends had bedacht om tegen haar te zeggen, was ze allang naar binnen.

Van mevrouw Armanda, de conciërge van het gebouw, hoorde ik meer over Sloane: ze was kinderarts, haar moeder was Engels, haar vader advocaat, ze was twee jaar getrouwd geweest maar het huwelijk was stukgelopen. Ze werkte in het academisch ziekenhuis van Genève, afwisselend overdag en 's nachts; dat verklaarde waarom ik haar routine zo moeilijk kon doorgronden.

Na de mislukking van het hardlopen probeerde ik een andere methode: ik droeg Denise op om door het kijkgaatje de overloop in de gaten te houden en me te roepen als ze haar zag. Als Denise me riep ('Ze gaat naar buiten!') sprong ik op van mijn bureaustoel, opgedoft en welriekend, en maakte ik mijn opwachting op de overloop alsof het puur toeval was. Maar onze gesprekken gingen niet verder dan een groet. Over het algemeen nam ze de trap, zodat het gesprek al snel voorbij was. Ik liep met haar mee, maar waarom eigenlijk? Zodra we op straat stonden, verdween ze. De zeldzame keren dat ze de lift nam deed ik mijn mond niet open, en dan hing er een ongemakkelijke stilte. In beide gevallen droop ik af naar huis.

'En?' vroeg Denise.

'Niks,' kreunde ik.

'Je bent een slappeling, Joël! Doe toch eens je best!'

'Ik ben gewoon een beetje verlegen,' zei ik.

'Hou op met die flauwekul! Op tv ben je helemaal niet verlegen!'

'Omdat je op tv de schrijver ziet. Joël is iemand anders.'

'Kom op, Joël, zo moeilijk is het niet: je belt aan, geeft haar bloemen en nodigt haar uit voor een etentje. Ben je te lui om naar de bloemist te gaan, is dat het? Moet ik soms voor je gaan?'

Toen kwam die avond in april, dat ik alleen naar een uitvoering van *Het zwanenmeer* in de Opera van Genève ging. En toen ik in de pauze naar buiten liep om een sigaret te roken, zag ik haar. We konden een paar woorden wisselen; toen ging de bel die de toeschouwers terugriep, en zij stelde voor om na het ballet iets te gaan drinken. We belandden in Remor, een café vlakbij. Zo kwam Sloane in mijn leven.

Sloane was mooi, grappig en intelligent. Zonder twijfel een van de meest fascinerende personen die ik ooit heb ontmoet. Na die avond in Remor vroeg ik haar vaker mee uit. We gingen naar concerten, naar films. Ik sleepte haar mee naar de vernissage van een onwaarschijnlijke tentoonstelling van hedendaagse kunst waar we zwaar de slappe lach kregen en vanwaar we wegvluchtten om te gaan eten in een Vietnamees restaurant waar ze graag kwam. Meer dan eens brachten we de avond thuis door, bij haar of bij mij, en luisterden we naar opera, praatten we en verbeterden we de wereld. Continu verslond ik haar met mijn blikken: ik aanbad haar. De manier waarop ze met haar ogen knipperde, een haarlok opzij veegde, zachtjes glimlachte als ze zich geneerde, met haar gelakte vingers speelde voordat ze een vraag stelde. Alles aan haar beviel me.

Algauw dacht ik alleen nog maar aan haar. In die mate dat ik een tijdlang niet meer aan mijn boek werkte.

'Arme Joël, je bent er helemaal niet bij met je gedachten,' zei Denise toen ze merkte dat ik geen zin op papier kreeg.

'Dat komt door Sloane,' verklaarde ik vanachter mijn computer die ik nog niet aan had gezet.

Ik deed niets anders dan wachten totdat ik haar weer zou zien, zodat we onze eindeloze gesprekken zouden kunnen voortzetten. Ik kon er geen genoeg van krijgen haar te horen vertellen over haar leven, haar passies, haar verlangens en ambities. Ze hield van de films van Elia Kazan en van de opera.

Op een avond, na een drankovergoten diner in een brasserie in de wijk Les Pâquis, belandden we in mijn woonkamer. Geamuseerd bekeek Sloane de snuisterijen en boeken op de planken aan de muur. Ze bleef lang staan voor een schilderij van Sint-Petersburg dat ik aan mijn oudoom te danken had. Toen bleef ze treuzelen bij de sterkedrank in mijn bar. Ze bewonderde de steur in reliëf die de fles Beluga-wodka sierde, ik schonk twee glazen vol en deed er ijs bij. Ik zette de radio aan op het klassiekemuziekprogramma waar ik 's avonds vaak naar luisterde. Ze daagde me uit om de componist te herkennen wiens muziek werd uitgezonden. Wagner, makkie. En dus was het op *Die Walküre* dat ze me kuste en tegen zich aan trok, terwijl ze in mijn oor fluisterde dat ze me wilde.

Onze relatie zou twee maanden duren. Twee heerlijke maanden. Maar daarbij raakte mijn boek over Bernard op de achtergrond. Eerst gebruikte ik de nachten dat Sloane in het ziekenhuis was om eraan te werken. Maar hoe verder ik kwam, hoe meer mijn roman mij meesleepte. Op een avond, toen ze me uitvroeg, sloeg ik voor het eerst een uitnodiging af. 'Ik moet schrijven,' zei ik. Aanvankelijk was Sloane vol begrip. Ook haar baan legde soms meer beslag op haar dan voorzien.

Ik sloeg een tweede uitnodiging af. Ook nu nam ze het niet hoog op. Begrijp me goed: ik genoot van elk moment met Sloane. Maar ik had het gevoel dat wat ik met Sloane had voor altijd was, dat er nog oneindig veel bijzondere momenten zouden komen. Terwijl de inspiratie voor een roman net zo snel kon verdwijnen als die kwam: het was een kans die je moest grijpen.

Onze eerste ruzie vond plaats halverwege juni, toen ik op een avond na het vrijen opstond en me aankleedde.

'Waar ga je heen?' vroeg ze.

'Naar huis,' antwoordde ik alsof het de gewoonste zaak van de wereld was.

'Blijf je niet slapen?'

'Nee, ik wil schrijven.'

'Dus je komt aan je trekken en je maakt je uit de voeten?'

'Maar ik moet verder met mijn boek,' zei ik bedremmeld.

'Je kunt toch niet altijd schrijven!' zei ze boos. 'Je bent er iedere dag mee bezig, iedere avond, zelfs in het weekend! Het wordt belachelijk! Je komt nooit meer met leuke plannetjes.'

Ik voelde dat onze relatie even snel kon uitdoven als die was opgelaaid. Ik moest iets doen. En dus nam ik Sloane een paar dagen later, vlak voordat ik tien dagen op tournee door Spanje ging, mee uit eten in haar lievelingsrestaurant: de japanner in het Hôtel des Bergues, waarvan het dakterras een adembenemend uitzicht bood over de hele oever van het Meer van Genève. Het was een droomavond. Ik beloofde Sloane minder schrijven en meer 'wij', en ik verzekerde haar dat ze heel veel voor me betekende. We bedachten zelfs een vakantieproject: in augustus zouden we naar Italië gaan, een land waar we allebei stapelgek op waren. Werd het Toscane of Puglia? Zodra ik terug was uit Spanje zouden we het gaan uitzoeken.

We bleven aan tafel zitten totdat het restaurant om één uur 's nachts sloot. Het was een warme voorzomernacht. Tijdens de hele maaltijd had ik het gevoel dat Sloane iets van mij verwachtte. En op het moment dat we zouden vertrekken, toen ik overeind kwam uit mijn stoel en de obers om ons heen het terras begonnen te dweilen, zei Sloane: 'Je bent het vergeten, hè?'

'Wat ben ik vergeten?' vroeg ik.

'Ik ben vandaag jarig...'

Toen ze mijn verbijsterde blik zag, wist ze dat het klopte. Woedend liep ze weg. Ik probeerde haar tegen te houden, maakte duizend excuses, maar ze stapte in de enige taxi die voor het hotel stond en liet me achter op het bordes, een idioot onder de spottende blikken van de valets. Tegen de tijd dat ik mijn auto terug had en weer net als Sloane op de avenue Alfred-Bertrand nummer 13 was beland, was ze al naar binnen; ze had haar telefoon uitgezet en deed niet open. De volgende dag ging ik naar Madrid, en alle berichten en mails die ik vanuit daar schreef, bleven onbeantwoord. Ik hoorde niets meer van haar.

Ik keerde terug naar Genève op vrijdagochtend 22 juni, en daar ontdekte ik dat Sloane het had uitgemaakt.

Madame Armanda, de conciërge, was de boodschapper: ze schoot me aan zodra ik het gebouw binnenkwam.

'Hier, een brief voor u,' zei ze.

'Voor mij?'

'Van uw buurvrouw. Ze wilde hem niet in uw brievenbus doen, omdat uw assistente de post openmaakt.'

Ik scheurde de envelop open. Er zat een berichtje van een paar regels in:

Joël,
Het werkt niet.
Tot ziens.
Sloane

De woorden raakten me recht in mijn hart. Met gebogen hoofd liep ik de trap op naar mijn appartement. Ik bedacht dat ik tenminste Denise had om me in de komende dagen op te fleuren. Denise, die lieve vrouw die door haar man voor een ander in de steek was gelaten, dat icoon van moderne eenzaamheid. Niets beters om je minder eenzaam te voelen dan iemand te vinden die nog eenzamer is dan jij! Maar toen ik binnenkwam, stond Denise op het punt om weg te gaan. Terwijl het nog niet eens twaalf uur was.

'Denise? Waar ga je heen?' vroeg ik bij wijze van groet.

'Hallo, Joël, ik had toch gezegd dat ik vandaag eerder weg zou gaan? Mijn vliegtuig vertrekt om drie uur.'

'Je vliegtuig?'

'Je gaat me toch niet vertellen dat je het vergeten bent? We hadden het erover voordat je naar Spanje ging. Ik ga twee weken met Rick naar Korfoe.'

Rick was een vent die Denise online had leren kennen. We hadden het inderdaad over vakantie gehad. Het was me helemaal ontschoten.

'Sloane is bij me weg,' zei ik.

'Ik weet het, en ik vind het heel erg.'

'Hoezo, "ik weet het"?'

'De conciërge heeft Sloanes brief opengemaakt en heeft me alles verteld. Ik wilde het je niet in Madrid laten weten.'

'En toch ga je weg?' vroeg ik.

'Zeg, Joël, ik ga mijn vakantie toch niet afzeggen omdat jouw vriendinnetje ervandoor is? Bovendien hoef je maar met je vingers te knippen en je hebt een ander. Alle vrouwen hebben een oogje op je. Kop op en tot over twee weken. De tijd vliegt voorbij, dat zul je wel merken! En bovendien heb ik overal aan gedacht, ik heb al boodschappen gedaan. Kijk!'

Denise sleepte me mee naar de keuken. Omdat ze al wist over de breuk met Sloane had ze geanticipeerd op mijn reactie: ik zou de deur niet uitgaan. Kennelijk was ze ongerust dat ik in haar afwezigheid te weinig zou eten en daarom had ze een indrukwekkende hoeveelheid boodschappen gedaan. De kasten en de ijskast stonden helemaal vol.

Ze vertrok. En ik bleef moederziel alleen achter in mijn keuken. Ik zette koffie en ging aan de lange bar van zwart marmer zitten waaraan hoge stoelen stonden, allemaal wanhopig leeg. Je kon met z'n tienen in deze keuken zitten, maar ik was alleen. Ik sleepte me naar mijn werkkamer, waar ik lang naar de foto's van Sloane en mij staarde. Toen greep ik een stuk bristolkarton en schreef erop: 'Sloane' en de datum van die verschrikkelijke dag dat ze bij me was weggegaan: 22/6. Een dag om snel te vergeten. Maar haar kon ik onmogelijk uit mijn hoofd zetten. Alles deed me aan haar denken. Zelfs de bank in de salon, waar ik uiteindelijk op ging liggen, deed me eraan denken hoe ik een paar maanden geleden, op dezelfde plek, op deze zelfde stoffering, aan de meest bijzondere relatie van mijn leven was begonnen, die ik vervolgens vakkundig om zeep had geholpen.

Ik moest mijn uiterste best doen om niet bij Sloane aan te kloppen of haar te bellen. Maar aan het begin van de avond hield ik het niet meer uit: ik ging op het balkon zitten en rookte de ene sigaret na de andere, in de hoop dat Sloane ook naar buiten zou komen en we elkaar 'toevallig' zouden zien. Maar Madame Armanda, die me vanaf de stoep zag toen ze de hond ging uitlaten, en die me bij terugkomst een uur later nog steeds op het balkon zag zitten, riep vanaf de ingang van het gebouw: 'Het heeft geen zin om te wachten, Joël. Ze is er niet. Ze is op vakantie.'

Ik ging terug naar mijn werkkamer. Ik voelde een enorme behoefte om weg te gaan. Weg te zijn uit Genève en me los te maken van mijn herinneringen aan Sloane. Ik had rust en vrede nodig. Op dat moment zag ik op een van de briefjes over Bernard die op tafel lagen het woord 'Verbier' staan. Daar ging hij altijd heel graag naartoe. Het idee om een tijdje naar Verbier te gaan, te genieten van de rust van de Alpen en mezelf terug te vinden, verleidde me direct. Ik zette mijn computer aan en ging het internet op, en al snel vond ik de website van het Palace de Verbier, een legendarisch hotel waarvan de weinige foto's die ik bekeek voldoende waren om me te overtuigen. Het zonovergoten terras, het golfslagbad met uitzicht op een weelderig landschap, de bar met gedempt licht, de gecapitonneerde salons, de suites met open haard. Precies het decor waar ik behoefte aan had. Ik klikte op de reserveringsbutton en bespeelde de toetsen van mijn toetsenbord.

En zo begon het.

HOOFDSTUK 2
Vakantie

Op zaterdag 23 juni 2018 legde ik in de ochtendschemering mijn koffer in de kofferbak en vertrok ik naar Verbier. De zon verscheen aan de horizon en liet de uitgestorven straten van het centrum van Genève baden in een krachtige oranje halo. Ik stak de pont du Mont-Blanc over en reed langs de bebloemde kades naar de Wijk van de Verenigde Naties, waar ik de snelweg richting Wallis nam.

Op die zomerochtend scheen alles me wonderbaarlijk toe: de kleuren van de hemel leken nieuw, de landschappen die aan weerszijden langs de weg schoten zagen er nog sprookjesachtiger uit dan gewoonlijk. De kleine dorpjes die verspreid lagen tussen de wijngaarden en uitkeken over het Meer van Genève waren als de achtergrond van een prentbriefkaart. Ik verliet de snelweg in Martigny en reed over de weg vol haarspeldbochten die na Le Châble omhoogslingerde naar Verbier.

Na een rit van anderhalf uur bereikte ik mijn bestemming. De ochtend was nog maar net aangebroken. Ik reed door de hoofdstraat en doorkruiste het dorp; toen hoefde ik alleen nog maar de bordjes te volgen om de weg naar het Palace te vinden. Het hotel lag vlak bij het dorp, een paar minuten lopen, maar net ver genoeg om het gevoel te hebben dat je je op een unieke plaats bevond. Het gebouw, een typisch berghotel met torentjes en een groot dak, lag genesteld in een klein juwelenkistje van groen, omringd door naaldbossen als op een muurschildering, en torende uit boven de Rhônevallei, waarop het een spectaculair uitzicht bood.

Ik werd in het Palace verwelkomd door een charmante en attente medewerker. Ik voelde me direct op mijn gemak op deze plaats, die was doordrongen van sereniteit. Toen ik me inschreef bij de receptie, zei de medewerker: 'U bent de schrijver, nietwaar?'

'Ja.'

'Het is mij een grote eer om u hier te ontvangen. Ik heb al uw boeken gelezen. Komt u hier om uw nieuwe roman te schrijven?'

'Absoluut niet,' antwoordde ik lachend. 'Ik ben gekomen voor rust. Vakantie, vakantie, vakantie!'

'Ik denk dat u zich hier op uw gemak zult voelen. U zit in een van onze mooiste suites, de 623.'

Een piccolo bracht mij en mijn bagage naar de zesde verdieping. Toen ik door de gang liep keek ik naar de kamernummers. En wat was ik verbaasd toen ik de volgorde zag: 620, 621, 621 bis, 623!

'Vreemd,' merkte ik op tegen de piccolo. 'Is er geen kamer 622?'

'Nee,' antwoordde hij zonder verdere uitleg.

Kamer 623 was gewoonweg prachtig. Het moderne ervan contrasteerde perfect met de ambiance van het Palace. Er was een zitgedeelte met een grote sofa, een haard, een bureau met uitzicht over de vallei en een groot balkon. Het slaapgedeelte bevatte een heel groot bed en een garderobe waardoor je een marmeren badkamer bereikte, voorzien van een inloopdouche en een reusachtige badkuip.

Nadat ik de boel had verkend, begon ik opnieuw over de kamernummers, omdat die me dwarszaten.

'Waarom dan 621 bis en niet 622?' vroeg ik aan de medewerker die mijn bagage neerzette.

'Ongetwijfeld een vergissing,' antwoordde hij vaag.

Ik kon niet zeggen of hij het echt niet wist of dat hij iets verzweeg. Hij leek er in elk geval helemaal geen zin in te hebben het gesprek voort te zetten.

'Hebt u nog iets nodig, meneer? Wilt u dat ik iemand naar boven stuur om uw koffer uit te pakken?'

'Nee, hartelijk dank, dat doe ik zelf wel,' zei ik terwijl ik hem een fooi toestak.

Hij maakte zich uit de voeten. Gedreven door nieuwsgierigheid keek ik de gang in: behalve de kamer naast de mijne was er op de hele verdieping geen enkele andere met 'bis'. Het was heel vreemd.

Maar ik deed mijn best om er niet aan te denken. Ik was per slot op vakantie.

Mijn eerste vakantiedag besteedde ik aan een boswandeling naar een hooggelegen restaurant, waar ik lunchte en genoot van het uitzicht. Terug in het hotel maakte ik gebruik van het thermale zwembad; daarna gunde ik mezelf een lange leespauze.

's Avonds, voor het diner in het restaurant van het Palace, ging ik naar de hotelbar om een glas scotch te drinken. Ik zat aan de bar en ik kletste met de barman, die een onuitputtelijke bron was van smakelijke anekdotes over de andere aanwezigen. Daar zag ik haar voor het eerst: een vrouw van mijn leeftijd, heel knap, duidelijk alleen, die aan de andere kant van de bar ging zitten en een droge Martini bestelde.

'Wie is dat?' vroeg ik aan de barman toen hij haar had bediend.

'Scarlett Leonas. Een hotelgast, gisteren aangekomen. Ze komt uit Londen. Heel vriendelijk. Haar vader is een Engelse aristocraat. Lord Leonas, kent u die? Ze spreekt perfect Frans, je merkt meteen dat ze goed is opgeleid. Het schijnt dat ze bij haar man is weggegaan en hier onderdak heeft gezocht.'

In de uren daarop zou ik haar nog twee keer tegenkomen.

Eerst in de eetzaal van het hotel, waar we een paar tafels van elkaar dineerden. Daarna volkomen onverwacht rond middernacht, toen ik naar het balkon van mijn suite ging om te roken en ik ontdekte dat zij de kamer naast de mijne had. Eerst dacht ik dat ik alleen was in de blauwe nacht. Ik had een foto van Bernard uit Genève meegenomen en die hield ik vast. Ik leunde tegen de balustrade, stak een sigaret op en keek melancholisch naar de foto. Plotseling scheurde een stem me uit mijn overpeinzingen.

'Goedenavond,' hoorde ik.

Ik maakte een sprongetje. Zij was het, ze zat onopvallend op het balkon dat aan het mijne vastzat, opgerold in een buitenfauteuil.

'Sorry, ik heb je laten schrikken,' zei ze.

'Ik dacht niet dat ik op dit tijdstip gezelschap zou hebben,' antwoordde ik.

Ze stelde zich voor.

'Ik heet Scarlett.'

'Ik heet Joël.'

'Ik weet wie je bent. Je bent de schrijver. Iedereen hier heeft het over je.'

'Dat is nooit een goed teken,' merkte ik op.

Ze glimlachte. Ik wilde het moment verlengen en bood haar een sigaret aan. Ze knikte. Ik hield haar het pakje voor en knipte mijn aansteker aan.

'Wat brengt jou hierheen, schrijver?' zei ze toen ze de eerste haal had uitgeblazen.

'Frisse lucht,' antwoordde ik ontwijkend. 'En jou?'

'Ook frisse lucht. Ik heb mijn leven, mijn baan en mijn man in Londen achtergelaten. Ik heb behoefte aan verandering. Wie is dat op die foto?'

'Mijn uitgever, Bernard de Fallois. Hij is zes maanden geleden overleden. Hij was heel belangrijk voor mij.'

'Gecondoleerd.'

'Bedankt. Ik merk dat ik het moeilijk vind om de bladzijde om te slaan.'

'Dat is niet ideaal voor een schrijver.'

Ik dwong mezelf tot een glimlach, maar ze zag het verdriet op mijn gezicht.

'Sorry,' zei ze. 'Ik dacht dat ik grappig was, maar dat is niet zo.'

'Maak je niet druk. Bernard was eenennegentig, hij had alle recht om te gaan. Ik moet me erbij neerleggen.'

'Verdriet kent geen regels.'

Ze had gelijk.

'Bernard was een geweldige uitgever,' zei ik. 'Maar hij was veel meer dan dat. Hij was een literator en een erudiet, maar ook een geducht zakenman met een buitengewoon charisma en grote overredingskracht. Als hij advocaat was geweest zou de hele Parijse balie werkeloos zijn geworden. Er was een tijd dat Bernard de gevreesde en gerespecteerde baas was van een van de belangrijkste Franse uitgeversconglomeraten, terwijl hij ook dicht bij de grote denkers en politici van die tijd stond. In het laatste deel van zijn leven trok hij zich terug zonder een grammetje van zijn aura te verliezen. Hij richtte een kleine uitgeverij op naar zijn evenbeeld: bescheiden, onopvallend, prestigieus. Dat is de Bernard die ik kende: geniaal, nieuwsgierig, vrolijk en zonnig, de leermeester van wie ik altijd gedroomd had. Zijn conversatie was sprankelend en spiritueel, zijn lach was een permanente les in wijsheid. Hij was een inspiratie voor het leven, een ster in de nacht.'

'Hij klinkt heel bijzonder,' zei Scarlett.

'Dat was hij ook,' verzekerde ik haar.

'Schrijven is toch wel een fascinerend beroep...'

'Dat vond mijn laatste vriendinnetje ook. Voordat we iets kregen.'

Scarlett barstte in lachen uit.

'Ik meen het,' zei ze. 'Ik bedoel: iedereen droomt ervan een roman te schrijven.'

'Dat weet ik niet zo zeker.'

'Ik in elk geval wel.'

'Doe het dan!' zei ik. 'Je hebt alleen maar een potlood en een opschrijfboekje nodig en er gaat een wondere wereld voor je open.'

'Ik heb geen idee waarover het zou moeten gaan.'

Mijn sigaret was op. Ik wilde weer naar binnen gaan, maar ze weerhield me, wat ik niet onprettig vond.

'Hoe kom jij aan ideeën voor je romans?' vroeg ze.

Ik dacht een ogenblik na, toen zei ik: 'Veel mensen denken dat het schrijven van een roman begint met een idee. Terwijl een roman begint met een verlangen: om te schrijven. Een verlangen dat over je komt en door niets kan worden gestuit, een verlangen dat je van alles weghoudt. Dat eeuwige verlangen om te schrijven noem ik de schrijversziekte. Je kunt nog zo'n geweldig plot hebben, als je geen zin hebt om te schrijven doe je er niets mee.'

'En hoe kom je aan een plot?' vroeg Scarlett.

'Een uitstekende vraag, dokter Watson. Veel beginnende schrijvers maken de fout om te denken dat een plot bestaat uit een verzameling feiten. Dat je een personage bedenkt dat je in een situatie plaatst, en zo door.'

'Klopt,' bekende Scarlett. 'Ik heb zelf het volgende romanidee: een jonge vrouw trouwt, en op de avond van de huwelijksnacht vermoordt ze haar man in de hotelkamer. Maar ik heb het nog nooit kunnen uitwerken.'

'Omdat je feiten bij elkaar raapt, zoals ik net zei. En een intrige moet, het woord zegt het al, bestaan uit vragen. Je moet eerst een raamwerk maken door vragen te stellen: waarom doodt een jonge bruid haar man op de avond voor de huwelijksnacht? Wie is die jonge bruid? Wie is haar man? Wat is de geschiedenis van hun leven samen? Waarom zijn ze getrouwd? Waar zijn ze getrouwd?'

Scarlett antwoordde direct.

'De echtgenoot was onmetelijk rijk maar verschrikkelijk gierig. Zij wilde een prinsessenhuwelijk met zwanen en vuurwerk en uiteindelijk kreeg ze een goedkoop feestje in een mottige herberg. Blind van woede vermoordde ze haar man. Als de rechter een vrouw is, dan krijgt ze strafvermindering omdat er niets ergers is dan een gierige echtgenoot.'

Ik barstte in lachen uit.

'Zie je wel,' zei ik. 'Alleen doordat je het oorspronkelijke raamwerk in de vorm van vragen giet, ontstaat er een oneindig aantal mogelijkheden. Als je die vragen beantwoordt komen de personages, de plaatsen en de handelingen vanzelf. Je hebt voor jezelf de contouren van de personages van de echtgenoot en de vrouw getekend. Je hebt de intrige zelfs een vervolg gegeven door over het proces na te denken. Is de moord de hoofdzaak? Of het proces van de vrouw? Wordt ze vrijgesproken? De magie van de roman is dat een eenvoudig feit, het maakt niet uit wat, vertaald in vragen, de deur openzet.'

'Dus de feiten maken niet uit?' herhaalde Scarlett op ietwat ongelovige toon, alsof ze me uitdaagde.

'De feiten maakt niet uit. Om een heel concreet voorbeeld te geven: als ik me niet vergis zit jij in kamer 621 bis, nietwaar?'

'Klopt,' zei Scarlett.

'Ik zit in kamer 623. En de kamer naast jou is 621. Ik ben de hele etage afgegaan om het te controleren: er is geen kamer 622. Dat is een feit. Waarom heeft het Palace de Verbier een kamer 621 bis en geen kamer 622? Dat is een intrige. En het begin van een roman.'

Scarlett glimlachte breed: ze werd meegesleept.

'Daar kan best een rationele verklaring voor zijn,' nuanceerde ze.

'Het komt ook voor dat hotels geen kamer 13 hebben, vanwege bijgelovige gasten.'

'Als er een directe rationele verklaring is, dan dooft het plot uit en is er geen roman,' zei ik. 'Dan moet de romanschrijver aan de slag: om een roman te laten ontstaan, moet hij de muren van de rede verplaatsen, zich bevrijden van de werkelijkheid en vooral zorgen dat er iets op het spel komt te staan.'

'Hoe zou jij dat doen, in het geval van deze hotelkamer?' vroeg Scarlett, die niet zeker wist of ze alles begreep.

'In de roman gaat de schrijver op zoek naar een verklaring. Hij hoort de conciërge van het hotel uit.'

'Dan doen we dat!' zei ze.

'Nu?'

'Natuurlijk nu!'

'Kamer 621 bis is kenmerkend voor dit hotel,' legde de conciërge uit, geamuseerd dat we op dit tijdstip met die vraag aankwamen. 'Toen dit hotel werd gebouwd, kregen door een vergissing twee deuren een bordje met 621. Natuurlijk hadden ze een van de twee 621's kunnen vervangen door 622 en dan was alles opgelost. Maar de toenmalige eigenaar, meneer Edmond Rose, een verstandig zakenman, besloot bij een van de kamers het woordje 'bis' toe te voegen, en zo ontstond 621 bis. Het trok heel wat aandacht van de gasten, die liever die kamer wilden dan een andere, in de overtuiging dat er iets bijzonders mee was. En aangezien jullie midden in de nacht naar me toe komen om me vragen te stellen over die beroemde kamer, werkt de truc kennelijk nog steeds.'

Terug op de zesde etage zei Scarlett: 'Dus die kamer 621 bis is gewoon een foutje bij de bouw.'

'Niet voor een romanschrijver,' zei ik nogmaals. 'Anders houdt het verhaal alweer op. In een roman liegt de conciërge, om de intrige voort te stuwen. En waarom liegt de conciërge? Wat is de waarheid over die mysterieuze kamer 621 bis? Wat is hier gebeurd dat de mensen van het hotel willen verbergen? Zo kun je een eenvoudige situatie uitbouwen tot een idee.'

'En nu?' vroeg Scarlett.

'En nu,' zei ik lachend, 'mag jij verder spitten. Ik ga slapen.'

Ik had er nog geen vermoeden van dat ik zojuist mijn vakantie had verpest.

De volgende ochtend werd ik om negen uur uit mijn slaap gerukt door gebonk op mijn kamerdeur. Ik deed open: het was Scarlett. Ze was verrast dat ik er zo slaperig uitzag.

'Sliep je, schrijver?'

'Ja, ik ben op vakantie. Je weet wel, van die rustmomenten waarop mensen je met rust laten.'

'Nou, je vakantie is voorbij,' verklaarde ze terwijl ze mijn suite binnenkwam met een dik boek onder de arm. 'Want hier heb ik de oplossing van die zogenaamde intrige van jou; waarom heeft het Palace de Verbier een kamer 621 bis in plaats van 622? Omdat er een moord is gepleegd! De fictie overstijgt de werkelijkheid!'

'Wat? Hoe weet je dat?'

'Ik ben heel vroeg naar een café in het dorpshart gegaan om de inwoners uit te horen. Ik heb het van meerdere mensen gehoord. Mag ik koffie, alsjeblieft?'

'*Excuse me*?'

'Koffie *please*! Naast de minibar staat een apparaat. Daar doe je een capsule in, je drukt op de knop en de koffie stroomt in het kopje. Probeer maar, het is haast tovenarij!'

Ik was helemaal betoverd door Scarlett. Ik ging direct aan de slag en bereidde twee espresso's.

'Niets wijst op een verband tussen die moord en die vreemde kamer 621 bis,' merkte ik op terwijl ik haar een kopje gaf.

'Wacht maar tot je ziet wat ik heb gevonden,' zei ze, terwijl ze het boek opensloeg dat ze bij zich had.

Ik ging naast haar zitten.

'Wat is dat?' vroeg ik.

'Een boek over de geschiedenis van het Palace,' legde ze uit, terwijl ze het doorbladerde. 'Gevonden in de boekwinkel van het dorp.'

Ze hield stil bij een foto van een bouwtekening van het hotel en legde haar vinger erop.

'Dit is de zesde etage,' zei ze. 'Puur geluk! Kijk, hier is de gang, en daar zie je bij iedere kamer het nummer. Kijk, ze volgen elkaar op! En 622 bestaat wel degelijk, tussen 621 en 623.'

Met stomheid geslagen constateerde ik dat Scarlett gelijk had.

'Wat denk je dat hierachter zit?' vroeg ik, overtuigd dat ze iets in haar hoofd had.

'Dat de moord heeft plaatsgevonden in kamer 622 en dat de hoteldirectie de herinnering eraan wilde uitwissen.'

'Dat is maar een hypothese.'

'Die we gaan checken. Heb je een auto?'

'Ja, hoezo?'

'Op weg dan, schrijver!'

'Hoe bedoel je, op weg? Waar wil je naartoe?'

'Naar de archieven van de *Nouvelliste*, de grootste krant van deze streek.'

'Het is zondag,' merkte ik op.

'Ik heb gebeld. Ze zijn op zondag open.'

Scarlett beviel me. En om die reden ging ik met haar mee naar Sion, op ongeveer een uur rijden, waar de *Nouvelliste* was gevestigd.

Bij de balie deelde de receptioniste ons mee dat de toegang tot het archief was voorbehouden aan abonnees.

'Dan moet je abonnee worden,' verklaarde Scarlett, terwijl ze me aanstootte.

'Hoezo ik?' protesteerde ik.

'Kom op, schrijver, geen tijd voor flauwekul, word eens abonnee, alsjeblieft!'

Ik gehoorzaamde en trok mijn creditcard, wat ons het recht gaf de archiefruimte te betreden. Ik had gerekend op een stoffige kelder waar duizenden oude kranten lagen opgeslagen: in werkelijkheid betraden we een kleine ruimte voorzien van vier computers. Alles was gedigitaliseerd, wat ons leven vereenvoudigde. We namen plaats achter een scherm en Scarlett had maar een paar zoektermen nodig om een reeks artikelen te vinden. Ze klikte het eerste aan en slaakte een overwinningskreet. De zaak stond op de voorpagina van de krant. Er stond een foto bij van het Palace de Verbier met een paar politieauto's ervoor, voorzien van de volgende kop:

MOORD IN HET PALACE

Gisteren, zondag 16 december, is in kamer 622 van het Palace de Verbier het lichaam gevonden van een man die om het leven is gebracht. Het lichaam van het slachtoffer werd ontdekt door een hotelmedewerker die hem ontbijt kwam brengen.

HOOFDSTUK 3
Het begin van de zaak

Zondag 9 december, 7 dagen voor de moord

Het vliegtuig stond vast op het vliegveld van Madrid. Door de luidspreker liet de captain de passagiers weten dat het vliegveld van Genève vanwege hevige sneeuwval kortstondig gesloten was zodat de landingsbaan kon worden schoongeblazen. Over uiterlijk een halfuur zou het toestel kunnen opstijgen.

Wat voor de meeste reizigers aan boord slechts een kleine tegenslag zonder verdere consequenties was, leek Macaire Ebezner, een passagier uit de businessclass die op de eerste rij zat, bijzonder te ontstemmen. Met zijn blik aan het raampje genageld dronk hij de champagnecoupe die de stewardess hem voor het wachten had aangeboden in twee slokken leeg. Hij was nerveus. Er was iets misgegaan. Hij was ervan overtuigd dat de stilstand van het vliegtuig niets met sneeuw te maken had: ze hadden hem gevonden. Ze gingen hem inrekenen, hier, aan boord van het vliegtuig. Dat voelde hij. Hij zat als een rat in de val, vluchten was onmogelijk. Hij bestudeerde het tarmac door het raam, en zag plotseling een politiewagen in volle vaart en met felle zwaailichten in de richting van het toestel rijden. Hij voelde zijn hartslag versnellen. Hij was erbij.

~

Een dag eerder, halverwege de middag, in de wijk Salamanca in het centrum van Madrid.

Macaire en Perez kwamen uit de muil van metrostation Serrano. Ze hadden de informant geïdentificeerd en de documenten uit zijn appartement verzameld, waarna ze waren gevlucht – met de metro, om minder op te vallen. Maar bij het uitstappen had Perez het gevoel dat ze werden gevolgd. Toen ze de trap naar de straat beklommen werd dat gevoel bevestigd.

'Niet omkijken,' beval hij Macaire. 'Er zitten al een tijdje twee mannen achter ons aan.'

Uit zijn stem maakte Macaire op dat het afgelopen was. Terwijl ze toch hadden geleerd om de signalen te herkennen: hun verslapte waakzaamheid zou ze duur komen te staan.

Macaire kreeg een stoot adrenaline.

'Jij naar rechts,' zei Perez tegen hem. 'Ik ga naar links. Ik zie je straks, in het appartement.'

'Laat me niet alleen!'

'Nu!' beval Perez. 'Doe wat ik zeg! Jij hebt de lijst!' Ze gingen uit elkaar. Macaire sloeg rechts af en liep met snelle stappen door de straat. Hij zag een taxi langs de weg staan die net een klant had afgezet en sprong erin. De chauffeur reed weg en Macaire draaide zich om: Perez was verdwenen.

Macaire liet zich afzetten bij de Puerta del Sol en mengde zich in de toeristenstroom. Hij liep een kledingboetiek binnen waar hij geheel veranderd uit kwam, voor het geval zijn signalement verspreid was. Hij wist niet wat hij moest doen en belde daarom het nummer voor noodgevallen. Het was de eerste keer in twaalf jaar dat hij dat deed. Hij vond een telefooncel in de buurt van Retiro en draaide het nummer, dat hij uit zijn hoofd kende. Hij maakte zich bekend bij de telefoniste en werd doorverbonden met Wagner, die hem het slechte nieuws gaf.

'Perez is aangehouden door de Spaanse politie. Ze hebben niks tegen hem, hij komt wel vrij. Sowieso heeft hij een diplomatenpaspoort.'

'Ik heb de lijst,' zei Macaire toen. 'Hij was inderdaad onze man.'

'Perfect. Verbrand de lijst en volg het protocol. Ga terug naar je appartement en ga morgen volgens plan terug naar Genève. Maak je niet druk. Alles komt goed.'

'Prima,' beaamde Macaire.

Voordat Wagner ophing, zei hij met een bijna geamuseerde stem die niet paste bij de ernst van de situatie: 'Trouwens, nu ik je toch aan de lijn heb: je staat in de krant. Het is officieel.'

'Ik weet het,' antwoordde Macaire, haast ontstemd omdat zijn gesprekspartner zo blasé was.

'Van harte!'

De verbinding werd bruusk verbroken.

Volgens het advies dat hij net had gekregen keerde Macaire met inachtneming van alle voorzorgsmaatregelen terug naar het appartement en verbrandde de lijst. Hij had er vreselijk spijt van dat hij akkoord was gegaan met deze reis, die de laatste zou zijn. Hij vreesde dat het er net een te veel was. Hij had zoveel te verliezen: zijn vrouw, zijn droomleven en de promotie die hem wachtte. Tussen nu en volgende week zou hij voorzitter worden van de familiebank, een van de belangrijkste privébanken van Zwitserland. En dat was uitgelekt naar de weekendeditie van de *Tribune de Genève*, die die dag verschenen was. Hij had al van iedereen felicitaties ontvangen, behalve van zijn vrouw Anastasia, die in Zwitserland was gebleven. Zoals altijd bij dit soort reizen had hij ervoor gezorgd dat ze niet met hem mee was gegaan.

~

Op het tarmac van het vliegveld van Madrid reed de politieauto voor het vliegtuig langs en ging zonder te vertragen verder over de dienstweg. Niets aan de hand. Opgelucht zakte Macaire neer in zijn stoel. Toen begon het vliegtuig te trillen en rolde het langzaam in de richting van de startbaan.

Toen het vliegtuig een paar minuten later opsteeg, slaakte Macaire een diepe zucht; hij voelde zich eindelijk veilig. Hij vroeg om een wodka en pinda's, toen vouwde hij zijn exemplaar van de *Tribune de Genève* open, die hij uit het tijdschriftenaanbod aan boord had uitgekozen. Hij sloeg het economiekatern open en zag zijn foto.

MACAIRE EBEZNER WORDT ZATERDAG BENOEMD TOT VOORZITTER VAN BANQUE EBEZNER

De laatste twijfel is weggenomen: Macaire Ebezner, 41 jaar, zal alsnog de teugels in handen nemen van de voornaamste privébank van Zwitserland, waarvan hij de enige erfgenaam is. Het bericht is in bedekte termen bevestigd door een invloedrijke medewerker van de bank, die anoniem wenst te blijven: 'Alleen een Ebezner kan Banque Ebezner leiden,' verklaarde deze.

Hij vroeg om nog een wodka, en die kwam hard aan. Hij viel in slaap.

Hij had het gevoel dat hij zijn ogen maar een paar tellen dicht had, maar toen hij bijkwam was het vliegtuig al bezig aan de *final approach* in Genève. Hij zag de gebeitelde contouren van het Meer van Genève en de lichten van de stad. Het sneeuwde flink: vlokken dwarrelden door de lucht. De winter was in aantocht en Zwitserland was bedekt met een witte laag sneeuw. De vlucht uit Madrid was een van de eerste die op het vliegveld van Genève landden, na een lange onderbreking van het luchtverkeer vanwege de weersomstandigheden.

Het was 21.30 uur toen het vliegtuig de landingsbaan raakte, die net was schoongeblazen. Zodra Macaire van boord was, liep hij door de slurf naar het vliegveld, dat hij op zijn duimpje kende, met zijn koffertje in zijn hand. Ontspannen verliet hij de aankomsthal. De douane stelde geen enkele vraag.

De sneeuw had het luchtverkeer dit laatste uur verstoord, en daarom stond er buiten het vliegveld een lange rij taxi's op de weinige klanten te wachten. Macaire stapte in de voorste auto. Achter het stuur legde de chauffeur direct de krant weg waarin hij zat te lezen.

'Cologny, chemin de Ruth,' zei Macaire.

De chauffeur wierp een nadrukkelijke blik op zijn klant in de achteruitkijkspiegel, zwaaide met zijn exemplaar van de *Tribune de Genève*, en vroeg toen: 'Dat bent u, in de krant, of niet?'

Macaire glimlachte, gevleid dat hij herkend werd.

'Dat ben ik inderdaad.'

'Het is een grote eer, meneer Ebezner,' zei de chauffeur met een blik vol bewondering. 'Ik vervoer niet iedere dag een ster uit de financiële wereld.'

Macaire bekeek zijn gezicht in de weerspiegeling van de ruit en kon een grote glimlach niet onderdrukken. Hij was op de toppen van zijn bankierscarrière. Vergeten was de spanning uit Madrid: hij had zich uit de zaak gered en zijn toekomst straalde hem tegemoet. Hij kon niet wachten tot hij morgen weer op de bank zou zijn. Daar zou hij iedereen zien kijken! Ook al was zijn promotie tot voorzitter al maandenlang rond, dit artikel zou het gesprek van de dag zijn. Vanaf morgen zou iedereen zijn voeten kussen. Nog een paar dagen geduld: zaterdagavond, bij het jaarlijkse Grote Weekend van de bank in Verbier, zou hij verkozen worden tot hoofd van de prestigieuze firma.

De taxi reed de rue de la Servette in, sloeg af naar de avenue de Chantepoulet en reed over de pont du Mont-Blanc. De oevers van het Meer van Genève fonkelden. De grote Fontein van Genève, de trots van de stad, verrees majestueus te midden van de sneeuwvlokken. Met de sneeuw en alle kerstverlichting zag Genève er feeëriek uit. Alles was zo kalm, zo sereen.

Daarna reed de auto over de quai du Général-Guisan en toen door naar Cologny, een van de chique buurten van Genève, waar Macaire en zijn vrouw Anastasia een prachtig huis met uitzicht op het meer bewoonden.

Op hetzelfde moment proefde Arma, de huishoudster, in de keuken van de Ebezners van het kalfsgebraad dat ze al urenlang liefdevol liet pruttelen: het was perfect. Ze keek opnieuw met bewondering naar het krantenartikel dat ze op het aanrecht had neergelegd om haar gezelschap te houden. Het was officieel: m'neer zou aanstaande zaterdag worden verkozen tot voorzitter van de bank! Ze was zo trots op hem. Ze werkte nooit in het weekend, maar toen ze gisteravond in haar stamcafé het artikel had gevonden, had ze direct besloten om hem te verwelkomen als hij terugkwam uit Madrid. Ze wist dat hij alleen zou zijn, want zijn vrouw bracht het weekend door bij een vriendin (m'vrouw Anastasia hield er niet van om alleen in dit grote huis te zijn als haar man op zakenreis was). Arma vond het verdrietig dat er bij zijn thuiskomst niemand in huis zou zijn om het geweldige nieuws te vieren.

Toen ze de lichten van de taxi het domein op zag komen, haastte ze zich naar buiten om haar baas te verwelkomen, zonder ook maar de tijd te nemen om haar jas aan te trekken, ook al sneeuwde het.

'U staat in de krant!' riep ze trots, terwijl ze met het artikel zwaaide voor de ogen van Macaire, die zich uit de taxi hees.

'Arma,' zei hij verbaasd. 'Wat doe je hier op zondag?'

'Ik wilde niet dat u in een leeg en donker huis kwam, zonder lekker eten.'

Hij glimlachte vol affectie.

'Het is dus officieel: voorzitter!' zei Arma blij.

Ze greep het koffertje dat de chauffeur uit de kofferbak haalde en volgde haar baas naar binnen terwijl de taxi wegreed. Zodra de auto het domein van de Ebezners had verlaten, verscheen er een man in het licht van de koplampen. De chauffeur stopte en deed het raampje omlaag.

'Ik heb precies gedaan wat u zei,' zei hij tegen de man, die geen hinder van de sneeuw leek te ondervinden.

'Heb je hem het artikel laten zien?' vroeg de man.

'Ja, ik heb uw instructies tot op de letter gevolgd,' bezwoer de chauffeur plechtig en hij wachtte op zijn beloning. 'Ik deed of ik hem herkende, precies zoals u zei.'

De man was tevreden en schoof de chauffeur een stapeltje honderdfrankbiljetten toe, waarna die direct verdween.

Binnen, aan de keukentafel, liet Macaire zich door Arma een mooie plak kalfsgebraad serveren. Hij was bezorgd. Vooral vanwege Anastasia. Hij had een bericht gestuurd om te zeggen dat hij veilig in Genève was aangekomen. Ze had heel laconiek geantwoord.

Blij dat je reis goed is gegaan.
Gefeliciteerd met het artikel in de *Tribune.*
Kom morgen terug, beter niet rijden met die sneeuw.

Toen Macaire het bericht herlas, vroeg hij zich af wie wie voorloog. Zichzelf loog hij al twaalf jaar voor. Twaalf jaar brandde zijn geheim hem op de lippen.

Arma rukte hem uit zijn gedachten.

'Ik ben zo blij voor u,' zei ze. 'Toen ik het artikel zag, ging ik haast huilen. Voorzitter van de bank! Was u in Madrid voor werk?'

'Ja,' loog Macaire.

Hij leek er met zijn gedachten niet bij en besteedde geen enkele aandacht aan Arma. Uiteindelijk maakte ze de pannen schoon, woedend op zichzelf. Wat was ze stom geweest om hem vanavond te verwelkomen! Ze dacht dat ze hem er een plezier mee deed. Het was een mooie gelegenheid geweest om een bijzonder moment samen te hebben. Maar het deed hem niks. Hij had niet eens gemerkt dat ze naar de kapper was geweest en haar nagels had gelakt. Ze besloot naar huis te gaan.

'Als u me niet meer nodig heeft, dan ga ik maar, m'neer.'

'Natuurlijk. Ga maar, Arma, en bedankt voor het heerlijke diner. Zonder jou zou ik met een lege maag naar bed zijn gegaan. Je bent een juweel. Trouwens, vergeet je niet dat ik je het hele volgende weekend nodig heb?'

'Volgend weekend?' bracht Arma uit.

'Ja. Je weet dat het het Grote Weekend van de bank is, verboden voor partners. Ik vind het wat moeilijk om Anastasia opnieuw alleen te laten. Twee weekenden op rij is wel veel... je weet hoe vervelend ze het vindt om alleen in dit grote huis te zijn. Je kunt in een van de logeerkamers slapen... dat zal ze heel geruststellend vinden.'

'Maar u had me vanaf aanstaande vrijdag verlof gegeven,' zei Arma. 'Ik was van plan om tot maandag weg te blijven.'

'Verdorie, dat was ik helemaal vergeten! Kun je je plannen niet omgooien? Alsjeblieft, het is heel belangrijk voor mij om te weten dat er iemand bij Anastasia is. Bovendien wil ze misschien vriendinnen ontvangen, dan is het goed als jij er bent om het huishouden te doen en te koken. Ik betaal je dubbel voor ieder uur dat je hier bent tussen vrijdag en zondagavond.'

Zelfs voor al het goud van de wereld zou ze niet akkoord zijn gegaan. Dat weekend was heel belangrijk voor haar. Maar aangezien ze niet in staat was om haar baas iets te weigeren, ging ze schoorvoetend akkoord.

Toen Arma weg was, sloot Macaire zich op in zijn salon, een kleine kamer op de begane grond die dienstdeed als werkkamer. Hij haalde een schilderij van de muur (een aquarel van Genève) dat een kleine kluis verborg waarvan alleen hij de cijfercombinatie kende. Hij maakte hem open, er lag maar één ding in: een schrift. Sinds een paar weken was hij begonnen zijn geheimen daaraan toe te vertrouwen. Voor het geval dat. Zodat iemand het zou weten. De afgelopen tijd voelde hij zich bekeken. Geobserveerd. De gebeurtenissen in Madrid leken hem gelijk te geven. De laatste twaalf jaar had hij heel veel risico's genomen. De waarheid opschrijven zou nog weleens van nut kunnen zijn.

Hij bladerde het schrift door: op de eerste pagina's stonden rijen cijfers en geldbedragen, alsof het een boekhoudkundig document was. Zwart geld misschien, zou men denken als dit schrift in verkeerde handen viel. Het was een dwaalspoor. De volgende pagina's leken allemaal leeg, terwijl ze in werkelijkheid bol stonden van de bekentenissen. Voor extra veiligheid schreef Macaire met sympathetische inkt. Het was een stokoude truc die nog steeds werkte: door middel van een vulpen waar geen inkt in zat en waarvan hij de punt in een mengsel van water en citroensap doopte, werd alles wat hij opschreef direct opgeslokt door de pagina's. Die bleven wit, ook al stonden ze vol. Als Macaire ooit zijn onzichtbare tekst wilde herlezen, hoefde hij de pagina's alleen maar bij een licht- en warmtebron te houden en dan zou zijn hele verhaal weer verschijnen.

Aanvankelijk was de exercitie arbeidsintensief geweest, maar door oefening was zijn hand vaardig geworden: zelfs zonder dat hij zijn tekst kon zien schreef hij volkomen leesbaar. Hij opende zijn schrift, vond de laatste pagina die hij had volgeschreven aan de omgevouwen hoek, en doopte zijn vulpen in de kom met citroensap. Hij zag niet de schim die zich schuilhield in de schaduw, op een paar meter van hem vandaan: een man die hem bespiedde door het raam van de salon.

De man bleef onbeweeglijk staan en observeerde Macaire ruim een uur lang. Hij zag hem schrijven en daarna het schrift opbergen in de kluis achter het schilderij en de kamer verlaten, ongetwijfeld om naar bed te gaan, op dit late uur.

De man verdween in de nacht, stil en onzichtbaar, sloop weg en klom over de omheiningsmuur van het domein. De sneeuw die nog steeds viel, bedekte zijn sporen. Toen de man de chemin de Ruth bereikte, stapte hij in een auto die langs de kant van de weg geparkeerd stond. Alles was uitgestorven. Hij startte en reed een paar minuten tot hij ver genoeg was, toen stopte hij om te bellen.

'Hij is thuis en hij heeft niks door,' verzekerde hij zijn gespreksgenoot. 'Ik heb er zelfs voor gezorgd dat een taxichauffeur met hem over het artikel heeft gepraat.'

'Dat was een prima idee, goed zo!'

'Hoe is het je gelukt om dat artikel te laten plaatsen? Met een foto nog wel!'

'Ik ken mensen. Arme man, morgen gaat hij diep vallen!'

Een kilometer verderop werd de gevel van het huis van de Ebezners al snel donker. Macaire lag in zijn grote bed en sliep weldra de slaap der rechtvaardigen, met het artikel te zijner ere naast zich. Hij had zich nog nooit zo gelukkig gevoeld.

Hij had geen enkel idee dat de moeilijkheden nog maar net begonnen waren.

HOOFDSTUK 4
Problemen

Maandag 10 december, zes dagen voor de moord

Halfzeven 's ochtends. Macaire werd wakker van de wekker, en hij had een paar ogenblikken nodig om zich te herinneren dat hij thuis was. Hij deed zijn ogen open: eerst voelde hij een schok bij de herinnering aan wat er in Madrid was gebeurd. Toen besefte hij dat hij veilig thuis was, en kwam er een gevoel van vrede over hem heen. Alles was weer in orde.

Hij had de luiken niet gesloten: door het raam zag hij dat het nog pikdonker was en dat het hard sneeuwde. Hij had geen zin om de ijzige kou te trotseren. Diep weggedoken onder zijn donsdeken besloot hij om zich nog een paar minuten rust te gunnen. Hij deed zijn ogen weer dicht.

Op hetzelfde moment stapte in de rue de la Corraterie, in het centrum van Genève, zijn secretaresse Cristina met haar gebruikelijke punctualiteit over de drempel van het imposante gebouw van Banque Ebezner. Sinds ze zes maanden eerder bij de bank in dienst was getreden kwam ze iedere ochtend om halfzeven op het werk, wanneer de portiers het gebouw openden. Enerzijds om haar bazen te laten zien hoe serieus ze was, maar vooral omdat het haar de kans gaf om diverse dossiers door te nemen zonder gestoord te worden, en zonder vragen te hoeven beantwoorden.

Op deze sneeuwdag was ze te voet gekomen, om niet het risico te lopen dat ze vertraging zou oplopen omdat de wegen nog niet geveegd waren. Ze droeg laarzen, en met haar pumps in haar tas liep ze vanaf haar appartement in Champel door de slapende stad.

Elegant in haar getailleerde jas liep ze de grote hal van de bank door. De portiers stonden op een rij achter de balie, stuk voor stuk een beetje verliefd op haar, en verwonderden zich erover dat niets de ijver van deze jonge, knappe, toegewijde medewerkster kon intomen.

'Goedemorgen vanmorgen, Cristina,' verwelkomden ze haar als uit één mond.

'Goedemorgen heren,' glimlachte ze, en ze legde een zak met croissants voor ze neer die ze bij een bakker in de buurt had gekocht.

Geraakt door dat gebaar putten ze zich uit in bedankjes.

'Heb je van het weekend de krant gezien?' vroeg een van hen terwijl hij met één hap een halve croissant wegwerkte. 'Je wordt de secretaresse van de voorzitter!'

'Ik ben erg blij voor meneer Ebezner,' zei Cristina. 'Hij heeft het verdiend.'

Ze liep naar de liften en ging naar de vijfde verdieping, van vermogensbeheer. Aan het einde van een lange gang met beklede wanden arriveerde ze in de antichambre die haar werkplek was en waarachter de kantoren van haar twee bazen lagen: Macaire Ebezner en Lev Levovitch.

De antichambre was niet erg ruim en ook niet erg praktisch. Een grote lessenaar die de weg versperde, een kast in een hoek en een imposant kopieerapparaat. Cristina had gevraagd of ze hier mocht zitten. Op alle afdelingen, vermogensbeheer incluis, zaten de secretaresses samen in grote, comfortabele kamers. Maar zij stond liever in direct contact met haar bazen.

Op de bank had Cristina zich al snel onmisbaar gemaakt: ze werkte hard en verzaakte nooit. Ze was intelligent, vasthoudend, charmant. Altijd goedgehumeurd, altijd bereidwillig. Ze filterde de telefoontjes, sorteerde de post, beheerde de afspraken en de agenda's.

Vanaf haar eerste dag bij de bank was Cristina erg onder de indruk geweest van Lev Levovitch. Hij was een van de meest bewonderde bankiers van Genève. Het hoogst aangeslagen voor zijn knowhow en ook het meest gevreesd. Hij was een jaar of veertig, schaamteloos knap, met het uiterlijk van een acteur en koninklijke allure. Charismatisch, met talent voor alles, vloeiend in tien talen; hij was pijnlijk perfect, liet nooit iemand onberoerd en maakte iedereen jaloers. Hij kende zijn dossiers tot in het kleinste detail. Hij begreep de markten als geen ander en wist te anticiperen op iedere schommeling. Zelfs als de beurzen instortten, verdienden zijn cliënten eraan.

Een van de bijzonderheden van Levovitch was dat hij niet uit het kleine kringetje kwam: hij kwam niet uit een Geneefse patriciërsfamilie. Hij was met niets begonnen, had hard gewerkt om te bereiken wat hij had, wat hem het respect opleverde van de hoge heren om hem heen en de sympathie van het lagere personeel, dat zich in zijn bescheiden afkomst herkende.

Hij was zowel geheimzinnig als discreet, hij cultiveerde het mysterie, liet zich nooit voorstaan op zijn bezigheden, liet de feiten die de journalisten – en de roddelaars – opschreven, voor zichzelf spreken. Hij was de raadgever van de allerrijksten, de intimus van de machtigen, de vriend van presidenten, maar hij vergat nooit waar hij vandaan kwam en was altijd beschikbaar voor de nooddruftigen; hij kwam de behoeftigen te hulp en was vrijgevig voor hen die dat nodig hadden.

In Genève was hij degene over wie iedereen sprak, met wie iedereen wilde omgaan. En desondanks was hij een teruggetrokken man met weinig contacten. Hij huurde een reusachtige suite op de vijfde etage van het luxueuze Hôtel des Bergues, een Geneefs hotel aan de oever van het meer. Er was niets bekend over zijn priveleven, niemand wist wie zijn vrienden waren; zijn enige vertrouweling was zijn chauffeur en butler, Alfred Agostinelli, wiens discretie tegen alles bestand was. Als begeerde vrijgezel lag zijn naam op de lippen van alle jonge vrouwen van de Geneefse jetset, en de grote families van Europa hoopten dat hij zijn oog op een van hun dochters zou laten vallen. Maar Levovitch leek geheel niet door die dingen te worden geraakt. Zijn hart was een onneembare vesting: er werd van hem gezegd dat hij nog nooit voor iemand was gevallen.

Lev Levovitch kwam iedere ochtend precies om zeven uur op kantoor. Maar die dag was er om tien over halfacht nog niemand. Terwijl

Lev toch maar tien minuten lopen van de bank vandaan woonde: de sneeuw kon niet de oorzaak zijn van die grote vertraging. Cristina deed haar best om een goede verklaring voor zijn afwezigheid te vinden; ze vermoedde dat hij een afspraak buiten de deur had. Ze bekeek de agenda van haar baas en constateerde dat de bladzijde van die dag maagdelijk wit was, tot het blok van 16 uur, waar hij zelf – ze herkende het handschrift – in hoofdletters een raadselachtige notitie had geschreven: ZEER BELANGRIJKE AFSPRAAK. Ze was stomverbaasd: over het algemeen was zij degene die de afspraken noteerde. Deze was er op het laatste moment bij gezet. Cristina was geïntrigeerd: wat kon dit betekenen?

Plotseling hoorde ze een stem op de gang. Ze wist dat de etage op dit tijdstip nog uitgestorven was. Ze spitste haar oren, toen sloop ze de gang op om het beter te horen. Daar, in het trappenhuis, zag ze Sinior Tarnogol, een van de leden van de Bankraad, die de trap op liep naar zijn kantoor op de zesde verdieping en die zo te zien even pauzeerde om op adem te komen. Hij praatte in de telefoon en deed wat confidenties, ervan overtuigd dat hij op dit vroege uur veilig was voor meeluisterende oren.

Cristina was onzichtbaar voor hem en luisterde naar het gesprek.

Ze was verbluft.

Wat ze hoorde zou inslaan als een bom.

HOOFDSTUK 5
Einde van de vakantie

Op de redactie van de *Nouvelliste* had Scarlett alle artikelen over de moord op kamer 622 uitgeprint. Zo had ze ontdekt dat de misdaad nooit was opgelost. En in de auto die ons terugbracht naar Verbier dacht ze maar aan één ding: mij ervan overtuigen er een roman over te schrijven.

'Er is een moord gepleegd in het Palace, schrijver! Dat is toch bizar! Stel je voor: de chique omgeving, alle gasten als verdachte, een agent die de getuigen ondervraagt bij de haard.'

'Toe, Scarlett, wat wil je nou? Het onderzoek heropenen? Die zaak oplossen terwijl zelfs de politie daar niet in geslaagd is?'

'Ja! Jij bent beter dan de politie – jij bent schrijver! We gaan het onderzoek samen doen en jij maakt er een roman van!'

'Ik ga hier geen roman over schrijven,' waarschuwde ik haar alvast.

'Toe, schrijver... Ik weet zeker dat Bernard zou hebben gewild dat jij een roman over dit nieuwsbericht zou schrijven.'

'Nee! Mijn volgende roman wordt geen stomme whodunnit!'

'Niet zo chagrijnig, joh! Er is zelfs een roman in de roman: hoe wij erachter kwamen dat het kamernummer 622 was veranderd nadat er een moord was gepleegd. Ben jij niet nieuwsgierig naar de vraag waarom de conciërge ons gisteravond heeft voorgelogen?'

'Mwah.'

'Toe nou! En bovendien zal ik je helpen.'

'Jij mij helpen? Jij hebt nog nooit een boek geschreven.'

'Ik word je assistente.'

'Ik heb al een assistente. En geloof me, dat wil je niet zijn.'
'Jawel, nu heb je twee assistentes.'
'Het is de bedoeling dat ik op vakantie ben, dat ik rust neem.'
'Neem maar rust als je dood bent.'
'Hoe dan ook, ik heb geen tijd. Ik heb afspraken.'
'O ja? Met wie dan?'
'Voor vanmiddag heb ik bijvoorbeeld een massage gereserveerd, daarna ga ik naar de spa om in een jacuzzi een staat van volmaakte ontspanning te bereiken.'
'Groot gelijk, schrijver! Zorg goed voor jezelf, kom op krachten! Hoe ontspannener je bent, hoe beter het boek wordt! Zeg alleen wat ik moet doen om je te helpen.'
Ik liet een lange stilte vallen, toen zei ik: 'Je moet alle elementen vinden die ons in staat stellen om de draad van deze gebeurtenis te volgen.'
Scarletts gezicht lichtte op. 'Dat betekent dat je akkoord gaat!'
Ik glimlachte. Natuurlijk ging ik akkoord, al was het maar om wat tijd met haar door te brengen.

Die middag, toen Scarlett materiaal voor ons onderzoek aan het verzamelen moest zijn, genoot ik langdurig van de baden van het hotel. Terug in mijn suite ontdekte ik dat Scarlett de kamer in beslag had genomen. Ze had de muur behangen met alle artikelen over de zaak die ze had gevonden.
'Hoe ben je binnengekomen?' vroeg ik.
'Ik heb de receptie gevraagd om de deur voor me open te doen.'
'En dat hebben ze gedaan?'
'Ik heb gezegd dat ik je assistente ben. Stel je voor, de assistente van de grote schrijver: ze stonden te trillen! Maar kom liever kijken wat ik heb gevonden!'
Ik ging op een van de stoelen zitten en ze wees naar een papier waarop ze had geschreven: Banque Ebezner.
'Ken je Banque Ebezner, uit Genève?' vroeg Scarlett.
'Natuurlijk, dat is een van de belangrijkste particuliere banken van Zwitserland. Ze zitten aan de rue de la Corraterie.'
'En zegt de naam Macaire Ebezner je iets?'

'Nee, maar afgaande op zijn naam zal hij wel iets met die bank te maken hebben.'

'Bravo, Sherlock Holmes!'

Ze gaf me een artikel uit de *Tribune de Genève* van acht dagen voor de moord, dat ze op internet had weten op te duikelen. Ik las de kop:

MACAIRE EBEZNER WORDT ZATERDAG BENOEMD
TOT VOORZITTER VAN BANQUE EBEZNER

'Het was de bedoeling dat Macaire Ebezner tot voorzitter van de bank zou worden benoemd,' legde Scarlett uit. 'Hij zou zijn vader moeten opvolgen: Abel Ebezner, die een jaar eerder was overleden. Maar in tegenstelling tot wat het artikel vermeldt – je moet de pers altijd wantrouwen – werd hij helemaal niet gekozen.'

'Hoe weet je dat?'

'Dat was nog niet zo eenvoudig. Maar uiteindelijk is het me gelukt om in contact te komen met de conciërge van gisteravond: hij vertelde dat de directie voor het geval dat gasten vragen zouden stellen, de raad had gegeven om dat verhaal van een fout in de kamernummering te vertellen. Want een moord in een hotel, dat hoort niet. Ik heb gevraagd de directeur te spreken, maar stomtoevallig is hij er een paar dagen niet. Ik geloof dat ze er niet heel blij mee zijn dat iemand wil gaan graven. Nou ja, hoe dan ook, de conciërge was ten tijde van de moord al in dienst van het Palace. Eerst beweerde hij dat hij zich niets herinnerde, maar met een paar bankbiljetten heb ik hem met succes van zijn geheugenverlies afgeholpen. Hij vertelde dat Macaire Ebezner destijds een heel serieuze concurrent had in de persoon van Lev Levovitch, een andere bankier, een nogal flamboyante kerel, die hier in het hotel bekend was en de rechterhand van Abel Ebezner was geweest.'

'Van de vader van Macaire Ebezner dus?'

'Precies,' bevestigde Scarlett. 'De conciërge had vertrouwelijke informatie gekregen van de toenmalige directeur van het Palace, Edmond Rose, die heel close met Lev Levovitch schijnt te zijn geweest. In het weekend van de moord was het ongewoon druk in het Palace.'

'Wacht even, Scarlett,' onderbrak ik haar. 'Ik volg je niet. Wat is de connectie tussen het Palace de Verbier en de bank?'

'Het Grote Weekend.'

'Het Grote Weekend? Wat is dat nou weer?'

'Het Grote Weekend was een tientallen jaren oude traditie van Banque Ebezner. Een soort jaarlijks bedrijfsuitje. Ieder jaar in december werden alle medewerkers van de bank uitgenodigd om twee dagen in Verbier door te brengen. Iedereen werd hier in het Palace de Verbier ondergebracht. Overdag waren ze vrij zodat ze konden skiën, wandelen of curlen. Op zaterdagavond was er een galadiner in de balzaal van het Palace. Dat was het moment voor alle plechtigheden, dat de grote officiële bekendmakingen van de bank werden gedaan, zoals interne promoties, machtsoverdrachten of pensioneringen.'

'En het weekend dat de moord werd gepleegd was zo'n Groot Weekend van de bank?'

'Ja. En niet zomaar een! Kijk maar!'

Scarlett liet me een ander artikel uit de *Tribune de Genève* zien. Het dateerde van bijna een jaar voor de moord. Het ging over de uitvaart van Abel Ebezner, begin januari, in de Sint-Pieterskathedraal van Genève. Op een foto stonden drie mannen die werden omschreven als de leden van de Bankraad: Jean-Bénédict Hansen, Horace Hansen en Sinior Tarnogol.

'De Bankraad? Wat is dat?' vroeg ik, terwijl ik wees op een briefje aan de muur waarop Scarlett datzelfde woord had genoteerd, alsof het een belangrijk gegeven was.

Ze glimlachte triomfantelijk. 'Dat vroeg ik me ook af. En dus heb ik wat onderzoek gedaan. Destijds zag de gezagsstructuur van de bank er als volgt uit: onderaan de gewone medewerkers, daarboven de afdelingshoofden, daarboven de procuratiehouders, daarboven de onderdirecteuren, daarboven de directeuren en daarboven, aan de top, heersend over die kleine wereld, de Bankraad, bestaande uit vier personen: twee gewone leden, een vicevoorzitter en een voorzitter. Volgens het artikel in de *Tribune de Genève* was het voorzitterschap van Banque Ebezner altijd overgegaan van vader op zoon. Wat betekent dat de voorzitter en de vicevoorzitter van de Bankraad altijd een vader en zoon Ebezner waren, die elkaar van generatie op generatie opvolgden.'

'En dus zou Macaire Ebezner logischerwijs na zijn vader tot voorzitter benoemd worden.'

'Dat zou je denken. Maar kijk eens op de foto van de begrafenis van Abel Ebezner, waar de andere drie leden van de Bankraad op staan: Macaire Ebezner is er niet bij.'

'Waarom niet?'

'Geen idee. Maar nog steeds volgens wat ik op internet heb gevonden had Abel Ebezner voor zijn overlijden de spelregels veranderd. Hij had de Bankraad er zelf mee belast een opvolger te kiezen, en ze kregen ongeveer een jaar om tot een keuze te komen. De bekendmaking van de nieuwe voorzitter zou dus plaatshebben tijdens het Grote Weekend na zijn overlijden, dat wil zeggen het weekend van de moord.'

HOOFDSTUK 6
De weg naar het voorzitterschap

In de maanden voor de moord was de opvolging van het voorzitterschap van Banque Ebezner een kleine saga geweest die Genève in zijn ban hield.

Alles was in januari begonnen, in de eerste dagen van het jaar, toen Abel Ebezner, die vijftien jaar lang de iconische voorzitter van de bank was geweest, op respectabele leeftijd aan kanker bezweek. Toen zijn overlijden bekend werd, ging iedereen ervan uit dat het voorzitterschap rechtens toekwam aan Macaire, Abels enige zoon. Sinds de oprichting van hun bank, driehonderd jaar eerder, hadden de Ebezners de teugels van het bedrijf overgedragen van vader op zoon. 'Alleen een Ebezner kan Banque Ebezner leiden,' werd verteld aan medewerkers en cliënten, alsof die naam een waarborg was voor buitengewone kwaliteiten. Maar al snel bleek dat Abel Ebezner voor zijn dood in zijn testament had laten opnemen dat die traditie samen met hem zou worden begraven en dat de volgende voorzitter van de uiterst prestigieuze bank niet op basis van zijn naam, maar van zijn merites zou worden verkozen.

Onder toezicht van een notaris had Ebezner senior alles tot in de kleinste details geregeld. Voor de manier waarop de voorzitter van de bank zou worden gekozen, golden drie regels: 1) de taak om het vierde lid van de Bankraad, namelijk de voorzitter, te benoemen, kwam neer op de schouders van de overige leden ervan, 2) de Raad mocht niet iemand uit de eigen gelederen kiezen, maar moest het nieuwe lid van buiten halen, en ten slotte 3) om een overhaaste beslissing te voorkomen zou de benoeming pas bekend worden gemaakt tijdens het traditionele Grote Weekend aan het einde van het jaar, waarna de nieuwe voorzitter pas per 1 januari van het jaar daarop aan het werk zou gaan.

De laatste wilsbeschikking van Abel Ebezner was als een donderslag voor de bank. Het bedrijf werd er niet door van zijn stuk gebracht, maar juist geprikkeld. Vanaf de bodes tot de directeuren had iedereen opeens het idee dat hij een kans maakte om de hoogste baan te krijgen. In alle geledingen werden de medewerkers nog dubbel zo ijverig om in de gunst te komen van de leden van de Raad. De bank was nog nooit zo productief geweest: niemand nam nog ziekteverlof op en het merendeel van het personeel zag zelfs van vakantie af.

De koortsachtigheid over de opvolging was zo groot dat die zich door de gehele stad verspreidde. Banque Ebezner was een Geneefs instituut, en de voorzitter was een van de meest geziene personen. Het feit dat de opvolging van het voorzitterschap voor de eerste keer niet erfelijk was, sprak iedereen aan.

Terwijl de weken verstreken steeg de opwinding ten top. Eindelijk werd het december. Iedereen brandde van verlangen te horen wie zich bij Jean-Bénédict Hansen, Horace Hansen en Sinior Tarnogol zou aansluiten in de Bankraad en het lot van Banque Ebezner zou bepalen.

En toen Macaire Ebezner op die maandag 10 december om halfelf eindelijk zijn opwachting maakte op de stoep van de rue de la Corraterie, was hij dus heel vrolijk bij het zien van het imposante bankgebouw. Hij keek vol trots naar de gevel:

BANQUE EBEZNER & ZOON, SINDS 1702

Hij zou als een ster worden onthaald. Dat wist hij. De komende dagen zou hij het onderwerp van alle gesprekken en het middelpunt van alle aandacht zijn. Hij moest vooral het hoofd koel houden en bescheiden blijven. Herhalen dat alle opties tot zaterdag nog voor de Bankraad openlagen. Natuurlijk niet zeggen dat hij allang wist dat hij voorzitter zou worden. Hij kon niet wachten tot het eindelijk zaterdag was. Nog maar zes korte dagen en dan was het officieel. Hij moest geduld hebben.

Hij stond de gevel van zijn bank te bewonderen en ademde met diepe halen de verkwikkende winterochtendlucht in. De zon bescheen de sneeuw, de hemel was schitterend blauw.

Hij betreurde het dat hij niet direct toen hij wakker werd was opgestaan: hij had de ogen nog heel even willen sluiten en was toen weer in een diepe slaap gevallen. Aangezien iedereen op hem wachtte, zou iedereen merken dat hij te laat was. Het was de toekomstige voorzitter van de voornaamste Zwitserse privébank onwaardig om op een dergelijk tijdstip op het werk te verschijnen. Hij kwam al nooit vroeg, maar dit ging toch wel erg ver! Vandaag kon hij de sneeuw als smoes gebruiken, maar hij had een goed voornemen voor het nieuwe jaar: zodra hij officieel was verkozen zou hij iedere ochtend als een van de eersten op de bank zijn.

Door de zware ingangsdeur vol verguldsel en arabesken betrad Macaire Ebezner met een gewichtig air de grote ontvangsthal. Hij voelde alle blikken op zich gericht. Vanachter de balies begroetten de portiers hem eerbiedig. 'Een heel goede morgen, meneer Ebezner!' zei het kleine koortje met een lichte hoofdknik.

Macaire bemerkte direct dat ze anders naar hem keken en hij voelde zich opeens belangrijker dan de paus. Iedereen die hem zag feliciteerde hem, begroette hem eerbiedig of knipoogde samenzweerderig. Binnenkort zou hij de baas van al deze mensen zijn, en voortaan zou hij worden getrakteerd op allerlei vleierij. De meest kruiperigen voegden hem zelfs een 'Prettige dag, meneer de voorzitter' toe.

Hij nam de lift met een kudde uitslovers die zich in allerlei bochten wrongen. Allemaal lakeien! dacht hij terwijl hij hun sint-vitusdans bekeek. Maar hij liet zich niet in de luren leggen: sommigen van deze hovelingen hadden hun jas op het laatste moment omgedraaid en hadden gedacht dat hij door de Raad aan de kant zou worden gezet. Hij was zich ervan bewust dat hij niet altijd serieus was genomen, vooral in het laatste jaar niet, vanwege de beslissing die zijn vader net voor zijn dood had genomen. De bereidheid van zijn *daddy* om hem door de Bankraad tot voorzitter te laten verkiezen in plaats van hem rechtstreeks te benoemen, had hem eerst dwarsgezeten. Hij had liever gehad dat zijn vader hetzelfde had gedaan als al zijn voorgangers in de laatste driehonderd jaar door de fakkel gewoon aan hem door te geven. Zodat hij gewoon meteen de baas zou zijn dus, zonder die verkiezingsformaliteit te hoeven doorlopen. Maar uiteindelijk had hij de grondslag voor de laatste wens van zijn vader doorzien: het was om de keuze voor hem te rechtvaardigen. Hij zou tot voorzitter worden benoemd om zijn talent, niet om zijn achternaam! Hij zou er sterker uit komen. Zijn vader had aan alles gedacht.

Toen Macaire op de vijfde etage was, stapte hij de lift uit en paradeerde de antichambre van zijn secretaresse Cristina binnen. Wat zou ze hem onthalen! Maar ze ontving hem met een pikdonkere blik.

'Daar bent u eindelijk, meneer Ebezner!' riep ze uit.

'Cristina, wat is er met jou aan de hand?' vroeg Macaire stomverbaasd. 'Het lijkt of je een spook hebt gezien.'

'Ik weet niet hoe ik het u moet zeggen...'

'Hoe je me wat moet zeggen?' vroeg Macaire, een en al glimlach. 'Als het gaat over mijn nominatie voor het voorzitterschap van de bank, dat weet ik al uit de zaterdagkrant.'

Macaire glimlachte geamuseerd en liep zijn werkkamer binnen terwijl hij zijn dikke winterjas uittrok. Cristina volgde hem zijn kamer in, en toen ze niets zei, fronste hij zijn wenkbrauwen.

'Je maakt me ongerust, Cristina. Je ziet helemaal bleek. Er is toch niets met je gezondheid, hoop ik?'

Na een aarzeling zei ze: 'Meneer Ebezner, u wordt niet gekozen tot voorzitter.'

'Wat zeg je daar? Heb je dit weekend de krant niet gelezen?'

'Dat artikel klopt niet!' riep Cristina uit. 'Lev Levovitch wordt gekozen!'

Die laatste zin sloeg in als een bom. Macaire was een ogenblik met stomheid geslagen.

'Wat zeg je nou?'

'Levovitch wordt tot voorzitter gekozen,' herhaalde ze. 'Het spijt me verschrikkelijk.'

'Die smeerlap!' mompelde Macaire.

Hij wilde naar de kamer van Levovitch stormen om een verklaring te eisen, maar Cristina hield hem tegen.

'Meneer Levovitch heeft zich vanochtend niet bij de bank gemeld,' zei ze. 'Ik heb hem op allerlei manieren proberen te bereiken, maar helaas. Ik maak me zorgen. Ik moet hem absoluut spreken. Weet u waar hij is?'

Macaire had zijn positieven weer bij elkaar en trok een onverschillig gezicht.

'Je hoeft die arme Levovitch niet blij te maken met een dooie mus. Er is geen sprake van dat hij voorzitter wordt. Hoe haal je het in je hoofd om zulke belachelijke praatjes te verspreiden? Ik weet heus wel waar ze vandaan komen: van een lid van de Raad dat ik heel goed ken en dat me al maandenlang verzekert dat...'

'Uw neef, Jean-Bénédict Hansen?' onderbrak Cristina.

'Mag ik even?' wond Macaire zich op, want hij had er een hekel aan als ondergeschikten hem in de rede vielen.

'Dat lid van de Raad dat u goed kent, is dat meneer Hansen?' vroeg Cristina.

'Dat is inderdaad Jean-Béné,' bevestigde Macaire. 'Heb je daar een probleem mee?'

'Vanochtend hoorde ik meneer Tarnogol met meneer Hansen bellen. Hij zei dat ze vooral niet u moesten kiezen, dat dat tegen de wens van uw vader was. Vanwege wat er vijftien jaar geleden in Verbier is gebeurd. Hij zei dat uw vader u nooit had vergeven, en dat als hij had gewild dat u voorzitter zou worden, hij u wel rechtstreeks zou hebben benoemd. Van wat ik uit het gesprek begreep, is de Raad vrijdag bijeengekomen en zijn ze toen overeengekomen om Levovitch te kiezen.'

'Welnee! Wat een onzin,' riposteerde Macaire. 'Zoiets zou Jean-Béné me nooit flikken.'

'Dat had ik ook nooit gedacht,' zei Cristina meelevend. 'En daarom heb ik meneer Hansen bij zijn kamer opgewacht om het hem te vragen, en jammer genoeg had ik het goed gehoord. Het spijt me verschrikkelijk, meneer Ebezner. Ik vind het zo onrechtvaardig.'

Macaire weigerde te geloven dat het waar kon zijn en daarom haastte hij zich naar de bovenste verdieping om het zelf aan zijn neef Jean-Bénédict te vragen.

De werkkamers van de leden van de Raad lagen op de zesde verdieping van de bank. Aan het einde van een imponerende gang kwamen achter elkaar vier deuren. De eerste was van de kamer van de voorzitter (die al sinds de dood van Abel Ebezner leegstond). Daarna die van de vicevoorzitter, die al vijftien jaar de kamer van Macaire Ebezner had moeten zijn maar die vanwege de gebeurtenissen van vijftien jaar geleden werd bezet door Sinior Tarnogol, een mysterieuze man uit het schaduwrijk die het grootste deel van zijn tijd heen en weer reisde tussen Zwitserland en Oost-Europa. Dan volgden de kamers van twee andere leden van de Raad, te weten Horace Hansen, uit een jongere tak van het geslacht Ebezner, en diens zoon, Jean-Bénédict Hansen, die net als Macaire een jaar of veertig was.

Jean-Bénédict Hansen liep te ijsberen in zijn kamer, staarde naar de deur, vreesde de komst van zijn woedende neef Macaire wanneer Cristina die zou hebben ingelicht.

'Verdomde spionne!' schold Jean-Bénédict hardop. Toen hij twee uur geleden bij de bank was aangekomen, stond ze bij zijn kamerdeur. Toen ze hem zag, was ze direct op hem afgestormd.

'Is het waar?' had ze gevraagd. 'Gaan jullie meneer Ebezner niet tot voorzitter kiezen?'

Hij verbleekte.

'Hoe weet je dat?' stotterde hij. 'Mijn god, Cristina, je luistert de Raad toch niet af? Dat is onacceptabel!'

'Doe niet zo raar,' had Cristina zich verdedigd. 'Vertelt u liever aan meneer Tarnogol dat hij wat discreter moet zijn als u niet wilt dat uw geheimen uitlekken. Hoe kunt u uw neef zoiets aandoen?'

'Dat zijn jouw zaken niet, Cristina,' had Jean-Bénédict op droge toon gezegd. 'Je gaat je boekje mijlenver te buiten. Ik wil je dus vragen om discreet te blijven en er niet met Macaire over te spreken.'

'Wilt u dat ik niets zeg? En dat hij het nieuws zaterdagavond pas hoort, ten overstaan van de hele bank? Dat is vernederend!'

'Het ligt veel ingewikkelder.'

'Ik ga niet doen alsof er niets aan de hand is!'

'Je hebt geen enkele reden om hem iets te laten weten! Je laat je meeslepen door je affectie en je gedraagt je volkomen onprofessioneel! Dus alsjeblieft, Cristina, hou je mond! Anders heeft het grote gevolgen voor je, neem dat maar van mij aan.'

'Ik denk dat iedereen gewoon moet doen wat hem het beste lijkt,' besloot Cristina.

Met een uitdagende blik liep ze weg, en hij keek haar kwaad na totdat ze bij de lift was. Ze was echt de meest onuitstaanbare vrouw die er bestond. Wat had hij een spijt dat hij haar had aangenomen! Alleen maar omdat hij aardig wilde zijn. Eerst had hij een baan voor haar gecreëerd, speciaal voor haar. Toen had ze gevraagd om in de antichambre te mogen zitten, met als argument dat ze haar werk niet goed kon doen als ze tussen de secretaresses zat. Hij had op alles ja en amen gezegd om maar aardig te zijn – was dit nu zijn dank?

De deur van de kamer van Jean-Bénédict vloog open en Macaire verscheen.

'Zeg dat het niet waar is, Jean-Béné! Zeg dat het niet waar is dat de Raad Levovitch kiest!'

'Ik vind het heel erg,' zei Jean-Bénédict spijtig, terwijl hij naar de vloer keek.

Er viel een ijzige stilte. In shock liet Macaire zich in een stoel zakken en sloot zijn ogen, alsof hij de onverdraaglijke realiteit wilde buitensluiten. Opzijgeschoven voor het voorzitterschap van de familiebank! Wat een schande! Wat een vernedering! Wat zouden de mensen zeggen? Wat zou zijn vrouw zeggen? Tot vandaag was hij een voornaam persoon in Genève geweest: de erfgenaam van Banque Ebezner. Maar nu hij door zijn vader en door zijn gelijken opzij was gezet, zou hij het lachertje van de stad worden. Zijn wereld stortte in. Voor hem geen eerbetoon, geen strijkerijen. Hij dacht aan de grote zaal van de Raad, het heilige der heiligen, waar hij zijn portret al naast dat van zijn voorvader Antiochus Ebezner zag hangen. En hij vroeg zich af wat Antiochus Ebezner hiervan zou hebben gedacht.

Antiochus Ebezner had Banque Ebezner in 1702 opgericht. Voor de financiering had hij aangeklopt bij een jongere tak van de familie, de Hansens, verschrikkelijke neven, zo vrekkig als ratten, die na de Bartholomeusnacht uit Frankrijk naar Zwitserland waren gevlucht en die zich in Ebezners ogen beter hadden kunnen laten afslachten, want in plaats van een lening hadden ze voor hun geld een aandeel in de bank geëist.

Antiochus had dus geen andere keuze gehad dan om aandelen af te staan aan zijn neef Hansen, al hield hij zelf een meerderheidsbelang. Maar uit wantrouwen, en om zich te wapenen tegen een putsch binnen zijn eigen bank, had Antiochus besloten een Raad van Eigenaren op te richten en gaf hij bijna de helft van zijn aandelen aan zijn zoon Melchior, zodat hij een reden had om hem tot vicevoorzitter te benoemen, en hem kon opleiden zodat hij na zijn dood de teugels van de bank kon overnemen. Maar zijn neef Wilfried, die toch al een minderheidsbelang had, had niet alleen tegenover twee anderen willen staan, en daarom had hij geëist dat hij hetzelfde mocht doen en de helft van zijn aandelen overgedaan aan zijn oudste zoon, die ook plaatsnam in de Raad.

Om een einde aan de interne oorlog te maken die de reputatie van de bank begon te schaden, kwamen Antiochus en Wilfried overeen dat de Bankraad uit niet meer dan vier leden zou bestaan die tezamen alle aandelen in handen hadden: twee Ebezners (vader en zoon) die een meerderheidsbelang zouden hebben; twee Hansens die een minderheidsbelang hadden, maar wier zwakkere positie gecompenseerd werd met de uitkering van ruime dividenden. Dit stelde de Ebezners in staat om volledige zeggenschap over hun bank te behouden, waarbij hun aandelen overgingen van vader op zoon, van generatie op generatie, terwijl de Hansens, die werden gezien als een inferieure tak van de familie, tot een plaats op de achtergrond veroordeeld bleven.

Tien generaties lang was de familie Ebezner door goede fertiliteit in staat geweest om de roulatie die in 1702 door Antiochus was begonnen voort te zetten, aangezien iedere voorzitter minstens één mannelijke afstammeling kreeg (*patriarchat oblige*). Zo ging het door tot Auguste, Macaires grootvader, en die gaf, toen hij voorzitter werd, de positie van vicevoorzitter aan zijn zoon Abel, Macaires vader. En toen Auguste stierf was het niet meer dan normaal dat Abel de positie van vicevoorzitter van de Raad aan zijn enige zoon Macaire zou geven, die toen zesentwintig was.

Dat was vijftien jaar geleden. Macaire herinnerde het zich alsof het gisteren was. In die tijd was het jaarlijkse Grote Weekend in het Palace de Verbier al een lange traditie en bij die gelegenheid had hij, op het zaterdagavondbal, dat het hoogtepunt van het weekend was, ten overstaan van iedereen uit de hand van zijn vader het deel van de aandelen gekregen dat hem toekwam, wat hem volgens de regels die driehonderd jaar eerder door Antiochus Ebezner en Wilfried Hansen waren opgesteld verhief tot vicevoorzitter van de Raad.

Maar Macaire Ebezner kreeg nooit de gelegenheid om zitting te nemen in de Raad omdat hij, om redenen die niemand ooit had begrepen, zo onverstandig was om zijn aandelen af te staan aan een zekere Sinior Tarnogol, een weinig scrupuleuze zakenman uit Sint-Petersburg, die geld in Zwitserland wenste te investeren. Toen Abel Ebezner dat hoorde, stelde hij vanzelfsprekend alles in het werk om de aandelen van zijn zoon terug te krijgen. Eerst had hij gerechtelijke stappen ondernomen, die geen succes hadden gehad aangezien de overdracht wettig tot stand was gekomen. Daarna had hij geprobeerd te onderhandelen: hij was bereid om een astronomisch bedrag neer te tellen om de kostbare aandelen terug te krijgen, maar Sinior Tarnogol weigerde. Zo was hij in plaats van Macaire lid geworden van de Raad, en dan ook nog als vicevoorzitter, zodat de orde die Antiochus Ebezner driehonderd jaar eerder tot stand had gebracht in de hoop dat hij op die manier het voortbestaan van zijn naam bij de bank kon garanderen, de grond in werd geboord, omdat hij er nooit aan had gedacht dat een telg van de Ebezners op een dag zijn aandelen zou verkopen.

De stem van zijn neef Jean-Bénédict bracht Macaire terug naar de trieste realiteit.

'Levovitch is de beste man om deze bank te leiden,' zei hij. 'Eerlijk is eerlijk: zijn resultaten zijn uitzonderlijk en de cliënten dragen hem op handen.'

'Ja, ik heb een slecht jaar gehad,' gaf Macaire toe. 'Maar je weet ook hoe dat komt: de dood van mijn vader in januari, zijn beslissing om mij niet direct te benoemen...'

'...of om jou helemaal niet te benoemen,' waagde Jean-Bénédict.

'Wat bedoel je daarmee?'

'Ik denk dat je vader je nooit heeft vergeven wat je vijftien jaar geleden hebt gedaan. Wat bezielde je?'

'Wat doet het ertoe? Je zou het toch niet begrijpen.'

'Maar zul je het me ooit vertellen? Besef je eigenlijk wel wat je hebt gedaan? Je hebt het pact van de Ebezners verbroken, je hebt je aandelen verkocht!'

'En jij hebt me een jaar lang voorgelogen,' zei Macaire beschuldigend. 'Je hebt steeds gezegd dat ik tot voorzitter zou worden gekozen. En nu steek je een dolk in mijn rug! Ik dacht dat we vrienden waren!'

'Ik heb je niet verraden, Macaire!' verzekerde Jean-Bénédict hem. 'Ik heb nooit tegen je gelogen! Je bent mijn neef en mijn vriend, toch? In januari heeft de Raad besloten dat jij de opvolger van je vader zou worden. We waren het er allemaal over eens. Jij zou voorzitter worden, daar was geen enkele twijfel over. Niet alleen om de traditie in ere te houden, maar ook als teken van stabiliteit richting de cliënten. Maar, Macaire, het is nu eenmaal zo dat je resultaten er alleen maar op achteruitgaan. Al een jaar lang. Ik heb alles gedaan om je te helpen, ik heb je met hand en tand verdedigd! Toen de Raad in juni ongerust was over je slechte tussentijdse resultaten, heb ik een extra assistente in dienst genomen, alleen voor jou!'

'Voor Levovitch en mij,' nuanceerde Macaire.

'Nou ja, je weet heel goed dat ze voor jou is aangenomen, om jou een steuntje in de rug te bieden. Om te zorgen dat het niet vernederend voor je zou zijn, deden we alsof ze een extra kracht was voor Lev en jou – vanwege jullie talrijke cliënten.'

'Maar Levovitch maakt veel meer gebruik van haar!'

'Je bent dan ook een idioot!' wond Jean-Bénédict zich op. 'Je weet geen gebruik te maken van je medewerkers – nog een reden om je niet een hele bank toe te vertrouwen!'

Macaire was in de war door de plotselinge verandering in de toon van Jean-Bénédict. En dus zei hij, met gesmoorde stem: 'Maar vorige week na de Raadsvergadering verzekerde je me dat ik het zou worden.'

'Afgelopen woensdag viel de keuze van de Raad inderdaad nog op jou,' bevestigde Jean-Bénédict. 'Ik heb niet gelogen.'

'Wat is er dan gebeurd?'

'Vrijdagochtend vroeg Sinior Tarnogol mijn vader en mij te spreken. "Dringend," zei hij. En toen liet hij ons een heel dossier zien dat hij over jou had aangelegd.'

‘Een dossier? Waarvan dan?’

‘Je jaarresultaten: rampzalig waren die. En brieven van ontevreden cliënten. Vele van jouw cliënten zijn overgestapt naar een andere vermogensbeheerder, of zelfs naar een andere bank.’

‘Jean-Béné, luister, ik heb het verprutst. Ja, ik heb een rotjaar achter de rug. Maar tot dan toe heb ik een smetteloze carrière gehad! Ik ben de belangrijkste vermogensbeheerder van de bank.’

‘Levovitch en jij zijn de belangrijkste vermogensbeheerders van de bank,’ preciseerde Jean-Bénédict. ‘Maar zelfs in je beste jaren heb je het niveau van Levovitch nooit geëvenaard. Hoe dan ook, Tarnogol liet ons de cijfers zien en legde uit dat hij diep had nagedacht en dat hij vond dat we een grove fout zouden maken als we jou ten koste van alles tot voorzitter zouden benoemen, terwijl alle seinen op rood stonden. Hij zei dat we ons altijd naar jou hebben geschikt uit respect voor de traditie, maar dat we daarbij niet naar de belangen van de bank hebben gekeken. En toen benadrukte hij dat jouw vader een serieuze reden moet hebben gehad toen hij besloot om je de teugels van de bank niet in handen te geven. En dat we daarom Lev Levovitch tot voorzitter moesten kiezen.’

‘En je hebt me niet verdedigd?’

‘Natuurlijk heb ik je wel verdedigd,’ verzekerde Jean-Bénédict hem.

‘Waarom heb je me dan niet laten weten wat er aan de hand was? Waarom moest ik alles vanochtend van mijn secretaresse horen?’

‘Ik heb je geprobeerd te waarschuwen,’ verdedigde Jean-Bénédict zich. ‘Vrijdag heb ik je de hele dag niet op de bank gezien, en telefonisch was je niet te bereiken.’

‘Ik was op reis,’ legde Macaire uit.

‘Voor de bank?’

‘Ja.’

‘Waarnaartoe?’

Macaire was op zijn hoede voor een strikvraag, en hij loog liever niet.

‘Madrid.’

‘Je hebt geen klanten in Spanje, Macaire. Dat is trouwens het belangrijkste punt tegen jou in Tarnogols dossier: hij heeft ontdekt dat je al jarenlang op kosten van de bank naar landen reist waar je geen cliënten hebt.'

~

Drie dagen eerder

In de Raadszaal keken Horace en Jean-Bénédict stomverbaasd naar de documenten die Tarnogol op tafel had gelegd: tientallen pagina's, afkomstig van de accountancyafdeling.

'Ik wilde niets zeggen tot ik alles bij elkaar had,' verklaarde Tarnogol. 'Ik wou niet dat jullie dachten dat ik een lastercampagne tegen Macaire wil voeren, maar het zijn donkere tijden. Want de man die jullie tot voorzitter willen benoemen steelt al jarenlang van de bank door kostbare reizen door heel Europa te maken waar geen enkele reden voor is.'

'Heb je het er met Macaire over gehad?' vroeg Jean-Bénédict.

'Ik wilde graag dat hij hier nu was, zodat hij het kon uitleggen. Maar hij is vanochtend niet op de bank verschenen. Hij is in Madrid. Dat weet ik omdat de bank, zoals jullie op dit afschrift kunnen zien, heeft betaald voor businessclass vliegtickets en de huur van een appartement voor een weekend. Terwijl Macaire nooit cliënten in Madrid heeft gehad. Hij spreekt geen woord Spaans. Zo gaat het al jaren: Londen, Milaan, Wenen, Lissabon, Moskou, Kopenhagen, noem maar op. Het gaat om astronomische bedragen die hij zonder enige rechtvaardiging heeft uitgegeven.'

Horace en Jean-Bénédict bekeken de documenten en realiseerden zich de omvang van de uitgaven.

'Die kerel laat zich betalen voor suites in het Hotel Grande-Bretagne in Athene, de Bayerischer Hof in München, de Plaza Athénée in Parijs,' zei Horace walgend.

'Altijd in het weekend, altijd de beste hotels en de beste restaurants,' vervolgde Tarnogol. 'Macaire graait in de kas om zijn plezierreisjes te bekostigen.'

'Hoe verklaar je dat niemand al die tijd ooit iets heeft gemerkt?' vroeg Horace.

'Denk jij dat de medewerkers van accountancy iemand op de huid gaan zitten die de nieuwe voorzitter gaat worden om te zien of zijn declaraties wel kloppen?' antwoordde Tarnogol. 'Die zijn ook niet gek! Neem maar van mij aan dat ze allemaal beseften dat het geen zuivere koffie was. Maar ze veegden het liever onder het tapijt.'

'Leidt Macaire een dubbelleven?' vroeg Jean-Bénédict zich af. 'Bedriegt hij Anastasia?'

'Dat doet er niet toe,' wierp Horace tegen. 'Privé mag Macaire doen wat hij wil, hij moet alleen van het geld van de bank afblijven. Dat is van ons.'

'Kan ik hieruit opmaken dat jullie terugkomen op je beslissing?' vroeg Tarnogol.

'Jazeker kan dat!' zei Horace. 'Mijn stem gaat naar Lev Levovitch! Hoog tijd dat de Ebezners zich niet meer gedragen alsof alles van hen is.'

~

Toen Macaire het verhaal van zijn neef hoorde, voelde hij het koude zweet uitbreken. Het was een grove fout geweest om die reizen door de bank te laten betalen.

'Hoe haal je het in je hoofd, Macaire?'

'Ik betaal alles terug,' beloofde hij. 'Tot op de laatste cent. Zet een vergadering op met Tarnogol en je vader, dan leg ik alles uit.'

'Ik zou nog even wachten als ik jou was. Ik heb ze vanochtend allebei aan de telefoon gehad: ze waren absoluut niet blij met het stuk in de *Tribune* over je benoeming, dat begrijp je. Waarom heb je tegen journalisten gekletst terwijl er nog niks vastlag?'

'Ik?' zei Macaire afgemat. 'Ik heb de *Tribune* niet ingelicht, wat denk je wel! Waarom zou ik dat doen?'

'Geen flauw idee. Hoe dan ook, je benoeming hangt aan een zijden draadje.'

'Maar ik ben een Ebezner, verdorie nog aan toe!' riep Macaire. 'Het is mijn naam die op de gevel staat.'

'Je was allang voorzitter geweest als je je aandelen niet aan Tarnogol had verpatst! Dat kun je alleen jezelf kwalijk nemen!'

Macaire wierp een donkere blik op zijn neef: die vieze vuile kutlikker Jean-Bénédict met z'n wijze lessen! En dan te bedenken dat hij Jean-Bénédict onder zijn hoede had genomen toen die bij de bank kwam. Hij had altijd voor hem klaargestaan, was altijd bereid geweest hem te helpen, stond altijd gereed om zijn huid te redden als de cijfers niet goed waren en een beetje geflatteerd moesten worden. En toen stierf op een dag grootvader Hansen en verhuisde neef Jean-Bénédict naar de bovenste etage om de tweede Raadszetel van de Hansens in te nemen. En opeens is alles te min voor meneer, en paradeerde hij als een pauw door de bank!

Ook al ontbrak het Macaire niet aan jaloezie, het leek hem beter om niet al te strijdvaardig uit de hoek te komen. Hij probeerde het liever met bluf.

'Wat denk jij, Jean-Béné? Dat ik met me laat sollen? Dan ken je me niet! Ik ga de verkiezing ongeldig laten verklaren. Denk je dat ik een jaar braaf heb gewacht of de Raad me zou verkiezen? Denk je dat ik er genoegen mee neem mijn lot in handen van Tarnogol, jouw vader en jou te leggen? Ik ben al een jaar bezig om een uitweg te bedenken.'

'Een uitweg? Wat bedoel je?' vroeg Jean-Bénédict. Hij klonk ongerust.

Macaire keek zijn neef minachtend aan en liet een geheimzinnige stilte vallen. Zowel om na te denken over wat hij ging zeggen, als om de macht te proeven die hij altijd over Jean-Bénédict had gehad.

'Het zou niet verstandig zijn om daarover te praten,' zei hij uiteindelijk. 'Hoe dan ook, prettige dag nog!'

Hij deed of hij wegging, maar zoals hij had verwacht hield zijn neef hem tegen.

'Wacht, Macaire. Mij kun je alles vertellen. Je hebt nooit enige reden gehad om te twijfelen aan mijn loyaliteit. Ik was toch al van plan om dit alles vandaag met je te bespreken. Sinds het begin van het jaar verdedig ik je met hand en tand op de Raadsvergaderingen.'

Macaire knikte, alsof hij zich door Jean-Bénédict had laten overhalen. Hij zei: 'Er is een grote schoonmaak gaande bij de bank.'

'Een grote schoonmaak? Dat vind ik helemaal niet prettig klinken,' zei Jean-Bénédict verontrust.

'En terecht,' antwoordde Macaire, die zich nog iets dieper ingroef in zijn leugen. 'Een paar van mijn advocaten zijn al vanaf het begin van het jaar aan het werk. In het geheim hebben ze het dossier bestudeerd, heel gedetailleerd, tot ze een manier vonden om de laatste wil van mijn vader buiten werking te stellen. En ze hebben inderdaad een lacune gevonden: zijn testament is juridisch waardeloos! Het maakt niet uit wat die nepraad allemaal besluit, ik hoef alleen maar een zaak aan te spannen en dan wordt de stemming tenietgedaan. Dan word ik meerderheidsaandeelhouder van de bank, en dus voorzitter.'

'Waarom heb je dat niet eerder verteld?'

Macaire glimlachte, half als een engel, half als een duivel.

'In de eerste plaats omdat ik hoopte dat de Raad me trouw zou blijven, zodat in het belang van de bank een vriendschappelijke machtsoverdracht mogelijk was geweest. Ik wilde niet al van tevoren onnodig herrie schoppen. En bovendien gaf het me de kans te zien wie me trouw bleef en wie een mes in mijn rug zou steken. Laat je vader en Tarnogol maar lachen, zodra ik de macht in handen heb stuur ik ze de laan uit, en met hen alle kakkerlakken die na de dood van mijn vader niet in me geloofden en geen respect voor me hadden. Grote schoonmaak!'

'Ik heb je altijd gesteund,' zei Jean-Bénédict opnieuw, om zich eruit te redden.

'Dat weet ik toch, waarde neef. En ik zal je niet vergeten. Maar je zult nog een paar inspanningen moeten verrichten om ervoor te zorgen dat ik de top bereik.'

Jean-Bénédict dacht even na en zei toen: 'De teerling is nog niet geworpen. De strijd om het voorzitterschap gaat tussen Levovitch en jou, waarbij hij duidelijk op voorsprong staat. Maar dat kan nog veranderen. Zaterdag aan het einde van de middag beslist de Raad pas definitief, in een zaal van het Palace de Verbier. Tot die tijd is alles mogelijk.'

Bij die woorden voelde Macaire zijn zelfverzekerdheid terugkeren en zag hij een sprankje hoop.

'Dus als ik het goed begrijp,' zei hij, 'heb ik nog vijf dagen om Sinior Tarnogol ervan te overtuigen om op mij te stemmen.'

'Als je erin slaagt Tarnogol te overtuigen,' moedigde Jean-Bénédict hem aan, 'dan win je. Mijn vader zal zich achter hem scharen. Mijn stem heb je al, dat weet je.'

Voor Macaire brak de hemel opeens open: hij hoefde maar één iemand te overtuigen om unaniem te worden verkozen.

'Bedankt voor je steun, waarde Jean-Béné,' zei Macaire, opeens grootmoedig. Hij ging terug naar zijn werkkamer om in alle rust te bedenken hoe hij Tarnogol zou overtuigen.

In de antichambre zag hij Cristina, die zich aankleedde om naar buiten te gaan.

'Ga je weg, Cristina?'

'Ik ga naar het Hôtel des Bergues,' kondigde ze aan. 'Ik heb nog steeds geen nieuws van meneer Levovitch. Het is niets voor hem om niks te laten horen. Hij is nog steeds onbereikbaar. Ik heb zelfs contact opgenomen met de conciërge van het Hôtel des Bergues, maar die zegt dat er niemand opneemt en dat hij hem vanochtend niet heeft zien weggaan. Hij lijkt wel van de aardbodem verdwenen. De conciërge weigert naar zijn suite te gaan: dat is hotelbeleid, zegt hij. Maar misschien is er wel iets ergs gebeurd...'

Bij de woorden 'iets ergs gebeurd' lichtte Macaires gezicht op. Als Levovitch een plotselinge attaque had gehad in zijn badkamer, hoefde hij Tarnogol niet eens meer te overtuigen om voorzitter te worden. Wat zat het leven toch mooi in elkaar. Het liefst was hij meteen naar het Hôtel des Bergues gesneld om zelf het verwrongen lichaam op de marmeren vloer te vinden. Maar nu nog niet. De ander moest op zijn minst voor de rest van zijn leven verlamd blijven. Het zou vreselijk zijn als de ambulance op tijd kwam. Macaire zag op zijn horloge dat het nog maar kwart over elf was en hij besloot dat Levovitch het verdiende om nog een dikke drie kwartier op de grond te blijven liggen.

'Jij gaat nergens heen, Cristina,' besloot Macaire. 'Ik heb je hier nodig. Dit is absoluut geen goed moment om op stap te gaan.'

Met tegenzin trok ze haar jas uit. Ze had natuurlijk moeten liegen en een doktersafspraak moeten verzinnen. Beginnersfout. Ze aarzelde of ze een collega zou inlichten om in haar plaats te gaan kijken wat er in het Hôtel des Bergues was gebeurd, maar ze zag ervan af: als iemand daarachter kwam zou dat zich tegen haar kunnen keren. Ze moest zich beperken tot haar rol van secretaresse.

Macaire bemerkte haar onrust en zei: 'Als we om twaalf uur nog niets van Levovitch gehoord hebben, dan beloof ik dat ik hoogstpersoonlijk naar het Hôtel des Bergues ga en dan beveel ik de conciërge om de suite voor mij te openen. En nu aan het werk!'

Cristina stemde toe. Ze had sowieso geen andere keuze. Ze sorteerde de post van de dag, legde de kranten die Levovitch iedere dag kreeg op een stapel: de *Financial Times*, *Le Figaro*, de *Neue Freie Presse*, de *Corriere della Sera* en de *Tribune de Genève*. Een blik op de voorpagina van die laatste krant maakte haar duidelijk dat er diezelfde dag een grote conferentie bij de Verenigde Naties over de wereldwijde vluchtelingensituatie zou worden gehouden, waaraan presidenten en premiers uit de hele wereld zouden deelnemen.

Daarna opende ze de brieven van die dag, nam kennis van de inhoud en stempelde er de ontvangstdatum op voor de administratieve verwerking.

Ze bracht Macaire zijn post; hij keek verward naar de twee grote stapels brieven die voor hem lagen en die Cristina iedere dag nog iets groter maakte. Hij vond dat Jean-Bénédict gelijk had: in het afgelopen jaar had hij zijn werk verwaarloosd. Het was hem geheel boven het hoofd gegroeid. Het was tijd om het roer om te gooien. Hij moest direct aan de slag. Als Tarnogol zou horen dat hij zijn post niet las, of erger nog: als hij op zijn werkkamer zou komen en die stapels achterstallige post zou zien, dan zou dat stellig tegen hem werken.

Door de open deur van de werkkamer keek Cristina teder naar haar baas. Ze voelde een diepe sympathie voor Macaire Ebezner. Hij was toegewijd en vol goede wil, maar had die onverschilligheid van mensen die nooit hebben hoeven vechten om de top te bereiken. Hij had nooit zelf iets voor elkaar hoeven krijgen: alleen al door zijn naam was hij bij de bank met open armen verwelkomd en al snel omhooggestuwd tot vermogensbeheerder, zonder dat hij zich had hoeven bewijzen, en dan ook nog in een tijd waarin de markten het leeuwendeel van het werk voor hun rekening namen.

Cristina leefde met Macaire mee. Dit verdiende hij niet. Hij verdiende het al helemaal niet om terzijde te worden geschoven als voorzitter. Hij was een zachtaardige, beminnelijke man. Altijd aardig, altijd met een compliment voor iedereen, altijd verrukt over alles. Ze mocht hem heel graag.

Toen ze bij de bank aan de slag was gegaan, had ze nooit gedacht dat Lev en Macaire haar zo zouden bevallen, ieder op zijn eigen manier. En soms moest ze zich inhouden. Er was een heel speciale reden waarom Jean-Bénédict haar deze baan had gegeven en die mocht ze niet uit het oog verliezen. Ze moest professioneel blijven. Haar baan niet in gevaar brengen.

Klokslag twaalf uur. Macaire kwam in zijn lange winterjas zijn kamer uit.

'Ik ga eropaf,' zei hij, alsof hij een gevaarlijke missie ging uitvoeren.

'Ik ga met u mee,' verklaarde Cristina en ze stond op.

'Nee,' zei Macaire ferm om haar te weerhouden. 'Jij moet op je plek blijven voor het geval Levovitch belt. Ik bel je zodra ik iets weet.'

Macaire liep de bank uit, door de rue de la Corraterie, en bereikte de place Bel-Air. Daarna liep hij over de quai Bezanson-Hugues naar de voetgangersbrug van Bergues. Hij bleef staan en genoot van het besneeuwde uitzicht: het meer weerspiegelde de blauwe hemel, de bergen torenden uit boven de stad, achter het Île Rousseau verrees trots de Jet d'Eau, als een vaandel. Aan de andere kant van de brug verhief zich het Hôtel des Bergues. Macaire bewonderde het majestueuze gebouw. Hij had geen flauw idee wat zich daar afspeelde.

HOOFDSTUK 7
In dienst van de Confederatie

Op de vijfde verdieping van het Hôtel des Bergues, in suite 515, die hij permanent bezette, strikte Lev Levovitch zijn stropdas terwijl hij door het raam naar het Meer van Genève keek, dat een mooie aanblik bood.

Hij was dromerig. Hij dacht aan haar. Hij kon alleen aan haar denken. Hij vroeg zich af of ze het weekend met hem had doorgebracht uit verveling of omdat ze echt van hem hield.

Hij trok het vestje van zijn driedelig pak recht, controleerde in de spiegel of zijn Windsorknoop goed zat en maakte van de gelegenheid gebruik om zijn schaamteloze schoonheid te bekijken. Op een zilveren blad stond een pot filterkoffie. Lev Levovitch schonk zich een kop in, maar hij nam maar één slokje: hij was al veel te laat, hij moest gaan. Hij greep een paar croissants uit het mandje dat hij iets eerder had besteld en liep naar de badkamer.

In een reusachtige badkuip met uitzicht over de stad lag een vrouw, verzonken in haar gedachten. Ze had een besluit genomen. Ze was smoorverliefd op hem, maar ze moest met hem breken voordat het te ver ging. Ze kon het zich niet veroorloven deze overspelige relatie voort te zetten. Als het bekend zou worden, zou haar man verschrikkelijk vernederd zijn en zou Lev problemen krijgen bij de bank. Hij had zo hard gewerkt om hier te geraken. Het was beter om overal direct een punt achter te zetten. Voordat er drie levens kapotgingen. Het brak haar hart, maar het was voor iedereen beter.

Op dat moment verscheen Lev in de badkamer, gekleed als een

prins. Ze kon haar bewondering niet onderdrukken. In zijn hand hield hij een blad met koffie en croissants, dat hij op de rand van de badkuip zette.

'Het ontbijt is gereed, mevrouw,' zei hij met een glimlach. 'Maar gezien het tijdstip kan ik ook een lunch voor je bestellen, als je dat liever hebt. Ik moet er jammer genoeg vandoor, ik ben al veel te laat. Blijf zolang je wilt. Je bent hier thuis.'

Ze keek hem aan met haar blauwe ogen en zei zo neutraal als ze kon opbrengen: 'Het is voorbij, Lev.'

Hij leek stomverbaasd.

'Hoe bedoel je, Anastasia?'

'Ik bedoel dat ik het uitmaak. Het is voorbij.'

Levovitch onthaalde die woorden op een luisterrijk lachsalvo.

'Dat kun je niet,' zei hij geamuseerd.

'En waarom niet?' vroeg ze verbijsterd.

'Omdat we van elkaar houden,' antwoordde hij, alsof het vanzelf sprak. 'We hebben altijd al van elkaar gehouden. We houden van elkaar zoals we nog nooit van iemand hebben gehouden. De liefde die ons bindt is het enige wat betekenis aan onze levens geeft.'

Ze ontkende het niet, maar ze wuifde het argument geïrriteerd weg.

'Ik ben getrouwd, Lev! En ik ben in de verste verte niet van plan om hem te kwetsen. Ik kan geen heel weekend bij je blijven! Vroeg of laat worden we gezien en dan weet de hele stad het. Je weet hoe snel geruchten hier gaan! En dan kom jij serieus in de problemen.'

Hij keek verongelijkt.

'Maakt me niet uit. Ik ga mijn carrière niet boven onze gevoelens stellen!'

Ze voelde dat hij weer de overhand kreeg, dat hij haar ging overtuigen. En dus deed ze haar best om hem te kwetsen.

'Welke gevoelens?' riposteerde ze. 'Ik hou niet van je, Lev,' loog ze. 'Als ik van je gehouden had, had ik me vijftien jaar geleden wel met jou verloofd.'

Even zweeg hij om de klap te incasseren. Toen zei hij doodkalm: 'Laten we vanavond uit eten gaan, dan hebben we het er in alle rust over.'

'Nee, nee! We zien elkaar niet meer! Ik wil er niet mee doorgaan! Hoor je wat ik zeg? Ik wil niet meer!'

'Het was geen vraag, het was een afspraak. Ik verheug me erop je straks te zien. Zullen we zeggen om acht uur hier?'

'Ik zei nee, Lev!' riep Anastasia.

Ze stapte uit bad, onthulde een perfect lichaam dat ze in een badjas stak. Ze pakte haar mobiel van de kaptafel en belde haar man, die na één belletje al opnam. Ze deed haar best om teder en verliefd te klinken.

'Hoe gaat het?' vroeg ze. 'Ja, ik heb jou ook heel erg gemist... mijn weekend? Nee, niet zo goed. Ik wil die vriendin nooit meer zien... Maakt niet uit, ik vertel het je nog wel. Zeg, heb je zin in een romantisch etentje vanavond? Jij kiest het restaurant, ik laat me verrassen... Ik ook... tot straks, ik verheug me erop.'

Anastasia hing op en keek tevreden naar haar minnaar.

'Vanavond eet je alleen, Lev,' zei ze. 'Zoals je hoorde gaan mijn man en ik vanavond uit.'

Lev bleef onbewogen.

'Tot vanavond, Anastasia. Acht uur hier. De gedachte dat ik je over een paar uur weer zie maakt me zielsgelukkig.'

Met die woorden vertrok hij. Hij ging naar de lobby van het hotel, waar Alfred Agostinelli, zijn chauffeur, op hem wachtte.

'Goedemorgen, Alfred,' groette Lev vriendschappelijk. 'Hoe gaat het met jou op deze mooie dag?'

'Heel goed, meneer, dank u,' antwoordde Agostinelli terwijl hij hem naar de auto begeleidde. 'En met u?'

'Ik zit op een wolk, Alfred. Ik ben smoorverliefd.'

'U, meneer?' vroeg Agostinelli geamuseerd. 'Terwijl u me toch bezworen hebt dat liefde niet bestaat en u nooit verliefd zou worden!'

'Ze is zo geweldig, Alfred!'

De chauffeur startte de motor; en op hetzelfde moment dat Macaire bij het Hôtel des Bergues aankwam, draaide de auto de kade op; ze misten elkaar net. In de cabine vroeg Agostinelli: 'Naar de bank, meneer?'

'Nee, naar het Palais des Nations, waarde Alfred. De Verenigde Naties houden een algemene conferentie over vluchtelingen. Maar eerst Cristina bellen. Ik ben helemaal vergeten haar te zeggen dat ik vanochtend niet op kantoor kom. Die arme schat zal wel ongerust zijn.'

~

'De Algemene Vluchtelingenconferentie van de Verenigde Naties,' herhaalde Cristina hardop, alsof het vanzelf sprak, terwijl ze de hoorn weer op de haak legde.

Levovitch had net gebeld: hij was zo opgegaan in de dag dat hij was vergeten haar in te lichten. Ze voelde zich stom omdat ze zich zoveel zorgen had gemaakt. Terwijl ze toch in de *Tribune de Genève* had gelezen dat die conferentie bij de Verenigde Naties werd gehouden en ze dus had kunnen weten dat Levovitch erheen zou gaan.

Ze belde Macaire direct op zijn mobiel en trof hem net toen hij op de vijfde verdieping van het hotel aankwam, vergezeld door de conciërge, die hij ervan had overtuigd om mee te gaan en Levovitch' suite te openen.

'Vals alarm,' zei Cristina. 'Alles is in orde. Ik heb meneer Levovitch net gesproken, hij is bij de Verenigde Naties.'

'Ha, zie je wel dat je geen enkele reden had om je ongerust te maken,' antwoordde Macaire plagerig. 'Ik was net op weg naar zijn suite.'

Macaire gebaarde naar de conciërge dat het raadsel was opgelost en ze keerden op hun schreden terug.

'U lijkt beter gehumeurd, meneer Ebezner,' zei Cristina.

'Vanavond heb ik een romantisch etentje met Anastasia,' verklaarde hij vrolijk. 'Mag ik je vragen om een tafel te reserveren bij de Lion d'Or in Cologny? Een tafel voor twee, met uitzicht op het meer!'

Macaire en de conciërge bereikten de lift. Op het moment dat de deuren sloten, ging een paar meter verderop de deur van Levovitch' suite open en kwam Anastasia naar buiten.

In de lift bekeek Macaire de conciërge met gespeelde welwillendheid om zijn superioriteitsgevoel te maskeren: hij voelde zich zeer belangrijk. Hij, de toekomstige voorzitter van Banque Ebezner, die zijn vrouw meenam naar de Lion d'Or, een van de beste restaurants van

Genève. Een tafel met onbelemmerd uitzicht over het Meer van Genève. Er kon geen twijfel over bestaan dat alle ogen op hen gericht zouden zijn.

Hij stroomde over van energie en stelde zich al voor hoe hij Tarnogol ervan zou overtuigen om hem tot voorzitter te benoemen. Omdat het lunchtijd was, ging hij naar de hotelbar om iets te eten. Hij ging er naar binnen op het moment dat Anastasia de lobby betrad en zich snel uit de voeten maakte.

Macaire vroeg om een tafeltje apart. Hij moest in alle rust nadenken, vastbesloten als hij was om een strategie te vinden om Tarnogol zover te krijgen hem tot voorzitter te benoemen. En dus dacht hij aan wat hij in de afgelopen twaalf jaar in het geheim had bereikt, en besefte hij eens te meer hoe zwaar Banque Ebezner op hem woog. Het was allemaal de fout van zijn vader. Door hem ging hij twee keer per week in psychoanalyse. Zijn vader had hem altijd als een nietsnut beschouwd. Op zijn sterfbed, een jaar geleden, had Macaire hem bijna zijn geheim geopenbaard. Om hem te laten zien wie hij werkelijk was. Maar op het laatste moment was hij gaan twijfelen. Waarschijnlijk uit angst dat zijn vader hem niet zou geloven. Sindsdien had hij daar spijt van, en voor zijn geestesoog beleefde hij steeds opnieuw die scène die nooit had plaatsgevonden. Hij zou gezegd hebben: 'Weet je, papa, ik ben al twaalf jaar lang niet zomaar een bankier. Ik leid een dubbelleven, en wat ik je nu ga vertellen weet niemand.' Hij stelde zich het verbijsterde gezicht van zijn vader voor als die het geheim zou horen.

Bij die gedachte bekeek hij de andere gasten in het restaurant en amuseerde zich met de gedachte dat geen van hen er een vermoeden van kon hebben dat hij, onder zijn uiterlijk van elegante, onverstoorbare bankier, voor de Zwitserse inlichtingendiensten werkte. Het leek wel een spionageroman. Hij bedacht ook dat de aantekeningen in zijn notitieboekje een uitstekende basis voor memoires zouden vormen. Te verschijnen wanneer hij behoorlijk op leeftijd was en het voorzitterschap van de bank had neergelegd, maar nog voor zijn overlijden, zodat hij de schokgolf die zijn boek teweeg zou brengen, nog kon meemaken. Hij stelde zich de krantenkoppen voor: Macaire

Ebezner, voorzitter van Banque Ebezner, medewerker van de inlichtingendiensten.

Macaire wuifde de dagdromen snel weg. Ze zouden niets van hem te horen krijgen. Al twaalf jaar voerde hij onder de dekmantel van zaken in het buitenland inlichtingenmissies uit voor de Zwitserse regering. Nauwkeuriger gezegd: hij werkte voor P-30, een dienst die verbonden was aan het ministerie van Defensie en gefinancierd werd door een geheime geldstroom waar niemand van wist – zelfs de machtige parlementaire commissie voor de inlichtingendiensten niet – en die direct onder de Federale Raad viel.

P-30 was ontstaan uit een geheim project dat ten tijde van de Koude Oorlog door de NAVO was opgestart. Uit angst voor een invasie in West-Europa door de legers van de Warschaupactlanden hadden de diverse verdragslanden ieder voor zich clandestiene netwerken opgericht, bestaande uit burgers die getraind waren om verzet te bieden bij een invasie door het Oostblok. Bijna overal tussen Portugal en Zweden waren slapende cellen opgericht: in Griekenland de LOK, in Italië Gladio, in Frankrijk Plan-Parsifal, in België Comité P – en P-26 in Zwitserland.

De Zwitserse regering liet zich inspireren door dit idee en kreeg de ingeving om een vergelijkbare organisatie op te richten die haar eigen belangen in het buitenland zou verdedigen. Zo was P-30 tot stand gekomen, met het doel burgers uit te zenden om voor de regering inlichtingenmissies uit te voeren.

Terwijl de agenten van de inlichtingendiensten een volledige identiteit voor zichzelf moesten creëren, met alle moeilijkheden en valkuilen van dien, konden de doorsneeburgers waaruit P-30 bestond in alle openheid operaties uitvoeren, zonder een alias te hoeven bedenken, aangezien hun werkelijke functie hun dekmantel was.

Als bankier kon Macaire, met als dekmantel zakelijke afspraken, vrij rondreizen zonder enige verdenking op zich te laden.

Sinds zijn rekrutering werkte hij bij de economische afdeling van P-30, waarvoor hij kostbare informatie vergaarde over de intenties van de Europese landen die er genoeg van hadden dat hun belastingplichtigen de belasting ontdoken door hun geld in de kluizen van Zwitserse banken te verbergen. Dit netelige dossier was aan P-30 toevertrouwd omdat het in essentie te maken had met buurlanden en geallieerden, waarmee Zwitserland volstrekt geen ruzie wilde door er officiële medewerkers van inlichtingendiensten naartoe te sturen.

Macaire had dus in heel Europa conferenties en seminars van alle soorten afgeschuimd over nieuwe bankregels, over belastingparadijzen en over internationale samenwerking op fiscaal gebied. Hij had geluisterd, genoteerd, onthouden. Tussen de operaties door had hij contacten gelegd met hoge ambtenaren, ambassadeurs, advocaten en medewerkers van de nationale belastingdiensten. Die bezigheden stelden Macaire aan geen enkel gevaar bloot: als hij een verdenking op zich zou laden, als de politie hem zou ondervragen, dan zou hij worden aangezien voor een reizende bankvertegenwoordiger op zoek naar nieuwe cliënten. Geen internationale schandalen, geen diplomatieke incidenten die het imago zouden kunnen beschadigen van Zwitserland, het land van beleefde, welopgevoede mensen, hoeder van internationale verdragen, thuisland van noeste werkers en vroege vogels.

Zelfs bij een diepgaander onderzoek was het onmogelijk om een verband te leggen tussen Macaire en welk regeringsorgaan dan ook: om redenen van veiligheid en anonimiteit was zijn enige band met P-30 zijn contactpersoon, een stotterende Berner genaamd Wagner, die hij trof op openbare plaatsen. Verder wist hij niets van de werkwijze van P-30, zelfs niet waar in Bern het hoofdkwartier zich bevond. Het was een volledig ondoorzichtige, niet te traceren structuur.

Voor Macaire was het avontuur van P-30 begonnen in het geheim van een privéspreekkamer van Banque Ebezner, waar Wagner, die zich voordeed als nieuwe cliënt, hem opzocht om hem te rekruteren. Het was de eerste en enige keer dat Wagner naar de bank was gekomen. Zodra ze op die dag alleen waren, had Wagner uitgelegd dat hij niet was gekomen om een rekening te openen, maar dat hij was gestuurd door de Zwitserse regering.

'Zwitserland heeft u nodig,' had hij tegen Macaire gezegd. 'U moet ons een kleine gunst bewijzen.'

Hij had alleen gepraat over die gunst, en had uiteraard gezwegen over P-30 of over wat dan ook. Hij legde alleen uit dat er een klein diplomatiek conflict broeide tussen het Verenigd Koninkrijk en Zwitserland.

Een Indiase diamantair, Ranjit Singh, gevestigd in Londen, werd er door Scotland Yard van verdacht met zijn handel als dekmantel geld te hebben witgewassen dat afkomstig was van wapenhandel. De Engelsen gingen ervan uit dat het geld was doorgesluisd via een rekening die bij Banque Ebezner was geopend, en achter de schermen zetten ze druk op Zwitserland, niet alleen om dat bevestigd te zien, maar vooral om inzage te krijgen in de diverse transacties.

Bern weigerde om de bank in kwestie officieel opdracht te geven om informatie over een cliënt te onthullen: dat zou de geloofwaardigheid van het gehele Zwitserse bankwezen schaden. Maar geen hulp verlenen bij een internationaal onderzoek naar witwassen zou de goede reputatie van de Zwitserse financiële dienstverlening in gevaar brengen. Bovendien stond niets de mogelijkheid in de weg dat de Engelsen deze informatie zouden verkrijgen van een anonieme derde, wat alles zou oplossen.

Macaire begreep de toespelingen van zijn gespreksgenoot, en omdat hij zijn overheid graag wilde helpen, nam hij het op zich om de dossiers van de bank te doorzoeken en Wagner kopieën te doen toekomen van de rekeningafschriften van de diamantair.

Operatie Diamanten Huwelijk, zoals die werd genoemd, was een groot succes. Een paar dagen later zag Macaire op de voorpagina van de *Tribune de Genève*:

INTERNATIONALE WAPENHANDEL:
WEERSLAG IN GENÈVE

> Gisteren heeft Scotland Yard in Londen een vooraanstaande internationale wapenhandelaar opgepakt. Onder de dekmantel van diamanthandel maakte deze man geld over via een Geneefse privébank. Zijn rekeningen zijn inmiddels bevroren.

Op de dag dat het artikel verscheen was Jean-Bénédict naar Macaires kantoor gekomen met een exemplaar van de krant.

'Heb je dit gezien?' vroeg Jean-Bénédict.

'Ja.'

'Wil je wel geloven dat wij die privébank zijn?'

'O ja?' vroeg Macaire verbaasd.

'Echt waar! De Bondspolitie heeft de Raad een paar weken geleden op de hoogte gebracht van de situatie. Ik kon je natuurlijk niks vertellen, het was topgeheim.'

'Topgeheim, natuurlijk,' herhaalde Macaire, die zich van de domme hield.

Toen Macaire diezelfde dag aan een tafeltje ging zitten in het café waar hij vaste klant was, zag hij tot zijn verrassing Wagner aan de tafel ernaast plaatsnemen.

'Dankzij u is Operatie Diamanten Huwelijk een groot succes geworden,' zei Wagner, zonder op te kijken van het menu. 'U hebt trouwens het profiel waarnaar wij op zoek zijn. Misschien hebt u interesse?'

Macaire was akkoord gegaan. Zonder echt te begrijpen waar hij aan begon, maar in het besef dat deze beslissing een grote impact op zijn leven zou hebben.

Hij had een basistraining van een week doorlopen in Flims, in de Graubünderse Alpen. Zijn vrouw en collega's dachten dat hij in z'n eentje was gaan wandelen om zijn gedachten te ordenen. Inderdaad had hij een reservering met halfpension in hotel Schweizerhof, waar hij dineerde en overnachtte. Iedere ochtend ging hij weg met stijgijzers aan zijn voeten en stokken in zijn handen om eventuele pottenkijkers te misleiden. Maar in plaats van een hele dag te lopen ging hij naar een afgelegen chalet waar Wagner op hem wachtte, die hem vooral leerde hoe je onder de radar kon blijven en mensen kon schaduwen, hoe je moest reageren bij een ondervraging door de politie, hoe je een Verborgen Afluisterinstallatie (VAI) kon plaatsen en hoe je van een conservenblikje een kopie van een sleutel kon maken.

Na de cursus, op de ochtend van zijn vertrek, vroeg Macaire in het hotel om transport naar het station van Chur. Toen hij in de shuttle stapte, ontdekte hij dat Wagner achter het stuur zat.

Onderweg legde Wagner Macaire alles uit wat hij over P-30 moest weten. En toen hij hem bij het station afzette zei hij: 'Ik zal u heel binnenkort inlichten over uw eerste missie.'

'Hoe neemt u contact op?'

'Met muziek. Ik heet niet voor niets Wagner.'

Als er een missie op stapel stond, ontving Macaire per post een kaartje voor een operavoorstelling in het Grand Théâtre van Genève. Dat was Wagners signaal. Macaire ging, vanzelfsprekend alleen, en trof dan in de pauze zijn contactpersoon in de foyer, waarna de twee mannen zich afzonderden op een plek waar ze veilig waren voor nieuwsgierige oren. En tijdens de gehele tweede akte gaf Wagner hem opdrachten en adviezen.

Toen hij een aantal missies achter de rug had en meer ervaring had opgedaan, had Macaire zijn sporen bij P-30 verdiend. Sinds een paar jaar werd hij belast met het schrijven van analyses, die, zo werd hem duidelijk gemaakt, erg werden gewaardeerd. Op basis van zijn observaties schreef hij analyserende aantekeningen in briefvorm die hij rechtstreeks naar de Federale Raad opstuurde, waaraan hij een onopvallende zin toevoegde die het gehele document volledig onschadelijk maakte.

> Zeer geachte Federale Raadslieden,
>
> Op basis van mijn bezigheden als bankier en mijn gesprekken met cliënten neem ik hierbij de vrijheid om uw aandacht te vestigen op de huidige situatie in, en de bedoelingen van, bevriende buurlanden. [...]

Op aanraden van Wagner moest hij niets op papier zetten dat niet door iedereen mocht worden gelezen. Als iemand op zo'n brief zou stuiten, zou hij denken dat Macaire gewoon een bankier was die zich ongerust maakte over de toekomst van zijn vakgebied en die zijn opinies en zorgen wilde delen met de leidinggevenden van het land.

Zo had Macaire de Zwitserse autoriteiten bericht: 'De Fransen willen hun fiscale ballingen terughalen, de Italianen loeren op het geld dat in Ticino ligt, de Duitsers moeten goed in de gaten worden gehouden, de Grieken proberen kapitaalvlucht tegen te houden.' Tot zijn grote genoegen liet de Federale Raad nooit na om de ontvangst van zijn rapporten te bevestigen met een elegant en dankbaar epistel, met een even discreet woordgebruik als zijn eigen brieven.

Macaire had genoten van zijn jaren in dienst bij P-30. Meer nog dan het plezier om zijn land te dienen had hij gevoeld dat hij leefde. Zijn missies gaven hem een gevoel van opwinding. Toen zijn benoeming tot voorzitter van de bank, die hem tot dat moment zeker had geleken, naderde, maakte Wagner hem duidelijk dat hij na zijn verkiezing niet langer zou worden uitgezonden. Dan liep hij te veel in het oog. Zijn carrière bij P-30 zou ten einde komen.

Voor wat zijn laatste missie had moeten zijn, was hij naar Madrid gezonden. Een gepensioneerde IT'er van Banque Ebezner, die daar nu woonde, werd ervan verdacht dat hij de Spaanse fiscale autoriteiten een lijst wilde verkopen met de namen van Spaanse cliënten die hun geld in Zwitserland verborgen. Dergelijke verklikkers waren de grootste angst van alle Zwitserse banken, en de regering beschouwde hen als ongedierte dat moest worden uitgeroeid. Macaire moest bevestigen of die IT'er inderdaad de verrader was, zoals de Zwitserse inlichtingendiensten vermoedden, en bovenal moest hij de lijst met cliënten in handen krijgen voordat de transactie met de Spaanse belastingdienst werd afgerond.

Deze laatste operatie werd uitgevoerd in samenwerking met de Zwitserse inlichtingendiensten en viel niet binnen het gebruikelijke kader van de missies van P-30. In Madrid had Macaire een zekere Perez ontmoet, een agent die in Spanje was geïnfiltreerd onder de dekmantel van medewerker van de Zwitserse ambassade.

De opdracht was simpel: Macaire had zijn voormalige IT-collega op de hoogte gebracht van zijn komst naar Madrid en gezegd dat hij hem een vriendschappelijk bezoek wilde brengen. De voormalige collega was daar graag mee akkoord gegaan en leek dolblij om Macaire te zien, aan wie hij heel prettige herinneringen bewaarde.

De avond voor het bezoek aan de informaticus had Macaire Perez getroffen in het Prado-museum, voor het schilderij *El 3 de mayo de 1808 en Madrid* van Goya. Nadat het contact was gelegd, was Perez

Macaire op een afstand gevolgd naar het appartement dat deze laatste voor het weekend had gehuurd (onopvallender dan hotels, die volhingen met camera's en waar de paspoorten van de gasten bij het inchecken systematisch werden gekopieerd). In de beschutting van het prettige appartementje in de wijk Salamanca had Perez hem de details van de operatie onthuld.

'Als je bij die vent binnen bent, doe je alsof je naar de wc moet. Dan knijp je ertussenuit en doorzoekt zijn appartement,' had Perez gezegd.

'Waar ben ik precies naar op zoek?' vroeg Macaire.

'Een lijst met namen, brieven, aantekeningen, alles wat ons in staat stelt om met zekerheid vast te stellen dat hij de mol is. Vergeet niet in de stortbak van de wc te kijken.'

Toen Macaire de volgende dag voor het flatgebouw van de informaticus stond, zag hij Perez op een bankje de krant zitten lezen, alsof hij op de uitkijk zat en ergens bang voor was.

De twee deden vanzelfsprekend alsof ze elkaar niet kenden, en Macaire belde aan bij de informaticus, die op de vierde etage woonde. Hij werd warm onthaald door zijn voormalige medewerker en diens echtgenote, die vol emotie terugdachten aan Genève. De sfeer was zo gemoedelijk dat Macaire er haast van overtuigd was dat deze man geen mol kon zijn. Toch volgde hij de opdrachten op: hij deed alsof hij nodig moest, verontschuldigde zich bij zijn gastheer en diens vrouw en liep vlug door het appartement. De eerste kamer die hij bekeek was de slaapkamer, waar hij snel de kledingkasten en een klein ladekastje doorzocht. Hij vond niets. Hij wilde de volgende kamer bekijken, die was ingericht als werkkamer; maar net toen hij naar binnen ging, werd hij verrast door de stem van de informaticus.

'De wc is aan het eind van de gang rechts,' zei die.

Macaire maakte een sprongetje.

'Bedankt,' stamelde hij. 'Dat wist ik niet.'

Toen hij de stortbak van de wc openmaakte zag Macaire, in een goed afgesloten plastic zak, een lange lijst van Spaanse cliënten van Banque Ebezner. Hij kon het niet geloven; deze man was een verrader!

Hij gooide de tas in de wc, klemde de lijst onder het elastiek van zijn boxershort, ging terug naar de woonkamer en deed zijn best om niets van zijn nervositeit te laten merken. Toen hij de koffie ophad, nam hij afscheid.

Met stevige passen liep hij het gebouw uit. Toen hij de trap van het dichtstbijzijnde metrostation afliep, haalde Perez hem in.

'En?' vroeg Perez.

'Hij is onze man,' bevestigde Macaire. 'Ik heb de lijst met cliënten.'

Ze namen samen de metro en dat was een fout. Toen ze uitstapten, besefte Perez dat ze gevolgd werden.

Aan tafel in het restaurant van het Hôtel des Bergues dacht Macaire terug aan de gebeurtenissen in Madrid, waar hij zich zo knap uit had gewerkt, en hij raakte ervan overtuigd dat hij in staat was om Tarnogol zover te krijgen om hem tot voorzitter van de bank te kiezen. Hij moest gewoon doen alsof het een operatie van P-30 was. Welke adviezen zou Wagner hem geven? Hij dacht diep na. Hij vroeg zich af of er een handleiding voor overreding bestond die hem zou kunnen helpen. Opeens kreeg hij een ingeving.

~

Om drie uur 's middags stormde Macaire het kantoor van zijn neef Jean-Bénédict binnen en gooide hem een van de vier exemplaren in het gezicht van het boek dat hij in een boekhandel in het centrum had gekocht.

'Ik heb het!' riep Macaire, dol van opwinding.

'Wat heb je?' vroeg Jean-Bénédict.

'De perfecte methode om Tarnogol te overtuigen.'

Jean-Bénédict pakte het boek op: *Twelve Angry Men.*

'Dat is het verhaal over het proces van een jonge jongen die ervan beschuldigd wordt zijn vader te hebben vermoord. De twaalf leden van de jury willen hem schuldig verklaren en naar de elektrische stoel sturen,' legde Macaire wijsgerig uit. 'Terwijl elf juryleden overtuigd zijn van zijn schuld, is er eentje die er met het voordeel van de twijfel in slaagt om alle andere te overtuigen. Hierdoor ga ik me laten inspireren: ik ga Tarnogol omdraaien als een pannenkoek, jij en je vader zullen volgen, en dan heb ik de meerderheid weer terug van Levovitch.'

'Heb je het boek gelezen?' vroeg Jean-Bénédict.

'Gedeeltelijk,' antwoordde Macaire ongemakkelijk.

'Of heb je toevallig de verfilming gezien? Ik geloof dat die vorige week op tv was.'

'Goed, inderdaad, ik heb de film laatst gezien,' antwoordde Macaire, een beetje ontevreden omdat hij was betrapt. 'Maar ik wist dat het een boekverfilming was!'

'Een toneelverfilming,' preciseerde Jean-Bénédict, die het boek opensloeg en de opmaak zag.

'Prima, doet er niet toe!' snauwde Macaire. 'En bovendien, om helemaal eerlijk te zijn, heb ik de halve film geslapen en heb ik geen idee wat erin gebeurt. Ik moet dit ding dus direct lezen en er inspiratie uit putten. Argumenten opschrijven, lijsten maken, enzovoort enzovoort.'

'Ik moet om vier uur de trein naar Zürich hebben,' zei Jean-Bénédict terwijl hij op zijn horloge keek. 'Ik zal het onderweg lezen.'

'Charlotte en jij komen morgenavond toch eten, hè?' vroeg Macaire.

Een keer per maand troffen de Hansens en de Ebezners elkaar voor het eten, afwisselend bij de een of de ander

'Natuurlijk komen we morgen,' bevestigde Jean-Bénédict. 'Ik ga maar een avondje naar Zürich – een diner met cliënten – en morgenochtend kom ik met de eerste trein terug.'

'Morgenavond dus een leesverslag, waarde neef!' beval Macaire.

'Tot uw orders, meneer de toekomstige voorzitter!' antwoordde Jean-Bénédict terwijl hij krijgshaftig zijn hakken tegen elkaar sloeg. Daarna greep hij een kleine rolkoffer vast en verliet het bankgebouw om naar het station te gaan, terwijl Macaire weer naar zijn werkkamer ging, vol voorzittersenergie, er vol van overtuigd dat hij argumenten zou vinden die Tarnogol van gedachten zouden doen veranderen.

Op tafel lag de achterstallige post nog steeds op hem te wachten. Maar in plaats van die door te nemen ging Macaire liever *Twelve*

Angry Men lezen om er alvast wat argumenten uit te halen voor het geval hij Tarnogol op de gang zou tegenkomen. Maar om kwart voor vier kwam Cristina zijn kamer binnenstormen.

'Wat nou weer?' vroeg Macaire, lichtelijk geïrriteerd. 'Ik ben aan het werk!'

'Excuus, meneer Ebezner, maar in de agenda van meneer Levovitch staat om vier uur ZEER BELANGRIJKE AFSPRAAK. En het is bijna vier uur en meneer Levovitch is er niet en hij is volkomen onbereikbaar. Hij is vast opgehouden in het Palais des Nations. Wat moet ik doen?'

'Hij moet zijn agenda gewoon beter bijhouden!' zei Macaire geïrriteerd, die al zag waar Cristina naartoe wilde en niet van plan was om haar ter wille te zijn.

'Kunt u die afspraak van hem overnemen?' drong ze aan.

'Nee,' weigerde Macaire. 'Mijn hoofd loopt om!'

'Het moet een heel belangrijke cliënt zijn,' pleitte Cristina. 'En die wordt woedend als hij merkt dat hij vergeten is. U hoeft alleen te zeggen dat Levovitch verlaat is en u de honneurs laat waarnemen.'

'Ik ga Levovitch' gezicht toch niet redden zodat hij daarna in mijn plaats tot voorzitter kan worden gekozen!' riposteerde Macaire. 'Als het zo'n belangrijke klant is, laat hem dan woedend worden en bij de Raad over Levovitch gaan klagen. Dan merkt Tarnogol dat Levovitch lang niet perfect is.'

Met die woorden stuurde Macaire zijn secretaresse weg; ze ging terug naar haar werkplek.

Toen een kwartier later de 'Zeer belangrijke afspraak' zich aandiende bij Cristina, was ze verbijsterd. Ze had alles verwacht, maar niet dit.

HOOFDSTUK 8
Dealtjes tussen vrienden

Voor Cristina stond een imposante grijsaard die ze goed kende: het bijzondere gezicht, de oneffen huid, de eeuwig ongezonde teint, de kromme neus, de borstelige wenkbrauwen. In zijn hand had hij een wandelstok waarvan de knop was ingezet met fonkelende diamanten en waarvan werd gefluisterd dat die alleen al enkele miljoenen franken waard was. Het was Sinior Tarnogol. 'Is Levovitch er?' vroeg Tarnogol, die ondanks zijn perfecte Frans nog steeds een zwaar Oost-Europees accent had.

Aangezien Cristina geen woord kon uitbrengen keek hij haar met zijn kwaadaardige blik aan. Ze besloot om zich van de domme te houden.

'Hebt u een afspraak met hem? Ik zie niets in zijn agenda staan.'

'Ja, een afspraak op mijn kamer,' verklaarde hij. 'Omdat hij niet is komen opdagen, kom ik kijken wat er aan de hand is. Het is namelijk nogal onbeleefd om mensen lang te laten wachten!'

'Meneer Tarnogol,' zei Cristina met haar vriendelijkste stem. 'Zou ik u mogen verzoeken om een momentje te wachten in de roze salon?'

Een paar ogenblikken later haastte Cristina zich naar de kamer van Macaire.

'Wat nou weer?' zei die geïrriteerd terwijl hij het exemplaar van *Twelve Angry Men* van zich afduwde. 'Ik zei toch dat ik bezig was?'

'Die afspraak van vier uur, dat is Tarnogol!'

Macaire zette grote, ongeruste ogen op. 'Tarnogol?! Wat heb je hem gezegd?'

'Dat Levovitch er niet was, maar dat u hem zou ontvangen. Hij leek heel tevreden. Het spijt me, meneer Ebezner, ik heb uw opdracht niet opgevolgd, maar ik kon hem toch niet wegsturen!'

'Goed gedaan, lieve Cristina, heel-goed-ge-daan!' complimenteerde Macaire haar, en hij bedacht dat dit de perfecte gelegenheid was om Levovitch te onttronen en met Tarnogol over het voorzitterschap te praten. 'In welke salon heb je hem gezet?'

'De roze.'

'Uitstekend gedaan, de roze salon!' complimenteerde Macaire haar nogmaals, want dat was de meest elegante salon van de verdieping. 'Zeg maar tegen Tarnogol dat ik eraan kom.'

Cristina vertrok meteen, en Macaire maakte van de gelegenheid gebruik om zijn berg achterstallige post te pakken en die op het bureau van Levovitch te leggen. Daarna trippelde hij naar de roze salon als een jachthond die wild ruikt. Hij ging naar binnen met een gelukzalige uitdrukking op zijn gezicht en een honingzoete stem, en boog dubbel voor Tarnogol als voor het Gouden Kalf.

'Waarde Sinior, wat een genoegen je te zien! Ik moet je absoluut spreken over dat misverstand over mijn reizen en het artikel in de *Tribune* waarin...'

'Daar heb ik nu geen tijd voor,' onderbrak Tarnogol hem. 'Ik moet Levovitch absoluut spreken! Het is heel belangrijk.'

'Levovitch is er niet,' verklaarde Macaire.

'En waar is hij dan wel?'

'Ik heb geen idee. Hij is niet zo vaak op kantoor, weet je.'

'O, nee?' zei Tarnogol verbaasd. 'Ik dacht dat hij iedere ochtend heel vroeg kwam en de hele dag zonder pauzes doorwerkte.'

'Welnee, waarde Tarnogol, dat is een legende. Hij? Onafgebroken doorwerken?' Hij lachte gespeeld om de ironie van de situatie te benadrukken. '"De Luiaard" noemen we hem! We zijn allang blij als hij voor elf uur komt aanzetten, en vaak zien we hem de hele middag niet. Nu bijvoorbeeld: het is vier uur en dat luie zwijn is al naar huis. Dat kan toch niet!'

'Dat kan inderdaad niet!' zei Tarnogol verontwaardigd.

Macaire was tevreden over het effect en deed er nog een schepje bovenop.

'Ik zou het je niet moeten zeggen, want ik wil Lev niet in de problemen brengen, maar ik doe eigenlijk alles hier. Hij neemt sowieso nooit een beslissing zonder mijn advies te vragen. Die kerel neemt geen enkel initiatief. Heb je zijn bureau recentelijk gezien? Het ligt vol achterstallige post. De cliënten zullen wel woedend zijn. Het is een schande! Zoveel luiheid heb ik nog nooit gezien!'

'Maar waarom heb je de Bankraad dan niet ingelicht?' vroeg Tarnogol.

'Omdat ik het beste met hem voorheb,' verklaarde Macaire zoetsappig. 'Hij is een arme drommel. Bovendien mocht mijn vader hem graag, en dus heb ik een beetje medelijden met hem. Uiteindelijk doet hij niemand kwaad: hij wordt heus niet de nieuwe voorzitter.'

'Wat je me over Levovitch vertelt, is schandalig,' zei Tarnogol bezorgd.

'Schandalig,' herhaalde Macaire, en hij knikte vol verachting.

'Weet je wel dat ik op het punt stond om Levovitch tot voorzitter te benoemen?'

'O ja?' deed Macaire verbaasd. 'Levovitch als voorzitter? Maar dan gaat de bank in een oogwenk kopje-onder! Gelukkig ben jij aandeelhouder, ik niet.'

'Toch heeft hij altijd zo'n goede indruk op me gemaakt,' merkte Tarnogol op.

'Ach, waarde Sinior, dat doen de grootste oplichters altijd, weet je.'

Tarnogol stond op en deed een paar stappen door de kamer. Hij leek perplex.

'Alles in orde, Tarnogol?' vroeg Macaire bezorgd.

'Nee, helemaal niet! Ik moet Levovitch vandaag spreken om hem om een heel belangrijke gunst te vragen! Ik heb zelfs gezegd: "Zeer belangrijke afspraak." En nu is hij er niet! Ik voel me verschrikkelijk bedrogen!'

'Misschien kan ik je helpen?' stelde Macaire voor, die zeer in zijn nopjes was.

Tarnogol keek hem een ogenblik aan.

'Ik weet het niet,' zei hij. 'Het ligt echt heel gevoelig.'

'We vertrouwen elkaar al vijftien jaar,' pleitte Macaire. 'Dat is de reden waarom jij nu vicevoorzitter van de bank bent.'

'Ik heb me ook aan het pact gehouden,' zei Tarnogol. 'Je hebt gekregen wat je wilde in ruil voor je aandelen.'

'Precies, mijn waarde,' waagde Macaire. 'En dus kunnen we elkaar volledig vertrouwen. Laten we een nieuw pact sluiten.'

Toen Tarnogol een eindeloos ogenblik had nagedacht, zei hij ten slotte: 'Goed dan. Ik wil een deal met je sluiten, Macaire. De gunst die ik Levovitch wilde vragen, vraag ik nu aan jou. In ruil daarvoor benoem ik je tot voorzitter van de bank.'

'Akkoord!' zei Macaire. Hij stortte zich op de hand van Tarnogol en schudde die heftig. 'Wat kan ik voor je doen?'

'Je moet alleen een envelop voor mij in ontvangst nemen,' legde Tarnogol uit. 'Niets illegaals, niets gevaarlijks.'

'Is dat alles?' vroeg Macaire verbijsterd.

'Dat is alles,' bevestigde Tarnogol. 'Het is heel eenvoudig.'

'Heel eenvoudig,' herhaalde Macaire als een papegaai. 'En daarna?'

'Daarna breng je die envelop naar mij,' vertelde Tarnogol.

'Is dat alles?'

'Dat is alles!'

'Wat makkelijk!'

'Heel makkelijk.'

Tevreden verlieten de beide mannen de roze salon. Toen Macaire Tarnogol naar de lift bracht, kwamen ze langs de werkkamers; en aangezien hij zag dat Cristina er niet was, stelde hij Tarnogol voor om een blik te werpen op Levovitch' bureau. Vanaf de drempel wees hij op de werktafel, die vol met post lag.

'Kijk toch eens naar al die post die niet beantwoord wordt,' zei Macaire treurig. 'Walgelijk!'

'Schandalig!' zei Tarnogol verontwaardigd; hij stond te ver weg om te zien dat de brieven aan Macaire waren gericht. 'Hoe heb ik ooit kunnen denken dat Levovitch voorzitter van de bank zou kunnen worden?'

'Iedereen maakt weleens een foutje, waarde Sinior,' zei Macaire. 'Vergissen is menselijk.'

Zodra Tarnogol weg was, graaide Macaire de post van Levovitch' bureau en legde de berg weer op zijn eigen tafel. Toen liet hij zich in zijn stoel vallen en liet de euforie zachtjes over zich heen spoelen. Hij had zich nog nooit zo gelukkig gevoeld: hij werd voorzitter van Banque Ebezner. Hij was erin geslaagd om de loop van het lot te veranderen, zonder enige manipulatie. Hij pakte zijn exemplaar van *Twelve Angry Men* en bekeek het minachtend: hij hoefde dat vodje niet eens meer te lezen. Hij zou Tarnogol een piepkleine dienst bewijzen en zich er zo van vergewissen dat hij voorzitter zou worden. Het leven was mooi. Hij boog voorover in zijn stoel. Halfvijf. Hij kon naar huis. Wat een dag!

Op hetzelfde moment drukte Arma, de huishoudster in het huis van de Ebezners in Cologny, haar oor tegen de deur van de slaapkamer van haar werkgevers. Er was een mysterieus telefoontje voor Anastasia gekomen.

Zoals altijd had Arma opgenomen.

'Met het huis van de Ebezners, g'dendag,' had ze beleefd gezegd, zoals men het haar had geleerd. Aan de andere kant van de lijn had een mannenstem gevraagd naar m'vrouw, zonder zijn naam te noemen. M'vrouw stond naast Arma en ze gaf haar de hoorn, maar toen m'vrouw de stem van de beller hoorde, had ze het gesprek meteen overgezet naar de slaapkamer en zich daar opgesloten. Dat was heel vreemd. Dat deed m'vrouw anders nooit. Geïntrigeerd had Arma dus besloten om te gaan luisteren wat er aan de hand was.

'Je bent stapelgek dat je me hier belt, Lev!' zei Anastasia boos omdat ze dacht dat niemand haar in de slaapkamer kon horen.

'Ik dacht dat je je mobiel wel niet zou opnemen,' bracht Lev ertegen in aan de andere kant van de lijn.

'Klopt,' riposteerde Anastasia. 'Ik wil je namelijk niet meer spreken en ook niet meer zien.'

'Ik kan niet wachten om je vanavond te zien, liefste.'

'Noem me geen liefste! Bel me niet meer! Het is afgelopen, dat heb ik toch gezegd.'

'Ik wilde je alleen laten weten dat er om kwart voor acht iemand komt om je naar het Hôtel des Bergues te brengen. Tot dan.'

'Hoor je me? Er komt geen etentje vanavond. En al helemaal niet in het Hôtel des Bergues! Het was een vergissing om dit weekend af te spreken. Ik ben getrouwd! Heel Genève kan ons zien!'

'Maak je niet druk.'

'Jawel, ik maak me wel druk.'

'Tot vanavond.'

'Tot nooit!'

Anastasia hing op. Zodra Arma de hoorn hoorde neervallen, repte ze zich stilletjes naar beneden en keerde terug naar de kleine salon waar ze moest stoffen. Ze was in shock: m'vrouw bedroog m'neer!

~

Die avond om zeven uur parkeerde Macaire Ebezner trots op de parkeerplaats van de Lion d'Or in Cologny, in de hoop dat iemand hem achter het stuur zou zien zitten van zijn auto, die een klein fortuin waard was. Opzichtig liep hij het restaurant in, paraderend met zijn vrouw aan zijn arm, zich ervan bewust dat Anastasia alle blikken trok. Ze kregen een tafel met uitzicht op het meer, zoals hij had gevraagd, en ze bewonderden het schouwspel. Genève fonkelde in de avond en lag als een juweel voor hen.

'Vanavond drinken we champagne!' verkondigde Macaire aan de sommelier. 'Een Pol Roger van een goed jaar. De champagne van Winston Churchill! De champagne van de overwinning!'

Anastasia's echtgenoot leek in een uitstekend humeur, en dat amuseerde haar.

'Wat vieren we?' vroeg ze.

'Schatje, vanavond dineer je met de toekomstige voorzitter van de bank,' deelde hij met een samenzweerderige glimlach mee.

Ze deed of ze blij was.

'O, wat geweldig! Heeft Jean-Bénédict het bevestigd?'

'Nee, tot zaterdag is nog niks officieel. Ik wilde eigenlijk ook wachten tot het zeker was voordat ik je iets zou vertellen, maar ik kon me niet inhouden, ik ben te opgewonden. Het is in the pocket!'

'Je moet de huid niet verkopen voordat je de beer geschoten hebt,' temperde Anastasia zijn enthousiasme.

'Zeg dat wel, liefste. Luister: toen ik vanochtend op het werk kwam, hoorde ik dat de Raad op het punt stond om Levovitch te benoemen.'

'Levovitch?' wist Anastasia uit te brengen.

'Ik begrijp dat je schrikt, schatje, ik was ook helemaal van slag. Stel je eens voor, een Levovitch aan het hoofd van Banque Ebezner! Ebezner is toch Ebezner! Het was een hersenspinsel van Tarnogol. O, die buitenlanders hebben altijd zulke dwaze ideeën.'

'Dus Tarnogol is van mening veranderd?' vroeg Anastasia.

'Nagenoeg wel. Laten we zeggen dat hij en ik het op een akkoordje hebben gegooid. Er is nog één klein puntje te regelen, maar we kunnen eigenlijk wel zeggen dat het rond is.'

'Wat dan?'

'Dat zal ik je uitleggen. Weet je, eigenlijk wilde papa dat ik voorzitter werd. Dat verkiezingsgedoe was alleen bedoeld om die keuze voor mij te legitimeren.'

Anastasia wist niet wat ze moest antwoorden: volgens haar was het precies andersom. Abel Ebezner had zijn leven lang kwaadgesproken over zijn zoon. Als hij had gewild dat Macaire hem zou opvolgen, dan had hij hem eenvoudigweg zijn aandelen laten erven. Maar ze zei liever niets, ze hief alleen de champagnecoupe die net was geserveerd en proostte op de gezondheid van haar man.

Ze was in de war: door Levovitch, door de voorzittersverkiezing. Ze had geen honger, ze wilde naar huis. Maar ze wilde de avond van haar man niet verpesten: die leek in een geweldig humeur, en uitgehongerd. Hij bestelde tagliatelle met witte truffel, gevolgd door lamscarré. Zij vroeg om tonijntartaar en Noorse zeekreeft. Hij liet een tweede fles Pol Roger in de ijsemmer zetten.

'Diner met champagne, en die moet ijskoud zijn!' beval hij de sommelier.

Maar om halfacht, toen de voorgerechten waren opgediend, werd Macaire gestoord door de gerant.

'Excuseer, meneer Ebezner, maar er is telefoon voor u.'

'Voor mij?' vroeg Macaire verbijsterd. 'Niemand weet dat ik hier ben.'

Geïntrigeerd volgde hij de gerant naar de garderobe, waar hij de hoorn kreeg. Om zich een houding te geven noemde hij zijn naam met de autoritaire stem van een chef-staf.

'Ja, hallo? Macaire Ebezner hier.'

Hij luisterde aandachtig naar de beller, die hem uitgebreide instructies gaf, toen sprong hij als een soldaat in de houding en riep in het toestel: 'Ik vertrek direct!'

Hij haastte zich naar zijn vrouw, en zonder zelfs maar de tijd te nemen om weer te gaan zitten zei hij: 'Schatje, het spijt me, maar ik moet weg. Bloedspoed. Vanwege waar ik het net over had. Eet rustig door en neem een taxi naar huis, als je wilt. Ik mag niet te laat komen. Ik leg het je nog wel uit.'

Zonder het antwoord van zijn vrouw af te wachten, vertrok hij.

Ze bleef alleen achter, van streek, staarde naar het Meer van Genève, dat glinsterde in het maanlicht. Haar vork speelde met de tartaar. De andere gasten konden niet van haar wegkijken. Alles aan deze vrouw ademde schoonheid, maar een schoonheid die nog ontroerender werd omdat die gekleurd was met melancholie.

Ze dronk het glas champagne leeg zonder haar bord aan te raken. Wat was er aan om alleen te dineren, dacht ze. Ze haatte het om alleen te eten. Ze haatte het om alleen te zijn. Ze haalde haar telefoon uit haar handtas, aarzelde lang of ze Lev zou bellen. Ze durfde niet. Ze besloot naar huis te gaan. Ze vroeg of er een taxi gebeld kon worden en ze wachtte buiten. Een beetje frisse lucht zou haar goeddoen. Het was kwart voor acht. Toen ze uit de Lion d'Or kwam, zag ze dat op de parkeerplaats een zwarte limousine op haar wachtte. De passagiersdeur werd opengehouden door de chauffeur van Levovitch, Alfred Agostinelli, die haar een enorme bos witte rozen gaf.

'Goedenavond, mevrouw Anastasia,' zei Agostinelli met een glimlach. 'Hoe gaat het met u?'

'Goed, Alfred,' antwoordde Anastasia verward.

Gedachteloos nam ze plaats op de achterbank. Toen wierp ze een blik op de vriendelijke chauffeur, die achter het stuur plaatsnam en vroeg: 'Hoe krijgt hij het voor elkaar?'

HOOFDSTUK 9
Begin van het onderzoek

Als het raadsel van kamer 622 zijn wortels had in Genève, zoals wij vermoedden, dan moesten we daarnaartoe. En zo vertrokken Scarlett en ik op woensdagochtend 27 juni 2018 naar de stad aan het gelijknamige meer. Onderweg zei Scarlett: 'Ik heb in je suite aantekeningen over Bernard gevonden.'

'Heb je mijn spullen doorzocht?'

'Nee, ze lagen op je werktafel. Ik dacht dat het een boek was, ik wilde ze ordenen...'

'Heb je ze gelezen?'

'Ja, ik werd geraakt door jullie relatie. Ik wil er meer over weten.'

'Wat wil je weten?'

'Alles! Vertel wie Bernard was.'

'Ik zou niet weten waar ik moet beginnen,' zei ik.

'Begin dan maar bij het begin,' stelde ze voor. 'Over het algemeen is dat het makkelijkst. Vertel hoe je Bernard hebt ontmoet. Hoe een jonge, onbekende auteur in aanraking komt met een oude uitgever.'

'Dat is een lang verhaal,' antwoordde ik.

'Ik heb geen haast. En we hebben nog een flink stuk te rijden.'

Ik glimlachte.

'Bernard en ik hebben elkaar zeven jaar geleden ontmoet. Het was een snikhete zomerdag, eind juli. Parijs stikte. Ik was diezelfde ochtend uit Genève aangekomen. Ik had mijn best gedaan om me goed te kleden: ik droeg een overhemd en een blazer, alsof ik naar een sollicitatiegesprek ging. Hij had met me afgesproken in boekhandel

L'Âge d'Homme, in de rue Férou, waar nu een ijswinkel zit. Ik kwam zwetend aan, bevangen door de hitte. Hij zat al op me te wachten in de kleine vergaderruimte in de kelder.

Ik was zesentwintig, ik had net met moeite mijn rechtenstudie afgerond omdat ik die jaren had gebruikt voor het schrijven van romans. Iedere dag ging ik in plaats van naar de universiteit naar mijn grootmoeder, die een kamer in haar appartement had vrijgemaakt zodat ik een werkkamer had. Mijn grootmoeder was de eerste die in me geloofde en die me serieus nam. Dankzij haar heb ik tijdens de vijf jaar van mijn studie achter elkaar vijf romans geschreven die ik een voor een naar alle denkbare uitgevers stuurde. Ze werden allemaal afgewezen. Maar toen, in januari 2011, werd mijn vijfde boek, een historische roman over de Special Operations Executive, een tak van de Britse geheime dienst die in de Tweede Wereldoorlog succesvol in actie was gekomen, opgepikt door Vladimir Dimitrijević, de oprichter van Uitgeverij L'Âge d'Homme in Lausanne, en die besloot het uit te geven. Maar voordat het zover was, kwam hij om bij een auto-ongeluk. Op zijn begrafenis ontmoette ik Lydwine Helly, een Parijse vriendin van Dimitrijević, die me vertelde dat hij over mijn roman had gesproken met Bernard de Fallois en hem had voorgesteld om het boek ook in Frankrijk uit te geven. "Je moet Bernard de Fallois eens ontmoeten," zei Lydwine na de begrafenis, "misschien wil hij je boek wel uitgeven."

Ik werd Lydwines protegé. Ze nam me onder haar hoede en regelde een afspraak met Bernard de Fallois. Zo kwam het dat ik hem in die warme julimaand in Parijs ging opzoeken. En zoals het zo vaak gaat bij intense vriendschappen, begon het heel slecht tussen hem en mij.'

Parijs, zeven jaar eerder

'Ik denk niet dat ik uw roman ga uitgeven.'

De man die dit zei, stond voor me en zag eruit als een generaal – elegant, seigneuriaal, met levendige blik. Hij was de legende van de

Franse uitgeverswereld: Bernard de Fallois. Jammer genoeg voelde ik een generatiekloof tussen ons: hij, vijfentachtig, en ik, een jonge, ongepubliceerde auteur van zesentwintig.

'Waarom niet?' waagde ik te vragen.

'U presenteert het boek als een historische roman, maar ik geloof niet dat het waar is wat u vertelt. De Engelsen kunnen dat niet allemaal hebben gedaan.'

'Ik verzeker u dat het toch echt zo is.'

Hij leek niet overtuigd.

'U gaat me toch niet wijsmaken dat het aan de Engelsen te danken is dat het Franse verzet tegen de Duitsers kon strijden?'

'Ik kan het zelfs bewijzen,' pleitte ik. 'Het is een onbekend onderwerp, vandaar dat deze roman interessant is.'

'Het spijt me, maar ik denk niet dat ik uw roman ga uitgeven.'

Toen ik uit het onderhoud kwam, dwaalde ik terneergeslagen door Saint-Germain. Alles was mislukt. Ik kon net zo goed ophouden met schrijven: mijn boeken zouden nooit uitgegeven worden. Het was het einde van mijn allergrootste wens. Ik had me bijna in de Seine geworpen, maar in plaats daarvan liep ik naar boekhandel Joseph Gibert op de boulevard Saint-Michel, en keek rond op de geschiedenisafdeling. Ik vond diverse titels die gingen over de daden van de Britse geheime dienst tussen 1939 en 1945. Ik schreef de gegevens op en stelde een bibliografietje op, waar ik de bronnen aan toevoegde die ik zelf voor mijn roman had gebruikt, en stuurde alles naar Bernard.

Ik hoorde niets van hem. Tot vrijdag 26 augustus 2011. Aan het einde van de dag werd ik gebeld door Lydwine Helly. 'Bernard wil je boek uitgeven!' liet ze me weten. Lydwine was er uiteindelijk in geslaagd Bernard te overtuigen. En zo verscheen mijn eerste roman uiteindelijk in januari 2012.

'En het was direct een enorm succes!' onderbrak Scarlett me in een vlaag van enthousiasme.

'Helemaal niet! Het was een ramp.'

Ze barstte in lachen uit.

'Echt?'

'Echt. Bernard was heel onaangenaam tegen me, ik kon hem niet uitstaan en hij mij ook niet. De roman verkocht heel slecht. Een paar honderd exemplaren. Ik zwoer dat ik nooit meer met hem zou werken.'

'En toen?'

'De rest vertel ik een volgende keer,' verkondigde ik. 'We zijn bijna in Genève.'

We hadden de snelweg verlaten en reden naar het centrum, waarbij we verschillende gebouwen van internationale organisaties passeerden. Algauw zagen we de oever van het meer en op de achtergrond de Jet d'Eau. Ik zei tegen Scarlett: 'Weet je dat ik deze route drie dagen geleden in de andere richting heb afgelegd?'

'Wees niet zo'n spelbreker, schrijver, dat staat je niet! Bovendien kun je nu even naar huis om schone sokken te halen.'

'Ik kan ook gewoon thuisblijven en jou op de trein naar Verbier zetten.'

Ze barstte in lachen uit.

'Dat doe je niet. Je wilt in Verbier zijn. Bij mij.'

Ik onderdrukte een glimlach en dat zag ze.

'Wees toch niet altijd zo serieus, schrijver. Dat is niet geloofwaardig.'

We reden over de pont du Mont-Blanc in de richting van Cologny, de mooie buurt met uitzicht over Genève. Ten tijde van de moord woonde Macaire Ebezner daar. Ik moet erkennen dat ik erg onder de indruk was van Scarlett: ze had het internet tot in de donkerste hoekjes afgespeurd en had een indrukwekkende hoeveelheid informatie opgediept. Bijvoorbeeld een artikel uit *L'Illustré*, een van de grootste weekbladen van Franstalig Zwitserland, over Macaire Ebezner, dat een paar maanden voor de moord was verschenen. De tekst was verluchtigd met een foto van Macaire en zijn vrouw Anastasia, poserend voor hun huis.

We wisten het precieze adres niet, maar ik had de straatnaam onthouden: chemin de Ruth. En daar gingen we naartoe. Ik reed stapvoets en we bekeken de huizen aan beide kanten van de weg. Opeens riep Scarlett: 'Hier!'

Voor ons zagen we door een grote ijzeren poort een huis dat leek op de foto uit het tijdschrift: een prachtig bouwwerk van witte steen met uitzicht over het meer, omgeven door een reusachtige tuin.

HOOFDSTUK 10
Een woedende man

Dinsdag 11 december, vijf dagen voor de moord

Het huis van de Ebezners in Cologny, een schitterende witstenen woning met uitzicht over het Meer van Genève, omgeven door een reusachtige, met sneeuw overdekte tuin.

In de keuken zat Anastasia, gekleed in een kamerjas, alleen aan de ontbijttafel te spelen met een stukje brood dat ze niet opat, omdat ze voortdurend moest denken aan de gebeurtenissen van de vorige avond. Een heerlijke avond die haar naar de suite van Lev Levovitch in het Hôtel des Bergues had gebracht. Hij wachtte op haar, hij zag er schitterend uit in zijn smoking. De tafel was gedekt voor twee en stond vol met geraffineerde gerechten met daarbij een grand cru.

Ze hadden gedineerd bij kaarslicht, verliefder dan ooit. Ze voelde zich zo levend als ze bij hem was. Toen wierpen ze zich op elkaar en bedreven hartstochtelijk de liefde.

Maar rond middernacht ging de telefoon. Anastasia raakte in paniek: dat moest Macaire zijn! Hij had haar laten volgen, hij wist alles en hij kwam verhaal halen. De opluchting kwam direct: het was niet Macaire, maar de president van Frankrijk, die naar Genève was gekomen voor de Algemene Vergadering van de Verenigde Naties. De president, die leed aan slapeloosheid, had behoefte aan een gesprek. Hij gaf de wens te kennen dat Lev hem kwam bezoeken op het Franse Gezantschap bij de Verenigde Naties, dat gevestigd was in een reusachtig herenhuis in Cambésy en waar hij tijdens zijn verblijf logeerde.

Lev had hem aanvankelijk met een beleefde kluit in het riet gestuurd vanwege zijn amoureuze afspraakje, maar Anastasia kreeg last van haar geweten en zei: 'Maar het is de president!'

Daarop had Lev de grote leider van de Fransen teruggebeld om te zeggen dat hij eraan kwam. Ze hadden zich aangekleed en hij had haar meegenomen in zijn zwarte Ferrari van een uniek model. Ze hadden elkaar getroffen in het goud van een grote salon, privé met de president, die hen in kamerjas ontving. De president dronk thee, rookte een sigaar, kletste vriendschappelijk en vroeg Lev om raad over zijn toespraak in de Verenigde Naties van de volgende dag.

Om twee uur bracht Lev haar naar huis. Hij zette haar af voor het huis in de chemin de Ruth, en in het geheim van de nacht had hij haar opnieuw gekust, een lange, verliefde kus; daarna liet hij haar gaan.

Toen ze het hek door ging, voelde ze een ogenblik angst: wat zou Macaire zeggen als hij haar op dit tijdstip zag thuiskomen? Hij zou wel sterven van ongerustheid. Had hij de politie ingelicht? Of vermoedde hij iets en wachtte hij haar stiekem op in de salon? Hij zou een verklaring eisen. Vooral gewoon blijven doen. Ze zou zeggen dat ze uiteindelijk was uitgegaan met vriendinnen, dat ze iets hadden gedronken in het Hôtel des Bergues en dat ze de tijd was vergeten. Ze had toch wel het recht om plezier te maken? Bovendien had hij haar in het restaurant in de steek gelaten! Maar toen ze voor het huis stond, besefte ze dat Macaires auto er niet stond. Hij was nog niet terug van zijn mysterieuze afspraak. Waar kon hij zijn? Ze ging snel slapen, zonder zich al te veel vragen te stellen, opgelucht dat ze niet hoefde te liegen en vooral gelukkig vanwege de uren die ze met Lev had doorgebracht. Ze voelde zijn lichaam nog tegen het hare, zijn vingers op haar huid, het genot dat hij haar gaf. Ze deed haar ogen weer een ogenblik dicht, en daar zag ze weer hoe hij op haar lag, haar kuste en fluisterde: 'Meer jus d'orange, m'vrouw?' Ach nee, verdomme, dat was Arma die haar stoorde.

'Meer jus d'orange, m'vrouw?' vroeg Arma aan haar bazin, en ze hield haar een karaf met versgeperst sap voor.

Anastasia dwong zich te glimlachen.

'U ziet er goed uit vanochtend, m'vrouw,' zei Arma terwijl ze het glas volschonk.

Anastasia antwoordde niet, ze bedacht dat ze er niet al te stralend mocht uitzien, ze was bang dat haar man iets door zou krijgen. En precies op dat moment liep Macaire de keuken in en donderde: 'Die verdomde Levovitch!'

Anastasia dacht dat ze bezweek: nu kwam het, haar man wist alles!

'Die verdomde Levovitch!' zei Macaire weer.

'Wie... wat?' stotterde Anastasia.

Macaire hield de *Tribune de Genève* van die dag vast en vouwde hem uit voor zijn vrouw.

'Kijk hier eens, liefje!' overschreeuwde hij zich, op een toon die balanceerde tussen getergdheid en bewondering.

Op de voorpagina, bij een groot interview met het Franse staatshoofd, stond een foto van de president in gezelschap van Levovitch, die de vorige avond was genomen terwijl ze in de buurt van het gebouw van de Verenigde Naties langs de oever van het Meer van Genève wandelden. Macaire las voor uit het artikel: 'Sinds gisteren zijn de wereldleiders bijeen voor de grote vluchtelingenconferentie. Vandaag zal de president van Frankrijk een toespraak houden waarnaar reikhalzend wordt uitgekeken. De wandelaars in het parc de la Perle du Lac waren gisteren overigens verrast om hem tegen te komen, met zijn bodyguards, terwijl hij wandelde in gezelschap van de in Genève bekende zakenbankier Lev Levovitch...'

Arma onderbrak hem.

'Jus d'orange, m'neer?'

'Ja, graag.'

Hij legde de krant neer en pakte een toast, die hij dik beboterde.

'Wat een vent is dat toch, die Levovitch!' vervolgde hij. 'Nu loopt-ie gearmd met de president van Frankrijk en haalt-ie de voorpagina! En weet je wat nog het ergste is? Dat hij volkomen pretentieloos is. Hij was gisteren niet op kantoor, maar hij heeft aan niemand gezegd dat hij bij de Verenigde Naties was. Cristina heeft hem opgespoord, anders hadden we niet geweten wat hij uitvoerde.'

Anastasia keek ontmoedigd naar haar man, die een grenzeloze bewondering voelde voor de man met wie zij hem bedroog: uiteindelijk waren ze allebei verliefd op dezelfde persoon. Ze voelde zich slecht op haar gemak en deed haar best om van onderwerp te veranderen.

'En jouw avond? Je was laat thuis, hè?' vroeg ze op gespeeld naïeve toon.

'Om halfvier,' antwoordde hij. 'Ik ben doodop.'

'Wat heb je tot halfvier uitgevoerd?'

'Daar kan ik niks over zeggen. Jawel, aan jou wel. Geloof het of niet: gisteren heeft Sinior Tarnogol me gevraagd om iets voor hem te doen. Iets heel belangrijks. Dat fameuze dingetje waarover ik het had in het restaurant.'

'Wat dan?' vroeg Anastasia, ongerust over wat haar man had moeten doen om Tarnogols keuze te veranderen.

'Drie keer niks. Geloof het of niet. Ik moest een brief voor hem ophalen en die toen naar hem brengen.'

'Een brief? Voor zover ik weet ben je toch geen postbode?'

Macaire wierp haar een donkere blik toe.

'Je snapt er niks van. Zie je wel, ik had je beter niks kunnen vertellen! Het was een heel belangrijke brief, die Tarnogol niet persoonlijk mocht ontvangen. Hij had een vertrouweling nodig.'

'Hij had een postbode nodig!' herhaalde Anastasia.

'Een vertrouweling!' zei Macaire geërgerd. 'Ik moest helemaal naar Bazel om die envelop op te halen, besef je dat wel?'

'Ben je gisteravond op en neer naar Bazel gereden? Nou begrijp ik waarom je zo laat thuis was.'

'Ach, zo ver is het niet, als je doorrijdt. Ik heb de envelop in kwestie tegen elf uur opgehaald in een groot hotel in Bazel. Een klein kopje koffie later vertrok ik weer, en om halfdrie heb ik hem Tarnogol persoonlijk overhandigd. Hij heeft me thuis ontvangen, wist je dat? Hij nodigt nooit iemand thuis uit! Een prachtige stadsvilla in de rue Saint-Léger, tegenover het parc des Bastions. Het toppunt van chic. Hij heeft me behandeld met het respect dat ik verdien. Onthaald als een vorst. "Broeder!" riep hij. Bróeder. Hoor je dat? Hij had een kleinigheidje voor me laten klaarmaken. Nou ja, een "kleinigheidje", dat is maar bij wijze van spreken; je had het moeten zien: je had er een uitgehongerd dorp mee kunnen voeden! Geweldige kaviaar uit Iran, gerookte wilde zalm uit Alaska zoals je die nog nooit hebt gegeten, een geroosterde brioche die smolt in je mond, een kaasplankje, een fijne vruchtentaart, bonbons. Ach, je had het moeten zien. Dat was me nog eens iets! En toen maakte hij een fles Beluga-wodka open om "zo'n belangrijk moment" te vieren. Met zijn verschrikkelijke accent zei hij: "Beluga, de wodka van de overwinning!" We zaten een hele tijd samen te kletsen en te lachen. Een perfecte verstandhouding. En toen ik wegging zei hij in het Engels: "Thank you, Mister President."'

'Mister President?'

'Jazeker! Want ik word zaterdag benoemd! Dat was nog eens een goed bestede avond, haha!'

Macaire keek vol liefde naar zijn vrouw. Sinds enige tijd was er iets aan haar veranderd. Haar gezicht was stralender. Ze was vrolijker. Hij zag dat ze vaak uitstekend gehumeurd was. Ja, heel anders! Ze leek wel gelukkig. Hij maakte haar gelukkig. Ze hadden pieken en dalen gekend, maar nu wist hij wat hij moest doen. Je hoefde maar naar haar te kijken: prachtig. Die ochtend werkte Macaire zijn broodjes snel weg, terwijl hij gewoonlijk ruim de tijd nam voor het ontbijt; hij had zichtbaar haast.

'Aan de slag,' verklaarde hij terwijl hij opstond.

'Ga je al naar de bank?' vroeg Anastasia verbaasd.

'Nee,' antwoordde hij op mysterieuze toon. 'Ik ga naar mijn werkkamer. Ik werk aan een project.'

Ze was geïntrigeerd. Hij was tevreden met het effect. Ze had hem voor een idioot aangezien vanwege dat postbodegedoe, maar als ze de waarheid zou horen, zou ze wel zien wie hij was. Hij bedacht dat hij te weinig op waarde werd geschat. Daar had hij soms onder geleden, voordat hij besefte dat het uiteindelijk zijn kracht was: pas op voor stilstaande wateren. In zijn achterhoofd bedacht hij dat die uitdrukking een mooie titel voor zijn memoires zou zijn.

In zijn werkkamer bekeek Macaire eerst bewonderend wat hij had overgehouden van zijn bezoekje aan Sinior Tarnogol: een zijden zakdoek waarop stond geborduurd: SINIOR TARNOGOL, LID VAN DE BANKRAAD. Hij had hem zien liggen op een bijzettafeltje en had zich er niet van kunnen weerhouden het te stelen. Hij vond dat het iets heel chics had: hij zou voor zichzelf ook zakdoeken laten maken met MACAIRE EBEZNER, VOORZITTER erop.

Hij legde het doekje onder in een la waar hij een fles geperst citroensap uit haalde. Een deel ervan schonk hij in een koperen kom en hij voegde er water aan toe om onzichtbare inkt te maken. Daarna haalde hij zijn schrift uit de kluis, ging zitten aan de lessenaar vol snuisterijen en werkte verder aan zijn verhaal.

Mijn diverse verslagen aan de Federale Raad troffen doel; de Zwitserse financiële markt, de long van onze economie, werd bedreigd en moest ten koste van alles worden beschermd. Als de Europese landen plannen hadden die niet alleen ten doel hadden om de kapitaalvlucht naar Zwitserland te stoppen, maar ook om de Zwitserse rekeningen van hun onderdanen op te sporen, dan moest men, zoals de klassieke spreuk zegt, voorbereid zijn op oorlog om de vrede te bewaken.

Zo gaf de Zwitserse regering de inlichtingendiensten opdracht om een grootschalige surveillance op touw te zetten van de ministeries van Economische Zaken van de Europese landen om te anticiperen op eventuele maatregelen tegen Zwitserland.

Het uitzenden van inlichtingendiensten naar bevriende en geallieerde landen was altijd een gevaarlijke exercitie in termen van imago en diplomatie. Daarom werd eerst P-30 eropuit gestuurd, om het terrein te verkennen. De economische divisie, waarvan ik deel uitmaakte, vergrootte haar werkterrein. Londen, Parijs, Lissabon, Wenen, Athene, München, Milaan, Madrid, Stockholm: alle grote steden van Europa werden een doelwit. Voor elk daarvan moesten wij de verschillende bestuursgebouwen lokaliseren, zoals de ministeriële gebouwen of de zetels van de fiscale autoriteiten, en over elk daarvan zo veel mogelijk informatie vergaren: toegang, indeling, aanwezigheid van camera's, eventuele ingangscontrole. Daarnaast dienden wij alle nummerborden te noteren van de auto's die de personeelsparkeerplaats op- of afreden, zodat er een database kon worden aangelegd. Verder brachten we de restaurants in de buurt waar het personeel ging lunchen in kaart. Dit saaie, ondankbare precisiewerk was onmisbaar om de weg vrij te maken voor de agenten van de inlichtingendienst die zouden worden uitgezonden om afluisterapparatuur te plaatsen, documenten achterover te drukken of te vernietigen of contact te leggen met omkoopbare medewerkers die ons informatie zouden verschaffen.

Na iedere missie werd ik uitgenodigd voor de opera, waar ik Wagner trof om hem een samenvatting van mijn observaties te overhandigen.

Helaas bleken al deze inspanningen nutteloos: onze ergste vijand bevond zich in werkelijkheid niet buiten de grenzen, maar in het hart van ons land. We werden van binnenuit aangevallen, wat bleek uit een gebeurtenis die onze hele bankwereld traumatiseerde: een medewerker van een vooraanstaande bank in Zürich was ervandoor gegaan met een lijst van buitenlandse cliënten die geheime bankrekeningen aanhielden in Zwitserland, en om zich te wreken voor zijn ontslag had hij die lijst verkocht aan de Duitse en Franse belastingdiensten.

Voor de banken, die bekendstaan om hun discretie, hun gehechtheid aan het bankgeheim en de anonimiteit van hun cliënten, was dit een donderslag bij heldere hemel. Voor de inlichtingendiensten was het code rood: dit nooit eerder vertoonde verraad zou anderen op ideeën kunnen brengen. Het was noodzakelijk om een grote slag te slaan, er zeker van te zijn dat het een geïsoleerd geval betrof en iedereen te ontmoedigen dit voorbeeld te volgen.

P-30 kreeg de taak om te achterhalen of de belastingdiensten van de grote landen van Europa actief probeerden inlichtingen te kopen van Zwitserse bankmedewerkers. En zo kwam het dat Wagner mijn wrok als legitieme erfgenaam van het voorzitterschap in het landsbelang liet werken door mij naar diverse Europese steden te sturen om belastinggeheimen te achterhalen. Er verstreek een jaar waarin ik continu op en neer reisde tussen Parijs, Londen, München, Milaan en Athene. Het protocol was eenvoudig: in elk van die steden introduceerde Wagner me bij een advocaat die voor ons werkte. Via die advocaat legde ik contact met een plaatselijke leidinggevende van de belastingdienst, die ik op een onopvallende plek ontmoette en aan wie ik me introduceerde als verklikker. Iedere keer speldde ik hun hetzelfde verhaal op de mouw: 'Mijn vader heeft me niet tot voorzitter benoemd, ik wil wraak nemen en ik ben bereid met u samen te werken.' Ze konden het nagaan: alles was waar en stond in de krant. Over het algemeen deden ze dat ook, en vervolgens regelden ze, via de advocaat en altijd onder strikte geheimhouding, een andere afspraak, waarbij de onderhandelingen begonnen en ik hun kostbare informatie over hun methodes kon ontfutselen: hoeveel waren ze bereid te betalen voor de cliëntenlijst? Wat gingen ze ermee doen? Welke garanties boden ze voor mijn bescherming? Waren ze bereid me een verblijfsvergunning te verschaffen, aangezien ik niet in Zwitserland zou kunnen blijven? Zodra ik over genoeg informatie beschikte, eiste ik gewoonlijk een schriftelijke overeenkomst, wat ze steevast weigerden, en zo kon ik de onderhandeling afbreken zonder de verdenking op me te laden.

Nu mijn carrière bij P-30 ten einde loopt, moet ik dit hier zeggen: ik ben trots en gelukkig dat ik mijn land heb kunnen dienen. Ik voel me een overwinnaar.

Het enige bewijs dat ik heb van de afgelopen jaren is een brief die ik enkele jaren geleden van Wagner heb gekregen, van de hand van de president van de Zwitserse Confederatie. Drie handgeschreven regels, die ik hierbij voeg:

Waarde Macaire,

Laat deze woorden een getuigenis zijn van onze eeuwige dankbaarheid voor uw onvermoeibare inspanningen ten gunste van uw land.

Met vriendelijke groet,
Beat Wunder,
President van de Zwitserse Confederatie

'Eeuwige dankbaarheid,' zei Macaire hardop, terwijl hij de brief herlas, die hij tussen de bladzijden van het schrift bewaarde.

Als zijn vader toch eens had geweten uit welk hout hij was gesneden! Macaire keek vol melancholie naar de foto van zijn vader die voor hem op de lessenaar stond. 'Papa, je zoon is niet zomaar iemand,' zei hij tegen zijn vader van glimmend papier.

Vanuit zijn werkkamer hoorde Macaire de telefoon en de haastige stappen van Arma die aan kwam rennen om op te nemen ('Met het huis van de Ebezners, g'dendag'). Daarna meer haastige stappen, maar dan richting zijn werkkamer; en plotseling gebonk op de deur.

'M'neer,' riep Arma door de dichte deur. 'Sorry dat ik stoor maar het is dringend!'

Macaire deed pas open toen hij zijn schrift weer had opgeborgen in de kluis.

'Wie is het?' vroeg hij.

'De bank!'

Hij nam op bij het toestel in de hal. Aan de andere kant van de lijn hoorde hij Cristina, zijn secretaresse.

'Meneer Ebezner,' verontschuldigde ze zich direct. 'Ik kon u niet op uw mobiel bereiken, daarom ben ik zo vrij geweest naar uw huis te bellen.'

Macaire hoorde de paniek in haar stem en stelde haar gerust.

'Goed gedaan, Cristina. Wat is er?'

'U moet direct naar de bank komen,' zei Cristina.

'Wat is er dan aan de hand?'

'Komt u nou toch!' smeekte ze. 'Meneer Tarnogol is op uw kamer. Hij is buiten zichzelf van woede en scheldt u voor van alles uit! Ik weet niet waar het over gaat, maar het klinkt heel ernstig.'

HOOFDSTUK II

Een gunst

Bij de bank probeerde Cristina mee te luisteren door de gesloten deur van de kamer van Macaire, die direct was gekomen. Maar ze ving alleen maar flarden op.

In de kamer was Tarnogol nog steeds niet gekalmeerd.

'Denk je dat ik gek ben?' beet hij Macaire toe. 'Hoe durf je tegen me te liegen?'

'Ik? Tegen je liegen?'

'Gisteren zei je dat Levovitch lui was en nooit kwam. Maar Levovitch was bij de Verenigde Naties! Met de president van Frankrijk!'

'Hoe... Hoe weet je dat?' vroeg Macaire klappertandend.

'Omdat het in de krant staat!' riep Tarnogol uit en hij zwaaide met een *Tribune de Genève.*

'Het is een misverstand!' smeekte Macaire, die trilde als een espenblad.

'O ja?' bulderde Tarnogol. 'Je zei ook dat Levovitch nooit naar de post keek – is dat ook een misverstand? Die post was aan jou gericht!'

'Hoe... hoe weet je dat?' stotterde Macaire, die voelde dat hij instortte.

'Omdat de post op jouw bureau ligt en jouw naam erop staat!' antwoordde Tarnogol terwijl hij met een woedend gebaar een handvol brieven van tafel griste en ze door de lucht smeet. 'Het is afgelopen, Macaire! Je kunt het voorzitterschap vergeten!'

'Ja maar, Sinior,' probeerde Macaire hem tot rede te brengen. 'Gisteren konden we het nog zo goed met elkaar vinden... Je noemde me zelfs "broeder"...'

'Dat was voordat ik erachter kwam dat je me bedrogen en voorgelogen hebt! Lev Levovitch wordt de nieuwe voorzitter!'

Met die woorden verliet Tarnogol het kantoor en hij sloeg de deur met al zijn kracht dicht, doodsbang gadegeslagen door Cristina. Macaire zakte in zijn stoel, letterlijk verpletterd.

Na minuten die lang duurden werd er zachtjes op zijn deur geklopt: het gezicht van Levovitch verscheen in de deuropening.

'Alles goed, Macaire?' vroeg Levovitch ongerust. 'Ik hoorde dat je ruzie had met Tarnogol?'

'Het gaat helemaal niet goed,' kreunde Macaire, die haast in huilen uitbarstte.

'Wat is er aan de hand?' vroeg Levovitch, die besloot om binnen te komen, gevolgd door de angstige Cristina.

'Iets heel ergs,' antwoordde Macaire.

'Wat dan?' vroeg Cristina van streek. 'Zeg toch iets, meneer Ebezner, u ziet zo bleek.'

Levovitch en Cristina bekeken Macaire vol medelijden. Hij had duidelijk een enorme behoefte om zijn hart te luchten, maar hij kon toch niet vertellen over zijn leugens over Levovitch en dat gedoe met de post?

'Ik ben momenteel heel gestrest,' gaf hij als enige verklaring.

'Gestrest? Waarom?' vroeg Cristina door. 'Komt dat door het voorzitterschap?'

'Nee, dat heeft er niks mee te maken,' loog Macaire, die hoopte dat Cristina niet aan Levovitch had verteld wat ze de vorige avond had gehoord. Hij wilde van onderwerp veranderen. 'Ik denk dat het een winterdipje is, meer niet.'

'Ga je nog naar die psychoanalyticus die ik je heb aanbevolen?' vroeg Levovitch toen. 'Die is echt heel goed.'

'Ja, dokter Kazan. Iedere dinsdag om halfeen. Dat komt vandaag wel heel goed uit.' (Hij grijnsde om zich een houding te geven). 'En op donderdagen ook, trouwens.'

'Ik wist niet dat u een psychoanalyticus bezocht,' zei Cristina.

'Het doet er ook niet toe!' zei Macaire, ietwat gegeneerd. Hij wilde absoluut weer van onderwerp veranderen. 'Zullen we anders een kopje koffie gaan drinken? Ik trakteer.'

~

Die middag om halfeen betrad Macaire de spreekkamer van dokter Kazan, op de place Claparède 2.

'Het gaat heel slecht met me, dokter,' verklaarde Macaire direct, terwijl hij zich op de divan wierp.

Al bijna vijftien jaar kwam Macaire bij Kazan. Sinds het gedoe over de aandelen van de bank. In die tijd, toen zijn vader had gehoord dat hij zijn aandelen van de bank aan Tarnogol had verkocht, was deze zo woedend op hem geweest dat hij een tijdlang niet met hem had gesproken. Macaire had op aanraden van Levovitch contact opgenomen met Kazan, die hem ervan had verzekerd dat hij de juiste man was. Levovitch had gelijk gehad: dankzij dokter Kazan was Macaire erin geslaagd om zich met zijn vader te verzoenen. Maar sinds zijn vaders dood waren er momenten dat hij erg gedeprimeerd was en de behoefte voelde aan twee gesprekken per week om er weer bovenop te komen. Hij mocht dokter Kazan graag, want die had hem geleerd om zelfvertrouwen te krijgen. Hij hield van zijn rust, zijn vriendelijke blik, en de manier waarop hij onder het luisteren op het pootje van zijn bril kauwde.

'Ik heb verteld dat ik ervan uitging dat ik tot voorzitter van de bank zou worden gekozen,' begon Macaire.

'Ik meen inderdaad zoiets gelezen te hebben,' zei Kazan. 'Ik wilde u net feliciteren.'

'Nu is er een kleine ramp gebeurd.'

'O ja?'

Macaire vertelde zijn psychoanalyticus in detail over zijn tegenslagen in de laatste vierentwintig uur.

'Dus als ik het goed begrijp, wil die Tarnogol niets meer van u weten?' vatte Kazan het verhaal van zijn patiënt samen.

'En dat alleen maar vanwege een onhandigheidje!' klaagde Macaire. 'O dokter, help me een manier te vinden om Tarnogol te overtuigen, ik smeek het u! Ik moet hem absoluut van gedachten doen veranderen. Als ik geen voorzitter word, pleeg ik zelfmoord!'

'Zoiets moet u niet zeggen!' zei dokter Kazan ontzet. 'Dat zou heel slecht zijn voor mijn reputatie.'

'Over reputaties gesproken,' vervolgde Macaire, 'u bent gecontacteerd door een zekere Jean-Bénédict Hansen. Dat is mijn neef Jean-Béné. Hij zoekt een psychiater voor zijn vrouw, die last heeft van stemmingswisselingen. Ik heb hem aangeraden om u te bellen. Ik heb gezegd dat u de beste bent. Maar nu schijnt u aan Jean-Béné te hebben gezegd dat u geen nieuwe cliënten meer aanneemt.'

'Klopt, al jaren niet meer. Ik heb destijds een uitzondering voor u gemaakt omdat u werd aanbevolen door Lev Levovitch.'

'Die Levovitch!' wond Macaire zich op. 'Ik haat hem! Hij is altijd zo perfect! Zo bijzonder! Ik wou dat ik hem was!'

'Haat u hem of bewondert u hem?'

'Kun je iemand haten omdat je hem te veel bewondert?' vroeg Macaire.

'Ja,' knikte dokter Kazan. 'Dat heet jaloezie.'

'Dus ik ben jaloers?'

'Exacter gesproken denk ik zelfs dat u last hebt van een *invidia maxima*, een aandoening die door dokter Freud is geïdentificeerd in het beroemde geval van Lucien K.'

'Wat is het geval van Lucien K.?'

'Lucien K. was de zoon van een rijke Weense industrieel die altijd de erkenning van zijn vader zocht. Maar zijn vader had hem steeds de oren gewassen met verwijten en had uiteindelijk de voorkeur gegeven aan een andere jongen, die hij beschouwde als zijn zoon en aan wie hij de teugels van zijn conglomeraat overgaf.'

'Dat is precies hoe ik tegenover Levovitch sta!' riep Macaire uit, opgelucht omdat hij hoorde dat hij een beroemde voorganger had. 'En wat gebeurde er met Lucien K.?'

'Hij vermoordde zijn vader, zijn moeder, zijn vrouw, de hond, iedereen. En toen is hij opgenomen. Daardoor kon Freud zijn geval bestuderen.'

'Verrek!' mompelde Macaire. 'Denkt u dat ik ook zo zal eindigen?'

'Nee,' stelde dokter Kazan hem gerust. 'Uw geval heeft de bijzonderheid dat u vijftien jaar geleden alles in eigen hand hebt genomen. Uw vader droeg de fakkel aan u over, hij erkende u als zijn opvolger door ten overstaan van iedereen de aandelen aan u over te doen, waardoor u de garantie had dat u de volgende voorzitter van de bank zou worden. Die aandelen hebt u vervolgens, om redenen die mij nog ontgaan, aan die Sinior Tarnogol overgedaan. Maar niet voor geld, is het wel?'

'Het was een ruil,' bevestigde Macaire.

'Waarvoor dan?' vroeg dokter Kazan. 'Ik moet bekennen dat ik heel graag zou begrijpen wat evenveel waard zou kunnen zijn als het voorzitterschap van de bank.'

'Iets wat iedereen wil, maar niemand kan kopen.'

'Wat dan?'

'Dat gelooft u toch niet.'

'Probeer het eens.'

'U gelooft het toch niet,' zei Macaire opnieuw.

Kazan drong niet verder aan en vroeg: 'Wat bent u met die Tarnogol van plan?'

'Ik weet het niet,' verzuchtte Macaire. 'Wat zou u in mijn positie doen, dokter?'

'Macaire,' zei de psychoanalyticus. 'We werken nu al bijna een jaar samen om u voor te bereiden op het Grote Weekend. Weet u nog wat dat Grote Weekend voor u betekent?'

'De breuk met papa,' antwoordde Macaire.

'Juist. U gaat eindelijk de navelstreng met uw dode papa doorknippen. Weet u nog wat we tijdens de sessies hebben besproken? Dat het niet meer uw papa is die over uw leven beslist, maar uzelf, Macaire. U bent voortaan meester over uw eigen lot.'

Macaire was met stomheid geslagen.

'Wat ik probeer uit te leggen,' vervolgde dokter Kazan, 'is dat de wens van Tarnogol om Levovitch te verkiezen uw kans is om u aan uzelf te openbaren.'

'Ik geloof niet dat ik u volg, dokter.'

'Wel, als u verkozen zou worden zonder strijd te leveren, zou u uiteindelijk misschien denken dat u het niet verdiend had. Maar nu moet u Tarnogol overtuigen. En ik weet dat u dat gaat doen. Ik weet dat u daartoe in staat bent. U gaat uzelf bewijzen uit welk hout u bent gesneden en u wordt gekozen tot voorzitter van Banque Ebezner. En na de verkiezingen bent u een nieuw mens, eindelijk vrij van uw vader, want dan heeft u uw positie als voorzitter alleen aan uzelf te danken. Tijdens al onze sessies hebt u uw werkelijke identiteit naar boven gehaald: een strijder, een winnaar. Het is tijd om dat aan iedereen te laten zien, te beginnen met Tarnogol.'

'U hebt volkomen gelijk, dokter!' riep Macaire uit, plotseling vol energie. 'Maar u hebt nog niet gezegd hoe ik Tarnogol moet overtuigen. Als psychoanalyticus bent u ongetwijfeld een kei in manipulatie, of niet?'

'In principe is het niet aan mij om u ideeën te geven, die moet u zelf vinden,' bracht dokter Kazan hem in herinnering. 'Dat is het uitgangspunt van de psychoanalyse.'

'O dokter,' smeekte Macaire. 'Een klein beetje hulp, alstublieft... Ik weet dat u een idee hebt.'

Geconfronteerd met de wanhoop van zijn patiënt stelde de goede dokter Kazan toen voor: 'Zorg ervoor dat die Tarnogol flink bij u in het krijt komt te staan, dan is hij verplicht om u tot voorzitter te kiezen. Het is tijd. Tot donderdag.'

HOOFDSTUK 12
De overspelige vrouw

Op die woensdag 27 juni 2018 bleven Scarlett en ik lang op de chemin de Ruth staan, voor het hek van het domein van Macaire Ebezner. We belden aan, maar niemand deed open. Scarlett wilde blijven wachten totdat er iemand kwam.

Dat bleek uiteindelijk een buurvrouw te zijn, die ons bezig had gezien en nu naar ons toe kwam.

'Kan ik u helpen?' vroeg ze nieuwsgierig, op een toon waaruit we begrepen dat ze ons van kwade bedoelingen verdacht.

Ze herkende me, en direct verzachtte haar gezicht.

'Maar u bent...'

'De schrijver,' zei Scarlett. 'En ik ben Scarlett Leonas, zijn assistente.'

'Aangenaam,' groette de buurvrouw ons, die even dacht dat ik op zoek was naar onroerend goed. 'Het huis staat niet meer te koop, het is bijna een jaar geleden eindelijk verkocht. De nieuwe eigenaar is op vakantie.'

'Dit was toch het huis van Macaire Ebezner?' vroeg Scarlett.

'Ja, het stond jarenlang te koop. Sinds de gebeurtenissen... U weet wat er gebeurd is, vermoed ik?'

'Ja,' antwoordde ik. 'Nou ja, gedeeltelijk. Daarvoor zijn we hier.'

De buurvrouw was heel aardig en spraakzaam. Ze nodigde ons uit om iets te komen drinken. Ze was al een aantal jaren weduwe en was altijd blij met wat verstrooiing.

'Ik herinner me de tijd waarin het gebeurde heel goed. Dat jaar had het uitzonderlijk hard gesneeuwd. Wilt u foto's zien?'

'Nee, dank u,' zei ik.

'Graag!' verbeterde Scarlett me haastig.

De buurvrouw snuffelde in een boekenkast vol fotoalbums, gerangschikt op jaar. Ze liet ons een met sneeuw bedekte tuin zien, een met sneeuw bedekte chemin de Ruth, een met sneeuw bedekt stadscentrum, een met sneeuw bedekte oever van het Meer van Genève.

'Verschrikkelijk interessant!' riep ik sarcastisch.

'Let u maar niet op de schrijver,' zei Scarlett tegen de buurvrouw. 'Hij lijkt wat chagrijnig, maar hij is eigenlijk heel aardig. Kende u Anastasia en Macaire Ebezner goed?'

'Niet heel goed. We waren niet close, maar we waren goede buren. Zulke aardige mensen. Destijds had ik een hond die vaak wegliep. Een Hongaarse staander. Een reu. Je kunt beter een teefje nemen, dat is makkelijker. Reuen gaan er altijd vandoor. Ze worden aangetrokken door een geur en dan vinden ze altijd een manier om door het hek te komen. Ze brachten Kiko vaak terug als ze hem op straat vonden.'

'Kiko, was dat de hond?'

'Ja. hij was prachtig. Ik kan u foto's laten zien als u wilt.'

'Nee, dank u!' zei ik.

'Heel graag!' zei Scarlett.

De buurvrouw stond op en zocht een fotoalbum over Kiko. Terwijl ze de bladzijden omsloeg, vroeg Scarlett: 'Wat kunt u ons vertellen over Anastasia en Macaire Ebezner?'

'Ten tijde van de gebeurtenissen lag hun relatie duidelijk op apegapen. Zij bedroog hem, om precies te zijn.'

'Hoe weet u dat?'

'Op een dag kreeg Anastasia bloemen. Aan haar man zei ze dat ik die had gestuurd om haar te bedanken dat ze Kiko had teruggebracht. Dat weet ik omdat Macaire me vervolgens kwam bedanken voor de rozen die ik zogenaamd verstuurd had. Ik begreep direct dat Anastasia een minnaar had. Als een vrouw tegen haar man liegt over de afzender van een bos bloemen, dan is de verklaring meestal heel eenvoudig.'

'Weet u wie die minnaar was?' vroeg ik.

'Nee, maar ik geloof dat Arma, hun huishoudster, wel op de hoogte was. Daar maakte ze een keer een toespeling op.'

Ik noteerde de naam.

'Arma hoe?' vroeg ik.

'Weet ik niet meer, maar ik kan u haar mobiele nummer geven. Een ontzettend lieve vrouw. Na de gebeurtenissen werd ze werkeloos, het arme mens. Ik had af en toe wel iets voor haar, maar ze had iets vasts nodig. Nu werkt ze voor een schoonmaakbedrijf, maar als ik personeel nodig heb voor een avondje, vraag ik haar altijd om te helpen. Belt u haar maar, ze kan u zeker verder helpen.'

HOOFDSTUK 13
Het boek Ester

Dinsdag 11 december, 5 dagen voor de moord

'Een gunst,' herhaalde Macaire, terwijl hij de raad overpeinsde die dokter Kazan hem een paar uur eerder had gegeven.

Het was tien over halfzeven 's avonds; Macaire ijsbeerde door de keuken en draaide om Arma heen, die het avondeten klaarmaakte. 'Hoe zorg je ervoor dat iemand je iets verschuldigd is?' vroeg hij continu.

In zijn hand hield hij zijn exemplaar van *Twelve Angry Men* en hij zwaaide ermee alsof dat hem in staat stelde om als door een wonder kennis te nemen van de inhoud. Hij had de indruk dat in het stuk het jurylid dat iedereen van mening deed veranderen van niemand een gunst tegoed had en toch zijn doel bereikte. Hoe had hij dat gedaan? Wat een ellende, wanhoopte Macaire, die halverwege de film in slaap was gevallen en geen geduld had om de hele tekst te lezen. Anastasia had het stuk ongetwijfeld gelezen, zij wist alles. Hij moest haar absoluut spreken, maar nu had ze zich al bijna twee uur lang opgesloten in de badkamer. Wat voerde ze uit? Hij had al geprobeerd om zijn problemen met zijn vrouw te delen door de dichte deur heen, uit volle borst schreeuwend om het stromende badwater te overstemmen: 'Hoe zorg je ervoor dat iemand je iets verschuldigd is?' Maar ze had hem de mond gesnoerd: 'Ik heb geen tijd voor raadseltjes.' Daarom had hij zich op Arma gestort.

'Hoe zorg je ervoor dat iemand je iets verschuldigd is?' reageerde

Arma ten slotte, terwijl ze met haar ogen rolde en de lamsbout bedroop. 'Wist ik het maar...'

'Wat bedoel je daarmee?' vroeg Macaire, die aan zijn toon te horen dacht dat ze het over hem had.

'Ik had u gevraagd of ik deze vrijdag vrij kon krijgen en dat hebt u geweigerd.'

'Ja, maar ik heb toch uitgelegd dat dat niet uitkwam omdat ik juist vrijdagochtend vroeg vertrek naar het Grote Weekend van de bank in Verbier, en Anastasia hier dan helemaal alleen zou zijn? Je moet toegeven dat het de eerste keer is dat ik je geen vrijaf geef, en ik vind het nogal onvriendelijk dat je daarover klaagt.'

'Pardon, m'neer, maar u vroeg het toch?' verdedigde Arma zich.

'Pardon, pardon, je kunt wel pardon blijven zeggen. Dan moet je gewoon maar vrij nemen! Ik geef je vrijdag vrijaf. Ben je nu blij? Kijk, daar laat ik me alweer gebruiken. Ik ben te goed, ik laat over me heen lopen! Zo eenvoudig is het. Maar nu hebben we genoeg gekletst, maak het avondeten af, de gasten komen over een kwartier.'

Macaire was helemaal van streek door de toestand waarin hij verkeerde en hij zocht een excuus om zich op Arma af te reageren. Toen zag hij dat de kerstverlichting buiten aanstond en de besneeuwde bomen verlichtte.

'En over die gasten gesproken: zet alsjeblieft die lichten uit nu ze er nog niet zijn! Ik heb al duizend keer gezegd dat we echt niet alles hoeven aan te zetten als er toch niemand is om indruk op te maken. Zoals jij stroom verspilt, dat is gewoon idioot!'

'Maar het ziet er zo leuk uit,' wierp Arma tegen.

'Ja, maar het kost handenvol geld! Het is duidelijk dat jij de rekening niet betaalt. Zet die boel nu uit!'

Arma gehoorzaamde snel. Macaire had er direct spijt van dat hij zijn stem had verheven. Die goede Arma. Al tien jaar in dienst, altijd eerlijk en trouw. Altijd correct en zo. Nooit ziek, altijd behulpzaam. En bovendien vroeg ze helemaal niet vaak vrijaf. Ze ging zelfs bijna nooit op vakantie. Om zijn uitval goed te maken, maakte Macaire er gebruik van dat Arma met de lichten bezig was om de kleine voorraadkast naast de keuken binnen te glippen, waar zijn huishoudster zich omkleedde en haar spullen neerzette, en een biljet van honderd frank in haar handtas te laten glijden. Toen hij weer in de keuken kwam, stond Arma alweer achter het fornuis en bakte rösti.

'Hebt u problemen?' vroeg ze zacht.

'Dat kun je wel zeggen, ja!'

'Wat is er aan de hand? U was vanochtend zo snel weg, u leek heel gestrest!'

'Allemaal gedoe,' antwoordde Macaire ontwijkend. 'Als je eens wist hoeveel geluk je hebt dat je zo'n eenvoudig leven leidt, zonder problemen, zonder zorgen!'

Met een diepe zucht viel hij neer op een stoel, waar hij direct weer heel gespannen uit opstond. Hij liep de keuken uit om de eetkamer te controleren en kwam direct weer terug.

'Zeg Arma, wat is dat voor een enorme bos witte rozen in de woonkamer?'

'Die heeft m'vrouw gekregen.'

'O? En wie heeft haar zo'n boeket gestuurd?'

Arma wilde alles aan haar baas vertellen. Ze twijfelde niet meer dat m'vrouw een relatie had: gisteren een telefoontje, vandaag een enorme bos rozen. Maar hoe moest ze het aan m'neer vertellen? En bovendien had ze bewijs nodig, want m'vrouw zou alles ontkennen. Geërgerd zou ze zeggen dat dat telefoontje een verzinsel was, en over de afzender van die bloemen zou ze wel een smoes bedenken. 'Waarom lieg je zo, Arma, terwijl we altijd zo goed voor je zijn geweest?' zou ze zeggen. Ook Macaire zou woedend zijn en ze zouden haar ontslaan.

Hierom leek het Arma maar beter om haar mond te houden. En precies op dat ogenblik verscheen Anastasia, mooier dan ooit, in een jurk van nachtblauwe mousseline die Macaire nog nooit had gezien.

'Wauw!' riep hij enthousiast uit, omdat hij dacht dat zijn vrouw zich vanwege hem zo mooi had aangekleed.

'Ik ga met vriendinnen uit eten,' zei Anastasia.

'Wat? Maar Jean-Béné en Charlotte komen eten.'

'O, wat spijt me dat. Ik had opgeschreven dat dat volgende dinsdag was!'

'Maar we eten toch altijd samen op de tweede dinsdag van de maand? Dat weet je toch?'

'We kunnen het beter op de eerste dinsdag van de maand doen. De tweede leidt tot verwarring. Dat zie je. En bovendien, waarom heb je me er vanochtend niet aan herinnerd? Je verdween direct in je werkkamer.'

'Dus nu is het mijn schuld?'

'Gedeeltelijk wel. Ik kan niet zomaar op het laatste moment afzeggen voor m'n etentje.'

'Je laat me toch niet in de steek, hè?'

'We eten iedere maand met Jean-Béné en Charlotte, ik kan best een keertje wegblijven. Ik ben al zo lang niet uit geweest.'

'Dan mis je een heel interessant diner, weet je dat wel? We gaan het over literatuur hebben. Ken je *Twelve Angry Men*?'

'Natuurlijk!'

'Zie je wel! Je bent een genie, je kent alles! Dus je hebt het gelezen?'

'Het is een toneelstuk,' corrigeerde Anastasia. 'Ik heb het gezien, maar wel lang geleden. Hoezo?'

'Kun je je herinneren wat die vent allemaal doet om de anderen van zijn gelijk te overtuigen?'

'Het is geen kwestie van gelijk of ongelijk. Hij laat de andere juryleden naar zichzelf kijken. Hij zaait twijfel in hun geest en ondermijnt hun zekerheden.'

'Dat is precies wat ik met Tarnogol heb geprobeerd,' legde Macaire uit. 'Ik heb geprobeerd zijn zekerheden te ondermijnen. Maar het werkte niet. Heb je geen raad voor mij? Jij hebt altijd goede raad, en ik heb behoefte aan...'

'Later,' onderbrak Anastasia hem. 'Ik moet voortmaken, ik kom te laat.'

Ze liep naar de grote hal. Macaire volgde haar als een hondje.

'Ik heb een rotdag gehad op kantoor,' kreunde hij. 'Ik zou het fijn vinden om er met je over te praten.'

Zonder een woord te zeggen pakte ze een elegante mantel uit de hangkast, waar ze zich in hulde. Macaire vervolgde: 'Je kan toch wel een andere keer uitgaan? Je vriendinnen begrijpen het heus wel.'

Ze bedacht dat ze beter had kunnen weggaan zonder iets te zeggen, om te vermijden dat hij een slachtofferrol zou aannemen of haar met vragen zou bestoken. Wat inderdaad gebeurde. Terwijl ze haar hand al op de deurknop had, begon hij over de bloemen, die hij natuurlijk had gezien.

'En trouwens, wie heeft die rozen gestuurd?'

'De buurvrouw,' bedacht Anastasia ter plekke.

'De buurvrouw? Waarom stuurt de buurvrouw jou zo'n boeket?'

'Ik heb haar hond een paar dagen geleden van straat gehaald en naar huis gebracht. Je weet hoe dol ze op dat beest is.'

'Dat heb je nooit verteld, waarom heb je dat niet verteld? Ik vertel jou alles.'

'Ik dacht dat ik het wel verteld had.'

'Hoe dan ook, dat is heel aardig van de buurvrouw. Ik zal haar bedanken.'

'Doe geen moeite, dat heb ik al gedaan.'

'Trouwens, je hebt nog niet verteld waar je vanavond naartoe gaat.'

'We gaan eerst cocktails drinken in de bar van het Hôtel du Rhône,' loog ze. 'Daarna gaan we de stad in.'

'Ik kan je wel afzetten, als je wilt...'

'Nee, doe niet zo raar, dan ben je te laat om je bezoek te ontvangen. Veel plezier vanavond. Ik ben laat thuis, denk ik. Groet Jean-Béné en Charlotte van me.'

'Ze zullen het heel jammer vinden dat je er niet bent,' smeekte Macaire, in een laatste poging om op haar schuldgevoel te werken en haar thuis te houden.

'Ze begrijpen het heus wel,' zei Anastasia terwijl ze de voordeur uit liep.

Verslagen liet Macaire zich in een van de fauteuils in de hal zakken, terwijl hij zich koelte toewuifde met het exemplaar van *Twelve Angry Men* dat hij nog steeds in zijn hand had. Hij keek door het raam hoe zijn vrouw in haar sportwagen stapte en wegreed.

Toen Anastasia het hek van het domein uit was, nam ze de chemin de Ruth. Zodra ze dacht dat ze uit zicht was, stopte ze in de berm van de uitgestorven weg, trok snel haar leren handschoenen uit zodat ze haar vingers vrij had en haalde de brief uit haar handtas die bij de enorme bos rozen zat die Agostinelli, Levs chauffeur, haar die middag had gebracht.

Vanavond zeven uur, parkeerplaats op de Promenade Byron.
Ik wacht op je.
Lev

De Promenade Byron was maar en paar minuten rijden vanaf het huis van de Ebezners. Het was de meest romantische plek die je kon bedenken, de plaats waar verliefden afspraken, op een helling van de heuvel van Cologny met een indrukwekkend uitzicht op het Meer van Genève en de stad.

Toen Anastasia aankwam, was de parkeerplaats uitgestorven. Het was tien voor zeven. Ze was zo ongeduldig geweest dat ze tien minuten te vroeg was. Ze wist dat ze zich begeerlijk moest maken door veel te laat te komen, of beter nog: hem te laten zitten. Hem laten stoven. Sudderen. Maar sinds ze de bloemen en het briefje had gekregen kon ze niet meer stilzitten. Ze was de hele middag bezig geweest zich voor te bereiden, zich op te dirken, zich mooi te maken. Ze had tien jurken gepast, vijftien paar schoenen. Ze wilde perfect zijn.

Voor de derde keer wierp ze een blik op haar horloge. Toen herschikte ze haar haar in de achteruitkijkspiegel. Nog maar een paar minuten en dan zou ze hem weer zien.

Om precies zeven uur diende Jean-Béné zich zonder zijn vrouw aan bij het huis van de Ebezners.

'Dag, waarde neef,' groette Macaire. 'Is Charlotte niet meegekomen?'

'Ze voelt zich niet lekker. Ze heeft weer zo'n bui. De laatste dagen leek het juist zo goed met haar te gaan, maar toen ik net thuiskwam van de bank had ze zich in het donker opgesloten. Ze zei dat ze rust nodig had. Ik zei dat het heel onbeleefd was om op het laatste moment af te zeggen.'

'Wil je wel geloven dat Anastasia mij hetzelfde heeft geflikt? Ze had zich zogenaamd vergist in de datum en is met haar vriendinnen op stap.'

'Des te beter voor ons, des te slechter voor hen,' verklaarde Jean-Bénédict. 'En bovendien stelt het ons in staat om rustig over onze zaken te spreken.'

Macaire sleepte Jean-Bénédict mee naar de salon en schonk hem een aperitiefje in. Toen vertelde hij wat hij sinds gisteravond had meegemaakt met Tarnogol, hoe hij hem er eerst van had overtuigd om hem tot voorzitter te benoemen in ruil voor het ophalen van een brief in Bazel, en daarna alles had verpest vanwege een ellendig misverstand.

'Wat voor misverstand precies?' vroeg Jean-Bénédict.

'Doet er niet toe,' antwoordde Macaire, die een wegwerpgebaar maakte. 'Iets over achterstallige post. Nou ja, wat ik nu nodig heb is een manier om Tarnogol van mening te doen veranderen! Daar hebben we vanavond voor.'

Op hetzelfde moment zat Anastasia nog steeds in haar auto op de parkeerplaats van de Promenade Byron te wachten. Het was al een kwartier na de afgesproken tijd en Levovitch had zich nog niet laten zien. Iets te laat, dat kan gebeuren.

Om acht uur smulden Macaire en Jean-Bénédict in de eetkamer van de Ebezners van de lamsbout en rösti met knoflook en zeezout die Arma had gemaakt, terwijl ze overwogen welke strategie ze gingen toepassen om Tarnogols besluit te veranderen.

'Ik heb *Twelve Angry Men* gelezen, zoals je me vroeg,' verklaarde Jean-Bénédict. 'Maar ik weet niet zeker of ik een verband met jouw situatie zie.'

'Het gaat erom dat we twijfel zaaien bij Tarnogol en zo langzaam maar zeker al zijn zekerheden over Levovitch onderuithalen,' legde Macaire uit, die woord voor woord herhaalde wat zijn vrouw over het stuk had gezegd. 'Maar ik heb alles al gedaan wat in het boek staat en het heeft niet geholpen. We moeten iets anders bedenken. En snel ook! De tijd werkt tegen ons: over vier dagen wordt er gestemd!'

'Heb je een ingang?' vroeg Jean-Bénédict.

'Ik heb er vandaag over gesproken met dokter Kazan, en die had een geniaal idee: we moeten zorgen dat Tarnogol in een positie komt dat hij me een grote gunst verschuldigd is.'

'En die gunst is het voorzitterschap,' begreep Jean-Bénédict.

'Exact.'

'Ik wou zo graag dat Kazan Charlotte als patiënte zou aannemen!' verzuchtte Jean-Bénédict bij het horen van die naam.

Macaire schonk het glas van zijn neef bij met Cheval Blanc en zei op vertrouwelijke toon: 'Verspilde moeite, waarde Jean-Béné. Hij heeft gezegd dat hij alleen belangrijke mensen aanneemt. Maar als je mij helpt zal ik jou helpen, dus laten we snel een oplossing vinden! Hoe zorg je ervoor dat iemand je een grote gunst verschuldigd is?'

'Door iemand een grote gunst te verlenen,' opperde Jean-Bénédict.

'Ik heb hem al een grote gunst verleend door midden in de nacht de postbode uit te hangen,' zie Macaire. 'Helemaal naar Bazel. We moeten iets anders bedenken.'

Op de Promenade Byron zat Anastasia nog steeds in haar koude auto te wachten. Lev was inmiddels een uur te laat. Hij was ongetwijfeld door iemand opgehouden. Misschien door de president van Frankrijk. Hij zou vast een goede reden hebben. Ze besloot te blijven wachten.

Negen uur, de eetkamer van de Ebezners.

Jean-Bénédict en Macaire hadden Arma's beroemde appeltaart – waar gasten altijd laaiend over waren – zo goed als achter de kiezen, samen met een tweede fles Cheval Blanc, toen Jean-Bénédict plotseling een ingeving kreeg.

'Twee weken geleden kwam dominee Berger bij ons op de thee. Hij had het over het boek Ester.'

'Wie is dat nou weer?' vroeg Macaire geërgerd, die het verband niet zag met de rest van het gesprek, tenzij die Ester een boek had geschreven over psychologische manipulatie.

'Ester is een boek uit het Oude Testament,' legde Jean-Bénédict op kwezeltoon uit. 'Het gaat erover hoe koning Ahasveros van Perzië in 500 voor Christus Ester tot nieuwe echtgenote neemt. Ze is een van de mooiste vrouwen uit het koninkrijk, maar jammer genoeg Joods. Mordechai, haar oom, geeft zijn nichtje de raad om niet te vertellen dat ze Joods is zodat ze geen problemen krijgt. Ester wordt dus koningin, en haar oom Mordechai bezoekt haar regelmatig en hangt dus vaak rond in het paleis. Op een dag verrast Mordechai twee soldaten die een complot tegen Ahasveros beramen. Hij verraadt hen en redt zo het leven van de koning. Ondertussen ergert Haman, de kwade grootvizier, zich aan Mordechais aanwezigheid, want zijn kop staat hem niet aan. Als Haman dan ook nog hoort dat Mordechai Joods is, besluit hij dat hij alle Joden in het koninkrijk wil laten uitroeien, en slaagt erin om koning Ahasveros – die niet weet dat zijn vrouw Ester Joods is – een decreet daarover te laten ondertekenen. Als Mordechai het verschrikkelijke nieuws hoort, laat hij Ester weten dat zij de enige is die Ahasveros zou kunnen overtuigen om op die beslissing terug te komen.'

'De Grote Ommekeer!' riep Macaire uit, plotseling enthousiast over het verhaal. 'Maar hoe flikt die Ester dat?'

Jean-Bénédict vervolgde: 'Ester nodigt Ahasveros en zijn vizier Haman uit voor twee grote feestmalen. Na het tweede vraagt Ahasveros, die flink heeft geschranst en in een opperbest humeur is: "Wat kan ik voor je doen, mijn liefste Ester?" En dan vertelt Ester hem alles: dat ze Joods is en dat Haman haar hele volk wil vermoorden, en haar dus ook. Ahasveros is stomverbaasd ("Ben jij Joods, Ester? En je oom Mordechai, is die ook Joods?"). Natuurlijk vernietigt Ahasveros het decreet. De Perzische Joden zijn gered en de kwaadaardige Haman wordt een kopje kleiner gemaakt!'

'Dat is een wel heel onwaarschijnlijk verhaal!' zei Macaire verontwaardigd; hij was in het geheel niet overtuigd.

'Het komt uit de heilige Bijbel!' herhaalde Jean-Bénédict.

'Maar zeg nou zelf: een vrouwtje nodigt haar kerel twee keer uit om te komen eten en boem, hij verandert van gedachten? Dat slaat nergens op. En bovendien: hoe zou die onzin kunnen helpen om Tarnogol op andere gedachten te brengen?'

'Vergeet niet dat Mordechai de koning het leven redde,' antwoordde Jean-Bénédict. 'Dat legt toch zeker gewicht in de schaal.'

'Wat bedoel je?' vroeg Macaire.

'Als je Tarnogol het leven redt, benoemt hij je tot voorzitter.'

'Zijn leven redden,' zei Macaire. 'Tussen nu en zaterdag? Maar hoe dan?'

Er viel een lange stilte. Macaire begon na te denken. Hij liep om de tafel, dwong zich om zich voor te stellen wat Wagner zou hebben bedacht als dit een operatie van P-30 was. Opeens kreeg hij een ingeving, hij riep uit: 'Ik heb een idee! Het idee van de eeuw! We gaan hem proberen te doden en te redden tegelijk!'

HOOFDSTUK 14
Een geheim

Het was tien uur. In het huis van de Ebezners werd een geheim plan uitgebroed.

Ze hadden Arma naar huis gestuurd, ook al was ze nog niet klaar met de afwas en had ze de tafel nog niet afgeruimd. Toch had Macaire gezegd dat ze alles de volgende dag kon doen, dat ze genoeg had gewerkt voor vandaag. Dat was heel ongewoon en Arma dacht dat er iets ernstigs aan de hand moest zijn, anders zou haar baas zich niet zo gedragen. Op het moment dat ze wegging, toen ze nog voor de dichte deur van de eetkamer stond te treuzelen, hoorde ze door de muur heen hoe Macaire uitriep: 'Ik sta niet toe dat Lev Levovitch het voorzitterschap van me steelt!' Wist m'neer dan toch niet zeker of hij voorzitter zou worden? Was hij daar zo ongerust over, de laatste dagen?

En dus had ze besloten om te luistervinken.

In de eetkamer hadden Macaire en Jean-Bénédict een gedetailleerde planning gemaakt voor wat ze Operatie Ommekeer hadden gedoopt, vooral Macaire; het scenario was P-30 waardig.

Na lange gesprekken om ervoor te zorgen dat alles perfect zou verlopen, hadden Macaire en Jean-Bénédict zorgvuldig besloten wat ze zouden doen.

Operatie Ommekeer zou overmorgen plaatsvinden, op donderdagavond 13 december, tijdens het jaarlijkse galadiner van de Geneefse Bankiersvereniging in de balzaal van het Hôtel des Bergues. Het was een zeer exclusieve avond waar parlementariërs en medewerkers van alle privébanken uit de stad naartoe kwamen. De crème de la crème. Jean-Bénédict zou ernaartoe gaan met Charlotte. Horace Hansen had de uitnodiging afgeslagen, maar Tarnogol zou wel komen.

'Dus Anastasia en ik gaan in plaats van jullie naar dat etentje,' vatte Macaire samen.

'Ja, Charlotte zal dolblij zijn als ze niet hoeft, want ze heeft kaartjes voor een orgelconcert in Victoria Hall met haar zus.'

'En je weet zeker dat Anastasia en ik bij Tarnogol aan tafel zullen zitten?'

'Heel zeker,' stelde Jean-Bénédict hem gerust. 'Zo is het altijd bij dat diner. Bankiers van dezelfde bank worden altijd bij elkaar gezet.'

'Dan maak ik dus gebruik van de maaltijd om een goede indruk op Tarnogol te maken,' verklaarde Macaire. 'En kort voordat de avond ten einde loopt, zeg ik dan tegen Tarnogol dat ik hem privé wil spreken en neem ik hem mee naar buiten, om een eindje op de kade voor het hotel te wandelen.'

'Het diner duurt tot tien uur,' preciseerde Jean-Bénédict. 'Dat staat op de uitnodiging. Neem Tarnogol rond halftien mee naar buiten, als het tijd is voor de koffie. Dan zijn alle gasten druk in de weer in de balzaal en is het helemaal uitgestorven rond het hotel.'

'Dus Tarnogol en ik lopen een stukje,' vervolgde Macaire, 'en voeren een heel serieus gesprek. Ik zeg dat ik vind dat ik voorzitter van de bank moet worden. We lopen langs de Rhône, midden op de quai des Bergues. Op dat tijdstip is daar geen hond, zeker niet in december. Dan zijn we dus alleen op de verlaten, donkere kade.'

'Ja, met de slechte verlichting en de mist die van de Rhône komt, zal er weinig te zien zijn,' bevestigde Jean-Bénédict, die vaak over de quai des Bergues liep als hij vanaf de rechteroever van de stad naar huis wandelde. 'Ik wacht in mijn auto. Zorg ervoor dat je goed op het midden van de kade loopt. Jullie zijn verwikkeld in het gesprek en besteden geen aandacht aan de auto die achter jullie verschijnt en waarvan de chauffeur is vergeten de lichten aan te doen.'

'Als je vlak achter ons bent,' vervolgde Macaire, 'zet je de koplampen aan en toeter je kort. Dat is mijn signaal. Ik grijp Tarnogols arm vast en trek hem met al mijn kracht tegen me aan. We vallen samen op de grond, een spectaculaire val. Dan geef jij gas, Jean-Béné, en rij je op volle snelheid weg, je doet alsof je ons niet hebt gezien, en gaat er als een speer vandoor. Tarnogol begrijpt dat ik hem het leven heb gered. Hij beseft uit wat voor hout ik ben gesneden. Na zo'n voorval kan hij me onmogelijk niet tot voorzitter benoemen, lijkt me.'

Na een lange stilte kwam Jean-Bénédict met een bedenking. 'En stel dat ik een stuurfout maak en Tarnogol overrijd?' vroeg hij ongerust.

'Dat is onmogelijk. Vergeet niet dat je tot je vlakbij bent heel zachtjes rijdt. Vooral zodat we je niet horen. Je geeft pas gas nadat je hebt getoeterd, als ik Tarnogol heb meegetrokken. Op dat moment staan wij al niet meer in je pad. Je scheert rakelings langs, zodat je sneller lijkt, maar dat is illusie. Er kan ons niets gebeuren.'

'En als iemand mijn nummerbord noteert?'

'Zorg dat je zo ver van het hotel staat dat de medewerkers je niet zien. En voordat je in actie komt, moet je goed uitkijken of er geen voorbijgangers zijn. De kade is lang genoeg, ik kan onze wandeling rekken tot jij er zeker van bent dat er geen getuigen zijn. Wat Tarnogol betreft, die valt met mij op de grond – die heeft helemaal geen tijd om iets te zien. Wanneer hij overeind komt, ben jij al ver weg. Bovendien heb jij een heel onopvallende auto. Niemand legt het verband. En je kunt ook nog wat sneeuw op je nummerbord plakken, als je begrijpt wat ik bedoel!'

'En als Tarnogol liever op de stoep loopt?' vroeg Jean-Bénédict.

'Het is mijn taak om hem daar te krijgen waar we hem willen hebben. Dat is mijn verantwoordelijkheid. De jouwe is het om er zeker van te zijn dat er geen getuigen zijn. Als die twee dingen samenvallen, geef je het signaal door te toeteren; dan trek ik Tarnogol hard tegen me aan en maak jij je uit de voeten. Het is heel eenvoudig.'

Jean-Bénédict was er niet gerust op. Uiteindelijk zei hij: 'Ik weet niet of ik er wel zin in heb. Het zou weleens slecht kunnen aflopen. Ik vind dat je te ver gaat.'

'Joh, het is gewoon een toneelstukje,' zei Macaire om zijn neef over de streep te trekken.

'Het is meer dan dat,' riposteerde Jean-Bénédict.

Macaire keek hem geïrriteerd aan.

'Weet je wat? Als je me in de steek wilt laten, ga dan gerust je gang.

Ik dacht dat onze vriendschap meer waard was dan dat. Gisteren zei je dat je alles zou doen om me te helpen. Nu constateer ik dat je van gedachten bent veranderd. Reken er dan maar niet op dat ik je goed zal behandelen als ik voorzitter ben.'

Dit dreigement overtuigde Jean-Bénédict.

'Natuurlijk moet ons plannetje volstrekt geheim blijven,' zei Macaire nog. 'Zelfs onze vrouwen mogen er niets van weten. Niemand mag het weten.'

Ondanks zichzelf had Macaire deze laatste zin op heel ernstige toon uitgesproken. Hij dwong zich direct tot een vrolijke lach om de sfeer wat te ontspannen. Hij wilde het niet aan Jean-Bénédict toegeven, want hij wilde hem niet nog ongeruster maken, maar hij besefte heel goed dat deze operatie grote risico's met zich meebracht. Maar het was ook zijn laatste kans.

Arma was weer in haar flatje in de wijk Eaux-Vives. Ze woonde alleen in een driekamerappartement op de hoek van de rue de Montchoisy en de rue des Vollandes. Nadat ze het hele plan van Macaire en Jean-Bénédict had gehoord, was ze onopvallend weggeglipt uit het huis van de Ebezners. Ze was ongerust. Ze vroeg zich af hoe alles zou aflopen.

Ze zette thee, ging zitten in de woonkamer en las de *Tribune de Genève* die ze van haar baas had meegenomen. De Ebezners lieten haar altijd de krant meenemen wanneer de werkdag erop zat.

Ze keek aandachtig naar de grote foto op de voorpagina, waarover m'neer zich die ochtend bij het ontbijt lichtelijk had opgewonden. Op de foto liepen twee mannen naast elkaar door het parc de la Perle du Lac, glimlachend als oude kameraden, omringd door lijfwachten, en met de betoverde blikken van andere wandelaars op zich gericht. Zonder moeite herkende Arma een van de mannen: het was de president van Frankrijk. De andere was een knappe, elegante man die volgens het artikel Levovitch heette.

Bij het lezen van die naam keek Arma ontsteld op van de krant: alle stukjes van de puzzel vielen in haar hoofd op hun plaats.

Als die kerel uit de krant, die Levovitch, m'neer vanochtend zo aan het schreeuwen had gemaakt, dan betekende dat dat hij zijn plaats als voorzitter van de bank wilde inpikken. Het was dezelfde naam die Macaire een halfuur eerder in de eetkamer had genoemd. 'Ik laat me mijn voorzitterschap niet afnemen door Lev Levovitch!' Lev Levovitch: van die naam konden er geen twee zijn in Genève! En dat betekende dat die Lev Levovitch uit de krant ook de minnaar van m'vrouw moest zijn. daar was geen twijfel over mogelijk. De vorige avond had m'vrouw in dat mysterieuze telefoontje in het huis van de Ebezners tegen haar gespreksgenoot gezegd: 'Je bent stapelgek dat je me thuis belt, Lev!' – Arma wist het nog precies. Het was dezelfde Lev die vandaag het immense boeket witte rozen had gestuurd. Toen m'vrouw de deur had opengedaan leek ze de man te herkennen die de bloemen bracht, en die eruitzag als een chauffeur. 'Van Lev,' had hij gezegd. M'vrouw dacht dat Arma niets gezien had, maar Arma had alles gezien!

Er zat een briefje bij de bloemen, en zodra m'vrouw dat merkte, had ze zich opgesloten in de badkamer. Daarna was ze ertussenuit geknepen, ongetwijfeld om naar hem toe te gaan.

Lev Levovitch was zowel de minnaar van m'vrouw als degene die het voorzitterschap van de bank van m'neer wilde stelen!

Arma kookte van woede. Ze pakte een pen en bedekte het gezicht van Lev met zwarte krassen; toen verscheurde ze de foto om hem te laten verdwijnen. Wat haatte ze hem, die echtbreker die het leven van haar baas verwoestte!

Ze pakte wanhopig de foto van Macaire van de salontafel, die ze in een leuk verzilverd lijstje bewaarde. Ze keek lang naar de foto. Het portret moest een paar jaar oud zijn: Macaire oogde zo sereen. Hij zag er elegant uit, droeg een smoking, was ongetwijfeld op een gala. Ze had de foto bij de Ebezners gevonden, onder in een kast, in een kistje dat vol zat met foto's die al jarenlang moesten worden uitgezocht. Macaire was zo knap op die foto, en er was niemand om dat te bewonderen! Het was zo treurig. Ze had zichzelf toestemming gegeven om de foto mee te nemen, en sindsdien bewaarde ze die trouw.

Arma streelde het papieren gezicht en kuste het toen. Haar Macaire, die bijzondere man. Ze glimlachte naar hem, toen fluisterde ze dat lieve woord waar hij zo van hield: 'Beertje'. Ze dacht dat zij de enige was die werkelijk van Macaire hield.

Ze begroef zich in een fotoalbum dat op haar salontafel lag en waarin ze zorgvuldig alle artikelen bewaarde over de opvolging van de oude meneer Ebezner, en over wat ze dacht dat de toekomst van Macaire zou zijn. Zoals ze bijna iedere avond deed, ging ze ze langs.

BANKIER ABEL EBEZNER OVERLEDEN

Afgelopen zondagavond is de voorzitter van Banque Ebezner op tweeënnegentigjarige leeftijd overleden. Hij heeft een groot stempel op de Geneefse bankierswereld gedrukt.

ABEL EBEZNER: HET EINDE VAN EEN GROOT BANKIER

Charismatisch, briljant, maar ook prikkelbaar: zo wordt Abel Ebezner omschreven, een man die zijn tijd vooruit was, maar die ook respect had voor de traditie. Onder zijn leiding werd de familiebank Ebezner het juweel van de Zwitserse privébanken, waarbij de gebruikelijke voortrekkers van het bankwezen in Genève en Zürich op flinke afstand werden gezet. Zoals de traditie van Banque Ebezner sinds de oprichting voorschrijft, is het in principe zijn zoon Macaire die de teugels van hem zal overnemen. De zoon bekleedt al een managementfunctie bij de bank.

WIE ZAL ABEL EBEZNER OPVOLGEN?

Volgens de geruchten heeft Abel Ebezner ervoor gekozen niet zijn zoon Macaire tot voorzitter van Banque Ebezner te benoemen, maar laat hij de Bankraad een opvolger verkiezen.

ONVERWACHTE RAMP BIJ BANQUE EBEZNER

Mr. Peterson, de advocaat van de familie Ebezner, heeft tijdens een persconferentie de wensen van Abel Ebezner bevestigd. Het is inderdaad aan de Bankraad om een nieuwe voorzitter van de bankinstelling te benoemen. 'Abel Ebezner blijft visionair tot na zijn dood,' verklaarde de advocaat met zijn gebruikelijke verve. 'In het belang van de bank heeft hij gemeend te moeten breken met een verouderde, naar nepotisme neigende traditie, en bepaald dat de functie van voorzitter voortaan door middel van een verkiezing zal worden vergeven. Niet erfelijkheid, maar competentie zal de basis zijn voor de keuze voor degene die een bank van dergelijk belang zal leiden.'

MACAIRE EBEZNER ZATERDAG BENOEMD TOT VOORZITTER VAN BANQUE EBEZNER

Het nieuws is in verhulde termen bevestigd door een van de leden van de Bankraad, die aan een groep journalisten verklaarde: 'Alleen een Ebezner kan Banque Ebezner leiden.' Er is dus geen twijfel meer mogelijk: Macaire Ebezner, 41 jaar, zal de teugels overnemen van de familiebank waarvan hij de enige erfgenaam is. Voor sommigen is deze nominatie door de Raad een geniale zet van wijlen Abel Ebezner. Zonder met de traditie te breken heeft hij de benoeming van zijn zoon gelegitimeerd. Voor anderen gaat het vooral om een reusachtige publiciteitsslag voor Banque Ebezner, die er nu in geslaagd is alle aandacht op zich te vestigen.

Anna sloeg het album woedend dicht.

Hoe kon m'vrouw m'neer zoiets aandoen? Hem bedriegen, en dan ook nog met degene die hem zijn positie als voorzitter van de bank wilde afpakken? Hoe kon m'vrouw hem zo verraden? In de tien jaar dat ze bij de Ebezners in dienst was, was Arma er zo trots op geweest het dagelijks leven te delen van wat in haar ogen een modelkoppel was, een weerspiegeling van haar eigen streven. Maar m'vrouw had alles verknoeid. En Arma's teleurstelling was even groot als de bewondering die ze altijd voor haar had gehad. Tot nu toe had ze haar altijd beschouwd als een buitengewone vrouw: mooi, levendig, intelligent, grappig, met talent voor alles. Degene die altijd direct opviel op feestjes en partijen. Precies wat je moest zijn om zo'n buitengewone man als m'neer te kunnen veroveren. En om die reden had Arma, ondanks de gevoelens die ze koesterde voor haar baas, nooit enige jaloezie gekend jegens m'vrouw. Ze was te geweldig, ze was niet te evenaren. Hoe zou zij op kunnen tegen deze Russische prinses – zij, een Albanese huisbediende, die de hele dag een schort droeg?

Maar m'vrouw besefte kennelijk niet hoeveel geluk ze had dat ze met Macaire Ebezner was getrouwd. Ze verdiende hem niet meer. M'neer moest alles horen.

Arma had er nu spijt van dat ze vandaag niets aan Macaire had durven zeggen. Ze was zwak geweest. Laf geweest. Maar dat was nu afgelopen!

Morgen zou ze m'neer inlichten.

Morgen zou ze hem alles vertellen!

Die avond om halftwaalf, toen Anastasia eindelijk thuiskwam, was Jean-Bénédict al een tijd weg. Macaire wachtte in de salon op zijn vrouw: hij wilde haar spreken over het diner van donderdag. Toen hij haar de hal in hoorde lopen, haastte hij zich daarheen om haar te verwelkomen.

'Dag, liefje, heb je een leuke avond gehad?'

Bij wijze van antwoord sloeg Anastasia met een chagrijnig hoofd de voordeur dicht en bromde wat. Ze was duidelijk in een rothumeur.

'Ik ga slapen,' zei ze, terwijl ze direct de trap op ging.

Toen Macaire de lichten in de salon had uitgedaan en bij haar in de slaapkamer kwam, had ze zich opgesloten in de badkamer. Hij klopte zachtjes op de deur.

'Ik wil mijn tanden even poetsen,' zei hij, zodat ze open zou doen.

Aan de andere kant van de muur deed Anastasia of ze niets hoorde. Ze zette de kraan vol open en ging op de wc-bril zitten. Lev had haar in de kou laten staan. Ze had urenlang als een idioot op hem zitten wachten. Ze had hem proberen te bereiken op zijn mobiel, in het hotel, ze had berichten voor hem achtergelaten. Niks. Geen spoor van leven. Ze haatte zichzelf omdat ze erin had geloofd, ze haatte het dat ze zo blij was geweest. Ze wist niet meer of ze verdrietig of woedend moest zijn. En nu wilde Macaire praten.

Ze kwam pas de badkamer uit toen ze klaar was om naar bed te gaan. Macaire poetste haastig zijn tanden om nog met zijn vrouw te kunnen praten. Maar ze wierp zich op bed en rolde zich op, deed alsof ze sliep zodat ze geen gesprek met hem hoefde aan te gaan.

Toen Macaire in pyjama binnenkwam, zag hij zijn vrouw op haar zij liggen, met opgetrokken knieën.

'Slaap je al, liefje?' vroeg hij, terwijl hij zich tussen de lakens liet glijden.

Ze antwoordde niet. In zijn onzekerheid besloot hij tegen haar rug te praten.

'Weet je, er was vandaag een probleempje op de bank. Tarnogol heeft me een uitbrander gegeven. Hij zegt dat hij me het voorzitterschap van de bank niet toevertrouwt. Nou, ik heb nog een paar dagen om hem ervan te overtuigen dat ik er de juiste man voor ben. Trouwens, kun jij donderdagavond vrijhouden? Dan is het diner van de Geneefse Bankiersvereniging in het Hôtel des Bergues. Jean-Béné en Charlotte hebben ons hun plaatsen gegeven. Nou ja, er is dus een diner, heel belangrijk.'

Gadver, dacht ze, en ze dwong zichzelf om geheel onbeweeglijk te blijven, alweer zo'n stom bankiersdiner. Toen vroeg Macaire: 'Zeg eens, liefje, als ik geen voorzitter van de bank word, hou je dan nog wel van me?'

Ze bewoog zich niet. Ze was ongetwijfeld al diep in slaap. Jammer dan, geen antwoord. Hij was verdrietig: hij voelde best dat zijn vrouw geen aandacht meer aan hem besteedde. Hij gooide een slaappil naar binnen en sliep snel in.

Ze sliep nog steeds niet toen het gesnurk van haar man de kamer vulde. Ze draaide zich naar hem toe en zag zijn goedige slapende gestalte. Ze vond zichzelf slecht: ze was boos op Lev en daar liet ze Macaire voor boeten. Ze ging donderdag mee naar die avond en ze zou hem helpen om een goede indruk te maken op Tarnogol. Zou ze nog van hem houden als hij niet tot voorzitter van de bank werd gekozen? Voorzitter of niet, ze voelde al heel lang geen hartstocht meer voor hem. Had ze die ooit gevoeld? Wat haar had verleid was zijn vriendelijkheid: onder zijn soms lompe voorkomen was Macaire in wezen een goed mens, met een rechtschapen geest en een ruim hart. Toen ze zijn huwelijksaanzoek had geaccepteerd was ze zo jong, zo verloren, met een levensgrote behoefte aan vriendelijkheid. Ze had iemand nodig die voor haar zorgde. Iemand die de wonden van het leven verzachtte en het mogelijk maakte om ver van haar moeder vandaan te vluchten. Macaire was een man die haar nooit kwaad zou doen. Altijd heel attent voor haar. Hij wrong zich voor haar in alle bochten. Maar mannen die zich in bochten wringen zijn mannen die veroverd zijn en hartstocht overleeft geen verovering.

Tegenwoordig had ze behoefte aan hartstocht. Ze was zevenendertig, ze had nog een heel leven voor zich, een leven dat ze zich niet met Macaire zag delen. Ze wilde kinderen, maar niet met hem. Dat besefte ze nu. In al die jaren had ze in het geheim de pil geslikt, denkend dat het door haar moeder kwam dat ze geen kinderen wilde. En Macaire was ervan overtuigd dat het aan hem lag en had alle specialisten in de stad bezocht. Maar nu verraste ze zichzelf ermee dat ze ervan droomde om een kind te krijgen met Lev.

Verdomme, waarom had Lev haar vanavond laten zitten? Nam hij haar in de maling? Stel dat ze bij Macaire weg zou gaan en dat het niet goed ging met Lev? Dan stond ze met lege handen. Armoede was haar grootste angst. Ze probeerde zichzelf gerust te stellen met de gedachte dat ze wel werk zou vinden, dat ze zich wel zou redden. Ze zou op bescheiden voet leven. Zonder leugens. Uiteindelijk was dit allemaal één grote leugen. Vanwege haar moeder. Misschien moest ze die dokter Kazan bezoeken over wie Macaire altijd de loftrompet stak. Hij kon haar zeker helpen om alles helderder te zien.

Al die gedachten verhinderden haar om te slapen. Aan zijn gesnurk te horen was Macaire juist diep in slaap. Ze besloot naar de keuken te gaan en een kopje kruidenthee te zetten. Voordat ze de kamer uit liep, greep ze het kleine, vergulde pistool dat ze onder in de la van haar nachtkastje bewaarde. Ze was bang, 's nachts, in dit grote huis. Er waren al inbraken geweest in de wijk. Macaire had het wapen twee of drie jaar geleden voor haar gekocht, nadat de buren in hun slaap bezoek hadden gekregen. Hij wilde dat ze zich veilig voelde als hij op zakenreis was. Hij had zelfs 'Anastasia' in de greep laten graveren. Het was een mooi ding.

Ze liet het wapen in de zak van haar kamerjas glijden en ging de trap af naar de keuken.

Zou ze nog van hem houden als hij niet tot voorzitter van de bank werd gekozen? Ach, sinds de dag voor de dood van de oude Ebezner wist ze al dat hij geen voorzitter zou worden. Ze dacht vaak terug aan die laatste avond van Abel Ebezner.

Ongeveer een jaar eerder
Begin januari

De arts had Macaire en Anastasia naar Abels bed geroepen met de voorspelling dat hij hooguit nog een paar uur had. Toen Anastasia het grote patriciërshuis in Collonge-Bellerive binnenliep, werd ze getroffen door de geur van de dood die er hing.

Abel lag in bed, mager en stram, maar zijn geest was nog helder. Ze drukte een kus op zijn voorhoofd, hij pakte haar hand en complimenteerde haar, zoals altijd. Ze glimlachten vol genegenheid naar elkaar. Ze had het altijd goed kunnen vinden met haar schoonvader. Nadat ze Abel nog eens op het voorhoofd had gekust, verliet ze de kamer om Macaire en hem een moment van privacy te gunnen, maar omdat ze achter de halfopen deur bleef staan, had ze hun laatste gesprek geheel opgevangen.

Abel Ebezner zette de onaangename toon op die hij altijd tegen zijn zoon bezigde en zei: 'Ik ben aan het einde van het leven. De menselijke balans is dat ik maar één kind heb gekregen en dat was jij. Als ik het had geweten, had ik er minstens twee proberen te krijgen. Je hebt je moeder veel verdriet gedaan, weet je. Moge ze rusten in vrede!'

'Ik heb mijn best gedaan, papa.'

'Tja. Je had béter je best kunnen doen!'

'Het spijt me, papa.'

'Spijt is gemakkelijk en het lost niets op. Nou ja, nu ik lang op vakantie ga, wil ik je spreken over het voorzitterschap van de bank.'

'Ik luister, papa,' zei Macaire, in wiens stem een lichte opwinding doorklonk.

'Het zal je niet verbazen dat ik Tarnogol niet de teugels laat overnemen. Daarom heb ik in mijn laatste wilsbeschikking laten opnemen dat ik afscheid neem van de manier waarop het voorzitterschap sinds Antiochus Ebezner wordt overgedragen, en voor de eerste keer in het driehonderdjarig bestaan zelf mijn opvolger kies, uit hoofde van mijn functie van voorzitter.'

'Een uitstekend idee, papa,' zei Macaire met de stem van een hondje dat wacht op een traktatie.

'Het heeft geen zin om me naar de mond te praten, Macaire. Ik benoem jou niet! Vijftien jaar geleden heb je me vernederd zoals ik nog nooit vernederd ben, door de aandelen die ik je had gelegateerd over te doen aan Tarnogol. Je hebt je naam en je familie te schande gemaakt door die idioot, die schaamteloze hork die stinkt naar zwart geld, toegang te geven tot de Raad. Daar zal ik je de rest van je leven voor laten betalen. En natuurlijk kan er geen sprake van zijn dat Tarnogol, of je idiote neef Jean-Béné, en zijn vader al helemaal niet, voorzitter worden! En dus heb ik besloten dat de Bankraad mijn opvolger zal benoemen, en dat het niet een van hen kan zijn. Zo kan ik in vrede vertrekken. Wat jou betreft, ik heb je al enorm veel geld gegeven, ik heb je reusachtige optrekje betaald, je hebt van je moeder geërfd, je gaat alles erven wat ik heb, jij bent onder de pannen voor de rest van je leven en zelfs nog een paar generaties daarna, als Anastasia en jij ooit nog kinderen krijgen. En dan heb je ook nog dat dealtje dat je hebt gesloten toen je je aandelen aan die smerige Tarnogol hebt verpatst. Weet je, dat is wat me uiteindelijk het meeste in jou heeft teleurgesteld. Dat je te koop bent. Ik had je mijn aandelen nog niet overgedaan of je verkocht ze al aan de hoogste bieder.'

'Ik heb mijn aandelen niet verkocht, papa. Dat heb ik altijd gezegd! Dat zou ik nooit doen! Het is nooit een kwestie van geld geweest.'

'Het valt me moeilijk je te geloven, Macaire,' merkte zijn vader op. 'Want je hebt me nooit willen vertellen waarom of onder welke voorwaarden je je aandelen aan Sinior Tarnogol hebt overgedaan!'

'Je zou zeggen dat ik gek was, papa,' antwoordde Macaire met verdriet in zijn stem.

Hij stond op uit zijn stoel en drukte zijn vader als laatste afscheidsgroet een kus op het voorhoofd.

~

De fluitende ketel haalde Anastasia uit haar gedachten. Ze schonk het water in de theepot en deed de kruidenthee erbij.

Ze dacht vaak terug aan die laatste scène tussen Macaire en zijn vader. Waarvoor zou hij die aandelen van de bank nou geruild kunnen hebben? Hij had het nooit aan iemand verteld, zelfs niet aan haar. Abel was kort nadat ze het huis hadden verlaten overleden. Alsof hij erop had gewacht om alleen te sterven. Anastasia dacht dat Abel altijd een heel drukke, veelgevraagde man was geweest die vanbinnen echter heel eenzaam was. Zijn uitvaart was niet aan die wetmatigheid ontkomen. De ceremonie vond plaats in de Sint-Pieterskathedraal op een ijskoude ochtend: het was overvol. Nieuwsgierigen, vrienden, vertegenwoordigers van de gemeente en het kanton, leden van de Geneefse high society, vertegenwoordigers van diverse banken uit het land. Je móest erbij zijn.

Daarna was de begrafenis zelf, volgens de wens van Abel, in zeer kleine kring voltooid. Er waren maar drie mensen die de overledene naar de Saint-Georgesbegraafplaats begeleidden: Macaire, Anastasia en Lev. Anastasia zou dat moment nooit vergeten: ze liepen met z'n drieën naast elkaar, in doodse stilte, om te zien hoe de kist de grond in ging. Opeens had Lev, zonder dat Macaire iets doorhad, haar hand gepakt. Ze voelde hoe ze trilde: ze hadden al vijftien jaar geen woord tegen elkaar gezegd.

Op die dag, toen haar huid de zijne raakte, voelde ze zich meer levend dan ooit tevoren.

Op die dag hadden ze elkaar teruggevonden. Na vijftien lange jaren.

Ze stond de kruidenthee in de keuken op te drinken en staarde uit het raam. Ze vroeg zich af waar Lev was. Ze probeerde zich ervan te overtuigen dat hij een heel goede reden had om haar te laten zitten. Een belangrijke afspraak. Iets ernstigs. Bij de Verenigde Naties misschien? Hij had niet kunnen bellen. Hij moest er een goede reden voor hebben.

Wat ze niet zag, was dat er aan de rand van het domein, op de tak van een enorme ceder, een man zat, die vanaf een afstand met een verrekijker de verlichte keuken in de gaten hield.

'Ze ziet er triest uit,' mompelde Lev vanuit zijn schuilplaats tegen Agostinelli, die aan de andere kant van de tuinmuur op wacht stond.

'Meneer, u moet nu naar beneden komen, anders bezeert u zich nog! En als we betrapt worden, dan ziet het er ook niet goed uit!'

Lev stemde in en verliet zijn observatiepost op dezelfde manier als hij hem bereikt had: hij bleef op de tak zitten voor meer stabiliteit en schoof langzaam op, zonder zich druk te maken over de schade aan zijn broek, totdat hij de stam bereikte die de muur bijna raakte. Hij hield zich vast aan de stam, richtte zich op en stapte van de tak op de muur, waarvandaan hij gemakkelijk naar beneden kwam door op het dak te stappen van zijn auto, die ertegenaan stond geparkeerd.

Toen vroeg Agostinelli: 'Meneer, als ik zo vrij mag zijn: waarom hebt u Anastasia een blauwtje laten lopen om haar daarna de hele avond van een afstand te bekijken? Het is duidelijk dat u allebei zin had om elkaar te zien...'

'Dat kon niet anders, Alfred,' antwoordde Lev. 'Weet je waarom de liefde zo gecompliceerd is?'

'Nee, meneer.'

'Omdat de liefde niet bestaat. Het is een fata morgana, een hersenspinsel. Of als je dat liever hoort: liefde kan alleen bestaan als die niet concreet wordt. Het is een emanatie van de geest die bestaat uit hoop, verlangen en projectie. Wat zou er gebeurd zijn als ik naar Anastasia toe was gegaan? Dan had ze zich misschien verveeld, had ze mijn conversatie stomvervelend gevonden. Misschien zou ik een stukje sla tussen mijn tanden hebben en zou haar beeld van mij veranderen.'

'Maar misschien ook niet, meneer,' wierp Agostinelli tegen.

'Alfred, je weet het net zo goed als ik: deze avond was perfect omdat die niet heeft plaatsgevonden.'

‘Maar meneer, waarom vindt u het zo belangrijk dat die perfect is?’
‘Omdat ik al vijftien jaar op dit moment wacht, Alfred. Vijftien lange jaren...’
‘Wat is er vijftien jaar geleden gebeurd?’
‘Vijftien jaar geleden heb ik de grootste fout van mijn leven begaan. Net als die arme Macaire. Op een en dezelfde dag hebben hij en ik allebei een beslissing genomen die ons leven heeft verruïneerd.’

HOOFDSTUK 15
Faux pas

Woensdag 27 juni 2018 in Genève. Toen we na het bezoek aan de buurvrouw in Cologny op straat liepen, probeerde Scarlett Arma te bereiken, maar tevergeefs. Ze had een voicemail voor haar achtergelaten waarin ze haar vroeg om zo snel mogelijk terug te bellen. Daarna maakten we ervan gebruik dat we in Genève waren om in de rue de la Corraterie Banque Ebezner te bezoeken. In de reusachtige hal van het etablissement werden we verwelkomd door een portier.

'Waarmee kan ik u van dienst zijn?' vroeg hij.

'We zouden de voorzitter van de bank graag willen spreken,' zei Scarlett direct.

'Hebt u een afspraak?' vroeg de portier.

'Nee.'

'Het spijt me, mevrouw, maar als u geen afspraak hebt zou dat weleens onmogelijk kunnen zijn. Mag ik vragen waar het over gaat?'

'Over de moord die in kamer 622 van het Palace de Verbier is gepleegd. U weet vast wel waarover ik het heb?'

De portier leek geheel niet verbaasd. Hij zonderde zich af om een telefoontje te plegen. Ik hoorde alleen het einde van het gesprek. 'Ik laat ze direct naar boven komen.'

Een paar minuten later werden we in een spreekkamer ontvangen door de voorzitter van de bank, die niet blij leek ons te zien.

'Wat een vreemde gang van zaken,' protesteerde hij. 'U komt onaangekondigd binnen en eist een gesprek met mij!'

'We hebben niets geëist,' verduidelijkte Scarlett meteen. 'We waren in de buurt van de bank en we zijn alleen langsgekomen om te zien of u beschikbaar was. Natuurlijk, als dit geen goed moment voor u is en u een andere afspraak wilt maken, dan komen wij graag een andere keer terug.'

'U komt niet terug!' verklaarde de voorzitter onverbiddelijk. 'Ik heb een belangrijk gesprek onderbroken om u dit te vertellen: die zaak is afgehandeld, en ik heb volstrekt niet de intentie om u herrie te laten schoppen rondom dit etablissement.'

'Wie heeft het over herrie?' merkte ik op.

'U bent hier omdat u een boek wilt schrijven, of niet? U had geen inspiratie en toen bedacht u dat u een oud dossier wilde heropenen – waar of niet? Dit is u onwaardig! En dan te bedenken dat ik uw boeken graag las – nu ga ik niets meer van u lezen.'

'De zaak is niet gesloten,' nuanceerde Scarlett. 'De schuldige is nooit gevonden.'

'In de gedachten van de mensen is de zaak gesloten, en dat is wat voor mij telt. Iedereen is die geschiedenis vergeten, en voor de bank is dat het beste. U beseft het misschien niet, maar na die moord moesten we alle zeilen bijzetten om er weer bovenop te komen. De cliënten waren ongerust, de bank was instabiel, het was een zware beproeving voor ons allemaal. Nu alles weer beter gaat kan er geen sprake van zijn dat u deze oude wond komt openrijten en dit etablissement schade berokkent! Ik zal mijn advocaten direct op de hoogte stellen en ik waarschuw u: als u op deze weg doorgaat, dan zal ik de publicatie van uw boek laten verbieden. En geloof me: ik heb lange armen!'

Toen we terugliepen, hield de portier die ons had ontvangen ons staande in de hal.

'Ik hoop dat het een vruchtbaar gesprek is geweest,' zei hij op vertrouwelijke toon.

'Niet echt,' antwoordde Scarlett.

Daarop drukte de portier haar onopvallend een papiertje in de hand. Toen draaide hij zich op zijn hakken om en ging weer achter de receptiebalie staan.

'Ik weet niet zeker of ik snap wat er net is gebeurd,' zei ik tegen Scarlett toen we door de rue de la Corraterie met stevige pas wegliepen van de bank.

'Ik ook niet, maar daar komen we snel genoeg achter.' Ze liet me het papiertje zien dat de portier haar had gegeven.

Theesalon rue de la Cité, over een uur

De rue de la Cité lag in een voetgangersgebied in het oude deel van Genève, achter Banque Ebezner. Er waren allerlei winkels, een paar restaurants, maar slechts één theesalon. We konden ons niet vergissen. We gingen zitten en tijdens het wachten op de portier maakten we van de gelegenheid gebruik om te lunchen.

Na een uur zagen we een geheime deur in het gebouw aan de overkant opengaan waarvan we begrepen dat het de bank was. De portier verscheen en stak met snelle passen het straatje over om ons te bereiken.

'Sommige cliënten gebruiken die deur om de bank onopvallend te verlaten,' legde de portier uit.

'Sommige medewerkers kennelijk ook,' stelde Scarlett vast.

Hij moest erom lachen.

'Waarom bent u geïnteresseerd in het laatste Grote Weekend en de moord die daar gepleegd is?' vroeg hij.

'De schrijver,' zei Scarlett, terwijl ze naar me knikte, 'werkt aan een boekje.'

'Nou, jij interesseert je vooral voor dit verhaal,' verduidelijkte ik.

'Maar de moord is nooit opgelost,' zei de portier.

'Precies,' antwoordde Scarlett. 'En wij willen begrijpen wat er is gebeurd.'

'Ik zal eerlijk zeggen dat ik ook nieuwsgierig ben naar wat er precies is gebeurd. Het verhaal achtervolgt me al jaren. Ik ga over zes maanden met pensioen en ik heb het gevoel dat ik iets over het hoofd heb gezien... Ik zou zo graag willen begrijpen hoe het heeft kunnen gebeuren. Nou ja, het is niet zo passend voor een medewerker om dit soort dingen te vertellen. Noem in elk geval mijn naam niet in uw boek, want dan kom ik in de problemen!'

'Ik zal u alleen aanduiden als "de portier", is dat acceptabel?' stelde ik voor, terwijl ik mijn aantekeningenboekje tevoorschijn haalde om zijn verhaal op te schrijven.

'Uitstekend,' zei de portier.

'Kende u het slachtoffer?' vroeg Scarlett.

'Kennen is een groot woord. We zagen elkaar in de hal. Weet u, mensen besteden nauwelijks aandacht aan ons portiers. Maar een paar dagen voor de moord gebeurde er iets ongewoons op de bank. Ik weet het nog precies. Een man meldde zich bij de receptie. Ik herinner het me zo goed omdat die man nogal opvallend gekleed was. Hij liet een envelop achter en verdween zonder zijn naam te noemen.'

'Voor wie was die envelop bestemd?' vroeg Scarlett.

'Macaire Ebezner. Er stond op dat hij zeer dringend aan hem moest worden overhandigd. En dus liet ik hem direct naar meneer Ebezner brengen. En die raakte helemaal van streek.'

HOOFDSTUK 16
Een anonieme brief

Woensdag 12 december – vier dagen voor de moord

Het was halfacht 's ochtends toen Macaire Ebezner aankwam bij de bank, vastbesloten om zich voorbeeldig te gedragen en Tarnogol te laten zien dat hij een goede voorzitter zou zijn. Cristina was stomverbaasd om haar baas zo vroeg te zien aankomen.

'Alles in orde, meneer Ebezner?' vroeg ze.

'Wat zou er mis zijn?' antwoordde Macaire.

'Nou, we zien u hier nooit om deze tijd.'

'De nieuwe ik, lieve Cristina,' zei Macaire terwijl hij achter zijn bureau plaatsnam. 'Noem me voortaan maar Stachanov!'

Hij voelde zich zeker. Hij was opgestaan met een goed voorgevoel: Operatie Ommekeer zou slagen. Zaterdag zou hij tot voorzitter worden gekozen.

Na Cristina was het de beurt aan Levovitch om in het kantoor van Macaire te verschijnen, en hij stelde hem voor om koffie te gaan drinken. Maar Macaire sloeg de uitnodiging af: 'Te veel te doen. Beslissende week.' Hij was van mening dat het tijd was om eindelijk de stapel achterstallige post te lijf te gaan en hij pakte een brief op. Maar op datzelfde moment kwam Cristina binnen. 'Meneer Ebezner, dit is net voor u gekomen.' Ze gaf hem een envelop waarop in rode viltstift met hoofdletters stond geschreven:

t.a.v. Macaire Ebezner
Zeer dringend
– Persoonlijk en vertrouwelijk –

Er stond geen adres op, er zat geen postzegel op, geen enkele indicatie van de afzender. Geïntrigeerd maakte Macaire de envelop direct open. Er zat een anoniem bericht in:

Vanavond halftwaalf parc Bertrand, bij de grote vijver.

Als u voorzitter van de bank wilt worden, moet u deze afspraak niet missen. Uw toekomst is hiervan afhankelijk! Geen woord aan wie dan ook!

Macaire haastte zich naar Cristina.

'Wat is dit voor brief? Wie heeft die gebracht?'

'Iemand van de postkamer heeft hem net aan me gegeven. Waarom? U ziet bleek, meneer Ebezner, is alles in orde?'

Macaire gaf geen antwoord, maar daalde direct af naar de eerste verdieping, waar de postkamer was.

'Ja, ik heb die brief net naar boven gebracht,' zei een van de medewerkers tegen Macaire.

'En van wie heb jij hem?' vroeg Macaire nerveus.

'Een portier heeft hem gebracht. Als iemand een brief afgeeft bij de receptie, brengt de portier hem naar ons en dan zorgen wij dat hij bij de juiste persoon belandt. Hoezo? Is er een probleem?'

Macaire gaf geen antwoord en liep naar de receptie.

'Een goede morgen, meneer Ebezner!' riepen alle portiers in koor.

'Wie heeft deze brief aangenomen?' vroeg Macaire terwijl hij met de rood beschreven envelop zwaaide.

'Ik,' zei een van de portiers.

'En wie heeft hem gebracht?'

'Een rare kerel,' antwoordde de portier. 'Hij droeg een pet en een zonnebril. Ik vond dat een beetje vreemd, zo midden december, maar weet u, we zien ze hier echt in alle soorten en maten. Die meneer heeft geen woord gezegd. Hij gaf alleen de brief af. Ik vroeg of ik zijn naam mocht noteren, maar hij schudde van nee en liep weg. Ik heb de brief direct doorgegeven aan de postkamer, dat is de procedure. Heb ik daar verkeerd aan gedaan?'

Een paar minuten later, op het kantoor van het hoofd van de beveiliging, bekeek Macaire de videobanden van de beveiligingscamera's bij de ingang van het gebouw. Inderdaad was te zien hoe een vreemd uitziend persoon de bank binnenliep, gekleed in een ruime, lange jas, met de kraag omhoog, een pet op zijn hoofd en een pilotenzonnebril op die zijn gezicht bedekte. De camera's in de hal lieten zien dat hij gehaast binnenkwam, een brief afgaf bij de portiers en er vervolgens snel vandoor ging.

'Dat is een professional, zoveel is duidelijk,' zei het hoofd van de beveiliging, die samen met Macaire de opnames bekeek.

'Wat voor professional?' vroeg Macaire.

'Geen idee, maar kijkt u eens hoe hij ervoor zorgt dat hij niet direct in de zichtlijn van de camera's komt. Zo is het onmogelijk om een goed beeld van hem te krijgen.'

Om die bewering te staven liet het hoofd beveiliging een paar beelden stilstaan en zoomde in op het gezicht van de bezoeker.

'Kijk maar, meneer Ebezner. Die man is een professional. Een privédetective misschien? Wat stond er in de brief? Moet u misschien de politie inlichten?'

'Nee, niets belangrijks,' suste Macaire, die niet van plan was om iets te vertellen aan het loslippige hoofd beveiliging.

Macaire ging gekweld terug naar zijn kantoor. Hij bleef de hele ochtend peinzen, met zijn neus tegen het raam. Hij was ongerust. Hij las het bericht een paar keer over. 'Als u voorzitter van de bank wilt worden, moet u deze afspraak niet missen.' Moest hij gaan? En stel dat het een valstrik was? Stel dat iemand hem dood wilde? Hij was angstig, hij voelde een grote steen in zijn maag.

Hij werd alleen in zijn overpeinzingen gestoord door Cristina, die een paar keer kwam informeren naar zijn toestand. 'Weet u zeker dat het gaat, meneer Ebezner? U gedraagt zich zo vreemd. Wilt u me over die brief vertellen? Was het een bedreiging? Wilt u een kopje thee?' Om twaalf uur was ze ongerust dat hij zijn gebruikelijke, eindeloos lange lunchpauze niet nam. 'M'n hoofd staat er niet naar,' zei Macaire.

Om kwart over twaalf kwam Levovitch ten slotte naar hem toe.
'Gaat het, kerel? Cristina zegt dat je er niet zo goed aan toe bent.'
'Welnee, Lev, alles gaat prima.'
'Ik ga lunchen bij Lipp met een paar collega's. Waarom ga je niet mee? Dan kun je even aan iets anders denken.'
'Nee, dank je wel, daar ben ik niet voor in de stemming. Ik geloof dat ik even alleen wil zijn.'
'Weet je het zeker?'
'Heel zeker. Ik denk dat ik even een dutje ga doen.'
Levovitch drong niet aan en vertrok. Macaire zonk weg in zijn stoel en voelde direct zijn oogleden zwaar worden. Hij legde zijn voeten op zijn bureau en leunde achterover. Een middagdutje zou hem goeddoen.
Hij sliep zonder moeite in. Hij had een paar minuten rust. Totdat Tarnogol zijn kantoor binnenkwam.

'Opstaan, verdomme! Zit je te slapen?'
Macaire schrok wakker en sperde zijn ogen wijd open. Tarnogol stond voor hem. Hij sprong overeind.
'Hé, beste Sinior, jij hier?' stamelde hij terwijl hij een beetje kwijl uit zijn mondhoek veegde.
'Ik kom kijken of je aan het werk bent, maar je ligt te slapen!'
'Nee, nee, ik werk me al sinds vanochtend te pletter,' verzekerde Macaire hem, terwijl hij in de brieven groef die voor hem lagen.
'Nog steeds die post?' vroeg Tarnogol boos. 'Je hebt sinds gisteren niets uitgevoerd!'
'Jawel, jawel. Echt, ik heb heel veel uitgevoerd. Maar vanochtend, toen ik net was begonnen, was er een kleine tegenslag...'
'Altijd weer die smoesjes!' ontplofte Tarnogol. 'Het is afgelopen! Genoeg!'
Zonder Macaire de tijd te geven om iets uit te leggen beende Tarnogol weg, waarbij hij de deur zo hard mogelijk dichtsloeg, wat een gewoonte van hem leek te worden.
Kreunend viel Macaire terug in zijn stoel. Hij had enorm veel be-

hoefte aan steun en daarom belde hij zijn vrouw.

Anastasia liep over het Carrefour de Rive toen haar man haar belde. Aan zijn stem hoorde ze meteen dat er iets mis was.

'Is alles in orde, Beertje?' vroeg ze (ze wist dat 'Beertje' hem altijd kalmeerde).

'Ja, ik had gewoon zin om even te bellen,' antwoordde Macaire. 'Wat doe je?'

'Ik kom net aan bij Roberto, ik ga lunchen met mijn moeder en mijn zus.'

'O ja, de woensdaglunch. Dat was ik vergeten. Doe iedereen de groeten van me. Eet smakelijk.'

'Dank je, Beertje. Bel je als je iets nodig hebt?'

'Ja, ja, maak je geen zorgen.'

'Wilde je me nog iets zeggen?' drong Anastasia aan, die hoorde dat hij om iets anders belde.

Er viel een korte stilte. Macaire dacht dat hij na Tarnogols laatste reactie geen andere keuze had dan naar die mysterieuze nachtelijke afspraak in het parc Bertrand te gaan.

'Ik... ik eet vanavond niet thuis,' zei hij uiteindelijk tegen zijn vrouw. 'Ik ben laat thuis.'

'Laat?'

'Ja, ik... ik moet iemand spreken...' Macaire twijfelde of hij haar over de anonieme brief zou vertellen, maar besloot het niet te doen. 'Een cliënt, die laat uit Londen komt en me absoluut wil spreken voordat hij morgen een investeringsafspraak heeft.'

'Goed. Tot laat dan, Beertje.'

Voordat ze naar binnen ging bij Roberto, het elegante Italiaanse restaurant in het centrum van Genève – waar ze iedere woensdag lunchte met haar moeder Olga en haar zus Irina – checkte Anastasia snel in haar zakspiegeltje hoe ze eruitzag. Niemand mocht zien dat ze de hele ochtend had gehuild. Sinds ze wakker was, hoopte ze al op een teken van Lev, maar nee. Niets. Ze had het gevoel dat hij met haar speelde en vroeg zich af of dat kwam doordat zij maandag had gezegd dat ze het met hem uitmaakte, ook al was ze dat helemaal niet van plan. Ze ademde diep in en ging naar binnen.

Zoals altijd waren Olga en Irina von Lacht er allebei al; ze waren te vroeg gekomen en hadden plaatsgenomen op het bankje van een tafel die goed in het zicht stond, een en al bont en juwelen, en nipten van hun champagne. Anastasia werd verwelkomd met een droog 'Ah, daar ben je eindelijk!' van haar moeder, die haar erop wees dat ze te laat was, en met een kille glimlach van haar zus, die haar van top tot teen bekeek om te zien of ze sinds vorige week iets nieuws aanhad.

'Is die armband nieuw?' vroeg haar zus direct, omdat ze een sieraad aan Anastasia' s pols zag dat ze niet kende.

'Een kleinigheidje,' verdedigde Anastasia zich terwijl ze ging zitten.

'Wel een gouden kleinigheidje!' schimpte haar zus.

'Een cadeau,' zei Anastasia toen en ze deed alsof ze zich in het menu verdiepte om van onderwerp te veranderen.

'Van wie?' drong haar zus aan. 'Van je man?'

'Bemoei je met je eigen zaken!' schoot Anastasia uit haar slof.

'Rustig jullie,' commandeerde de moeder, alsof ze het tegen kinderen had. 'Wij zijn Von Lachts, vergeet dat niet! Afstammelingen van de Habsburgs kibbelen niet in het openbaar.'

'We zijn geen Habsburgs!' wond Anastasia zich op. 'We zijn helemaal niets!'

'тишина!' beval haar moeder met een dodelijke blik.

Er viel direct een doodse stilte om de oude Olga, die geforceerd glimlachte om zich een houding te geven. De twee dochters hielden zich stil en doken in de menukaart; als hun moeder haar stem verhief in het Russisch, kon je je beter gedeisd houden, dat wisten ze al van jongs af aan.

Olga schikte haar diamanten collier, toen bewoog ze druk met haar handen vol juwelen, dof van ouderdom, en gebaarde dat er meer champagne moest komen. Een ober kwam aangerend, schonk de drie glazen vol en nam toen hun bestelling op. Olga en Anastasia kozen allebei gegrilde zeetong. Irina liet haar oog vallen op pasta met truffel uit Alba.

'Geen sprake van dat jij pasta eet, schat,' beval haar moeder. 'Als je je volpropt, vind je nooit een man!'

'Maar mamoesjka,' kreunde Irina. 'Dit is het seizoen voor witte truffel.'

'Je eet maar truffel als je een man hebt gevonden,' verordonneerde Olga op een toon die geen tegenspraak duldde. 'Tot dan eet je gegrilde vis.' Ze wendde zich tot de ober. 'Drie zeetong, dank u wel.'

'Wil je me niet kleineren in het openbaar, mamoesjka?' mompelde Irina met een gesloten gezicht.

'Ik kleineer je niet, ik help je om je te gedragen. Wij zijn Habsburgs, vergeet dat nooit!'

Anastasia, die tegenover haar moeder en zus zat, keek naar ze en vroeg zich af waarom ze zichzelf deze wekelijkse afspraken aandeed.

Ze waren geen echte Habsburgs. Ze kwamen gewoon uit een aan lagerwal geraakte aristocratenfamilie. Hun moeder was een Wit-Russin van wie de overgrootvader, een puissant rijke wapenhandelaar, door de tsaar in de adelstand verheven was, waarna hij tijdens de Revolutie alles weer was kwijtgeraakt. En dus was Olga geboren in een arme familie die evenwel eeuwig ophaalde hoe belangrijk hun naam ten tijde van de tsaar was geweest. Het sprak dus voor zich dat haar enige obsessie was om de glorie van weleer terug te winnen, en ze was tijdens een verblijf in Wenen gevallen voor Stefan von Lacht, de man die haar echtgenoot zou worden om twee voor haar uitstekende redenen: hij was van adel (de Von Lachts waren Oostenrijkse aristocraten, afstammelingen van een zijtak van de Habsburgs, die hun stamboom een paar eeuwen terug konden volgen) en hij was rijk (zijn vader, die het goede idee had gehad om kort voor hun ontmoeting te overlijden, had hem een reusachtig fortuin nagelaten, afkomstig uit de olie en onroerend goed).

Stefan en Olga waren met veel pracht en praal getrouwd in de Weense Karlskirche en trokken in een enorm, zeer luxueus appartement in de Innere Stadt, het historisch centrum van de Oostenrijkse hoofdstad. Stefan werkte niet, hij leefde van de jaargelden van het vermogen van zijn vader. Olga en hij brachten hun tijd door met winkelen en het aflopen van mondaine feestjes, waar Olga altijd met nieuwe jurken en juwelen verscheen, en aan iedereen die het horen wilde uitlegde dat een Habsburg geen twee keer hetzelfde droeg. Irina werd na een paar jaar huwelijk geboren, gevolgd door Anastasia, die twee jaar jonger was. 'We zullen hen uithuwelijken aan een vorstelijke Europese familie,' verklaarde Olga in de salons van de Weense high society. Maar wat Olga niet wist, was dat haar man, die niet kon wachten om met haar te trouwen zodra ze elkaar ontmoet hadden en die zijn echtgenote niets weigerde, de omvang van zijn vermogen lichtelijk had overdreven. En wat nog erger was: omdat hij niet werkte en zich flink verveelde, bracht hij het grootste deel van zijn tijd door in het casino. Door hun te hoge levensstandaard, en vooral door de reusachtige uitgaven aan kleding en sieraden, plus de opeenstapeling van gokschulden, een flinke naheffing van de belasting en de ongunstige economische conjunctuur die het familiebedrijf liet wankelen, gingen uiteindelijk de laatste schillings van het jonge gezin Von Lacht in rook op.

Tot zijn nek in de schulden verdween Stefan von Lacht van de ene dag op de andere zonder een spoor na te laten, met achterlating van zijn gezin. Toen Olga erachter kwam hoe de vork in de steel zat, vluchtte ze met haar twee dochters van negen en elf weg uit Wenen om een nieuw leven te beginnen in Genève. Ze trokken in een piepklein appartement in de wijk Les Pâquis. Van hun vorige leven resteerden alleen nog de bontmantels en de sieraden die ze bij zich hadden, en een bittere smaak in Olga's mond. Ze was niet uit Wenen gevlucht uit angst voor schuldeisers, zoals die laffe man van haar, maar omdat ze het idee niet kon verdragen dat ze uit de high society zou worden gestoten. Geen verwensing, alleen berusting, had Olga gedacht. Ze stroopte haar mouwen op en vond een baan als verkoopster bij Bongénie, het chique Geneefse warenhuis. Ze beheerde het familiebudget met ijzeren discipline. De levensstandaard werd teruggebracht tot het uiterste minimum: geen uitjes, geen aankopen, eten uit blik bij iedere maaltijd. Want iedere frank werd opzijgezet om in het weekend de chique locaties van Genève te bezoeken.

Op zaterdag lunchten Olga en haar dochters in een populair restaurant (een traditie die op woensdag zou worden voortgezet zodra de dochters getrouwd waren).

Op zondag dronken ze thee in de bar van een groot hotel.

Ze maakten zich mooi voor die gelegenheden. Olga trok haar mooiste kleren aan en droeg haar juwelen. Haar dochters droegen de creaties van hun moeder, die altijd al een ongehoord talent voor couture had gehad en die zich liet inspireren door de laatste modecatalogi uit Parijs. Ze ontwierp jurken op basis van textiel dat ze voor een zacht prijsje in stoffenwinkels op de kop tikte.

Op het moment dat ze tiptop in de grote hotels van de stad aankwamen, kwam het voor dat een van de dochters – meestal Anastasia – een zekere spanning voelde.

'Is het niet een beetje belachelijk om met z'n drieën in galatenue thee te drinken in het Beau Rivage?' vroeg ze aan haar moeder.

'Het is pas belachelijk om rijk te zijn en arm te worden,' verklaarde Olga. 'En nu allemaal *Kopf hoch*! Het gaat om de indruk!'

Met zelfverzekerde pas liepen ze de salons van hotels en restaurants af, trots, luid sprekend. Iedereen keek naar die drie weelderig uitziende vrouwen, van wie al snel werd gefluisterd dat het afstammelingen van de Habsburgs waren, hoewel men niet wist hoe dat precies zat.

Tot haar grote trots wurmde Olga zich moeiteloos naar binnen in de Geneefse high society. Ze knoopte banden aan met mensen die ertoe deden en algauw verscheen ze op alle belangrijke evenementen: het Lentebal, het Rode-Kruisbal, feesten van horlogiers, vernissages in galeries. Om haar adres in Les Pâquis, dat ze geheimhield, niet te hoeven onthullen, liet ze de uitnodigingen sturen naar het Beau Rivage; ze deed alsof ze daar in een reusachtige suite woonde. 'In een hotel wonen is heel Nabokov,' legde ze haar dochters uit. 'En bovendien maak je met Beau Rivage direct indruk: daar kwam keizerin Sissi altijd.'

Ze gaf de hoofdconciërge grote fooien om de post te bewaren en haar stand op te houden. Maar wie zou het controleren? Niemand kon zich voorstellen dat de flamboyante Olga von Habsburg de boel zou flessen. Het was al eens voorgekomen dat ze zich moest verstoppen als haar nieuwe kennissen inkopen kwamen doen bij Bongénie, maar ze was nooit betrapt.

Toen Anastasia en Irina respectievelijk zestien en achttien waren, had hun moeder nog maar één ambitie: haar lotsbestemming van grande dame bestendigen via hen, en hen te laten slagen waar zij had gefaald door een rijke, vooraanstaande man te trouwen. Ze stond niet meer zo op een adellijke titel als eerst: het voornaamste was geld.

Zo werd overeengekomen dat ieder weekend in de winter gewijd zou worden aan het afschuimen van de ontmoetingsplaatsen van de gouden jeugd van Zwitserland. De zonen van de voornaamste Europese families brachten het skiseizoen door in Gstaad, Klosters of Sankt-Moritz, waar ze met privévliegtuigen aankwamen en geld uitgaven als water. Erfgenamen van koninklijke families en captains of industry – ze waren er allemaal, als karpers in een vijver waar je je schepnetje maar in hoefde te laten zakken. Vooral zulke knappe, correct grootgebrachte dochters als Irina en Anastasia.

Het schamele familievermogen, aangevuld met de verkoop van een paar sieraden, zorgde voor de financiering van deze verblijven in de bergen, waar de drie Von Lachts vanuit Genève met de trein en de bus naartoe reisden. Eenmaal aangekomen propte het gezin zich in een klein hotelkamertje dat ze voor een redelijke prijs huurden, waar ze sliepen en zich opmaakten voor de mondaine feestjes waarvoor Olga von Habsburg, van wie je soms dacht dat ze recht uit een roman van Tolstoj was gestapt, direct werd uitgenodigd als ze haar artiestennaam noemde.

Voor Irina en Anastasia waren deze uitstapjes bepaald geen vakantie. 'Jullie zijn hier niet om je te vermaken of uit te rusten,' zei hun moeder steeds. 'Jullie zijn hier om een jongeman te vinden met wie je je snel kunt verloven.' Onder het wakende oog van hun moeder brachten ze zo hele avonden door met het jagen op jongens van goeden huize, terwijl ze logen over hun werkelijke sociale positie.

Bij de minste klacht van de meisjes praatte hun moeder hun theatraal een schuldgevoel aan: 'Alles doe ik voor jullie! Is dit jullie dank?' vroeg ze boos. 'Ik vecht voor jullie, ik zet mijn eigen leven opzij om te zorgen dat jullie een goed leven krijgen, ik sloof me uit voor jullie. Ik ben jullie dienstbode en het is nog niet genoeg! Wat kan ik nog meer doen?'

Als die verwijten de dochters koud lieten, schakelde Olga een tandje bij en zei op klagerige toon: 'Kijk eens naar mijn vingers, met al die wonden van de naalden waarmee ik jullie jurken naai, mijn versleten ogen omdat ik de hele nacht opblijf zodat jullie mooi kunnen zijn en verkozen worden! Gooi mamoesjka maar in de vuilnisbak, als je dat wilt!' Waarna ze een doodsreutel nadeed om haar dochters te laten voelen hoe ze zich voor hen uitsloofde. Over het algemeen waren deze listen voldoende om haar dochters te ontroeren, en dan wierpen ze zich op hun moeder om haar te overladen met liefde en kussen. En als Olga haar dochters tegen zich aan drukte en ze haar een 'Mamoesjka van liefde' noemden, voelde ze zich vervuld, bijna gelukkig. In elk geval levend.

Het kwam ook voor dat Olga uit haar vel sprong. Dat ervoer die arme Irina vooral in Gstaad, toen ze werd verrast door haar moeder terwijl ze zat te flirten met de ober van een modieus café, wat haar bij terugkomst in het hotel op een paar stevige oorvijgen kwam te staan. 'Al dat geld dat ik uitgeef om je uit de sloot te halen, en jij gaat rollebollen met een straatveger!' riep haar moeder dol van woede.

Gedurende de jaren daarna hadden de meisjes Von Lacht een paar geforceerde verhoudingen, maar tot groot verdriet van hun moeder niets bestendigs. Toen ze respectievelijk eenentwintig en drieëntwintig waren, waren Anastasia en Irina nog altijd niet verloofd. Op dat moment hoorde Olga over het Grote Weekend van Banque Ebezner in Verbier. Ze zag er direct een perfecte gelegenheid in om haar dochters uit te huwelijken aan een paar hoge pieten van de belangrijkste privébank van Zwitserland. Ze zou nog lang tevreden blijven over die gouden greep, want het succes ervan overtrof al haar verwachtingen: een jaar later accepteerde Irina het aanzoek van een vermogensbeheerder die twaalf jaar ouder was dan zij, en het jaar daarop verloofde Anastasia zich met Macaire Ebezner, de erfgenaam van de bank.

Maar zestien jaar later was Irina negenendertig, moeder van twee dochters en gescheiden zonder een cent alimentatie. Haar man, de vermogensbeheerder, was namelijk gearresteerd voor verduistering. Hij had een gevangenisstraf opgelegd gekregen en een boete die hem had geruïneerd. Irina, die in haar leven nog nooit gewerkt had, moest een baan aannemen als kassière in een supermarkt. Uit misplaatste trots had ze een functie bij de postkamer van Banque Ebezner, die Macaire zo aardig was geweest voor haar te vinden, afgeslagen. Maar ze zorgde ervoor dat ze op woensdag tussen twaalf en twee vrij was om op kosten van Anastasia bij Roberto te lunchen. Ze kwam er even opgedoft als wanhopig, raakte dronken van de champagne, glimlachte naar alle rijke sukkels van wie ze de blik kruiste en bad dat ze haar uit haar ellendige lot zouden bevrijden.

De gegrilde zeetong werd opgediend, en de champagnecoupes werden bijgevuld.

'Weet je, Anastasia,' zei Olga, die niet in staat was zich langer dan vijf minuten te onthouden van verwijten aan het adres van haar dochters, 'je zou je zus in elk geval kunnen helpen om een nieuwe man te vinden! Je kent zoveel mensen!'

'Nou ja, mama, ik heb haar aan de halve stad voorgesteld!' verdedigde Anastasia zich.

'De een nog lelijker dan de ander, ja,' mokte Irina. 'Je vindt het gewoon leuk dat ik in de penarie zit...'

'Niet alles draait om jou,' zei ze tegen haar zus. 'Je doet alsof ik geobsedeerd door jou ben! Heb je er weleens bij stilgestaan dat ik ook zorgen kan hebben?'

'Rijken hebben geen zorgen!' stelde Olga.

'Er is meer dan geld in het leven!' verweerde Anastasia zich.

'Echt iets voor een rijke om zoiets te zeggen!' riposteerde Irina, niet zonder bitterheid.

Anastasia voelde zich driftig worden, ze raakte van haar stuk en flapte eruit: 'Ik hou niet meer van mijn man, ik wil bij hem weg!'

Haar moeder en zus ontvingen het nieuws met een verbijsterd stilzwijgen.

'Wat zeg je me nou?' fluisterde haar zus uiteindelijk.

'Het is heel eenvoudig: ik wil weg bij mijn man,' herhaalde Anastasia, die zich opeens opgelucht voelde dat ze haar hart had gelucht.

'Dat gaat wel weer voorbij,' grijnsde haar moeder. 'Je leest te veel romannetjes, meisje! Er is geen sprake van dat je bij je man weggaat! En daarmee basta.'

Voor één keer besloot Anastasia tegen haar moeder in te gaan.

'Het gaat niet voorbij,' zei ze kalm. 'Ik hou niet meer van Macaire, ik hou van Lev Levovitch. Ik heb deze armband van hem.'

Haar moeder was ontsteld.

'Levovitch?' bracht ze uit. 'Die acrobaat van vijftien jaar geleden? Uit Verbier?'

Irina dwong zichzelf om spottend te lachen.

'Hij is geen acrobaat, mama,' zei Anastasia. 'Hij is een heel vooraanstaand bankier geworden. Hij spreekt met staatshoofden uit de hele wereld. Heel Genève kijkt alleen naar hem. Jij bent de enige die niet weet wie hij is!'

'Nou, dan is heel Genève verjoodst!'

'Mama, hou op!' smeekte Anastasia.

'Nee, hou jij op, brutaal nest! Hoe durf je zo tegen je moeder te praten? Hou onmiddellijk op met dat idiote gedoe en blijf bij Macaire, hij is een charmante, aardige man, een heel goede partij. Of wil je net zo eindigen als je zus? Ik verbied je om die Levovitch nog te zien, hoor je? En ik verbied je die overspelige cadeaus in het openbaar te dragen, je bent toch geen hoer!'

'Maar ik ben gelukkig met Lev, ik voel me goed bij hem...'

Olga's ogen brandden van woede; ze stak dreigend een vinger uit naar haar dochter. 'Ik wil die naam nooit meer horen, heb je dat begrepen? Hij is niet zoals jij en ik.'

'Hij is even Russisch als wij!'

'Hij is Joods, en wij gaan niet om met die mensen. Heb je dat dan gemist in je opvoeding? Je gaat me nu beloven dat je hem niet meer zult zien! Wil je me dood hebben? Ik heb alles opgeofferd, ik heb mijn hele leven uit blik gegeten zodat jullie een man zouden vinden. En nu gaan we stil zijn en eten, ik heb genoeg van jullie gehoord.'

Anastasia moest moeite doen om haar tranen binnen te houden, en werkte de vis met moeite weg. Er werd geen woord meer gesproken tot het einde van de maaltijd. Toen betaalde Anastasia de rekening. De drie vrouwen namen zonder warmte afscheid van elkaar en gingen toen ieder huns weegs. 'Tot volgende week,' zei de moeder.

HOOFDSTUK 17
Herinneringen

Op die woensdag 12 december, na de lunch met haar moeder en zus, ging Anastasia direct naar huis. Gewoonlijk wandelde ze op woensdagmiddag door het centrum van Genève, maar na de verwijten van haar moeder en de stilte van Lev had ze daar helemaal geen zin in. Ze voelde zich geheel ontmoedigd en bracht de rest van de dag door in haar slaapkamer. Ze wilde Lev bellen, zijn stem horen, gerustgesteld worden. Maar ze wilde dat hij het initiatief zou nemen om te bellen. Hij had haar gisteravond in de steek gelaten. Op van de zenuwen begon ze te huilen, waarna ze in een diepe slaap viel.

De avond viel al over Cologny toen Arma, ongerust over de stilte van haar bazin, haar uiteindelijk in haar slaapkamer ging opzoeken.

Arma's dag was helemaal niet verlopen zoals ze zich die had voorgesteld. Die ochtend was ze, na een slapeloze nacht vol zorgen, naar de Ebezners gegaan, vastbesloten om alles over Lev Levovitch aan Macaire te vertellen.

Maar toen Arma aankwam bij het huis, was Macaire al naar de bank vertrokken. Moest hij nou precies deze dag uitkiezen om zijn ijver te bewijzen?

Toen had ze besloten om m'vrouw te benaderen. Ze vond Anastasia te indrukwekkend om haar direct aan te spreken, maar ze wilde haar duidelijk maken hoezeer ze het haar kwalijk nam.

Toen Anastasia naar de keuken kwam voor het ontbijt, vond Arma echter dat ze er diep ongelukkig uitzag. Ze had een trieste blik en haar rode ogen verrieden dat ze had gehuild. Arma vroeg zich af of het verdriet van m'vrouw iets te maken had met Lev, en opeens wist ze het zeker. Wat was ze dom geweest, verweet ze zichzelf, dat ze zulke overhaaste conclusies had getrokken. Ze had er de hele nacht niet van kunnen slapen. Want ze was het belangrijkste vergeten: Lev had hier maandag naartoe gebeld omdat m'vrouw haar mobiel niet meer opnam. Ze wilde het uitmaken! Trouwens, had ze hem niet tijdens het gesprek gezegd dat het voorbij was, dat ze niets meer van hem wilde horen? Arma was woedend op zichzelf: ja, met zo weinig beoordelingsvermogen verdiende ze het om een bediende te zijn! Hoe had ze dit over het hoofd kunnen zien? Ongetwijfeld vanwege dat boeket witte rozen, maar dat had hij juist gestuurd in een poging haar terug te winnen, nu zij hem de vorige avond aan de dijk had gezet.

Goed, direct nadat ze de bloemen had gekregen was ze gaan baden, maar dat deed ze altijd. En urenlang. Dat had niets te betekenen. M'vrouw had Lev de vorige avond gezien om een einde te maken aan de relatie! Ja, ze had zich laten meeslepen door de hartstocht, maar ze had snel genoeg ingezien hoe dwaas dat was en had daarnaar gehandeld. Ze had het uitgemaakt, en nu voelde ze iets van verdriet daarover. Uiteindelijk was dat een heel mooi verdriet. Het was het bewijs dat het iets had betekend, dat er gevoelens tussen hen waren geweest.

Anastasia raakte haar ontbijt niet aan. Toen ze weer naar haar kamer ging, bewonderde Arma haar verdriet: ze was sterk, waardig, moedig. Ze had zich niet in haar vergist, ze was een grootse vrouw!

Zoals iedere woensdag was m'vrouw aan het einde van de ochtend naar buiten gegaan. Wat wel heel ongebruikelijk was, was dat m'neer tijdens de lunchpauze naar huis kwam. Bliksemsnel, hij leek heel druk. Hij had zich even opgesloten in de slaapkamer en toen was hij weer net zo snel weg als hij gekomen was. Toen hij de deur uit ging zei hij alleen tegen haar: 'Je hebt me niet gezien.'

Aan het begin van de middag was m'vrouw teruggekomen en ze zag er nog ongelukkiger uit dan 's ochtends. Opnieuw had ze zich opgesloten in de slaapkamer. Arma luisterde aan de deur en had haar horen snikken. Ze had heel erg met haar te doen. M'vrouw was de hele middag niet meer verschenen. En nu maakte Arma zich zorgen.

Anastasia hoorde een zacht geklop op de deur. Ze ging in bed overeind zitten en zag Arma's gezicht in de deuropening. Een reep licht uit de gang viel in de in duisternis gehulde kamer.

'Gaat het, m'vrouw?' vroeg Arma met een muizenstem.

'Niet echt,' antwoordde Anastasia.

Arma was zo vrij de kamer in te lopen en ging op de rand van het bed zitten. Met een liefdevol gebaar streelde ze Anastasia's voet om haar te troosten.

'Kan ik iets voor u doen, m'vrouw?'

'Nee, dank je. Je bent een schat.'

'Ik heb soep gemaakt. Zal ik u wat brengen?'

'Heel lief van je, maar ik heb geen honger.'

'Gaat u niet eten, m'vrouw?'

Anastasia schudde van nee.

'En m'neer?' vroeg Arma. 'Hij is nog steeds niet thuis...'

'Hij heeft een afspraak met een cliënt.'

'Ik vind dat het niet zo goed gaat met m'neer...'

'Er zijn rare dingen aan de hand, Arma.'

'Ik zou u heel graag willen helpen.'

'Je doet al heel veel, Arma. Ga gerust naar huis, je zal wel moe zijn.'

'Weet u het zeker? Wilt u geen gezelschap?'

'Maak je maar niet druk over mij. Je kunt gaan. Bedankt voor alles.'

Arma gehoorzaamde en vertrok met pijn in het hart: het ging niet goed met haar bazen en ze was verdrietig. En bovendien nam ze zichzelf alle slechte gedachten van de vorige avond over m'vrouw kwalijk. M'vrouw was altijd zo aardig voor haar. Gul, attent, begaan met haar welzijn. Voor haar verjaardag had ze haar vrijaf gegeven en waren ze samen gaan lunchen in de stad. 'Je bent een beetje familie, Arma,' zei m'vrouw vaak.

Kort na Arma's vertrek werd er bij de Ebezners aangebeld, zodat Anastasia haar slaapkamer uit moest om open te doen. Wat was ze verbaasd toen ze Alfred Agostinelli, Levs chauffeur, voor de deur zag staan!

'Mevrouw, het spijt me dat ik zomaar bij u aankom, maar aangezien de auto van uw man er niet was, ben ik zo vrij geweest om...'

'Maakt niet uit,' zei Anastasia, die dolgraag iets van Lev wilde horen.

'Meneer Levovitch stuurt me om u zijn verontschuldigingen aan te bieden. Hij werd de hele nacht opgehouden door een zaak van nationaal belang. Hij is trouwens ook nu nog bij de Verenigde Naties, bij de secretaris-generaal, over een kwestie van economische sancties... helaas kan ik u niets meer vertellen, maar weest u ervan overtuigd dat het over een uiterst belangrijke kwestie gaat.'

Toen ze dat hoorde, voelde Anastasia zich belachelijk dat ze zich zo druk had gemaakt. Door de opluchting en het geluk kreeg ze haar kleur weer terug. Ze lachte zichzelf uit vanwege haar bakvissengedrag; toen zei ze geaffecteerd tegen de chauffeur: 'Laat meneer Levovitch maar weten dat ik heel verdrietig was hem gisteravond niet te zien.'

'Meneer Levovitch heeft mij ermee belast u eenzelfde boodschap over te brengen.'

Agostinelli gaf Anastasia een envelop. Toen ze hem aanpakte, kon ze een stralende glimlach niet onderdrukken en ze drukte het bericht tegen haar hart.

'Dank je, Alfred,' mompelde ze.

Agostinelli boog bij wijze van groet en verdween in de donkere winteravond. Ze maakte de envelop snel open.

Anastasia was weer vrolijk. Ze zat in een gloeiend heet bad vol schuim en las steeds opnieuw het bericht van Lev, voorzichtig dat het niet nat werd.

> Laten we samen weggaan, ver van Genève.
> Laten we alles achterlaten.
> Ik hou van je
> Lev

In haar hoofd tolden duizend vragen. Waar zouden ze naartoe gaan? En wanneer? Als ze alles achter zich zouden laten, moesten ze dan het

Grote Weekend van de bank gebruiken om ervandoor te gaan? Macaire zou alleen gaan, zoals ieder jaar: partners werden nooit uitgenodigd. Lev kennende had hij alles waarschijnlijk al gepland.

Voor haar huwelijk met Macaire was Anastasia twee keer op het Grote Weekend in het Palace de Verbier geweest, meegesleept door haar moeder.

De eerste keer was zestien jaar geleden. Destijds was ze eenentwintig en studeerde ze letterkunde. In het Palace had ze Klaus ontmoet, met wie ze zich had zullen verloven. Als ze aan hem terugdacht liepen haar de rillingen over de rug.

Zestien jaar eerder
De eerste keer dat Irina en Anastasia bij het Grote Weekend aanwezig waren

'Opstaan, meisjes,' riep Olga, terwijl ze het nauwe kamertje in het appartement in Les Pâquis betrad dat haar dochters deelden. 'Jullie zullen het niet geloven, maar ik ben erin geslaagd om een kamer te bemachtigen in de Auberge des Chamois in Verbier. Alles zat stampvol, maar nu belt de eigenaar net terug: er heeft op het laatste moment iemand afgezegd. Wat een geluk!'

'Het is vrijdag, mamoesjka,' merkte Irina op. 'We hebben college.'

'Geloof me, meisje, op de universiteit vind je geen man, maar in Verbier wel, dit weekend.'

'Wat is er dan in Verbier?'

'Het Grote Weekend van Banque Ebezner,' antwoordde Olga opgeruimd. 'De gedroomde gelegenheid om een man te vinden! Kom, niet klagen. Het is afgelopen met die jonge leeghoofden uit Klosters of Sankt-Moritz, jullie hebben een man nodig, een echte, met een carrière en een kinderwens. Jullie hebben een bankier nodig!'

'Ik weet niet of ik wel met een bankier wil trouwen,' zei Irina.

'Je trouwt met wie ik zeg dat je gaat trouwen, meisje! En sla niet zo'n ondankbare toon aan! De koningin van Engeland zegt het zo goed: *Never explain, never complain!* Dus kleed je snel aan, ik pak jullie koffers wel in. Over een uur gaat de trein naar Martigny. Jullie zullen me dankbaar zijn wanneer jullie rijk zijn en geen zorgen meer hebben.'

En zo namen Olga, Irina en Anastasia een paar uur later, na een treinreis van Genève via Martigny naar Le Châble, en daarna een busrit van Le Châble naar Verbier, hun intrek in een oncomfortabele kamer in de Auberge des Chamois.

'Om vier uur is er in het Palace een welkomstcocktail voor de bankmedewerkers,' legde Olga aan haar dochters uit; ze was van alles op de hoogte. 'Trekken jullie je blauwe jurken aan en die mooie zwarte pumps. We zullen ze eens iets laten zien!'

'Maar ze gooien ons eruit!' zei Irina ongerust.

'Niet als je er met genoeg aplomb naartoe gaat. Je loopt de zaal door alsof je de eigenaar bent. En als een ober je iets vraagt, kijk je hem uit de hoogte aan en vraag je om een coupe champagne.'

Toen Olga en haar dochters hun opwachting maakten in de ontvangstzaal van het Palace, draaiden alle gezichten zich naar de jonge, knappe, elegante, vorstelijke vrouwen. Olga jubelde inwendig, in het besef dat Irina en Anastasia in het middelpunt van de belangstelling stonden.

'Kijk eens aan,' mompelde ze, terwijl ze op een groepje lachende mannen wees. 'De fine fleur van de bank! Die oude daar is Auguste Ebezner, de voorzitter van de bank. En die grote man naast hem die eruitziet als een Amerikaanse filmster is zijn zoon, Abel Ebezner, de vicevoorzitter. Men zegt dat hij een vooraanstaand financier is, en dat hij nu al alle beslissingen neemt voor zijn vader. En kijk daar eens, die jongeman met die donkere stropdas, dat is Macaire Ebezner, de enige zoon van Abel. De erfgenaam van de bank! Hij is vijfentwintig, en zodra zijn grootvader de pijp aan Maarten geeft, wordt hij vicevoorzitter. Nog een jaartje te gaan, hooguit twee, aan de kop van opa te zien. Vicevoorzitter van een bank op je zesentwintigste, dat is nog eens klasse!'

De drie dames Von Lacht lieten zich een coupe champagne in de hand drukken en bekeken de kleine groep bankiers. Opeens begon Olga te trillen als een riet.

'Liefjes, ik geloof dat Onze-Lieve-Heer het goed met jullie voorheeft! Zien jullie die grote, donkere kerel daar? Dat is Klaus Van Der Brouck, die loopt stage bij de bank. Hij is in rechte lijn geparenteerd aan de Belgische koninklijke familie en zo rijk als Croesus! Zijn vader is een voorname industrieel uit Brussel. Ik ga jullie voorstellen!'

De meisjes hadden geen zin, maar Olga sleepte hen mee om Klaus Van Der Brouck te begroeten, waarbij ze al haar brutaliteit inzette.

'Waarde Klaus Van Der Brouck!' riep ze uit, terwijl ze zich naar hem toe haastte.

De Klaus in kwestie wist niet met wie hij van doen had, maar wie weet, misschien had hij hen al eerder ontmoet.

'Olga von Lacht,' meende Olga te moeten zeggen toen ze zag dat haar gespreksgenoot haar niet kon plaatsen.

'Maar natuurlijk, mevrouw,' loog Klaus, die zo hoffelijk was om te doen alsof hij haar herkende. 'Wat een plezier om u weer te zien!'

'Het schijnt dat u stage loopt in Genève?' informeerde Olga. Die opmerking gaf Klaus de indruk dat hij deze vrouw inderdaad al eens had ontmoet. Het zat hem dwars dat hij zich haar niet herinnerde.

'Ja,' zei hij. 'Mijn vader is goed bevriend met Abel Ebezner. Hij wilde dat ik ervaring opdoe bij een bank, zodat ik het familievermogen kan beheren.'

'Verbazend interessant! Mag ik u voorstellen aan mijn dochters, Irina en Anastasia?'

De twee zussen spraken een tijdlang met Klaus, die alleen oog had voor Anastasia en openlijk met haar flirtte, tot groot genoegen van Olga. Toen de cocktailparty op zijn einde liep, liet Klaus Anastasia beloven om na het diner weer met hem af te spreken: er was een orkestje in de hotelbar. Sfeer gegarandeerd. Olga was dolblij en accepteerde de uitnodiging namens haar dochter. Anastasia zelf had het gevoel dat ze stikte. Ze bedacht een smoesje en verdween door een dienstdeur. Ze liep snel het hotel uit. De frisse lucht deed haar goed. Onder een luifel keek ze naar de sneeuw, die met zware vlokken uit de lucht viel. Ze droomde ervan te kunnen ontsnappen aan de mensen, en vooral aan haar moeder. Ze had zin in een sigaret, maar ze durfde nooit een pakje mee te nemen. Als Olga haar betrapte, kon ze rekenen op een pak slaag.

Toen zag Anastasia iemand die met zijn rug naar haar toe stond; hij zat op een houten kist en rookte in stilte. Zonder zijn gezicht te zien wist ze dat hij knap was. Met zijn jas van zwarte tweed zag hij er chic uit. Zelfs de manier waarop hij rookte leek elegant. Ze dacht aan een prins op vakantie, of meer waarschijnlijk een rijke Geneefse bankier.

'Hebt u een sigaret?' vroeg ze.

De man draaide zich om. Ze zag dat hij ongeveer even oud was als zij, misschien iets ouder. Maar ze zag vooral dat hij een naamplaatje op zijn jas had. Hij werkte in het hotel. Hij glimlachte naar haar en stond op om haar een sigaret te brengen. Anastasia was betoverd door de aantrekkingskracht van deze jongeman. Ze las zijn naam op het naamplaatje: Lev.

'Werkt u bij Banque Ebezner?' vroeg Lev.

'Nee, ik ben hier toevallig. Ik heet Anastasia, ik ben een Habsburg.'

Ze beet op haar lip en vond zichzelf idioot. Waarom had ze dat gezegd? Om indruk op hem te maken?

Lev lachte stralend naar haar.

'Ik heet Lev Levovitch,' zei hij. 'Ik ben bagagist.'

Ze verslond hem met haar blik.

De pijl had doel getroffen.

~

In bad dacht Anastasia lang na. Ze was zo gelukkig dat ze Lev had teruggevonden, maar ze voelde zich slecht om wat ze Macaire ging aandoen. Om haar geweten te sussen herhaalde ze dat ze in de eerste plaats aan zichzelf moest denken. Toen ze eindelijk ging slapen was het elf uur. Ze had niets van Macaire gehoord sinds hun telefoontje midden op de dag. Ze vond dat hij vreemd had geklonken. Ze had hem moeten terugbellen, vragen hoe het met hem ging. Voor het eerst miste ze hem.

Halftwaalf 's avonds, midden in het parc Bertrand.

Versteend van de kou ijsbeerde Macaire bij de grote vijver. Een kille wind teisterde zijn gezicht en liet de bomen kraken. Het was hier uitgestorven en pikdonker. Alleen de schaarse lantaarnpalen wierpen hier en daar wat licht. Deze mysterieuze ontmoeting beloofde weinig goeds, maar hij had eigenlijk geen keuze. Hij stelde zichzelf gerust door zijn hand in de zak van zijn jas te steken en de kolf van zijn revolver aan te raken. Hij had gebruikgemaakt van het feit dat Anastasia met haar moeder en zus bij Roberto lunchte om onopvallend naar huis te gaan en dit wapen op te halen. Zijn vrouw wist niet dat hij het had. Hij had het een paar jaar eerder legaal aangeschaft. Zijn keuze was gevallen op een Glock 25, een halfautomatische revolver van Oostenrijkse makelij, compact, robuust, licht en betrouwbaar, dat gebruikmaakte van 9mm-ammunitie. Hij bewaarde het in de kluis in de slaapkamer waarvan alleen hij de combinatie kende. Bij de missies van P-30 had hij de noodzaak gevoeld om zich thuis te kunnen beschermen voor het geval er iets verkeerd liep. Vooral vanavond was hij heel blij dat hij dat had gedaan.

Opeens verscheen er een gestalte in een lichtbundel. Macaire voelde zijn hartslag versnellen.

'Wie is daar?' vroeg hij aan de schim die dichterbij kwam.

De schim bleef zwijgen, Macaire haalde zijn revolver tevoorschijn en richtte de loop in de richting van wat een dreiging zou kunnen zijn.

Opeens herkende hij dankzij een lantaarn het gezicht van de man die naar hem toe kwam.

'Jij...' fluisterde hij.

HOOFDSTUK 18

Een nacht in Genève

Scarlett en ik stonden op het punt Genève te verlaten en terug te gaan naar Verbier, toen Arma belde. Ze maakte tot 's avonds laat kantoren schoon en we spraken af om elkaar de volgende dag te treffen in een café in de wijk Champel, waarvan ik wist dat we er rustig zouden kunnen praten.

'Ik denk dat we maar niet terug naar Verbier gaan, vanavond,' zei Scarlett.

'Dat denk ik ook niet.'

Er kwam geen verkeer van de andere kant, en dus maakte ik een verboden draai midden op de weg en reed in de richting van mijn appartement.

'Waar gaan we naartoe?' vroeg Scarlett.

'Naar mijn huis,' antwoordde ik.

'Als je daar in de buurt een hotel weet dat je me kunt aanraden...'

'Ik laat je niet achter in een hotel. Als je genoegen neemt met mijn logeerkamer, dan kun je die krijgen. Er is een badkamer en alles wat je maar wilt.'

'Je bent te goed, schrijver.'

'Wil je nog even naar de stad om een tandenborstel of een pyjama te kopen?'

Ze wees met haar duim naar de kleine tas die ze die ochtend in de kofferbak van mijn auto had gezet.

'Ik heb overal aan gedacht,' zei ze. 'Ik heb schone kleren en een tandenborstel bij me. En een pyjama heb ik niet nodig, ik slaap altijd naakt.'

'Aha.'

Ze glimlachte. Zelf kon ik een glimlach ook niet onderdrukken.

Ik parkeerde voor het flatgebouw. Scarlett was verrukt van dit kleine, charmante en groene eenrichtingsstraatje met de naam van de bijbehorende avenue, waar aan de ene kant oude gebouwen stonden en aan de andere kant het parc Bertrand was.

Op de gang zagen we niemand. Zodra we in mijn appartement waren, zette ik koffie, die we dronken bij de bar in mijn keuken. Ik voelde me opeens bijzonder goed in haar gezelschap. We zaten naast elkaar, ik voelde haar lichaam tegen het mijne. Ik had zin om haar tegen me aan te drukken, ik wilde dat er nu iets ging gebeuren. Ze was binnen bereik van mijn lippen. Ik had heel veel zin in haar en tegelijkertijd was ik ergens doodsbenauwd voor: dat Sloane bij me zou aanbellen. Ik wist niet of het angst was of een immens verlangen om haar terug te zien. Scarlett trok me evenveel aan als dat ik Sloane miste. Ik liet het moment voorbijgaan door haar voor te stellen het appartement te bekijken.

'Zal ik je een rondleiding geven?' stelde ik Scarlett voor.

'Heel graag.'

Ik liet haar de slaapkamer zien, toen nam ik haar mee naar mijn werkkamer.

'Dus hier schrijf je je boekjes,' zei ze geïnteresseerd.

Ze liep de hele kamer door, bekeek de schilderijen en tekeningen die aan de muur hingen.

'Fascinerend,' zei ze. 'Volkomen fascinerend!'

'Wat, deze kamer?'

'Nee, jij,' antwoordde ze en ze boorde haar blik in de mijne.

Ze duwde met een vinger tegen mijn borst.

'Ik ben doodop, schrijver. Ik ga een dutje doen. Zullen we daarna samen eten?'

'Heel graag. Er is een heel goed restaurant hier vlakbij.'

'Uitstekend, schrijver! Tot zo. Ga ook even rusten. We hebben een lange dag gehad.'

Ze liet me alleen in de kamer.

Ik ging achter mijn bureau zitten. Ik haalde mijn aantekeningen en mijn laptop uit mijn schoudertas en ging weer aan het werk.

HOOFDSTUK 19

Het begin van de moeilijkheden

'Jij?' fluisterde Macaire toen hij zag dat die mysterieuze afspraak met niemand anders was dan Wagner, zijn liaison bij P-30. 'Je maakte me doodsbang!'

'Goedenavond, Macaire,' begroette Wagner hem. 'Sorry dat ik op deze manier contact heb gezocht, en ook voor deze late afspraak, maar ik wist zeker dat we hier op dit tijdstip alleen zouden zijn.'

'Ik had je bijna neergeknald, ouwe!'

'Ben je gewapend?'

'Uit voorzorg,' antwoordde Macaire, lichtelijk geërgerd. 'Met dat bericht en deze locatie dacht ik dat het weleens gevaarlijk kon zijn. Kun je mij al dit gedoe uitleggen? Waarom heb je niet op de gebruikelijke manier contact opgenomen?'

'Dat heb ik wel gedaan! Ik heb je drie keer uitgenodigd voor de opera, maar je kwam niet. Lees je je post niet meer?'

'Sorry. Ik heb nogal wat achterstand opgelopen met de correspondentie.'

'Nou, door die chaos van jou heb ik drie keer *De barbier van Sevilla* moeten uitzitten.'

'Het spijt me verschrikkelijk. Wat is er zo dringend dat je me midden in de nacht komt opzoeken? Komt het door wat er in Madrid is gebeurd? Heeft Perez gepraat?'

'Het heeft niks met Madrid te maken. Het gaat over Banque Ebezner. De situatie is kritiek. Het voorzitterschap dreigt jou te ontglippen en dat is een groot probleem.'

'En waarom zou P-30 zich daarvoor interesseren?' vroeg Macaire, die niet goed begreep waarom Wagner zich er plotseling mee bemoeide.

'In Bern is iedereen er momenteel mee bezig,' legde Wagner op ernstige toon uit. 'Tot in de hoogste kringen van de regering. De Federale Raad wil dagelijks door de inlichtingendiensten op de hoogte worden gehouden van de situatie.'

'Maar waarom dan?'

'Nou ja, Macaire! Sinior Tarnogol staat op het punt om voorzitter te worden van de machtigste privébank van Zwitserland! Je begrijpt toch wel dat dat een probleem voor ons kan worden?'

'Tarnogol als voorzitter van Banque Ebezner? Welnee, helemaal niet, Levovitch is de serieuze kandidaat...'

'En wie wil die baan aan Lev Levovitch geven? Juist, Tarnogol,' zei Wagner. 'Vind je het niet vreemd dat de Raad het in februari eens is geworden over jou, en dat nu een paar dagen voor de verkiezing Tarnogol verkondigt dat Levovitch moet worden gekozen?'

Macaire was verbijsterd dat Wagner al van alles op de hoogte was.

'Als Levovitch eenmaal gekozen is,' vervolgde Wagner, 'dan treedt hij weer af, ten gunste van de vicevoorzitter. Te weten Tarnogol.'

'Waarom zou Levovitch dat doen?'

'Voor geld. Tarnogol zal hem een berg geld geven. Tarnogol bulkt van het geld. Hij is heel machtig. Tarnogol is de duivel. Hij is tot alles in staat. Daar weet jij wel het een en ander van, denk ik, gezien wat er vijftien jaar geleden is gebeurd.'

Macaire reageerde liever niet op die laatste opmerking.

'Ondanks de inspanningen van jouw vader,' vervolgde Wagner, 'zijn wij er niet in geslaagd om Tarnogol opzij te schuiven. Het is dus tijd om zwaar geschut in te zetten.'

'Mijn vader?' vroeg Macaire verbijsterd.

'Je vader heeft heel veel voor ons gedaan.'

'Was mijn vader lid van P-30?'

'Hij was een uitzonderlijk goede agent!' zei Wagner vol bewondering.

Macaire was zowel verbijsterd als ontroerd toen hij het hoorde; zijn vader en hij hadden hetzelfde werk gedaan.

'De enige reden waarom je vader jou niet direct tot voorzitter heeft gekozen, is om zich van Tarnogol te ontdoen, Macaire.'

'Wilde mijn vader mij tot voorzitter benoemen?'

'Natuurlijk. Hij had het heel vaak over jou. Hij was in het openbaar soms wat ruw tegen je, maar eigenlijk bewonderde hij je. Natuurlijk wilde hij jou tot opvolger benoemen, maar wij hebben hem op andere gedachten gebracht. Als jij tot voorzitter zou zijn gekozen, zou je Tarnogol als vicevoorzitter tegenover je hebben gehad, en geloof me, die zou alles gedaan hebben om jou af te zetten en je plaats in te nemen. We moesten dus een manier vinden om onopvallend een einde te maken aan een driehonderd jaar oude werkwijze van de bank.'

'Dus al dat gedoe over de opvolging was een operatie van P-30,' mompelde Macaire, die alles nu begreep.

Wagner knikte langzaam.

'Het was de enige manier om Tarnogols greep los te wrikken. Met het besluit van je vader om de voorzitter door de Raad te laten kiezen, waarbij de leden van de Raad werden uitgesloten van het voorzitterschap, dwarsboomde je vader enerzijds de plannen van Tarnogol en anderzijds schiep hij een opening om de Raad anders in te richten. Je ziet, Macaire: het plan was perfect. We wisten dat jij door de Raad zou worden gekozen en we wisten dat jij daarna in de positie zou zijn om de spelregels te veranderen en iemand die je vertrouwde tot vicevoorzitter te benoemen. Zo zou Tarnogol op een zijspoor worden gezet. Hij zou aandeelhouder van de bank blijven, dat wel, maar hij zou al zijn zeggenschap kwijtraken.'

'En wat is er dan misgegaan?'

'Tarnogol bleek sterker dan we verwachtten. Hij heeft ons met onze eigen wapens verslagen. Hij is erin geslaagd Horace Hansen om te praten en hem ervan te overtuigen om voor Levovitch te stemmen. De verkiezing is al over drie dagen, de situatie is ernstig.'

'Maar je hebt iets in je hoofd,' concludeerde Macaire. 'Anders zou je me niet hebben laten komen.'

'Je bent scherpzinnig,' glimlachte Wagner kil. 'Ik verwachtte niet anders van je. Kijk, Macaire, we begrepen al snel dat er iets speelde binnen de bank. In januari had Tarnogol geen enkel argument om

Horace en Jean-Bénédict Hansen te overtuigen om zijn lakei Levovitch te verkiezen. Ze hechtten aan de traditie van de bank. "Alleen een Ebezner kan Banque Ebezner leiden," zeiden ze steeds. En nu, een paar dagen voor de verkiezing, veranderen de heren van mening. Daaruit hebben we begrepen dat er een worm in de appel zit. Er is een verrader bij de bank die voor Tarnogol en tegen ons werkt.'

'Een verrader? Verdomd! Weet jij wie het is?'

'Ja, Macaire,' was het raadselachtige antwoord van Wagner.

'Zeg het dan! Over wie heb je het? Je gaat me niet vertellen dat het Jean-Béné is, dat geloof ik niet. Ik kan me niet voorstellen dat hij deloyaal is aan de bank!'

'Het is niet Jean-Bénédict,' verzekerde Wagner laconiek.

'Hou op met die raadseltjes, kerel!' zei Macaire ongeduldig. 'Voor de dag ermee, wil je?'

Wagner keek Macaire aan met een ijskoude blik. Na een korte stilte zei hij met snijdende stem: 'Hou je niet van de domme, Macaire. Dat staat je heel slecht. We weten alles.'

'Maar over wie heb je het dan?'

'Jij bent de verrader, Macaire!'

'Wat? Dat is belachelijk!'

'Belachelijk? De jaarcijfers zijn rampzalig! In heel je carrière bij de bank zijn ze nog nooit zo slecht geweest! Alle cliënten hebben geld verloren! Je komt iedere dag idioot laat binnen! Dus Tarnogol houdt de twee Hansens de balans voor en heeft geen enkele moeite om ze ervan te overtuigen jou niet tot voorzitter te kiezen.'

'Maar dat is absurd! Waarom zou ik in godsnaam zoiets doen?'

'Geld, Macaire! God weet hoeveel Tarnogol je heeft beloofd. Vast genoeg om een eiland in de Bahama's te kopen en er de rest van je dagen te slijten. Jij hebt niets met het voorzitterschap, dat heb je vijftien jaar geleden al bewezen toen je je aandelen aan Tarnogol overdeed. En nu ben je van plan om alles opnieuw te doen en hem tot voorzitter te laten benoemen. Tarnogol en jij spelen onder één hoedje! En je bent ook dik bevriend met Levovitch. Het cirkeltje is rond. Jullie zijn met z'n drieën de Bermudadriehoek.'

'Alles wat je zegt is volslagen belachelijk!' stoof Macaire op. 'Hoe kun je twijfelen aan mijn trouw, na alles wat ik voor P-30 heb gedaan? Ja, ik heb een slecht jaar gehad, dat geef ik toe! Maar dat komt door de omstandigheden. Ik heb altijd uitstekende resultaten gehad, totdat mijn vader besloot om me niet tot voorzitter te benoemen, wat mijn moraal enorm heeft ondermijnd!'

'Hou op met die praatjes, Macaire! We weten alles over jouw band met Tarnogol. We weten dat jij de enige bent die hij vertrouwt.'

'Mijn band? Het is niet te geloven! Je kraamt wartaal uit, Wagner! Tarnogol haat me, hij scheldt me voortdurend de huid vol!'

'Denk je nou echt dat we gek zijn?' zei Wagner boos, en hij haalde een envelop uit zijn jas die hij aan Macaire gaf.

Die maakte hem open en zag dat er foto's in zaten die twee dagen eerder waren gemaakt, midden in de nacht, en waarop hij stond in het grote huis van Tarnogol aan de rue Saint-Léger nummer 10.

'Ik kan je vertellen dat ik heel verbaasd was, Macaire, toen de contraspionage-agenten die Tarnogols huis in de gaten hielden zagen dat jij nachtelijke bezoekjes bracht aan je grote vriend.'

'Je hebt het compleet bij het verkeerde eind,' verzekerde Macaire hem. 'Tarnogol stelde me voor om iets voor hem te doen in ruil voor het voorzitterschap van de bank.'

'Wat voor iets?' vroeg Wagner.

'Nou, maandagavond belde iemand rechtstreeks naar het restaurant waar ik at en gaf me de volgende instructies: "Er moet een envelop worden opgehaald. Ga naar Bazel, naar de bar van het Grand Hôtel Les Trois Rois, en vraag of je Ivan kunt spreken. Dat is een van de obers. Bestel een kop sterke koffie *met alles erop en eraan*. Dan begrijpt hij het." Ik heb de instructies opgevolgd. Die Ivan gaf me een envelop waarop stond dat die naar de rue Saint-Léger 10 in Genève moest worden gebracht, naar Tarnogol.'

'Dus toen heb je die envelop bij hem thuis afgeleverd? En laat me raden: hij heeft je als een vorst onthaald. Peperdure wodka, kaviaar uit Iran en de hele reutemeteut. Toen heeft hij het schilderij van Sint-Petersburg laten zien dat daar aan de muur hangt en heeft het meelijwekkende verhaal verteld van zijn familie, totdat je bijna in tranen uitbarstte. En op het einde noemde hij je "broeder". Waar of niet?'

'Dat is precies... Hoe weet je dat...?'

'Omdat je niet de eerste bent die voor Tarnogol is gevallen, Macaire. De contraspionage verdenkt hem er al jaren van dat hij werkt voor de Russische inlichtingendiensten. Hij heeft een groot talent om mensen te gebruiken. Sinds we hem volgen, hebben we een heel dossier aangelegd met getuigenissen van iedereen die door hem gebruikt is. O, ik zie je al staan jubelen toen hij je "broeder" noemde!' Wagner barstte in lachen uit. 'Hij zoekt goedige mensen die zo kneedbaar zijn als leem, die makkelijk uitgeknepen kunnen worden. Hij gebruikt ze en dan gooit hij ze weg. Er is een grote kans dat er in die envelop die jij vervoerd hebt geheimen zaten die naar Rusland moeten worden gecommuniceerd. Technisch gesproken heb je samengewerkt met een buitenlandse mogendheid, Macaire. Dat is hoogverraad!'

'Dat heb ik gedaan om voorzitter van de bank te worden!'

'Leg mij dan eens uit hoe het mogelijk is dat Tarnogol niet van plan is om jou tot voorzitter te kiezen.'

'Vanwege de chaos in mijn werkkamer,' bekende Macaire.

'En denk je dat ik dat geloof?'

'Het is zo!'

Wagner haalde zijn schouders op alsof de waarheid er in zijn ogen weinig toe deed.

'Macaire,' zei hij. 'Ik zal je een kans geven om je trouw aan de bank en het vaderland te bewijzen.'

'Geef me een opdracht en ik voer hem uit.'

'Het is heel eenvoudig. Je gaat Tarnogol vermoorden.'

Macaire zette grote ogen op.

'Wat? Vermoorden? Ben je gek geworden?'

'Je hebt geen keuze, Macaire. Het is tijd om een einde te maken aan al dat gedoe bij de bank, en dat ga jij doen. Het wordt je laatste klus voor P-30. Die waarvoor we je al die jaren al hebben voorbereid.'

Bij die woorden begreep Macaire opeens de harde waarheid: hij was niet willekeurig door P-30 gerekruteerd.

'Jullie hadden alles vanaf de eerste dag voorzien, hè? Die allereerste missie, Operatie Diamanten Huwelijk, hadden jullie aan iedere medewerker van de bank kunnen geven. Jullie hadden het gewoon aan mijn vader kunnen vragen als die ook bij P-30 zat.'

'Maar het was een doodeenvoudige missie en dus een buitenkansje om jou op de proef te stellen en te rekruteren,' zei Wagner. 'Wat dacht jij? Dat we de trots van de Zwitserse bankwereld in buitenlandse handen zouden doen belanden? Je bleek een heel goede agent. Ik moet je feliciteren: je hebt iedereen bij P-30 versteld doen staan. Maar in werkelijkheid waren we je alleen maar aan het klaarstomen voor één enkele operatie, mocht die nodig zijn: Tarnogol elimineren. En dat is precies wat je nu gaat doen.'

Macaire werd woedend. Hij had zich al die jaren als een groentje in de luren laten leggen. De val was achter hem dichtgeklapt.

'Zeg, Wagner, ben je gek geworden? Inlichtingen, alla. Maar er is nooit sprake van geweest dat ik iemand zou vermoorden!'

'Ik was al bang dat je moeilijkheden zou maken,' zei Wagner, waarna hij Macaire een tweede envelop gaf.

Er zat een foto in die Macaire misselijk maakte: de informaticus uit Madrid en zijn vrouw, dood in hun woonkamer, geëxecuteerd met een kogel door het hoofd. 'Je laatste meesterwerk,' glimlachte Wagner cynisch.

'Heb je die arme mensen vermoord?' fluisterde Macaire vol afgrijzen.

'Ze vormden een bedreiging voor ons bankstelsel. We hadden geen andere keuze dan ze te elimineren...'

'Je hebt mij gebruikt om ze te vermoorden! Daarom ging die Perez met me mee! Hij is nooit gearresteerd door de Spanjaarden, het was allemaal doorgestoken kaart! Jullie zorgden ervoor dat ik in mijn appartement bleef terwijl hij in alle rust die arme mensen kon executeren!'

'Zeg, blaas maar niet zo hoog van de toren, Macaire! Jij bent verantwoordelijk voor die dubbele moord.'

'Welnee, ik heb er niks mee te maken, dat weet jij net zo goed als ik!'

Wagner glimlachte vals. Toen zei hij: 'Weet je, Macaire, het wapen dat voor die dubbele moord is gebruikt is een Glock 26, hetzelfde model als jij in je zak hebt zitten. Een ongelooflijk toeval, vind je niet? Ik geloof dat jij veel meer met deze moord te maken hebt dan je denkt. Voorlopig gaat de Spaanse politie uit van een uit de hand gelopen inbraak. Maar we kunnen elk moment Interpol achter je aan sturen.'

'Dus je wist al dat ik een wapen heb...' fluisterde Macaire, geheel verslagen.

'Wij zijn P-30, dacht je niet dat wij graag op de hoogte wilden blijven van het reilen en zeilen van onze medewerkers?'

Macaire was kapot. Hij had het gevoel dat zijn wereld instortte. P-30, dat hij met zoveel toewijding had gediend, had zich tegen hem gekeerd.

Er viel een lange stilte waarin de twee mannen elkaar aankeken. Plotseling begon het keihard te regenen.

'Luister goed,' zei Wagner, wie de regen niet leek te deren.

Plotseling klonk er een serie knallen, die hem halverwege zijn zin onderbraken. Er viel een korte stilte, toen volgden er nog meer knallen.

Scarlett klopte op de deur van mijn werkkamer.

Ik keek op van mijn computer en zodra ik mijn roman onderbrak, hield de regen op, werd de besneeuwde grond in het parc Bertrand weer vloerbedekking, verdwenen de kale, angstaanjagende bomen en nam het meubilair zijn plaats weer in.

Ik deed de deur open. Scarlett stond voor me, schitterend, helemaal klaar om uit eten te gaan, gekleed in een mooi kort jurkje. Ze had haar haar achter haar oren naar haar blote schouders gekamd, zodat je de diamanten in haar oren kon zien.

Toen ze zag hoe verwilderd ik was omdat ik de laatste uren verdiept was geweest in mijn tekst, verdween haar stralende glimlach en keek ze heel teleurgesteld.

'Ben je ons etentje vergeten?'

'Helemaal niet,' loog ik. 'Ik was bijna klaar met het hoofdstuk...'

'Je ziet er helemaal niet uit alsof je klaar bent om uit te gaan,' merkte ze op.

'Ik had niet door dat het al acht uur was,' gaf ik toe.

'Maakt niet uit, schrijver, laat dat etentje maar zitten. Je hebt er duidelijk geen zin in. Sorry dat ik je in je werk heb gestoord, fijne avond nog!'

Ze wilde zich op haar hielen omdraaien, maar ik pakte haar hand om haar tegen te houden.

'Wacht, Scarlett, geef me tien minuten, ik maak me klaar en dan gaan we.'

HOOFDSTUK 20

Bernard en ik

Aan het begin van de avond van woensdag 27 juni 2018 was de sfeer in Genève uiterst aangenaam. Scarlett en ik liepen door de rue de Contamines tot aan het Natuurhistorisch Museum, toen sloegen we de rue des Glacis-de-Rive in. De lucht was zomers en geurde naar zomer.

Algauw stonden we voor een klein Frans restaurant waar ik dol op was. De eigenaar zette ons op het terras, aan een met kaarsen verlicht tafeltje. Toen Scarlett het menu had bekeken, zei ze: 'Ik denk dat ik de zonnevis neem.'

'Dat was Bernards lievelingsvis. Als hij met me ging lunchen in Le Dôme in Parijs, zei hij altijd heel plechtig: "De zonnevis is de koning van de vissen." Wat hebben we een mooie momenten beleefd in dat restaurant! Telkens bedachten we duizend plannen voor de toekomst.'

Ik bestelde een fles bourgogne (weer Bernard, die vond dat je bij vis prima een lichte rode wijn kon drinken) en mineraalwater met prik. De ober bracht een fles Châteldon en ik verbaasde me over het toeval.

'Dat was Bernards lievelingswater,' zei ik. 'Dit is echt zijn avond. Hij hield van prik, maar water moest niet te erg bruisen. Châteldon vond hij perfect. Hij zei dat het koningswater was, als verwijzing naar Lodewijk XVI.'

'Het is ook collaborateurswater,' zei Scarlett. 'Had Pierre Laval Châteldon niet gekocht?'

'Dat zei Bernard ook altijd,' antwoordde ik lachend.

Ze glimlachte liefdevol.

'Vertel eens over Bernard, na vanochtend wil ik meer horen.'

'Waar was ik gebleven?'

'Je had het over je eerste roman, die helemaal niet goed liep.'

'Ja, precies. In januari 2012 verscheen mijn eerste roman en dat was dus een commerciële mislukking. Een maand of twee later belde Lydwine Helly...'

'Lydwine Helly, dat was toch jouw beschermvrouw? Die je in contact had gebracht met Bernard?'

'Precies, je hebt een goed geheugen. Ze wist dat ik een manuscript afhad en ze ging bijna op vakantie, dus ze wilde het meenemen om te lezen. Ik stuurde het haar, en toen ze twee weken later terugkwam, zei ze: "Het is een heel goede roman, die moet Bernard lezen." Bernard las hem ook en was direct overtuigd. "Die moeten we heel snel uitbrengen," verklaarde hij. "In september al." De enige die niet overtuigd was, was ikzelf. Na mijn eerste roman, die ik als een mislukking beschouwde, zag ik niet hoe mijn tweede roman een paar maanden later een ander lot beschoren kon zijn. En dus weigerde ik.'

'Je weigerde?' vroeg Scarlett stomverbaasd.

'Ja, er was voor mij te weinig tijd om de uitgave voor te bereiden. Over het algemeen hebben uitgevers een jaar nodig om vast te stellen wat ze gaan uitgeven.'

'En toen?'

'Toen maakte ik kennis met Bernards ongelooflijke overtuigingskracht.'

Parijs, 29 juni 2012

Ik was op bezoek in Parijs en Bernard nodigde me uit voor de lunch. We hadden een paar keer aan de telefoon gepraat, maar we zagen elkaar voor het eerst sinds januari in levenden lijve.

In zijn kamer zag ik de drukproeven van mijn roman op zijn tafel liggen, afgedrukt in verschillende formaten.

'Aangezien je roman nogal dik is, wil ik kijken welk formaat het meest handzaam is. Dunner zwaar papier, of dikker licht papier.'

'Maar ik had toch gezegd dat ik niet wil dat die roman al gepubliceerd wordt?'

'Dat weet ik, waarde Joël,' stelde hij me direct gerust. 'Ik wilde gewoon wat uitproberen. En ik wilde je gewoon laten komen om je te bedanken.'

'Bedanken? Waarvoor?'

'Voor de opwinding die ik voel over dit boek.'

Een uur lang sprak hij over mijn roman. Hij legde uit hoe succesvol hij zou worden. Toen gingen we lunchen bij Divellec, een van de bekendste visrestaurants van Parijs. Ik was stomverbaasd dat hij me daarnaartoe meenam, alsof er iets te vieren viel. Hij bestelde direct champagne, en toen hij het glas hief, zei hij: 'Waarde Joël, ik drink op de gezondheid van deze roman die ik niet zal uitgeven, maar die me als uitgever meer opwinding heeft bezorgd dan welk ander boek dan ook de laatste tijd. Dankzij jou weet ik weer waarom ik dit werk doe."

Die nacht dacht ik na, en de volgende dag liet ik weten dat ik akkoord ging met een verschijningsdatum in september.

'Je denkt niet dat het te vroeg is?' vroeg ik opnieuw. 'Het is al 30 juni, en om het dan begin september uit te brengen...'

'De auteur of de uitgever beslist niet over de uitgeefdatum. Dat doet het boek zelf.'

'En hoe kun je er zo zeker van zijn dat het boek succes zal hebben?' vroeg ik.

'Het succes van een boek meet je niet af aan het aantal verkochte exemplaren, maar aan het geluk dat je voelt als je het uitbrengt.'

Tijdens de volgende twee maanden waren we met een onbeschrijfelijke opwinding bezig met de tekst, het omslag, en de drukproeven die we naar journalisten en boekhandelaren stuurden. Het zinderde overal in de uitgeverij.

Mijn weinige kennissen in de literaire wereld van Parijs zeiden allemaal dat mijn boek zou floppen. Ze zeiden allemaal: 'Niemand zet een boek in juni in de catalogus als het in september moet verschijnen. De journalisten zijn al op vakantie, de boekhandelaren hebben de inkoop al gedaan.' Dat was een goed punt: hoe kon je een boekhandelaar zover krijgen om tussen de zeshonderd titels die in september verschijnen een boek van een jonge, onbekende auteur in te kopen?

Toen ik het Bernard vroeg, antwoordde hij zonder met de ogen te knipperen: 'Bellen.'

'Bellen? Wie dan?'

'De boekhandelaren. Ik bel alle boekwinkels in Frankrijk af.'

En dat deed hij. Hele dagen was hij aan het bellen met honderden boekhandelaren. Hij belde ze allemaal een paar keer: de eerste keer zei hij dat hij hun een boek ging toezenden dat hij heel goed vond. De tweede keer belde hij om te vragen of het boek ontvangen was dat hij met spoed had verzonden. 'Ik bel morgen om te vragen wat je ervan vond,' zei Bernard. En dan belde hij opnieuw. En opnieuw. En zo werd mijn boek in heel Frankrijk gelezen door nieuwsgierige boekhandelaren die wilden weten welk boek de grote Bernard de Fallois ertoe kon brengen om hen op te bellen.

Mijn boek verscheen tegelijk met de nieuwe J.K. Rowling, wat bovendien haar eerste boek was dat niet over Harry Potter ging, en iedereen vroeg zich af waar dat boek over zou gaan. De markt was overspoeld met exemplaren van haar boek en er werd nergens anders over gepraat. De Franse uitgever, die een formidabel bedrag had betaald om de rechten in handen te krijgen, had het boek in geheimzinnigheid gehuld. Niemand had het van tevoren gelezen en de exemplaren waren in verzegelde kisten naar de winkels gebracht door geldtransportwagens, alsof het edelstenen waren. Ongerust vroeg ik me af of die mastodont me niet rauw zou verslinden.

Maar de lezers die zich naar de boekhandel haastten om hun exemplaar van J.K. Rowling te kopen, vroegen aan de boekhandelaar – een gewone reflex van boekenkopers: 'Is het goed?' waarop de boekhandelaar antwoordde: 'Dat weet ik niet, ik moet het nog lezen. Maar ik heb wel een ander boek gelezen, van een jonge onbekende auteur, dat ik erg goed vond...'

Bernard had flair. De eerste druk bedroeg zesduizend exemplaren en drie maanden later waren er een half miljoen verkocht. Daarna werden de rechten aan uitgeverijen over de hele wereld verkocht. Van mijn boek zouden miljoenen exemplaren gedrukt worden, in veertig talen.

Die avond in Genève vertelde ik Scarlett urenlang over Bernard.

Ik vertelde over onze lunches in Le Dôme, het restaurant waar we zoveel plannen maakten.

Ik vertelde over Bernards auto, een blauwe Mercedes 230E uit de jaren tachtig, waarover hij lachend zei: 'Mijn auto is ouder dan jij, Joël.'

Ik vertelde hoe erudiet hij was.

Ik vertelde hoe gek hij was op clowns.

Ik vertelde hoe gek hij was op films.

Ik vertelde hoe gek hij was op Proust, van wie hij als een van de eersten het belang had ingezien en van wie hij niet eerder verschenen teksten had ontdekt.

Ik vertelde hoe hij een paar keer met me mee was geweest op promotiereizen, naar Milaan, naar Madrid – waar hij vaak verbleef – en naar Rome. En dat hij hoopte dat hij me ooit naar Buenos Aires zou vergezellen, de stad waar zijn moeder vandaan kwam.

Ik vertelde hoe gelukkig we toen waren, Bernard en ik. Hij, mijn uitgever, leermeester en vriend.

Na het diner nam ik Scarlett mee om even langs het Meer van Genève te wandelen. Genève scheen me mooier toe dan ooit. We stopten bij een bar om iets te drinken, toen bij een andere, en zo vervolgden we ons rondje door de stad. Het was laat toen we eindelijk weer bij de avenue Alfred-Bertrand aanbelandden.

'Zullen we nog een laatste glas drinken?' stelde ik Scarlett voor toen we mijn appartement binnenliepen.

'Een laatste glas sla ik nooit af,' zei ze. 'Maar ik heb de indruk dat dit al het tweede laatste glas is dat je me aanbiedt.'

'Je weet wat ze zeggen: driemaal is scheepsrecht!''

Ze barstte in lachen uit en ging in de salon op de bank zitten. Ik koos een paar flessen uit bij de bar. Toen ik in de keuken was om ijsblokjes te halen, viel Scarlett in slaap. Ik legde een deken over haar benen, drukte een kus op haar wang en bleef nog een tijdlang naar haar kijken.

Ik ging naar het balkon van de salon om te roken. Ik kon me er niet van weerhouden naar het naastgelegen balkon te staren: dat van Sloane. Haar appartement was donker. Ik vroeg me af waar ze was. Wat ze deed. Toen keek ik naar het parc Bertrand voor me. Ik merkte dat de lucht opeens zwaar was geworden. De nacht was een paar ogenblikken geleden nog bezaaid geweest met sterren, maar was nu geheel bedekt met woeste wolken. Een gebulder verscheurde de hemel. Het begon opeens te stortregenen.

~

De regen viel opeens met bakken uit de hemel.

'Luister goed naar me,' zei Wagner, wie de regen niet leek te deren. 'Jij gaat ervoor zorgen dat Tarnogol de macht niet kan grijpen.'

'Wacht even,' zei Macaire, die wanhopig probeerde om zich uit dit wespennest te redden. 'Misschien is er een manier waarop ik Tarnogol buitenspel kan zetten zonder hem fysiek uit te schakelen.'

'Hoe dan?'

'Samen met mijn neef Jean-Bénédict Hansen heb ik een operatie op touw gezet. Operatie Ommekeer, noemen we die. Mijn vrouw en ik gaan morgenavond naar het feest van de Geneefse Bankiersvereniging. Dat is in het Hôtel des Bergues, en Tarnogol komt ook. Na het feest zal ik Tarnogol met een smoesje naar de kade lokken. Dan gaan we praten. Vervolgens scheurt mijn neef in de auto op ons af, ik red Tarnogol, en dan heeft hij zijn leven aan mij te danken en is hij verplicht om mij het voorzitterschap te geven. Die kuiperijen van jou zijn dus helemaal niet nodig, alles komt in orde.'

Nerveus wachtte Macaire Wagners reactie af, die niet op zich liet wachten.

'Jullie zijn stapelgek!' brulde hij. 'Als je hem aanrijdt met de auto, dan trekt dat de aandacht, dan worden jullie ontmaskerd! En helemaal als de auto van je neef erbij betrokken is! Die slaat door bij het eerste politieverhoor.'

'Nee, want we rijden hem juist niet aan.'

'Je moet Tarnogol doden!'

'Doe het zelf! Ik ben geen moordenaar.'

'Je begrijpt het niet, Macaire. Je hebt geen keuze. Als je niet doet wat ik zeg, dan maak ik je kapot! Als je niet gehoorzaamt, dan gaat het als volgt: Tarnogol sterft alsnog, dan wordt hij doodgeschoten. Weet je waarmee? Met een Glock, net zo een als jij hebt. Ooggetuigen zullen je herkennen. Dan zit je als een rat in de val, Macaire. De politie opent een onderzoek en komt uit bij de dubbele moord in Madrid. Dan kun je roepen wat je wilt, maar niemand zal je geloven. Ik zie niet in hoe je onder een levenslange gevangenisstraf uit zou komen. Voor misdaden die je niet hebt gepleegd. Wat is het leven oneerlijk, hè? Om alle leed te voorkomen hoef je maar één dingetje te doen: Tarnogol uit te schakelen met een methode die geen sporen nalaat en die haar werkzaamheid heeft bewezen bij alle geheime diensten ter wereld.' Hij haalde een flesje met een transparante vloeistof uit zijn zak en gaf dat aan Macaire. 'Morgen, bij dat etentje van de Geneefse Bankiersvereniging, giet je het hele flesje in Tarnogols glas. Meer hoef je niet te doen. Aanvankelijk zal er niets gebeuren. Maar midden in de nacht krijgt Tarnogol een hartaanval die hij niet zal overleven. De perfecte moord. Niemand zal iets vermoeden. Niemand zal ooit weten dat Tarnogol vermoord is.'

HOOFDSTUK 21
Arma

Donderdag 28 juni 2018. Ik deed een oog open. Ik had enige ogenblikken nodig om te begrijpen dat ik thuis was, in mijn eigen bed in Genève. Mijn hoofd was nog zwaar van de vorige avond. Ik schrok op van een stem.

'Goedemorgen, schrijver. Goed geslapen?'

In de deuropening stond Scarlett met een kop koffie in de hand. Haar haar was nog nat van de douche en ze rook verschrikkelijk lekker. Ze bekeek me geamuseerd.

'Staar je vaker naar slapende mensen?' vroeg ik.

'Ik dacht dat je was overleden, en dus kwam ik kijken wat er aan de hand was.'

Ze gaf me de kop.

'Dank je,' zei ik.

Ik nam een slok koffie. Toen vroeg ik met een schuin lachje: 'Scarlett, waarom ruik je zo lekker?'

'Omdat ik gedoucht heb. Jij zou moeten opstaan en ook gaan douchen, over een halfuur is onze afspraak met Arma.'

We hadden met Arma afgesproken in het café op de hoek van de avenue Alfred-Bertrand en de avenue Pesschier, dus een paar minuten lopen van mij vandaan. Toen we aankwamen, was ze de enige op het terras. Ze had een zacht gezicht, en je kon zien dat ze goed voor zichzelf zorgde.

Ik merkte direct dat Arma zich ongemakkelijk voelde.

'Waarom heeft de buurvrouw over mij verteld?' vroeg ze, meteen ongerust.

'Ze zei dat u de gebeurtenissen van dichtbij had meegemaakt' verklaarde Scarlett. 'U bent een bijzondere getuige, uw hulp kan heel waardevol voor ons zijn.'

'Hulp waarmee?'

'Wij willen begrijpen wat er in kamer 622 is gebeurd,' legde ik uit.

Plotseling zag Arma er triest uit.

'Het was een heel zware geschiedenis. Ik zou het allemaal heel graag uit mijn hoofd willen kunnen zetten... Weten jullie, ik was heel dol op Macaire Ebezner.'

'De buurvrouw zei dat u gewoon van hem hield,' durfde ik te preciseren.

'Ja,' antwoordde Arma, terwijl ze haar hoofd boog. 'Het was heel moeilijk toen ik hem kwijtraakte. Uiteindelijk ben ik ook een beetje slachtoffer van wat er is gebeurd. Er gaat geen dag voorbij of ik moet aan hem denken. Toen het allemaal gebeurd was, moest ik helemaal opnieuw beginnen. Werk vinden. Nu maak ik 's avonds kantoren schoon.'

Ze pauzeerde. Scarlett spoorde haar vriendelijk aan om haar herinneringen op te halen.

'Kunt u ons vertellen over de dagen voor de moord?'

Bij wijze van antwoord haalde Arma een gekartonneerd boekje uit haar tas waarin ze krantenknipsels van toen had geplakt. Bijna beschaamd mompelde ze: 'Ik leef een beetje in het verleden...'

'Dat doen we allemaal,' stelde ik haar gerust. 'Dat is een goede manier om te overleven.'

Ze knikte. Toen vertrouwde ze ons toe: 'Het was krankzinnig. De week voor het Grote Weekend stond in de krant dat Macaire Ebezner tot voorzitter zou worden gekozen, maar eigenlijk zag ik thuis dat het heel slecht ging. Macaire was gestrest. Hij had het over een zekere meneer Tarnogol die hem een spaak in het wiel stak.'

'Had Macaire Ebezner het vaak over Tarnogol?'

'De week voor de moord viel die naam heel vaak. Toen vermoedde ik nog niets. Later las ik het in de krant, zoals iedereen.'

Ik zei: 'De buurvrouw vertelde dat Anastasia, Macaires vrouw, destijds een minnaar had.'

'Ja, dat klopt,' bevestigde Arma.

‘Wie was dat?’

‘Lev Levovitch. Uiteindelijk ontdekte ik zelfs dat ze van plan waren om er samen vandoor te gaan.’

‘Hebt u daar met iemand over gesproken?’

‘Ik was van plan om alles aan Macaire te vertellen. maar ik moest er een goed moment voor vinden. Zoals ik al zei was het een erg zenuwslopende periode voor hem. Bovendien ving ik per ongeluk een gesprek op tussen hem en zijn neef, Jean-Bénédict Hansen. Macaire was van plan om die meneer Tarnogol bang te maken om hem zover te krijgen dat hij hem tot voorzitter zou kiezen.’

‘Hoe wilden ze hem bang maken?’

‘Jean-Bénédict Hansen zou net doen alsof hij meneer Tarnogol ging aanrijden. Natuurlijk liep het allemaal anders dan voorzien. Dat was op donderdag 13 december, die dag zal ik nooit vergeten...’

HOOFDSTUK 22
De dag van Operatie Ommekeer

Donderdag 13 december – 3 dagen voor de moord

De deur van de spreekkamer van dokter Kazan ging open.

'Goedemorgen, Macaire,' zei Kazan tegen zijn patiënt die wachtte op de gang, en hij nodigde hem uit in de spreekkamer.

Macaire begroette de arts met een formele handdruk en stapte naar binnen.

'Ik had een soort doorbraak na onze sessie van dinsdag,' verklaarde Macaire direct, nadat hij in de fauteuil tegenover Kazan had plaatsgenomen.

'Ik ben blij dat te horen,' zei de psychoanalyticus verheugd. 'Kunt u daar iets over vertellen?'

'Ik ben klaar om ze te laten zien wie Macaire Ebezner is. Vanavond zullen ze achter mijn ware persoonlijkheid komen.'

'Wat gebeurt er vanavond? En wie zijn die "ze" waar u het over hebt?'

Macaire stak zijn hand in zijn zak en speelde met het flesje met gif. Toen hij afgelopen nacht na zijn ontmoeting met Wagner in het parc Bertrand thuiskwam, had hij eens goed nagedacht. Hij was tot de conclusie gekomen dat hij geen speeltje was van Tarnogol en ook niet van P-30. Hij had besloten om Operatie Ommekeer vanavond zoals gepland uit te voeren. Hij gaf zichzelf de kans om Tarnogol van gedachten te doen veranderen, en zo de missie die P-30 hem had opgedragen te vervullen, maar dan zonder geweld. En als Operatie Ommekeer niet voldoende zou zijn om Tarnogol op andere gedachten te brengen, als hij zo koppig als een muilezel zou blijken, dan zou hij het flesje gebruiken. Dan zou hij hem vermoorden. Dat had hij besloten.

'Ik ga vanavond met Tarnogol praten,' verklaarde Macaire tegen dokter Kazan. 'Jean-Béné heeft zijn plaats bij het galadiner van de Geneefse Bankiersvereniging aan me afgestaan. Ik heb een voorgevoel dat alles in orde komt.'

'Goed zo.'

'Ik heb ook systeemkaarten gemaakt,' vervolgde Macaire om zijn optimisme te rechtvaardigen. 'Zodat ik vanavond aan tafel kan stralen. Een paar fijngevoelige grapjes om hem te verleiden, en om hem te overtuigen een razend actueel lijstje met de hoofdpunten van het nieuws en van sleutelgebeurtenissen die zich de laatste maanden in de financiële wereld hebben afgespeeld. Het is afgelopen met de Macaire die zwijgt bij belangrijke etentjes. Komende dinsdag zal er in deze zelfde spreekkamer een Macaire Ebezner voor u staan die de nieuwe voorzitter van Banque Ebezner is.'

'Wat goed om dat te horen,' zei Kazan.

'Ik heb een klein grapje voor het begin van de maaltijd waarmee ik de aandacht van mijn disgenoten op me kan richten. Het schijnt dat het van het grootste belang is om iedere toespraak te beginnen met het amuseren van je toehoorders. Wilt u het horen?'

'Graag.'

'Goed. Een paar dagen geleden las ik in de *Tribune de Genève* een artikel over Picasso. Een grappig verhaal over de waarde van de dingen – dat is amusant voor een bankiersdiner, toch?'

'Daar geef ik antwoord op als ik uw verhaal heb gehoord.'

'Ja, goed.' Hij ademde diep en nerveus in. 'Picasso dineert in een restaurant. Aan het einde van de maaltijd zegt de baas: "Maestro, dit diner krijgt u van mij." Dankbaar pakt Picasso een pen en maakt een tekeningetje op het papieren servet. Maar hij signeert het niet. Dan vraagt de restaurateur aan Picasso: "Maestro, kunt u het niet voor me signeren?" En Picasso antwoordt: "U hebt me een diner aangeboden, niet uw restaurant."'

Kazan barstte in lachen uit. 'Dat is echt een goede.'

'En bovendien heeft hij wel klasse, voor een grap. Beschaafd, zeg maar. Geen schuine mop.'

'Daar krijgt u veel succes mee,' beloofde Kazan.

Opgezweept door de reactie van zijn psychoanalyticus vroeg Macaire hem daarop om zijn kennis over de actualiteit te testen.

'Toe maar, vraag me maar iets! Maakt niet uit waarover.'

'Ik denk echt niet dat dat nodig is,' stelde dokter Kazan hem gerust. 'Ik ben ervan overtuigd dat u zich uitstekend hebt voorbereid.'

'Toe nou, alstublieft!' drong Macaire aan. 'Eén vraag maar.'

'Goed dan.' Kazan dacht een ogenblik na en stelde zijn vraag. 'Welke resolutie hebben de Verenigde Naties aangenomen op de grote Vluchtelingenconferentie die begin deze week werd gehouden?'

Op de vraag van de psychoanalyticus volgde een lange stilte.

'Verdorie,' zei Macaire uiteindelijk. 'Die zag ik niet aankomen! Stel maar een andere vraag!'

'Hoeft niet,' zei dokter Kazan. 'Ik ben ervan overtuigd dat u uitstekend op de hoogte bent.'

'Toe, dokter!' smeekte Macaire. 'Een vraag over financiën dit keer, dat is mijn sterke punt.'

'Goed dan,' stemde dokter Kazan in. 'Hoe reageerden de markten in Azië gisteren op de aankondiging van de Amerikaanse president dat er een nieuw vrijhandelsakkoord met Canada is gesloten?'

'Verdorie, gisteren was ik de hele dag afgeleid vanwege een klus die ik moest oplossen, en die me helemaal in beslag nam! Nou ja, er is nog tijd. Vanmiddag meld ik me ziek bij de bank en dan ga ik die systeemkaarten in mijn kop stampen.'

In Cologny had Anastasia zich opgesloten in haar slaapkamer om uit te zoeken wat ze zou meenemen. Naast wat kleren verzamelde ze haar kostbaarste sieraden, haar paspoort, wat geld dat ze in een la bewaarde, en haar vergulde pistool. Voor het geval dat. Ze stopte alles in een linnen reistas.

Een halfuur eerder had Alfred een nieuw boeket witte rozen gebracht. Verborgen tussen de bloemen zat een handgeschreven kaartje van Lev.

Pak wat spullen in.
Alleen het absolute minimum.
We vertrekken snel.
Lev

Waarom het absolute minimum, vroeg Anastasia zich af. Wat was hij van plan? Had hij in zijn vorige bericht niet gezegd dat ze voor altijd weg zouden gaan? En waarom nam hij zijn mobiel niet op?

Ze hoorde de plankenvloer op de gang kraken onder voetstappen. Was Macaire al thuis van zijn werkdag? Daar was het alleen veel te vroeg voor, en omdat ze twijfelde verborg ze de tas gehaast onder in een kast en ging ze kijken op de gang. Er was niemand. Het was heel vreemd. Ze had het gevoel dat ze werd bespioneerd.

Op het moment dat ze haar kamer weer in liep, dook Arma voor haar op en riep met een van woede vertrokken gezicht: 'Hoe durft u m'neer dit aan te doen?'

'Wat aan te doen, Arma?' stotterde Anastasia.

'Ik weet alles, m'vrouw.'

'Hè? Waar heb je het over?' vroeg Anastasia boos, terwijl ze haar verwarring probeerde te verbergen.

'Ik weet dat u een relatie hebt met Levovitch! Hij wil u afpakken en hij wil ook de voorzitterspositie van de bank afpakken! Hij wil m'neer kapotmaken!'

Anastasia antwoordde scherp: 'Je kraamt onzin uit! Wat is er met je? Verman je!'

'Ik ben toch niet gek, m'vrouw. Gisteren bloemen en vandaag weer bloemen! En dat bericht van hem dat u in uw nachtkastje bewaart: "Laten we samen weggaan, ver van Genève. Laten we alles achterlaten." Die Levovitch wil er met u vandoor!'

Anastasia verloor haar zelfbeheersing en schreeuwde: 'Hoe durf je mijn spullen te doorzoeken!'

Aan de reactie van haar bazin merkte Arma dat haar voorgevoel klopte.

'Ik schaam me voor u, m'vrouw! U bent m'neer niet waard!'

'Hou je mond, Arma, of ik zie me genoodzaakt je op staande voet te ontslaan!'

'Ontsla me maar, als u wilt! Ik zeg alles tegen m'neer!' Arma stormde de trap af, op de voet gevolgd door Anastasia.

'Wacht, Arma! Doe dat niet!'

'Te laat!' brulde Arma terwijl ze zich op het gastentoilet opsloot.

'Zeg niks, ik smeek je! Ik geef je geld! Heel veel geld!'

'Naar de hel met uw geld! Jullie rijken denken dat jullie alles kunnen kopen.'

Anastasia roffelde op de deur.

'Alsjeblieft, Arma, doe me dit niet aan! Doe alsjeblieft open, we moeten praten, jij en ik.'

'En bovendien bent u laf, m'vrouw. Ik vertel alles aan m'neer. Zodra hij thuis is, vertel ik alles!'

Anastasia zette een wanhopige stem op. 'Je verpest zijn gala, dat is alles wat je daarmee bereikt! Er is vanavond een diner dat heel belangrijk is voor de rest van zijn carrière! Als je dat verstoort, zal hij Tarnogol er nooit van kunnen overtuigen hem tot voorzitter te benoemen.'

Arma verstijfde op de wc. Ze was zo in beslag genomen door het liefdesverhaal dat ze helemaal vergeten was dat m'neer en neef Jean-Bénédict vanavond het plan ten uitvoer zouden brengen dat zijn laatste kans was. Als ze m'neer van streek zou maken door hem voor het diner te vertellen dat Anastasia hem ontrouw was, zou hij misschien niet in staat zijn om zijn plan ten uitvoer te brengen. Dan werd hij niet tot voorzitter van de bank gekozen en dat was dan haar schuld.

Er viel een lange stilte aan beide kanten van de wc-deur. Toen verscheen opeens Macaire in de hal, met in zijn armen alle kranten die hij onderweg had kunnen vinden.

'Dag, allemaal!' zei hij heel voortvarend tegen niemand in het bijzonder.

'Liefste,' bracht Anastasia uit. 'wat doe je zo vroeg thuis?'

'Ik moet nog een beetje stampen als ik vanavond indruk wil maken op Tarnogol. Ik kan me geen fouten veroorloven. Ik ga naar mijn werkkamer, ik wil niet gestoord worden!'

Met die woorden trok hij zich terug in de kamer om zich in zijn leesstof te verdiepen.

Arma had Macaire gehoord en kwam de wc uit.

'Arma,' fluisterde Anastasia met haar handen gevouwen. 'Ik...'

'Zeg maar niks, m'vrouw,' onderbrak Arma haar droog. Ze fluisterde ook. 'Ik wacht tot jullie vanavond terugkomen. Ik zet geen stap buiten dit huis, hoort u? Als u terugkomt van het diner vertel ik m'neer de hele waarheid. Ik vertel hem wat er tussen u en Levovitch gaande is.'

De deur van de werkkamer ging open. De twee vrouwen zwegen en keken hoe Macaire snel op en neer liep naar de keuken om iets te eten te pakken.

'U kunt het mij vertellen als u trek hebt, m'neer. Daar ben ik voor,' zei Arma toen ze hem terug zag lopen met een bord kaas.

Bij wijze van antwoord zette Macaire een gewichtig gezicht op.

'Werk maar goed, Beertje!' moedigde Anastasia hem aan voordat hij de deur van zijn kamer achter zich dichtdeed. 'En maak je geen zorgen over Tarnogol, Beertje, je pakt hem helemaal in!'

'Noem hem geen Beertje,' zei Arma zachtjes. 'U weet hoe geliefd hij zich voelt als u dat zegt.'

'Maar ik wens hem alle goeds!' verzekerde Anastasia haar.

'Als je je man alle goeds toewenst, dan ga je niet met de eerste de beste naar bed!'

'O, ben jij van de huwelijkspolitie? Je bent zelfs nooit getrouwd geweest!'

'En u bent een onwaardige echtgenote! Vanavond vertel ik alles aan m'neer en dan stuurt hij u weg.'

Arma ging terug naar de keuken en Anastasia vluchtte wanhopig naar haar slaapkamer. Ze barstte in snikken uit. Ze wist niet meer wat ze moest doen.

~

16 jaar eerder
Het eerste Grote Weekend van Anastasia in Verbier

Om tien uur op de vrijdagavond van het Grote Weekend werd de bar van het Palace de Verbier bestormd door de medewerkers van Banque Ebezner.

Zoals Olga aan Klaus had beloofd, had ze haar dochters meegesleept. Ze troffen elkaar bij een hoge tafel waarop een champagne-emmer stond. Klaus had grote moeite om zich van Macaire Ebezner te ontdoen, en de twee mannen deden wat ze konden om Anastasia het hoofd op hol te brengen. Ze spraken met haar over de beurs en over zaken, somden hun enorme verantwoordelijkheden op alsof die niets voorstelden en sloegen ondertussen champagne achterover alsof het water was.

Klaus was knap, elegant en goedgebouwd, maar er ging iets kwaadaardigs van hem uit. Hij had een donkere blik en een hortende, bruuske intonatie. Agressief bijna. En hij was vooral heel pretentieus. Hij was erg tevreden met zichzelf, liet zich voorstaan op zijn positie en zijn vermogen, wat Anastasia tegen de borst stuitte, maar waar haar moeder geen problemen mee had.

Macaire was een vrij knappe jongeman, verzorgd en innemend, die aardig en vriendelijk overkwam, zij het niet al te zelfverzekerd; je kon moeilijk van hem afkomen. Het was te merken dat Anastasia hem zowel aantrok als intimideerde. Olga wist beter dan wie ook mensen om haar vinger te winden, en dus had ze er geen enkele moeite mee om hem zover te krijgen dat hij haar en haar dochters beloofde dat ze toegang zouden krijgen tot het grote bal van de bank, dat de volgende dag zou worden gehouden.

Irina werd geheel in de schaduw gesteld door haar zuster en deed steeds meer moeite om deel te nemen aan het gesprek, terwijl Anastasia nauwelijks aandacht besteedde aan de twee mannen. Ze leek nerveus. Haar blik was genageld aan de grote klok aan de wand. Halfelf al. Nog dertig minuten. Ze wilde hem niet missen.

Olga was in de wolken: haar twee lieftallige dochters werden omringd door een steenrijke aristocraat en de erfgenaam van een bank! Toen Klaus zich excuseerde om een fles champagne bij de bar te halen en Macaire om 'zich even op te frissen', liet ze haar vreugde de vrije loop.

'Zien jullie hoeveel de Lieve-Heer van jullie houdt, meisjes?' zei ze in het Russisch zodat niemand haar verstond. 'Kijk me die twee mannen eens aan, beide begeren jullie vurig!'

'Vooral Anastasia,' klaagde Irina. 'Ze staan allebei te kwijlen. Terwijl ik wel onzichtbaar lijk. Ze zien me niet staan.'

'Iedereen kijkt naar je, liefje,' stelde haar moeder haar gerust. 'Zie je die kerel daar? Die zit al een hele tijd naar je te loeren!'

'Die is stokoud!' stoof Irina op.

'Welnee, hooguit veertig. Kom, meisje, je moet een gegeven paard niet in de bek kijken.'

In de buurt van de drie vrouwen luisterde een man mee die zich onder de bankiers had gemengd. Hij deed of hij verstrooid met zijn lege wodkaglas speelde, maar hij miste geen woord van het gesprek omdat ze in zijn moedertaal spraken. Hij was een van de belangrijkste cliënten van het Palace. Zo iemand die je niet tegen de haren in moest strijken. Ook was hij een van de weinigen die in het hotel mochten blijven tijdens het weekend van Banque Ebezner. Voor hem sprong heel het personeel in de houding.

Een ober liep naar de man toe.

'Nog een glas, meneer Tarnogol?' vroeg hij. 'Beluga-wodka on the rocks, nietwaar?'

Met een geërgerd gebaar wuifde Tarnogol de man weg en die draaide zich op zijn hielen om.

Om elf uur vond het wonder plaats. Olga had ontdekt dat de man die zo begerig naar Irina keek een uiterst populaire vermogensbeheerder was die in het afgelopen jaar de beste resultaten van de hele Banque Ebezner had geboekt, en ze besloot de situatie naar haar hand te zetten en haar dochter aan hem voor te stellen.

Op hetzelfde moment opperde Klaus om weg te gaan uit het Palace en naar een club in Verbier te gaan. Macaire vond het een uitstekend idee. Anastasia, die er een gelegenheid in zag om zich van hem te ontdoen, verzekerde hun dat ze ook meeging als haar moeder het goedvond. Ze verlieten de bar en Anastasia zocht haar moeder.

'Mama, Klaus wil ergens anders heen!'

'Ga dan snel! Wat doe je hier nog?'

'Het zou weleens een latertje kunnen worden, ik wilde om toestemming vragen...'

'Ga maar, ga maar!' riep Olga opgewonden. 'Veel plezier! En pas goed op jezelf. Morgen vertel je me alles. Toe, wegwezen, hup!'

Anastasia's gezicht lichtte op. Ze kuste haar moeder en vluchtte lichtvoetig weg. In haar haast bemerkte ze niet dat een gedaante haar in de gaten hield.

Ze liep door het halletje waar ze eerder had gelopen en duwde de dienstdeur open. Daar zag ze hem weer. Hij droeg nog steeds gewoon een hoteluniform, maar hij zag er nog even prinselijk uit. Ze kon zich niet inhouden en riep zijn naam. Zijn mooie, schitterende naam: 'Lev!'

Hij draaide zich om en lachte zijn perfecte tanden bloot.

'Elf uur, precies op tijd!' glimlachte Lev, wiens dienst er net op zat.

Ze haastte zich naar hem toe en kuste hem. Een lange kus die haar naar adem deed happen. Wat ze voelde was onbeschrijflijk. Als een innerlijke explosie. Als een gekriebel dat door haar heen ging. Als duizenden gekleurde vlinders die uit haar borst ontsnapten.

Hij sleepte haar mee naar een dienstlift die hen naar de zolder van het Palace bracht, waar de personeelsvertrekken waren. Hij nam haar mee naar zijn kamer. Die was opgeruimd, stond vol met boeken, was leuk verlicht met kaarsen die hij overal had neergezet als voorbereiding op dit moment. Ze kleedden zich langzaam uit, terwijl ze lange kussen bleven uitwisselen alsof ze met hun monden waren verbonden. En in de beschutting van de kamer, afgeschermd van de wereld, van de kou, met voor zich het panorama van de Rhônevallei dat je door een klein dakraam kon zien, bedreven ze de liefde.

Ze was geen maagd meer. Ze had zich al vaak gegeven. Op aanraden van haar moeder had ze zich gegeven aan onbetekenende rijkeluiszoontjes uit Klosters, Sankt-Moritz en Gstaad. 'Mannen hebben behoeften,' zei haar moeder altijd. 'En daarin moet je voorzien, anders kiezen ze nooit voor je.'

Maar wat ze die nacht met Lev beleefde had ze nooit eerder meegemaakt. Toen de dageraad de duisternis verjoeg, hadden ze nog steeds niet geslapen. Verstrengeld keken ze naar de zon, die langzaam opkwam achter de bergkammen en de hemel kleurde met schitterend licht. Lev hield haar stevig vast met zijn gespierde armen en ging met zijn vingertop over haar blote rug; bij iedere streling rilde ze. Ze hield van hem. Sinds een paar uur wist ze wat liefde betekende.

Uiteindelijk sliep ze in. Toen ze haar ogen weer opendeed, lag hij niet meer in bed. Hij zat naast haar. Hij had zijn uniform aan. Hij gaf haar een kop dampende koffie en een mand vol warme croissants.

'Ik moet aan mijn dienst beginnen,' zei hij, 'je kunt hier zo lang blijven als je wilt. Je kunt met de lift naar beneden. Je weet de weg.'

'Wanneer zien we elkaar weer?' vroeg Anastasia.

Lev leek verrast door die vraag.

'Wat, wil je me weer zien?'

'Natuurlijk wil ik je weer zien. Waarom zou ik dat niet willen?'

'Zie jij jezelf echt met iemand als ik?'

'Hoe bedoel je, "iemand als ik"?' vroeg ze geamuseerd.

'Ik bedoel: een hotelbediende zonder toekomst. Ik woon in een klein kamertje onder het dak van het hotel waar ik hersenloos werk verricht. Ik leef van de fooien die ik van de gasten krijg. Ik ben straatarm, Anastasia! Ik heb niks. Ik ben een miezerige hotelbediende!'

'En wat denk je dan dat ik ben?'

'Een stinkend rijke Russische prinses die de winter in Zwitserland doorbrengt, de zomer aan de Côte d'Azur, en die voor de belastingen woonachtig is in Londen of Monaco.'

Ze barstte in lachen uit en kuste hem.

'Welnee,' zei ze stralend omdat ze nu eens niet hoefde te liegen en zich vrij kon voelen. 'Ik deel met mijn zus net zo'n kamertje als dit. Mijn moeder is verkoopster in een warenhuis in Genève. We hebben geen cent, niks. We zitten dit weekend boven op elkaar in een rotkamertje in de Auberge des Chamois. Mijn moeder is tot alles bereid om ons in contact te brengen met de high society en ons uit te huwelijken aan een prins of een baron of weet ik veel. Wij zijn armelui, Lev! Dus ja, ik wil je absoluut weer zien! Ik wil zelfs nooit meer zonder je.'

Hij antwoordde met een stralende glimlach.

'Wat ik op dit moment voor jou voel, heb ik nooit eerder voor iemand gevoeld, Anastasia.'

~

'Anastasia?'

Macaire bracht de auto tot stilstand voor het Hôtel des Bergues, waar de bloem van de Geneefse privébanken zich verdrong. Het was vijf voor halfacht.

'Anastasia, gaat het?' vroeg Macaire opnieuw.

Ze veegde een traan van haar wang.

'Het gaat,' stelde ze hem gerust.

'Huil je?'

'Nee, ik had een stofje in mijn oog.'

'Dat is een antwoord uit een roman,' merkte hij op. 'Mensen gaan niet huilen van stofjes.'

'Stofjes van herinnering.'

Hij begreep het niet. Twee portiers openden de deuren van de auto en ze gingen op in de menigte die zich het hotel in wurmde. In de witmarmeren hal stroomde een golf triomfantelijke bankiers met hun echtgenotes aan de arm in de richting van de grote balzaal op de eerste verdieping. Men groette elkaar, men sprak luid, men deed gewichtig, men was dolblij om erbij te zijn, bij de crème de la crème van de financiële wereld, en men voelde zich opgewonden over het einde van het jaar dat naderde en de bonussen die binnenkort zouden worden uitgekeerd.

Anastasia en Macaire liepen op hun beurt de hal in. Ze waren mooi, zij in een lange jurk van zwart satijn en hij in smoking. In zijn zak zat het flesje met gif, waar hij nerveus mee speelde.

Opeens zag Macaire Tarnogol haastig de trap afkomen, tegen de stroom in. Macaire dacht dat hij naar hem toe kwam, versteende en glimlachte onschuldig.

'Dag, waarde Sinior,' zei Macaire met een onschuldige stem.

Maar Tarnogol liep hem straal voorbij, haastte zich het hotel uit en dook in een taxi. Daarna zag Macaire opeens halverwege de trap Levovitch, onwaarschijnlijk knap in een driedelig pak.

'Verdomme,' fluisterde hij tegen Anastasia. 'Daar is Levovitch! Wat voert die hier uit?' Anastasia keek op naar haar geliefde en kon niet verhinderen dat er een stralende glimlach op haar gezicht verscheen. Ze voelde haar hart harder bonzen dan ooit. Ze werd nog verliefder dan ze al was. Ze bewonderde hem, hij was knapper, statiger, krachtiger dan alle andere mannen om hem heen en hij viel direct op. Ze voelde zich in zijn aanwezigheid tot leven komen. Ze zag hem weer zoals hij zestien jaar geleden was geweest, tijdens het weekend dat ze elkaar hadden ontmoet.

Verbier, 16 jaar eerder
Eerste Grote Weekend van Anastasia
Zaterdagavond

In Verbier stonden Anastasia, haar zus en haar moeder alleen in de lift die hen naar de eerste etage bracht, waar de balzaal was.

'Het gala van de bank is het summum van het summum!' jubelde Olga, en haar blik stroomde over van geluk. 'Beseffen jullie wel hoeveel geluk jullie hebben om hier te zijn, meisjes?'

'Dat komt door jou, mamoesjka!' vleide Irina, die trappelde van vreugde bij het idee dat ze haar vermogensbeheerder weer zou zien.

'Het komt vooral door de jonge Ebezner. Hij is echt heel aardig. Hij heeft het buskruit niet uitgevonden, maar hij is een goede partij. Vind je niet, Nastya?'

Als Olga in een tophumeur was, noemde ze Anastasia Nastya.

'Als jij het zegt, mama,' antwoordde Anastasia, die moeite moest doen om enthousiast over te komen om niet de toorn van haar moeder te wekken. Ze dacht alleen aan Lev.

'Ik heb kunnen regelen dat we een tafel delen met Macaire en Klaus,' kondigde Olga trots aan. 'Die Klaus is een prima vent. Goede familie en zo.'

'En ik dan, mamoesjka?' vroeg Irina, die bezorgd was dat zij het ondergeschoven kindje zou zijn.

'Maak je geen zorgen, zodra iedereen opstaat om te dansen, ga je naar je aardige vermogensbeheerder toe. Aan alles is gedacht, meisjes, aan-al-les-is-ge-dacht. Ik denk dat jullie lotsbestemmingen vanavond eindelijk bezegeld zullen worden.'

'Bravo, mamoesjka!' riep Irina uit, opgewonden bij het idee van het nieuwe leven dat haar wachtte met de vermogensbeheerder.

Ja, hij was ouder dan ze zich had voorgesteld en ook niet zo knap als ze zou willen. Maar hij had een villa met zwembad in Vésenaz.

De liftdeuren gingen open op de eerste etage, na het bekende belletje. De drie vrouwen zagen een prachtige jongeman, gekleed als een prins, die hen leek op te wachten.

'Lev?' fluisterde Anastasia met een stralende glimlach; ze kon het niet binnenhouden.

'Ken jij die jongen?' vroeg Olga, onder de indruk van de verschijning van deze jongeman.

Bij wijze van groet maakte Lev een buiging voor Olga.

'Dag, mevrouw,' zei hij en hij gaf haar een koninklijke handkus die de ouwe heks deed rillen. 'Staat u me toe mij voor te stellen: Lev Roussipov, graaf Romanov,' loog de jongeman met aplomb.

Bij die woorden viel Olga bijna flauw van vreugde. Een Romanov! God zij geprezen, een Romanov! Het keizerlijk huis van Rusland! Om teleurstellingen te voorkomen vroeg ze in het Russisch: 'Een *Romanov*-Romanov, bedoelt u?'

Met zijn hand op het hart antwoordde Lev, nog steeds buigend: 'Tsaren en keizers van Rusland, tsaren van Kazan, Astrakhan, Siberië, Kiev, Vladimir en Novgorod, koningen van Polen en groothertogen van Finland, om u te dienen, waarde mevrouw.'

Diep onder de indruk glimlachte Olga naar Lev. Anastasia onderdrukte een schaterlach.

'Mijn dochter Anastasia hier draagt die naam als eerbetoon aan het keizerlijk huis!' legde Olga uit, nog steeds in het Russisch.

'Ere aan u voor het bestendigen van de grootsheid van mijn familie!'

Ze gingen door in het Frans.

'Het was mij ontgaan dat er bij Banque Ebezner een Romanov werkzaam was,' bekende Olga, die toch goed onderzoek had gedaan.

'Werken?' zei Lev luchthartig 'Denkt u dat ik moet werken? Volgens mij is het moment van beledigen aangebroken.'

Olga lachte op haar beurt, ingenomen met deze jonge aristocraat met zijn bijtende humor.

'Ik ben op vakantie in Verbier,' legde Lev uit. 'Meneer Ebezner senior heeft me uitgenodigd om vanavond het diner bij te wonen. Misschien uit vriendschap, misschien omdat ik een van de grootste cliënten van de bank ben.'

De oude Olga was met stomheid geslagen.

'Lev,' fluisterde ze, gefascineerd door het charisma van de jongeman.

Ze had die naam nog nooit gehoord. Wat bewees dat hij koninklijk was.

Een paar meter verderop liep Sinior Tarnogol door de meute bankiers waar hij niet bij hoorde en observeerde half geamuseerd, half nieuwsgierig het optreden van de jongeman van wie hij wist dat hij slechts een hotelbediende was.

HOOFDSTUK 23
Operatie Ommekeer (1/2)

In de hal van het Hôtel des Bergues, op de avond van het diner van de Geneefse Bankiersvereniging.

Macaire en Anastasia liepen naar Lev toe, die op de grote stenen trap stond.

'Ha, Lev,' zei Macaire stug. 'Wat doe jij hier?'

Lev boog beleefd voor Anastasia, die achter haar man aan kwam.

'Het schijnt dat Tarnogol zo ziek als een hond is.' Toen Macaire dit hoorde, vroeg hij zich af of P-30 niet het voortouw had genomen en hem zelf al had vergiftigd. 'Hij zei dat hij zich niet goed genoeg voelde om het diner bij te wonen en dat hij wilde dat iemand hem zou vervangen om de belangen van de bank te behartigen.'

'Aha,' zei Macaire, geïrriteerd dat Levovitch bij het diner aanwezig zou zijn. 'Maar waarom jij? Hij had het ook aan mij kunnen vragen.'

'Dat vond hij vast handiger omdat ik hier woon. Hij liet naar mijn suite bellen en ik ben direct naar beneden gekomen. Ik wist niet dat jullie er ook zouden zijn. Dat is een aangename verrassing.'

Anastasia dwong zichzelf opnieuw om niet te glimlachen.

'Wij vervangen Jean-Béné en Charlotte. Ze waren verhinderd,' legde Macaire uit.

Hij was inmiddels in een verschrikkelijk slecht humeur: of het nou praktisch was of niet, het was een heel slecht teken dat Tarnogol Levovitch als vervanger had gebeld, en niet hem.

Ze namen gedrieën de trap naar de eerste verdieping. Toen ze bij de ingang van de balzaal aankwamen, trok Levovitch Macaire opzij en vroeg Anastasia om hen even te excuseren voor een kort, beroepsmatig terzijde.

'Macaire,' zei Lev toen ze niet meer op gehoorsafstand waren. 'Ik moet je over iets heel belangrijks spreken.'

Macaire zette zijn ernstigste gezicht op om Levovitch duidelijk te maken dat hij zijn volle aandacht had, maar ze werden onderbroken door een hotelmedewerker die kwam aanrennen met Tarnogols wandelstok in de hand.

'Excuses dat ik u stoor, meneer Levovitch,' verontschuldigde hij zich, 'maar de meneer die net bij u was, is zijn wandelstok vergeten in de garderobe.'

'Dank u wel,' zei Levovitch, die de wandelstok aannam, waarvan de knop was bezet met indrukwekkende diamanten. 'Ik zal hem aan hem geven.'

'Wilt u dat ik hem naar uw suite laat brengen?'

'Nee, dank u, ik hou hem bij me. Dat is veiliger.'

De hotelmedewerker liep weg en Levovitch speelde met de stok.

'Wil je dat ik hem breng?' stelde Macaire voor, die een buitenkansje zag om Tarnogol met zich te verzoenen.

'Nee, daar zal ik je niet mee lastigvallen,' zei Levovitch.

'Echt, ik vind het helemaal niet erg,' drong Macaire aan terwijl hij probeerde de wandelstok te grijpen.

'Toe, ik voel me er niet goed bij om je tijd te verspillen,' zei Levovitch, die zijn greep op de stok verstevigde. 'Je bent toch niet van de gevonden voorwerpen? Laten we ter zake komen.'

'Ik luister,' zei Macaire, die de wandelstok liet voor wat hij was en zo gewichtig keek als een minister-president.

'Het is ietwat gênant,' waarschuwde Levovitch.

'Je kunt vrijuit spreken.'

'Nou, voordat Tarnogol naar huis ging, heeft hij me iets verteld. Het gaat over het voorzitterschap van de bank.'

'Voor de draad ermee!' drong Macaire aan. 'Wat is er?'

Na enige aarzeling verkondigde Lev: 'Tarnogol wil mij benoemen. Hij zegt dat ik ook de steun van Horace Hansen heb.'

'O?' bracht Macaire uit, die zijn maag voelde samentrekken. Hij deed of hij verrast was door het nieuws en probeerde ondertussen zijn paniek te verbergen; en daarom stak hij zijn hand in zijn zak en omklemde het flesje met gif. De gedachte schoot door hem heen om het gif in het glas van Levovitch te gieten. Eén handeling en hij was voor altijd van Levovitch af. Maar Levovitch redde zijn hachje door te zeggen: 'Ik heb het natuurlijk afgeslagen.'

'O?' herhaalde Macaire en hij liet het flesje los.

'Ja, uiteraard, die baan is natuurlijk voor jou. Ik ben zelfs verbaasd dat Tarnogol mij overwoog.'

'Nou, ik ben gevleid dat je denkt dat ik de juiste man ben.'

'Dat spreekt vanzelf, zou ik zeggen. Alleen een Ebezner kan Banque Ebezner leiden. En dus heb ik Tarnogol gezegd dat hij jou moet benoemen.'

Het gezicht van Macaire lichtte op.

'Bedankt, waarde Lev. En ging Tarnogol daarin mee?'

'Nee. Hij zei dat er geen sprake van kon zijn. En daar ben ik het niet mee eens.'

Macaire verbleekte.

'O?'

'Als ik niet wil, benoemt hij iemand anders. Jandard, misschien. Die schijnt al vanaf het begin de tweede keuze van Jean-Béné en zijn vader te zijn.'

'Jandard, het hoofd van HR?'

'Ja. Kennelijk heeft hij anciënniteit.'

Macaire voelde dat de paniek hem in haar greep kreeg. De situatie liep uit de hand. Een hotelmedewerker luidde een bel om de genodigden te verzoeken naar de balzaal te gaan en aan tafel te gaan. Macaire liet Levovitch in de menigte collega's opgaan en bleef aan de zijkant staan om Jean-Bénédict te bellen. Hij wilde hem laten weten dat Tarnogol weg was en de operatie was afgeblazen. Maar de telefoon van Jean-Bénédict werd niet opgenomen. Toen probeerde hij het huis van de Hansens te bellen: geen antwoord. Ten slotte belde hij Charlotte op haar mobiel, in de hoop dat ze misschien nog bij haar man was, maar die vertelde hem dat ze op stap was met haar zus.

'Ik heb Jean-Béné in ellendige toestand achtergelaten,' zei ze. 'Hij lag doodziek in bed. Heb je zijn mobiel geprobeerd? Bel anders direct naar huis, maar ik denk niet dat hij opstaat om op te nemen.'

'Godverdegodver!' vloekte Macaire toen hij had opgehangen.

Jean-Bénédict was zonder twijfel teruggekrabbeld. Macaire voelde zich van streek door de manier waarop de avond tot nu toe verliep; hij trok zich terug op de toiletten voor een moment rust. Hij herlas de systeemkaarten die hij zorgvuldig in de zak van zijn jasje bewaarde. Maar nu vond hij de grappen die hij had opgeschreven opeens flauw, en hij haalde de nieuwsfeiten door elkaar. Hij, die de aantekeningen een uur eerder op zijn duimpje kende, haalde nu alles door de war, verwisselde Irak en Iran. Om zich weer presentabel te maken maakte hij zijn gezicht nat, maar daarbij viel er wat water op zijn vlinderstrik, die hij vervolgens lang onder de handendroger moest laten drogen.

Toen Macaire eindelijk de balzaal binnenkwam was de voorzitter van de Geneefse Bankiersvereniging al klaar met zijn openingsspeech. De voorgerechten werden opgediend en aan de tafels werd vrolijk gepraat.

Macaire was helemaal vergeten om de tafelschikking bij de ingang van de zaal te bekijken, en toen hij Anastasia niet zag te midden van alle gasten, moest hij de grote hal weer uit lopen om de alfabetische lijst te bekijken waarop hij zichzelf niet kon vinden, totdat hij bedacht dat hij er onder de naam van Jean-Bénédict op stond. De medewerker wees hem tafel 18, helemaal achter in de balzaal, waar hij in gezelschap zou verkeren van twee senior partners van Banque Pittout en hun echtgenotes, en van de directeur van Banque Bärne.

Toen hij er eindelijk was, trof Macaire de onaangename verrassing dat iedereen aan tafel aan de lippen hing van Levovitch, die hen eerst had vergast op een paar bon mots, waar hij zo goed in was, en een grapje had verteld. Macaire hoorde alleen de clou: 'Dus de restauranteigenaar vroeg aan Picasso: "Maestro, wilt u het signeren?" En de schilder antwoordde: "Ik krijg het diner van u, niet het restaurant."'

De tafel barstte in lachen uit.

'Die kende ik al, die stond vorige week in de krant,' bromde Macaire toen hij naast Anastasia ging zitten.

Het diner was een hel voor Macaire.

Levovitch was keizerlijk, briljanter dan ooit, en hij stond in het middelpunt van de aandacht. Iedereen wilde zijn mening horen. Hoe dacht hij hierover, wat vond hij daarvan? En zodra hij had geantwoord kwam er weer een nieuwe vraag. Zijn heldere antwoorden werden onthaald op oh!'s en ah!'s van bewondering, en iedereen prees zijn scherpe geest en onthaalde zijn woorden met bewonderend geknik. Ze werden meegesleept door deze man die met zoveel bescheidenheid een onuitputtelijke kennis tentoonspreidde.

Hij sprong zonder enige moeite van het ene gesprekonderwerp op het andere, met ongehoord meesterschap gaf hij zijn expertise prijs, soms serieus, soms schalks, wat ervoor zorgde dat hij de aandacht van zijn toehoorders nooit kwijtraakte. Macaire kon er geen woord tussen krijgen. Gedeeltelijk vanwege Levovitch, maar ook omdat zijn buurvrouw ter rechterzijde zo doof was als een kwartel en hij alle gesprekken voor haar moest herhalen, als een tolk bij de Verenigde Naties.

Tijdens het hoofdgerecht werd er trouwens over de Verenigde Naties gepraat en over de recente conferentie over de vluchtelingenkwestie. Macaire, die alles over het onderwerp wist dankzij zijn huiswerk van die middag, wilde de aanwezigen versteld doen staan, maar op het moment dat hij zijn mond opendeed vroeg zijn slechthorende buurvrouw: 'Waar gaat het over? Ik versta het niet!'

'Over de vluchtelingenconferentie bij de Verenigde Naties,' fluisterde Macaire.

'De wat?'

'De vluchtelingenconferentie,' herhaalde Macaire getergd.

Toen Levovitch Macaire het woord 'vluchteling' hoorde zeggen, haakte hij in.

'Wat is een vluchteling?' vroeg hij.

Iedereen krabde zich achter de oren.

'Vluchtelingen zijn dieven en herrieschoppers,' verklaarde de dove vrouw, die het ditmaal uitstekend had gehoord.

'Chagall, Nabokov, Einstein en Freud waren vluchtelingen,' merkte Levovitch op.

Ontroerd stemden de toehoorders in.

'Mijn vader was een vluchteling,' zei de president van Banque Bärne. 'Hij is uit Teheran gevlucht toen de sjah ten val werd gebracht en kwam naar Zwitserland.'

Het gesprek ging over op Iran.

Verdorie, dacht Macaire, ik heb niet eens de tijd gehad om iets over de vluchtelingenconferentie te zeggen en nu gaat het al over Iran, en over dat land weet ik helemaal niks.

Hij had een leuke grap over een kat, maar het leek hem beter die binnen te houden. Snel iets zeggen. Maar wat? Hij keek onopvallend op een van zijn kaartjes, en herinnerde zich dat hij diverse statistieken van de OPEC had genoteerd. Maar het gesprek ging alweer over iets anders, omdat de president van Banque Bärne vroeg: 'Levovitch – waar komt die naam vandaan?'

'Rusland. Mijn grootouders van vaderszijde kwamen oorspronkelijk uit Sint-Petersburg.'

'Dus dan spreekt u vloeiend Russisch?' vroeg een van de andere gasten.

'Ja,' antwoordde Levovitch. 'Hoewel mijn grootouders meestal Jiddisch met me spraken.'

'En is uw moeder ook Russisch?'

'Nee, die kwam uit Triëst.'

'Italiaans dus,' concludeerde de directeur van Banque Bärne.

'Nee, ze is in Triëst geboren, maar haar moeder was Frans en haar vader Hongaars. Haar vader was oogarts, hij was te voet uit Hongarije vertrokken om medicijnen te studeren in Wenen, en daarna is hij met zijn vrouw in Triëst gaan wonen, waar mijn moeder is geboren. Vandaar zijn ze naar Smyrna verhuisd, dat toen nog Grieks was, omdat daar een zeldzame oogziekte heerste.'

'Smyrna werd toch Izmir na de annexatie door Turkije?' vroeg een van de senior partners van Banque Pittout, die zijn kennis tentoon wilde spreiden.

'Juist,' bevestigde Lev.

Turkije! Nu kan ik! jubelde Macaire in stilte en hij haalde besmuikt een kaartje over de devaluatie van de Turkse lira uit zijn zak om de tekst te kunnen opdreunen. Maar voordat hij een woord had gezegd, vroeg iemand aan Levovitch: 'Dus u spreekt ook Italiaans?'

En Levovitch vervolgde: 'Ja, mijn moeder sprak alleen Italiaans met me. Mijn grootouders van moederszijde besloten Grieks met me te praten. Ik weet niet waarom. Nou ja, kortom, als antwoord op de vraag naar mijn afkomst,' zei Levovitch, die merkte dat zijn toehoorders de draad kwijtraakten. 'Mijn vader was Russisch en mijn moeder Frans.'

'Maar u dan, waar bent u zelf geboren?' vroeg de directeur van Banque Bärne.

'In Genève natuurlijk! Daar hebben mijn ouders elkaar leren kennen en heb ik mijn kindertijd doorgebracht.'

'Natuurlijk!' herhaalde Macaire, die tot alles bereid was om zijn stem te laten klinken.

'O, dus u bent Zwitser?' zei een van de partners van Pittout verrast, alsof het iets ongepasts was.

'Vanzelfsprekend,' zei Lev.

'Vanzelfsprekend,' herhaalde Macaire om nog iets te zeggen, terwijl hij bedacht dat Joden echt ongelooflijke familieverhalen hadden.

'Vreemd genoeg is het nogal onpraktisch om als Zwitser zo'n naam te hebben,' betreurde de slechthorende vrouw, nadat Macaire het gesprek voor haar had herhaald. 'Iedereen moet u aanzien voor een buitenlander!'

'We zijn allemaal buitenlanders voor iemand, nietwaar?' merkte Lev op.

'En hebt u altijd in Genève gewoond?' vroeg een van de partners van Pittout.

'Tot mijn veertiende. Toen zijn we naar Zürich verhuisd, daarna naar Bazel, en weer daarna zijn we in Verbier neergestreken. Vijftien jaar geleden ben ik weer in Genève komen wonen.'

'Hoeveel talen spreekt u?' vroeg de dove vrouw bewonderend. 'Minstens zes!'

'Eigenlijk tien,' bekende Levovitch. 'Want ik heb ook nog Engels, Spaans en Portugees geleerd, op school, op een aantal reizen en van vrienden.'

'Van vrienden,' herhaalde Macaire beteuterd, wanhopig op zoek naar aandacht.

'En toen ik me voorbereidde op mijn bar mitswa heb ik nog Hebreeuws geleerd.'

'Bar mitswa!' papegaaide Macaire.

'En van een cliënt heb ik Farsi geleerd,' zei Levovitch nog.

'Farsi Farno!' zei Macaire direct, maar niemand lachte.

'Spreekt u Farsi?' vroeg de vrouw van de directeur van Banque Bärne verbaasd in het Farsi, terwijl ze met reeënogen naar hem keek.

Die drommelse Levovitch antwoordde haar in het Farsi en samen spraken ze even in die taal, onder de verbijsterde ogen van de rest van de tafel.

'Waar hebt u Farsi geleerd?' vroeg de directeur van Banque Bärne toen.

'Ik was een aantal jaren in dienst van een grote Iraanse familie in Verbier.'

'Bedoelt u dat u hun vermogensbeheerder was?' vroeg een van de bankiers van Pittout, die niet zeker wist of hij het goed had begrepen.

'Nee,' antwoordde Levovitch zonder te blozen. 'Ik was hun butler, in het Palace de Verbier.'

'Hun butler?' vroeg de echtgenoot van de dove vrouw perplex.

'Ja. De Engelsen noemen dat *valet*, dat is chiquer. Maar in werkelijkheid is het meer een manusje-van-alles. Ik heb tien jaar in het Palace de Verbier gewerkt.'

'Was dat voordat u ging studeren?' vroeg de andere senior partner van Banque Pittout.

'Ik heb niet echt gestudeerd. Ik heb het belangrijkste geleerd door te lezen en mensen te ontmoeten.'

Die laatste verklaring wakkerde de nieuwsgierigheid en het enthousiasme van de hele tafel over Lev nog verder aan. Op algemeen verzoek begon hij toen een stukje van zijn levensverhaal te vertellen.

HOOFDSTUK 24
De jonge jaren van Lev Levovitch

35 jaar eerder, in Genève

'Lev, Lev!'

Toen de kleine jongen die uit school kwam zijn naam hoorde, draaide hij zich om en zag zijn moeder. Hij vloog haar in de armen.

'Hoe gaat het met mijn prinsje?' vroeg ze in het Italiaans.

'Heel goed, mama,' antwoordde hij terwijl hij zich tegen haar aan drukte.

Iedere dag bracht zijn moeder hem 's ochtends naar school en haalde hem 's middags weer op. Die twee vaste wandelingen met zijn moeder waren voor hem de leukste momenten van de dag.

Ze liepen hand in hand. Hun appartement, aan de route Florissant nummer 55, lag maar een paar minuten lopen van school. Ze liepen door het parc Bertrand, over de grote laan met honderdjarige bomen aan weerszijden, en dan waren ze thuis.

Als ze aankwamen in het kleine appartement op de zesde verdieping, zette Dora, Levs moeder, melk op, en dan pakte ze een brioche, sneed hem doormidden, smeerde er dik boter op en legde er een paar stukjes chocola op. Voor Lev zouden brood en chocola altijd verbonden blijven met de herinnering aan zijn moeder. Dora werkte bij het Italiaanse consulaat in Genève, in de rue Charles-Galland. Tien jaar geleden, toen ze nog ongehuwd was, woonde ze in de wijk Eaux-Vives. Ze ging het hele jaar door te voet naar haar werk en pauzeerde onderweg bij Café Léo, op het Carrefour de Rive, om een cappuccino te drinken en een amandelcroissant te eten. Zo had ze Sol Levovitch ontmoet, die er ober was; hij was haar man geworden en later de vader van Lev.

Als iemand Sol Levovitch vroeg wat voor werk hij deed, antwoordde hij dat hij acteur was en wilde doorbreken als komiek. In de tussentijd had hij een baantje bij Café Léo om zijn brood te verdienen en waardoor hij Dora had ontmoet.

Tien jaar eerder was Dora gemakkelijk gevallen voor de charmes van deze ontwikkelde jonge ober met zijn subtiele humor. 's Ochtends in het café maakte hij haar zo aan het lachen dat ze hem moest vragen om haar een pauze te gunnen, zodat ze haar cappuccino kon drinken zonder te stikken.

'Een man die je laat lachen is een man die je laat leven, want er is geen mooier gevoel dan lachen,' had Sol op een ochtend tegen haar gezegd.

'En waarom niet?' had ze geamuseerd gevraagd.

'Omdat lachen sterker is dan alles, zelfs sterker dan liefde en hartstocht. Lachen is een vorm van onveranderlijke perfectie. Je hebt er nooit spijt van, je beleeft het altijd ten volle. Na afloop ben je altijd bevredigd, je zou wel meer willen, maar je vraagt niet om meer. Zelfs de herinnering aan een lach is aangenaam.'

Zo waren ze al snel een stel geworden. Dora wist dat het leven met Sol haar zou bevallen. Ze zouden nooit rijk worden, maar wel gelukkig. Van 's ochtends vroeg tot 's avonds laat lachte ze met hem. 's Middags, als zijn dienst bij Café Léo erop zat, werkte hij keihard aan zijn voorstellingen, schaafde hij aan zijn teksten, zijn mimiek, zijn grime. De absurde, burleske personages die hij op de planken zette waren onweerstaanbaar komisch. 's Avonds en in het weekend werkte hij de comedy clubs in de buurt af, wat hem enige bekendheid opleverde, maar weinig geld.

Als ze verliefd door de chique rue du Rhône wandelden en voor de etalages van de Parijse modehuizen stonden, beloofde Sol aan Dora: 'Op een dag ben ik beroemd, en dan krijg je dit allemaal van me.'

'Voor mij hoeft het niet,' verzekerde Dora hem. 'Je kunt een leven nooit vullen met stukjes textiel.'

'Maar dit zijn moooooie stukjes!' riep Sol uit met de hese stem van een van zijn personages waarom ze altijd zo moest lachen.

Toen werd Lev geboren. Hun enige kind.

Een paar jaar verstreken.

De alledaagse zorgen en de onbetaalde rekeningen stapelden zich langzaam maar zeker op. Sol was steeds drukker bezig met zijn voorstellingen, die steeds minder goed liepen omdat hij zich niet vernieuwde en het publiek een onaangenaam gevoel van déjà vu kreeg. Hij overtuigde Dora ervan hun weinige spaargeld te investeren in een kleine tournee door Frankrijk om zijn carrière op gang te helpen, maar die draaide uit op een grote mislukking.

Het lachen verging Dora. Telkens als ze een serieus gesprek over hen beiden wilde beginnen, antwoordde Sol met een grap.

Tot zijn elfde had Lev een gelukkige kindertijd, want zijn ouders bespaarden hem hun ruzies. Als de spanning aan het einde van de dag steeg in het kleine keukentje, zeiden Dora en Sol, die hun rekeningen niet in het bijzijn van hun zoon wilden vereffenen: 'Papa en mama gaan uit eten.' Dan gingen ze weg en vertrouwden ze Lev toe aan de zorgen van een lieve buurvrouw die op dezelfde verdieping woonde en gingen ze naar het parc Bertrand om elkaar urenlang verwijten te maken.

Eerst gingen ze niet zo heel vaak 'uit eten'.

Toen vaker.

Uiteindelijk bijna iedere avond.

En terwijl Lev droomde dat zijn ouders verliefd in een groot restaurant zaten, zoals in de Amerikaanse films die de aardige buurvrouw hem liet kijken, hadden Dora en Sol in het donker van het park eindeloos ruzie.

'Misschien is het tijd om in elk geval tijdelijk een punt te zetten achter je acteercarrière,' zei Dora, 'en meer tijd te besteden aan werk, en wat geld mee naar huis te brengen.'

'Die carrière is mijn leven!' riposteerde Sol.

'Nee, Sol. Je leven, dat zijn je vrouw en je zoon, niet jezelf weekenden lang opsluiten en rollen repeteren die je vervolgens in lege zalen speelt die je van je eigen geld hebt gehuurd. Om nog maar te zwijgen over je uitgaven aan kostuums, make-up en begeleiding!'

'Maar het is mijn droom!' riep hij uit.

'We hebben geen geld meer voor dromen!'

'Een leven zonder droom is geen leven!'

'In elk geval heb ik geen zin meer in dit leven, Sol,' waarschuwde Dora. 'Een leven waarin we altijd te laat zijn met betalen, nooit op vakantie kunnen, altijd de broekriem moeten aanhalen. Ik wil leven! Ik wil bestaan!'

'O, mevrouw heeft wensen!' spotte Sol. 'Ach, waar is de goede oude tijd dat je leefde van liefde en water!'

'Weet je wat jouw probleem is, Sol? Je houdt meer van je personages dan van mij of van jezelf. Je vergeet de werkelijkheid.'

Omdat ze hem hun ruzies hadden bespaard, konden Levs ouders niet voorkomen dat hij er helemaal niets van snapte toen ze uit elkaar gingen. Zijn ouders, die net zo verliefd waren als in de film, die altijd 'uit eten' gingen, en toen van de ene dag op de andere uit elkaar gingen. Dora vertrok. Ze liet Lev achter bij zijn papa.

Ze had lucht nodig. Ze moest zichzelf terugvinden. Ze vroeg verlof aan haar werkgever en ging op reis door Italië.

'Ik kom terug om je te halen,' beloofde ze Lev. 'Ik kom terug om je van school te halen, net als vroeger. Mama heeft gewoon wat tijd voor zichzelf nodig.'

Op school oordeelden de juf en de andere ouders dat het heel ongewoon was dat een mama wegging en haar kind met de papa achterliet. 'Meestal ontmoet de papa een andere vrouw,' werd er gefluisterd in de gesprekken tussen de mama's, terwijl ze Sol uit hun ooghoeken bekeken toen hij bij het uitgaan van de school zijn zoon stond op te wachten. Toen de jongen naar buiten kwam, gaf zijn vader hem een zakje van de bakker van de avenue Alfred-Bertrand.

'Wat is dat?' vroeg de jongen.

'Een chocoladebroodje.'

'Nee, mama geeft brood met chocola erop.'

'Nou, dit is een chocoladebroodje. Dat is hetzelfde.'

'Nee, mama maakt brood met chocola, geen chocoladebroodje, dat is niet hetzelfde,' zei Lev, terwijl hij toch een hap nam.

En bij iedere hap herhaalde hij: 'Met mama smaakt het anders. Als zij het maakt is het lekkerder.'

'Binnenkort maakt mama je vieruurtje weer. Precies zoals jij het wilt.'

'Wanneer komt mama terug?'

'Gauw.'

Maar Dora kwam Lev nooit meer ophalen van school.

Ze dacht dat ze maar een paar weken weg zou blijven. Ze had behoefte aan een avontuur. Met een Milanese zakenbankier die ze op een dag op het consulaat had ontmoet en die haar Toscane liet zien. De eerste twee weken voelde ze zich verschrikkelijk schuldig en eenzaam zonder Lev. Toen kreeg het gevoel van vrijheid de overhand. Ze werd 's ochtends wakker in luxehotels, dronk koffie en keek naar de zon die opkwam boven een van de mooiste landschappen ter wereld. Ze voelde dat ze leefde. Eindelijk had ze het gevoel dat ze leefde. Ze wilde dat gevoel behouden: de reis werd verlengd met een tocht door Puglia en toen Sicilië. Ze wilde zo graag de Etna zien! Om indruk op haar te maken huurde de bankier een helikopter. Maar de vlucht eindigde op de bodem van de Middellandse Zee. De Italiaanse marine haalde drie lichamen boven: van de piloot, van de bankier en van Dora.

Aan Dora's ringvinger werd de verlovingsring gevonden die ze van haar man Sol had gekregen en die ze nog altijd droeg, alsof het niet voorbij was. Sol gaf de ring aan zijn zoon. Het was de enige herinnering aan zijn moeder die hij had.

~

Toen Lev veertien was, besloot zijn vader om zijn acteercarrière een nieuwe impuls te geven door naar Zürich te verhuizen – waar zijn voorstellingen niet succesvoller waren – en toen naar Bazel, waar Sol een vrij goed betaald baantje wist te krijgen bij het hotel Les Trois Rois.

In Bazel maakte Lev de middelbare school af, in twee jaar minder dan ervoor stond. Ondanks de aanmoedigingen van zijn leraren, die allemaal onder de indruk waren van zijn talent, overreedde zijn vader hem om geen tijd te verspillen aan een nutteloze studie.

'De leraren zeggen dat ik belangrijk kan worden en heel veel kan verdienen,' legde Lev uit.

'Als geld enig nut had, dan zou dat wel bekend zijn, zoon. Rijken zijn rijk omdat ze dieven zijn, vergeet dat nooit.'

'Ja, papa.'

'Ze hebben je moeder van ons gestolen, ons kostbaarste bezit.'

'Ja, papa.'

'Ik leer je liever om acteur te worden. Dan kunnen we samen een mooie voorstelling in elkaar zetten. Mama zou trots op ons zijn.'

In de hoop dat Lev de grote acteur zou worden die hij zelf niet was geweest, leerde Sol zijn zoon die zomer alles wat hij wist over theater, van pose tot dictie, van kostuumontwerp tot grime. Maar op een avond, toen hij dienst had in de hotelbar van Les Trois Rois, ontmoette Sol Levovitch een zekere meneer Rose, eigenaar van het Palace de Verbier, die in Bazel was voor zaken. De bar was die avond uitgestorven en meneer Rose was in een spraakzame bui en knoopte een gesprek aan met Sol. Het was onvermijdelijk dat Sol begon over zijn werk als acteur. Dat was genoeg om meneer Rose ervan te overtuigen dat Sol de juiste man voor de situatie was. En dus zei hij: 'Meneer Levovitch, u bent de zeldzame parel die ik al heel lang zoek. Ik heb een heel bijzondere baan voor u. Bent u bereid om naar Verbier te verhuizen?'

De dag na zijn ontmoeting met meneer Rose vertelde Sol Lev over de grote kans die hem was aangeboden.

'Ik kan je niet vertellen wat mijn rol in het hotel zal zijn, ik heb beloofd om dat geheim te houden. Maar het is een heel belangrijke rol. De rol van mijn leven.'

'Dus je wilt graag naar Verbier?' vroeg Lev.

'Heel graag.'

'En wat kan ik daar doen?' vroeg Lev toen.

'Meneer Rose zegt dat hij je kan aannemen als bagagist en dat je promotie kunt maken als je je werk goed doet. Ik krijg vrij veel vrije tijd en jij vast ook, dus dan kan ik je blijven leren wat ik weet. Doorgeven, zoon. Doorgeven is heel belangrijk. Dat zorgt ervoor dat mensen nooit echt doodgaan: misschien wordt hun lichaam aangevreten door aardwormen, maar hun geest leeft in iemand anders verder. Steeds opnieuw. Weet je, als ik een beetje te versleten raak, kun je mijn baan bij het Palace van me overnemen. En dan neemt jouw zoon jouw plaats weer in. Wat ik je kan zeggen is dat we een groot geslacht van acteurs zullen vormen. De nieuwe Pitoëffs!'

Lev begreep niet alles van de praatjes van zijn vader, maar het leek hem leuk om in de bergen te wonen. En zo verhuisden de Levovitchen naar het stadje in Wallis, waar ze allebei in dienst traden van het Palace de Verbier.

Sols echte functie bij het Palace bleef lange tijd geheim. Officieel kwam hij in dienst om meneer Rose te helpen de reputatie van het Palace te bewaken. Aanvankelijk waren zijn taken niet zo duidelijk voor de andere werknemers: of hij zat opgesloten in zijn kantoortje in een van de gangen, of hij was op reis. Maar vanwege een indiscretie ontdekte men dat Sols horeca-ervaring en zijn gewiekstheid meneer Rose zo goed bevielen dat hij heel Zwitserland en Europa door werd gestuurd om luxehotels te bezoeken, zich voor te doen als gast en vervolgens rapport uit te brengen over de vernieuwingen en tarieven van de concurrentie en ideeën aan te dragen om de kwaliteit van de dienstverlening van het Palace te verbeteren. Meneer Rose zei over zijn nieuwe medewerker dat hij de benodigde 'scherpzinnigheid en veeleisendheid' had. En Sol, dolblij met het vertrouwen dat in hem werd gesteld, leek gelukkig en voldaan in zijn nieuwe baan. Bovendien werd hij heel goed betaald en trok hij in een mooi appartementje in het centrum van Verbier.

Voor Lev had het nieuwe leven in Verbier iets magisch. Hij trad in dienst van het hotel als bagagist en piccolo en hij ontdekte de geneugten van onafhankelijkheid. Alle werknemers van zijn rang mochten een kamertje betrekken onder het dak van het hotel, en Sol ging ermee akkoord dat zijn zoon daar ging wonen: zijn eigen appartement was sowieso maar een paar minuten lopen, en ze zagen elkaar continu in het hotel. Lev bracht dus het grootste deel van zijn tijd door in het Palace, waar hij bed, bad en brood had. Ondanks dit relatief afgeschermde leven ervoer hij een gevoel van vrijheid dat hij tot dan toe niet gekend had. Geen dag leek op de andere, hij ontmoette reusachtig veel mensen, raakte bevriend met gasten van over de hele wereld en skiede de hele winter. Hij voelde zich goed in Verbier. Hij was er gelukkiger dan hij ooit geweest was sinds de gezegende tijd met zijn twee ouders aan de route de Florissant. En dan was er nog meneer Rose, die bijzonder goed voor hem zorgde. Meneer Rose was direct gevallen voor deze hardwerkende, welwillende, elegante, beschaafde jongeman over wie de gasten unaniem lovend waren. Bovendien had hij ontdekt dat de jongen een encyclopedische kennis had en dat hij een ongelooflijk aantal talen sprak.

Het duurde niet lang of Lev had het hart van de vaste gasten van het hotel veroverd. Iedereen wilde door hem geholpen worden. De rijke families die hun zomers of winters in het Palace doorbrachten, vroegen om zijn aanwezigheid en zijn gezelschap. Veel mensen boden aan hem tegen een aanzienlijk salaris als privésecretaris in dienst te nemen, maar hij sloeg ieder aanbod af.

Meneer Rose was ervan overtuigd dat Lev niet op zijn plaats was als hotelmedewerker en hij probeerde hem te overtuigen om te gaan studeren. Maar Lev wilde niet.

'Je kunt alles worden wat je wilt! Ik heb contacten bij allerlei universiteiten.'

'Ik wil mijn vader niet alleen achterlaten,' verklaarde Lev.

'Dan kom je hem toch opzoeken?'

'Mensen die beloven dat ze terugkomen, komen niet terug, meneer Rose. Als ze van plan waren om terug te komen, zouden ze niet vertrekken.'

'Het leven is soms gecompliceerder dan het lijkt, jongen. Je zou een heel bijzondere carrière kunnen hebben.'

'Wat heb je aan een carrière?' vroeg Lev sarcastisch. 'Dat je er rijk van kunt worden? Rijken zijn dieven. Ze hebben mijn moeder gestolen.'

'Het kan voldoening geven, denk ik,' antwoordde meneer Rose een beetje beschaamd.

'Het geeft mij meer dan genoeg voldoening om koffers te dragen en gasten te assisteren,' zei Lev.

'Je kunt heel veel aanzien krijgen.'

'Aanzien kun je niet aanraken. Dat heeft te maken met anderen, niet met jezelf.'

'Hou alsjeblieft eens op met dat gefilosofeer, Lev! Je hebt maar één leven, dat ga je toch niet verspillen aan koffers sjouwen? Je hebt een opleiding nodig.'

'Ik ben opgeleid tot acteur. Mijn vader leert me alles wat hij weet.'

'Luister, Lev, als jouw vader een groot acteur was, dan werkte hij nu bij de Comédie Française, niet bij het Palace de Verbier!'

'Wees niet zo kwetsend, meneer Rose. Mijn vader waardeert u enorm.'

'En dat is wederzijds. Maar ik maak me zorgen om jouw toekomst. Ik zou je haast de laan uit sturen, alleen maar om je te dwingen je eigen pad te kiezen.'

'Waarom zou u me willen ontslaan? Ik werk hard, de gasten waarderen me.'

'Luister, jongen, ik doe je een voorstel: je blijft voor het hotel werken en ik leer je alles wat ik weet.'

'Alles wat u waarover weet?' vroeg Lev.

'Over het runnen van een hotel. Wie weet heb je daar iets aan.'

Lev ging akkoord. Niet alleen om zijn baan bij het Palace te behouden, maar ook omdat hij wist dat hij er iets aan kon hebben. En zoals zijn moeder placht te zeggen: 'Je kunt nooit te veel leren.' En zo bracht meneer Rose hem in de jaren daarop, in het diepste geheim om de andere werknemers niet jaloers te maken, manieren en etiquette bij, evenals raffinement, goede smaak en elegantie, en leerde hij hem alles over wijn en voedsel.

Meneer Rose was nooit getrouwd en had geen kinderen, maar als hij een zoon had gehad zou hij willen dat die op Lev leek. Er zou een dag komen dat hij geen energie meer had om het hotel te leiden, en hij was van mening dat Lev een uitstekende vervanger zou zijn. Op een avond dat ze blind grands cru's proefden zei hij met bijna vaderlijke trots tegen Lev: 'Wie weet kun jij dit hotel ooit leiden. Wedden dat je er het meest prestigieuze hotel van Europa van maakt?'

Lev stelde zich een ogenblik voor dat hij het etablissement zou leiden. Het idee beviel hem. Hij hield van deze plek.

Iedere week bracht Lev lange uren door in het appartement van zijn vader. Die opende midden in de zitkamer een imposante hutkoffer waarin hij alle materialen van zijn voorgaande optredens bewaarde.

Sommige kostuums waren in de loop van de tijd aangevreten door motten en moesten gerepareerd worden. De twee mannen werkten samen aan de herstelwerkzaamheden.

'Mis je het theater niet te erg?' vroeg Lev op een keer.

'Het leven is een groot toneelstuk,' antwoordde Sol. 'Op een dag keer ik weer terug.'

Hij knikte naar een groot, in leer gebonden boek dat op tafel lag en vervolgde: 'Ik heb heel veel personages in mijn hoofd. Ik schrijf alles op in dat boek om niets te vergeten.'

'Mag ik kijken?' vroeg Lev.

'Een andere keer,' zei zijn vader.

'Dus je bewaart al die oude spullen voor een voorstelling?'

'Nee, om ze ooit aan jou te geven.'

'En wat moet ik ermee?'

'Jij kan ze weer aan jouw kinderen geven.'

'En wat moeten die ermee?'

'Die geven ze weer aan hun kinderen.'

'En dan?' vroeg Lev.

'Dan zullen ze mij niet vergeten.'

De Levovitchen waren gelukkig in het Palace. Maar sinds hun komst was er volgens de andere werknemers iets veranderd. Opeens had meneer Rose overal ogen. Hij merkte het minste tekort van zijn werknemers op. Het was niet zo dat die twee nieuwelingen verklikkers waren, want sommige dingen waren op de kamers gebeurd, en andere vooral in de bar, het zwembad of het restaurant, in afwezigheid van de Levovitchen.

Het mysterie hield jarenlang stand.

HOOFDSTUK 25

Operatie Ommekeer (2/2)

In de balzaal van het Hôtel des Bergues, op de avond van de jaarlijkse bijeenkomst van de Geneefse Bankiersvereniging, had de hele tafel in eerbiedige stilte naar Levs verhaal geluisterd.

'Dus u zou het hotel gaan leiden?' vroeg de directeur van Banque Bärne aan Levovitch.

'Misschien. Het leek me wel wat om het Palace de Verbier te leiden. Maar het leven besliste anders. Ik bleef er tot mijn zesentwintigste, totdat ik Abel Ebezner ontmoette, Macaires vader. Hij introduceerde me bij Banque Ebezner. Daarna ben ik opgeklommen.'

'En hoe!' benadrukte een van de bankiers van Pittout onder de indruk.

De disgenoten aten hun dessert in stilte en keken bewonderend naar Lev. Hij had gedurende de hele maaltijd gepraat: hij had best korter van stof willen zijn, maar iedere keer dat hij 'kortom' zei, had hij zich de protesten van zijn toehoorders op de hals gehaald.

'Hoe dan ook, uw moeder was trots op u,' zei een vrouw vanaf een andere tafel terwijl ze de tranen uit haar ogen wiste.

'En uw vader? Woont hij nog steeds in Verbier?'

'Papa is dood. Dat komt door mij.'

Er viel een gegeneerde stilte aan tafel. Toen nam de voorzitter van de Geneefse Bankiersvereniging de microfoon om aan te kondigen dat er koffie en thee geserveerd zou worden in de Lémansalon naast de balzaal, voor een gezellig gesprek tussen de leden onderling. De genodigden stonden op en liepen lawaaierig naar de grote, luxueuze salon. Lev liet zich meedrijven op de stroom. In de Lémansalon vroeg hij om een espresso, die hij opdronk op het balkon. Hij was de enige in de ijzige kou. Hij bewonderde het Meer van Genève en de linkeroever van de stad, die voor hem lag. Hij vond zijn stad mooier dan ooit.

Opeens onderbreek ik mijn roman. Alleen in mijn kamer, in de stilte van de nacht, denk ik aan Genève, mijn geliefde stad, en ik bedank haar.

Een stad van vrede en vriendelijkheid.

Die mijn mensen verwelkomde en ons een vaderland gaf.

Op het balkon stak Levovitch Tarnogols wandelstok in de lucht zoals Mozes zijn staf, en de maan liet de diamanten fonkelen. Hij voelde zich opzwellen met een macht die hij nog nooit had gevoeld. Toen dacht hij opeens terug aan de zestien jaar die verstreken waren, en hij werd overspoeld door nostalgie.

~

16 jaar eerder
Anastasia's eerste Grote Weekend in Verbier
Zaterdagavond

In de balzaal van het Palace de Verbier, te midden van de gasten van het Grote Weekend van Banque Ebezner, dansten ze schitterend.

Twee geweldige bedriegers.

Anastasia klemde zich vast aan het lichaam van Lev en sloot kort haar ogen. Ze bevond zich in de armen van de man van haar leven, dat wist ze. Lev bekeek de menigte van bankiers om hen heen en fluisterde zijn aanstaande in het oor: 'Voor jou zal ik rijk en machtig worden, Anastasia.'

Voor het eerst was hij niet meer tevreden met zijn situatie.

'Ik wil je,' fluisterde Anastasia terug.

'Over een kwartier, onder aan de diensttrap,' zei Lev.

Anastasia knikte, met bonzend hart en ogen die straalden van liefde. De muziek kwam ten einde en ze gingen uit elkaar om dichter bij elkaar te kunnen komen. Anastasia ging terug naar haar tafel, waar haar moeder haar met een glimlach verwelkomde, terwijl Lev de zaal onopvallend verliet. Op het moment dat hij de deur uitging, greep een hand hem vast en trok hem opzij. Het was meneer Bisnard, de F&B-manager, die het formaat had van een koelkast. Hij was ziedend.

'Hoe haal je het in je hoofd om met gasten te dansen, stomme idioot?' riep hij.

Op dat moment verscheen Sinior Tarnogol met een kwaadaardige glimlach.

'Dat is hem,' zei hij tegen meneer Bisnard. 'Dat is toch een van uw werknemers? Kunt u mij uitleggen waarom hij met de gasten danst?'

'Ik bied u mijn welgemeende excuses aan, meneer Tarnogol,' zei Bisnard zonder Lev los te laten. 'Deze ongelikte beer is inderdaad een werknemer van het Palace. Maar maakt u zich geen zorgen, hij komt hier niet mee weg.'

Lev wilde een schandaal voorkomen en liep met Bisnard de diensttrap af naar een afwasruimte, waar de gootstenen vol met vuile afwas stonden.

'Wie denk je wel dat je bent?' donderde Bisnard. 'Omdat je het lievelingetje van meneer Rose bent, denk je dat je alles kunt maken! Altijd de lolbroek uithangen, altijd maar grote fooien incasseren! Ik ben benieuwd wat meneer Rose zal zeggen als ik hem vertel dat je bij het bal van Banque Ebezner naar binnen bent geslopen! En zomaar midden in de zaal stond te dansen! Daar krijg je problemen mee, neem dat maar van mij aan! Misschien moet ik hem gewoon direct bellen.'

Lev wist dat hij de gouden regels van het hotel had overtreden.

'Luister, meneer Bisnard,' smeekte hij. 'Ik doe alles wat u wilt, maar vertel alstublieft niks aan meneer Rose! Hij zal verschrikkelijk boos zijn over mijn gedrag.'

'Dat had je eerder moeten bedenken!'

'Alstublieft,' smeekte Lev. 'Ik doe alles wat u wilt! Ik maak mijn decembersalaris en mijn kerstbonus aan u over als u niks aan meneer Rose vertelt.'

'Drie maanden salaris plus je bonus!' eiste Bisnard.

'Akkoord.'

Bisnard glimlachte tevreden.

'Mag ik nu gaan?' vroeg Lev, die niets anders wilde dan Anastasia zien.

'Niet voordat je de afwas hebt gedaan,' zei Bisnard, die de afwasruimte verliet en de deur achter zich op slot deed.

Anastasia wachtte anderhalf uur lang tevergeefs bij de diensttrap. Ze begreep dat hij niet kwam en ging haar moeder opzoeken voordat die ongeduldig werd.

'Ah, daar ben je,' zei Olga toen Anastasia de zaal in kwam. 'Kom, het is laat, we gaan! Morgenochtend vroeg gaan we naar Genève. Waar is die graaf Romanov? Ik zou graag afscheid van hem nemen.'

'Hij is verdwenen...'

'Heb je zijn adres? Zijn telefoonnummer?'

'Nee...'

'Pfff, nou ja, jammer dan! Een punt in zijn nadeel. Eigenlijk vond ik hem al heel pretentieus. Heel anders dan die Klaus, die zo beleefd en elegant is. Een en al klasse. Hij heeft je overal gezocht. Hij wilde correct afscheid van je nemen. Ik heb gezegd dat ik de boodschap aan je zou overbrengen, en toen hebben we meteen een lunchafspraak gemaakt voor volgende week woensdag, in Genève. Het restaurant van het Beau Rivage. Het was zijn idee. Het Beau Rivage, alsof het niks is. Alleen jij, hij en ik. Hij betaalt. Wat een gentleman, die Klaus.'

Anastasia ging braaf met haar moeder mee. Ze haalden hun bontmantels af bij de garderobe en verlieten het Palace. Ze voelde zich heel verdrietig. Leeg bijna. Waarom had hij haar laten zitten? Ze bedacht dat hij minder van haar moest houden dan zij van hem.

Urenlang waste Lev af. Toen hij klaar was en eindelijk terugkwam in de balzaal, was het feest allang afgelopen. Het was er uitgestorven, alle lichten waren uit. Het Palace sliep.

Anastasia was gevlogen.

Ze waren elkaar kwijt.

Lev verjoeg die herinnering uit zijn gedachten. Opeens ging de deur van het balkon open en zag hij Anastasia verschijnen. Ze kwam vlak bij hem staan: ze raakten elkaar niet aan uit angst dat iemand het zag, maar het leek alsof ze elkaar omhelsden. Lev keek diep in haar ogen.

'Je hebt me nooit verteld wat er met je vader is gebeurd,' zei ze.

'Wat ons allemaal gebeurt: hij is overleden.'

Zacht legde zij haar hand op zijn hart.

'Ik wil je wonden verzorgen, Lev.'

Lev haalde een pakje sigaretten tevoorschijn. Hij bood er Anastasia een aan. Ze rookten in stilte. Ze voelden zich goed.

'Wanneer gaan we?' vroeg Anastasia zacht.

Hij boog zich naar haar oor en fluisterde het antwoord.

Anastasia glimlachte stralend. Ze pakte zijn hand. Ze waren alleen op de wereld. Maar opeens ging de balkondeur luidruchtig open en verscheen Macaire op het balkon, met zijn jas over zijn schouders en die van Anastasia over zijn arm.

'Ha, daar ben je,' zei hij ongeduldig tegen zijn vrouw. 'Rook je nu ook al? Fijn hoor. Kom, we gaan!'

Hij was in een rothumeur. Niets was gegaan zoals hij had verwacht. Hij groette Lev met een haastig opgestoken hand, draaide zich op zijn hakken om en sleepte zijn vrouw met zich mee.

Terwijl meneer en mevrouw Ebezner de grote marmeren trap af liepen, ging Lev achter hen aan; hij zwaaide met Tarnogols wandelstok om hun aandacht te trekken.

'Macaire, wacht!' zei hij. 'Ik moet je spreken!'

'Wat wil hij nu weer?' vroeg Macaire geïrriteerd.

'Ik wil je spreken over het voorzitterschap, maar ver van luisterende oren.'

'Laten we naar de Dufoursalon gaan,' stelde Macaire voor, en hij knikte naar de comfortabele sofa's in de ruimte op slechts een paar passen afstand.

'Nee, daar lopen te veel mensen langs. Laten we liever wat gaan wandelen.'

De twee mannen liepen de ijskoude nacht in. Ze verlieten het hotel en liepen langs de haven. Ondanks zijn dikke jas klappertandde

Macaire als een arme drommel. Lev zette de kraag van zijn jas op en begroef zijn hoofd erin om zich een beetje te beschermen tegen de kou.

'Ik luister,' zei Macaire terwijl ze over de uitgestorven kade wandelden.

'Maak je niet druk over Tarnogol,' stelde Lev hem gerust. 'Ik zal wel met hem praten.'

'En als hij niet naar rede wil luisteren?' vroeg Macaire.

'Dan sla ik hem met zijn dikke wandelstok,' grapte Lev.

Om zijn grap kracht bij te zetten maakte Lev zich klein en zwaaide nerveus met zijn stok, zoals Tarnogol dat vaak deed.

'Ik ben Tarnogol!' grinnikte hij met een slechte imitatie van diens accent.

Hij merkte niets van de auto die al urenlang op de kade geparkeerd stond, die startte toen hij langskwam en op het punt stond om met gedoofde lichten achter hem op te duiken.

Op het bordes van het Hôtel des Bergues hoorden de portiers opeens het geluid van remmen, en toen geschreeuw vanaf de kade, een paar passen verderop. Ze haastten zich erheen.

Er was een voetganger aangereden.

HOOFDSTUK 26
Laatste redmiddel

Arma keek ongerust naar de pendule in de salon. Het was al één uur. Waar bleven ze? Waarom waren m'neer en m'vrouw nog niet terug van hun diner in het Hôtel des Bergues?

Opeens zwaaide de voordeur wijd open. Arma haastte zich naar de hal.

'O, lieve Arma, godzijdank ben je er nog!' riep Macaire uit, zonder zich er zelfs over te verbazen dat ze op dit tijdstip nog niet naar huis was.

'Wat is er aan de hand, m'neer?'

'O, Anastasia... het is een drama!'

De doodsbange Arma zette grote ogen op. Had m'vrouw zich er zoveel zorgen over gemaakt dat zij alles aan haar man zou vertellen dat ze iets doms had gedaan? Had ze zelfmoord gepleegd?

Maar toen kwam ook Anastasia binnen, iets hinkend, ondersteund door neef Jean-Bénédict en zijn vrouw Charlotte, die op hun beurt gevolgd werden door een derde man, aan wie Arma geen aandacht besteedde omdat ze te veel in paniek was over wat er wel niet aan de hand was.

'Anastasia is aangereden door een auto,' zei Macaire tegen haar, terwijl hij iedereen meenam naar de salon. 'En stel je voor, Jean-Béné zat achter het stuur!'

'Gelukkig meer schrik dan pijn,' zei Charlotte Hansen, die altijd blij was als ze een woordje kon bijdragen.

Ze was gebeld door haar man toen ze uit het concert in Victoria

Hall kwam en was direct naar het ziekenhuis gegaan. Jean-Bénédict leek nog steeds in shock. Zijn gezicht was lijkbleek, en hij ratelde continu de leugen af die hij zijn vrouw had verteld toen hij haar belde om haar op de hoogte te brengen.

'...was thuis... beetje ziek... griepseizoen... toen ging het beter... wilde naar het Hôtel des Bergues voor koffie... handen schudden... altijd goed voor je netwerk... toen dacht ik nee, toch geen zin... vergeten lichten aan te doen... idioot... echt ongelooflijk...'

Een paar uur eerder was Operatie Ommekeer heel goed begonnen. Toen Jean-Bénédict thuiskwam van de bank, had hij tegen zijn vrouw geklaagd dat hij zich koortsig voelde. Toen Charlotte rond kwart voor zeven de deur uit ging om voor het concert met haar zus uit eten te gaan, lag haar man in bed; maar zodra ze de deur van de stadsvilla uit was, was Jean-Bénédict onder het dekbed vandaan gesprongen. Hij had een paar uur de tijd: het concert duurde tot kwart over tien en daarna gingen Charlotte en haar zus vast nog naar Remor voor een glas kruidenthee. Zijn vrouw zou niet voor elven thuiskomen en dan zou ze haar man in een diepe slaap aantreffen, zodat het leek alsof hij zijn bed niet uit was geweest. Geen moment zou ze vermoeden wat er die avond was gebeurd. Dit had Jean-Bénédict het beste alibi geleken. Want als er ondanks alles iets mis zou gaan bij Operatie Ommekeer, als de politie hem zou ondervragen, dan zou hij gewoon volhouden dat hij zijn bed niet uit was geweest. En zijn vrouw zou het bevestigen. Als extra voorzorg had hij zijn telefoon thuisgelaten: hij had in een artikel gelezen dat de politie de bewegingen van een mobiele telefoon kon volgen door middel van signalen die erdoor werden uitgewisseld met zendmasten.

Rond acht uur zat Jean-Bénédict volgens afspraak op de quai des Bergues weggedoken achter het stuur. Hij had de perfecte plaats gevonden en de elementen werkten in zijn voordeel: het was een donkere nacht en van het water van de Rhône steeg een dikke mist op. Het zicht was nog geen tien meter. Niemand zou zijn nummerbord kunnen zien, en bovendien had hij dat bedekt met samengedrukte sneeuw.

Kort na halftien zag hij eindelijk twee gestalten over de kade wandelen. Hij zag het niet precies, maar hij herkende Macaire, en degene die met een wandelstok in de hand naast hem liep, moest Tarnogol zijn. Hij voelde een adrenalinestoot: het was tijd om in actie te komen. Hij draaide de sleutel om, deed de koplampen niet aan en hield de twee gestalten die half opgingen in de mist nauwkeurig in de gaten. Toen hij vond dat het moment daar was, trok hij hard op. Maar opeens was Anastasia opgedoken: hij zag haar te laat en reed haar aan.

'Je kunt er niks aan doen, Jean-Béné,' verzekerde Anastasia hem toen ze op de sofa in de salon was gelegd. 'Ik wilde naar Macaire en Lev toe, ze waren gaan wandelen, en toen ben ik zonder te kijken de kade overgestoken. Ik had voorzichtiger moeten zijn. Het is helemaal mijn fout.'

Anastasia glimlachte geforceerd om de sfeer ontspannener te maken en te verbergen dat ze niet de hele waarheid vertelde. Toen Lev bij het afscheid had gezegd dat hij Macaire wilde spreken, was ze bang geworden. Lev had hem voor het eten al apart genomen. Ze maakte zich zorgen over wat er zou gebeuren. Ging hij hem alles vertellen over hun affaire?

Toen ze hen het hotel zag verlaten, was ze achter hen aan gegaan, maar toen ze het bordes had bereikt, waren ze al verdwenen. Een portier had haar gewezen welke kant ze op waren gegaan, maar ze zag niks. Ze liep over het trottoir totdat ze plotseling in de mist midden op de kade twee gestalten meende te zien. Ze was naar ze toe gerend, maar op hetzelfde moment was een auto, waarvan ze dacht dat die geparkeerd stond, met lichten uit de kade op gescheurd en had haar aangereden.

'Hoe dan ook, het had veel erger kunnen aflopen,' zei Macaire.

'Laten we het niet groter maken dan het is!' nuanceerde Anastasia.

'Maar het had heel ernstig kunnen zijn!' zei hij boos.

Macaire verhief zijn stem, blij dat deze gebeurtenis hem weer belangrijk maakte nadat hij tijdens het diner in de ogen van zijn vakbroeders zo kleurloos voor de dag was gekomen. En nu was hij de held. Jammer dat Tarnogol er niet bij was geweest!

Na het ongeluk was Anastasia zelf opgestaan, ze had iedereen verzekerd dat er niks aan de hand was en dat ze geen ambulance nodig had. Maar Macaire had wel gezien dat het helemaal niet zo goed ging, dat haar been was opgezet waar ze geraakt was. Het hele groepje was dus teruggegaan naar de warmte van het Hôtel des Bergues, en ze hadden Anastasia in de Dufoursalon op een sofa gelegd, haar been ondersteund met een stapel kussens, terwijl Macaire het ziekenhuis had ingelicht. Hij sprak luid door de telefoon, met een ernstig gezicht, terwijl het hotelpersoneel nerveus in de weer was. Aangezien op hetzelfde moment de eerste gasten van het gala vertrokken, ontstond er, toen er meer mensen langskwamen, al snel een oploopje bij de deur van de salon. 'Wat gebeurt er?' werd er gevraagd. En het hotelpersoneel antwoordde met ontstelde stem: 'Een aanrijding, bijna voor de deur van het hotel... Het is een wonder dat er niets ergs is gebeurd... De volgende keer valt er een dode, de kades zijn zo slecht verlicht!'

Toen Macaire terugdacht aan de gebeurtenis was hij tevreden dat alle samengestroomde bankiers getuige waren geweest van zijn autoriteit. Ja, ze hadden allemaal gezien wie hij echt was, hoe hij de situatie meester was geweest. Hij belde de directeur van het academisch ziekenhuis van Genève, die hij goed kende, en eiste dat zijn vrouw stante pede onderzocht zou worden door een vooraanstaand hoogleraar! Hij bekommerde zich niet over het late uur. Dit was een spoedgeval! 'Bel een hoogleraar uit bed, als dat moet!' had hij in de telefoon gebulderd. De directeur had direct zijn ondergeschikten ingelicht, die ongetwijfeld stonden te trillen, want als de directeur van het ziekenhuis een bevel geeft, dan is het hommeles! Toen ze aankwamen bij het ziekenhuis werden ze al opgewacht. De rode loper was uitgelegd. Ze waren vooraanstaande inwoners van Genève, verdorie nog aan toe! Zij hoefden niet urenlang gaar te stoven in een wachtkamer vol mankepoten tot ze geholpen werden, welnee! Direct een onderzoek, en niet door de eerste de beste! En daarna nog meer onderzoeken, omdat je nooit kunt weten. De hele reutemeteut!

'Arma,' commandeerde Macaire. 'Graag ijs voor de knie van mevrouw, en ijs in de glazen van iedereen, want we gaan een whisky'tje drinken.'

'Hè ja,' viel Charlotte hem bij. 'Iets sterks! Al die emoties!'

Macaire drukte een natte kus op het voorhoofd van zijn vrouw terwijl Arma op een drafje uit de keuken terugkwam met ijsklontjes. Ze legde een ijszakje op m'vrouws knie; ze durfde haar niet aan te kijken. Toen serveerde ze alle aanwezigen een whisky'tje, zoals m'neer had bevolen. Toen ze de derde man serveerde, herkende ze hem opeens. Het was de man uit de krant. Lev Levovitch!

'Dag, mevrouw,' begroette hij haar, zo vriendelijk en attent als nog nooit een gast van de Ebezners haar had begroet in de tien jaar dat ze in dit huis werkte.

De foto die ze in de krant had gezien deed hem geen recht. Hij was een absolute schoonheid, die ogen... die gelaatstrekken... die elegantie... die noblesse... Arma viel in katzwijm. En nu knoopte hij zelfs een gesprekje aan. Hij stelde belang in haar! Hij vroeg waar ze vandaan kwam. 'Ik ben Albanese,' zei ze. En toen begon hij in het Albanees.

Arma zette grote ogen op; ze was verkocht.

'Hé, Lev! Je spreekt haar taal!' riep Macaire in extase, die voor de zoveelste keer zijn bewondering niet kon verbergen.

'Ik spreek helaas maar een paar woordjes Albanees,' zei Lev.

'Uw Albanees is uitstekend, meneer Levovitch,' verzekerde Arma hem.

En hij is nog bescheiden ook! dacht ze.

'En waar heb je dat koeterwaals geleerd?' vroeg Macaire.

'Een paar jaar geleden had ik een relatie met een nichtje van de voormalige koning van Albanië. Dat duurde niet lang. Ik ben een paar keer naar de Albanese Adriatische Kust gegaan, vanuit Korfoe om precies te zijn. Het is schitterend daar! De zee is turkoois, de mensen zijn onvoorstelbaar goed.'

Het gezicht van Alma lichtte op, ontroerd als ze was dat haar geboorteland plotseling in het middelpunt van de belangstelling stond.

'Ik ben dol op *trilece*,' zei Lev toen tegen Arma.

'Op wat?' vroeg Macaire.

'Een taart met drie soorten melk,' legde Arma uit. 'Die zou ik graag voor u maken, maar die moet een paar uur rusten. Maar ik heb wel alles in huis om *ravani* te maken.'

'Wat te maken?' vroeg Macaire weer.

'*Ravani*,' legde Lev nu uit. 'Taartjes op basis van yoghurt. Heerlijk romig. Maar dat is toch eerder Ottomaans dan Albanees?'

Arma glimlachte omdat Lev gelijk had. Hij had haar veroverd. Terwijl ze deze man toch zou moeten haten? Hoe was het mogelijk! Van streek besloot ze *ravani* te gaan maken en ze verdween naar de keuken. Ze was in de war. Ze begreep de passie van m'vrouw. M'neer was zeker een geweldig mens, maar Lev was zo iemand die je maar één keer in je leven tegenkwam. Toch kon ze zich niet voorstellen dat deze man, die zo goed leek, de baan van m'neer bij de bank wilde inpikken. Dus toen Lev even later in de keuken verscheen om water te halen, maakte ze van de gelegenheid gebruik om er met hem over te praten.

'Ik moet u wat vragen, meneer Levovitch...'

'Ga uw gang.'

'Het is een beetje moeilijk...'

'U kunt eerlijk tegen mij zijn, mevrouw.'

Ze begon.

'Is het waar dat u het voorzitterschap van de bank van m'neer wilt afpakken?'

'Welnee,' antwoordde Lev, terwijl hij boze ogen opzette. 'Natuurlijk niet! Wie heeft dat gezegd?'

'Dat heb ik gehoord!'

'Sinior Tarnogol, de vicevoorzitter van de bank, wil mij tot voorzitter verkiezen. Maar ik heb duidelijk nee gezegd. Ik geloof dat ik hem tot rede heb gebracht. Macaire wordt de nieuwe voorzitter.'

Een uur later zat iedereen in de keuken, enthousiast bij de aanblik van de prachtige ronde taart die uit de oven was gekomen en die Arma in stukken sneed. Iedereen smulde.

Het was halfdrie 's nachts toen Jean-Bénédict, Charlotte en Lev eindelijk vertrokken, lyrisch over Albanië, en ze Arma oprecht bedankten en beloofden dat ze terug zouden komen om opnieuw samen *ravani* te eten.

Macaire was geheel van slag. Hij had net beseft dat Levovitch ieders hart had veroverd. Van de bankiers tot Arma – iedereen was dol op hem. Hij was onweerstaanbaar. Hij was gemaakt om voorzitter van de bank te worden. Zoveel was duidelijk. Hij was de beste keuze voor de bank. Macaire legde zich erbij neer, hij moest opgeven. Op dat moment voelde hij zijn telefoon trillen in zijn zak. Wie zou hem op dit tijdstip kunnen bellen? Toen hij de naam zag die op het scherm verscheen, was hij een ogenblik met stomheid geslagen. Daarna liep hij weg om op te nemen.

Arma maakte gebruik van het feit dat ze alleen met haar bazin in de keuken was om fluisterend te zeggen: 'M'vrouw, die meneer Lev is heel bijzonder... ik heb nog nooit zo iemand ontmoet.'

'Je moet begrijpen dat het tussen Lev en mij niet iets voorbijgaands is, geen bevlieging,' vertrouwde Anastasia haar toe. 'We zijn voor elkaar gemaakt. We hadden altijd al samen moeten zijn. Maar alles liep anders dan voorzien.'

~

Genève, 15 jaar eerder
April, drie maanden na het Grote Weekend

'O mijn god!' riep Olga in extase, alsof ze net was klaargekomen, toen ze de ring aan Anastasia's vinger zag. 'Die diamant is enorm!'

Bij het horen van het woord 'diamant' kwam ook Irina aangerend.

'Heeft Klaus je nu al ten huwelijk gevraagd?' bracht ze met moeite uit. 'Jullie zijn nog maar een paar maanden bij elkaar.'

'Maak je geen zorgen,' stelde Anastasia haar gerust. 'Dit is geen verlovingsring.'

Irina slaakte een zucht van verlichting. Haar vermogensbeheerder had haar twee weken eerder ten huwelijk gevraagd en ze wilde niet dat haar zus haar geluk zou overschaduwen. Nee, ze had zelf ook niet gedacht dat hij haar al zo gauw zou vragen, maar zoals hij zelf zei: hij was niet meer de jongste. Het huwelijk stond voor de herfst gepland. In principe in Hôtel Beau Rivage. Alsof het niets was!

'Nou zeg, die Klaus!' zei Olga in de wolken. 'Eerst oorbellen, toen dat collier, nu een ring. Hij strooit met diamanten alsof het niks is! Alleen om zijn geliefde een plezier te doen! Zorg goed voor hem, hoor! Laat hem niet ontsnappen!'

Anastasia glimlachte geforceerd. Ze wilde haar moeder uitleggen dat hij haar steeds grotere cadeaus gaf naarmate hij haar meer pijn deed. Ze wilde haar blouse openknopen en de blauwe plekken op haar lichaam laten zien, maar ze durfde niet. Ze schaamde zich. Ze was bang dat ze niet serieus zou worden genomen, en bovendien had hij beloofd dat het niet meer zou gebeuren, dat hij hulp ging zoeken om zijn woede te beheersen. Als hij zich had laten gaan, had hij direct spijt, vroeg haar om vergiffenis, viel op zijn knieën en noemde haar een prinses. Ze wist niet meer wat ze ervan moest denken.

'Wat een prachtige vangst, die Klaus!' zei Olga toen. 'Ik ben zo blij voor je, Nastya, en dat zeg ik niet vanwege die cadeaus. Hij is een goede man, dat voel je. Altijd goedlachs, vrijgevig, en bovendien zijn jullie een prachtig stel.'

'We hebben wat problemen,' bekende Anastasia.

'Dat heeft elk stel, meisje! Problemen zijn juist een goed teken: die betekenen dat je relatie leeft en sterker wordt. Aan relaties moet je bouwen, kind. Vergeet nooit dat er geen probleem is dat niet kan worden opgelost.'

'Over een maand moet Klaus definitief terug naar Brussel. Hij wil dat ik meega en bij hem intrek.'

'Wat geweldig! Jullie gaan samenwonen! Dat betekent dat het ernst is.'

'Ik ben nog niet eens klaar met mijn studie.'

'Die kun je toch in Brussel afmaken, of niet? En bovendien, eerlijk is eerlijk, denk je nou echt dat je je met een letterenstudie zult redden in het leven? Terwijl je die lieve jongeman hebt, van heel goede afkomst, die hoteldebotel van je is en je mee wil nemen. Ik kan me een moeilijker dilemma voorstellen!'

Met Klaus ging het allemaal heel snel. Anastasia wist niet precies meer hoe of waarom.

Nadat Lev haar op de avond van het bal had laten zitten, had ze heel diep nagedacht. Zag ze zich echt haar hele leven in een bediendekamer wonen? Ze wilde niet zo bitter eindigen als haar moeder. Ze overtuigde zichzelf ervan dat haar geschiedenis met Lev op niets zou uitlopen. En dus had ze weer met Klaus afgesproken en had ze zich laten verleiden. Hij bood haar de belofte van een ander leven, ver van alle moeilijkheden die ze had gekend. Maar hij kon niet tegen tegenspraak. Hij kon niet tegen frustratie. Hij werd snel agressief. Ze voelde zich heel alleen.

Haar enige echte vriend was Macaire Ebezner. Ze kende hem nog niet zo lang, maar hij was altijd zo aardig en attent voor haar. Sinds het Grote Weekend zag ze hem regelmatig. Ze zagen elkaar bij Remor, het café op de place du Cirque waar wat intellectuelen kwamen, en daar dronken ze thee en konden ze uren doorbrengen. Op zondag nodigde hij haar uit bij zijn ouders, die in een prachtig huis in Collonge-Bellerive woonden.

Anastasia voelde zich niet tot Macaire aangetrokken, maar ze voelde zich goed bij hem. Ze kon zichzelf zijn, zich blootgeven. Hij wist alles: haar familieverhaal, het appartementje in Les Pâquis, dat haar moeder verkoopster was bij Bongénie.

Toen Anastasia Macaire vertelde dat ze stante pede naar Brussel zou vertrekken, zei hij dat hij haar heel erg zou missen. Dat hij haar in België zou komen opzoeken. Dat ze elkaar zouden schrijven. Bij het afscheid, voor Remor, had ze hem een lange zoen op de wang gedrukt. Uiteindelijk was Lev de enige man die hartstochtelijk van haar had gehouden, bedacht ze die dag. Lev, de eenvoudige hotelbediende.

Sinds het Grote Weekend hadden ze contact gehouden. Iedere zondag installeerde ze zich in een telefooncel en belde het restaurant van het Palace. Ze vroeg Lev te spreken. Ze kenden haar inmiddels, de gerant ging Lev zoeken en al snel kreeg ze hem aan de lijn. Ze was zo gelukkig als ze zijn stem hoorde, dan ging er een onbeschrijflijke opwinding door haar heen. Maar waarom had hij haar die zaterdagavond op het bal van Banque Ebezner laten zitten? Hij had haar nooit een echt antwoord willen geven, beperkte zich tot de opmerking dat hij toen verhinderd was. Bovendien had hij haar meermalen beloofd dat hij de trein zou pakken om haar op te zoeken in Genève, maar dat had hij nooit gedaan. Hij had altijd een excuus. Als hij echt om haar zou geven, had hij wel woord gehouden. Uit Levs gedrag leidde ze af dat ze niet echt belangrijk voor hem was, terwijl zij onophoudelijk aan hem dacht. Tijdens die vele telefoontjes had ze hem nooit durven opbiechten dat ze een relatie had met Klaus. Misschien was dat een teken dat ze van hem hield?

Op de eerste zondag van april vertrok Anastasia naar Brussel. Pas die dag vond ze de moed om Lev vanuit een telefooncel op het vliegveld Genève-Cointrin te bellen en hem te vertellen dat ze wegging.

'Anastasia?' zei Lev dolblij toen hij de telefoon aannam.

'Ik heb iemand leren kennen,' zei ze meteen. 'Hij heet Klaus.'

Lev was geraakt en deed zijn best om zijn verdriet te verbergen.

'Je mag doen wat je wilt,' antwoordde hij droog. 'We zijn sowieso niet echt bij elkaar. Bel je daarvoor?'

'Ik ga met hem naar Brussel verhuizen.'

'Wanneer?'

'Vandaag.'

Nog een vuistslag. Er viel een lange stilte, ze voelde de behoefte om zich te rechtvaardigen.

'Waar was je op die zaterdag van het bal? Ik was wanhopig.'

Hij zei niets: hoe moest hij haar bekennen dat Bisnard hem had vernederd en dat hij voor straf de hele afwas had moeten doen?

'Het doet er niet toe,' zei hij uiteindelijk. 'Wie is die Karl?'

'Klaus,' corrigeerde Anastasia. 'Zijn vader is een industrieel.'

'Is hij rijk?' vroeg Lev.

'Enorm, maar...'

Ze zweeg. Toen vervolgde ze: 'Het is niet omdat hij rijk is, Lev. Dat heeft er niks mee te maken. En bovendien, wat gaat het jou aan? Ik beteken toch niks voor je!'

'Dat is niet waar!' protesteerde Lev.

'Anders was je wel een keer naar Genève gekomen, zoals je zo vaak hebt beloofd.'

Lev zweeg. Hij hield de hoorn in zijn ene hand, en met de andere speelde hij met de ring in zijn zak. De ring van zijn moeder Dora, het enige wat hij nog van haar had. Die ring was voor Anastasia, dat wist hij al sinds hun eerste nacht. Sinds september had hij aan slechts één ding gedacht: Anastasia in Genève opzoeken en haar het sieraad geven. Maar voorlopig had hij geen rooie cent voor een treinkaartje: meneer Bisnard had zijn drie laatste maandsalarissen en zijn kerstbonus ingepikt in ruil voor zijn stilzwijgen. Het had trouwens geen nut gehad, want ook al had Bisnard zijn mond gehouden, de andere werknemers hadden hem aan meneer Rose verraden. Die was woedend geweest. Om Lev niet te hoeven ontslaan was hij gedwongen geweest hem een sanctie te geven die anderen ervan zou weerhouden om hetzelfde te doen: een maand salarisinhouding en een officiële berisping voor grove nalatigheid, die ook als laatste waarschuwing voor ontslag gold.

Voor Lev betekende dat: geen geld tot mei. Na deze reprimande was het ondenkbaar voor hem geweest om meneer Rose om een voorschot te vragen. Wat zijn vader betreft, die had geweigerd hem een cent te lenen. 'Had je maar moeten sparen,' zei Sol, die wilde dat zijn zoon er iets van leerde. Lev had geprobeerd om zwart te rijden, maar hij was in Montreux door de conducteur betrapt. Hij was hardhandig uit de trein gezet en had bovendien nog een boete gekregen. En vanzelfsprekend was hij veel te trots om iets van deze dingen aan Anastasia te vertellen. Hoe zou ze dan over hem denken? Hij was een zwerver, een slechte partij.

'Dag, Lev,' fluisterde Anastasia; ze gaf hem de doodsteek. Een traan van woede liep over Levs wang.

'Dag, Anastasia,' zei hij en hij hing abrupt op.

Een uur later, toen het vliegtuig opsteeg en Anastasia in tranen tegen het raampje leunde en bedacht dat er steeds meer afstand kwam tussen haar en Lev in Zwitserland, besefte ze hoe groot de fout was die ze net had gemaakt.

~

In de keuken vertrouwde Anastasia Arma toe: 'Al vanaf de eerste dag wisten Lev en ik dat we voor elkaar gemaakt waren. Maar het leven hield ons uit elkaar.'

Ontdaan zei Arma tegen haar bazin: 'Ik vertel niks aan m'neer, beloofd. Gaat u weg met Lev. Het is uw lot.'

Op hetzelfde moment liep Macaire over de chemin de Ruth, volgens de instructies die hij over de telefoon had gekregen. Opeens dook Sinior Tarnogol voor hem op uit de duisternis. Hij leek heel nerveus.

'Ik loop gevaar, Macaire,' vertrouwde hij hem direct toe. 'De Zwitserse contraspionagedienst zit me achter de broek. Het is ernstig.'

Macaire deed alsof het nieuws hem verraste. Hij bedacht dat dit het moment was om zijn voorstel aan Tarnogol te doen: doen alsof hij dood was in ruil voor de functie van voorzitter en zijn aandelen. Maar Tarnogol vervolgde: 'De Zwitserse regering wil verhinderen dat ik de macht bij de bank in handen krijg.'

'Ben je dat dan van plan?' vroeg Macaire.

Tarnogol antwoordde met een kwaadaardige glimlach: 'Jij bent niet uit voorzittershout gesneden, Macaire. Reken er dus maar niet op dat ik toelaat dat jij gekozen wordt en ik overal afstand van doe, enkel en alleen om de toorn van mijn vijanden tot bedaren te brengen. Zo laf ben ik niet!'

'Je bent de duivel!' riep Macaire uit.

'Dat weet je al vijftien jaar,' zei Tarnogol cynisch.

'Wat wil je van me?'

'Een nieuw pact. Waar we allebei bij winnen.'

'Namelijk?'

'De afspraak van vijftien jaar geleden zeggen we op. Je krijgt je aandelen terug en je kunt voorzitter worden. Daar staat tegenover dat je mij teruggeeft wat ik je toen gaf.'

'Wat?' bracht Macaire uit.

'Ik ben bereid om alles terug te draaien!' donderde Tarnogol. 'Jij doet afstand van de tegenprestatie van vijftien jaar geleden en je wordt voorzitter van die vervloekte bank.'

'Bedoel je dat...' mompelde Macaire, zonder zijn zin te durven afmaken.

'Ik bedoel dat jij afstand doet van Anastasia!' riep Tarnogol satanisch uit. 'Dat is de voorwaarde!'

'Ik verbied je Anastasia een haar te krenken!' dreigde Macaire.

'Je raakt Anastasia kwijt,' herhaalde Tarnogol. 'Je wordt voorzitter van de bank, maar dan ben je wel alleen.'

TWEEDE DEEL

Het weekend van de moord

Vrijdag 14 tot zondag 16 december

HOOFDSTUK 27
Eerste sporen

Vrijdag 29 juni 2018, vroeg in de ochtend, op mijn kamer in het Palace de Verbier.

Scarlett en ik waren de vorige avond teruggekomen uit Genève. Ik moet bekennen dat ik erg had genoten van het uitstapje. Het had ons vooral in staat gesteld om een paar flinke stappen in het onderzoek te zetten. En dus had ik sinds zonsopgang mijn aantekeningen doorgenomen en vergeleken met de diverse artikelen die Scarlett had opgedoken en die ze in mijn suite aan de muur had gehangen.

Wat wisten we?

Dat het slachtoffer een gewaardeerd persoon was die geen bijzondere vijanden had.

Dat de huidige voorzitter van de bank, die na de moord werd benoemd, volgens de portier na de gebeurtenissen nooit meer de oude is geworden.

Dat de buurvrouw van Ebezner heel veel wist. Ze was de voorzitter van de Zwitserse Stichting voor hulp aan wezen, een liefdadigheidsinstelling die in Genève hoog stond aangeschreven. Horace Hansen was er jarenlang erevoorzitter van geweest en had zich er met hart en ziel voor ingezet. De stichting organiseerde jaarlijks een gala-avond in een groot hotel in Genève om fondsen te werven. Horace Hansen nodigde altijd mensen van de bank uit: zo had ze in de loop der jaren kennisgemaakt met Abel Ebezner, Sinior Tarnogol, Jean-Bénédict Hansen, Macaire Ebezner en Lev Levovitch. Ze had gezegd: ‘Het was duidelijk dat Abel Ebezner zijn zoon dat gedoe met die aandelen kwalijk nam. Daar maakte hij geen geheim van. Voor Macaire was dat moeilijk. Maar toen hij en zijn echtgenote naast me kwamen wonen, besefte ik dat hij heel anders was dan hoe zijn vader hem beschreef.'

'En Lev Levovitch?' vroeg ik.

'Een buitengewoon mens. Als hij ergens binnenkwam, keek iedereen alleen nog naar hem. Je merkte wel dat Abel Ebezner aan Lev Levovitch gehecht was. Er werd gezegd dat hij zo'n beetje zijn rechterhand was.'

Scarlett en ik hadden ontdekt dat de buurvrouw nogal nieuwsgierig was, wat ons wel beviel omdat het nuttig voor ons kon zijn. Na de gebeurtenissen tijdens het Grote Weekend had ze Arma, de huishoudster van de Ebezners, uitgehoord om er meer over te weten te komen. 'Arma zei dat dat lege huis zo verschrikkelijk was. Dat ze alles had zien aankomen. Dat ze wist dat Anastasia van plan was geweest om met haar minnaar weg te gaan.'

Ik werd uit mijn leesstof gehaald doordat er op de deur van mijn suite werd gebonsd. Ik deed open: het was Scarlett.

'Alweer aan het werk, schrijver?' vroeg ze toen ze de papieren zag die op mijn werktafel lagen uitgespreid.

'Ik nam mijn aantekeningen door.'

'Ga je mee ontbijten?'

'Graag.'

We liepen naar het hotelterras en kozen een tafel in de zon uit.

'Hoe gaat het met je boek?' vroeg Scarlett.

'Vrij aardig,' antwoordde ik. 'Ik gebruik alles wat we ontdekken.'

'Wanneer mag ik lezen wat je al hebt?'

'Binnenkort,' beloofde ik.

Een ober bracht koffie en een mand met broodjes. Ze pakte voorzichtig een croissant en nam een hapje. Toen vroeg ze: 'Heb je een spoor?'

'Van de moordenaar? Nee, nog niet. Ik ben nog bezig met ons gesprek met de buurvrouw van de Ebezners.'

'En?'

'Ik denk dat het geen toeval is wat er op die vrijdagochtend voor het Grote Weekend bij de Ebezners is gebeurd. Het houdt verband met alles wat er daarna is gebeurd.'

Onder het praten had ik een broodje met jam besmeerd dat ik automatisch in mijn koffie doopte. Het amuseerde me dat ik dat deed. Het was iets van Bernard. Iedere ochtend als hij naar de uitgeverij in de rue La Boétie ging, hield hij halt bij Le Mesnil, het restaurant dat eronder zat. Hij bestelde altijd een broodje jam dat hij in zijn koffie doopte.

'Op welke manier?' vroeg Scarlett.

'Dat moeten we nog ontdekken.'

Toen ik mijn broodje en mijn koffie ophad, stond ik op.

'Ga je al?' vroeg Scarlett verbaasd.

'Ik moet weer aan het werk. Je weet wel, dat boek waaraan ik door jou ben begonnen.'

Ze glimlachte.

'Aangezien ik je de rest van de dag niet terugzie kunnen we misschien vanavond samen eten, schrijver. Het schijnt dat het Italiaanse restaurant van het Palace heel bijzonder is.'

'Italiaans is altijd een goed idee,' zei ik.

'Tot vanavond. Werk ze!'

Ik vertrok naar mijn kamer, ging aan de tafel zitten en dook weer in de getuigenis van de buurvrouw. Dankzij haar wisten we wat er op vrijdag 14 december bij de Ebezners was gebeurd.

HOOFDSTUK 28
Valse starts (1/2)

Vrijdag 14 december – twee dagen voor de moord

De dag brak aan.

In de winternacht was de gevel van het grote huis van de Ebezners donker, met uitzondering van een enkel raam: dat van de werkkamer. Daar had Macaire zich opgesloten, met zijn kamerjas aan, en hij boog zich over zijn schrift.

Mijn laatste missie vindt plaats tijdens het Grote Weekend van Banque Ebezner in Verbier.

P-30 heeft me gevraagd te voorkomen dat Sinior Tarnogol de zeggenschap over Banque Ebezner krijgt.

Mijn speelruimte is heel beperkt: óf ik weet Tarnogol ervan te overtuigen me tot voorzitter te benoemen, óf ik moet hem doden. Als ik faal, weet ik dat P-30 me de dubbele moord in de schoenen zal schuiven waaraan ik indirect medeplichtig ben.

Ik had nooit gedacht dat het ooit zover zou komen. Maar ik mag me niet beklagen over mijn lot, omdat ik zelf als enige verantwoordelijk ben. Ik ben inderdaad degene die Tarnogol in staat heeft gesteld om zover te geraken door mijn aandelen aan hem af te staan.

En aangezien deze tekst mijn biecht is, moet ik hier nog een geheim vertellen. Ik zal bekendmaken wat Sinior Tarnogol me heeft gegeven in ruil voor mijn aandelen.

En zo vertelde Macaire voor het eerst in detail wat er vijftien jaar eerder in het Palace de Verbier was gebeurd.

Toen hij klaar was met zijn verhaal was het bijna zeven uur 's ochtends. De dag begon kalm. Hij sloeg zijn schrift dicht en bekeek dat samengeniete papier dat al zijn geheimen bevatte. Hij besloot het ditmaal niet, zoals anders, op te bergen in de kluis waarvan hij alleen de code kende, maar hij verborg het op een boekenplank, achter een rij boeken. Voor het geval er dit weekend iets zou gebeuren, bedacht hij. Dan zou de waarheid aan het licht kunnen komen.

Hij ontbeet haastig in de lege keuken. Arma was vrij tot maandag. Opeens miste hij haar geruststellende aanwezigheid achter het fornuis. Hij vond het fijn om haar hier te zien als hij 's ochtends opstond en 's avonds thuiskwam. Goedemorgen m'neer, fluisterde Macaire tegen zichzelf.

Het was bijna tijd om naar Verbier te vertrekken. Hij ging terug naar de slaapkamer, waar Anastasia nog lag te slapen, sloop de kamer door en liep geruisloos naar de badkamer. Hij nam een douche, kleedde zich zorgvuldig aan, schoor zich heel glad. Zijn koffer had hij de vorige dag ingepakt, die lag al in de kofferbak van zijn auto.

Hij was klaar voor vertrek; hij kuste zijn vrouw op haar wang, voorzichtig om haar niet wakker te maken. Anastasia sliep allang niet meer, maar ze hield haar ogen dicht: ze had de moed niet om haar man onder ogen te zien. Vandaag ging ze voor altijd bij hem weg.

'Dag, beertje,' fluisterde Macaire, waarbij hij onaangenaam in haar oor blies. (Ze moest haar best doen om niet te bewegen.) 'Ik ga naar Verbier, zondag kom ik terug als voorzitter. Alles komt in orde, wacht maar af. Vergeet niet dat Arma vandaag vrij is, ik hoop dat je het me niet kwalijk neemt dat ik je hier alleen laat.'

Het beertje, dat bleef doen alsof ze Doornroosje was, bedacht dat het heel goed uitkwam dat Arma er niet was. Macaire kuste haar nog een keer en ging toen weg.

Toen Anastasia de voordeur hoorde dichtslaan, sprong ze uit bed. Ze voelde zich schuldig dat ze er op zo'n laffe manier vandoor wilde gaan. Maar ze kon niet anders.

Uit haar kast haalde ze de bagage die ze er had verstopt. Toen ze

Lev gisteravond in het Hôtel des Bergues de datum van hun vertrek had gevraagd, had hij in haar oorschelp gefluisterd: 'Morgenochtend. Elf uur bij de loketten van station Cornavin.'

Ze wilde geen seconde langer wachten om uit dit huis weg te vluchten. Het deed er niet toe dat het nog zo vroeg was. Ze ging wel ergens koffiedrinken tot het elf uur was.

Macaire zat achter het stuur van zijn auto en reed de poort uit. Hij was net de chemin de Ruth op gereden toen er op de achterbank een gestalte opdook die luid zei: 'Dag, Macaire!'

Hij kreeg bijna een hartaanval, trapte op de rem en draaide zich om: het was Wagner.

'Je bent stapelgek!' schreeuwde Macaire.

'En jij bent zo onverstandig om je auto niet op slot te doen,' merkte Wagner op.

'Wat doe je hier?'

'Dit is een grote dag voor je, Macaire. Ik wil er zeker van zijn dat je er klaar voor bent.'

'In mijn twaalf jaar bij P-30 heb ik nog nooit een missie laten mislukken. Geen zorgen.'

'Goed om dat te horen. Je hebt dus besloten dat je Tarnogol gaat elimineren?'

'Ik heb besloten om mijn bank niet in zijn klauwen te laten vallen. Over de modus operandi beslis ik. Jij hebt je nooit bemoeid met de manier waarop ik opereer. En met de resultaten is nooit iets mis geweest.'

'Doe wat je wilt, Macaire. Maar zorg er wel voor dat je morgenavond tot voorzitter wordt benoemd! Anders zijn de gevolgen desastreus voor iedereen. In de eerste plaats voor jou.'

'Alles komt goed, maak je niet druk, Wagner. Ik vind het echt diep treurig dat jij de behoefte voelt om me te bedreigen, terwijl ik het land twaalf jaar lang heb gediend zonder het ooit te laten afweten.'

'Alles wat ik wil, is dat je je carrière bij P-30 op een mooie manier afsluit, Macaire. Heb je het flesje met gif bij je, voor het geval dat?'

Bij wijze van antwoord haalde Macaire de flacon uit zijn zak en hield hem voor Wagners neus, die tevreden leek.

'Vergeet niet dat het acht tot twaalf uur duurt voordat het gif gaat werken,' zei hij nog, voordat hij uitstapte.

Macaire startte direct en scheurde weg door de chemin de Ruth. Bestemming Verbier.

Om elf uur doorkruiste Anastasia de grote hal van station Cornavin, met de kleine reistas in haar hand.

Het had haar veel moeite gekost om het huis in Cologny te verlaten. Ze had zich laten overspoelen door nostalgie. Ze had een laatste pelgrimstocht door de verschillende kamers gemaakt, overmand door emotie. Ze had lang gehuild. Ze liet een leven achter zich waarvan ze ondanks alles had gehouden. Ze liet een man achter die altijd goed voor haar was geweest. Eigenlijk was Macaire de enige die haar nooit pijn had gedaan en nu stond ze op het punt hem te verraden en zijn hart te breken. Ze had op bed een briefje voor hem achtergelaten, een paar zinnetjes om te zeggen dat ze bij hem wegging, dat ze voor altijd vertrok, dat hij niet moest proberen haar te vinden. Om te benadrukken dat het voorbij was had ze zelfs overwogen om haar verlovingsring erbij achter te laten. Een saffier die Macaire haar had gegeven toen hij haar ten huwelijk vroeg. Ze had hem niet vaak gedragen: de saffier werd al snel vervangen door een reusachtige solitair. Toen ze de ring neerlegde keek ze nog eens naar de blauwe steen, en zonder dat ze precies wist waarom besloot ze hem uiteindelijk toch maar mee te nemen. Misschien om een herinnering te hebben aan dit leven dat ze achter zich ging laten. Ze stopte hem in haar zak en vertrok naar het station. Ze vroeg zich af waarheen de reis ging die Lev had gepland. De trein naar Milaan? Of Venetië? Ze had er altijd van gedroomd om in Italië te wonen.

Toen ze bij de loketten aankwam, zag ze hem. Ze wierp zich in zijn armen.

'Lev! Ik dacht dat deze dag nooit zou komen!'

'Anastasia...' mompelde hij zachtjes, met een stem die verried dat hij problemen had.

Ze begreep dat er iets niet in de haak was. Ze merkte dat hij geen bagage bij zich had.

'Wat is er aan de hand, Lev?'

'Ik moet naar Verbier, Anastasia.'

'Naar het Grote Weekend? Maar waarom dan?'

'Het is beter als je van niets weet. Vertrouw me, alles komt goed. We vertrekken gewoon twee dagen later, dat is alles.'

'Ik wil weten wat er aan de hand is,' eiste Anastasia.

Lev zuchtte, toen zei hij: 'Macaire.'

'Macaire? Hoe bedoel je?'

'Hij wordt niet gekozen.'

Anastasia zag er ontsteld uit: als Macaire niet tot voorzitter werd gekozen en zij bij hem wegging, ging hij kapot. Dan bestond het gevaar dat hij er een einde aan zou maken.

'Ik mag je hier niet bij betrekken,' vervolgde Lev. 'Jean-Bénédict heeft gebeld: kennelijk staat Tarnogol op het punt om op iedereen behalve Macaire te stemmen. Ik geloof dat het iets persoonlijks is, dat hij hem tot het uiterste wil tergen of druk op hem wil zetten, ik weet alleen niet waarom. Het Grote Weekend loopt helemaal mis. Ik ben bang dat er iets dramatisch gaat gebeuren.'

Anastasia hield het niet meer.

'Ik kan niet bij hem weg...' fluisterde ze. 'Als Macaire niet wordt gekozen, kan ik niet bij hem weg...'

Opeens voelde ze zich een gevangene. Een gevangene van deze man, van dit leven. Er gleed een traan over haar wang. Lev veegde hem weg met zijn duim, toen omhelsde hij Anastasia om haar te troosten.

'Ik zorg dat alles goed komt,' zei hij. 'Ik beloof dat tussen nu en het einde van het weekend alles wordt geregeld. Zondag vertrekken we echt, dan gaan we weg uit Genève, weg van alles. Zondag zijn we eindelijk vrij! Ik beloof het je.'

Met pijn in het hart ging Anastasia terug naar Cologny. Nu vond ze het jammer dat Arma er dit weekend niet was. Ze had helemaal geen zin om twee dagen alleen te zijn in dat grote oude huis. Toen de taxi haar voor het huis afzette, voelde ze een enorme teleurstelling. Ze moest aldoor denken aan wat Macaire zou overkomen als hij geen voorzitter zou worden. Bij die gedachte voelde ze een knoop in haar maag.

Ze ontgrendelde de zware voordeur en dwong zichzelf te geloven dat alles in orde zou komen en dat ze niet bij de pakken neer hoefde te zitten: ze zou tenminste tijd hebben om rustig na te denken over wat ze mee zou nemen, en om de kleine reistas in te ruilen voor een grotere koffer. Wat extra kleren, en vooral een paar voorwerpen waaraan ze gehecht was. Ja, twee koffers zelfs. En ze kon ook wat boeken meenemen.

Toen ze de hal in liep, hoorde Anastasia iets in Macaires werkkamer. Ze dacht als vanzelf dat het Arma was en liep ernaartoe. Maar toen bleef ze staan: ze bedacht dat Arma vrij was, en dat de voordeur sowieso niet op het nachtslot zou zitten als zij er was. Opeens voelde Anastasia zich angstig. Ze wilde vluchten, maar het was te laat: de deur van de werkkamer zwaaide open en er verscheen een in het zwart geklede man, met handschoenen aan en een bivakmuts op, die klaar was om zich op haar te werpen.

HOOFDSTUK 29
Valse starts (2/2)

15 jaar eerder
April, drie weken na Anastasia's vertrek met Klaus naar Brussel

Om negen uur 's ochtends stopte een zwarte sedan voor het Palace de Verbier. Het hotelpersoneel stond in de houding en wachtte op de belangrijke gast die regelmatig in het etablissement verbleef.

De chauffeur haastte zich om het portier te openen, en met veel vertoon stapte Sinior Tarnogol uit de auto.

Sinior Tarnogol was een van de meest veeleisende gasten van het hotel. En in elk geval de meest gevreesde: meneer Rose zei dat Tarnogol met zijn invloed de reputatie van het hotel kapot kon maken, en daarom had al het personeel de opdracht gekregen hem met de allergrootste zorg te omringen.

De medewerkers stonden allemaal in de rij en begroetten de nieuwaangekomene met een: 'Goedendag, meneer Tarnogol. Welkom in het Palace de Verbier, meneer Tarnogol.' Bij wijze van antwoord nam Tarnogol ze onverschillig op en hij beklom de treden naar de grote entree, waar meneer Rose op hem wachtte die er, zoals altijd als hij aankwam, bijzonder nerveus uitzag. Hij wierp een snelle blik op het papiertje dat hij in zijn hand had en waarop Lev voor hem fonetisch een zin in het Russisch had opgeschreven.

'Van harte welkom,' zei meneer Rose moeizaam.

Tarnogol bekeek hem geïntrigeerd; toen antwoordde hij in het

Frans, zichtbaar slecht gehumeurd: 'Uw Russisch is erbarmelijk, vriend. Alsof u een aap probeert te dresseren.'

Meneer Rose deed zijn best om zijn gezicht in de plooi te houden en vroeg: 'Hebt u een goede reis gehad?'

'Verschrikkelijk.'

'Dat spijt me vreselijk voor u. Uw kamer is gereed, als u wilt uitrusten.'

'Ik heb honger. Breng me naar het restaurant. Een tafel apart. Met uitzicht op de bergen. En roep de F&B-manager, ik wil alleen door hem worden bediend!'

'Heel goed, meneer Tarnogol,' stotterde meneer Rose.

Met een knip met de vingers deed hij een wolk personeelsleden opvliegen die allemaal druk aan het werk gingen en die nederig deuren openden als hij langskwam, terwijl in allerijl meneer Bisnard, de F&B-manager, werd ontboden.

Enkele ogenblikken later zat Tarnogol aan een tafeltje in het restaurant, waar het vrije uitzicht over de Alpen en vooral de perfect georkestreerde bewegingen van het ballet van het personeel hem tot rust brachten, en liet zich door meneer Bisnard twee zachtgekookte eieren en een berg kaviaar opdienen, met daarbij, ondanks het vroege uur, een glaasje Beluga-wodka.

'Dank je wel, Bisnard,' zei Tarnogol, die de F&B-manager bij zijn achternaam noemde alsof het een bijnaam was.

De rest van het hotelpersoneel genoot ervan dat de gevreesde Bisnard door de machtige gast zo neerbuigend werd behandeld.

'Kan ik nog iets voor u betekenen?' vroeg meneer Bisnard.

'Zwarte thee met een wolkje melk.'

Bisnard klakte met zijn hakken en kwam korte tijd later terug met een blad met een dampende theepot en een kopje van Chinees porselein. Met een ceremonieel gebaar tilde hij de deksel van de theepot en haalde er een thee-ei uit.

'Houdt u van sterke thee, meneer Tarnogol?' vroeg Bisnard.

Tarnogol keek hem walgend aan, alsof hij haast over zijn nek ging.

'Laat jij thee trekken in metaal?' (Tarnogol tutoyeerde al het personeel, behalve meneer Rose.)

'Excuseer, meneer Tarnogol?'

'Je moet thee nooit laten trekken in metaal of in een theekom!'

'Dat wist ik niet, meneer Tarnogol. Mijn excuses.'

'Hoe wil je dat de theebladeren hun aroma loslaten als ze op elkaar gedrukt zitten? En dan ook nog in metaal, dat de smaak platslaat! En het water? Hoe warm is dat?'

'Kokend,' stotterde Bisnard.

'Zwarte thee moet op 90 graden trekken! En we zitten hier op ongeveer tweeduizend meter hoogte, dus water kookt bij...'

'Iets minder dan honderd graden?' veronderstelde Bisnard.

Tarnogol haalde een pen uit zijn zak en maakte berekeningen op het tafellaken.

'Ongeveer 93 graden,' zei hij. 'Dus de temperatuur is min of meer in orde,' verklaarde Tarnogol tevreden. 'Bravo, Bisnard!'

Bisnard leek opgelucht en veegde wat zweetdruppels weg die op zijn voorhoofd parelden.

'Schenk me nu de thee in en doe er melk bij.'

Bisnard knikte. Hij vulde de kop met thee. Toen pakte hij de melkkan en goot er een beetje bij.

'Een wolkje, zei ik. Geen ochtendneveltje,' zei Tarnogol terwijl hij in zijn kopje tuurde, om duidelijk te maken dat hij niet genoeg melk had.

Bisnard deed er nog wat bij.

'Dat is een cumulus,' verklaarde Tarnogol. 'Is melk op rantsoen? Moet ik het in het hotel laten bezorgen? Zal ik mijn bonkaart laten zien?'

Bisnard begreep dat hij er meer bij moest doen en schonk de helft van de kan in de kop. Tarnogol begon te brullen: 'Ik vroeg om een wolkje en nu heb ik een cumulonimbus! Nu zit er meer melk dan thee in!'

Tarnogol gaf een duw tegen het kopje, dat omviel. Gehaast ruimde Bisnard het op. De rest van het personeel lachte in zijn vuistje.

'Roep meneer Rose en zeg dat hij die kleine Rus laat komen,' eiste Tarnogol toen. 'Hij is de enige die me min of meer correcte thee serveert.'

De kleine Rus, dat was Lev.

Een ogenblik later verscheen Lev in het restaurant. Hij keek vragend en bezorgd. Hij had een trieste blik.

'Dag, meneer Tarnogol.'

'Dag, jonge Levovitch.'

'Wat kan ik voor u betekenen?' vroeg Lev.

'Zwarte thee met een wolkje melk.'

Lev ging aan de slag en kwam terug met een theepot, in de tuit waarvan hij theebladeren liet trekken in een papieren filter. Toen schonk hij een kop vol en deed er wat melk bij. Lev deed het zonder fronsen, zelfverzekerd, alsof dit allemaal vanzelf sprak. Tarnogol zag hem verwonderd begaan. Toen proefde hij de thee; hij vond hem perfect. En nog steeds in het Russisch zei hij tegen Lev: 'Weet je, jongen, je doet het hier beter dan als haantje in de balzaal.'

'Door u ben ik zwaar in de problemen geraakt; mijn salaris is ingehouden en ik heb mijn laatste waarschuwing te pakken.'

'Meneer Rose heeft volkomen gelijk,' meende Tarnogol. 'Het lagere personeel moet bestraft worden. Je had daar niets te zoeken.'

'U had ook niets te zoeken in de balzaal,' merkte Lev op.

Geamuseerd bekeek Tarnogol die brutale jongen met dat aplomb, die het gedistingeerde Russisch van een andere tijd sprak, geërfd van zijn voorouders. De taal van Tolstoi.

'Wil je wel geloven dat ik door Abel Ebezner ben uitgenodigd? Ik denk dat hij me graag als cliënt van zijn bank zou zien. Maar ondertussen spijt het me dat Bisnard je toen heeft afgeperst. Dat is een manager onwaardig.'

'Hoe weet u dat?'

'Het hele personeel had het erover. Ik heb overal oren. Ik haat laffe mensen. Bisnard is laf, dus daar bemoei ik me dan mee.'

'Het schijnt dat u hem een beroerd kwartiertje hebt bezorgd,' zei Lev.

Tarnogol glimlachte.

'Je weet waarom ik je graag mag, Lev, je bent de enige hier die me tegengas geeft.'

'Ik wil nog even zeggen dat ik u niet graag mag.'

Tarnogol barstte in lachen uit. 'Precies wat ik bedoel. Dus het komt door mij dat je er zo chagrijnig uitziet? Je ziet er beroerd uit. Droefgeestig en gedeprimeerd. Echt een stumper.'

'Nee, dat heeft er niks mee te maken.'

'O, wat is er dan mis?'

'Liefdesverdriet.'

'Wat, dat meisje op het bal, met wie je aan het dansen was?'

Lev knikte en keek in de verte. De laatste drie weken, sinds Anastasia naar Brussel was vertrokken, waren een foltering geweest. Hij stelde zich voor dat ze daar zat, gelukkig met die Klaus, verliefd wandelend door de straten van de Belgische hoofdstad, kussend, vrijend. Hoe meer pijn hij voelde, hoe meer hij eraan dacht, en hoe meer hij eraan dacht, hoe meer pijn hij voelde. Hij had de indruk dat de pijn nooit zou afnemen.

'Toe,' zei Tarnogol, 'kijk eens naar jezelf: je moet haast bezwijken onder al je veroveringen.'

'Dat is niet hetzelfde. Als je liefhebt, heb je lief.'

'Toe, jongen, op jouw leeftijd verslind je meisjes alsof het pizza's zijn. Een partje hier, een partje daar!'

'Door u ben ik haar kwijt.'

'Dat komt door jezelf!' verbeterde Tarnogol. 'Ik hoorde dat je de naam van de Romanovs door het slijk haalde door te doen alsof jij er ook een was.'

'Hebt u nooit gelogen om indruk te maken op een vrouw?'

'Ik heb mijn identiteit nooit verraden. Vertel eens, wie ben je?'

'Lev.'

Tarnogol glimlachte.

'Dat weet ik ook wel, idioot. Ik vraag wie je echt bent. Wat doe je vanavond?'

'Ik heb dienst.'

'Dan sta je mij ten dienste, en ik wil met je dineren.'

'Met alle respect, meneer Tarnogol, ik kan die uitnodiging niet aannemen. De rest van het personeel zou het verkeerd opvatten als ik hier met u zou eten. En meneer Rose heeft me bezworen om op mijn tellen te passen. Mijn collega's waren niet echt te spreken over mijn uitstapje naar het bal van Banque Ebezner.'

'Nou, dan dineren we ergens anders,' verklaarde Tarnogol. 'Dat kan meneer Rose niet weigeren. Anders koop ik zijn hotel, breek ik het af en leg hier een parkeerplaats aan! Ik neem je mee naar L'Alpina, een van de beste restaurants van Verbier en naar mijn mening een van de beste van het land. Ben je er weleens geweest?'

'Nee, meneer. Dat ligt boven mijn budget. Momenteel helemaal.'

'Dan komt het goed uit dat ik betaal. Acht uur daar, ik zeg het wel tegen meneer Rose.'

Toen Lev die avond naar Tarnogol toe ging, zag hij zijn vader in de hal van het Palace. Die was verrast dat hij niet in uniform was.

'Werk je niet? Ik dacht dat je dienst had.'

'Heb ik ook. Maar ik heb een bijzondere dienst: ik moet dineren met Tarnogol.'

Bij het horen van die naam ging er een rilling door Sol heen.

'Tarnogol? Wat moet hij van je?'

'Weet ik niet.'

'Pas op voor hem.'

'Ik ben niet bang voor hem.'

'Juist daarom maak ik me zorgen.'

Lev liep door, maar bij de receptie zei een collega dat meneer Rose hem wilde spreken. Lev ging meteen naar zijn kantoor.

Meneer Rose stond met zijn neus tegen de ruit en keek de nacht in. Hij zag er ongerust uit.

'U wilde me zien, meneer Rose?'

'Kom maar even binnen, jongen.'

'Dan kom ik te laat voor mijn afspraak met Tarnogol.'

Meneer Rose glimlachte. Punctualiteit was een van de eerste lessen die hij Lev had bijgebracht. 'Punctualiteit is de beleefdheid van koningen,' mocht hij graag zeggen.

'Tarnogol kan wel een paar minuten wachten. Ik wilde je zeggen dat ik geen andere keuze had dan mijn toestemming te geven voor dit diner. Tarnogol kunnen we niets weigeren. Maar wees voorzichtig. Die man is een serpent. Hij rolt zich om mensen heen als een boa en laat pas los als ze gestikt zijn.'

'Ik zal voorzichtig zijn,' beloofde Lev.

'Hij is niet wie je denkt,' zei meneer Rose op ernstige toon. 'Wees op je hoede. Wat hij ook zegt: geloof hem niet.'

De waarschuwing echode in Levs hoofd tijdens de hele wandeling naar de hoofdstraat van Verbier, waar L'Alpina was gevestigd. Hij vroeg zich af wat meneer Rose bedoelde met: 'Wat hij ook zegt: geloof hem niet.'

Toen Lev het restaurant binnenkwam, zat Tarnogol aan een tafel te wachten. Hij glimlachte, maar Lev merkte dat dat hem niet minder gluiperig maakte: je had continu het gevoel dat hij op iets kwaadaardigs broedde.

De maaltijd was verbijsterend aangenaam, en het gesprek heel geanimeerd. Wat het onderwerp ook was, de jonge Lev kon erover meepraten. Tarnogol was verbaasd over de reikwijdte en soliditeit van zijn kennis. Aan tafel gedroeg hij zich als een prins, hij was zelfs in staat om blind de wijnen te herkennen die werden geserveerd.

'Wie heeft je dat geleerd?' vroeg Tarnogol verbijsterd. 'Dat is verrassend voor...'

Hij onderbrak zichzelf. Lev maakte de zin voor hem af.

'Voor hotelpersoneel?'

Tarnogol glimlachte. Lev antwoordde: 'Meneer Rose heeft me over wijn geleerd en nog veel meer. Sinds ik hier ben, brengt hij me etiquette en tafelmanieren bij.'

Toen zei Tarnogol: 'Zeg, Levovitch, je mag dan jong zijn, maar je hebt niets te zoeken tussen dat personeel.'

Lev haalde zijn schouders op.

'Ik vermaak me wel in het Palace.'

'Waarmee dan? Met het herkauwen van je herinnering aan dat meisje?'

'Dat meisje is uniek,' verdedigde Lev zich.

'Ze is uniek omdat jij opgesloten zit in dat hotel in de bergen. Ik garandeer je dat het in de grote steden wemelt van die zogenaamd unieke mensen. Wil je advies? Ga hier weg! Bouw ergens anders een leven op. Je hebt geen toekomst in Verbier.'

'Ik voel me hier goed. De gasten waarderen me.'

'Ben je in Verbier geboren?' vroeg Tarnogol toen.

'Nee, in Genève.'

'Mis je Genève dan niet?'

'Jawel.'

'En wat mis je het meest in Genève?'

'Mijn moeder.'

'Waar is ze?'

'Gestorven. Toen ik klein was. Ik heb een kinderlijke herinnering aan haar. De herinnering aan een eeuwig leven. Het gevoel dat ons niets kan overkomen. En voor mij smaakt dat gevoel naar het brood met chocola dat ze iedere dag voor me maakte als ik uit school kwam.'

'Vertel eens hoe dat smaakte.'

'Naar boter en liefde. Iedere hap was tegelijk een hap leven en geluk.'

Tarnogol keek naar zijn jonge gesprekspartner; en met een bijna vriendelijke stem vertrouwde hij hem toe: 'Ik heb precies diezelfde smaak gekend. Lang geleden. Met mijn vrouw.'

'Is ze dood?' vroeg Lev.

Tarnogol knikte.

'Ik ben een eenzame, ongelukkige weduwnaar. Weet je, ik ben niet altijd zo somber en bitter geweest. Er was een tijd dat ik licht gaf. Maar sinds de dood van mijn vrouw leef ik in de schaduw. De dood van de ander voelt alsof je hart uit je lichaam wordt gerukt en men je vraagt om toch verder te leven. Sindsdien zwerf ik rond als een schaduw. Ik speel toneel om te overleven, ik kom arrogant en al naar dit luxehotel, ik scheld iedereen de huid vol – maar dat is maskerade. Een manier om te vergeten wie ik ben.'

Hij zweeg even.

'Mag ik je een advies geven, jonge Levovitch?'

'Heel graag.'

'Ga weg, als je dat wilt. Leef je leven! En als ik je daarbij kan helpen, kun je op me rekenen.'

'Waarom zou u dat doen?'

'Weet je, ik heb een reputatie die ik niet verdien. Ja, ik ben hard. Maar wel rechtvaardig. Net zoals je niet in de balzaal thuishoorde, hoor je ook niet in dat hotel thuis.'

De volgende dag was het zondag, en zoals zo vaak ontbeten Lev en zijn vader samen op een terras in Verbier. Het was een zonnige ochtend met een azuurblauwe hemel.

Zijn gesprek met Tarnogol van de vorige dag galmde nog na in

Levs hoofd. En terwijl hij naar de bergen keek, zei hij tegen zijn vader: 'Ik hou van Verbier. Ik vind het fijn hoe ik hier behandeld word. Ik voel me gewaardeerd.'

'Mooi zo,' antwoordde Sol.

'Maar soms heb ik het gevoel dat ik rondjes loop in dit hotel, met altijd dezelfde gasten om me heen, altijd dit dorp dat ik tot in de details ken. Soms wil ik hier weg.'

'Weg?' wist Sol uit te brengen. 'Waarom zou je weggaan? Je zegt net dat je je hier goed voelt.'

'Ja, maar soms moet je weg uit je bubbel. Ik bedacht dat als ik aan het begin van het jaar naar Genève was gegaan, ik nu misschien met Anastasia zou zijn.'

'Ach, jongen, blijf toch niet om dat meisje treuren! Die dingen gaan voorbij. Je bent te dramatisch! Dat heb je van mij. Het is het bewijs dat mijn toneellessen werken. Vertel liever over je etentje met Tarnogol. Wat wilde die schurk van je?'

'Hij wilde gewoon praten. Diep vanbinnen is hij bijna sympathiek. Hij is een man alleen, een beetje verbitterd door het leven.'

'Hij is de duivel.'

'Zijn vrouw is dood,' zei Lev, om iets van medeleven bij zijn vader op te wekken.

'Verdedig je hem?' vroeg Sol verbijsterd. 'Mijn vrouw is ook dood en ik ben ook niet de broer van Beëlzebub geworden.'

'We hebben het over mama gehad,' vertelde Lev.

Bij de gedachte aan Dora glimlachte Sol verliefd.

'Ik hield zoveel van je moeder, Lev. Ik hou nog steeds van haar. De dood zorgt ervoor dat we elkaar niet meer zien, maar tegen de liefde kan die niet op. Ze is bij me. Voor altijd. Jij hebt haar ring toch? Die ik je na haar dood heb gegeven?'

'Ja, natuurlijk.'

'Verlies hem niet. Ooit zul je die geven aan de vrouw die je liefhebt zoals ik je moeder heb liefgehad.'

'Hoe weet je dat je liefhebt?'

'Liefde is het gevoel dat het leven zin heeft.'

'Ik geloof dat ik dat bij Anastasia voel.'

'Toe, Lev, doe niet zo naïef. Ze is een sloerie die er met de eerste de beste vandoor is gegaan. Een rijke stinkerd. De rijken pakken alles af!'

'Toch had ik het gevoel dat het serieus was tussen ons.'

'Als het serieus was, zouden jullie nu samen zijn.'

Daar had Lev geen antwoord op.

Die avond in het Palace werkte Sol Levovitch lang door, opgesloten in zijn kantoor. Hij had geen zin om naar huis te gaan. Geen zin om alleen in zijn appartement te zitten. Uiteindelijk zwierf hij door het hotel. Zijn gedachten knaagden aan zijn geest. Zijn stappen brachten hem naar de bar. Die was verlaten: buiten de barman was alleen meneer Rose er; hij zat in een fauteuil en dronk thee.

Sol begroette hem. Meneer Rose vroeg of hij bij hem kwam zitten.

'Ik dacht dat je al naar huis was,' zei Sol, verbaasd om hem hier te vinden.

'Ik dacht dat jij ook al naar huis was,' antwoordde meneer Rose.

'Die verdomde slapeloosheid,' zei Sol. 'Wat heeft het voor zin om naar bed te gaan als je toch niet kunt slapen?'

Meneer Rose nam een slok thee en vroeg toen op ernstige toon: 'Heb je met Lev gepraat?'

'Nog niet.'

'Sol, toe, het moet...'

'Ik weet niet hoe ik het hem moet zeggen. Ik ben een man van het toneel en toch weet ik niet hoe ik die woorden moet zeggen. En bovendien wil ik de momenten die ik nog met hem heb niet verpesten. Zo'n geweldige jongen! Weet je, ik leer hem de geheimen van mijn vak zodat ze niet verloren gaan. Ook als hij geen acteur wil worden blijft het toch ergens behouden. Nou ja, het is toch zonde als hij geen acteur wordt: hij heeft zoveel talent! Hij zou een verbijsterend goed acteur kunnen worden, de acteur die ik nooit geweest ben.'

Bij die woorden kon meneer Rose een lach niet onderdrukken.

'Waarom lach je?' vroeg Sol.

'Ik moet je iets bekennen: sinds je hier in Verbier bent, leer ik Lev hoe je een hotel moet leiden. Ik hoop dat je me dat niet kwalijk neemt.'

'Helemaal niet,' verzekerde Sol hem. 'Trouwens, dat heeft Lev me verteld.'

'Maar we moeten hem zijn eigen weg laten vinden.'

'Ik weet het. Het is moeilijk voor een ouder om het vol te houden, maar toch: leven en laten leven.'

'Leven en laten leven,' beaamde meneer Rose.

En hij dacht: de zoon die ik nooit heb gehad.

En de vader dacht: de enige zoon die ik heb.

Na een lange stilte zei meneer Rose: 'Je moet het hem vertellen, Sol. Je moet absoluut met Lev praten voordat het te laat is.'

'Hij wil weg uit Verbier. Ik ben bang dat het zijn plannen dwarsboomt.'

'Sol,' drong meneer Rose aan, 'je hebt niet lang meer.'

'Een jaar nog,' nuanceerde Sol. 'De dokter heeft gezegd dat ik het nog wel een jaar kan volhouden. We hebben nog wat tijd.'

~

Twee maanden later

Eind juni. De avond viel over Verbier. Het was zacht weer en de lucht rook aangenaam zomers. De hemel werd langzaam diepblauw, en op de weilanden waren de nachtelijke insecten al gaan zingen.

De bar van het Palace de Verbier was uitgestorven. Het begin van het zomerseizoen was vrij kalm. Opeens ging de telefoon die op de bar stond en de barman wierp zich op het toestel, blij om eindelijk een bestelling te krijgen. Toen hij hoorde dat het geen gast was, was hij teleurgesteld.

'Een momentje, alstublieft,' zei hij beleefd tegen de vrouw aan de andere kant van de lijn, waarna hij zijn post verliet om Lev te zoeken, die bij de ingang van het hotel portiersdienst had.

'Lev, telefoon,' zei de barmedewerker.

'Voor mij?' vroeg de jongeman verbaasd.

Hij volgde zijn collega braaf naar de bar en greep de hoorn die op de bar lag.

'Hallo?'

Als enig antwoord hoorde hij een verstikte snik.

'Hallo?' vroeg hij opnieuw. 'Met wie spreek ik?'

Een stem die hij direct herkende fluisterde: 'Kom me halen. Ik smeek je, kom me halen.'

'Anastasia?'

'Lev, je moet me redden. Hij vermoordt me nog.'

'Wat is er aan de hand, Anastasia?'

'Kom, ik smeek je! Ik heb niemand anders.'

'Waar ben je?'

'Brussel.'

Zonder dat Lev echt wist waar het om ging, begreep hij dat het ernst was. Hij maakte een snelle schatting van de afstand die hem van de Belgische hoofdstad scheidde en zei: 'Ik regel een auto en dan kan ik direct vertrekken. Als ik flink doorrij, ben ik er morgenochtend vroeg.'

Ze spraken af om elkaar om zes uur 's ochtends te treffen voor het gebouw waar Klaus woonde. Niet later. Ze moesten al ver weg zijn als Klaus wakker werd.

'Vlucht vast,' zei Lev. 'Verschuil je ergens, dan kom ik naar je toe.'

'Schuilen? Waar dan? Ik heb niks, ik heb geen cent. Zelfs de mottigste hotelkamer is nog te duur!'

'Ik kom,' beloofde Lev toen. 'Maak je geen zorgen, ik kom.'

Hij schreef het adres op: een straat in Elsen, de chique voorstad van Brussel.

Toen hij had opgehangen, haastte hij zich naar het kantoor van meneer Rose, die nog op was om de boeken door te nemen. Lev legde hem snel uit wat er aan de hand was: vriendin in groot gevaar. Auto nodig om haar te halen.

'Het meisje van het bal?' vroeg meneer Rose.

'Ja, meneer.'

'Waar is ze?'

'Brussel.'

'Dus als ik je goed begrijp wil je dat ik je een auto uitleen en een dag vrij geef zodat je midden in de nacht halsoverkop naar België kunt gaan?'

'Ja, meneer Rose.'

Levs aplomb beviel de directeur. Toch deed hij zijn best om ernstig te blijven klinken. 'Je begrijpt dat ik je zo'n gunst niet kan verlenen,

Lev. Al helemaal niet sinds je uitspatting bij het bal van Banque Ebezner.'

Lev keek naar de grond.

'Ik weet dat ik niet bepaald een heilige ben geweest,' drong hij aan. 'Maar dit is een heel ernstige zaak.'

Meneer Rose opende de middelste la van zijn bureau. Hij haalde er een papier met briefhoofd uit en krabbelde er iets op.

'Ik laat dit briefje achter voor de directeur personeelszaken, die het morgenochtend vindt als hij aankomt. Ik schrijf dat ik vanwege het geringe aantal gasten achtenveertig uur beslag op je leg zodat je een belangrijke klus voor me kunt opknappen.'

Toen meneer Rose het briefje had geschreven, kwam hij overeind met het papier in de hand. Hij pakte zijn koffertje en deed het licht in de kamer uit. Toen zei hij: 'Zelf ga ik er nu vandoor en ik vergeet mijn autosleutels in de la van mijn bureau. Over achtenveertig uur, dat wil zeggen overmorgenavond, staat mijn auto hier weer en ben jij er ook, Lev. Ik wil geen gedoe, geen vriendinnetje op je kamer – je kent de regels.'

'Bedankt, meneer Rose,' mompelde Lev met ogen vol dankbaarheid. 'Ik weet niet hoe ik u moet bedanken...'

'Als je me wilt bedanken, denk dan na over mijn voorstel om je op te leiden zodat je op een dag de directeur van dit hotel kunt worden. De tijd verstrijkt en er komt een dag dat ik mijn opvolger moet aanwijzen. Ik wil het Palace graag overdragen, niet verkopen aan de eerste de beste die er een hotel van maakt zoals er al duizenden zijn. Met jou weet ik dat de geest van deze plek zal voortleven.'

'Ik zal erover nadenken,' beloofde Lev.

Voordat Lev naar Brussel vertrok reed hij langs zijn vader in het dorpshart van Verbier, om hem op de hoogte te brengen.

'Ga maar, dappere zoon van me,' zei Sol trots. 'Pas goed op jezelf en wees voorzichtig.'

'Maak je geen zorgen. Over uiterlijk achtenveertig uur ben ik terug. Ik bel je vanuit Brussel.'

Sol keek vol bewondering naar zijn zoon.

'Wat is er?' vroeg Lev, die in de ogen van zijn vader een onbekend schijnsel zag.

‘Niets, jongen. Als ik je gezicht zie, je charisma, de manier waarop je je gedraagt, bedenk ik alleen dat je een groot acteur zou kunnen zijn, een veel betere artiest dan ik. Ik heb je alles geleerd wat ik weet; waarom zou je je niet bij een theatergezelschap aansluiten?’

Na een korte aarzeling zei Lev: ‘Meneer Rose heeft gezegd dat ik directeur van het hotel kan worden en carrière kan maken.’

Sol fronste.

‘Tss, directeur! Wat een belachelijk idee!’

‘Ik zou zo graag naar de andere kant van de streep stappen,’ zei Lev. ‘Ik zou zo graag eens geen bediende zijn, maar bediend worden.’

‘Tss, directeur, tss,’ bleef zijn vader maar zeggen. ‘Wij zijn artiesten! Wij zijn een lange lijn van artiesten!’

‘Niet echt een lange lijn, papa,’ waagde Lev.

‘Geen lange lijn?’ bracht zijn vader uit.

‘Je speelt niet eens meer. Je hebt me alles geleerd wat je weet, ja, maar je speelt geen voorstellingen meer! Je bent niet eens meer een artiest!’

‘Als je artiest bent, blijf je dat voor altijd. Dan zit dat in je bloed. En bij jou zit het ook in je bloed, of je het wilt of niet! Nou ja, ga nu maar! Ik hoop dat je op andere gedachten komt. Eerst ging je moeder ervandoor, nu wil jij me ook nog de rug toekeren. Wat heb ik gedaan om zo gestraft te worden? Tss, directeur! Wat een raar idee! Je moet je niet zoveel laten aanpraten.’

Lev reed de hele nacht door en kwam om zes uur ’s ochtends in Brussel aan.

Zonder moeite vond hij het adres dat Anastasia hem had opgegeven. Ze wachtte beneden voor het gebouw, met als enige bagage een kleine katoenen tas. Ze liet alles achter. Hij stapte uit, ze wierp zich in zijn armen. Ze drukte zich tegen hem aan. Ze was sterk vermagerd.

‘Wat is er aan de hand?’

‘Laten we gaan!’ smeekte ze als enig antwoord.

‘Ik wil weten wat er aan de hand is.’

‘Klappen, Lev!’ fluisterde Anastasia. ‘Aan één stuk door. Klaus slaat me om het minste of geringste. Ik kan er niet meer tegen!’

Lev bekeek dit prachtige schepsel met de verdrietige ogen. Hij besloot dat Klaus er niet zo gemakkelijk vanaf zou komen.

'Wacht hier op me!' beval hij Anastasia. 'Ik kom zo terug!'

'Nee, Lev, niet doen!'

Maar Lev luisterde niet en haastte zich naar binnen. Ze volgde hem naar de lift.

'Alsjeblieft, Lev, doet het niet!' riep ze uit. 'Klaus maakt je af!'

Lev luisterde niet en beklom de trappen, bekeek de namen op de deuren en vond ten slotte de naam die hij zocht: Klaus Van Der Brouck. Hij trommelde woedend op de deur totdat Klaus opendeed, in zijn boxershort, met de ogen nog half dicht, slaapdronken. Hij herkende de bezoeker niet eens die hem direct een keiharde vuistslag in het gezicht gaf. Klaus wankelde door de hal van zijn appartement en viel toen op de grond. Lev liep naar hem toe en stak een dreigende vinger naar hem uit.

'Vind je het lekker om vrouwen te slaan, Klaus? Laat me je een goede raad geven: als je in leven wilt blijven, blijf je voor altijd uit de buurt van Anastasia! Je zoekt geen contact met haar, je wist haar uit je geheugen. De volgende keer dat ik je zie maak ik je af.'

Bij het aanbreken van de dag vonden Lev en Anastasia elkaar terug. Hij ging met haar ontbijten in een cafeetje in het centrum van Brussel. Hij keek hoe ze dikke boterhammen met boter verslond en langzaam maar zeker weer tot leven kwam.

Ze vertelde hem over de maanden in de hel met Klaus, de aanvallen van jaloezie, de pesterijen, het geweld. Klaus, die in gezelschap altijd zo vriendelijk, attent en goedlachs was en die privé zo wreed en kwaadaardig was. Hij verbood haar te werken, zei hoe ze zich moest gedragen. Bepaalde al haar doen en laten. 'Ik was een gevangene, ook al stond de poort wijd open,' legde Anastasia snikkend uit aan Lev. 'Je wilt zo graag vluchten, maar je weet niet hoe je weg moet komen.'

Eerst had ze geprobeerd om er met haar zuster Irina over te praten, maar die was te druk met haar nieuwe leven: het huwelijk, de villa. Die zomer twee weken naar een luxehotel op Sardinië. Snel kinderen maken. Geen tijd om te kletsen.

Toen had ze haar moeder in vertrouwen willen nemen tijdens het pinksterweekend, toen ze waren uitgenodigd op het domein van Klaus' familie op het Waalse platteland.

'Ik wil met je mee terug naar Genève, mama,' had Anastasia haar tijdens het wandelen toevertrouwd.

Olga was opgestoven. 'Zeg, je gaat toch niet weg bij iemand als Klaus?'

'Ik voel me niet goed bij hem! Ik voel me opgesloten in Brussel! Dit is helemaal niet het leven dat ik wilde!'

'Niet het leven dat je wilde? Maar wat wil je dan nog meer?'

'Dat er van me gehouden wordt.'

'Zeg, meisje, Klaus houdt zielsveel van je! Je moet vechten voor je relatie! Stel je voor dat je er zomaar vandoor zou gaan. Je wilt me toch niet te schande maken in de ogen van Klaus' ouders? Toe nou! *Kopf hoch!* Gebruik deze zomer maar om alles op te lossen.'

In het kleine, uitgestorven Brusselse cafeetje concludeerde Lev toen hij Anastasia had aangehoord: 'Dus je hebt mij gebeld omdat verder niemand je wilde helpen.'

'Ik heb jou gebeld omdat je de enige bent bij wie ik wil zijn, Lev. We zijn voor elkaar gemaakt.'

Toen hij dat hoorde, lichtten zijn ogen een ogenblik op, maar hij versomberde direct weer.

'Als je dat echt vindt, zou je er nooit met Klaus vandoor zijn gegaan,' zei hij kil.

'Dat was een fout,' gaf ze toe. 'Ik moest thuis weg. Ik werd gelokt door het idee van vrijheid.'

'Je wordt vooral gelokt door geld.'

'Hoe kun je dat nou zeggen? Dan ken je me helemaal niet. Alles wat ik wil is bij jou zijn.'

'Ik heb je niks te bieden, Anastasia. Ik ben gewoon een werknemer in een hotel.'

'Neem me mee naar Verbier! Daar zullen we gelukkig zijn.'

'Het kan niet. Ik heb de directeur beloofd dat ik je niet in mijn kamer zou laten wonen. Dat mag trouwens ook niet van het personeelsreglement.'

'Dan moet hij me maar aannemen als kamermeisje!'

'Daar word je ongelukkig van.'

'Daar word ik dolgelukkig van!' beloofde ze. 'Ik wil de rest van mijn leven bij jou zijn. Bij jou ben ik gelukkig, de rest doet er niet toe.'

Na een aarzeling vertrouwde Lev Anastasia toe: 'Meneer Rose, de directeur van het Palace de Verbier, zegt dat ik hem ooit kan opvolgen. Dan zou jij de directeursvrouw kunnen worden.'

Anastasia's gezicht lichtte op. 'O Lev, dat zou heerlijk zijn! Ik zie het al voor me: jij en ik die het hotel samen leiden! Beloof me dat we dat gaan doen. Dat is precies het leven waarvan ik droom. Beloof het, Lev!'

'Ik beloof het.'

Aan dat tafeltje in het kleine café in Brussel droomden ze over hun toekomstige leven. Ze droomden over de nieuwe richting waarin ze het Palace zouden sturen en bedachten dat ze een rustig leventje in de bergen zouden leiden, ver van alles, in het schitterende landschap, groen in de zomer en besneeuwd in de winter.

Ze dachten dat hun lot was bezegeld; en met het hoofd vol toekomstplannen verlieten ze Brussel. Ze reden naar Genève. Anastasia wilde niet terug naar haar moeder en besloot een tijdje bij de Ebezners in te trekken. 'Wacht maar,' zei ze tegen Lev. 'Macaire, de zoon, is echt heel aardig. Het huis van zijn ouders is enorm groot en hij heeft altijd gezegd dat ik er zo nodig kan wonen.' Ze zouden Macaire onderweg op de hoogte brengen. Daarna zou Lev teruggaan naar Verbier en aan meneer Rose laten weten dat hij het aanbod aannam. Hij zou hem ook vragen om Anastasia in dienst te nemen. Ze zou zich alle posities eigen maken: keukenhulp, serveerster, conciërge, kamermeisje, schoonmaakster. 'Er is geen betere leerschool dan de praktijk,' zei meneer Rose altijd.

Lev en Anastasia kwamen aan op het Geneefse platteland, in Collonge-Bellerive, waar de Ebezners woonden. Tot dan toe kende Lev de Ebezners alleen omdat hij hen in het Palace de Verbier had bediend. Toen hij de poort van hun domein aan het Meer van Genève passeerde, was hij zonder twijfel geïntimideerd. Een lange laan met aan weerszijden eeuwenoude lindebomen leidde naar een herenhuis met uitzicht over een park met een perfect onderhouden gazon en daarachter een klein privéstrand.

Macaire verwelkomde hen welwillend en Lev voelde direct sympathie voor de innemende jongeman aan wie hij Anastasia toevertrouwde. Lev wilde meteen doorreizen naar Verbier, maar Macaire weerhield hem daarvan.

'Je ziet er uitgeput uit, Lev,' zei hij.

'Ik heb al zesendertig uur niet geslapen.'

'Dan moet je niet meer gaan rijden. Blijf logeren.'

Lev ging akkoord. En zo leerde hij die avond Abel en Marianne Ebezner kennen, Macaires ouders. Ze dineerden gezamenlijk op het grote terras voor het huis.

Lev leerde een minder strenge en minzamere Abel Ebezner kennen dan het beeld dat hij van hem had door zijn bezoeken aan het Palace. Anastasia leek meneer en mevrouw Ebezner goed te kennen. Ze vertelde wat er in Brussel was gebeurd. Abel was woedend dat ze zo slecht behandeld was.

'Ik ken de vader van Klaus heel goed,' zei hij. 'Ik vertel hem alles!'

'Nee, alstublieft, meneer Ebezner! Ik wil alles vergeten, ik wil alles achter me laten.'

'Hoe dan ook is het een geluk dat Lev je is komen redden. Bij de eerste klap had je de politie moeten bellen en je uit de voeten moeten maken.'

'In het begin bezwoer Klaus dat het niet meer zou gebeuren,' legde Anastasia uit. 'Hij zei continu dat hij van me hield.'

'Als je van iemand houdt, sla je diegene niet,' weerlegde Abel.

'Mijn moeder houdt van me en zij heeft me meer dan eens geslagen,' merkte Anastasia op.

Marianne Ebezner was gechoqueerd.

'Nou ja! Liefje, je kunt hier zo lang blijven als je wilt,' zei ze. 'Maak je vooral geen zorgen.'

'Dank u wel,' zei Anastasia dankbaar, met een trieste glimlach.

Abel Ebezner, al onder de indruk van Lev, die zo'n stuk met de auto had gereden om Anastasia uit de klauwen van Klaus te bevrijden, werd geraakt door de intelligentie van de jongeman. Hij was gewend aan de saaie gesprekken met zijn zoon Macaire, die zonder enthousiasme bij de bank werkte, of de onverdraaglijke kletspraatjes van die idiote neef Jean-Bénédict, die altijd bij hen thuis kwam en van wie hij met grote vreze het moment afwachtte dat hij op grond van zijn erfelijk recht tot de Bankraad zou toetreden. Hij ging ook om met de jonge managers van de bank, die tot alles in staat waren, die altijd stroop likten en geen moment zouden aarzelen om een mes in je rug te steken. Lev was anders dan iedereen die hij kende. Briljant en ongekunsteld, werkelijk ontwikkeld, gesneden uit het hout waarvan je bankiers maakt. Abel kreeg daarvan de bevestiging toen hij van tafel opstond om een telefoontje te plegen.

'Willen jullie me even verontschuldigen,' zei hij terwijl hij opstond. 'De markten gaan zo sluiten en ik wil weten hoe de dollar ervoor staat.'

'Verkoop uw dollars vooral niet,' zei Lev. 'De koers is waarschijnlijk gestegen ten opzichte van alle andere valuta. De Amerikaanse Federal Reserve zal geen liquiditeit hebben toegevoegd.'

'Integendeel,' onderbrak Macaire hem. 'Het is juist heel waarschijnlijk dat ze dat wel hebben gedaan. We hebben onze cliënten aangeraden om hun dollars te verkopen voordat de koers daalt.'

'Dat was ongetwijfeld geen slecht idee,' overwoog Lev. 'Maar als ze hun dollars hadden gehouden, zouden ze iets hebben verdiend.'

'Ik zeg je toch dat de koers is gedaald,' herhaalde Macaire, lichtelijk geïrriteerd. 'Dat is de unanieme opinie van onze analisten. En die zijn heus niet van gisteren!'

Lev haalde zijn schouders op. 'Jij weet het vast beter. Jij bent tenslotte de bankier.'

Toen Abel Ebezner terugkwam, keek hij Lev stomverbaasd aan.

'Hoe wist je wat er ging gebeuren?' vroeg hij.

'Het leek me logisch. Sommige hotelgasten hebben me gevraagd wat ik ervan vond, en dus heb ik de economische indicatoren van de Verenigde Staten ten tijde van de laatste liquiditeitsinjectie van de Fed bestudeerd; toen waren de macro-economische data volkomen anders. Daar heb ik uit afgeleid dat het heel onwaarschijnlijk was dat de centrale bank in de huidige context opnieuw zou interveniëren.'

'Geef je de hotelgasten raad?' vroeg Abel Ebezner verbijsterd.

'Ja. Laten we zeggen dat ze me om mijn mening vragen over hun investeringen. En dat ze vaak luisteren.'

'Je heet Levovitch, zei je toch? Spreek je Russisch?'

'Ja.'

'En ook wat Engels?'

'Hij spreekt minstens tien talen vloeiend,' bemoeide Anastasia zich ermee.

Abel Ebezner keek Lev bewonderend aan.

'Iemand als jij zou ik goed kunnen gebruiken bij de bank,' zei hij.

'Bedankt, meneer Ebezner, maar ik weet niet zeker of ik wel bij een bank wil werken.'

Hij had zin om te vertellen over Verbier en het Palace, over de plannen die hij en Anastasia hadden, maar hij hield zijn mond. Na het eten gingen Anastasia en hij wandelen in de tuin. Het was laat, maar het leek wel of de avond niet wilde vallen. De hemel bleef inktblauw. De lucht was zacht.

'Wat een ongelooflijke plek,' verwonderde Anastasia zich. 'Ik heb nog nooit zoiets gezien. Kijk eens naar dat huis, dat park, die privésteiger... dit is het paradijs!'

'Ons paradijs is toch Verbier?' antwoordde Lev.

'Ja, maar het zou ook Genève kunnen zijn. En wie weet in een huis zoals dit! Je hebt diepe indruk op Abel Ebezner gemaakt, je zou een geweldige carrière bij de bank kunnen hebben.'

Ze liep door, zonder het teleurgestelde gezicht van Lev te zien. Toen ze weer naar binnen wilden gaan, deed hij of hij nog wilde roken om buiten te kunnen blijven en even alleen te zijn.

Hij rookte op het terras; het enige wat van zijn aanwezigheid te zien was, was het rode puntje van de sigaret in de duisternis. Toen verscheen Abel Ebezner met in beide handen een glas scotch. Hij gaf er een aan Lev.

'Ik drink op je gezondheid, Lev,' zei Abel. 'En op onze ontmoeting.'

'Bedankt, meneer Ebezner.'

'Zeg maar Abel.'

Lev knikte en nam een slok scotch. Abel Ebezner vervolgde: 'Wat voor werk zou je willen doen, Lev? Je blijft toch niet je hele leven koffers tillen?'

'Ik zou graag indruk willen maken op Anastasia,' antwoordde Lev.

'En wat maakt indruk op haar?'

'Geen idee. Geld, geloof ik. Anastasia droomt ervan om in een huis als dit te wonen. En ik ben tot alles bereid om haar dromen te verwezenlijken.'

Abel glimlachte.

'Je hebt het in je om een geweldige bankier te worden, Lev. Geloof me, ik zie ze elke dag langskomen en ik kan me niet herinneren dat ik er ooit zo een als jij ben tegengekomen. Ik heb een idee: waarom kom je geen stage lopen bij de bank? Dan zie je vanzelf of het iets voor je is.'

'Dat moet ik aan mijn vader vragen,' antwoordde Lev na een korte aarzeling.

'Ik kan hem opzoeken om het hem te vragen, als je wilt.'

'Beter niet, Abel. Mijn vader is niet dol op bankiers. Mama is er met een bankier vandoor gegaan en ze is omgekomen bij een helikopterongeluk toen ze met hem een rondreis door Italië maakte.'

'Het spijt me dat te horen. Je vader is een goed mens. Wat doet hij?'

'Hij was acteur. Nu werkt hij in het Palace de Verbier. Hij wil heel graag dat ik ook acteur word. Hij zegt dat we een acteursgeslacht zijn. Ik heb nog nooit zo'n waardeloos acteursgeslacht gezien.'

Abel barstte in lachen uit.

'Praat met je vader,' stelde hij Lev voor. 'Overtuig hem ervan dat hij je in Genève moet laten werken.'

HOOFDSTUK 30

Het geheime schrift

Op die vrijdagochtend stonden er in Cologny een stuk of tien politieauto's bij het domein van de Ebezners. De buren waren, opgeschrikt door de sirenes, in groten getale naar buiten gekomen en verdrongen zich nu voor het openstaande hek – waarbij ze goed oppasten om niet over de erfgrens te stappen, zoals goede buren betaamt. Gefascineerd keken ze naar het komen en gaan van de politieagenten, vergezeld van twee honden, die de tuin zorgvuldig uitkamden. Ze leverden ernstig commentaar op de zaak die hun dag smaak gaf: dat Anastasia Ebezner bij thuiskomst oog in oog had gestaan met een inbreker.

'Ze schijnt niets te mankeren,' zei een buurvrouw, die deze informatie van een andere nieuwsgierige had, die het aan een politieman had gevraagd. 'Toen de inbreker haar zag, is hij gevlucht.'

'Maar dan nog. Een inbraak op klaarlichte dag!' zei een van de omstanders vol afschuw.

'Een inbraak op klaarlichte dag,' zei een gepensioneerde man die met zijn vrouw belde, tegen wie hij alles herhaalde wat hij hoorde (de arme vrouw had enorme spijt dat ze in de stad was gaan winkelen, want nu miste ze het spektakel). 'Nou, het schijnt dat alles in orde is met Anastasia, en dat de inbreker is gevlucht toen ze thuiskwam.'

'Het moest er nog bij komen dat de inbreker niet gevlucht was,' zei een andere buurman, die zijn hond bij zich had. 'Het is haar eigen huis!'

Sneeuwvlokjes vielen langzaam uit de hemel en daalden neer op het haar van de nieuwsgierigen, die vol bewondering keken naar het ballet van de politieagenten die het huis in en uit liepen.

Binnen, in de salon, praatte Anastasia, nog steeds in shock door het gebeurde, over wat er gebeurd was met inspecteur Philippe Sagamore, luitenant bij de recherche van de gerechtelijke politie van Genève.

'Zoals ik uw collega's al vertelde, ging ik door de voordeur naar binnen. Ik hoorde iets en toen kwam er plotseling iemand uit de werkkamer van mijn man. Met zwarte kleren aan en een masker op. Hij droeg handschoenen. Hij keek me doodkalm aan. Ik schreeuwde, hij legde een vinger op zijn lippen om me duidelijk te maken dat ik stil moest zijn. Ik gehoorzaamde. Toen draaide hij zich om, ging pijlsnel terug naar de studeerkamer en vluchtte weg door het raam. Hij verdween door de tuin.'

'En toen?' vroeg luitenant Sagamore.

'Toen heb ik de politie gebeld.'

Luitenant Sagamore stond op uit zijn stoel en bekeek de tuin door de openslaande deuren. Hij bleef een ogenblik nadenken, maar werd onderbroken door de komst van een medewerker van de technische recherche.

'Hebben jullie iets gevonden?' vroeg Sagamore.

'We hebben voetstappen in de sneeuw gevonden, maar die houden op in de struiken aan de rand van de tuin. Op een plaats waar de omheining niet erg hoog is. De inbreker is er ongetwijfeld overheen geklommen en weggevlucht over de chemin de Ruth. De honden hebben een kort spoor gevolgd, maar dat hield al snel op. Hij is waarschijnlijk in een auto gestapt. Jammer genoeg zijn met het wegverkeer, de wandelaars en alle buren die zijn komen kijken, alle mogelijke sporen al vervuild.'

Sagamore gromde. Hij keek nog steeds naar de tuin. Hij leek geïntrigeerd. Uiteindelijk opende hij de openslaande deuren en liep het huis uit als een safarigids. Hij bestudeerde de ongerepte sneeuw en observeerde de voetstappen buiten het gebroken glas van de werkkamer. Toen liep hij terug naar de salon, waar zijn collega direct zei: 'Jij hebt iets gevonden...'

'De voetstappen gaan rechtstreeks naar het raam van de werkkamer,' merkte Sagamore op.

‘En dus?’ vroeg zijn collega.

‘Over het algemeen maken inbrekers altijd een rondje om het huis dat ze met een bezoek vereren. Al is het maar om er zeker van te zijn dat er niemand thuis is. Bovendien komt deze inbreker naar binnen door een openslaande deur, en niet door een raam. Dat zou veel eenvoudiger zijn. En als ik de sporen moet geloven, kwam hij direct naar dit raam toe. Hij wist dat het huis leeg was en hij richtte zich vooral op deze kamer.’

‘Hoe kon hij weten dat er niemand thuis was?’ vroeg Anastasia.

‘Hij heeft het lang in de gaten gehouden. Hij stond op de chemin de Ruth in de buurt van de poort. U zegt dat uw echtgenoot vanochtend vroeg de deur uit is gegaan?’

‘Ja, tegen zevenen,’ zei Anastasia. ‘En ikzelf rond acht uur.’

‘Dan heeft hij u beiden zien vertrekken, en toen is hij in actie gekomen.’

Sagamore haalde een notitieboekje tevoorschijn en schreef iets op.

‘Mevrouw Ebezner, u bent om acht uur vertrokken en u bent om halftwaalf teruggekomen?’

‘Ja, klopt.’

‘Ik ben benieuwd waarom die man meer dan drie uur binnen is gebleven. Vooral omdat het ernaar uitziet dat hij niet buiten de kamer is geweest waar u hem hebt gevonden.’

‘Alles wijst erop dat hij niet in de rest van het huis is geweest,’ verduidelijkte de collega van de technische recherche. ‘Er zijn geen tekenen dat hij iets heeft doorzocht, er staan geen kasten open, maar vooral zijn er geen voetstappen. De schoenen van de inbreker waren nat van de sneeuw en als hij daar geweest was, hadden we vocht op de vloer of vuil op de tapijten moeten vinden. Dat is er niet, buiten de werkkamer.’

‘Er is ook niets weg,’ bevestigde Anastasia, die met de agenten een rondje door het huis had gemaakt. ‘Er zijn best veel waardevolle erfstukken van mijn man, vooral schilderijen. Maar alles is er nog.’

‘Dat bevestigt mijn hypothese,’ zei luitenant Sagamore. ‘Onze man moest in de werkkamer zijn. Laten we daarnaar teruggaan.’

Buiten de gebroken ruit en de openstaande kluis leek de kamer onaangeroerd.

'Het lijkt erop dat de kluis niet is opengebroken,' legde de collega van de technische recherche uit.

'Bedoel je dat onze man de combinatie kende?' vroeg Sagamore.

'Als hij drie uur in deze kamer heeft doorgebracht, denk ik eerder dat hij de combinatie heeft achterhaald. De oude modus operandi, zeg maar met een stethoscoop. Het is een mechanisch cijferslot, dus dat is niet ondenkbaar.'

'Waarom zou hij de ruit breken om binnen te komen en daarna drie uur besteden om de combinatie van de kluis uit te vissen?' vroeg Anastasia.

'Die ruit brak hij om snel binnen te zijn,' concludeerde luitenant Sagamore. 'Het was klaarlichte dag en het lijkt of de buren hier overal ogen hebben. Het duurt lang om een slot te forceren, dan loop je het risico om betrapt te worden. Maar zodra hij binnen was, wilde hij geen geluid maken om niet op te vallen. Wat zat er in die kluis?'

'Ik heb geen flauw idee,' bekende Anastasia.

'Waar bewaart u uw juwelen?' vroeg Sagamore verbijsterd.

'In de kluis in de slaapkamer. Dit is de werkkamer van mijn man. Ik geloof dat hij de kluis gebruikt voor bankpapieren.'

'En voor horloges?' suggereerde Sagamore, die op zoek was naar een motief voor de inbraak.

'Nee, zijn horloges liggen ook in de kluis in de slaapkamer.'

'Mevrouw Ebezner,' vroeg luitenant Sagamore. 'Hebt u recent bedreigingen ontvangen?'

'Bedreigingen?' vroeg Anastasia verbaasd. 'Nee, hoezo?'

'Omdat ik het gevoel heb dat het niet om een gewone inbraak gaat. Sta me toe om mijn ervaring als politieman met u te delen: weet u waarom sommige mensen twee kluizen hebben? De een is voor de juwelen, de andere voor de geheimen. Ik moet absoluut uw man spreken, mevrouw Ebezner.'

'Ik zou hem ook heel graag spreken,' zei Anastasia. 'Maar ik kan hem niet bereiken op zijn mobiel en ook niet in zijn hotelkamer. Hij zal wel in bespreking zijn. Zoals ik al zei is hij in Verbier voor een belangrijk weekend van de bank.'

'Dat heb ik in de krant gelezen. Uw man wordt dit weekend tot voorzitter van de bank benoemd, niet?'

'Ja.'

Sagamore bekeek de kamer nog beter.

'U weet zeker dat het een man was,' zei hij plotseling tegen Anastasia. 'Maar zijn gezicht was bedekt. Kan het ook een vrouw zijn geweest?'

'Hij had de bouw van een man,' antwoordde ze. 'Ik dacht niet dat er een vrouw voor me stond. En dan die ogen... er was iets bijzonders met zijn ogen.'

'Hoe bedoelt u dat, iets bijzonders?' vroeg Sagamore, terwijl hij zijn notitieboekje greep.

'Een fractie van een seconde had ik de indruk dat ik hem herkende, en hij mij ook. Onze blikken kruisten elkaar en er gebeurde iets. Alsof we elkaar al eerder hadden gezien. Ik weet niet hoe ik het moet zeggen. Alles lag in de ogen. In de ogen, luitenant, en die liegen nooit.'

'Hebt u hier personeel?'

'Een huishoudster. Ze is vandaag vrij.'

'Wilt u haar naam voor mij opschrijven?' vroeg Sagamore terwijl hij het notitieboekje aan Anastasia gaf.

Ze deed het.

'Iemand anders? Een tuinman misschien?' vroeg Sagamore.

'De tuin wordt onderhouden door een hoveniersbedrijf, maar gewoonlijk komen wel dezelfde mensen.'

'Ik heb ook de naam van dat bedrijf nodig.'

Verbier, op hetzelfde moment.

De medewerkers van Banque Ebezner kwamen in kleine plukjes aan bij het Palace. Sommigen met de auto, anderen met de trein en de kabelspoorbaan. Iedereen was in een uitstekend humeur, opgewonden over de pracht en praal van het Grote Weekend dat hun te wachten stond. Na het inchecken en het betrekken van de kamers haastten de meeste medewerkers zich, zoals ieder jaar, naar de hotelshuttle die hen naar de voet van de skipistes bracht. Een kleine minderheid bleef liever genieten van de luxe van het Palace en nam het ervan in het verwarmde buitenzwembad, dat dampte in de sneeuw, of in de bubbelbaden.

Het Palace bruiste. Het hotelpersoneel was attent. Voor de meeste medewerkers van Banque Ebezner was het Grote Weekend dé gebeurtenis van het jaar. Maar voor Cristina, die er voor het eerst bij was, betekende dit weekend iets heel anders. Ze wist dat er geen ander meer zou komen. Ze wist ook dat de tijd tegen haar werkte. Ze moest allereerst ontdekken in welke zaal de Bankraad zou samenkomen. Daarna zou ze gebruiken wat voorhanden was. Ze ging een willekeurige dienstdeur door en dwaalde door de coulissen van het hotel. Ze kwam bij de keukens; niemand merkte haar op. Toen zag ze op een muur een dienstmededeling over het Grote Weekend hangen. Ze liep ernaartoe om het te lezen. Opeens voelde ze een warme hand op haar schouder.

'Kan ik u helpen, mevrouw?'

Het was meneer Bisnard, de F&B-manager.

Op hetzelfde moment dronk meneer Rose in de comfortabele luxe van zijn kantoor op de begane grond een kop koffie met Lev.

'Dus uiteindelijk ben je bij het Grote Weekend?' vroeg meneer Rose verbijsterd. 'Volgens mij ben je er nooit eerder bij geweest.'

'Nooit,' antwoordde Lev. 'Te veel nare herinneringen.'

'Ik heb je je gebruikelijke kamer gegeven, zoals je had gevraagd.'

'Bedankt, meneer Rose.'

'Lev, zul je ooit eens ophouden met me meneer Rose te noemen? Noem me toch Edmond!'

'Voor mij bent u altijd meneer Rose geweest.'

Lev bekeek het schilderij dat boven de schouw hing, waarop meneer Rose stond afgebeeld in zijn uniform van kolonel van de Zwitserse reserve. En hij zei: 'Ik heb u altijd bewonderd. Meer dan mijn eigen vader.'

'Dat moet je niet zeggen.'

Lev keek liefdevol naar de oude man die tegenover hem zat. Meneer Rose naderde de tachtig. Hoewel zijn lichaam de tekenen van het verstrijken van de tijd vertoonde, was zijn geest nog altijd even levendig als vroeger.

'Hebt u geen zin om met pensioen te gaan?' vroeg Lev.

'Ik heb geen opvolger gevonden. Degenen die het Palace van me willen kopen zijn doodgewone, zielloze hotelketens. Ik wil niet dat dit etablissement in de handen van een multinational eindigt. Onafhankelijkheid is de best denkbare karaktertrek.'

Lev glimlachte en kon een vleugje nostalgie niet verbergen.

'Het spijt me dat ik u vijftien jaar geleden in de steek heb gelaten, meneer Rose,' zei hij.

'Kom, Lev, rakel die oude geschiedenis nou niet weer op! Je hebt er goed aan gedaan om het aanbod van Abel Ebezner aan te nemen, kijk eens wat een ongelooflijke carrière je hebt gemaakt!'

'Ik heb nooit van de bank gehouden, meneer Rose. Eigenlijk zou ik liever terug willen komen bij het Palace en aan uw zijde willen werken.'

'Het is nog niet te laat,' antwoordde meneer Rose, alsof het een grapje was.

'Helaas wel.'

Meneer Rose' gezicht betrok.

'Wat is er met je aan de hand, Lev? Je doet zo vreemd. Je vader zou zo trots op je zijn. Als hij eens kon zien wat je allemaal hebt bereikt!'

Lev stond op uit de fauteuil waarin hij zat en ging bij het raam staan. Hij keek naar de sneeuw die op de dennenbomen viel.

'Mijn vader is dood en dat komt door mij,' mompelde Lev.

'Zeg, Lev, je weet heel goed dat dat niet waar is!'

Lev leek niet te luisteren. Toen zei hij ernstig: 'Meneer Rose, ik ga verdwijnen. Ik ben hier dit weekend gekomen om afscheid van u te nemen. Ik heb zoveel aan u te danken.'

'Verdwijnen? Hoe bedoel je dat? Waar heb je het over, Lev?'

'Meneer Rose, het zou kunnen dat u vreemde dingen over mij gaat horen. U weet wie ik echt ben. U weet dat ik geen slecht mens ben. U weet waarom ik heb gedaan wat ik heb gedaan.'

Op de zesde verdieping van het hotel ijsbeerde Macaire voor de suite van Tarnogol. Hij moest hem absoluut spreken. Sinds zijn aankomst in het Palace had hij hem overal gezocht, maar het was tevergeefs gebleken. Hij was niet in de lobby, niet in de salons, niet in de bar. Nu liep hij hier al een halfuur heen en weer voor de deur, alsof de ander daardoor zou verschijnen.

Uiteindelijk verscheen Tarnogol in de gang, met energieke stappen liep hij over het tapijt. Net als de vorige dag vond Macaire dat hij er bezorgd uitzag.

'Macaire?' vroeg Tarnogol verbaasd toen hij hem voor zijn deur zag staan.

'Ik moet met je praten, Sinior.'

Tarnogol keek om zich heen als opgejaagd wild, toen deed hij de deur open.

De suite was gehuld in duisternis: de rolluiken waren neergelaten. Tarnogol deed de lichten aan, zette alle luiken open en liep door de kamer om zeker te zijn dat er niemand was.

'Vanwege de situatie ben ik verplicht om bepaalde voorzorgsmaatregelen te nemen,' legde hij Macaire uit, waarna hij hem een fauteuil wees.

Macaire ging zitten, Tarnogol nam tegenover hem plaats en vervolgde: 'We weten allebei dat dit mijn laatste Grote Weekend is, Macaire. De vraag is of dat ook voor jou geldt.'

'Waarom zou dit mijn laatste Grote Weekend zijn?' vroeg Macaire, zonder dat hij erin slaagde zijn nervositeit te verbergen.

'Omdat P-30 achter me aan zit, en ook achter jou.'

Macaire verbleekte.

'Hoe... Hoe ken jij P-30?' vroeg hij.

'Kom nou, Macaire, de Russische inlichtingendiensten weten al een hele tijd hoe de vork in de steel zit... Jij wordt even goed in de gaten gehouden als ik. Weet je, anders dan heel veel anderen heb ik je nooit als een idioot beschouwd. Integendeel. Uiteindelijk heb je maar één fout gemaakt: je wantrouwt de vreemdeling, terwijl het gevaar van je naasten komt.'

'Het gevaar? Wat bedoel je?'

'Alles in orde met Anastasia?' vroeg Tarnogol spottend.

'Mijn vrouw? Wat heeft mijn vrouw hiermee te maken?' riep Macaire uit, terwijl hij als in een reflex in zijn zakken groef om zijn mobiel te vinden.

Hij besefte dat hij die op zijn kamer had laten liggen. Hij sprong op, haastte zich naar zijn suite en wierp zich op zijn telefoon, die op het kastje bij de deur lag. Op het scherm zag hij dat hij een stuk of tien oproepen van zijn vrouw had gemist. Hij begreep dat er iets ernstigs was gebeurd. Hij voelde zijn hart ontploffen in zijn borstkas. Hij belde direct naar Anastasia.

'Eindelijk bel je terug, Macaire!' zei ze toen ze opnam.

Ze stond met luitenant Sagamore in de hal van het huis.

'Wat is er, liefje?' stamelde Macaire in paniek.

'Een man, in huis. Ingebroken... het raam van je werkkamer. Ik was even weg om een boodschap te doen en ik betrapte hem toen ik terugkwam.'

'Is met jou alles in orde?'

'Ja, hij ging er direct vandoor. Hij heeft de kluis in je kamer opengebroken. En leeggehaald. De politie vraagt wat erin zat.'

Macaire zei niets. Hij was doodsbang. Tarnogol bereidde de ruil voor: de voorzitterspost tegen Anastasia. Hij moest Anastasia zo snel mogelijk in veiligheid brengen.

Ze herhaalde haar vraag.

'Wat zat er in de kluis? De politie is hier, ze willen het weten.'

'De... de... een... het... papieren,' stamelde Macaire, die helemaal van slag was. 'Belangrijke papieren van de bank, maar ik heb ze meegenomen. De kluis was leeg.'

Anastasia hoorde angst in de stem van haar man. Ze verbleekte, wat werd opgemerkt door luitenant Sagamore, die haar niet uit het oog verloor. Hij vroeg of hij Macaire kon spreken en nam de telefoon van haar over.

'Meneer Ebezner? Luitenant Sagamore hier, van de afdeling zware misdrijven.'

'Zware misdrijven? Ik dacht dat het een inbraak was.'

'Ik denk dat het iets veel ernstigers is dan een inbraak. Uw vrouw is bijna aangevallen. Wat zat er in die kleine kluis op de begane grond?'

'Alleen wat papieren,' verzekerde Macaire de politieman. 'Papieren van de bank, maar die heb ik meegenomen.'

'Wat voor papieren?' vroeg luitenant Sagamore.

'O, niets bijzonders,' antwoordde Macaire luchtig. 'Administratie en zo. Niets wat een ander zou interesseren. De inbreker ging er vast van uit dat hij allemaal juwelen zou vinden.'

'Als u terugkomt uit Verbier, kunt u dan bij me langskomen?' vroeg luitenant Sagamore. 'Ik zou u graag wat routinevragen stellen.'

'Maar natuurlijk, luitenant. En dank aan u en uw mannen dat u zo snel bent opgetreden. Kunt u me nu mijn vrouw weer geven?'

Luitenant Sagamore gaf het toestel terug aan Anastasia, die een paar stappen van hem vandaan liep en het gesprek toen voortzette.

'Liefje, je bent in gevaar...' fluisterde Macaire met verstikte stem. 'In mijn werkkamer ligt op de tweede plank van de boekenkast een schriftje achter de boeken. Vernietig het! Verbrand het in de haard. Er mag niets van overblijven. Heb je me gehoord?'

Terwijl Anastasia naar Macaires instructies luisterde bleef ze breed glimlachen om luitenant Sagamore te misleiden, die nog steeds naar haar keek; toen zei ze zo ontspannen mogelijk: 'Natuurlijk, schatje. Maak je vooral niet druk. Alles komt goed.'

Ze hing op.

Buiten zichzelf maakte Macaire het kluisje in zijn kamer open; hij haalde de revolver eruit die hij had meegenomen. Hij ging snel naar Tarnogols suite, waarvan de deur nog steeds openstond. Tarnogol zat nog steeds op de bank. Macaire richtte zijn wapen.

'Ik schiet je dood, Tarnogol, en dan is het allemaal voorbij!' schreeuwde hij.

'Rustig aan,' zei Tarnogol, die in het geheel niet onder de indruk leek van het wapen dat op hem was gericht.

'Denk je dat ik niet zal schieten?' riep Macaire.

'Integendeel, ik weet dat je daar juist wel toe in staat bent. Ik weet wat er in Madrid is gebeurd.'

'Wat...'

'Laat je wapen zakken, Macaire.'

Hij gehoorzaamde, maar hij bleef druk op Tarnogol uitoefenen.

'Ik waarschuw je, Sinior. Als je mijn vrouw een haar krenkt...'

'Dat doe ík niet, Macaire!' onderbrak Tarnogol hem geërgerd. 'Dat doe ik niet, dat is P-30!'

'Wat? Waarom zouden ze?'

'Ze willen je onder druk zetten zodat je mij vermoordt.'

Macaire keek Tarnogol aan. Hij wist niet meer wie hij moest geloven. Tarnogol vervolgde: 'Maak je je zorgen over je vrouw? Dat was toch de afspraak? Jij wordt voorzitter, ik krijg Anastasia terug.'

'Ik ben van gedachten veranderd,' zei Macaire. 'Ik wil mijn vrouw én het voorzitterschap. Ik hoef je maar af te knallen, dan is alles geregeld.'

'Alleen kun je me niet doden,' verklaarde Tarnogol, nog steeds doodkalm.

'En waarom niet?'

Als antwoord haalde Tarnogol een envelop uit zijn binnenzak. Hij gaf hem aan Macaire, die hem direct herkende.

'De envelop die ik maandagavond in Bazel heb opgehaald,' zei hij.

'Precies. En ik weet zeker dat je dolgraag wilt weten wat erin zit. Maak maar open.'

Macaire gehoorzaamde. Het was een serie foto's. Zijn handen begonnen te trillen. Hij stond aan de grond genageld. Het was met hem gedaan.

'Die foto's,' zei Tarnogol, 'zijn mijn levensverzekering.'

In Genève, in de hal van het huis van de Ebezners, was luitenant Sagamore nog steeds in gesprek met Anastasia.

'Mevrouw Ebezner, ik zag een reistas naast de voordeur staan. Was u van plan ergens naartoe te gaan?'

Haar hart bonsde, maar ze vertrok geen spier.

'Nee, die tas staat hier al dagen. Ik moet hem nog uitpakken. Excuses voor de troep.'

Luitenant Sagamore vervolgde: 'U zei tegen uw man dat u vanochtend de deur uit ging om te winkelen. Maar ik zie helemaal geen winkeltassen in de hal staan.'

'Ik heb niks gekocht. Ik zocht een muts, daarvoor was ik naar de stad gegaan. Maar ik heb niks gevonden.'

'In welke winkels bent u geweest?' vroeg luitenant Sagamore.

Op die vraag was Anastasia niet voorbereid.

'Ik... ik... ik heb door het centrum gewandeld. Ik heb bij Bongénie gekeken en in een paar winkeltjes daar in de buurt.'

'Mevrouw Ebezner,' zei Sagamore op een toon waarin medeleven doorklonk. 'Mijn mannen hebben een briefje in de slaapkamer gevonden. Ik denk niet dat het iets met de zaak te maken heeft, dus ik geef het weer aan u.'

Hij gaf haar het bericht dat ze voor Macaire had achtergelaten en waarin ze schreef dat ze bij hem wegging. Ze maakte er een prop van, die ze gegeneerd in haar zak stak. Ze zag zich gedwongen om de waarheid te vertellen.

'Ik... ik wil bij mijn man weg...'

'Dat zijn mijn zaken niet, mevrouw,' zei Sagamore direct, waarna hij naar de voordeur liep.

Beleefd nam hij afscheid. Maar voordat hij wegliep, zei hij nog: 'Het is wel vreemd dat uw man niet heeft gevraagd wat de inbreker uit de rest van het huis heeft meegenomen. De meeste mensen die horen dat er is ingebroken, willen meteen weten wat er is gestolen en of er veel troep is. Dat vroeg uw man helemaal niet. Alsof hij helemaal niet verbaasd was dat iemand alleen geïnteresseerd was in zijn werkkamer, en vooral in zijn kluis.'

Anastasia haalde haar schouders op.

'Ik denk dat hij overrompeld werd. Het ging hem er vooral om dat met mij alles in orde was. Geld is niet het enige in het leven, luitenant!'

In het halfduister van Tarnogols suite, in het Palace de Verbier, kon Macaire zijn ogen niet van de foto's afhouden. Het waren beelden van hem in Madrid, een week eerder. Een serie foto's, gemaakt op verschillende dagen, van hem bij de uitgang van het vliegveld, op straat met Perez, voor het gebouw van de IT'er en toen haastig weglopend.

'Ik heb het beste met je voor, Macaire,' verzekerde Tarnogol hem. 'Maar ik moet mezelf beschermen. En dus heb ik voorzorgsmaatregelen genomen: als jij op het domme idee zou komen om je op mij te wreken, als mij dit weekend iets overkomt, dan belanden deze foto's en jouw identiteit bij de pers en bij de Spaanse politie.'

'Je bent een duivel!' riep Macaire uit.

'Ik ben nog erger dan de duivel. Ik besta namelijk.'

De twee mannen bleven elkaar aankijken als twee leeuwen die elkaar ieder moment naar de keel kunnen vliegen. Toen zei Tarnogol: 'Er is geen enkele reden dat we vijanden moeten zijn. Mag ik je eraan herinneren dat ik de aandelen rechtmatig in handen heb gekregen?

Het was een ruil. Als je ze terug wilt, dan moet je mij ook teruggeven wat van mij is.'

'Anastasia is niet van jou!'

'Ze is ook niet van jou. Je weet toch dat ze destijds van Lev hield? Dat heeft ze je toch verteld? Hoe denk je dan dat ze zomaar op jou verliefd kon worden? Daar moet ik de hand wel in hebben gehad.'

'Geef me het voorzitterschap en verdwijn!' zei Macaire. 'Dan laat iedereen je met rust.'

'Ik weet dat het er slecht voor me uitziet: als jij me niet vermoordt, doet iemand anders het wel. Ik weet dat ik ten dode ben opgeschreven als ik niet zorg dat ik verdwijn. Maar jouw benoeming kan ik nog blokkeren. Tenzij...'

'Tenzij wat?' vroeg Macaire.

'Tenzij je bereid bent Anastasia te ruilen tegen het voorzitterschap. Het moment is gekomen dat je moet beslissen van welk van de twee je afziet.'

Toen in Cologny de politie was vertrokken, haastte Anastasia zich naar de werkkamer. Ze vond het schrift op de plek die Macaire had beschreven. Het was leeg, op een paar boekhoudkundige notities op de eerste bladzijde na. Er zat een brief in, maar vooralsnog was ze te gespannen om die te lezen. Ze propte alles in haar reistas en belde Lev om hem op de hoogte te brengen. Nog geen twintig minuten later reed de zwarte limousine, bestuurd door Alfred, door het hek. Anastasia ging met de tas in haar hand naar buiten en stapte in, waarna de auto direct wegreed en de chemin de Ruth op draaide in de richting van het centrum.

De limousine reed over de quai du Général-Guisan Genève binnen en reed toen over de pont du Mont-Blanc naar het Hôtel des Bergues. Alfred reed direct naar de achteringang, die bedoeld was voor leveranciers, zodat niemand Anastasia zou zien.

'Meneer heeft me gevraagd om uiterst behoedzaam te zijn,' verklaarde Alfred terwijl hij de ondergrondse parkeergarage binnenreed. 'Hier bent u veilig.'

'Dank je wel, Alfred. Je hebt geen idee hoe bang ik was! Ik sta nog steeds te trillen.'

'Het spijt me dat u zo'n onaangename ervaring hebt moeten doorstaan, mevrouw.'

'Weet je, het is niet zozeer de inbraak die me bang maakt, maar alles eromheen. Mijn man leek heel ongerust. Hij vertelde iets over papieren van de bank.' Over het bestaan van het schriftje zweeg ze liever. 'En ondanks de bivakmuts had ik het gevoel dat ik de inbreker herkende.'

'Zou het iemand van de bank kunnen zijn?' vroeg Alfred.

'Ik weet het niet. Die leek trouwens erg slecht op zijn gemak. Het was bizar.'

Toen Anastasia weer in de bekende omgeving van Levovitch' suite stond, voelde ze zich beter. Ze draaide de deur op slot, schonk een glas wijn in om haar zenuwen in bedwang te krijgen en dronk het leeg terwijl ze het spectaculaire uitzicht over het Meer van Genève bekeek. Toen maakte ze een groot vuur in de open haard en pakte het schrift dat ze in de werkkamer had gevonden. Ze las de brief en ontdekte tot haar verbijstering dat die was ondertekend door de president van Zwitserland, die Macaire bedankte voor zijn diensten. Welke diensten? Wat kon die brief betekenen? Ze besloot de raadgevingen van haar man op te volgen. Ze gooide de brief in het vuur en zag hoe die werd verteerd. Ze wilde hetzelfde doen met het schrift, maar op het moment dat ze het in de vlammen wilde gooien, zag ze watermerkachtige teksten op de bladzijden verschijnen, terwijl ze had gedacht dat die leeg waren.

Koortsachtig hield ze het papier in de hitte: opeens werd er een tekst zichtbaar. Met bonzend hart begon ze Macaires verhaal te lezen.

Zwitserland. Enerzijds een haven van rust, met groene weiden en blauwe meren, en anderzijds een land dat zijn banken met hand en tand verdedigt als een moederbeer.

Meer hoeft u daar niet over te weten. Zelf weet ik daar ook weinig over. 'Orde en symmetrie' is ons devies. Stilzwijgen en voorzichtigheid zijn onze kinderen.

Twaalf jaar geleden werd ik gerekruteerd door een speciale tak van de Zwitserse inlichtingendienst. Die geheime eenheid, P-30 genaamd, wordt gefinancierd uit een geheime geldstroom van de

Zwitserse regering en valt niet onder het toezicht van de Parlementscommissie voor de Inlichtingendiensten.

[...]

Zo ontdekte Anastasia tot haar stomme verbazing dat haar man al die jaren een dubbelleven had geleid. Koortsachtig las ze het verslag van de missies die hij voor P-30 had uitgevoerd. Macaire, haar lieve Macaire, haar ietwat onhandige en onbeholpen echtgenoot, was een agent van een inlichtingendienst!

Ze zou onder de indruk en geamuseerd zijn geweest als het verhaal toen niet zo'n tragische wending nam.

Ik moet hier iets bekennen: ik heb doden op mijn geweten.

Ongewild heb ik indirect bijgedragen aan de uitschakeling van een voormalig IT'er van de bank en zijn echtgenote, die cliëntenlijsten aan de Spaanse fiscus wilden verkopen.

[...]

Ik zal altijd betreuren dat er door mijn schuld bloed is gevloeid. Dat heb ik nooit gewild. Als iemand deze regels leest, is er iets verkeerd gegaan. Waarde lezer, ik smeek je me te geloven: ik heb nooit iemand dood gewild. Ik had geen idee van de verschrikkelijke intenties van P-30. Ik ben opgegroeid met christelijke naastenliefde en ik hoop dat ik me op een dag van mijn zonden kan schoonwassen. Moge God me vergeven!

Anastasia pauzeerde verbijsterd. Ze stond te trillen. Ze legde direct verband met de brief van de president, waarin Macaire werd bedankt voor zijn diensten voor het vaderland.

Toen las ze het einde van het verhaal.

Mijn laatste missie zal ik uitvoeren tijdens het Grote Weekend van Banque Ebezner in Verbier.

P-30 heeft me gevraagd om te voorkomen dat Sinior Tarnogol de zeggenschap over de bank krijgt.

Mijn speelruimte is beperkt: of ik moet Tarnogol ervan overtuigen mij tot voorzitter te benoemen, of ik moet hem doden. Als ik faal, weet ik dat P-30 me de dubbele moord in de schoenen zal schuiven waaraan ik indirect medeplichtig ben.

Ik had nooit gedacht dat het zover zou komen. Maar ik mag me niet over mijn lot beklagen, omdat ik er zelf als enige verantwoordelijk voor ben. Inderdaad ben ik degene die Tarnogol in staat heeft gesteld om zover te komen door mijn aandelen aan hem af te staan.

En aangezien deze tekst een biecht is, zal ik hier nog een geheim openbaren. Ik zal vertellen wat Sinior Tarnogol me heeft gegeven in ruil voor mijn aandelen.

Ze sloeg een hand voor haar mond alsof ze een schreeuw wilde binnenhouden. Dit was onmogelijk, het kon niet waar zijn wat ze las! Dat kon Tarnogol niet gedaan hebben! Ze voelde tranen opkomen. Ze probeerde zich te herinneren hoe het allemaal gegaan was, hoe ze vijftien jaar geleden met Lev had gebroken, maar haar herinneringen waren vaag.

Opnieuw las ze wat Macaire in zijn schrift had geschreven. Hoe had Tarnogol zoiets kunnen doen? Die man was het kwaad in eigen persoon.

Ze pakte haar mobiel en belde Macaire.

'Hallo, liefje? Alles goed?'

'Macaire, ik... ik...'

Ze huilde. Hij begreep dat ze het schrift had gelezen.

'Geen woord,' smeekte hij. 'Ik weet zeker dat we worden afgeluisterd.'

'Wat nu, Macaire?'

'Dat kan ik je niet vertellen. Maar wat ik nu ga doen, doe ik voor jou. Uit liefde. Hang nu maar op, ik wil niet dat ze je locatie kunnen peilen.'

Ze gehoorzaamde en barstte toen in snikken uit.

Ze voelde dat er iets verschrikkelijks ging gebeuren.

HOOFDSTUK 31

De ster die de weg wijst

Op zaterdag 30 juni 2018, om elf uur 's ochtends, toen ik in diepe slaap in mijn suite in het Palace lag bij te komen van een nacht schrijven, werd ik wakker doordat er op de deur werd gebonsd. Eerst dacht ik dat het de housekeeping was en ik besloot te blijven liggen. Maar aangezien het lawaai niet ophield, deed ik uiteindelijk slaapdronken open. Het was Scarlett.

'Alles in orde?' vroeg ze op een toon die eerder geïrriteerd dan ongerust was.

'Ja, prima. Hoezo?'

'We zouden gisteravond uit eten gaan. Maar je had kennelijk iets beters te doen.'

'Verdomme, helemaal vergeten! Het spijt me heel erg.'

'Het spijt mij ook. Ik heb een uur in het restaurant voor gek gezeten.'

'Waarom heb je niet naar mijn kamer gebeld? Dan was ik direct gekomen!'

'Denk je dat ik dat niet heb gedaan? Je was in gesprek. De receptie zei dat je de hoorn naast de haak moest hebben gelegd. Toen ben ik naar boven gegaan. Ik heb aangeklopt, maar je deed niet open. Had je iets leukers gevonden?'

'Ik kan je verzekeren dat ik gisteravond gewoon op mijn kamer was!'

'Hou toch op!' viel Scarlett uit. 'Je mag zelf weten hoe je je tijd invult, maar je moet niet denken dat ik gek ben.'

‘Ik zweer het, ik heb je echt niet expres laten wachten. Ik zat te schrijven, ik ging er helemaal in op.’

‘Zo erg dat je me niet eens hoorde kloppen?’

‘Als ik in het verhaal zit, hoor of zie ik niets meer. Dan voelt het alsof ik in de roman zit, in de scènes. Met alle personages om me heen...’

‘Wat bazel je nou?’ vroeg ze wanhopig.

‘Het is zo,’ verzekerde ik haar. ‘Het voelt alsof ik in een andere wereld zit. Luister, ik wil het goedmaken: ga vanavond met me mee uit eten. Alsjeblieft!’

Ze aarzelde. Ik drong aan.

‘Alsjeblieft! Ik zou het heel leuk vinden.’

‘Vooruit dan,’ zei ze uiteindelijk. ‘Maar ik waarschuw je: die smoes van je boek werkt maar één keer.’

‘Beloofd.’

Na de hele dag te hebben geschreven trof ik Scarlett die avond in het Italiaanse restaurant van het hotel.

‘Dank je wel dat je bent gekomen,’ zei ik.

‘Dacht je dat ik je zou laten stikken?’

‘Dat heb ik wel verdiend.’

‘Ik heb het gevoel dat ik je steeds minder zie naarmate je vordert met je boek,’ zei ze.

‘Ik laat me meeslepen.’

‘Heb je dat vaker?’

‘Bij iedere roman,’ bekende ik.

‘Het is geen leuk gevoel om het tegen een boek te moeten afleggen.’

‘Het spijt me.’

Om van onderwerp te veranderen, stak ik Scarlett een pakje toe. Ik was naar de boekhandel in het dorp gegaan om iets voor haar te kopen.

‘Over boeken gesproken,’ zei ik. ‘Ik heb iets te lezen voor je meegenomen.’

Ze pakte het uit: het was een exemplaar van *Gone with the Wind*.

‘Dat was een van Bernards lievelingsboeken,’ zei ik. ‘Hij vertelde dat hij het in de oorlog had gelezen toen hij een jaar of dertien, veertien was. Toen hij samen met zijn moeder en broer met de auto op de vlucht sloeg, las hij op de achterbank *Gone with the Wind*. Het gerucht ging dat de Italiaanse luchtmacht burgerkonvooien bestookte, en Bernard ging zo op in zijn boek dat hij hoopte dat de luchtmacht hem niet zou doden voordat hij het uit had. Hij zei dat het een "grote roman" was.'

'Wat is dat, een "grote roman"?' vroeg Scarlett.

'Volgens Bernard is een grote roman een schilderij. Een wereld die zich uitstrekt voor de lezer, een gigantische illusie, geschapen met penseelstreken, die je verslindt. Als er een regenbui op staat, dan voel je je nat worden. Als het landschap besneeuwd is, dan ril je. En hij zei: "Weet je wat grote schrijvers zijn? Schilders. In het museum van grote schrijvers waarvan alle boekhandelaren de sleutel bezitten, hangen duizenden doeken. Wie er één keer naar binnen gaat, wordt steevast een vaste bezoeker."'

Ze glimlachte.

'Ik heb het in het boek ook een paar keer over Bernard,' zei ik.

'Wat zou hij daarvan vinden?'

'Hij zou zowel gegeneerd als gevleid zijn. Hij zou zeggen: "Als jij dat leuk vindt." Zoals alle grote geesten was hij heel bescheiden. Hij hield er niet van om in het middelpunt te staan. Zo hield hij er ook niet van als er aandacht aan zijn verjaardag werd besteed. Die was op 9 mei. Natuurlijk belde ik hem dan toch, om hem te feliciteren.'

Er viel een stilte. Ik vervolgde: 'Ik herinner me zijn laatste verjaardag, vorig jaar mei. Dit keer was hij niet boos toen ik hem belde. Hij zei: "Weet je, Joël, als een agent op straat mijn identiteitsbewijs zou controleren en mijn geboortedatum zou zien, zou hij zeggen: 'Wat doet u hier nog?'"'

'En wat antwoordde jij?' vroeg Scarlett.

'Ik lachte erom. Ik zei dat hij ons allemaal zou overleven. Ik dacht dat hij er altijd zou zijn. En daarom heb ik steeds gezegd dat ik me nooit door een ander zou laten uitgeven.'

'Hoe bedoel je?'

'Na Bernards dood dacht iedereen dat ik naar een meer prestigieuze uitgeverij zou overstappen. "Wat ga je nu doen?" werd me regelmatig gevraagd. Maar die mensen beseften niet dat Bernard de grootste naam in de Franse uitgeverijwereld was.'

Parijs, mei. Acht maanden na het enorme succes van mijn tweede roman.

Een journalist interviewde Bernard op de uitgeverij in de rue La Boétie. Na een paar stuitend banale vragen vroeg de journalist slinks aan Bernard: 'Denkt u dat u Joëls volgende roman ook zult uitgeven?' Hij doelde erop dat ik ongetwijfeld zou bezwijken voor de lokroep van de grote uitgeversnamen in Saint-Germain-des-Prés.

Ik werd vuurrood van woede en moest me inhouden om hem niet de kamer uit te schoppen, maar Bernard glimlachte sluw en antwoordde: 'Als Joëls volgende roman niet goed is, dan geef ik die niet uit.'

Dat zal ik nooit vergeten, want die zin vat de hele relatie van mij met Bernard perfect samen.

Niet alleen maakte Bernard me succesvol, hij leerde me ook om met succes om te gaan, vooral door steeds te herhalen dat ik er nog lang niet was. Zo schreef hij me precies een jaar na het verschijnen van mijn tweede roman de volgende e-mail.

> Waarde Joël,
>
> Vandaag is een bijzondere dag. Precies een jaar geleden, op 19 september 2012, verscheen *Harry Quebert* in alle boekwinkels van Frankrijk, België en Zwitserland.
>
> Ik weet nog dat ik die dag naar boekhandel Fontaine liep om te zien of het in de etalage lag. Dat was zo. Dat was vast niet overal zo, maar Fontaine is een bevriende boekwinkel en daar lag het wel in de etalage.
>
> Ik moet denken aan wat Proust schreef toen hij vertelde over de dood van Bergotte.
>
> 'Ze gingen hem begraven. Maar in zijn stervensuur, in de ver-

lichte etalages, stonden zijn boeken drie aan drie, ze waakten als engelen met uitgevouwen vleugels en leken een symbool van herrijzenis voor hem die er niet meer was.'

Welke les kun je hieruit trekken? Dat je nog maar twee boeken hebt uitgebracht, en dat als je ze drie aan drie in de etalage van een boekhandel wilt zien staan, je er nog heel veel zult moeten schrijven.

Ik hoop dat we ze samen zullen zien staan en dat we ons deze heel terechte waarschuwing van Proust blijven herinneren.

Waarde Joël, ik weet zeker dat je net als ik van mening bent dat een mens nooit te snel tevreden moet zijn, maar toch: als ik terugdenk aan het afgelopen jaar, was het helemaal niet slecht.

Bernard

Ik keek op van mijn telefoon, waarop ik Bernards e-mail had opgezocht om die aan Scarlett voor te lezen.

Ik bedacht hoe moeilijk het was om bijzondere mensen eer te bewijzen. Je weet nooit waar je moet beginnen. Bernard had mijn leven betekenis gegeven. Hij was de ster die me de weg wees. En sterren doven nu eenmaal.

Ik was ontroerd, en ik merkte dat Scarlett dat ook was. Ze legde haar hand op de mijne en keek me diep in de ogen. Van de twee kanten van de tafel kwamen onze gezichten vlak bij elkaar, en onze lippen ook. Opeens klonk er een stem.

'Mevrouw Leonas?'

We keken op. Een kleine heer in pak glimlachte naar ons.

'Excuus dat ik u stoor, mevrouw. Ik ben de adjunct-directeur van dit hotel. Er is mij verteld dat u iemand van de directie wilde spreken en ik wilde me ervan vergewissen dat uw verblijf naar wens is. Er is mij verteld dat het iets met uw kamer te maken had.'

Scarlett stelde de adjunct-directeur gerust door te zeggen dat ze alleen maar wat vragen had over wat er in kamer 622 was gebeurd.

'Als ik zo vrij mag zijn,' zei de adjunct-directeur, 'zou ik u willen verzoeken om dit op een minder openbare plek te bespreken, ook al is het niet geheim. Vindt u het goed om hier later in alle rust over te praten?'

Na het diner (verrukkelijke pasta: tomatensaus en verse basilicum voor Scarlett, boter-saliesaus voor mij) nodigde de adjunct-directeur ons uit voor een drankje op een plek waar niet werd meegeluisterd. Hij ontving ons in de kamer van de directeur: een klassiek ingerichte, gecapitonneerde ruimte. Bij de haard stonden vier fauteuils, die een geschikte locatie voor het gesprek vormden.

'Ik weet dat u bij de conciërge navraag hebt gedaan naar kamer 622,' zei de adjunct-directeur. 'Wij doen ons best om die tragische episode uit de geschiedenis van het Palace te vergeten. Zoals ik al zei is die moord geen geheim, maar over het algemeen geven wij de voorkeur aan een klein leugentje om de gasten niet te verontrusten.'

'Wat kunt u mij over de moord vertellen?' vroeg Scarlett.

'Helaas kan ik u nauwelijks helpen. Ten tijde van de moord werkte ik hier nog niet.'

'Wie was toen de directeur?' vroeg Scarlett.

'Edmond Rose,' antwoordde de adjunct-directeur. 'De befaamde eigenaar van het Palace. Hij heeft het laten bouwen. Daarna leidde hij het tientallen jaren lang; hij wás dit hotel.'

Hij wees naar een schilderij dat boven de haard hing, van een man in legeruniform.

'Is dat meneer Rose?' vroeg Scarlett.

'Absoluut. Van wat ik gehoord heb, was hij een heel bijzonder mens. Luitenant-kolonel bij de reservisten. Hij was heel charismatisch en wist hoe hij mensen kon laten gehoorzamen, maar hij was ook buitengewoon zachtaardig.'

'Weet u hoe we meneer Rose zouden kunnen bereiken?' vroeg ik.

'Helaas is hij al een paar jaar geleden overleden.'

'We moeten absoluut een medewerker van het Palace spreken die het weekend van de moord nog heeft meegemaakt,' zei Scarlett.

De adjunct-directeur dacht een ogenblik na en zei toen: 'Weet u, het personeel wisselt geregeld. Maar ik denk dat meneer Bisnard u wel verder kan helpen. Dat is onze oude F&B-manager. Die heeft hier zijn hele leven gewerkt. Hij is vorig jaar met pensioen gegaan, maar hij woont nog steeds in Verbier. 's Ochtends zit hij vaak in het café bij het postkantoor. Daar zult u hem vast vinden.'

HOOFDSTUK 32
Laatste kans

Zaterdag 15 december, de dag voor de moord

Het was het begin van een belangrijke dag.

Palace de Verbier, zes uur 's ochtends. Cristina verliet haar kamer en sloop door de gang; haar stappen werden gedempt door het dikke tapijt. De zesde verdieping had de bijzonderheid dat er alleen suites waren, die werden toegewezen aan de 'hoogwaardigheidsbekleders' van de bank, maar Cristina had met Jean-Bénédict Hansen afgesproken op wat de andere bankmedewerkers 'de verdieping der uitverkorenen' noemden. Of beter gezegd: ze had hem geen keuze gelaten.

Om de lift te bereiken moest ze de hele gang door. Ze liep langs de deuren van alle andere suites. Ze lagen allemaal aan dezelfde kant van de gang: de muur ertegenover was de gevel van het hotel, met afwisselend grote ramen en dikke fluwelen gordijnen. Eerst kwamen de kamers van de afdelingshoofden, dan, op volgorde, die van Horace Hansen, Jean-Bénédict Hansen, Sinior Tarnogol, Lev Levovitch en Macaire Ebezner.

Cristina ging naar de begane grond. Alles was stil en verlaten. Het hotel leek nog te slapen. De meeste bankmedewerkers genoten van hun comfortabele kamers – en van het feit dat ze hun gezin thuis hadden gelaten – om te rusten en uit te slapen.

Maar die rust was maar schijn: achter de coulissen en in de keukens stond het personeel al in de aanslag. Over een paar uur was het zover. Om zes uur 's avonds werden de medewerkers van de bank voor cocktails in de balzaal verwacht. Daarna, om zeven uur, zou iedereen naar het grote podium worden geroepen, waar de Bankraad zijn opwachting zou maken om de nieuwe voorzitter bekend te maken en de avond daarmee officieel te openen. Vervolgens zouden de gasten aan tafel gaan. Daar werd direct het diner geserveerd en om tien uur begon het bal.

Op dit vroege uur liep meneer Bisnard, de F&B-manager, op en neer door de nog gesloten bar van het Palace. Hij zag er nerveus uit. Opeens klonk er gebonk op de glazen deur van de bar. Hij maakte een sprongetje: het was Cristina. Gehaast deed hij open.

'Ik vind dit een uiterst onaangename situatie,' zei hij toen ze binnen was.

Ze deed de deur achter zich dicht en antwoordde: 'Ik ook, als dat u geruststelt.'

'Ik kan hier problemen mee krijgen!' zei Bisnard.

'Ik ook,' verzekerde Cristina hem.

Ze nam een enorm risico. Stel dat Bisnard zijn mond zou opendoen? Ze wist dat ze een grens over ging, maar dat moest dan maar: ze móest het weten. Sinds maandag, toen ze het gesprek tussen Tarnogol en Jean-Bénédict Hansen had opgevangen, voelde ze dat er iets niet in de haak was met de verkiezing. Ze verdacht Macaire ervan dat hij zich het voorzitterschap ten koste van alles wilde toe-eigenen. Ze was vast van plan om achter zijn plannen te komen.

'Dit is de lijst van alle medewerkers van de bank die dit weekend aanwezig zijn, met hun kamernummers.'

'Wie heeft de kamers toegewezen?' vroeg Cristina.

'Jean-Bénédict Hansen heeft algemene aanwijzingen gegeven.'

'Heeft Macaire Ebezner zich ermee bemoeid? Heeft hij op het laatste moment om wijzigingen gevraagd?'

'Nee, helemaal niet. Hoezo?'

Cristina gaf geen antwoord, ze zei: 'Dus wat u betreft is er niets ongewoons gebeurd?'

'Helemaal niets. Trouwens, ik heb gisteravond met het hoofd beveiliging gepraat: alles lijkt heel rustig te verlopen. Ik geloof dat u zich nodeloos ongerust maakt.'

'Misschien wel,' antwoordde Cristina.

'Geniet u toch gewoon van uw weekend,' raadde Bisnard haar aan; toen draaide hij zich op zijn hakken om en ging er gehaast vandoor.

Cristina liep de bar uit en ging naar het restaurant van het Palace, waar het ontbijt al geserveerd werd. Het was er nog uitgestorven, wat geen verbazing hoefde te wekken. Ze ging aan een tafel zitten, bestelde koffie, sloeg een krant open en wachtte.

Om zeven uur kwam Macaire naar het restaurant. Cristina zag dat hij er slecht uitzag en gestrest leek. Toen hij zijn secretaresse zag, deed hij zijn best om goed voor de dag te komen.

'Goedemorgen, Cristina, goedemorgen!' begroette hij haar op gespeeld opgewekte toon.

'Goedemorgen, meneer Ebezner. Alles in orde? U ziet er beroerd uit.'

'Ik kan niet ontkennen dat ik momenteel wat problemen heb,' zei Macaire. 'Ik zit in de stront, om het eens vulgair te zeggen.'

'Vanwege het voorzitterschap?' vroeg Cristina.

'Nee. Nou ja, eigenlijk wel. Ik ga niet tegen je liegen, ik ben er behoorlijk nerveus over. Ik heb nauwelijks geslapen vannacht.'

'Maakt u zich geen zorgen, meneer Ebezner, ik heb niemand verteld wat ik een paar dagen geleden op de bank hoorde.'

'Dat was een misverstand,' verzekerde Macaire haar. 'Er is volstrekt geen sprake van dat Lev voorzitter wordt. Ze gaan mij benoemen.'

'Als u het zegt.'

Macaire ging aan een andere tafel zitten. Dat was heel vreemd: normaal gesproken zou hij bij Cristina zijn aangeschoven om over koetjes en kalfjes te praten. Er was iets aan de hand.

Zes verdiepingen hoger ijsbeerde Lev met zijn telefoon in de hand door zijn kamer. Sinds gisteravond had hij niets meer van Anastasia gehoord. Ze antwoordde niet op zijn berichten en nam niet op. Zelfs de telefoon in zijn suite in het Hôtel des Bergues ging alleen maar over. Hij werd ongerust. Ondanks het vroege uur besloot hij Alfred te bellen, ook al zou die nog slapen. Iemand moest gaan kijken hoe het met haar ging. Misschien was er iets niet in de haak.

Om kwart over zeven liep Tarnogol het restaurant binnen. Hij ging zitten aan een tafel apart die gereserveerd was voor de leden van de Raad. Hij bestelde gekookte eieren, kaviaar, een klein glaasje Beluga en zwarte thee met een wolkje melk. Macaire kon zijn blik niet van hem afhouden. Over minder dan twaalf uur was de verkiezing. De situatie dreigde hem tussen de vingers door te glippen.

Toen Tarnogol had ontbeten, verdween hij weer. Rond kwart over acht verscheen Jean-Bénédict, die eruitzag alsof hij iemand zocht. Zodra hij Macaire zag, stormde hij op hem af.

'Daar ben je,' zei hij. 'Ik moet je absoluut spreken. Kom mee.'

De twee mannen liepen naar de lobby.

'Wat is er aan de hand?' vroeg Macaire.

Zijn neef gaf geen antwoord, maar nam hem mee naar een privésalon. Daar zat Horace Hansen, tronend in een fauteuil, op ze te wachten. Hij nam Macaire uit de hoogte op en zei, als Caesar die een gladiator gratie verleent: 'Ik zal ervoor zorgen dat je tot voorzitter wordt gekozen. Ik heb er lang met Jean-Bénédict over gesproken en we zijn het eens: het voorzitterschap komt jou toe, en jou alleen.'

Macaires ogen lichtten op.

'Bedankt, Horace,' zei hij. 'Ik stel je steun enorm op prijs.'

'Mijn steun heeft een prijs,' zei Horace toen. 'Dit zijn de voorwaarden.'

In Genève, in het Hôtel des Bergues, liep Alfred Agostinelli doelloos door Lev Levovitch' suite. Anastasia was verdwenen.

Hij had lang op de deur geklopt, maar er kwam geen reactie. Uiteindelijk was hij met zijn sleutel naar binnen gegaan: er was niemand. Het bed was niet opgemaakt. Anastasia's weinige spullen waren verdwenen. In de haard zag hij de resten van een vuur. Hij doorzocht de as en keek in de schoorsteen. Tegen de stenen wand vond hij een geblakerd papier, dat uit het vuur omhoog was gedwarreld voordat het geheel verteerd was. Er stond een handgeschreven tekst op, maar die was niet meer te lezen.

Hij belde direct zijn baas.

Lev stond op het punt zijn kamer te verlaten toen Alfred belde. Ongerust hoorde hij het verhaal van zijn chauffeur aan.

'Als het bed onopgemaakt is, heeft ze er dus wel geslapen,' zei Levovitch. 'En er zijn geen sporen van een gevecht?'

'Nee, meneer. Alles is netjes. Ik denk dat ze ervandoor is gegaan. Ze heeft haar spullen meegenomen. Als je ontvoerd wordt, neem je niet je tandenborstel mee.'

Die redenering stelde Lev gerust.

'Ondervraag het hotelpersoneel,' zei hij. 'Misschien heeft iemand haar gezien.'

'Goed idee, meneer. Ik hou u op de hoogte.'

Lev hing op. Anastasia's verdwijning verontrustte hem. Hij moest rustig nadenken. Hij besloot koffie te gaan drinken in de bar, daar zou het rustig zijn.

In de privésalon van het Palace waar ze zich hadden teruggetrokken, luisterde Macaire aandachtig naar de eisen van Horace Hansen.

'Ik wil dat je Jean-Bénédict benoemt tot vicevoorzitter. De naam van de bank wordt Banque Ebezner-Hansen. Verder wil ik dat je over vijftien jaar met pensioen gaat en mijn zoon in jouw plaats benoemt. Dan heb je een mooie carrière gehad en kun je van een welverdiend pensioen genieten, terwijl Jean-Bénédict dan nog een paar mooie jaren heeft om de bank te leiden.'

Na een korte stilte ging Macaire akkoord: dit was perfect voor hem. Vijftien jaar aan de macht, waarna hij op het hoogtepunt zou vertrekken. Iedereen bij de bank zou hem missen. De weken voor zijn vertrek zou iedereen jammeren: 'Wat moeten we zonder Macaire?' In vijftien jaar zou hij een onvergetelijke baas worden. Geliefd bij de werknemers. bewonderd door zijn vakgenoten zou hij opstappen. Hij zou een geëmotioneerde afscheidstoespraak houden waarbij niemand het droog zou houden. En daarna werd hij vervangen door die nietsnut van een Jean-Bénédict, het lachertje van de bankwereld. Wat een wraak zou dat zijn op die pad die zich opblies om een stier te zijn! Niemand zou zich ervan kunnen weerhouden om ze met elkaar te vergelijken, en het voorzitterschap van Jean-Bénédict zou niets meer zijn dan de schaduw van de grootsheid van zijn neef, zijn voorganger. Macaire bedacht dat zijn vader en grootvader hetzelfde hadden moeten doen: op het hoogtepunt opstappen en een onuitwisbare indruk achterlaten, in plaats van zich in tijden van ziekte en ouderdom te blijven vastklampen.

'Akkoord,' zei Macaire. 'Jullie hebben mijn woord.'

Dol van vreugde omhelsde Jean-Bénédict zijn neef.

'Ik was bang dat je niet akkoord zou gaan,' bekende hij.

'Waarom zou ik dat niet doen? Ik weet wat ik je verschuldigd ben, Jean-Bénédict. Je bent me altijd trouw gebleven. En bovendien zijn we familie. We zijn broers.'

Levovitch zat aan de bar van het Palace en bestelde sterke koffie. De bar was nog niet open, en zoals hij al hoopte was hij de enige gast. Met een vleugje nostalgie keek hij naar de roodfluwelen fauteuils en de lage, ebbenhouten tafels. Hij liet de emotie over zich heen spoelen: in vijftien jaar was er niets veranderd.

15 jaar eerder

Begin augustus, in de middag. Een maand nadat Lev Anastasia vanuit Brussel weer naar Genève had gebracht.

Het was een bloedhete zomer. Veel mensen zochten de koelte van de bergen op: het Palace barstte uit zijn voegen. Onder hen waren veel belangrijke, veeleisende gasten, zoals Sinior Tarnogol, die was gekomen om van de frisse lucht in Verbier te genieten. Het zomerseizoen was rustig begonnen, meneer Rose had die plotselinge toestroom van gasten niet zien aankomen en de personeelsbezetting was niet op volle sterkte.

Sol hielp een handje bij de receptie en checkte de nieuwaangekomenen in. Die ochtend stond hij met zijn zoon achter de balie. De laatste tijd vond Sol dat Lev in een slecht humeur was.

'Alles in orde, jongen?' vroeg hij tussen twee gasten door.

'Gaat wel, pa,' antwoordde Lev laconiek.

'Je ziet eruit alsof je ergens mee zit.'

'Het is te druk. Het hotel zit stampvol.'

Maar eigenlijk had Levs ontreddering een andere reden. Toen hij een maand eerder uit Genève was teruggekomen, had hij het voorstel van Abel Ebezner met zijn vader besproken; die was opgestoven.

'Genève? Gadver!' had Sol gezegd; er lag afschuw in zijn blik. 'Daar hebben we alleen slechte herinneringen aan!'

'Welnee,' protesteerde Lev. 'Ik heb er juist heel goede herinneringen aan. Mama die me uit school kwam halen. De wandelingen langs het meer.'

'Genève heeft je moeder van ons afgepakt! Genève en de bankiers! En nu kom jij me vertellen dat je in Genève bij een bank wilt gaan werken! Verrader! Ik had niet gedacht dat ik dit ooit zou moeten meemaken, en al helemaal niet van mijn zoon.'

'Maar we willen toch niet ons hele leven in Verbier blijven!' riep Lev uit.

'Waarom niet? Onze toekomst als acteur ligt hier! En ga nou niet zeggen dat je geen acteur bent, daar heb je veel te veel talent voor. Dat is precies jouw probleem: je hebt talent voor alles. Ik kan niet geloven dat je hier weg wilt! En dat vertel je me zo! Komt het door dat meisje, die Anesthesie?'

'Anastasia,' verbeterde Lev.

'Anastasia dan. Pfft. Doet er ook niet toe. Je zegt altijd dat je het hier naar je zin hebt, dan ontmoet je een meisje en bam! Je rijdt midden in de nacht naar Brussel en nu wil je naar Genève verhuizen. Er zijn nog meer vissen in de zee, hoor, Lev.'

'Met Anastasia is het anders, papa. Ik wil met haar trouwen.'

Sol lachte honend. 'Trouwen? Zie je wel dat je goed kunt acteren, jongen? Uiteindelijk ben je gewoon een romanticus. Net als je moeder. Waarom zou je je aan de eerste de beste vastketenen? Prima, als je weg wilt, moet je dat maar doen. Laat mij maar in de steek, gooi me maar weg als een oude sok. Ik kom er wel overheen. Schaam je je soms voor je afkomst? Wil je een Ebezner worden, zoals die chique types die hier tijdens het Grote Weekend rondstappen?'

'Daar gaat het niet om, papa.'

'Maar waarom dan wel? Als je weg wilt, geef me daar dan tenminste een goede reden voor.'

'Luister, papa, dat van die bank, dat was maar een ideetje. Ik heb nog niks besloten.'

‘Besluit dan alsnog dat je blijft. Zo simpel is het.’

En dat deed Lev. Hij belde Abel Ebezner en sloeg het aanbod af. Maar toen hij weer ophing, sprak hij met zichzelf af dat hij snel uit Verbier zou vertrekken. Dat hij bij zijn vader uit de buurt zou blijven.

Dan moest hij er dus ook van afzien om directeur van het Palace te worden. Het zou onmogelijk zijn om het hotel te leiden onder de ogen van zijn vader. Hij moest hier voorgoed weg.

Anastasia was heel teleurgesteld dat de twee plannetjes, Verbier en Genève, allebei niet doorgingen. Maar Lev verzekerde haar dat het alleen maar een paar maanden uitstel betekende. In de tussentijd trok ze weer bij haar moeder in. Dankzij Macaire kon ze bij Banque Ebezner als secretaresse aan de slag, wat haar in staat stelde om in haar levensonderhoud te voorzien – en ze zette al haar geld opzij voor een toekomst met Lev. Ook al was ze niet dol op haar baan, ze werkte met Macaire, die heel aangenaam in de omgang was.

Iedere avond belden Anastasia en Lev met elkaar.

‘Wanneer zullen we samen zijn?’ vroeg Anastasia steeds.

‘Heel snel.’

‘Wat betekent dat?’ vroeg ze ongeduldig.

‘Ik wacht op een teken,’ antwoordde Lev. ‘Het leven zit vol tekenen.’

En in afwachting van dat teken, dat niet kwam, stortte hij zich weer vol op de dagelijkse routine van het Palace.

Achter de receptie haalde Sol Lev uit zijn overpeinzingen.

‘Ik moet je iets vertellen, jongen.’

‘Toe maar, papa,’ zei Lev vermoeid.

‘Ik heb een goede reden om je te vragen om hier te blijven en niet naar Genève te gaan.’

‘Ik weet het. De bankiers hebben mama vermoord.’

‘Nee, nee, daar heeft het niks mee te maken. Inderdaad zeg ik dat altijd, maar vergeet niet dat ik acteur ben – af en toe overdrijf ik. Nee, ik moet je iets belangrijks vertellen. Iets wat ik je al veel eerder had moeten zeggen.’

Sols stem trilde, hij klonk ernstig.

‘Wat is er aan de hand?’ vroeg Lev, plotseling ongerust.

Sol aarzelde. Op dat moment kwam een collega de backoffice binnen.

'Lev, meneer Rose wil je spreken op zijn kamer,' zei hij.

'Ga maar, jongen,' zei de vader. 'Je moet meneer Rose niet laten wachten. Het is niet zo belangrijk wat ik wilde zeggen.'

Lev knikte en ging naar meneer Rose.

'Wat is er aan de hand, Lev?' vroeg meneer Rose, toen hij de jongeman in een fauteuil tegenover zich had laten plaatsnemen. 'Sinds je vorige maand naar Brussel ging, ben je er niet bij met je hoofd.'

'Het spijt me, meneer Rose.'

'Het kan me niet schelen dat het je spijt. Ik wil weten wat er aan de hand is.'

'Niks.'

'Niks?'

'Niks.'

Meneer Rose ergerde zich aan Levs stilzwijgen.

'Luister,' zei hij. 'Ik weet niet of het te maken heeft met dat meisje dat je het hoofd op hol heeft gebracht, maar ik moet zeker weten dat al mijn medewerkers tegen hun taak zijn opgewassen. Er zijn momenteel veel belangrijke gasten in het hotel en ik wil er zeker van zijn dat ik in alle functies op je kan rekenen.'

'Natuurlijk, meneer Rose. U kunt op me rekenen. Ik zal u niet teleurstellen.'

'Ga maar naar de bar, die stroomt al vol. Ik wil een vlekkeloze dienst.'

Lev gehoorzaamde en ging naar de bar. Toen hij er nog maar net was, zag hij Tarnogol, die hem meteen wenkte.

'Levovitch, je komt als geroepen, jongeman. Ik wil zwarte thee met een wolkje melk en jij bent de enige die dat kan maken.'

Lev knikte en maakte de thee zoals hij altijd deed. Maar vandaag was dat niet naar Tarnogols wens.

'Niet lekker,' zei hij. 'Te bitter. Opnieuw.'

Lev ging weer aan de slag. Maar de volgende kop was te warm.

'Ik wil hem direct drinken,' klaagde Tarnogol. 'Niet eerst een uur wachten tot hij is afgekoeld. Opnieuw.'

Lev maakte een nieuwe kop thee en deed er wat koud water bij. Maar nu vond Tarnogol hem te koud.

'Warme thee moet warm zijn! Niet lauw en niet koud! Anders zou ik toch wel om lauwe of koude thee vragen? Wat is er vandaag met jou?'

Dat was genoeg om Lev, die toch al op zijn tandvlees liep, het geduld te laten verliezen.

'Meneer Tarnogol, luister. Als het u niet bevalt, maakt u zelf maar thee in plaats van mijn tijd te verspillen.'

Tarnogol zette grote ogen op. Er viel een korte stilte; hij besefte dat Lev hem beledigd had en begon te brullen.

'Wat zeg je? Brutale vlegel die je bent! Hoe durf je zo tegen me te praten?'

Alle gasten in de bar verstijfden. Lev had direct spijt van dat moment van zwakte, maar het was te laat.

'Roep de directeur!' schreeuwde Tarnogol woedend. 'Roep onmiddellijk de directeur!'

Een paar minuten later werd Lev bij meneer Rose ontboden.

'Ik kan het niet geloven!' riep die uit. 'Hoe kun je me zoiets aandoen?'

'Ik wil het uitleggen,' probeerde Lev zich te verdedigen.

'Ik ben niet geïnteresseerd in je uitleg,' zei meneer Rose, zichtbaar aangedaan. 'Je hebt altijd wel een smoesje! Ik heb je gewaarschuwd, Lev. Ik heb gezegd dat je op je tellen moest passen!'

'Het spijt me...'

'Daar is het veel te laat voor, Lev. Jammer genoeg zie ik geen andere mogelijkheid dan je te ontslaan.'

'Wat? Waarom? U weet zelf toch ook dat Tarnogol onuitstaanbaar is!'

'Waarom? Omdat je je niet mag laten gaan tegen een gast! Dat is een van de grondregels die ik je heb geleerd! Bij dat gedoe op het bal heb ik je uit de wind gehouden, maar niemand zou begrijpen dat ik je na dit incident nog langer in dienst zou houden. Ik heb geen andere keuze, Lev. Het is tijd dat je weggaat. En misschien is dat wel het beste wat ik voor je kan doen.'

Lev was in shock; hij voelde tranen van woede in zijn ogen springen en hij liep weg zonder te groeten. Hij rende de lobby door naar de hoofdingang. Hij trok de personeelsspeld uit zijn knoopsgat en gooide hem op de grond. Hij wilde weg, nu, voor altijd. Toen hij de treden van het Palace af stormde, kwam er een taxi aangereden. Het achterportier ging open en Lev hoorde een stem die zijn naam riep. Hij verstijfde: het was Anastasia.

Lev kon zijn ogen niet geloven; hij haastte zich naar haar toe. Ze wierp zich in zijn armen.

'Wat doe je hier?' vroeg Lev.

'Het leven is te kort om te wachten,' zei Anastasia. 'Ga met me mee naar Genève, Lev. Laten we eindelijk samen gelukkig zijn.'

Hij drukte haar zo hard hij kon tegen zich aan en kuste haar langdurig. In zijn hart voelde hij een waanzinnig geluk.

'Goed,' zei hij.

Diezelfde dag vertrok Lev met zijn weinige spullen uit Verbier om naar Genève te verhuizen.

Door het raam van zijn werkkamer keek meneer Rose hoe Lev met zijn tas in de hand over het bordes wegliep, en hij mompelde: 'Tot ziens, zoon.' Er liep een traan over zijn wang.

Twintig jaar eerder

Verbier bruiste. Alle bestuurders en prominenten uit de omtrek waren bij elkaar gekomen om de opening bij te wonen van het majestueuze gebouw dat zich sinds kort in het stadje verhief. Het was nog niet open, maar iedereen zei dat het een van de parels van de Zwitserse hotellerie zou worden. De ogen van de journalisten en genodigden waren allemaal gericht op de ontwikkelaar van dit project, Edmond Rose, een zakenman van nog geen veertig, die met niets was begonnen en een immens vermogen had vergaard met onroerend goed. Een radiojournalist hield hem zijn microfoon voor en vroeg: 'Als je zo'n ambitieus project als de bouw van dit hotel tot een goed einde weet te brengen, kun je dan zeggen dat je leven geslaagd is, meneer Rose?'

Die vraag bleef langdurig door de gedachten van Edmond Rose spelen. Alles wat hij ooit had ondernomen, was op een succes uitgelopen. Tijdens zijn studie was hij een uitblinker geweest. Zijn diensttijd had hij afgerond als kolonel van de reservisten van het Zwitserse leger. Hij had zich in zaken gestort, en nu stond hij aan het hoofd van een klein imperium. Maar hij was nog steeds alleen. Al die jaren had hij zoveel rondgereisd om geld te verdienen dat hij nooit een serieuze relatie was aangegaan. Dat was de reden waarom hij het Palace had laten bouwen. Hij wilde neerstrijken in Verbier, afscheid nemen van de zaken en een hotel runnen. Een vrouw ontmoeten, een gezin stichten. Een normaal leven leiden.

~

Twintig jaar later stond meneer Rose bij het raam van zijn kamer en keek toe hoe Levs gestalte zich steeds verder verwijderde en uiteindelijk verdween. Hij zou hem verschrikkelijk missen. Al sinds de eerste dag was Levs aanwezigheid in het hotel een dagelijks geluk voor hem geweest. Maar nu was het tijd dat Lev zijn vleugels uitsloeg. Want dit Palace, hoe reusachtig ook, was te klein voor iemand van zijn statuur.

Om zich te troosten bedacht meneer Rose dat hij voor het eerst in zijn leven geslaagd was. Hij had nooit een grote liefde gekend. Hij had nooit kinderen gekregen. Maar hij had Lev gehad. Er was van hem gehouden en hij had liefgehad.

Op een dag zou Lev ook kinderen krijgen. En dan zou hij als een grootvader voor ze zijn. Meneer Rose staarde naar zijn weerspiegeling in de ruit en glimlachte naar zichzelf. Hij zou een spoor in de wereld achterlaten.

HOOFDSTUK 33
Verraad

Zaterdag 15 december, de dag voor de moord

Het was drie uur 's middags op de dag van het Grote Weekend in Verbier toen Macaire na de lunch terugkwam in het Palace.

Macaire had het Palace aan het einde van de ochtend verlaten omdat hij de behoefte voelde om uit te waaien en rust te vinden: hij kon er niet meer tegen dat hij in iedere salon van het Palace bankmedewerkers tegenkwam die hem stroop om de mond smeerden, die hem 'meneer de voorzitter' noemden en samenzweerderig naar hem lachten. Het maakte hem allemaal veel te nerveus. Hij had rust nodig en daarom was hij naar Dany gegaan, een klein restaurantje aan de voet van de skipistes waar hij graag kwam en waar je te voet naartoe kon. Van de wandeling had hij honger gekregen: hij had er geluncht met *Käseschnitte*, gevolgd door kaasfondue.

Toen Macaire de receptie van het Palace passeerde, werd hij aangesproken door een hotelmedewerker die hem herkende.

'Meneer Ebezner, ik wilde u vertellen dat uw vrouw er is.'

'Mijn vrouw?'

'Anastasia Ebezner is toch uw vrouw?'

'Jazeker,' bevestigde Macaire; zijn gezicht lichtte op.

'Mevrouw vroeg om een sleutel van uw kamer, en omdat u er niet was, ben ik zo vrij geweest haar die te geven.'

'Daar hebt u goed aan gedaan.'

Macaire haastte zich naar zijn kamer. Maar toen hij binnenkwam, werd hij diep teleurgesteld: Anastasia was er niet. Wel had ze op de badkamerspiegel met lippenstift een boodschap voor hem achtergelaten.

Ik ben er, beertje.
A.

De lippenstift stond op de rand van de wastafel. Macaire pakte hem en drukte er een kus op. Deze lippenstift kocht ze altijd bij een klein winkeltje in Parijs, dat hij vaak had vervloekt als hij voor P-30 in Parijs was en voor de zoveelste keer de stervensdrukke stad door moest om er voor haar die lippenstift te kopen. Nu was hij verrukt. Anastasia was er! Ze wilde hem steunen! Ze zouden deze beproeving samen doorstaan, ze zouden er sterker en verliefder dan ooit uit tevoorschijn komen! Macaire voelde een grote vreugde door zich heen stromen. Dit kleine staafje cosmetica, en alles waar het voor stond, maakte hem sterk en gelukkig. Hij was klaar om Tarnogol te trotseren en het voorzitterschap, dat hem rechtens toekwam, terug te winnen. Hij wilde haar zien, tegen zich aan drukken. Waar was ze?

Ze was vlak bij hem, in de kast, op een paar meter van hem vandaan, en bekeek hem door de spleet tussen de deuren. Ze durfde zich niet aan hem te laten zien. Eerst had ze geaarzeld of ze wel naar Verbier moest gaan. Toen ze op het station was, had ze geaarzeld of ze zich wel in het Palace zou laten zien. Hoe zou hij reageren als hij haar zag? Hoe zou het tussen hen gaan? Ze had dit moment zorgvuldig voorbereid, maar nu was ze zo koortsig dat ze niet wist wat ze moest doen. Ze wist niet eens meer waarom ze was gekomen. Om hem te steunen, om aan zijn zijde te staan op de belangrijkste dag van zijn loopbaan? Of om hem het verschrikkelijke nieuws te brengen dat het voorbij was, dat hij in Genève zou terugkeren naar een leeg huis? Misschien was het beter om daar nog niets over te zeggen, zodat ze zijn grote moment niet zou verpesten. Eigenlijk wilde ze vooral zien hoe hij zou reageren als hij haar hier zag.

Op het moment dat ze haar aanwezigheid bekend wilde maken, hoorde ze opeens gebonk. Alsof er op een ruit werd geslagen.

Macaire schrok op en liep in de richting van de balkondeuren.

'Wagner!' brulde hij toen hij zijn liaison op het balkon zag staan.

Ze hield zich schuil. Wagner? Wie was dat? Ze hoorde Macaire de deur openmaken en het balkon op lopen, en toen de deur weer achter zich sluiten zodat de ijskoude lucht niet naar binnen zou stromen. Ze kon niet horen wat de twee mannen tegen elkaar zeiden.

'Wagner,' herhaalde Macaire toen hij op het balkon stond. 'Wat doe je hier in godsnaam? Ik deed het bijna in mijn broek van schrik!'

'Ik sta hier al uren te vernikkelen,' klaagde Wagner bij wijze van groet. 'Waar was je?'

'Even een luchtje scheppen. Ik hoop dat je daar geen bezwaar tegen hebt.'

'Vind je dit een goed moment om een luchtje te gaan scheppen? Over een paar uur is de bekendmaking! Kun je me alsjeblieft vertellen waarom Tarnogol nog leeft?'

'Geen zorgen, alles is onder controle! Horace en Jean-Bénédict Hansen stemmen op mij. De benoeming kan me niet meer ontgaan.'

'Hoe kun je daar opeens zo zeker van zijn?'

'Ik heb een deal gesloten. In ruil voor hun stem verander ik de naam van de bank in Banque Ebezner-Hansen, en over vijftien jaar neem ik ontslag ten gunste van Jean-Bénédict. Kat in het bakkie.'

Wagner fronste.

'Ik snap niet waarom je zo treuzelt, Macaire. Het zou veel makkelijker zijn als je die schoft van een Tarnogol gewoon uitschakelt. Nou ja, doe wat je wilt, zolang je maar voorzitter wordt. Ik vind het gewoon nogal onvoorzichtig dat je je lot in handen legt van de Hansens. Tarnogol hoeft ze alleen maar op andere gedachten te brengen en...'

'Als Tarnogol iets stoms doet, maak ik hem af,' onderbrak Macaire hem, terwijl hij het flesje met gif uit zijn zak haalde.

Wagner keek hem aan alsof hij een volslagen idioot was.

'Wat ben je toch een amateur, Macaire! Daar is het al te laat voor: het gif werkt pas na twaalf uur! Alsof ik je dat nooit verteld heb! Je had Tarnogol gisteravond al moeten vergiftigen! Als hij doodgaat nadat hij Lev tot voorzitter heeft benoemd, sla jij nogal een modderfiguur.'

'Verdomme!' vloekte Macaire.

'Tja, wat denk jij? Je hebt al mijn tips in de wind geslagen! Als je je vanaf het begin aan de plannen had gehouden, zou het er nu heel anders voor staan. Soms is er geen andere keuze, Macaire. Dat is de les die je had kunnen leren uit je twaalf jaar bij P-30!'

'Hoe kom ik dan van Tarnogol af?' vroeg Macaire, opeens in paniek omdat hij geen plan B had.

Bij Wagners voeten stond een papieren zak. Hij haalde er een fles Beluga-wodka uit.

'Deze fles is je laatste kans, Macaire. De inhoud is vergiftigd. Als Tarnogol hier een glas van drinkt, is hij binnen een kwartier dood. Convulsies, een hartstilstand, en de luikjes gaan dicht. En bij een autopsie zie je er in principe niks van.'

'In principe?'

'In tegenstelling tot dat andere vergif, dat minder snel werkt, laat dit wel sporen achter. Maar de kans dat een gerechtsarts de noodzakelijke tests uitvoert om die stof in Tarnogols lichaam te zoeken, is klein. Zorg er vooral voor dat niemand je met die fles ziet lopen en dat je hem aan Tarnogol geeft voordat die op de hotelvloer ineenzakt. Dat zou weleens verdacht kunnen lijken, als je snapt wat ik bedoel.'

'Maar als er een onderzoek komt,' zei Macaire paniekerig. 'Als ze tests gaan doen, als ze...'

'Rustig maar, Macaire. Alles komt in orde. Geef hem gewoon een glas uit die fles te drinken, dan komt alles in orde.'

'En hoe stel je je voor dat ik hem van die wodka laat drinken?'

'Volgens mijn informatie houdt de Bankraad de laatste vergadering om vijf uur vanmiddag. Dat weet ik omdat de Alpensalon, waar ze gisteravond ook bijeenkwamen, op dat tijdstip voor hen gereserveerd is. De Raad blijft tot zeven uur in de salon, waarna ze direct naar de balzaal gaan om de nieuwe voorzitter bekend te maken. Dus we weten dat Tarnogol tegen halfzeven in de salon een wodka zal bestellen. Dat is een belangrijk ritueel voor hem: waar hij ook is, iedere dag drinkt hij 's ochtends en aan het einde van de middag een glas wodka. En hij drinkt alleen Beluga.'

'En dan? Moet ik het hem zelf gaan brengen? En zakt-ie dan direct in elkaar?'

'Laat me nou eens uitspreken, Macaire, en luister verdorie naar me! Denk je dat we bij P-30 een stelletje beginnelingen zijn? De bestellingen uit de salon worden niet afgehandeld door de bar van het Palace, maar rechtstreeks door de medewerker die de salons beheert. Vlak naast de Alpensalon is een kleine werkruimte. Je zult zien dat er een alkoof is met een klein aanrecht en een ebbenhouten kast, waarin een selectie drankflessen staat. Daar zal de medewerker Tarnogols bestelling bereiden. Er staat een fles Beluga, en die moet je door deze vervangen. In de tas zitten plastic handschoenen die je moet aantrekken om geen sporen achter te laten. Om verwarring te vermijden staat er op het achterste etiket van de vergiftigde fles een rood kruis. Zet de fles in de bar. Dat is alles.'

'En stel dat iemand anders wodka bestelt?'

'De Raad is de enige gebruiker van de salons. En er is heus geen gevaar dat Jean-Bénédict Hansen of zijn vader ervan zullen drinken, want die hebben allebei een hekel aan wodka.'

Met een lege blik fluisterde Macaire: 'Ik zou het liever op mijn eigen manier oplossen, zodat dit allemaal niet hoefde... ik ben geen moordenaar...'

'Het is in het landsbelang, Macaire. Dit is geen moord, dit is een daad van vaderlandsliefde. Zwitserland zal je eeuwig dankbaar zijn. En nu moet je deze fles wodka snel naar de alkoof op de eerste verdieping brengen. Het is je laatste kans. Je kunt je geen fouten meer veroorloven. Ik hoop dat je je daarvan bewust bent.'

Vanuit haar schuilplaats in de kast hoorde ze de balkondeur opengaan. Door de spleet tussen de deuren zag ze Macaire en een andere man – ongetwijfeld die Wagner – door de kamer lopen. Macaire had een papieren zak in zijn hand. Voordat ze de kamer uit liepen hoorde ze die Wagner nog zeggen: 'Je afkeer van bloedvergieten strekt je tot eer, Macaire. Maar het is tijd om ons van Tarnogol te ontdoen. Schakel hem uit voordat hij je weekend verpest en je leven verwoest!'

De deur ging dicht. Ze waren weg. Ze was versteend van angst. Op de gang escorteerde Wagner Macaire naar de lift. Toen de deuren opengingen zei hij: 'Succes, Macaire! Dit is waarschijnlijk de laatste keer dat wij elkaar zien. Voer je missie uit. Ik kan hier beter niet blijven rondhangen. Als je eenmaal voorzitter bent, zal het lijken alsof dit allemaal nooit heeft bestaan. P-30 niet, je missies niet, niks. En dus neem ik nu afscheid. Bedankt voor je twaalf smetteloze dienstjaren.'

Een ogenblik wilde Macaire beginnen over de foto's die Tarnogol in zijn bezit had. Maar hij zag ervan af: het was beter om geen olie op het vuur te gooien. Wagner verdween door een dienstdeur, Macaire ging met de trap naar de eerste verdieping. Hij liep door een gang met aan weerszijden privésalons. Hij vond de Alpensalon. Daarnaast was een alkoof, precies zoals Wagner had beschreven, met een aanrecht en een ebbenhouten kast vol flessen.

Hij keek goed of er niemand in de buurt was, toen deed hij de plastic handschoenen aan en zette de fles Beluga met kruis tussen de andere sterkedrank, in de plaats van een fles van hetzelfde merk, waar hij zich snel van ontdeed in de dichtstbijzijnde wc. Het idee dat hij een fles vol gif binnen bereik van iedereen achterliet maakte hem nerveus, en dus besloot hij in de buurt van de bar te blijven om hem in het oog te houden. Hij zag een fauteuil en ging zitten. Het was de perfecte observatiepost: hij zag zowel de kast met flessen als de deur van de Alpensalon waarachter over anderhalf uur de Bankraad zou verdwijnen voor de laatste beraadslaging. Hij hoefde alleen nog maar te wachten. Als Macaire tot voorzitter werd gekozen, zou hij de fles vergiftigde wodka weer ophalen voordat een hotelmedewerker Tarnogol kon inschenken. Maar als de Hansens om de een of andere reden geen woord hielden, dan zou hij alles op zijn beloop laten. Tarnogol zou dodelijk getroffen worden door het gif. Hij zou bijna onmiddellijk sterven, stuiptrekkend en al. De Hansens zouden de boodschap begrijpen. Op dat moment besefte Macaire dat hij geen enkele manier had om achter de verkiezingsuitslag te komen voordat de hele bank die zou horen. Dus moest Tarnogol uitgeschakeld worden in de Alpensalon. Hij had een medeplichtige nodig. Hij greep zijn mobiel en belde Jean-Bénédict, die vijf verdiepingen hoger op zijn kamer aan het uitrusten was. Hij vroeg hem om naar de deur van de Alpensalon te komen; de ander kwam direct.

'Alles in orde, neef?' vroeg hij ongerust.

'Alles in orde,' antwoordde Macaire. 'Maar ik heb je hulp nodig.'

'Natuurlijk. Wat kan ik voor je doen?'

'Zodra je weet dat de Raad het eens is over mijn benoeming, moet je me een bericht op mijn mobiel sturen om me op de hoogte te brengen.'

'Mobiele telefoons zijn niet toegestaan bij vergaderingen van de Bankraad,' legde Jean-Bénédict uit. 'Dat zijn de regels.'

'Dan moet je een smoes bedenken waarom je dringend weg moet en loop je de salon uit. Ik zorg dat ik hier zit.'

'Maar waarom wil je dat ik je inlicht? Jij wordt toch voorzitter? Dat wisten we toch al?'

'Doe gewoon wat ik zeg!' zei Macaire. 'Geen vragen stellen, gewoon doen. Het is heel belangrijk.'

HOOFDSTUK 34
De definitieve stemming

Zaterdag 15 december, de dag voor de moord

Het was halfvijf. Lev had in het dorp gewandeld en was nu weer terug op de zesde verdieping van het Palace. Hij liep door de lange gang met de prachtige gordijnen naar zijn kamer, toen er plotseling een hand uit die dikke gordijnen kwam en hem bij de schouder greep.

Geschrokken draaide hij zich om.

'Anastasia?' riep hij uit. 'Wat...'

Ze drukte zich tegen hem aan en kuste hem.

'Waar was je, Anastasia? Ik stierf van ongerustheid! Wat doe je in Verbier?'

'Ik moest Macaire zien. Hij is in groot gevaar, hij...'

Lev legde een vinger op zijn lippen, toen nam hij haar mee naar zijn suite voordat ze gezien werden.

'Macaire staat op het punt om een ongelooflijke stommiteit te begaan,' zei Anastasia toen Lev de deur had dichtgedaan.

'Wat dan?'

'Ik geloof dat hij Tarnogol wil vermoorden.'

'Wat?'

'Het is heel serieus, Lev. Macaire is een spion van de Zwitserse regering.'

Lev barstte in lachen uit.

'Maak je een grapje?' vroeg hij.

'Absoluut niet. Hij heeft meerdere operaties uitgevoerd om de belangen van het Zwitserse bankwezen te beschermen. Indirect zou hij zelfs betrokken zijn bij de dubbele moord op een voormalig IT'er van de bank en zijn vrouw, die cliëntgegevens aan de Spaanse fiscus wilden doorgeven.'

'Alfred heeft in de haard van mijn suite in het Hôtel des Bergues de resten van een schrift gevonden, maar er was niets meer te lezen.'

'Dat waren Macaires bekentenissen. Ik heb alles verbrand om hem te beschermen. O, Lev, je moest eens weten...'

Ze maakte haar zin niet af: het was te moeilijk. Lev voelde dat ze bijna instortte en drukte haar tegen zich aan.

'Ik moet absoluut met Macaire spreken,' zei ze na een lange snik. 'Ik heb hem net gezien. Ik had me verstopt, maar hij was niet alleen.'

'Je kunt hem beter niet zien,' raadde Lev haar aan.

'Waarom niet?'

'Omdat ik bang ben dat je dan bij hem blijft en niet meer met mij meegaat. Ik ben bang dat ik je dan kwijtraak, net als vijftien jaar geleden.'

'Nee, Lev. Ik wil bij jou zijn. Maar ik wil niet dat Macaire iets ergs overkomt. Ik wil het beste voor hem!'

Lev keek ernstig.

'Daar zorg ik voor, beloofd! Macaire wordt voorzitter. Alles komt goed met hem. Vertrouw me. Maar wat je ook doet, blijf op deze kamer!'

Kort na vijf uur, in de Alpensalon, waar de zitting van de Raad net begon.

Nu Abel Ebezner er niet meer was, was het als oudste lid aan Horace Hansen om de vergaderingen voor te zitten. Hij besloot om de beraadslagingen kort te houden.

'Al bijna een jaar wisselen we nu onze meningen uit over de kandidaten,' zei hij. 'Ik denk dat alles al gezegd is en dat iedereen genoeg tijd heeft gehad om zijn keuze te maken. Wat mij betreft gaan we direct over tot de stemming. Mijn stem is voor Macaire Ebezner.'

Tarnogol deed zijn best om zijn verbazing te verbergen.

'Mijn stem is ook voor Macaire Ebezner,' zei Jean-Bénédict direct.

'Twee stemmen voor Macaire,' vatte Horace samen, die er graag snel een einde aan maakte. 'Dan is de zaak beklonken.'

Tarnogol pakte zijn leren aktentas, haalde er een laptop uit en zei: 'Ik heb essentiële informatie die ik met jullie moet delen. Een uur geleden heb ik een e-mail gekregen van een anonieme afzender.'

Kwart over zes. Op de gang tegenover de Alpensalon wachtte Macaire bloednerveus op een teken van zijn neef. Door de muur hoorde hij de intonaties van een levendige discussie, al kon hij niet horen wat er gezegd werd.

Plotseling zwaaide de deur open en verscheen Jean-Bénédict. Hij zag er gebroken uit.

'En?' vroeg Macaire.

'Je hebt verloren!' stamelde Jean-Bénédict geschokt. 'Levovitch heeft gewonnen.'

'Wat?!'

'Ik kon er niets aan doen. We hebben gestemd. Het is voorbij. Levovitch is de nieuwe voorzitter.'

HOOFDSTUK 35
Gelukkige dagen

15 jaar eerder

Het was begin september. Genève tooide zich langzaam met herfstkleuren.

Op de quai du Mont-Blanc liep Olga von Lacht, kin omhoog, in haar mooiste hoed en jurk, hotel Beau-Rivage binnen, gevolgd door Anastasia.

Zoals iedere zondag gingen ze theedrinken in het luxehotel aan de oever van het Meer van Genève. Zoals iedere zondag gingen ze in dezelfde fauteuils zitten, en zoals elke zondag was het Olga die bestelde. 'Een samowaar zwarte thee,' beval ze. 'En een stuk carrot cake om te delen.' Ze zei 'samowaar' omdat het chiquer klonk. Inmiddels was Anastasia de enige die aanwezig moest zijn bij deze theeceremonie: haar zus Irina was ontheven van de familieverplichtingen sinds ze getrouwd was met de vermogensbeheerder van Banque Ebezner. Haar moeder eiste dat ze zich wijdde aan de bezegeling van hun relatie. 'En nu snel zwanger worden!' drukte ze haar op het hart.

Olga was heel teleurgesteld dat Anastasia bij Klaus was weggegaan. Ze kende niet alle details van het verhaal, en Klaus had er zorgvuldig voor gewaakt iemand te vertellen dat hij in zijn eigen appartement was afgerost. Officieel waren ze uit elkaar gegaan. Olga had Klaus' ouders gebeld om haar verontschuldigingen aan te bieden. 'Weest u ervan overtuigd dat ik het gedrag van mijn dochter afkeur. Die Klaus van u is een juweel.' Klaus' moeder was stoïcijnser:

‘Ze zijn nog jong, soms werkt het niet. Het is beter dat ze daar nu achter komen dan dat ze een ongelukkig huwelijk aangaan.’ Daar was Olga het helemaal niet mee eens, maar ze had wijselijk haar mond gehouden.

Die zondag, in de salon van het Beau-Rivage, zei Olga tegen haar dochter: ‘Er werd je een droomhuwelijk in de schoot geworpen, maar toen kreeg je kuren.’

‘Ik ben gelukkiger zonder hem,’ zei Anastasia.

Olga bauwde haar na met een schrille, dwaze stem: ‘“Ik ben gelukkiger zonder hem!” Kijk eens naar je zus, hoe goed zij is geslaagd! Neem daar eens een voorbeeld aan!’

‘Ze is getrouwd met een kale dikzak,’ waagde Anastasia.

‘Hou je mond, kind! Hij is kaal, maar wel rijk! En ze woont nu in een villa met zwembad! Terwijl jij terug bij af bent. Een baantje als secretaresse. Tss, secretaresse! Dat wens je niemand toe!’

‘In elk geval verdien ik mijn eigen geld,’ merkte Anastasia op. ‘Dat is de eerste stap naar onafhankelijkheid.’

‘Onafhankelijkheid? Hou toch op! Kind, zolang ik nog leef verhuis je alleen bij me weg als je trouwt, en met een goede partij. En hou op met dat brutale gedoe!’

Anastasia keek naar de grond en Olga controleerde of de thee, die net was gebracht, sterk genoeg was. Plotseling hoorde ze dat een medewerker zich richtte tot een gast die achter hen zat.

‘Alstublieft, graaf Romanov.’

Olga zette grote ogen op en draaide zich onopvallend om. Nee maar! Wat een ongelooflijk toeval! Hij was het! Ze boog zich naar haar dochter toe en fluisterde in haar oor: ‘Graaf Romanov is er!’

‘Wie zei je?’ vroeg Anastasia, die deed of ze niet wist over wie haar moeder het had.

‘Lev Levovitch, graaf Romanov! Die knappe Wit-Rus, van het Grote Weekend in Verbier!’

‘O, die!’ zei Anastasia, en ze deed of het haar volkomen koud liet.

Olga stond op, pakte haar dochter bij de arm en trok haar mee.

‘Lev Levovitch, graaf Romanov!’ riep ze uit. ‘Wat een gelukkig toeval!’

‘Nee maar, lieve mevrouw Von Lacht!’ riep Lev uit.

Hij groette haar eerbiedig.

'Kunt u zich mijn dochter Anastasia nog herinneren?' vroeg Olga.

'Hoe zou ik zo'n perfect gelaat kunnen vergeten!' zei hij, terwijl hij haar een handkus gaf.

Er ging een rilling door Anastasia heen. Ze wilde zich op hem werpen en hem vol op de mond kussen. Maar ze hield zich in om niets te verraden.

'Wat doet u in Genève, waarde vriend?' vroeg Olga.

'Geloof het of niet, ik ben ingegaan op het verzoek van mijn vriend Abel Ebezner. Hij heeft me zo vaak gevraagd bij zijn bank te komen werken dat ik uiteindelijk ja heb gezegd. Ik was liever mijn zware beroep van rentenier blijven uitoefenen,' vervolgde hij met een glimlach. 'Maar ja, ik kan gewoon geen nee te zeggen tegen een goede vriend. En bovendien: het geeft me iets omhanden. Ledigheid is des duivels oorkussen zeggen ze immers, nietwaar?'

'Hoe het ook zij: trouw aan een vriend is de nobelste deugd,' zei Olga.

'Nu ben ik dus inwoner van Genève, tenminste voor even.'

'En waar verblijft u?'

'Ik heb een suite genomen in het Hôtel des Bergues. Dat is wel zo praktisch.'

'Het mooiste hotel van Genève!' zei Olga. Ze was in de wolken.

'Ja, comfortabel is het zeker. Maar af en toe kom ik graag in het Beau Rivage om thee te drinken... net als keizerin Sissi, begrijpt u!'

'Zegt u dat wel!' kirde Olga, die meende dat ze een zielsverwant had gevonden. 'Er zijn veel te weinig jonge mensen met zo'n goede smaak! Als u een gids nodig hebt om u in Genève rond te leiden, aarzelt u dan niet om Anastasia te vragen. Het zal haar een genoegen zijn om u de stad te laten ontdekken. Zou u niet alvast een tijdstip afspreken?'

'Ik wil geen misbruik maken van de goedheid van uw charmante dochter,' zei Lev.

'Toe, het is haar een oprecht genoegen!'

'Toevallig dineer ik vanavond bij de Britse ambassadeur, en ik heb nog geen tafeldame...'

'Anastasia is beschikbaar!' besloot Olga.

‘Ik vrees dat het verschrikkelijk saai wordt,’ waarschuwde Lev.

‘Hoe laat moet ze klaarstaan?’

In de zachte septembernacht, op het Île Rousseau in het Meer van Genève, daar waar het meer de Rhône wordt, lagen Lev en Anastasia verstrengeld op de deken waarop ze hadden gepicknickt en ze schaterden het uit.

‘Een diner bij de Britse ambassadeur! Ik kan niet geloven dat ze dat slikte!’ zei Lev geamuseerd.

Ze keken naar de majestueuze gevel van het Hôtel des Bergues, die voor hen verrees.

‘Mijn moeder heeft gezegd dat als je me uitnodigt om de nacht in je suite door te brengen, dat ik dan ja moet zeggen. Ze zei: “Hij is knap en hij is rijk, er is geen tijd om te aarzelen.”’

Lev zei: ‘Je mag blijven slapen in mijn huurkamer in de rue des Eaux-Vives.’

‘Niets liever.’

‘Op een dag zorg ik dat ik iets beters voor je heb,’ beloofde hij. ‘Dan geef ik je het leven waarvan je altijd hebt gedroomd.’

Ze kuste hem hartstochtelijk om hem tot zwijgen te brengen. Toen zei ze: ‘Wat kan mij dat Hôtel des Bergues nou schelen, idioot. Waar ik altijd van gedroomd is iemand zoals jij. De rest maakt me niet uit. Trouwens, waarom een suite in het Hôtel des Bergues? Mensen die in hotels wonen zijn eenzaam en hebben geen contact met de plaats waar ze wonen.’

‘Waar zou je dan wel willen wonen?’ vroeg Lev.

‘Geen idee, maar in elk geval niet in een hotel.’

‘Toe,’ drong Lev aan. ‘Je hebt vast wel een droomplek.’

‘Er is een huis in Cologny,’ gaf ze toe. ‘Aan de chemin Byron. Ik heb gehoord dat je vandaar een ongelooflijk uitzicht over Genève hebt. Telkens als ik naar de Ebezners ga, kom ik erlangs: je kunt het huis alleen maar door het hek heen zien, maar dan stel ik me voor dat ik er woon, dat ik ’s ochtends koffie drink op het terras en uitkijk over het meer.’

‘Nou, laten we dat huis dan maar eens gaan bekijken,’ stelde Lev voor.

‘Wat? Nu? Maar het is al bijna tien uur.’

‘Geen tijd om te blijven dromen, we gaan.’

Ze namen een taxi en reden naar het huis in kwestie. Het lag op de helling van de heuvel van Cologny, naast de Pré Byron, dat een adembenemend uitzicht bood op Genève en het meer. Lev leidde Anastasia ernaartoe. Ze gingen op een bankje zitten en bewonderden het uitzicht.

‘Stel je voor dat we op het terras van dat huis zaten, dan was dit uitzicht van ons.’

‘Het is al van ons,’ zei Anastasia. ‘Ook zonder huis.’

Lev drukte haar tegen zich aan. Ze bewonderden de glinstering op het meer en de lichten van de stad, die afstaken tegen de duisternis.

‘Ooit krijg je dit huis van me,’ beloofde Lev. ‘Ooit verdien ik genoeg om de grootste schatten aan je voeten te leggen. Ebezner senior is heel tevreden over me, hij zegt dat ik tussen nu en Kerstmis opslag krijg, en bovendien een mooie eindejaarsbonus. Als ik bij de bank blijf werken, ga ik binnenkort heel goed verdienen, zegt hij.’

‘Lev, ik geef niet om geld. Hoe vaak moet ik je dat nog zeggen? Ben je wel gelukkig bij de bank?’

‘Ik geloof het wel. Hoezo?’

‘Ik was bereid om bij de housekeeping van het Palace de Verbier te gaan werken om bij jou te kunnen zijn. Vergeet dat nooit.’

Bij Banque Ebezner had Lev een werkplek gekregen op de kamer die Macaire met zijn neef Jean-Bénédict deelde. Er was een klein tafeltje voor hem in de hoek gezet, en de twee neven, die vanwege hun afkomst toekomstige leden van de Bankraad waren, zaten achter hun mooie ebbenhouten bureaus en hadden geen bezwaar tegen de aanwezigheid van die nieuweling, die ze onder elkaar ‘de stagiair’ noemden en die ze van Abel Ebezner moesten inwerken.

Anastasia werkte een verdieping lager, op het secretariaat van de juridische afdeling. Ze kwam regelmatig bij hen langs voor een koffiepauze, en soms om te lunchen. In de gangen bij de bank keek iedereen alleen naar haar: met haar schoonheid en intelligentie trok ze alle blikken naar zich toe, in de eerste plaats die van de twee neven. Omwille van de discretie had Anastasia Lev gevraagd om niemand iets over hun relatie te vertellen. Aanvankelijk begreep hij niet waarom ze die geheim zouden houden.

'Er is niets verkeerd aan de liefde,' zei hij.

'Wij zien er niets verkeerds in, maar anderen wel,' antwoordde Anastasia. 'En we kunnen onszelf maar beter beschermen.'

'Beschermen? Tegen wie?'

'Tegen de anderen! Je hebt het niet door, Lev, maar heel veel mensen zijn jaloers op je.'

'Waarom zou iemand jaloers zijn op een doodgewone stagiair?'

Toen hij dat zei, wierp ze zich tegen hem aan in een vlaag van oneindige verliefdheid. Ze pakte zijn gezicht, keek hem diep in de ogen en fluisterde: 'Lev Levovitch, je bent de enige die niet ziet wat iedereen ziet.'

Bij de bank hielp Anastasia Lev zonder dat hij dat doorhad elke dag met zijn carrière. In slechts een paar weken werd hij de nieuwe ster van het bedrijf.

Aanvankelijk werd hij geacht om ervaren bankiers naar afspraken te vergezellen als simpele toehoorder, om te proeven van de subtiliteiten van het vak. Lev zat tegenover die cliënten, die hij meestal niet kende, maar van wie hij de taal en cultuur beter begreep dan ieder ander. Bovendien had zijn ervaring bij het Palace hem geleerd om ongedwongen om te gaan met steenrijk cliënten, en hij raakte nooit uit balans door hun veeleisendheid en extravagantie. Al snel was Lev degene die de conversatie gaande hield. De besprekingen mondden uit in gesprekken over politiek, cultuur en soms over het leven zelf, terwijl de bankier die hij vergezelde verbijsterd toekeek.

Al snel werd er op de bank alleen nog over hem gesproken. Collega's, directeurs en cliënten waren het er allemaal over eens: deze jongeman kon alles.

Vanzelfsprekend waren er ook tegengeluiden. Sommige mensen ergerden zich aan deze jongeling die uit het niets was komen aanwaaien, en ze fluisterden dat hij tot dan toe in een hotelletje in de bergen had gewerkt en geen enkele ervaring had. Die kwestie ging door alle gelederen heen en bereikte uiteindelijk de Bankraad, waarvan Abel Ebezner op dat moment slechts vicevoorzitter was. De voorzitter was zijn vader Auguste. Auguste Ebezner was op leeftijd en hij liep moeilijk, maar hij was nog even helder als altijd en hechtte sterk aan traditie. Hij kwam alleen nog 's woensdags naar de bank, voor de bijeenkomsten van de Raad, maar hij behield de titel en het aura van voorzitter, ook al had Abel de dagelijkse leiding.

'Ik hoor allerlei vreemde verhalen,' zei Auguste tijdens een bijeenkomst van de Raad tegen zijn zoon, en de gemoederen zouden die dag behoorlijk hoog oplopen. 'Ik hoor iets over een jonge kerel zonder enige ervaring. Een of andere boerenpummel uit de Alpen die nog maar een paar weken in dienst is en nu al belangrijke verantwoordelijkheden draagt.'

'Lev Levovitch, heet hij,' meende Abel te moeten verduidelijken. 'En hij is absoluut geen pummel uit de Alpen. Hij is een van de meest briljante mensen die ik ooit heb ontmoet.'

'Levovitch?' zei Auguste Ebezner. 'Uit welk getto is die gekropen?'

Die opmerking wekte de lachlust van Horace Hansen en zijn vader Jacques-Édouard Hansen, destijds de twee andere leden van de Raad.

'Hoe dan ook,' zei Abel geërgerd. 'Lev is een buitengewoon intelligente jongeman! Dat hij al verantwoordelijkheden draagt, komt juist omdat hij zo begaafd is. Ik zie het probleem niet.'

'Het probleem is dat hij portier was!' wierp Horace Hansen tegen. Hij wond zich zichtbaar op. 'Je hebt ons een piccolo in de maag gesplitst als vermogensbeheerder. Runnen we hier een bank of een circus?'

'Mag ik je erop wijzen dat Lev afgelopen juni, toen hij nog piccolo was, zoals jij dat noemt, de ingreep van de Amerikaanse Federal Reserve wist te voorspellen toen al onze experts ernaast zaten? Al onze cliënten hebben die dag verlies geleden.'

Horace veegde het argument met een geïrriteerd gebaar van tafel. 'Puur geluk,' meende hij. 'Een kans van een op twee. En bovendien hebben alle bankiers zich toen vergist, niet alleen wij.'

'Iedereen behalve hij!' merkte Abel op.

'Hoe dan ook,' bromde Horace. 'Ik vind het niet kunnen dat die Levovitch persoonlijk contact heeft met belangrijke cliënten!'

'De cliënten vragen om hem,' zei Abel. 'En wacht maar af, het duurt niet lang meer of de hele concurrentie zit achter hem aan. Ze zullen om hem vechten. Als hij hier weggaat, zouden we zomaar een deel van de clientèle kunnen verliezen. En bovendien zie ik niet in wat jij precies tegen Levovitch hebt, Horace.'

'Die kerel is hier nog maar net en hij draagt al meer verantwoordelijkheid dan onze eigen kinderen. Terwijl Macaire en Jean-Bénédict al een paar jaar meelopen!'

'Is dat zo?' vroeg Auguste Ebezner bezorgd.

'Onze zonen zijn flapdrollen!' verdedigde Abel zich. 'Wat wil je dat ik doe? Ze zijn allebei even waardeloos.'

'Jouw zoon is misschien een flapdrol,' riposteerde Horace getergd, 'maar die van mij boekt uitstekende resultaten.'

'Pas sinds hij Lev om advies vraagt,' merkte Abel op. 'Hij rent hem na en roept: "Hé, stagiair, kun je me even helpen met dit dossier?" Je zou ze eens moeten zien, die lapzwansen die iedere dag in een restaurant gaan lunchen terwijl Lev gewoon aan zijn bureau een boterham eet en ondertussen de dossiers doorneemt!'

'Ik verbied je mijn zoon een lapzwans te noemen!' stoof Horace Hansen op.

'Rustig!' donderde Auguste Ebezner. 'Ik ben de voorzitter en ik neem hier de beslissingen! Ik wil niet dat die Lev meer verantwoordelijkheid krijgt dan twee toekomstige leden van de Raad. Abel, ik draag je op om daarvoor te zorgen en zijn werk te beperken tot stagiairsklussen: kopieën maken, koffie halen en brieven opstellen.'

'Nou ja, papa,' wond Abel Ebezner zich op. 'Dat is volslagen belachelijk!'

'Er is niets belachelijks aan! Volgens het bankreglement dat wijlen jouw grootvader heeft opgesteld...'

'Begin alsjeblieft niet weer over dat stomme reglement! Dat is een lachertje. Is dat alles wat je tegen Lev hebt aan te voeren?'

'Nu hou je je mond!' zei Auguste boos. 'Ik heb genoeg van jouw brutaliteit. Dit zegt het reglement: "Alleen zij kunnen bankier worden die daar op grond van overerving aanspraak op maken, en degenen die hun eigen cliënten meebrengen."'

'Die overerfbaarheid is belachelijk, en dat reglement ook.'

'Zonder die overerfbaarheid zou jij nu niet zijn waar je bent,' zei Auguste tegen zijn zoon. Op die opmerking volgde een lange stilte.

'Pas als die jongen een eerste cliënt van gewicht aanbrengt, mag hij bankier worden.'

'Maar dat is belachelijk!' stoof Abel op. 'Hoe kan hij nou een cliënt vinden als hij nog niet officieel bankier is? Dat is een eis waaraan hij onmogelijk kan voldoen!'

'Ik ben uitgepraat!' zei Auguste scherp om aan de discussie een einde te maken. Horace en zijn vader Jacques-Édouard Hansen keken tevreden en zelfgenoegzaam toe.

Abel was gedwongen om de beslissing van de Raad te respecteren, en Levs taken werden beperkt tot eenvoudige administratieve klussen. Macaire en Jean-Bénédict profiteerden er flink van en zetten hem hard aan het werk. Om het Lev niet nog moeilijker te maken, liet Abel Ebezner hem na werktijd in het geheim naar zijn kamer komen. Daar bracht hij hem dingen bij die Lev uit geen enkel boek zou kunnen leren: de omgangsvormen in de Geneefse high society, het functioneren van privébanken en hoe je je in dat wereldje moest gedragen.

'Uiteindelijk zul je indruk maken bij de bank, jongen,' vertrouwde Abel hem op een keer toe.

'Ik heb het gevoel dat niet iedereen even blij is dat ik er ben. Ik kom niet uit deze kringen.'

'En juist daarom zul je indruk maken. Je zult een heel grote worden.'

'Een groot bankier?'

'Een groot man. Dat is wat deze bank mist: grote mannen. Ik denk dat je ooit het lot van deze bank zult veranderen.'

Op een middag in november, toen Macaire zijn vader opzocht op zijn kamer, bleef hij bij de halfopen deur staan. Hij hoorde stemmen; hij keek door de kier wie er was en zag dat Levovitch in de kamer stond en diep in gesprek was met Abel, die zei: 'Ach, Lev, wat had ik graag een zoon zoals jij gehad.'

'"Een zoon zoals jij." Hoe durft hij!' zei Macaire even later getergd tegen Anastasia in café Remor, waar hij met haar had afgesproken. 'Hij is vergeten dat hij al een zoon heeft!'

'Ik ben ervan overtuigd dat hij het niet zo bedoelde,' nuanceerde Anastasia.

'Ik heb het zelf gehoord! Die verdomde Levovitch!'

'En wat heb je gedaan?' vroeg Anastasia. 'Heeft je vader je gezien?'

'Nee, ik ben natuurlijk niet naar binnen gegaan! Ik wilde niet tussen papa en zijn jongen in komen! Ik ben weggegaan zonder iets te zeggen en ben direct hierheen gekomen.'

Bijna iedere dag gingen Anastasia en Macaire na werktijd iets drinken bij Remor, dat vlak bij de bank zat. Macaire genoot van deze privémomenten met haar. Ze kletsten; ze leek alle tijd te hebben. Hij verslond haar met zijn blikken. Hij was stapelverliefd op haar en hij kon de gedachte niet onderdrukken dat die regelmatige afspraken aan het einde van de dag misschien een teken waren dat zijn gevoelens beantwoord werden.

Die middag bij Remor vroeg Macaire: 'Wat vind jij eigenlijk van Lev?'

'Ik mag hem wel.'

'Hoe bedoel je?'

'Gewoon, ik mag hem wel! Wat bedoel jij?'

'Nou, toen jullie uit Brussel kwamen, leken jullie nogal close.'

'We zijn goed bevriend.'

'Dus jullie hebben niks met elkaar? Dat zou je me wel vertellen, toch? Wij vertellen elkaar alles.'

Ze wilde niet dat Macaire jaloers werd en Lev het leven zuur zou maken bij de bank. Hij was al ten onrechte gedegradeerd. Ze had door dat Lev zo goed als vogelvrij was, en dat wilde ze niet nog erger maken. Als Macaire een hekel aan hem zou krijgen, zou hij ervoor zorgen dat zijn grootvader Auguste, die aan zijn kant stond, Lev de laan uit zou sturen. Ze wilde niet het risico lopen hem opnieuw te verliezen, en dus besloot ze te liegen.

'Nee, ik heb niks met Lev,' verzekerde ze hem, en ze keek er verrast bij.

'Dat dacht ik al,' knikte Macaire gerustgesteld. 'Ik denk zelf dat Lev iets met Petra heeft.'

'Met Petra?' vroeg Anastasia verrast. 'Die lange brunette van de boekhouding?'

'Ja. Ik ben ervan overtuigd. Ze komt om de haverklap naar onze kamer en verslindt hem met haar ogen. Nou ja, hoe dan ook, het is maar goed dat Lev en jij niks hebben!'

'Hoezo?'

'Zomaar. Ik denk dat het me pijn zou doen.'

Hij wilde zijn hand op de hare leggen, maar ze trok hem snel weg. Ze voelde de aandrang om hem alles op te biechten, maar ze beet op haar tong: ze wilde de zaken niet ingewikkelder maken dan ze al waren. Ze zag heus wel hoe hij naar haar keek en ze wilde zijn hart niet breken. Ze wilde hem absoluut geen pijn doen. Ze wilde hem niet laten lijden. Ze voelde een grote genegenheid voor deze jongeman, die iets te klein was voor zijn achternaam, maar wel lief, attent en spraakzaam was, en bij wie ze zich nooit verveelde.

Anastasia stelde Macaires gezelschap heel erg op prijs, maar dat ze iedere dag na het werk met hem naar Remor ging, kwam vooral omdat ze wachtte tot Levs geheime gesprekken met Abel Ebezner afliepen. Trouwens, Macaire kwam altijd naar haar toe: zij had hem nooit aan het lijntje willen houden. Ze ging altijd bij het raam zitten: als Lev klaar was, ging hij aan de overkant van de straat staan en gaf haar een teken. Dan deed ze alsof het tijd was om te gaan en trof ze haar geliefde in de volgende straat. Ze wisselden lange kussen uit, kussen waarmee ze de dag wilden inhalen die ze vlak bij elkaar hadden doorgebracht, maar zonder elkaar te kunnen aanraken. Daarna gingen ze uit eten of naar de film, en de avond eindigde altijd bij hem. Ze bracht er vaak de nacht door: haar moeder liet haar volledig vrij, want ze dacht dat haar dochter in een suite in het Hôtel des Bergues zat en aan een mooie toekomst voor zichzelf bouwde.

Toen ze die avond zaten te eten in een restaurantje in de wijk Eaux-Vives zei Anastasia: 'Het schijnt dat Petra een oogje op je heeft.'

Hij barstte in lachen uit.

'Wel meer dan een oogje! Straks moet ik nog een klacht indienen! Van wie heb je dat?'

'Van Macaire. Ik heb liever dat hij denkt dat je met Petra bent dan dat hij over ons weet.'

‘Ik denk dat je daar ongelijk in hebt,’ zei Lev somber.

Ze zette een gespeeld strenge blik op: ‘Als je maar uit de buurt blijft van die Petra!’

‘Als ik tegen Petra mocht zeggen dat we een stel zijn, dan zou ze me met rust laten,’ antwoordde hij.

‘Zeg toch gewoon dat je een vriendinnetje in het buitenland hebt.’

Hij sloeg zijn ogen ten hemel en zij barstte in lachen uit. Hij pakte haar hand en drukte er een kus op.

Wat waren ze gelukkig.

Ze dachten dat er een heel leven voor hen lag.

Terwijl alles op het punt stond om in te storten.

HOOFDSTUK 36
De F&B-manager

Op zondagochtend 1 juli 2018 beproefden Scarlett en ik ons geluk bij het café naast het postkantoor. Toen de barvrouw ons twee espresso's had geserveerd, vertelde ze dat meneer Bisnard er nog niet was, maar dat hij ieder moment kon komen. En inderdaad kwam er een halfuur later een man binnen.

'Denis, bezoek voor je!' zei de vrouw, terwijl ze in onze richting knikte.

Hij liep naar onze tafel toe. We stonden op om hem te begroeten.

'Bent u de schrijver?' vroeg meneer Bisnard toen ik me had voorgesteld.

Dat bevestigde ik.

'En ik ben Scarlett Leonas, de assistente van de schrijver. Eigenlijk doe ik al het werk.'

'Zo gaat dat wel vaker,' zei meneer Bisnard, en hij schudde haar de hand. 'Hoe wist u dat ik hier zou zijn?'

'Dat heeft de adjunct-directeur van het Palace ons verteld,' zei ik. 'Sorry dat we u zo overvallen, maar we moeten u spreken.'

'Waarover?' vroeg Bisnard.

'Over de moord op kamer 622.'

Meneer Bisnard keek stomverbaasd. We gingen met z'n drieën aan tafel zitten en hij bestelde koffie. We vertelden hem alles wat we wisten, wat waarschijnlijk tot gevolg had dat hij zag dat we er serieus mee bezig waren. Toen vroeg hij ons hem een ogenblik te verontschuldigen en hij haastte zich het café uit naar zijn appartement, dat vlakbij was. Hij kwam terug met een schoenendoos.

'Ik heb altijd genoten van mijn werk in het Palace,' zei hij terwijl hij de schoenendoos opende. 'Ik heb wat souvenirs bewaard.'

Hij liet ons al zijn relieken van vervlogen jaren zien: foto's, menukaarten, krantenartikelen over mondaine gala's. Scarlett bekeek alles aandachtig en herkende opeens twee mannen op een foto.

'Is dat Edmond Rose?' vroeg ze; ze zag de overeenkomst met het portret op de kamer van de directeur van het Palace.

'Ja,' knikte Bisnard. 'En naast hem staat...'

'Abel Ebezner,' zei Scarlett voordat hij zijn zin kon afmaken.

'Inderdaad,' zei Bisnard. 'Meneer Rose en Abel Ebezner kenden elkaar goed. Meneer Ebezner was een vaste gast in het Palace. Het schijnt dat meneer Rose meneer Ebezner ervan had overtuigd om de jaarlijkse bijenkomst van zijn bank in het hotel te organiseren.'

'U bedoelt de Grote Weekends?' vroeg Scarlett.

Bisnard glimlachte.

'U bent uitstekend op de hoogte.'

Bisnard vertelde over de Grote Weekends van Banque Ebezner in het Palace, belangrijke gebeurtenissen die niet alleen veel opbrachten, maar het hotel ook een bepaald prestige opleverden. Het succes ervan was voornamelijk te danken aan het vakmanschap van meneer Rose, die van Abel Ebezner een vaste gast had gemaakt.

'Waarom is de traditie van het Grote Weekend beëindigd?'

'De bank sprak over een budgetkwestie, maar ik denk dat het komt omdat daarna niets meer hetzelfde was.'

'Na de moord, bedoelt u?'

'Ja. Waarom interesseert u zich voor deze zaak?'

'Dat is puur toeval. We waren geïntrigeerd toen we ontdekten dat kamer 621 bis vroeger kamer 622 was en dat het kamernummer was veranderd nadat er een moord was gepleegd. Toen zijn we gaan spitten.'

'Het was een belachelijk idee om dat kamernummer te veranderen,' klaagde Bisnard.

'Wiens idee was dat?' vroeg Scarlett.

'Meneer Rose. Maar je moet die beslissing wel in de context zien. In dit kalme skioord waar nooit iets gebeurt, bracht die zaak een heuse schokgolf teweeg. Een moord, en dan ook nog in het Palace! Daar voelden de gasten zich veilig voor alles, alsof ze in een andere wereld waren. In een bubbel, zoals dat tegenwoordig heet. En van de ene dag op de andere stortte dat allemaal in. De weken na de moord waren een ramp: de gasten annuleerden massaal. Het hotel stond leeg. Het hele dorp stond leeg! Pas het volgende seizoen herstelde het. Meneer Rose wilde geen woord meer horen over kamer 622 en besloot hem op te doeken. "622 is een kamer om te vergeten!" zei hij. Om niet alle kamernummers van de verdieping te hoeven vervangen, besloot hij 622 om te dopen tot 621 bis. Het bordje op de deur werd vervangen, de referentie in het computersysteem ook, en hopla. Alles was vergeten.'

'Wie heeft op 16 december 's ochtends het lichaam gevonden?' vroeg Scarlett.

'Een stagiair. Die arme jongen. Hij moest het ontbijt naar kamer 622 brengen. Ik weet nog precies dat de bestelling werd doorgegeven, vlak voordat ik 's avonds naar huis ging: een grote hoeveelheid kaviaar, twee gekookte eieren en een glas Beluga-wodka.'

'Kaviaar en wodka?' vroeg Scarlett verbijsterd.

'Ja. Toen de stagiair voor kamer 622 stond, zag hij dat de deur halfopen was. Omdat niemand reageerde duwde hij de deur open, en toen zag hij het lichaam in een plas bloed op de grond liggen.'

'Was u in het Palace toen het lichaam werd gevonden?'

'Nee, ik was thuis. Het was een rare avond geweest in het Palace, ik ging laat naar huis, het moet al tegen enen zijn geweest. Mijn vrouw maakte me wakker. Ze zei dat er politie in het Palace was.'

Scarlett bleef in de schoenendoos graven en haalde er opeens een flyer uit.

'Het programma van het laatste Grote Weekend!' riep ze uit.

'Ik zie dat u niets ontgaat,' zei Bisnard geamuseerd.

Scarlett gaf me de flyer zodat ik die kon bestuderen.

Groot Weekend van Banque Ebezner
14-16 december

Programma zaterdagavond 15 december

18.00 uur: Welkomstdrankje
Beluga-cocktail

19.00 uur: Officiële aankondigingen

19.30 uur: Diner
Amuse-bouches
Foie gras van eend met huisgemaakte confiture
Ravioli van krab
Zeewolf *en croûte*, seizoensgroenten
Roomtaart Saint-Honoré à la crème Chiboust
Thee, café complet

22.00 uur: Opening bal

'Waarom hebt u dat bewaard?' vroeg Scarlett.

'Na de moord zwaaide meneer Rose hier altijd mee bij grote recepties en zei: "Vergeet niet dat ook de best georganiseerde avond op een ramp kan uitdraaien. Wat er die avond is gebeurd, is waarschijnlijk het ergste wat een hotel ooit kan overkomen."'

'Maar dit is het programma van 15 december,' merkte Scarlett op. 'Ik dacht dat de moord op de avond van 16 december was gepleegd. Wat gebeurde er dan op de avond van de vijftiende?'

Bisnard keek ons een ogenblik aan, toen gaf hij antwoord.

'Het gala van de bank draaide uit op een ramp.'

HOOFDSTUK 37

Zwaar geschut

Zaterdag 15 december, de dag voor de moord

Voor de Alpensalon herhaalde Macaire verbijsterd: 'Levovitch voorzitter? Hoe is dat mogelijk?'

'Mijn vader heeft voor Levovitch gestemd.'

'Je vader? Maar we hadden afgesproken dat...'

Jean-Bénédict onderbrak hem. 'Ik weet heel goed wat we hebben afgesproken!' zei hij geïrriteerd. 'Maar je had een klein detail voor ons verzwegen, vuile verrader!'

'Jean-Béné, wat is er?'

'Wat er is? Dat ik alles weet! Je wilde de namen van onze buitenlandse cliënten aan de belastingdienst verkopen om de bank kapot te maken!'

~

Een uur eerder, in de Alpensalon

'Ik heb essentiële informatie die ik met jullie moet delen. Een uur geleden heb ik een e-mail gekregen van een anonieme afzender.'

Hij klikte iets aan op zijn laptop en er begon een video te spelen.

Het lijkt of de scène is gefilmd met een verborgen camera. Je ziet Macaire in een uitgestorven restaurant (in Milaan, zoals zou blijken uit het vervolg van het fragment). Tegenover hem zit een man in pak van wie uit het gesprek en zijn accent algauw duidelijk wordt dat hij een vertegenwoordiger is van de Italiaanse belastingdienst.

'Bent u nog altijd genegen om de namen te verkopen van Italiaanse cliënten die vermogen verbergen in Zwitserland?' vraagt de man.

'Absoluut,' zegt Macaire zonder met de ogen te knipperen.

'En waarom?'

'Dat heb ik al gezegd. Ik ben terzijde geschoven voor het voorzitterschap van de bank. Al driehonderd jaar gaat de leiding van de familiebank over van vader op zoon. Maar mijn vader heeft mij altijd ongeschikt gevonden.'

'Beseft u wat de gevolgen voor u zullen zijn? De bank kan voor belastingontduiking worden vervolgd door nationale overheden: de boetes, schadevergoedingen en rente kunnen de bank ruïneren, en het kan de bank in bepaald landen zelfs verboden worden om zaken te doen.'

Macaire geeft geen krimp. Hij kijkt zijn gespreksgenoot aan en zegt: 'Ons kantoor in Lugano heeft enorm veel Milanese cliënten die dagelijks de grens oversteken om cash te storten. Interesseert u dat of niet?'

'Wij zijn bereid om veel te betalen voor uw lijst.'

'Hoeveel?'

De man schrijft een bedrag op een papiertje en geeft dat aan Macaire. Het bedrag is niet te zien, maar Macaire knikt: hij lijkt tevreden met het aanbod. Hij zegt: 'Er is nog meer: ik wil garanties voor mijn veiligheid. Ik wil me hier in Milaan vestigen. Maar ik wil vooral de garantie dat ik niet word uitgeleverd als de Zwitserse justitie tot vervolging overgaat.'

De opname stopt.

Tarnogol klapte zijn laptop weer dicht.

Jean-Bénédict en Horace Hansen waren ontsteld.

'Dit is het ware gezicht van de man die jullie tot voorzitter willen kiezen,' zei Tarnogol.

~

'Ik zou de bank nooit verraden!' zei Macaire tegen Jean-Bénédict, nadat die hem had verteld wat er in de Alpensalon was gebeurd.

'Leg die video dan eens uit!'

'Ik ben in de val gelokt. Later leg ik je alles uit, dat beloof ik! Maar nu moet je me helpen. De tijd dringt.'

'Waar moet ik je mee helpen?' vroeg Jean-Bénédict, die niet meer wist wat hij moest geloven.

'Om voorzitter te worden.'

'Heb je niet gehoord wat ik zei? Levovitch is gekozen! Het is voorbij!'

'Nee, het is niet voorbij! Het-is-niet-voor-bij!'

'De stemming is al achter de rug! Over drie kwartier komt de Raad naar buiten om in de balzaal aan iedereen te vertellen dat Levovitch de nieuwe voorzitter wordt.'

'Er is misschien al gestemd, maar niemand weet het resultaat nog!'

'Niemand behalve mijn vader en Tarnogol!'

'Jouw vader komt wel tot rede. En Tarnogol zal die salon niet levend verlaten.'

Jean-Bénédict keek zijn neef ongerust aan.

'Wat? Wat zeg je? Je maakt me bang, Macaire...'

'Om zeven uur zal niet Levovitch worden benoemd, maar ik!'

Bij die woorden haastte Macaire zich naar de bar en deed de kastdeuren open.

'Breng een fles wodka naar Tarnogol,' beval hij zijn neef. 'Schenk hem een groot glas in, en geef je vader er meteen ook maar een! Maar jij mag er niet van drinken!'

Macaire viel stil: hij keek vol afgrijzen naar de planken voor hem. Toen riep hij uit: 'Dat is onmogelijk!'

'Wat?' vroeg Jean-Bénédict.

'Verdwenen!'

'Wat is verdwenen?'

'De fles wodka is verdwenen! Die stond hier! Precies hier! Ik weet het zeker, ik heb hem er zelf neergezet.'

Macaire was gebroken. De vergiftigde wodka was uit de bar verdwenen.

Opeens schoot hem iets te binnen: toen hij de goede fles wodka in de wc had geleegd, zag hij in de verte een ober die een krat met flessen droeg.

'Wat is er met jou aan de hand, Macaire?' vroeg Jean-Bénédict ongerust en verbijsterd.

'Kom mee,' zei Macaire. Hij liep naar de dienstdeur waar de medewerker door was verdwenen.

Jean-Bénédict begreep niet meer wat er aan de hand was en hij volgde braaf zijn neef. De dienstdeur gaf toegang tot de voorraadkasten en de keukens. Daar waren tientallen personen druk in de weer; het leek wel een mierenhoop. Ze brachten petitfours naar de balzaal, waar de cocktail net was begonnen. Meneer Bisnard, de F&B-manager die het ballet choreografeerde, zag Macaire en Jean-Bénédict en kwam naar ze toe.

'Kan ik u helpen, heren?' vroeg hij vriendelijk.

'Beluga-wodka!' zei Macaire, die helemaal van slag was. 'Een fles Beluga, in de bar, bij de Alpensalon.'

'Wenst u Beluga-wodka in de Alpensalon?' probeerde meneer Bisnard.

'Nee, er stond een fles Beluga in de kast naast de salon,' verduidelijkte Macaire. 'En die is weg!'

'Als u Beluga wilt, is dat geen enkel probleem,' antwoordde de F&B-manager geruststellend.

Hij wees op de kratten vol Beluga-flessen die tegen de muur stonden.

'U begrijpt het niet,' stamelde Macaire. 'Ik heb de fles nodig die in die kast stond! Daar stond een fles in en die heeft iemand meegenomen!'

'Dat zal een van mijn collega's geweest zijn. Ik heb opdracht gegeven om de hele voorraad Beluga uit het hotel hierheen te brengen, zodat we zeker weten dat we genoeg hebben voor de cocktail. Het welkomstdrankje voor de genodigden bevat Beluga. Dat was een verzoek van meneer Tarnogol.'

Macaire herinnerde zich wat Tarnogol had gezegd toen hij met de envelop terugkwam uit Bazel en hij was onthaald op een koningsmaal: 'Beluga is de wodka van de overwinning!' Tarnogol was nooit van plan geweest om iemand anders dan Levovitch tot voorzitter te kiezen.

Macaire trok zijn neef opzij zodat niemand hen kon horen en zei:

'We moeten die kratten doorzoeken. Help me om de fles te vinden. Op het achterste etiket staat met stift een rood kruis. Je kunt het niet missen.'

'Maar wat is er zo bijzonder aan die fles?' wilde Jean-Bénédict weten.

'Dat doet er niet toe.'

'Als je het niet vertelt, help ik je niet.'

Macaire had geen andere keuze dan alles op te biechten.

'Die is vergiftigd,' fluisterde hij.

'Wat? Wilde je Tarnogol vergiftigen?'

'Ik leg het je nog wel uit. Het zit iets ingewikkelder in elkaar.'

'Dus je was echt van plan om Tarnogol te vermoorden?'

'We hebben geen tijd voor lessen ethiek, Jean-Béné! Help me liever om die fles te vinden voordat er iets vreselijks gebeurt. Haal alles overhoop! We moeten die fles met het kruis absoluut vinden.'

De mannen wierpen zich op de kratten wodka, en onder de ongelovige blik van meneer Bisnard haalden ze alle flessen Beluga een voor een tevoorschijn en bekeken ze. Tevergeefs.

'Is dit alles?' vroeg Macaire aan de F&B-manager.

'Er staan nog een paar flessen in de bar van de balzaal,' zei hij.

De neven haastten zich naar de balzaal en passeerden zonder plichtplegingen de rij bankmedewerkers die voor de bar stond. Onder hen ook Cristina, in een mooie blauwe jurk, die haar glas hief om Macaire te begroeten.

'Deze cocktail moet u absoluut proeven, meneer Ebezner,' zei ze.

Macaire antwoordde niet en haastte zich naar de barman.

'Hebt u Beluga-wodka?' vroeg Macaire.

'Natuurlijk,' antwoordde de barman. 'Iedereen vraagt om Beluga-cocktails. Zal ik er een voor u maken?'

'Ik wil de flessen zien,' eiste Macaire.

De barman was ietwat geïrriteerd door zijn ruwe toon, maar hij gehoorzaamde en gaf Macaire de fles Beluga die voor hem stond en waaruit hij net had ingeschonken. Macaire pakte hem op. Er stond een rood kruis op. Dit was hem! Toen zag hij met afgrijzen dat de fles bijna leeg was.

De helft van de aanwezigen had van de vergiftigde wodka gedronken.

HOOFDSTUK 38
De bekendmaking

Zaterdag 15 december, de dag voor de moord

Om tien over halfzeven was er nog niemand onwel geworden. In de balzaal van het Palace waren de gasten op de cocktailparty zich van geen kwaad bewust. Macaire en Jean-Bénédict stonden ergens apart, ze sloegen de verrichtingen en gebaren van de aanwezigen gade tot ze ervan overtuigd waren dat niemand was vergiftigd.

'Loos alarm,' verkondigde Macaire ten slotte opgelucht. 'Alles is in orde.'

Jean-Bénédict was op van de zenuwen.

'Alles in orde?' bracht hij uit. 'Hoe kun je daar zo zeker van zijn? Misschien werkt het gif niet meteen.' Hij stak dreigend een vinger uit naar zijn neef. 'Ik waarschuw je, als deze mensen doodgaan...'

'Het gif zou binnen een kwartier moeten werken,' onderbrak Macaire hem. 'En dan waren er nu dus al een paar doden gevallen! Ik vermoed dat de barman zulke kleine doses heeft geschonken dat het ongevaarlijk is.'

'Maar zelfs een kleine dosis dodelijk gif is dodelijk! Je bent stapelgek!'

'Je begrijpt het niet,' verdedigde Macaire zich. 'Tarnogol is een bedreiging voor de bank. Je kent de derde speler in dit verhaal niet.'

'De enige bedreiging die ik zie, ben jij, Macaire. En het gaat niet gebeuren dat je mij meesleurt in je misdadige plannetjes. Er is niets meer aan te doen, hoor je? Levovitch is gekozen! Hij is de nieuwe voorzitter! Wat ga je daaraan doen? Een pistool pakken en hem in het openbaar neerschieten?'

Jean-Bénédict wilde weglopen.

'Waar ga je heen?' vroeg Macaire droog.

'Ik ga terug naar de Raad, in de Alpensalon. Tarnogol en mijn vader zullen zich wel afvragen waar ik blijf. En bovendien: als alles verkeerd afloopt wil ik liever niet dat iemand zich herinnert dat ik hier met jou stond te praten. Je sleept me niet mee de afgrond in, Macaire. Al die jaren ben je je eigen grootste vijand geweest. Dat je geen voorzitter bent geworden, heb je alleen aan jezelf te danken.'

Jean-Bénédict liep weg. Macaire bedacht dat zijn neef gelijk had: hij kon het alleen zichzelf kwalijk nemen. Over twintig minuten werd Levovitch benoemd. Hij zou het lachertje zijn van de bank, van heel Genève, om er nog maar van te zwijgen dat hij werd aangezien voor een verrader die bereid was zijn cliënten aan de belastingdienst te verraden. P-30 zou hem niet te hulp komen. Integendeel: P-30 zou hem juist verbrijzelen. Zijn leven was voorbij.

Verslagen ging hij naar zijn suite. De housekeeping was gekomen om de kamer te doen: de badkamer was schoongemaakt en de tekst die Anastasia op de spiegel had gezet, was weggeveegd. Macaire vroeg zich af waar ze was. Hij had het gevoel dat alles tussen zijn vingers door glipte. Hij wist wat hem te doen stond. Hij was het al sinds de vorige avond van plan.

Uit de hangkast haalde hij het pak dat hij had laten maken voor als hij verkozen zou zijn. Hij trok het aan. Hij deed de gouden manchetknopen in. Hij deed een van zijn duurste horloges om zijn pols dat hij voor de gelegenheid had meegenomen. Hij knoopte zijn das zorgvuldig en deed er een elegant vest over aan. In de voering van zijn jasje had hij laten borduren: M.E., VOORZITTER. Verdrietig keek hij ernaar. Hij bekeek zichzelf in de spiegel. Hij had zichzelf nog nooit zo knap gevonden. Hij keek opnieuw. Zo had hij voorzitter moeten worden. Zo zou hij sterven. En zo zouden ze hem vinden. Morgen zou een medewerker van de housekeeping zijn lichaam vinden op een tapijt vol geronnen bloed.

Hij liep naar de kleine hotelkluis en haalde zijn pistool eruit. Hij laadde het en stak de loop in zijn mond. Dat gebaar bracht hem tot rust. Nog een paar tellen en alles was voorbij. Eindelijk. Hij kon niet meer. Hij sloot zijn ogen, drukte de loop wat dieper tussen zijn kaken en legde zijn vinger op de trekker. Zijn laatste gedachte was voor Anastasia.

Opeens werd er op de deur gebonkt. Hij hoorde de stem van Anastasia. 'Macaire? Macaire, ben je daar?' Hij deed zijn ogen open en kwam weer bij zinnen, haalde het pistool uit zijn mond en legde het op de ladekast. Toen deed hij snel de deur open.

'Anastasia!' riep hij toen hij zijn vrouw voor zich zag. 'Wat ben ik blij je te zien! Wat fijn dat je er bent! Bedankt dat je bent gekomen!'

Hij omhelsde haar langdurig, toen bewonderde hij haar perfecte gezicht. Ze leek in de war, net als hij.

'Macaire,' zei ze. 'ik moet met je praten over wat ik in je dagboek heb gelezen.'

Hij gebaarde dat ze stil moest zijn en wenkte haar naar binnen, zodat er niemand mee kon luisteren.

'Hoe is het mogelijk?' snikte Anastasia toen Macaire de deur achter hen had dichtgedaan. 'Hoe heeft Tarnogol dat kunnen doen?'

'Tarnogol is de duivel!'

'Is het waar wat je schreef? Hebben jullie een pact gesloten? Heb je mijn hand geruild tegen je aandelen in de bank?'

'Het spijt me, Anastasia! Het spijt me zo verschrikkelijk! Maar ik was wanhopig! Ik wilde zo graag met je trouwen, en jij had gezegd dat je verliefd was op Lev...'

'Maar hoe is het mogelijk?' zei ze treurig. Ze begreep het niet.

Ze probeerde zich te herinneren hoe het allemaal was gegaan.

'De verlovingsring,' zei Macaire toen. 'De saffier die ik je vijftien jaar geleden heb gegeven. Die heb ik van Tarnogol. Hij zei dat die ring ervoor zou zorgen dat je mijn aanzoek zou accepteren.'

Anastasia was volkomen de kluts kwijt: het sloeg nergens op. Ze vroeg zich af of Macaire wel bij zinnen was.

'Je hebt altijd gezegd dat je je aandelen hebt afgestaan zodat wij samen gelukkig konden zijn,' zei ze.

'Dat was ook zo.'

'Ik dacht dat je afstand wilde nemen van de bank, een leven wilde leiden zonder al die bankiers, omdat je wist dat dat leven mij nooit had aangetrokken.'

'Nee,' verbeterde Macaire. 'Ik heb mijn aandelen aan Tarnogol gegeven zodat wij samen konden zijn.'

Anastasia begreep er niets van. Ze had het gevoel dat de vaste grond onder haar voeten verdween.

'Over vijf minuten is de benoeming,' zei ze. 'Je moet gaan. Het is jouw grote moment.'

'Ik ben niet benoemd.'

'Wat?'

'Levovitch is tot voorzitter benoemd.'

'Wat zeg je nou, Macaire? Dat is onmogelijk.'

'Ik heb verloren,' fluisterde Macaire.

Met een triest gezicht en zijn blik naar de grond besloot hij zijn lot onder ogen te zien. De aanblik van Anastasia had hem de moed gegeven om zijn verlies waardig tegemoet te treden en niet als een lafaard te sterven.

~

Het was bijna zeven uur. De balzaal van het Palace bruiste. Alle medewerkers van de bank verdrongen zich voor het grote podium: de Bankraad stond op het punt zijn opwachting te maken.

Toen Macaire de zaal binnenkwam, zag hij er schitterend uit in zijn driedelig pak. Een kelner verwelkomde hem met champagne. Macaire nam een flûte en dronk hem in één teug leeg om zijn zenuwen tot rust te brengen. Hij mengde zich in het vrolijke geroezemoes van de aanwezige collega's. Hij dronk nog een glas champagne leeg om zich sterker te voelen.

Opeens viel er een doodse stilte: Sinior Tarnogol, Horace Hansen en Jean-Bénédict Hansen verschenen op het podium. Horace Hansen liep naar de microfoon en verklaarde: 'Dames en heren, de Raad van Banque Ebezner heeft zijn besluit genomen. De nieuwe voorzitter van onze bank is bekend en met trots laten wij u weten dat...'

Hij maakte zijn zin niet af, want op dat moment zakte iemand in het publiek ineen, en in zijn val nam hij een tafellaken vol serviesgoed mee. De aanwezigen verdrongen zich om hem heen en de kelners kregen de opdracht om een dokter te roepen. Er viel een verontruste stilte over de zaal.

'Gaat het?' vroeg Horace Hansen in de microfoon, die niet precies wist wat hij met de situatie aan moest.

Toen werd een tweede aanwezige onwel, en ook die viel op de grond. Toen nog een, en nog een. Algauw begonnen de mensen te vallen als vliegen, ze grepen naar hun maag en reutelden. Het duurde niet lang of de helft van de aanwezigen begon te braken.

HOOFDSTUK 39
Dagen van leed

15 jaar eerder

Begin november. De eerste sneeuw bestoof Verbier. De kou had definitief haar intrede gedaan.

Lev kwam aan bij het Palace en keek met een ontroerde glimlach naar de imposante gevel van het gebouw. Hij woonde nu drie maanden in Genève. Hij kwam geregeld een weekend naar Verbier om zijn vader en meneer Rose te bezoeken.

Lev liep de lobby binnen. Toen meneer Rose hem zag, riep hij: 'De verloren zoon!'

Telkens als Lev terugkwam naar het Palace werd hij door de eigenaar als een held onthaald.

'Dag, meneer Rose,' begroette Lev hem, ietwat gegeneerd door het enthousiasme van de ander.

'Kom mee, ik heb goed nieuws voor je.'

Meneer Rose nam Lev mee naar zijn kantoor en schonk koffie voor hem in.

'Je raadt nooit wie hier vorige week is geweest,' zei meneer Rose. 'Laat maar, ik zeg het gewoon: Abel Ebezner! Hij kwam voor de voorbereidingen van het Grote Weekend. Nou, we spraken wat en hij was lyrisch over jou, hij bleef je maar ophemelen!'

Meneer Rose leek in de wolken – ook al was hij niet verrast – door de snelle carrière van zijn protegé. Hij kon niet voorkomen dat hij een vaderlijke trots voelde als hij bedacht dat hij er ook aan had bijgedragen dat Lev zijn vleugels had kunnen uitslaan.

'Ik ben inmiddels wel een beetje op een zijspoor gezet,' zei Lev. 'Ik geloof dat bij de bank de schilden zijn opgetrokken, en ik mag nu alleen nog stagiairswerk doen.'

'Dat weet ik allemaal al,' zei meneer Rose. 'Abel Ebezner heeft me alles verteld. Hij heeft verteld over zijn vader, die nogal ouderwets is, maar hij heeft ook gezegd dat zijn vader heel ziek is. Zijn nieren doen het niet meer, hij...'

'Die opa Ebezner is onsterfelijk,' viel Lev hem in de rede. 'Het schijnt dat hij al jaren ten dode is opgeschreven.'

'Wil je me laten uitpraten?' zei meneer Rose. 'Opa Ebezner ligt op sterven. Het is een kwestie van weken. Dat heeft Abel zelf gezegd! In het diepste vertrouwen natuurlijk. Maar ik weet dat je het niet verder vertelt. Bij het volgende Grote Weekend komt er een nieuwe voorzitter: Abel.'

'Dat betekent dat Macaire vicevoorzitter wordt,' begreep Lev.

'Juist!' zei meneer Rose enthousiast. 'En als die eenmaal in de Raad zit, komt Abel Ebezner niet meer in de knoop met zijn loyaliteit. Hij heeft me alles verteld, alles! In januari benoemt hij je officieel tot bankier! Met je eigen cliënten! Besef je dat? Je gaat meer verdienen dan je ooit hebt kunnen dromen! Je wordt een van de grote bankiers van Genève! Op jouw leeftijd!'

Lev kon een glimlach niet onderdrukken. Die promotie zou de deuren van de Geneefse high society voor hem openen: hij zou zijn relatie met Anastasia niet meer hoeven te verbergen, zij zou niet meer tegen haar moeder hoeven te liegen over zijn identiteit. Hij zou ook zijn afkomst niet meer hoeven te verbergen. Hij zou iemand zijn. Het was hem gelukt: zijn naam zou een Naam worden. En al dat geld! Hij zou Anastasia ten huwelijk kunnen vragen. Over een jaar of twee zouden ze trouwen, wanneer hij tijd had gehad om iets opzij te leggen. Hij moest ook nadenken over een hypotheek. En als zijn resultaten net zo goed waren als Abel Ebezner voorspelde, zou hij misschien al over een paar jaar het huis aan de chemin Byron kunnen kopen, met het terras dat uitzag over het Meer van Genève! In de tussentijd zou hij een prachtig appartement in een chique buurt in Genève huren, liefst niet te ver van de bank. Hij was gek op de rue Saint-Léger, vlak bij de oude stad en het parc des Bastions.

Meneer Rose onderbrak zijn dagdromen.

'Ik heb voor dit weekend een fijne kamer voor je geregeld,' zei hij.

'Dat had niet gehoeven, meneer Rose. Ik kan ook bij mijn vader op de bank slapen. De vorige keer ook al... het is te veel.'

'Toe, niks is te veel. Het is mij een genoegen. Succes moet je vieren!'

Sol, Levs vader, was veel minder enthousiast over de carrière van zijn zoon dan meneer Rose. Toen ze later die dag met z'n tweeën zaten te lunchen in een restaurant in Verbier, zei Sol op een toon waar een licht verwijt in doorklonk: 'De bank heeft je veranderd, jongen. Je bent anders.'

'Hoe bedoel je?'

'Anders,' zei zijn vader, en daar liet hij het bij.

Lev wilde van onderwerp veranderen en zei trots: 'Meneer Rose heeft me een hotelkamer voor dit weekend gegeven.'

'Precies wat ik bedoel: je logeert nu in het hotel, alsof je een gast bent. Je bent overgestapt naar de andere kant. Wil je misschien dat ik je tassen naar je kamer breng?'

'Hou op, papa, doe niet zo belachelijk!'

'Nou ja. Vertel eens over Genève en je luxeleventje.'

'Het is geen luxeleven, papa. Ik probeer me te bewijzen bij de bank, maar iedereen probeert me te dwarsbomen.'

'Ik dacht dat je al verantwoordelijkheden had gekregen.'

'Die hebben ze me ook weer afgenomen. Ze zeggen dat ik stagiair blijf zolang ik niet ten minste één belangrijke klant heb binnengesleept.'

'Je wilde altijd al voor de muziek uitlopen,' verweet Sol hem.

'Aan welke kant sta jij eigenlijk, papa?' vroeg Lev geïrriteerd.

'Wind je niet op, jongen! En die knappe blondine voor wie je naar Genève bent verhuisd, hoe gaat het daarmee?'

'Anastasia.'

'Anastasia, precies. Wat een charmante jongedame!'

Lev vertelde uitgebreid over Anastasia. Hij zei hoeveel hij van haar hield en hoe gelukkig ze hem maakte. Hij vertelde over hun geheime afspraakjes als de werkdag erop zat, en dat niemand bij de bank over hun relatie wist.

Zijn vader keek afkeurend. 'Je zegt dat ze je grote liefde is, maar een grote liefde hoef je toch niet verborgen te houden?'

'Juist wel,' zei Lev. 'Om ons te beschermen.'

'Om jullie te beschermen, tss! Dat is zeker haar idee? Nee, als je het mij vraagt, schaamt ze zich.'

'Schaamt ze zich?' bracht Lev uit. 'Waarvoor dan?'

'Voor jou. Voor wie je werkelijk bent. Kijk eens naar ons, Lev, wij behoren tot de kleintjes.'

Lev stoof op.

'Wat een onzin,' zei hij. 'Anastasia zegt gewoon dat het beter is. Omdat ze ons anders niet met rust zouden laten. De mensen hebben een hekel aan verliefde stelletjes. Om te zorgen dat haar moeder haar met rust laat hebben we haar bijvoorbeeld wijsgemaakt dat ik een Russische vorst ben. Graaf Romanov! En het lukt nog ook, ze legt ons geen strobreed in de weg!'

Maar Sol vond het helemaal niet grappig. 'Graaf Romanov? Waarom? Is Levovitch niet goed genoeg?'

'Je begrijpt het niet. Het is een grapje. Je zou het juist leuk moeten vinden: ik speel die rol van Romanov geweldig goed!'

'Zie je wel,' riposteerde Sol. 'Je zou een geweldig acteur zijn!'

'Ik wil geen acteur zijn, pa. Ik wil bankier zijn. Een positie hebben, en geld.'

'O?' vroeg zijn vader ironisch. 'Denk je dat geld je een beter en fatsoenlijker mens zal maken? Vergeet niet wie je bent en waar je vandaan komt, Lev Levovitch, zoon van een acrobaat. Bankier, tss! En dan te bedenken dat je je als graaf voordoet!'

'Graaf Romanov!' jubelde Olga op datzelfde moment bij de wekelijkse lunch met haar dochters, aan een tafeltje bij Roberto.

Irina begreep niet precies waar haar moeder het over had, maar ze trok een verrukt gezicht. Naast haar keek Anastasia naar de tafel. Olga vervolgde: 'Ik wilde liefst nog even wachten voordat ik het je zou vertellen,' zei Olga tegen Irina. 'Om zeker te weten dat het serieus was. Maar het is dus waar: je zus vormt een stel met graaf Romanov, en ze zijn dolverliefd op elkaar!'

'Is hij rijk?' vroeg Irina.

'Rijk? Zo rijk als Croesus! Nee, nog rijker: Croesus is een bedelaar vergeleken met hem! Vertel je zus eens waar hij woont, Anastasia, liefje.'

'Hij woont in een suite in het Hôtel des Bergues,' zei Anastasia zacht. Ze zonk steeds verder weg in haar leugen.

'Een suite in het Hôtel des Bergues!' riep Olga uit. 'Alsof het niets is!'

Irina was woedend dat haar zus een man had gevonden die rijker was dan haar vermogensbeheerder. Ze overtroefde haar weer.

'Weet je,' zei Anastasia. 'Geld doet er niet toe. Het gaat erom dat hij een geweldige man is; liefdevol, gul, razend intelligent, zo knap als een halfgod...'

'Vertel eens over die suite!' onderbrak haar moeder. 'Daar heb je nog niks over verteld.'

'Hij is heel groot,' stamelde Anastasia.

'Details, meisje. Je slaapt er iedere nacht.'

'Slaapt Anastasia bij hem?' stoof Irina op, die tot haar huwelijk nooit buitenshuis had mogen overnachten.

'Iedere avond!' verklaarde hun moeder trots. 'Voor de goede zaak. Vertel nou over de suite.'

'Die is echt heel mooi, heel luxueus, met een prachtig uitzicht over het Meer van Genève.'

'En is alles een en al kristal en jade?' vroeg Olga.

'Ja.'

Olga rilde van geluk.

'En heeft hij een baan, die graaf Romanov?' vroeg Irina.

'Ja, dat is nog het mooiste,' antwoordde Olga. 'Hij is de rechterhand van Abel Ebezner.'

'Werkt hij bij Banque Ebezner?'

Anastasia wilde onder de tafel verdwijnen.

'Hij is een van de grote bazen van de bank!' jubelde Olga. 'Abel Ebezner gaat nog niet naar de wc zonder hem eerst om advies te vragen. Zo jong, en nu al aan de top! Hij zit op een berg goudstaven en de luie werknemers bibberen voor hem! Vraag maar aan je man, die kent hem wel. Jullie kunnen trouwens wel een keer met z'n vieren uit eten gaan.'

Anastasia voelde dat ze in paniek raakte.

'We kunnen het er maar beter niet over hebben,' stotterde ze. 'Lev en ik hebben nog niet rondverteld dat we iets hebben... ik ben maar een secretaresse... dat valt misschien niet goed bij de bank. Daar kan hij problemen mee krijgen, zoiets wordt niet op prijs gesteld. Alsjeblieft, Irina, zeg niks tegen je man, ik wil niet dat Lev in een moeilijke situatie verzeild raakt.'

'Maar liefje,' zei Olga geruststellend. 'Je hebt niets te vrezen: de grote bazen gaan om met wie ze willen! En bovendien is het tijd dat je ophoudt met die bevlieging dat je wilt werken. Je zegt die belachelijke secretaressebaan op zodra jullie verloofd zijn. Voor je man zorgen is een voltijdsbaan!'

Toen ze na de lunch weer buiten stonden, liep Anastasia een eindje op met haar zus.

'Irina,' vertrouwde ze haar toe. 'Ik heb gelogen, je moet me helpen. Lev Levovitch is geen graaf Romanov. Hij werkte eerst in het Palace de Verbier en nu werkt hij wel bij de bank, maar niet als rechterhand van Abel Ebezner. Hij is heel begaafd, maar vooralsnog is hij gewoon stagiair.'

'Dus je hebt alles verzonnen? Inclusief die suite in het Hôtel des Bergues?'

'Ik heb alles verzonnen. Het was de enige manier om te zorgen dat mama me met rust zou laten. Ik smeek je: vertel het aan niemand! Mama vermoordt me als ze hoort hoe het zit, en dan mag ik niet meer met Lev omgaan.'

Irina's gezicht lichtte op: ze was zo opgelucht dat de vriend van haar zus een doodgewone stagiair was, die ook nog eens in een hotel had gewerkt. Haar villa met zwembad was weer even schitterend als eerst.

'Maak je geen zorgen,' beloofde ze. 'Je geheim is veilig bij mij.'

'Dank je wel, dat zal ik niet vergeten.'

Irina besefte dat ze de overhand had, en ze kon het niet nalaten haar zus nog een lesje in moraliteit te geven.

'Maar je moet je tijd niet verspillen met een avontuurtje dat nergens toe leidt.'

'Ik hou van hem. Meer dan van wie ook. Ik wil de rest van mijn leven met hem doorbrengen.'

'Zeg niet zulke domme dingen, Anastasia. Er is geen liefde in het leven, denk aan je toekomst.'

'Je begrijpt het niet: ik geef niet om geld! Alles wat ik wil is beminnen en bemind worden.'

De volgende dag. Zondagochtend in Verbier. Lev dronk koffie aan de bar in het Palace. Er kwam een man naast hem zitten. Eerst besteedde hij geen aandacht aan hem. Totdat die man in het Russisch begon te praten.

'Verjaagd als een pummel, onthaald als een prins.'

Het was Tarnogol. Lev wendde zich verrast naar hem toe en begroette hem met een hoofdknik. Tarnogol zei: 'Het gerucht gaat dat je aan een grote carrière bij Banque Ebezner bent begonnen.'

'Dat is maar een gerucht, meneer Tarnogol.'

'Je bent te bescheiden, jongeman.'

Lev antwoordde niet en richtte zijn aandacht weer op zijn koffie. Hij had helemaal geen zin om met Tarnogol te praten, en omdat hij niet meer in het hotel werkte, hoefde dat ook niet. Maar Tarnogol was nog niet klaar met hem.

'Ik heb nog iets van je tegoed,' zei hij.

'O ja?' vroeg Lev verrast.

'Ik heb je leven gered. Ik heb je in staat gesteld om hier weg te gaan. Zonder mij zou je hier nog steeds werken.'

'U hebt er vooral voor gezorgd dat ik ben ontslagen omdat ik niet deugde!'

'Toe, je weet heus wel dat dat niet waar is. Als je hier niet weg had gewild, zou je in augustus nooit uit je slof zijn geschoten. Ik heb je een dienst bewezen.'

'Dat meent u niet! En wat verwacht u nu van mij?'

'Ik wil dat je me voorstelt aan Abel Ebezner.'

Levs nieuwsgierigheid was gewekt.

'Wat wilt u van meneer Ebezner?' vroeg hij wantrouwig.

'Ik wil met hem praten. Ik heb geld dat ik moet onderbrengen. Veel geld. Dat wil ik bij Banque Ebezner stallen.'

'U hebt mij niet nodig om een rekening bij Banque Ebezner te openen,' merkte Lev op.

'Wees daar maar niet zo zeker van. Auguste Ebezner is een man van principes: hij kijkt naar de kleur van het geld. En dat van mij is niet kleurloos, als je snapt wat ik bedoel. Ik weet dat Abel Ebezner een oogje zal dichtknijpen als jij me introduceert. Ik weet dat hij je vertrouwt. Het is een win-winsituatie: dankzij jou kan ik een rekening openen, en in ruil daarvoor word ik jouw eerste cliënt. Om je carrière te lanceren. Het gaat om aanzienlijke bedragen.'

Toen Lev maandag terugkwam bij de bank en Abel Ebezner voorstelde om een afspraak met Tarnogol te maken, was die in de wolken. In het Palace de Verbier had meneer Rose hem over Tarnogol en zijn vermogen verteld. En zo kwam het dat de volgende dag, in de roze salon op de vijfde verdieping van Banque Ebezner, Abel Ebezner en Lev Sinior Tarnogol ontvingen, die speciaal daarvoor naar Genève was gekomen.

'Ik geloof in uw bank,' verklaarde Tarnogol. 'Ik geloof in de stabiliteit van Zwitserland. Ik zou met genoegen een deel van mijn vermogen bij u onderbrengen.'

'En wij zouden u met genoegen als cliënt verwelkomen,' verzekerde Abel.

'Deze jongeman die naast u zit,' zei Tarnogol terwijl hij naar Lev wees, 'is een zeldzame parel. Ik wil dat hij mijn contactpersoon wordt.'

'Lev is een van de grootste talenten van dit etablissement,' zei Abel. 'Maar hij heeft nog niet officieel de titel van bankier. Dat wil zeggen dat hij nog geen eigen cliënten heeft.'

'Dat weet ik,' zei Tarnogol. 'En dat is juist gunstig voor mij: dan kan hij zich geheel en al aan mij wijden. Trouwens, vanaf welk bedrag wordt iemand bij uw bank als een belangrijke cliënt beschouwd?'

'Wij maken geen onderscheid tussen belangrijke en minder belangrijke cliënten,' antwoordde Abel Ebezner.

'Dit is het bedrag dat ik bij uw bank zou willen onderbrengen. Vertelt u mij maar of dat mij tot een belangrijke cliënt maakt.'

Tarnogol pakte een blocnote en een pen van tafel en schreef er een 1 op, gevolgd door een eindeloze rij nullen. Toen Abel Ebezner het bedrag zag, kon hij geen woord uitbrengen.

'Zeg maar waar ik moet tekenen,' zei Tarnogol. 'Dan laat ik het geld direct overmaken.'

Op diplomatieke toon zei Abel: 'Het is ons een reusachtige eer u als cliënt te verwelkomen, meneer Tarnogol. Maar voordat wij uw fondsen accepteren moeten wij, vanwege de bedragen waarom het gaat, enige informatie inwinnen over de herkomst. Het is een eenvoudige procedure. Het spijt me dat ik u met een papierwinkel moet opzadelen, maar u weet dat de toezichthouder ons continu op de nek zit om zich ervan te vergewissen dat wij de herkomst controleren van het geld dat onze cliënten ons toevertrouwen.'

'Noemt u het beestje maar bij de naam!' zei Tarnogol geamuseerd. 'U wilt zeker weten dat ik uw bank niet gebruik om geld wit te wassen. Geen zorgen. Geeft u me die papieren, dan geef ik ze aan mijn advocaten en dan kom ik er voor het einde van de week op terug.'

Na afloop van de bijeenkomst ging er direct een gerucht door de bank: Lev Levovitch stond op het punt om een reusachtige cliënt aan te brengen, die hem in één klap tot een van de belangrijkste vermogensbeheerders van de bank zou maken.

Die informatie werd de volgende dag in de Bankraad besproken. Noch de twee Hansens, noch Auguste Ebezner hadden gedacht dat Lev zo snel zo'n grote cliënt zou binnenhalen.

'Zei je dat je die Tarnogol uit Verbier kent?' vroeg Horace aan Abel, om de rol van Lev in deze gouden vangst te verkleinen.

'Nee, ik ken hem niet. Ik ben hem weleens tegengekomen in het Palace de Verbier, waar hij regelmatig verblijft, maar Lev heeft hem binnengehaald. Hij heeft er trouwens uitdrukkelijk om gevraagd dat Lev zijn beheerder wordt.'

'Dat is te veel geld voor een eerste cliënt,' vond Auguste. 'Dat kan die Lev van jou niet aan, en als hij een potje breekt, moeten wij dat potje betalen.'

'Een cliënt is een cliënt,' protesteerde Abel. 'Je wilde dat hij een cliënt aanbracht voordat hij bankier kon worden, en dit is zijn cliënt.'

'Die Lev is een knappe man,' benadrukte Horace met een sluw glimlachje. 'Misschien verschaft hij die Tarnogol soms wat mannelijke genegenheid?'

'Je bent walgelijk, Horace...' zei Abel.

'Luister,' onderbrak Auguste hen. 'Laten we eerst maar eens afwachten tot Tarnogol heeft getekend voordat het ons naar het hoofd stijgt. Dan zien we wel wat we met die Lev voor vlees in de kuip hebben.'

Twee dagen later zat Tarnogol weer in de roze salon, tegenover Lev en Abel Ebezner. Hij legde een dikke envelop op de ebbenhouten tafel waarin de diverse bankformulieren zaten.

'Zoals gevraagd,' zei Tarnogol. 'De antwoorden op uw vragen over mijn geld. En de formulieren voor het openen van een rekening. Alles ondertekend.'

'Heel veel dank voor uw medewerking,' zei Abel Ebezner verheugd, en hij wilde de envelop pakken.

Maar Tarnogol verhinderde dat; hij legde zijn hand erop en hield hem vast.

'Een ogenblikje nog, alstublieft,' zei hij. 'U stelde eisen, en dat doe ik ook. Twee, om precies te zijn.'

Abel fronste.

'Ik luister.'

'Ten eerste wil ik de garantie dat Lev mijn bankier wordt.'

'Dat moet nog worden goedgekeurd door de Bankraad,' verklaarde Abel. 'Maar dat is geen probleem. U hebt mijn woord. Wat is uw tweede eis?'

'Ik wil een belang in uw bank nemen,' verklaarde Tarnogol met een klein glimlachje.

Abel Ebezners gezicht betrok direct. Lev was sprakeloos.

'Mijn bank is niet te koop,' zei Abel ferm.

'Ik ben het niet gewend dat mij iets geweigerd wordt,' antwoordde Tarnogol.

'En ik ben het niet gewend om gechanteerd te worden,' donderde Abel Ebezner.

'Mag ik u eraan herinneren dat het bedrag dat ik wil storten u een nog grotere voorsprong op de concurrentie geeft? Stelt u zich de koppen van de financiële kranten met Oud en Nieuw eens voor, over de explosieve groei van het beheerde vermogen van uw bank!'

'Daar ben ik mij van bewust.'

'Dan lijkt het mij gerechtvaardigd dat ik ook een stukje van de taart krijg.'

De spanning steeg langzaam in de elegante salon waarin gewoonlijk alleen maar hoffelijk gesproken werd. Lev, die voelde dat de situatie hem ontglipte, wist niet meer hoe hij het had. Hij had Tarnogol nooit moeten vertrouwen, hij was alweer in de val gelopen. En nu kon hij niet anders dan terugkrabbelen.

Voorlopig vermeed Abel Ebezner een escalatie door Tarnogol voor te stellen om er in het weekend over na te denken. Ze spraken af dat ze elkaar de volgende maandag opnieuw zouden treffen.

Tarnogol kwam met een brede glimlach naar de derde afspraak.

'U had gelijk,' vertrouwde hij Abel Ebezner toe. 'Het weekend heeft me op andere gedachten gebracht. Het is een volslagen belachelijk idee dat ik een aandeel in uw bank zou nemen.'

Lev zuchtte van opluchting. Abel glimlachte op zijn beurt naar Tarnogol en zei: 'Ik ben heel blij dat te horen.'

'Na rijp beraad heb ik besloten dat ik de hele bank van u wil kopen,' zei Tarnogol bijna opgewekt.

Abel Ebezner verloor zijn geduld.

'Hoe durft u hier, in mijn eigen bank, zo'n toon tegen me aan te slaan? Wat mij betreft is dit gesprek afgelopen.'

'U moet mij niet onderschatten,' antwoordde Tarnogol dreigend. 'U weet niet waartoe ik in staat ben!'

'En u weet niet wie u voor u hebt,' riposteerde Abel.

Tarnogol barstte uit in een vals gelach.

'Weet je wat het verschil is tussen jou en mij, Abel? Dat mijn vermogen onbegrensd is. Vroeg of laat koop ik die bank van jou! Die doop ik dan om tot Banque Tarnogol, en dan kom jij me koffie brengen!'

Bij die woorden smeet Abel Ebezner woedend de salondeur open, ten teken dat Tarnogol kon opkrassen.

Op weg naar buiten draaide Tarnogol zich op zijn hakken om en zei nog tegen Abel: 'Je hoort nog van me. Ik denk dat je snel spijt krijgt van deze belediging.'

Wanhopig verborg Lev zijn gezicht in zijn handen: hij werd het lachertje van de bank.

Twee weken na het incident met Tarnogol, op de laatste dag van november, werd Auguste Ebezner niet meer wakker. Het bericht van zijn overlijden, zo kort voor het Grote Weekend, zorgde voor opschudding bij de bank. Abel Ebezner werd met onmiddellijke ingang voorzitter, en zijn zoon Macaire zou, volgens de traditie van het bedrijf, bij het bal op zaterdagavond tot vicevoorzitter worden benoemd en die functie per 1 januari vervullen.

'De jongste vicevoorzitter uit de geschiedenis van de bank,' zei Macaire trots tegen Anastasia. Ze zaten aan hun vaste tafel in Remor.

'Ik ben heel blij voor je,' zei ze teder. 'Hoe vind jij het?'

'Het is een belangrijk moment in mijn leven,' bekende hij. 'En tegelijkertijd ben ik heel triest dat ik nog steeds alleen ben. Ik bedoel: ik had altijd gedacht dat ik al getrouwd zou zijn als het zover zou zijn. Dat ik iemand naast me zou hebben, bedoel ik!'

'Je bent nog te jong om al getrouwd te zijn,' zei ze.

'Als je de ware hebt gevonden, ben je nooit te jong om te trouwen.'

Ze begreep direct waar Macaire op doelde. Snel zei ze dat ze een afspraak had en ging ervandoor.

Die avond hadden Anastasia en Lev hun eerste grote ruzie. Het gebeurde op de kamer van Lev.

'Je moet hem over ons vertellen!' zei Lev getergd. 'Hij staat op het punt om je ten huwelijk te vragen!'

'Hij zal zo verdrietig zijn! Hij gaat er kapot aan! Dat kan ik hem niet aandoen, dan verpest ik zijn benoeming tot vicevoorzitter!'

'Dan trouw je toch met hem? Dan doe je hem tenminste geen pijn.'

'Doe alsjeblieft niet zo stom, Lev. Ik weet dat de laatste twee weken niet makkelijk voor je waren, na wat er met Tarnogol is gebeurd, maar je hoeft je slechte humeur niet op mij te botvieren!'

'Ik heb geen slecht humeur! Ik vind dat je Macaire de waarheid moet vertellen!'

'En zijn hart breken? Waarom zou ik hem voor niets pijn doen? Ik moet hem gewoon nog twee weken lang ontlopen. Als het Grote Weekend achter de rug is, vertel ik hem alles. Twee weekjes kunnen we toch nog wel wachten, of niet soms?'

'Ik denk dat je hem stiekem wel leuk vindt. Waarom zou je anders zoveel tijd met hem doorbrengen?'

'Je gaat me toch niet vertellen dat je jaloers bent? Hij is gewoon een vriend! Ik mag hem graag, maar alleen als vriend. Hij is aardig, zacht, hij heeft een hart van goud, hij heeft me altijd gesteund, hij is de enige die me nooit pijn heeft gedaan!'

'Wat?' bracht Lev uit. 'En ik dan?'

'Jij wel! Wat doet het ertoe, Lev, ik ben van jou. Wat wil je nog meer?'

'Ik geloof dat je vanavond maar naar huis moet gaan.'

'Wat? Dat meen je niet, Lev!'

'Ik meen het wel. Ik heb geen zin meer om de sukkel te spelen.'

'Nou, als het zo zit, dan slaap je maar alleen!' zei Anastasia. 'Laat maar weten wanneer je weer tot rede komt.'

Ze was weg.

De drie dagen daarna heerste er een ijzige kou tussen Lev en Anastasia, en ze zagen elkaar niet. Om te zorgen dat ze elkaar niet in de lobby van de bank tegenkwamen, kwam Lev heel vroeg en vertrok hij pas als het al avond was. Anastasia bleef op haar stek, en zag af van haar vaste bezoekjes aan de kamer van Macaire, Jean-Bénédict en Lev. Als haar werkdag voorbij was, zorgde ze ervoor dat ze met collega's naar buiten liep en ging ze rechtstreeks naar haar moeder. Terwijl Macaire wanhopig op haar wachtte in Remor en niet begreep waarom ze niet meer kwam.

Anastasia was nog nooit zo verdrietig geweest. Ze wachtte wanhopig op een teken van Lev, tot hij de eerste stap zou zetten. Ze moest zichzelf inhouden om niet te bezwijken en hem te bellen of te bezoeken. Ze vond dat hij grof was geweest en dat hij dus zijn excuses moest maken.

Toen was het eindelijk vrijdag. Ze was er zeker van dat hij haar zou voorstellen om tijdens het weekend iets te gaan doen, maar ze kreeg geen enkel teken van leven. Ze bracht haar twee vrije dagen neerslachtig op haar kamertje door.

'Wat is er, liefje?' vroeg haar moeder uiteindelijk ongerust.

'Ik heb ruzie met Lev.'

'Ruzie? Waarover?'

'Ik wil niet op de bank vertellen dat we iets met elkaar hebben. Dan kan hij in de problemen komen.'

'Wat voor problemen?'

'Macaire Ebezner wordt vicevoorzitter van de bank.'

'Macaire vicevoorzitter?'

'Ja, en hij is smoorverliefd op mij. Als hij weet dat ik iets met Lev heb, zorgt hij ervoor dat hij wordt ontslagen. Daarom maak ik me zorgen om Lev.'

Olga barstte in lachen uit.

'Je maakt je zorgen om Lev! Zeg, hij is toch rentenier? Dan maken jullie gewoon een wereldreis! Die baan is maar een hobby voor hem.'

Anastasia haalde haar schouders op. Ze had het gevoel dat dit het eerste serieuze gesprek was dat ze ooit met haar moeder had gevoerd. Ze wilde het nog rekken, ze had zelfs zin om de hele waarheid op te biechten en haar moeder te vertellen dat hij net zomin een Romanov was als zij een Habsburg. Maar ze koos ervoor om niks te zeggen.

'Nou ja,' concludeerde Anastasia. 'We hadden ruzie, ik ben weggegaan en sindsdien laat hij niks van zich horen. En hij moet de eerste stap toch zetten?'

'Zij moet de eerste stap toch zetten?' vroeg Lev in Verbier aan zijn vader, bij wie hij het weekend doorbracht. 'Ik kan niet geloven dat ze niet heeft gevraagd om samen iets te gaan doen in het weekend.'

'Des te beter,' zei zijn vader. 'Dan hebben wij twee dagen samen. Anders zou je nu nog in Genève zitten en helemaal niet aan je oude vadertje denken.'

'Ik meen het,' zei Lev, die niet doorhad dat zijn vader geen grapje maakte. 'Anastasia moet toch haar excuses aanbieden? Ze wil niets over ons vertellen! Ik heb het gevoel dat ze me te min vindt. Weet je wat? Ik moet gewoon zelf het voortouw nemen en het aan iedereen vertellen. Ja.'

'Waarom zou je?' vroeg Sol. 'Dat zij het niet wil vertellen, betekent dat er iets scheef zit tussen jullie. Misschien geeft ze toch niet zoveel om je. Misschien vindt ze die andere kerel, die jongen van Ebezner, eigenlijk best leuk. Jij bent maar een Levovitch, hij is een Ebezner!'

Ze maakten het op woensdag pas goed, twee dagen voor het Grote Weekend. Die avond organiseerde Abel Ebezner, zoals gebruikelijk, een feestje bij zich thuis om zijn benoeming tot voorzitter te vieren. De crème de la crème van Genève verdrong zich in het reusachtige huis, waar een grote cocktailparty met buffet was georganiseerd. Onder de aanwezigen waren Lev, die door Abel was uitgenodigd, en Anastasia, die door Macaire was geïnviteerd.

Ze troffen elkaar in de menigte gasten, midden in de salon: zodra ze elkaar zagen was het als een innerlijk vuur. Ze werden allebei betoverd door de ander en hun harten bonsden. Ze hadden de grootste moeite om niet toe te geven aan hun verlangen om elkaar hartstochtelijk te kussen. Met als excuus dat ze gingen roken troffen ze elkaar buiten, en toen ze veilig waren voor alle blikken wierpen ze zich op elkaar en kusten hartstochtelijk.

'Ik ben gekomen omdat ik wist dat jij hier zou zijn,' fluisterde Anastasia toen ze haar lippen kort van die van haar geliefde af haalde.

'Ik ook,' bekende Lev.

Toen zeiden ze als uit één mond, precies op hetzelfde moment: 'Vergeef me.'

Ze barstten in lachen uit. 'Ik kan niet ver van jou leven,' zei ze.

'Ik ook niet van jou,' antwoordde Lev. 'Ik moet trouwens met je praten. Over iets belangrijks. Ik heb de laatste dagen veel nagedacht...'

Lev viel stil omdat zij rilde: het was ijskoud.

'Zeg maar,' zei ze.

'Je vat kou. Kom over vijf minuten naar de studeerkamer van Abel. Aan het einde van de gang. Daar is niemand en het is er warm.'

'Goed,' zei ze met een glimlach.

Ze kuste hem opnieuw.

Lev ging als eerste naar binnen, deed alsof hij zich onder de gasten mengde, ging naar de studeerkamer en wachtte.

Anastasia deed hetzelfde. Maar terwijl ze dacht dat ze onopvallend was verdwenen, had ze niet gemerkt dat Macaire haar gevolgd was. Op het moment dat ze de kamerdeur opendeed, zei hij: 'Ben je verdwaald?'

Ze maakte een sprongetje.

'Macaire? Je laat me schrikken. Ik zocht de wc.'

'De andere deur. Dit is de studeerkamer van mijn vader. Maar kom, ik wil je iets laten zien.'

'Kun je dat niet in de salon laten zien?'

'Het is in de studeerkamer,' verduidelijkte Macaire. 'Ga maar naar binnen!'

Ze voelde een knoop in haar maag: Lev zou betrapt worden. Macaire duwde de deur open: er was niemand. Lev was waarschijnlijk opgehouden door de gasten.

Ze liepen naar binnen: het was een warme kamer met veel donker hout. Een van de muren was een boekenkast: daartegenover was een openslaande deur die uitkwam op de tuin, met daarvoor een grote leren fauteuil waarin je goed kon nadenken. In het midden stond een indrukwekkend ebbenhouten bureau tegenover een reusachtig schilderij van Banque Ebezner in de rue de la Corraterie.

'Kijk. Wat zie je?'

'Ik zie... de bank,' antwoordde ze.

'Mijn bank,' corrigeerde hij. 'In januari word ik vicevoorzitter. Ik ben de enige erfgenaam. Kun je je de toekomst voorstellen die ons wacht?'

'Ons?' wist Anastasia uit te brengen.

'Ik wil je beschutten, beschermen, koesteren.'

'Macaire, nee, wacht...'

Zonder te luisteren zakte hij op zijn knie.

'Anastasia von Lacht, ik hou van je. Je bent de vrouw van mijn leven. Ik wil met je trouwen.'

Ze voelde een verschrikkelijke gêne.

'Macaire, luister, je weet hoeveel je voor me betekent. Maar ik...'

Hij liet haar niet uitspreken. 'Ik weet wat je wilt zeggen: dat we te jong zijn, dat het krankzinnig is. Maar wat is er zo krankzinnig? Weet je, ik begrijp dat je misschien verrast bent. Maar denk erover na. Ga morgenavond om acht uur met me eten in de Lion d'Or in Cologny. Als je komt, weet ik dat het ja is.'

Het was tijd om hem alles op te biechten.

'Macaire, ik moet eerlijk tegen je zijn...'

Opeens ging de deur open; ze zweeg. Het was Macaires moeder.

'Ha, daar zijn jullie,' zei ze. 'Ik heb je overal gezocht, Macaire. Kom alsjeblieft, je vader gaat speechen!'

Ze gingen mee. Macaire deed het licht uit en de deur dicht. In het donker kwam Lev tevoorschijn vanachter de dikke gordijnen waar hij zich had verstopt. Hij peinsde: wist ze dat hij alles had gehoord?

Hij ging weer naar de andere gasten. Hij zag Anastasia bij het dessertbuffet.

'Waar was je?' vroeg ze.

'Sorry, ik werd opgehouden door Abel,' loog Lev. 'Hij wilde me aan een paar mensen voorstellen.'

Hij twijfelde even of hij haar zou vertellen dat hij het huwelijksaanzoek van Macaire had gehoord, maar hij wachtte om te zien of zij er zelf over zou beginnen.

Ze twijfelde even of ze hem zou vertellen dat Macaire haar ten huwelijk had gevraagd en dat ze de tijd niet had gehad om hem af te wijzen, maar na het vorige drama zweeg ze daar maar liever over. Morgenochtend zou ze het zelf wel oplossen.

Lev begreep dat Anastasia niets ging zeggen en hij besloot om op hetzelfde tijdstip als Macaire met haar af te spreken.

'Weet je wat ik je op Abels kamer wilde vertellen...'

'Ja, waar ging dat over?'

'Niet hier. Morgenavond. Om acht uur in het restaurant op de bovenste verdieping van het Hôtel des Bergues.'

'Het Hôtel des Bergues?' vroeg Anastasia verbijsterd.

'Wacht maar af. Zie ik je vanavond bij mij?'

'Nee, vanavond niet. Ik heb morgenochtend heel vroeg een afspraak.'

'Met wie dan?'

'Doet er niet toe. Maar het is heel belangrijk.'

~

De volgende ochtend om zeven uur trof Anastasia Macaire in Remor.

'Waarom wilde je me zo vroeg zien?' vroeg hij toen hij tegenover haar ging zitten.

Hij leek in een uitstekend humeur. Ze nam een slok koffie om moed te verzamelen.

'Macaire, je bent een geweldige jongen. Ik waardeer je heel erg, maar ik kom vanavond niet naar de Lion d'Or. Ik wil niet met je trouwen.'

Hij was verbijsterd.

'Vind je dat ik te snel ga?'

'Nee. Ik ben gewoon niet verliefd op je. Ik ben verliefd op Lev, en we hebben iets. Ik wil mijn leven met hem delen.'

Macaire verbleekte. Hij was zichtbaar geschokt.

'Lev?' stamelde hij. 'Maar je zei dat er niets tussen jullie speelde.'

'Dat was een leugen. Om je geen pijn te doen. En ook om ervoor te zorgen dat je hem met rust zou laten. Ik weet dat hij problemen bij de bank heeft gehad omdat hij Jean-Béné en jou overschaduwde.'

Macaire kon het nog steeds niet geloven.

'En al die keren dat we hier na het werk iets gingen drinken? Waarom dat hele circus, als je me niet mag?'

'Jij kwam hier elke dag, Macaire. Ik heb het je nooit gevraagd. Ik bedoel, ik mag je heel graag, ik vind het fijn om bij je te zijn. Maar ik geloof niet dat ik je signalen heb gegeven.'

'Maar als je niet in Remor was om bij mij te zijn, wat deed je hier dan?'

'Wachten op Lev.'

Macaire zag er verslagen uit. Ze merkte dat hij op het punt van instorten stond.

'Het spijt me echt heel erg, Macaire.'

'Ik had nooit gedacht dat iemand me zoveel pijn zou kunnen doen,' fluisterde hij.

'Het spijt me. Je weet hoeveel ik om je geef. Ik hoop dat we vrienden kunnen blijven. Je bent belangrijk voor me.'

Hij gaf geen antwoord. Hij zei alleen: 'Hoe heb je je moeder zover gekregen dat ze accepteert dat je met een niemand omgaat?'

'Mijn moeder weet van niks. Nou ja, ze denkt dat Lev een rijke aristocraat is.'

'Bij hem krijg je nooit het leven waar je van droomt,' zei Macaire.

'Hij is het leven dat ik wil.'

'Je maakt een grote fout. Denk er nog eens over na!'

'Ik heb lang genoeg nagedacht,' verzekerde ze hem.

'Ik doe alsof dit gesprek nooit heeft plaatsgehad. Ik zit vanavond om acht uur in de Lion d'Or.'

'Ik kom niet. Vanavond om acht uur ben ik bij Lev.'

Ze zag Macaires gezicht vertrekken van pijn. Hij kon geen woord meer uitbrengen. Hij maakte zich zo snel uit de voeten dat hij de tafel omvergooide. Door de ruit zag ze hem met grote passen naar de bank lopen.

Maar die ochtend ging Macaire niet naar het werk. Hij was veel te overstuur om aan zijn bureau te kunnen zitten. Hij zwierf een tijdje door de straten van de oude stad en besloot toen naar Bongénie te gaan om met Anastasia's moeder te praten. Hij vond haar op de tweede verdieping, tussen een collectie bontjassen.

Olga herkende hem niet meteen; eerst zag ze hem aan voor een klant. Toen ze besefte dat het Macaire Ebezner was, leek ze doodsbang en probeerde ze haar naamplaatje te verbergen.

'Maakt u zich geen zorgen, ik weet alles,' zei Macaire. 'Anastasia heeft me alles verteld. Ik ben gekomen om u te spreken over een heel ernstige zaak, mevrouw Von Lacht. Het gaat over Anastasia. Ze liegt tegen u over de identiteit van Lev Levovitch.'

Die middag om halfzes ging Anastasia naar huis om zich klaar te maken voor haar etentje met Lev. Om acht uur in het Hôtel des Bergues. Ze vroeg zich af wat hij voor haar in petto had.

Opgeruimd kwam ze binnen. Ze wist precies welke jurk ze ging aantrekken. Nog tweeënhalf uur voordat ze hem zou zien. Ze ging direct naar de badkamer om zich klaar te maken. Toen ze voor de spiegel stond, zag ze haar moeder achter zich in de deuropening.

'Hé, dag, mamoesjka,' glimlachte ze.

Olga wierp haar een dodelijke blik toe.

‘Ik ben heel teleurgesteld, Anastasia,’ zei ze met ijskoude stem.

‘Waarover dan?’ vroeg Anastasia ongerust

‘Ik weet alles: die Levovitch van jou is een rioolrat! Ik verbied je om nog met hem om te gaan!’

‘Jij hebt me niets te verbieden,’ riposteerde Anastasia. ‘Ik ben meerderjarig! Ik doe wat ik wil!’

‘Je hebt tegen me gelogen!’ brulde Olga. ‘Je hebt tegen me gelogen! Hoe kun je tegen je eigen moeder liegen?’

In een vlaag van woede gaf Olga haar dochter een harde klap. Van schrik zakte Anastasia ineen op de tegelvloer.

‘Jij gaat vanavond nergens heen,’ zei Olga. Ze sloeg de badkamerdeur achter zich dicht en draaide hem op slot: haar dochter zat opgesloten.

Die avond om acht uur in het restaurant van het Hôtel des Bergues.

Lev zat aan een tafel en wachtte ongeduldig. Hij kon zich niet beheersen en speelde met de verlovingsring van zijn moeder, die hij aan Anastasia wilde geven. Vanavond ging hij haar hand vragen.

Om kwart over acht was Anastasia er nog steeds niet. Hij maakte zich geen zorgen, punctualiteit was niet haar sterkste punt.

Om negen uur begreep hij dat ze niet kwam.

Hij keek uit over het Meer van Genève. Op de andere oever, tegenover hem, zag hij de heuvel van Cologny. Een van de fonkelende lichten daar was het restaurant de Lion d’Or. Daar zou ze zijn, met Macaire. Ze had voor hem gekozen. Hij stelde zich voor hoe ze samen aan tafel zaten, gelukkig, lachend, genietend van uitstekende gerechten en goede wijnen.

Hij deed de ring in zijn zak en ging weg.

Alles was voorbij.

HOOFDSTUK 40
Onder vier ogen

Op zondag 1 juli 2018 sloot ik me na het lange gesprek met Bisnard op in mijn suite om te schrijven. Het gesprek had een nieuw licht op de zaak geworpen.

Maar daarbij hield ik geen rekening met Scarlett, die me nooit meer dan een paar uur achter elkaar met rust liet. Kort voor twaalven kwam ze mijn kamer binnen, gekleed voor een bergwandeling. Ze pakte de bladzijden van de werktafel om te zien hoe ver ik was.

'Dat mag je nog niet lezen,' zei ik.

'Je maakt me hoorndol, schrijver! Ik wil gewoon weten hoe je het verhaal vertelt.'

'Goed, maar haal de papieren niet door elkaar,' dreigde ik. 'Ik heb ze nog niet genummerd.'

'Geen zorgen, ik zal goed voor je oeuvre zorgen.'

Er werd op de deur geklopt.

'Ha, daar is het,' zei ze.

'Daar is wat?' vroeg ik ongerust.

Ze deed open. Een medewerker van het hotel kwam binnen en zette een rieten mand vol voedsel neer; toen vertrok hij weer.

'Denk je dat ik de komende dagen niet van mijn kamer af kom?' vroeg ik.

'Integendeel, ik denk dat ik je uit deze suite ga weghalen. Het is prachtig weer, daar moeten we van profiteren. Maak je klaar, we gaan.'

'O? En waarheen dan wel?'

'Picknicken in de bergen. Maak je maar klaar, dan doe ik het eten in mijn rugzak.'

Eerst nam Scarlett me mee naar de kabelbaan. We reden naar het eerste station, vanwaar we een tijdje langs de bergruggen wandelden. Het panorama was adembenemend. Toen namen we een pad dat langs het bos liep en weldadig fris was. We wandelden langs een beekje en bereikten een weide, vanwaar we een schitterend uitzicht over de hele Alpen hadden. Scarlett vond deze plaats perfect voor de picknick, en dus legde ze in de schaduw van een boom een grote deken neer. We gingen naast elkaar zitten en bewonderden de met eeuwige sneeuw bekroonde bergen die zich voor ons verhieven. Op deze plek heerste een absolute rust.

'Wanneer ga je terug naar Londen?' vroeg ik.

'Maandag over een week. En jij?'

'Ik weet het niet precies. In Genève is er niemand die op me wacht. Sommige mensen noemen dat vrijheid, ik noem dat eenzaamheid.'

'Ik heb ook niemand die in Londen op me wacht. Alleen mijn werk. En de advocaat van mijn toekomstige ex, om over de scheiding te praten.'

'Waarom ga je dan terug?'

'Omdat het moet. Ik moet de realiteit onder ogen zien. En jij? Voor welke realiteit ben jij hierheen gevlucht?'

Het was een geschikt moment voor een confidentie. Ik besloot Scarlett over Sloane te vertellen, die bijzondere vrouw die ik niet had weten vast te houden.

'Dus ze ging bij je weg, en jij vocht niet, maar je vluchtte,' merkte Scarlett op.

'Dat klopt,' zei ik.

'Kom, maak je niet druk, schrijver. Als ze de ware is, vind je haar wel weer terug als je boek klaar is.'

'Als jij het zegt.'

'Wacht maar af,' verzekerde ze me.

Er viel een lange stilte. Onze lichamen waren dicht bij elkaar. Ik voelde elektriciteit tussen ons. Scarlett raakte zacht mijn hand aan.

Toen bracht ze haar gezicht naar het mijne. Ik hield haar tegen, vlak voordat haar lippen de mijne raakten.

'Ik kan het niet, Scarlett,' fluisterde ik. 'Het spijt me...'

HOOFDSTUK 41
Laatste uren

Zaterdag 15 december, de dag voor de moord

Vijf over zeven 's avonds. De nieuwe voorzitter was niet bekendgemaakt.

De avond van het Grote Weekend was een grote chaos geworden: een mysterieuze kwaal schakelde bijna alle gasten uit. Het schouwspel in de balzaal was hallucinant: overal op de grond kronkelden kreunende mensen. Een waar pandemonium.

Te midden van het geschreeuw en de consternatie wist Macaire niet wat hij moest doen, en hij besloot zich op zijn kamer te verstoppen. Om niet op de lift te hoeven wachten nam hij de trap, maar hij was nog maar net op weg naar boven toen iemand hem aansprak.

'Hebben we deze rotzooi aan jou te danken?'

Het was Tarnogol.

Macaire daalde de weinige treden af die hem van Tarnogol scheidden en keek hem uitdagend aan.

'Ja, dat komt door mij,' zei hij. 'Of misschien door jou, Sinior. Je wilde zo graag verhinderen dat ik voorzitter werd! En waarom eigenlijk? Door jouw schuld gaan al die mensen nu misschien sterven.'

'Alles begint waar het eindigt,' fluisterde Tarnogol.

'Pardon?'

'Alles begint waar het eindigt, Macaire. Kijk eens waar we zijn: in het Palace de Verbier, op een avond van het Grote Weekend van de bank. Waar we elkaar vijftien jaar geleden hebben ontmoet. En op deze avond, vijftien jaar later, op deze plaats, eindigt het ook. Ik maak me geen illusies: P-30 krijgt me wel te pakken. Dit is waarschijnlijk de laatste keer dat we elkaar zien, Macaire.'

Tarnogol leek zich erbij neer te leggen. Hij stak zijn hand uit naar Macaire om afscheid te nemen. Maar die reageerde niet en Tarnogol trok zijn hand terug. Toen zei hij: 'Wanneer het doek voor mij valt, zal ik zeggen dat ik continu bezig ben geweest mijn leven te vergooien. Ik wilde te graag geld verdienen, te graag de wereld leiden, te graag meer macht krijgen dan ik al had. Ik wilde te graag het lot van anderen bepalen, en daarbij vergat ik dat je alleen je eigen lot kunt veranderen. Dag, Macaire. Als het Palace morgen weer bij zinnen komt, zal hier maar één naam rondzingen: Lev Levovitch. De nieuwe voorzitter van Banque Ebezner.'

Met die woorden draaide Tarnogol zich om en liep de trap weer af. Op de achtergrond kon je de commotie in de balzaal horen en de sirenes van de hulpdiensten die vanuit de hele regio kwamen aanrijden.

Macaire zag de oude, door spijt verteerde man weglopen, en hij bedacht dat hij zo niet wilde eindigen. Die avond had het lot hem een laatste, wonderbaarlijke kans gegeven om het voorzitterschap terug te winnen. Om de breuk te repareren die hij vijftien jaar geleden in zijn eigen lotsbestemming had gemaakt door zijn aandelen af te staan. Hij was nog jong: hij had nog zoveel mooie jaren voor zich. Hij kon op dit moment beslissen om zijn leven weer in de hand te nemen. Tarnogols woorden weergalmden in zijn hoofd: je kunt het lot van anderen niet veranderen, alleen dat van jezelf.

'Sinior, wacht!' riep Macaire.

Tarnogol bleef staan en draaide zich om.

'Ik ga akkoord,' zei Macaire.

'Waarmee?'

Macaire liep de treden af naar Tarnogol.

'Ik ga akkoord met de ruil, Sinior. Geef mij het voorzitterschap en neem terug wat jou toebehoort.'

'Weet je het zeker?'

'Ja.'

'Ben je bereid om Anastasia op te geven?'

'Een deel van mij vraagt zich af of ik haar niet allang kwijt ben.'

Tarnogol keek hem ernstig aan. Macaire vervolgde: 'Dinsdag kreeg ze een gigantische bos witte rozen. "Van de buurvrouw", zei ze. Maar ik heb het de buurvrouw gevraagd en die zei dat dat niet klopt.'

Tarnogol knikte. Alsof hij meeleefde. Hij zei: 'Als je morgen wakker wordt, Macaire, ben je voorzitter van de bank.'

De twee mannen schudden elkaar langdurig de hand. Toen ging Macaire de trap op naar de zesde verdieping. Tarnogols stem haalde hem nog een keer in.

'Macaire,' zei hij. 'Je zult een goede voorzitter zijn.'

Macaire glimlachte zonder te stoppen. Hij had het gevoel dat hij eindelijk gewonnen had.

In de balzaal en overal daaromheen hielden het geschreeuw en de verwarring niet op. In de algehele wanorde waren de ambulancemedewerkers bezig om de zieken naar de lobby te brengen voor de triage, omdat sommige er ernstiger aan toe waren dan andere.

Te midden van deze mensenmassa was Anastasia wanhopig op zoek naar Macaire en Lev. Ze zag ze niet in de lobby en ook niet in de balzaal. Toen ze door de gang rende die naar de toiletten leidde, vond ze ten slotte Lev, dubbelgevouwen op het tapijt. 'Lev!' riep ze uit terwijl ze naar hem toe rende. 'Mijn god, Lev! Wat is er met je aan de hand?'

Hij bewoog ongecontroleerd. Hij kon niet praten. Hij reutelde. Ze begreep dat ze op het punt stond hem kwijt te raken.

~

15 jaar eerder, het Grote Weekend

Vrijdagochtend heel vroeg vertrok Lev uit Genève naar Verbier. Hij had die nacht nauwelijks geslapen. De vorige dag had hij begrepen dat Anastasia niet naar de afspraak in het Hôtel des Bergues zou komen en was hij met een gebroken hart naar huis gegaan. Hij had zijn vader gebeld en alles verteld. De pijn van de afwijzing. De pijn dat ze de voorkeur aan een ander gaf. En Sol Levovitch had die jonge vrouw, die zijn zoon zoveel pijn deed, vervloekt.

'Kom morgen naar Verbier,' had Sol voorgesteld.

Lev had het aanbod afgeslagen.

'Ik heb helemaal geen zin om bij dat vervloekte Grote Weekend te zijn. En dan alle collega's tegen te komen, en Anastasia en Macaire – nee, dank je feestelijk!'

'Kom naar mij toe, dan gaan we weg. ik help je er wel weer bovenop. We kunnen naar Zermatt gaan en daar het weekend met elkaar doorbrengen. We zijn al heel lang niet meer samen op stap geweest.'

Lev wist niet meer wat hij wilde, maar hij ging akkoord. Hij zei tegen zijn vader dat hij de trein van halftien zou nemen en dat hij tegen twaalf uur in Verbier zou zijn.

'Dan gaan we lekker samen lunchen. Geloof me, daar knap je van op.'

Lev voelde zich uitgeput. Maar toen hij in bed lag, kon hij niet slapen. Af en toe slaagde hij erin om zijn ogen een tiental minuten dicht te doen en zakte hij weg in een halfslaap, maar daarna schrok hij weer wakker. Dan dacht hij direct aan Anastasia en kromp hij ineen van de pijn. Hij begreep het niet. Hij moest haar spreken. Voordat hij met zijn vader naar Zermatt ging, moest hij haar opzoeken in het Palace de Verbier en een verklaring vragen. Hij zag de uren verstrijken. Uiteindelijk had hij om halfvijf 's ochtends zijn tas ingepakt. Om vijf uur was hij naar het station Genève-Cornavin vertrokken. Om halfzes stapte hij in de eerste trein naar Martigny. Daar zou hij overstappen op de trein naar Le Châble, waar hij de bus naar Verbier zou nemen.

Om halfzes, op de ijskoude tegelvloer van de badkamer, waar ze uiteindelijk was ingeslapen, werd Anastasia wakker. Ze constateerde dat de deur openstond.

Ze sloop onopvallend naar haar kamer en pakte een paar spulletjes die ze in een tas gooide; toen haastte ze zich naar de voordeur.

Op het moment dat ze naar buiten wilde gaan hoorde ze haar moeder, die vanuit het donker naar haar gromde: 'Als je de drempel overgaat, heb je geen huis meer, Anastasia!'

'Mama, ik...'

Olga deed het licht aan; haar dochter zag een ijskoud gezicht.

'Het wordt tijd dat je je naar je stand gedraagt, vuile leugenaarster!'

Anastasia keek haar moeder lang aan. Olga begreep dat haar dochter op het punt stond haar te trotseren en weg te gaan; ze riep: 'Ga maar! Ga maar naar die zwerver van je! Ga maar een ellendig leven tegemoet! Maar ik wil je niet meer zien!'

Anastasia vluchtte weg. Ze stormde de trappen van de flat af en rende naar buiten, de ijskoude ochtend in, met haar kleine tas in de hand. Ze rende zo snel ze kon, in de hoop dat ze Lev zou vinden. Ze ging naar de oever van het Meer van Genève en stak toen de pont du Mont-Blanc over. Op dit tijdstip was het overal uitgestorven. Ze passeerde de Jardin Anglais en bereikte ten slotte de wijk Les Eaux-Vives. Een paar minuten later liep ze eindelijk het flatgebouw binnen waar Lev woonde. Met vier treden tegelijk stormde ze de trap op naar zijn verdieping en ze trommelde langdurig op zijn deur – tevergeefs. Geen reactie. Hij zou wel diep in slaap zijn. In haar haast had Anastasia de kopie van de sleutel die hij haar had gegeven bij haar moeder laten liggen. Ze kon niet naar binnen. Ze ging op de deurmat zitten en wachtte bijna een uur. Ze klopte opnieuw, tot ze begreep dat er niemand thuis was. Waarschijnlijk was hij al naar Verbier vertrokken. Ze haastte zich naar station Cornavin.

Om zeven uur 's ochtends nam ze met een onopgemaakt gezicht plaats in een tweedeklaswagon van de trein naar Martigny. Zodra ze Lev vond, zou ze hem alles uitleggen.

Kwart over zeven. Op het station van Martigny stapte Lev uit de trein. Onderweg had hij weer hoop gekregen: er was vast een goede reden waarom Anastasia niet naar het Hôtel des Bergues was gekomen. Er zou iets tussen zijn gekomen. Nu had hij spijt van zijn overhaaste reactie. Hij was zo snel uit Genève vertrokken. Hij had naar haar huis moeten gaan en beneden naar haar moeten uitkijken. Zou ze naar Verbier komen? En stel dat ze op hem wachtte in Genève? Hij overwoog om de trein terug te nemen. Daarna besloot hij dat het beter was om naar het Palace te gaan. Daar zou zij ongetwijfeld ook naartoe gaan.

Omdat hij in Martigny wat tijd had voordat de eerste trein naar Le Châble vertrok, besloot hij in de warmte van het Hôtel de la Gare een kop koffie te gaan drinken. Toen hij binnen zat, temidden van de talrijke gasten die er zaten te ontbijten, keek hij door het raam naar de uitgestorven straat en het kleine plein. Hij had net betaald en stond op het punt om naar buiten te lopen toen hij tot zijn grote verrassing zijn vader op straat zag met een koffer in de hand. Wat deed zijn vader hier? En dan nog wel met een koffer? Stond hij op het punt om Verbier te verlaten?

Sol Levovitch kwam naar het hotel toe en mengde zich onder de andere gasten. Lev liet zich niet zien, maar hield hem goed in de gaten. Zijn vader liep de lobby door. Lev volgde hem. Opeens had hij een voorgevoel dat er iets niet in de haak was. Maar wat hij ging ontdekken, had hij nooit kunnen bedenken.

HOOFDSTUK 42
De grote ommekeer

Zaterdag 15 december, de dag voor de moord

Halftwaalf 's avonds in het Palace de Verbier. Het was weer rustig, maar het was de desolate stilte na de storm. In de balzaal deden de medewerkers van het hotel hun best om de sporen uit te wissen van de chaos die hier nog maar een paar uur geleden heerste.

De zieken waren verdeeld over verschillende ziekenhuizen in de omtrek en waren allemaal buiten levensgevaar. De meesten bleven een nachtje ter observatie: dat was alleen uit voorzorg. Er waren geen doden gevallen. De artsen spraken van voedselvergiftiging. Waarschijnlijk iets met de petitfours. De zalm? De foie gras? De politie had de keuringsdienst van waren ingelicht en in de keukens van het hotel waren monsters genomen. Meneer Rose was in alle staten en liet alle koelcellen leeghalen. Het voedsel dat erin lag, werd weggegooid. 'Ik neem geen enkel risico!' zei hij tegen de koksbrigade, die beloofde om de leveranciers het vuur aan de schenen te leggen. Zonder dat ze overigens begrepen wat er gebeurd kon zijn: de producten die ze gebruikten waren allemaal kakelvers en van de hoogste kwaliteit.

In zijn suite op de zesde verdieping sloot Lev zijn koffer, onder de ongeruste blik van Anastasia.

'Weet je zeker dat het gaat?' vroeg ze.

Lev was net terug uit het ziekenhuis van Sion. Nadat de artsen zich over hem hadden ontfermd, voelde hij zich al snel weer beter. Ze hadden hem aangeraden om een nachtje te blijven ter observatie, maar hij wilde zo snel mogelijk terug naar het Palace.

'Alles is in orde,' verzekerde hij Anastasia. 'Maak je geen zorgen.'

'Voel je je goed genoeg om te reizen? We kunnen ook morgen gaan.'

'Ik wil niet langer wachten. We hebben dit moment al zo vaak uitgesteld.'

Ze knikte: hij had gelijk. Naast de deur stond haar tas al dagenlang klaar, als getuige van verschillende mislukte vertrekpogingen. En nu moesten ze gaan. Samen verdwijnen, Genève vergeten, de bank vergeten, en alles wat er in de laatste vijftien jaar was gebeurd.

'Ik weet niet wat er aan de hand is,' zei Lev. 'Maar het lijkt me sterk dat al die zieken het gevolg zijn van voedselvergiftiging.'

'Hoezo?' vroeg Anastasia.

'Omdat ik ook ziek was, terwijl ik niks heb gegeten. Ik heb alleen een glas champagne gedronken en een paar slokken van een cocktail op wodkabasis die ik afgrijselijk vond en die ik direct heb weggezet. Ik kan me nauwelijks voorstellen dat het Palace aangelengde drank verkoopt. Bovendien: het allervreemdste is dat Macaire, Tarnogol, Jean-Bénédict en Horace Hansen niet ziek zijn geworden.'

'Weet je dat zeker?' vroeg Anastasia.

'Helemaal zeker. Ik heb ze gezien. Iedereen lag dubbel gebogen van de pijn, behalve zij.'

'Wat betekent dat?' vroeg ze zich hardop af. Ze dacht terug aan Macaires dagboek, waarin hij de verderfelijke projecten beschreef waarmee hij de macht over de bank weer in handen wilde krijgen.

'Ik heb geen flauw idee,' zei hij. 'Maar ik denk dat er iets heel vreemds gebeurt, Anastasia. Ik weet niet wat, maar hoe eerder we weg zijn uit dit vervloekte Palace, hoe beter.'

Ze vertrokken over een uur. Alfred was ingelicht. Hij zou ze ophalen bij een van de dienstingangen, zodat niemand ze zou zien. Hij zou ze naar het vliegveld van Sion brengen. Daar wachtte een privévliegtuig op ze. Aan alles was gedacht.

'Een privévliegtuig? Waarnaartoe?' vroeg Anastasia.

'Dat merk je nog wel,' glimlachte Lev.

Anastasia glimlachte terug. Met haar hand in haar zak speelde ze met de verlovingsring die Macaire haar destijds had gegeven. Opeens bedacht ze dat ze niet als een lafaard wilde wegvluchten zonder afscheid van hem te nemen. Ze wilde hun geschiedenis afsluiten zoals die was begonnen: hier in dit hotel, vijftien jaar geleden.

'Ik moet nog één dingetje doen,' zei ze. 'Ga jij je koffer maar pakken, ik ben zo terug.'

In zijn suite stond Macaire te juichen. Hij zat in een fauteuil en keek geëmotioneerd naar de aandelen aan toonder die een anonieme hand onder de deur door had geschoven. Tarnogol had woord gehouden en hem teruggegeven wat van hem was. Met vijftien jaar vertraging zou Macaire eindelijk de plaats kunnen innemen die hem toekwam.

Opeens werd er aangeklopt. Macaire borg de aandelen in de kluis van de kamer, toen deed hij open. Het was Anastasia. Ze zag er verslagen uit. Hij begreep het meteen.

'Kom verder,' zei hij alsof ze een vreemde was.

Ze kwam binnen, nam plaats in een fauteuil en haalde iets uit haar zak wat ze op de koffietafel legde, alsof ze het niet meer wilde hebben. Macaire herkende direct de saffier die hij haar had gegeven toen hij haar ten huwelijk vroeg. Hij had die ring al jaren niet gezien.

'Het is voorbij,' fluisterde ze.

'Ik weet het,' antwoordde hij zacht.

Dat antwoord had ze niet verwacht: het raakte haar. Hij vervolgde: 'Ik weet dat je een ander hebt, Anastasia. Afgelopen weekend was je niet bij je vriendin Véronica in Vevey. Dat weet ik omdat ik daar je lievelingsbonbons wilde laten bezorgen voordat ik naar Madrid vertrok. Ik dacht dat ik je daarmee een plezier zou doen. Ik vond Véronica's nummer in het oude adresboekje dat jij zo zorgvuldig bewaart en ik belde haar om haar adres te vragen. Maar Véronica was stomverbaasd: ze zei dat jullie elkaar al jaren niet meer hadden gesproken. En die bloemen had je ook niet van de buurvrouw. Er is een andere man in je leven.'

Macaires stem klonk volkomen kalm, en hij keek Anastasia zo strak aan dat ze haar blik moest afwenden.

'Waarom heb je niks gezegd?' vroeg ze uiteindelijk met een klein stemmetje.

'Misschien omdat ik kon blijven hopen dat het niet waar was zolang we er niet over spraken. Toen ik op zondagavond terugkwam uit Madrid vroeg ik aan Arma om het hele weekend met jou thuis te blijven, zogenaamd omdat jij niet graag alleen bent. Maar eigenlijk wilde ik je in de gaten laten houden. Zodat ik hier kon zijn zonder er steeds aan te hoeven denken dat je met een ander in bed lag.'

Ze keken elkaar zwijgend aan. Het was bijna middernacht. Macaire begreep dat Tarnogols voorspelling haast op de minuut was uitgekomen, en dat het nu was afgelopen. Tarnogol had gegeven. Tarnogol had genomen.

'Ik was gelukkig met jou,' zei Macaire.

'Ik ook met jou,' verzekerde ze hem.

Hij was er niet zeker van dat hij het antwoord wilde horen, maar na een aarzeling vroeg hij toch: 'Wie is het?'

'Doet er niet toe.'

'Je hebt gelijk, het doet er niet toe. Liefde is geen alchemie, maar een kwestie van tijd. Liefde is vooral werk. Ik wens je toe dat je hard genoeg zult werken om te beminnen en bemind te worden.'

Er biggelde een traan over haar wang. Ze hield van hem, maar als van een broer, niet als van een geliefde. Ze glimlachte naar hem en liet zich overspoelen door jeugdherinneringen. De goede man die hij was geweest. Ze bleven elkaar lang aankijken.

Opeens werd er hard op de deur gebonkt; ze schrokken. Door de deur heen maakte Jean-Bénédict zich bekend: 'Macaire, doe open!' beval hij dreigend. 'Ik weet dat je er bent!'

Macaire verbleekte en beval Anastasia zich te verstoppen in de badkamer. Toen deed hij zijn deur open. Zijn neef stormde direct naar binnen.

'Wil je het laatste nieuws? Tarnogol heeft me net opgezocht. Hij gaf me een ontslagbrief; hij vertrekt met onmiddellijke ingang bij de bank. Hij schrijft dat zijn aandelen in de bank weer naar jou gaan en dat hij ervoor stemt dat de Raad jou tot voorzitter kiest! Met mijn stem en die van jou word je dus gekozen. Van harte gefeliciteerd, meneer de voorzitter!'

Macaire glimlachte. Hij had gewonnen. In de badkamer, waar ze alles hoorde, glimlachte Anastasia ook. Ze was blij voor Macaire. Ze kwamen er wel bovenop, ieder voor zich. Maar toen zei Jean-Bénédict: 'Behalve dan dat ik voorzitter word!'

Macaire fronste.

'Wat zeg je me nou?' vroeg hij.

'Al driehonderd jaar zien de Ebezners de Hansens als onbenullen. Jullie hebben jezelf altijd zoveel beter gevonden. Maar dat is nu afgelopen! Want vanaf 1 januari wordt Banque Ebezner Banque Hansen. Mijn naam komt op de gevel in de rue de la Corraterie. Want jij gaat me alle aandelen geven die je van Tarnogol hebt teruggekregen. En die aandelen in combinatie met die van mij en van mijn vader, maken ons onaantastbaar. Voortaan is de bank van de Hansens.'

'Je bent stapelgek!' donderde Macaire.

Jean-Bénédict barstte uit in een gemene lach.

'Jij bent stapelgek, Macaire. Je bent altijd al een loser geweest. Je wilde de bank verraden, je wilde Tarnogol vermoorden, en je hebt iedereen vergiftigd, mafkees! Ik zou je bij de politie moeten aangeven, maar als je me die aandelen nu geeft, zie ik daarvan af.'

'Je hebt geen enkel bewijs voor wat je zegt!'

'Ben je echt bereid om dat risico te nemen? Vooralsnog denkt iedereen dat de gerookte zalm bedorven was. Daar blijft het bij. Maar ik hoef alles maar aan de politie te vertellen of het onderzoek komt razendsnel rond: ik twijfel er niet aan dat de camera's in het hotel je hebben gefilmd toen je de fles wodka in de bar zette. Daarna heeft de F&B-manager gezien hoe je er als een krankzinnige naar liep te zoeken. Als ik mijn mond opendoe, zal iedereen bevestigen wat ik zeg. Ik zie de krantenkoppen al voor me: MACAIRE EBEZNER, GIFMENGER. Natuurlijk zou ik ook die video openbaar maken waarop jij de lijst met cliënten aan de Italiaanse belastingdienst probeert te verkopen. Een sappig schandaaltje!'

Macaire sloot zijn ogen en plofte neer in een fauteuil.

'Het is afgelopen met je, Macaire,' zei Jean-Bénédict.

Macaire had geen keuze. Na lang aarzelen liep hij naar de kluis en haalde Tarnogols envelop eruit. Jean-Bénédict greep hem vast en controleerde opgetogen of de aandelen erin zaten.

'Jij kunt geen voorzitter worden,' zei Macaire toen. 'Mijn vader heeft uitdrukkelijk verboden dat een lid van de Bankraad hem zou opvolgen.'

'Maar dankzij jou beschikt de familie Hansen over een meerderheidsbelang. En zij benoemen en ontslaan de voorzitter dus. We hebben nu zeggenschap over de bank en wij kunnen over de toekomst beslissen. Natuurlijk zul jij die veranderingen in het openbaar goedkeuren. En natuurlijk neem je ook ontslag. Ik denk zelfs dat het in je belang is om Genève te verlaten en je ergens anders te vestigen. Met wat je vader je heeft nagelaten hoef je geen geldzorgen te hebben. Je kunt hier gebruik van maken en een nieuw leven beginnen. Ver weg, want ik wil je niet meer zien, waarde neef!'

Macaire trilde. Jean-Bénédict klopte hem neerbuigend op de schouder.

'Je hebt de goede keuze gemaakt. Morgenochtend beleg ik een persconferentie om grote veranderingen aan te kondigen. Ik zal de ontslagbrief voorlezen die ik van Tarnogol heb en ik zal uitleggen dat jij om persoonlijke redenen aftreedt en de bank aan mij toevertrouwt. De mensen zullen denken dat je kanker hebt; dat is nog helemaal zo slecht niet, want dan krijgen ze medelijden. Nou, waarde neef, welterusten! Slaap lekker.'

Hij ging weg, en Anastasia, die alles had gehoord, kwam woedend de badkamer uit.

'Schaakmat,' zei Macaire terwijl hij een snik onderdrukte. 'Ik ben alles kwijt.'

Anastasia haastte zich weer naar Levs kamer.

'Anastasia, wat is er?' vroeg hij ongerust toen hij haar blik zag.

'Lev, het is een ramp!'

'Wat is er in godsnaam aan de hand?'

'Macaire. Hij heeft een enorme stommiteit begaan.'

Op van de zenuwen barstte ze in snikken uit. Hij nam haar in zijn armen en troostte haar.

'Macaire wilde Tarnogol doden door zijn wodka te vergiftigen,' legde ze uit. 'Maar die fles werd per ongeluk voor de cocktails gebruikt.'

'Dus hij heeft iedereen vergiftigd?'

'Ja.'

'Maar waarom zijn er dan geen slachtoffers gevallen?' vroeg Lev.

'Macaire denkt dat de dosis te klein was om dodelijk te zijn. Gelukkig zijn we op het nippertje aan een grote ramp ontsnapt. Jean-Bénédict is achter Macaires streken gekomen en heeft hem gechanteerd om de zeggenschap over de bank te verkrijgen. Hij heeft hem gedwongen om het voorzitterschap aan hem over te dragen.'

Anastasia zweeg even alsof ze nadacht, toen zei ze: 'Er is maar één iemand die hier iets aan kan doen.'

'Wie dan?'

'Tarnogol. Ik ga met hem praten.'

'Nu?'

'Hij heeft ontslag genomen,' legde ze uit. 'Hij weet dat hij gevaar loopt, dus waarschijnlijk is hij ook zijn koffers aan het pakken. Ik moet hem spreken voordat hij weggaat. Macaire zei dat hij in de kamer hiernaast zit.'

'Tarnogol is gevaarlijk,' waarschuwde Lev.

'Dat weet ik.'

Anastasia's korte antwoord verraste Lev.

'Laat me met je meegaan,' zei hij.

'Nee, Lev. Bemoei je hier alsjeblieft niet mee! Dit is iets tussen mij en Tarnogol. Hij... hij heeft een deel van mijn leven gestolen. Door hem ben ik met Macaire getrouwd! Door hem zijn jij en ik...'

Ze zweeg. Ze wilde er niet over praten. Ze liep de gang op en bonkte op de naastgelegen deur. Geen reactie. Ze bukte zich: na enige ogenblikken zag ze een lichtstraal, alsof hij net wakker was geworden en het licht had aangedaan. Ze ging tegen de wand staan en zei zachtjes, zodat niet de hele verdieping wakker zou worden: 'Tarnogol, ik weet dat je er bent, doe open!'

Na enige ogenblikken deed Tarnogol open, gekleed in een kamerjas; hij kwam duidelijk net uit bed.

'Wat is er aan de hand?' vroeg Tarnogol.

'Jij en ik moeten eens praten,' zei Anastasia terwijl ze naar binnen liep.

Ze keek Tarnogol als een woedende leeuwin in de ogen. Ze had een korte flits van herkenning. Die ogen. Ze herinnerde zich wat ze diezelfde ochtend in Genève nog tegen luitenant Sagamore had gezegd: 'Alles lag in de ogen. In de ogen, luitenant, en die liegen nooit.' Ze begreep het meteen en wierp zich op hem.

HOOFDSTUK 43
Persoonlijk en vertrouwelijk

Het Grote Weekend, vijftien jaar eerder

Anastasia bereikte het Palace de Verbier aan het einde van de ochtend. Ze liep niet naar de vrolijke massa collega's, maar ze rende het hele hotel door, op zoek naar Lev. Ze zocht in de bar, in de salons, bij het zwembad, ze liep de verdiepingen af en ging zelfs naar de zolderverdieping, naar de medewerkerskamers waar hij haar een jaar geleden mee naartoe had genomen. Waar ze voor het eerst de liefde hadden bedreven. Waar ze elkaar beloofd hadden altijd bij elkaar te blijven. Ze klopte op de deuren, maar die bleven dicht. Ze riep wanhopig: 'Lev! Lev!' maar het enige antwoord was stilte. Ze ging weer naar beneden, naar de lobby, ondervroeg alle medewerkers van het hotel en de bank die ze zag: niemand had Lev gezien.

Uiteindelijk vatte ze post bij de ingang en keek naar de auto's die af en aan reden. Opeens zag ze Sol Levovitch in een taxi zitten. Ze rende naar buiten en stormde de treden af.

'Meneer Levovitch!' riep ze uit.

Hij draaide zich om. Ze vond hem bleker en magerder dan toen ze hem aan het einde van de zomer had gezien.

'Anastasia?'

Hij keek haar woedend aan. Dit was degene die Lev het hoofd op hol bracht. Ze was niet het juiste meisje voor hem. Ze schaamde zich voor zijn naam, ze verzon fabeltjes over wie ze waren. Voordat zij er was, had Lev nooit overwogen om weg te gaan. Voordat zij er was,

was hij gelukkig geweest, tevreden, altijd vrolijk. Zij had hem weggehaald uit Verbier, zij had een bankier van hem gemaakt, zij had hem veranderd.

Aan Sols blik zag Anastasia dat hij iets wist.

'Meneer Levovitch, ik moet Lev spreken.'

'Je hebt hem gisteravond veel verdriet gedaan.'

'Het is een verschrikkelijk misverstand. Ik zou hem gisteravond zien, maar ik was verhinderd. Het is een lang verhaal, maar ik moet hem absoluut spreken. Waar is hij?'

'Ik ben bang dat het te laat is,' zei Sol spijtig.

'Meneer Levovitch, het is heel belangrijk. Ik moet Lev spreken. Zeg me waar hij is, hij is alles wat ik in mijn leven heb. Alstublieft!'

'Helaas, hij is weg. ik weet niet waar hij is. Hij wilde niets zeggen.'

Anastasia's ogen vulden zich met tranen.

'Ik smeek u, als u hem ziet, zeg dan dat ik hem moet spreken. Ik kon gisteren niet weg vanwege mijn moeder. Zeg dat het door mijn moeder kwam: hij kent haar, hij begrijpt het meteen.'

~

Die avond om tien uur, in Verbier. Nog steeds geen nieuws van Lev.

Anastasia was de hele dag in haar prachtige kamer in het Palace gebleven, die door de bank werd betaald. Ze had nog nooit zo'n kamer voor zichzelf gehad. Destijds had ze in bedden geslapen in de chicste hotels in de bergen met jongemannen van goeden huize aan wie haar moeder haar wilde uithuwelijken. Vandaag had ze voor het eerst zo'n kamer voor zichzelf. Maar ze genoot er niet van, ze was wanhopig omdat ze niets van Lev had gehoord. De laatste weken had ze zich voorgesteld dat ze met hem in deze kamer zou zijn, tussen de lakens of in de reusachtige marmeren badkuip. Waar was hij?

Opeens werd er zacht op de deur geklopt.

'Anastasia?' hoorde ze vanaf de andere kant. 'Ik ben het. Macaire.'

Ze deed open.

'Is alles in orde?' informeerde hij. 'Ik heb je de hele dag niet gezien.'

'Het gaat wel.'

Hij zag haar rode ogen.

'Heb je gehuild?'

Als enig antwoord begon ze opnieuw te snikken. Macaire liep de kamer in en sloeg zijn armen om haar heen.

'Het doet zo'n pijn, Macaire,' fluisterde ze.

'Waar heb je pijn? Moet ik een dokter bellen?'

'Dit is niet iets wat een dokter kan genezen: ik heb een gebroken hart.'

'Ik weet hoe dat voelt, ik heb ook een gebroken hart. Ik was er zo van overtuigd dat je gisteravond naar de Lion d'Or zou komen.'

Ze spraken niet meer. Woorden waren niet meer nodig en voldeden niet meer. Ze bleven lang op de rand van het bed zitten, zij huilde alle tranen uit haar lichaam en hij leed in stilte, omdat zij zo dichtbij en tegelijk zo ver weg was. Toen hij ten slotte wegging, fluisterde hij: 'Anastasia, ik kan me geen leven zonder jou voorstellen.'

'Macaire, ik...'

'Zeg dat je niet van me houdt, dat ik niets voor je beteken.'

'Je betekent heel veel voor me,' verzekerde ze hem. 'Maar niet zoals jij het zou willen.'

Zijn gezicht vertrok van pijn. Toen begon hij te smeken; hij weigerde de realiteit te accepteren.

'Ik smeek je, denk erover na. We zouden samen zo gelukkig kunnen zijn. Ik zal je gelukkig maken. Ik zal je beschermen. Het zal je nooit aan iets ontbreken. Zeg dat je erover zult nadenken, zeg dat er hoop is.'

Ze had de kracht niet om te antwoorden. Hij vervolgde: 'Het bal van morgenavond is een van de belangrijkste momenten in mijn leven. Ik heb je daarbij nodig, naast me. Op zijn minst als vriend.'

'Ik zal er zijn,' beloofde ze met een dun stemmetje.

Toen Macaire de kamer uit liep, ging ze naar de kleine werktafel. In een van de laden vond ze papier en enveloppen met het briefhoofd van het Palace. Ze schreef twee brieven. Een voor Lev. De andere voor Macaire. Uiteindelijk, dacht ze, waren dat de twee personen die echt belangrijk waren in haar leven.

Twee korte brieven, zodat alles gezegd zou zijn.
Twee brieven om haar eigen lot te bezegelen.

Het was bijna middernacht toen ze haar kamer verliet met twee enveloppen in de hand; ze liep naar de lobby van het Palace. Het was er uitgestorven. Er was maar één gestalte, die verontrust door de grote draaideur naar buiten keek. Het was Sol Levovitch, die zich in de tussentijd niet bewogen had en die wanhopig op zijn zoon wachtte. Ze hadden ruzie gekregen in Martigny en Lev was er woedend vandoor gegaan. Hij moest hem spreken. Hij moest hem alles vertellen. Opeens hoorde hij een stem.

'Meneer Levovitch?'

Hij draaide zich om: het was Anastasia. Ze glimlachte verdrietig naar hem.

'Meneer Levovitch,' zei ze terwijl ze de brief voor Lev aan hem gaf. 'Kunt u deze aan Lev geven als u hem ziet? Het is heel belangrijk. Het gaat om onze toekomst samen.'

'Je kunt op me rekenen,' beloofde Sol.

'Wilt u hem ook vertellen dat ik ga solliciteren bij de housekeeping van dit hotel?' vervolgde ze. 'Dat ik hier net zo lang op hem zal wachten als nodig is?'

Sol Levovitch knikte, ook al begreep hij niet precies wat ze bedoelde. Hij zag de tweede envelop die ze in haar hand had en las de naam die erop stond: Macaire.

'Zal ik die brief ook aan iemand geven?' bood hij op onschuldige toon aan.

'Die... die is voor een hotelgast. Macaire Ebezner. ik weet zijn kamernummer niet.'

'Ik kan hem laten bezorgen. Nou ja, als je dat wilt, tenminste.'

'Het is al laat,' zei Anastasia.

'Dan krijgt hij hem op zijn vroegst morgenochtend.'

'Hij moet hem persoonlijk in handen krijgen. Dat is heel belangrijk.'

'Daar zorg ik voor.'

Ze aarzelde een ogenblik. Ze vond het laf van zichzelf dat ze hem niet zelf aan Macaire gaf, maar ze wist dat hij hem in haar bijzijn zou lezen en dat hij dan weer zou gaan smeken. Ze had de energie niet meer om naar zijn smeekbeden te luisteren. Ze gaf de brief aan Sol en ging weg.

Sol Levovitch ging achter zijn bureau zitten. Hij opende de twee enveloppen en las de brieven.

Hij las Anastasia's brief aan Lev. Hij was verbijsterd. Hij werd doodsbang. Toen las hij de brief aan Macaire, en hij bedacht dat hij iets moest doen.

Hij pakte een loep, een schaar en een tube lijm. Hij pakte de twee brieven van Anastasia en knipte de bovenste regel handig van allebei af. Toen hij klaar was, ging hij naar het kantoor van de boekhouding waar hij ze op de hypermoderne kleurencopier legde. Uit de machine kwamen twee gloednieuwe brieven gerold: het resultaat was perfect. Tenzij je ze met een loep bekeek, was het onmogelijk te zien dat de met blauwe balpen geschreven tekst een kopie was.

Op het moment dat Sol zijn uitkijkpost bij de ingang van het Palace weer had ingenomen, kwam Lev.

'Lev,' zei Sol terwijl hij in de lobby op hem af stapte. 'Eindelijk ben je er weer! Ik maakte me zorgen.'

Lev keek hem donker aan.

'Ik ben alleen gekomen om Anastasia te zien. Ik moet haar spreken.'

'Wacht... wij moeten ook praten.'

'Wat wil je?' vroeg Lev kortaf. 'Kun je me misschien uitleggen wat voor spelletje je speelt?'

'Ik ben heel ziek, Lev.'

'Ziek? Wat heb je dan?'

'Kanker. Ik heb niet lang meer.'

'Waarom zou ik je geloven?'

'Omdat het de waarheid is.'

Sol merkte dat zijn zoon woedend op hem was. Hij stelde zich voor dat Lev ver weg zou verhuizen, en die gedachte maakt hem doodsbang. Zijn zoon was alles wat hij had. In zijn laatste maanden wilde hij iemand bij zich hebben. Hij wilde niet alleen sterven. Dat was zijn grootste angst. Een paar maanden, dat was alles wat hij vroeg. Daarna zou zijn zoon nog een heel leven hebben om een andere Anastasia te vinden. Er waren zoveel andere vrouwen, maar hij had maar één zoon.

Bij die gedachte stak Sol zijn hand in zijn zak en besloot zijn plan ten uitvoer te brengen. Hij voelde zich een lafaard.

'Ik wil je niet nog verdrietiger maken dan je al bent,' zei Sol. 'Maar ik heb Anastasia vanavond aan de arm van een andere man gezien. Ze lachte, ze leek gelukkig. Verliefd.'

'Ik geloof je niet!' zei Lev onthutst.

'Een zekere Macaire,' zei Sol. 'Dat is toch ook diegene over wie je het had? Die gisteravond in de Lion d'Or zat en naar wie zij toe is gegaan? Ik heb twee brieven onderschept die Anastasia bij de receptie heeft afgegeven, een voor jou en een voor die Macaire.'

Hij liet de twee enveloppen zien.

'Geef hier!' zei Lev.

'Toen ik Anastasia en die jongen had gezien wilde ik niet dat het slecht nieuws was,' waarschuwde de vader.

'Geef hier!' eiste Lev. Hij rukte de brieven uit de hand van zijn vader. Snel maakte hij ze open; hij las ze en stortte in. In een vlaag van woede verkreukelde hij de brieven tot twee proppen die hij tegen de muur gooide. De vader pakte de door hem bewerkte brieven en deed alsof hij ze voor het eerst las.

Lieve Macaire,

Ik hou alleen van jou. Laten we er samen vandoor gaan. Ver weg van Genève.

Jouw grote toekomst bij de bank kan me gestolen worden, geld kan me ook gestolen worden.

Ik wil alleen bij jou zijn.

Ik zal altijd van je houden.

Anastasia

Lev, liefste Lev,

Ik wou dat ik de moed had om je dit persoonlijk te zeggen, maar ik schrijf het je: ik wil niet met jou zijn. Dat is de reden dat ik gisteravond niet naar je toe ben gekomen. Je moet het begrijpen. Wij hebben samen geen toekomst, ook al denk jij van wel.

Neem het me niet kwalijk. Je weet dat ik je alle goeds wens.
Ik hoop dat je het me zult vergeven.

Met al mijn liefde,
Anastasia

'Ze kiest de rijke stinkerd,' zei Sol diepbedroefd. 'Je bent een arme drommel en dat zul je altijd blijven. Het spijt me heel erg, jongen, maar je bent maar een Levovitch.'

Levovitch was versuft van de pijn, hij wankelde, alsof hij door kogels was geraakt, in de richting van de hoofdingang.

'Waar ga je heen?' vroeg zijn vader.

'Een eindje lopen.'

'Wacht!'

'Ik wil alleen zijn.'

Hij ging naar buiten en liep de treden af, met zijn vader achter zich aan.

'Wacht, Lev!' smeekte zijn vader, die vreesde dat zijn zoon iets doms zou doen.

Maar Lev verdween in de nacht. Zijn voeten stampten de verse sneeuw aan, de koude lucht teisterde zijn gezicht. Hij brulde zo hard als zijn longen het toestonden. Hij brulde alsof hij alles kwijt was. Hij begon te rennen, zonder doel, zonder reden. Hij kwam uit in de hoofdstraat van Verbier.

Nergens brandde licht. Hij stak een sigaret op, liep een paar stappen door het donker en vond een bar die nog open was. Door de ruit zag hij haar zitten. Alleen aan de bar. Met bonzend hart ging hij naar binnen, naar haar. Ze zag hem niet direct. Hij ging naast haar aan de bar zitten, ze draaide zich plotseling naar hem om en glimlachte. Hij glimlachte terug.

'Goedenavond, Petra,' zei hij.

'Goedenavond, Lev,' antwoordde ze.

Hij bestelde wodka voor hen beiden, en onder het drinken keek hij de jonge vrouw, die brandde van verlangen, diep in de ogen. Koos Anastasia voor Macaire? Dan moest ze maar met hem meegaan! Hij kon iedere vrouw krijgen die hij wilde. Hij hoefde maar met zijn vingers te knippen of hij had al een ander. Hij zou haar weleens laten zien wie Lev Levovitch was, en dat je je niet hoefde te schamen voor die naam. Hij boog zich naar Petra toe en kuste haar. Ze kuste hartstochtelijk terug. Ze stopte alleen om tegen hem te fluisteren: 'Hier hoopte ik al zo lang op!' Ze kusten weer.

De nacht was van hen.

HOOFDSTUK 44
’s Nachts

Zondag 16 december, de moord

Het was in het holst van de nacht. Het Palace sliep.

Het licht van de gang op de zesde verdieping ging plotseling uit. De schim die de schakelaar had omgezet liep door het donker, geluidloos omdat het dikke tapijt de voetstappen dempte. Een korte pauze bij iedere kamerdeur om het kamernummer te checken. Hier was kamer 622. De schim haalde een pistool uit een jaszak.

Met de behandschoende hand klopte de schim zacht op de deur van de suite. Net hard genoeg om de gast te wekken.

Er klonk gestommel. Er kwam licht onder de deur door. De hotelgast kwam uit bed. Toen klonken er voetstappen in de kamer.

De schim kromde zijn vinger om de trekker. Zodra de deur opengging, moest het schot worden gelost. Het moest. En het moest raak zijn ook.

De dood stond op het punt om toe te slaan.

HOOFDSTUK 45
Afscheid

15 jaar eerder, het bal van het Grote Weekend

In de balzaal van het Palace, een paar minuten voor zeven.

Anastasia had zich gemengd onder de andere bankmedewerkers; ze zag er schitterend uit in haar nachtblauwe jurk. Ze zocht Lev, zonder zelfs te weten of hij wel naar het Palace was gekomen. Er was hem een kamer toegewezen, maar volgens de receptionist had hij die nog niet betrokken. Ze vroeg zich af of hij terug naar Genève was gegaan. Opeens pakte iemand haar hand; ze draaide zich hoopvol om, maar het was Macaire.

'Ik ben zo blij dat je er bent,' zei hij. Hij vond het een hoopgevend teken dat ze gekomen was. Hij glimlachte stralend.

'Macaire, ik... Heb je mijn brief gekregen?'

'Je brief? Welke brief?'

Ze keek hem diep in de ogen om te achterhalen of hij zich van de domme hield of niet.

'Heb je me een kaartje gestuurd?' vroeg hij geamuseerd; zo te zien was hij in een uitstekend humeur. 'Dat hoeft toch niet, als we elkaar in levenden lijve kunnen zien? Ik wil wel zeggen dat je de mooiste vrouw van de avond bent, Anastasia.'

'Dank je wel,' stamelde ze.

'Mag ik de eerste dans van je?'

Ze knikte woordeloos.

'Kom, dan gaan we,' zei Macaire. 'Het gaat zo beginnen.'

Hij trok haar mee in de richting van het podium en ze verdrongen zich tussen de kleine menigte die daar al wachtte om op de eerste rij te staan. Algauw viel er een stilte over de zaal, en de Bankraad, met Abel Ebezner voorop, verscheen door een geheime deur op het podium.

Lev kwam van Petra's kamer, waar hij de hele dag was gebleven.

'Schiet op,' spoorde zij hem vriendelijk aan; ze stond al bij de lift te wachten. 'Anders missen we alles.'

Ze glimlachte naar hem. Hij reageerde niet. Hij was versuft en leek niet in zijn gewone doen. Dat weet ze aan alle drank die ze die nacht hadden gedronken. Het had ze niet verhinderd om meermalen de liefde te bedrijven.

'Alles in orde?' vroeg ze in de lift. 'Je ziet er zo ongelukkig uit.'

'Alles is in orde,' verzekerde Lev.

Ze glimlachte opnieuw en kuste hem. De liftdeuren gingen open op de eerste verdieping. Hand in hand liepen ze naar de balzaal.

Abel was net klaar met een plechtige toespraak, zijn allereerste als voorzitter. Toen nodigde hij de nieuwe vicevoorzitter uit om bij hem op het podium te komen. Toen zijn vader de naam 'Macaire Ebezner' uitsprak, voelde de zoon zich vervuld van een reusachtige trots. Het was een van de grootste momenten van zijn leven. Macaire liep het podium op om door zijn vader verwelkomd te worden, die hem volgens de traditie zijn aandelen aan toonder overhandigde. De vader stelde de aanwezige bankmedewerkers de nieuwe vicevoorzitter voor en Macaire kreeg een langdurig applaus.

Macaire stond deze avond in het middelpunt van de belangstelling. Toen hij weer van het podium af liep, in de ban van dit moment, vatte hij de koe bij de horens, liep naar Anastasia, die nog steeds vooraan stond, pakte haar twee handen, trok haar naar zich toe en kuste haar.

Ze maakte zich direct los uit zijn omhelzing; ze zag er gegeneerd uit. Ze keek om zich heen en toen zag ze hem: Lev. Hij keek haar aan met een dodelijke blik, boog zich naar Petra toe die naast hem stond en kuste haar langdurig. Anastasia kon wel door de grond zakken; tevreden over het effect kuste Lev Petra opnieuw. Hij was blij dat hij wraak kon nemen. Dat hij Anastasia iets van de pijn kon laten voelen die hij ook voelde.

Macaire, die niet begreep wat er gebeurde, schaamde zich een beetje over zijn eigen stoutmoedigheid: hij wist niet of Anastasia de kus op prijs had gesteld of niet (ze had hem niet terug gekust, maar ze was ook niet teruggedeinsd). Hij was opgelucht toen hij zag dat Lev en Petra iets met elkaar hadden. Hij zei tegen Anastasia: 'Kijk, Anastasia, ik zei toch dat die twee iets met elkaar hebben.'

De moed zonk Anastasia in de schoenen. Ze moest haar uiterste best doen om haar tranen te bedwingen. Ze baande zich een weg door de rijen aanwezigen en haastte zich de balzaal uit. Ze barstte in luid snikken uit en ging naar boven om zich in haar kamer te verbergen. Ze was hem kwijt.

Ze waren elkaar kwijt.

In de balzaal bleef Macaire achter, van streek door Anastasia's reactie. Hij had de aandelen van een van Zwitserlands grootste privébanken in handen, maar eigenlijk liet hem dat volkomen koud. Het enige wat hij wilde was dat Anastasia van hem hield. Hij wilde haar vinden.

Het was niet gemakkelijk om de balzaal te verlaten. Iedereen wilde hem begroeten, feliciteren, met champagne proosten op zijn gezondheid. Het liefst had hij iedereen afgepoeierd, maar hij was niet in staat om zijn goede manieren opzij te zetten en daarom kostte het hem haast een kwartier om uit de balzaal te geraken.

Hij rende over de trap naar Anastasia's kamer. Daar stuitte hij op Sinior Tarnogol, die zelf in de richting van de balzaal liep. Macaire, die hem eerst niet herkende, begroette hem met een beleefd 'Dag, meneer.'

Tarnogol bleef staan en keek hem aan.

'Iets niet in orde, jonge vriend?'

'De liefde,' antwoordde Macaire, blij dat iemand merkte dat het niet goed met hem ging.

'Zo gaat dat,' zei Tarnogol.

Macaire keek zijn gespreksgenoot aan.

'Kennen wij elkaar?' vroeg hij.

'Nee, ik geloof het niet,' antwoordde Tarnogol.

'Jawel,' zei Macaire, want hij herkende de ander opeens. 'U was een paar weken geleden bij Banque Ebezner!'

'Kent u die bank?' vroeg Tarnogol.

'Of ik die ken?' zei Macaire geamuseerd. 'Ik ben Macaire Ebezner,' zei hij terwijl hij zijn hand naar Tarnogol uitstak. 'Ik ben de nieuwe vicevoorzitter van de bank.'

Ze drukten elkaar warm de hand.

'Sinior Tarnogol, heel aangenaam kennis te maken. Ik hou er niet van om zo'n knappe jongeman zo triest te zien. Kan ik iets voor u doen?'

Macaire zuchtte: 'Ach, kon u er maar voor zorgen dat de vrouw die ik liefheb ook van mij zou houden,' zei hij. 'Ze heet Anastasia, en ik zou er alles voor overhebben om met haar te kunnen zijn.'

HOOFDSTUK 46

De ochtend van de moord

Het was halfzeven 's ochtends. Het Palace de Verbier was nog in slaap. Buiten was het nog pikdonker, en het sneeuwde hard.

Op de zesde verdieping gingen de deuren van de dienstlift open. Een hotelmedewerker stapte uit met een ontbijtblad en liep in de richting van kamer 622.

Toen hij er was, zag hij dat de deur half openstond. Er kwam licht door de opening. Hij maakte zich bekend, maar er kwam geen antwoord. Ten slotte nam hij de vrijheid om naar binnen te gaan, met de gedachte dat de deur voor hem was opengezet. Wat hij zag ontlokte hem een gil. Hij vluchtte weg om zijn collega's te waarschuwen en de hulpdiensten te bellen.

Toen het nieuws zich door het Palace verspreidde, gingen op alle verdiepingen de lichten aan.

Op het tapijt van kamer 622 lag een lijk.

DERDE DEEL

Vier maanden na de moord

April

HOOFDSTUK 47
De nieuwe voorzitter

Het was de eerste dinsdag van april. Het was halfeen 's middags en Macaires sessie bij dokter Kazan was net begonnen. Het raam bood uitzicht op de place Claparède, waar grote bomen stonden die langzaam aan het uitbotten waren. Genève begon weer groen te worden. De lente brak aan.

'Het is al bijna vier maanden geleden dat mijn neef Jean-Béné is vermoord en de politie heeft nog geen enkel spoor,' zei Macaire treurig in de spreekkamer van de psychoanalyticus; hij zat onderuitgezakt in de cliëntenstoel.

'Wat doet dat met u?' vroeg dokter Kazan.

'Dat mijn neef is vermoord of dat het onderzoek op een dood spoor zit?'

'Allebei.'

'Weet u,' zei Macaire vertrouwelijk. 'Ik heb niks aan de politie gezegd, maar onze relatie was aanzienlijk verslechterd.'

'O ja?' vroeg Kazan verbaasd. 'Maar jullie konden het toch heel goed vinden?'

'Vlak voor zijn dood hadden we een twist.'

'Wat bedoelt u?'

Macaire gaf geen antwoord. Hij keek door het raam. Hij leek er met zijn gedachten niet bij.

'Weet u zeker dat het gaat, Macaire?'

'Ja, ja. alles in orde. Het spijt me, ik ben er niet helemaal bij. De bank en zo. Nu ik voorzitter ben, heb ik ontzettend veel verplichtingen. Vergaderingen, cocktails, diners, noem maar op.'

'Wat denkt u ervan om terug te gaan naar één sessie per week? Is dat genoeg voor u?'

'Meer dan genoeg,' verzekerde Macaire hem. 'Na de dood van papa was het heel fijn om u twee keer per week te zien, maar nu heb ik het gevoel dat ik ermee om kan gaan.'

'Waarmee?' vroeg Kazan.

'Met mijn eenzaamheid,' antwoordde Macaire. 'Zonder Anastasia voel ik me verschrikkelijk alleen.'

'Mist u haar?'

'Iedere dag. Weet u, ik denk continu terug aan de zaterdag van het Grote Weekend, toen ze me in Verbier kwam opzoeken en ik haar ben kwijtgeraakt. Door mijn eigen schuld.'

'Denkt u nog steeds dat het uw eigen schuld is?'

'Ik zei al, dokter Kazan, dat ik een pact met de duivel had gesloten! Anastasia in ruil voor het voorzitterschap. Ik ben mijn vrouw verloren en heb het voorzitterschap gekregen.'

Dokter Kazan zuchtte diep om zijn afkeuring aan te geven: 'Toe, Macaire, u weet dat ik niet werkelijk kan geloven in dat gedoe over een pact met de duivel. En zelf bent u veel te rationeel om daar echt in te geloven.'

'Dat is de reden dat ik al die jaren nooit heb verteld waarom ik mijn aandelen in de bank aan Tarnogol heb overgedragen,' zei Macaire somber. 'Ik wist zeker dat u me niet serieus zou nemen. Ik dacht dat u als psychoanalyticus niet over uw cliënten mocht oordelen.'

'Goed dan,' zei Kazan, die graag een concessie wilde doen. 'Dus de duivel heeft u in de gedaante van Tarnogol vijftien jaar geleden een pact voorgesteld: uw aandelen in ruil voor Anastasia's liefde.'

'Precies. En ik ben akkoord gegaan. Het was op de avond van het grote bal. Mijn vader had me net mijn aandelen gegeven en toen kwam ik Tarnogol tegen, die me voorstelde om ze te ruilen voor wat ik het meest van alles begeerde: de liefde van Anastasia. En inderdaad, die avond viel Anastasia me letterlijk in de armen.'

'En vijftien jaar later,' vervolgde Kazan die dit verhaal wilde ontwarren, 'stelde Tarnogol – of de duivel, moet ik zeggen – een nieuw pact voor. Ging het zo?'

'Ja. Afgelopen december. Twee dagen voor de verkiezing. Tarnogol zei dat hij het voorzitterschap voor me zou regelen als ik van Anastasia zou afzien. Aanvankelijk weigerde ik, maar zaterdagavond in het Palace de Verbier ging ik akkoord. En nu ben ik voorzitter, maar ook alleen. Precies zoals Tarnogol had voorspeld.'

'Macaire,' onderbrak Kazan. 'Ik probeer u te helpen om redelijk te zijn, voor uw eigen bestwil. Gelooft u oprecht dat de duivel erachter zit? In de gedaante van Tarnogol?'

'Ik weet heus wel dat u me niet gelooft!' wond Macaire zich op. 'Maar leg dit dan eens uit: toen het voorzitterschap me op die zaterdag langzaam maar zeker ontglipte, kwam Anastasia naar Verbier om me te ondersteunen, om bij me te zijn op de dag die zo belangrijk voor me was. Met lippenstift schreef ze een lief bericht op de badkamerspiegel. Ga me niet vertellen dat dat niet iets van een verliefde vrouw is!'

'Jazeker wel,' gaf Kazan toe.

'Op dat moment zou Levovitch door de Raad tot voorzitter worden gekozen. De officiële bekendmaking van zijn verkiezing ging niet door vanwege die vergiftiging, en in de wetenschap dat ik nog een kans had om benoemd te worden, ging ik akkoord met het pact van Tarnogol. Een paar uur later ging Anastasia bij me weg en werd ik voorzitter. Leg me maar eens uit hoe dat allemaal mogelijk is als de duivel er niet achter zit, dokter Kazan!'

Kazan wist niet wat hij moest antwoorden. Macaire vervolgde: 'Wat er die nacht is gebeurd overtreft alles wat een mens zich kan voorstellen. Meer kan ik er niet over vertellen. U gelooft me toch niet.'

'De nacht van de moord, bedoelt u?' vroeg Kazan, die opeens behoedzaam werd. 'Wat is er die nacht gebeurd? U hebt altijd gezegd dat u diep in slaap was, dat u slaappillen had genomen.'

'Ik weet dingen, dokter Kazan. Dingen die zelfs de politie waarschijnlijk niet weet.'

Na een zware stilte vroeg Kazan: 'Maar Macaire, waarom bent u met dat pact akkoord gegaan als u uw vrouw niet kwijt wilde?'

'Omdat mijn ambitie met me op de loop ging. En omdat ik het gevoel had dat ik Anastasia toch al kwijt was.'

'Hoezo?'

'Ik merkte dat de vlam tussen ons was gedoofd. We deelden niets meer met elkaar. Ik was alleen bezig met de bank en zij met, tja, weet ik veel. De laatste jaren waren we alleen samen tijdens sociale verplichtingen. We waren altijd in gezelschap, altijd met anderen, nooit alleen. Eerlijk gezegd zorgden we er zelfs voor dat we nooit alleen hoefden te zijn. Ieder in ons hoekje lieten we onze eigen geheime tuin bloeien, maar we waren niet in staat om samen een moestuin te onderhouden.'

'Een mooi beeld,' zei Kazan.

'In het laatste jaar voelde ik me eenzaam met mijn vrouw. En als we niet bij elkaar waren, misten we elkaar niet.'

'Gebrek aan gemis is een duidelijke indicatie van de staat van een relatie, als ik het zeggen mag.'

Macaire knikte en vervolgde: 'Wat is het toch vreemd: relaties lopen er altijd op uit dat je je samen eenzaam voelt... maar goed. Die bewuste zaterdagavond vroeg ik me opeens af waarom ik vocht voor een vrouw die ik allang kwijt was. Een vrouw die me bedroog.'

Kazan zette grote ogen op. 'Had uw vrouw een ander?'

'Ja, dokter.'

'Hoe weet u dat?'

Macaire ontweek de vraag.

'Er gaat geen dag voorbij dat ik niet herbeleef dat ik mijn vrouw heb geruild voor het voorzitterschap. Ik vraag me af wat er tussen ons zou zijn gebeurd als ik voor haar had gevochten. Dan zou ik geen voorzitter zijn geworden, en dan? Dan was ik zeker uit Genève vertrokken. Met haar. Ik zou haar opnieuw hebben veroverd, we hadden weer een stel kunnen worden. Maar ik heb haar laten lopen...'

'Wacht even, Macaire,' onderbrak dokter Kazan hem. 'Als ik even de advocaat van de duivel mag spelen – *no pun intended* – wie zegt dan dat uw vrouw er niet sowieso vandoor was gegaan? Volgens u had ze toch een ander?'

'Misschien is dat waar,' gaf Macaire toe. 'Maar dan had ik in elk geval voor haar gevochten. Dan had ik laten zien dat ik bereid was om alles voor haar op te offeren. Het was zwak om zomaar op te geven. Weet u, dokter Kazan, ik dacht altijd dat het mijn doel was om voorzitter van die vervloekte bank te worden, maar nu ik voorzitter ben besef ik dat het eigenlijk mijn doel is om bemind te worden. En dat is aanzienlijk moeilijker voor elkaar te krijgen.'

Toen de sessie voorbij was, ging Macaire te voet terug naar de bank. Hij was melancholisch gestemd, en lopen deed hem goed. Hij nam de rue Jean-Sénebier en liep toen over het centrale pad van het parc des Bastions.

De zon scheen. De lucht was zacht en aangenaam. In de bomen vierden de vogels luidruchtig de lente. Een tapijt van krokussen kleurde het gras van het park en de tulpenbedden begonnen te bloeien. Alle bankjes waren ingenomen door wandelaars, evenals het terras van het restaurant. En voor de grote hekken tussen het park en de place de Neuve bonden schakers de strijd met elkaar aan.

Macaire bekeek die kleine wereld en dacht aan Anastasia: hij had al vier maanden niets van haar gehoord.

Aan zijn vrienden en familie, aan iedereen die het vroeg, zei hij dat Anastasia bij hem weg was. Over het algemeen reageerden de mensen gegeneerd. In de weken na haar verdwijning was Macaire gedwongen geweest om dat moeilijke gesprek te voeren met kennissen, buren, winkeliers en de postbode: 'Groeten aan uw vrouw, meneer Ebezner!'

'Ze is bij me weg.'

Hij had geconcludeerd dat hij weinig vrienden had, want niemand leek zich druk te maken over zijn toestand, niemand had hem gevraagd te komen eten om zijn zinnen te verzetten. De meeste mensen stelden geen vragen. Afgezien van een paar meer of minder goedbedoelde uitingen van nieuwsgierigheid stuitte hij vooral op onverschilligheid.

Macaire stak de place de Neuve over en nam toen de rue de la Corraterie, die begint tussen het Rathmuseum en de oude stadsmuur. Ten slotte bereikte hij Banque Ebezner.

Toen hij het indrukwekkende gebouw betrad, werd hij eerbiedig gegroet, zoals dat tegenwoordig dagelijks gebeurde. 'Goedemiddag, meneer de voorzitter!' galmde het koor van portiers.

Macaire antwoordde met een beleefde hoofdknik.

'Goedemiddag, meneer de voorzitter!' riepen de hielenlikkers die hij in de lobby kruiste.

'Goedemiddag, meneer de voorzitter!' kakelden degenen die met hem in de lift stapten en die van slag raakten door zijn nabijheid.

Op elke verdieping stapte er wel iemand in of uit de lift die hem 'meneer de voorzitter' noemde. Hij bereikte in zijn eentje de bovenste verdieping en liep naar het vroegere kantoor van zijn vader, dat nu van hem was.

In de antichambre zat Cristina achter haar bureau; ze was met hem meeverhuisd en bewaakte het fort. Ze begroette hem met een brede, vriendelijke glimlach.

'Dag, meneer de voorzitter.'

'Cristina,' zei Macaire gekrenkt. 'Hoelang blijf je me nog "voorzitter" noemen?'

'Altijd. U bent toch de voorzitter?'

Hij glimlachte terug en ging naar zijn kamer. Hij deed de deur achter zich dicht om duidelijk te maken dat hij niet gestoord wilde worden.

Hij nam plaats in een fauteuil. Hij voelde zich verloren. Voor hem op het bureau stond een foto van Anastasia – hij had nog niet de moed gehad die weg te halen. De politie had zich niet echt zorgen gemaakt over haar vertrek. Kort na de moord op Jean-Bénédict was luitenant Sagamore van de gerechtspolitie van Genève hem in Cologny komen ondervragen. De politie vroeg zich af of er een verband bestond tussen de moord op Jean-Bénédict, de vergiftiging in het Palace en de inbraak bij de Ebezners.

'Wat voor verband dan?' vroeg Macaire stomverbaasd.

'De inbraak, de vergiftiging en de moord vonden allemaal plaats binnen een periode van vierentwintig uur, en ze hebben allemaal met Banque Ebezner te maken,' verklaarde luitenant Sagamore. 'Hoe gaat het met uw vrouw?'

'Geen flauw idee,' antwoordde Macaire. 'Ik heb niets meer van haar gehoord.'

De agent fronste. Macaire waakte ervoor om Sagamore te vertellen over zijn pact met Tarnogol. Zijn vrouw was verdwenen in de nacht van de moord, toen hij voorzitter was geworden. Hij zou natuurlijk heel graag willen dat de politie haar terugvond, al was het maar om er zeker van te zijn dat het goed met haar ging. Hij had een detectivebureau in de arm genomen, maar ondanks hun aanzienlijke honorarium hadden de detectives geen enkel spoor van Anastasia gevonden. De politie zou ongetwijfeld efficiënter zijn. Maar uiteindelijk zei Macaire tegen Sagamore: 'Anastasia is bij me weg.'

'Wat spijtig om dat te horen.'

Hij was er niet op doorgegaan.

Macaire had geen zin om de politie bij de zaak te betrekken, omdat de recherche niet wist dat Anastasia op de avond van de moord in Verbier was geweest. Het bericht dat ze die nacht voor hem had achtergelaten liet hem niet los. En steeds vroeg hij zich af: wat had ze gedaan?

HOOFDSTUK 48
Politieonderzoek

Maandag 2 juli 2018.

Ik had me de hele ochtend opgesloten in mijn suite om alle aanwijzingen op een rijtje te zetten. Of misschien om Scarlett te ontlopen na de mislukte kus van de vorige dag. Ze fascineerde me, betoverde me en trok me aan. Maar telkens als ik mijn ogen sloot dacht ik aan Sloane. Ik kreeg er genoeg van om als een leeuw rondjes te lopen in mijn kooi, en dus gunde ik mezelf de eerste rookpauze van de dag. Ik schonk een kop koffie in en liep naar het balkon om te roken en van de zon te genieten. Toen stond ik oog in oog met Scarlett, die ook op haar balkon was: ze zat in een fauteuil in de zon en las *Gone with the Wind*.

'Hé, de schrijver komt uit zijn hok,' zei ze.

Ze stond op en leunde tegen de reling die onze balkons van elkaar scheidde. Ik bood haar een sigaret aan en ze nam hem aan.

'Je kunt best naar deze kant van de reling komen,' zei ik. 'Ik heb een cafetière met warme koffie, wil je een kopje?'

'Nee, dank je,' zei ze vriendelijk. 'Ik blijf aan deze kant, dat is veiliger.'

Ze deed alsof ze de reling stevig vastgreep en ze lachte gegeneerd. Ten slotte zei ze: 'Het spijt me van gisteren... dat ik je probeerde te... nou ja...'

Ik onderbrak haar. 'Je hoeft geen sorry te zeggen, Scarlett. Het is allemaal mijn fout.'

Ze glimlachte triest en veranderde snel van onderwerp.

‘Ik heb een paar telefoontjes gepleegd vanmorgen. Bisnard had het over een rechercheur genaamd Favraz, van de gerechtspolitie van Wallis, die hem ten tijde van de moord heeft ondervraagd.’

‘Ja, dat weet ik nog.’

‘Ik heb hem gevonden. Hij werkt nog steeds bij de gerechtspolitie van Wallis, hij is nu hoofd van de recherche. Ik heb hem zelfs gesproken.’

‘En?’ drong ik aan.

‘En we kunnen vanmiddag om vier uur in Sion bij hem langs. Nou ja, als je wilt, natuurlijk.’

‘Natuurlijk wil ik!’

Om vier uur meldden Scarlett en ik ons in Sion bij het hoofdkantoor van de gerechtspolitie van Wallis.

‘Bent u de schrijver?’ vroeg Favraz toen hij ons mee naar zijn kamer had genomen.

‘Ja, dat is hij,’ antwoordde Scarlett voor mij, zoals dat haar gewoonte was geworden.

‘En u schrijft dus een boek over de gebeurtenissen in het Palace de Verbier?’

‘Dat was niet helemaal gepland,’ legde ik uit. ‘Maar inderdaad. We proberen te begrijpen wat er gebeurd is.’

‘Het was een verdomde puinzooi,’ zei Favraz. ‘Excuseer mijn taalgebruik. Ik kan me het moment nog precies herinneren dat mijn collega’s en ik bij het Palace aankwamen. De plaatselijke politie en de gendarmerie waren er al. Het hotel zat potdicht. Er stond al een hele massa nieuwsgierigen. Dat is logisch, als er zoiets gebeurt in zo’n klein dorp als Verbier. De helft van de inwoners verdrong zich voor de politieafzettingen om het gebouw. “Een moord? Hier?” riepen ze ongelovig. In de hal waren de hotelmedewerkers in alle staten. De directeur van het hotel was wanhopig: de journalisten zouden de situatie volkomen uitmelken en zijn seizoen was naar de knoppen.

‘Wat deed u toen u aankwam?’ vroeg Scarlett, die aan zijn lippen hing.

‘Ik ging direct naar de zesde verdieping. Ik controleerde of kamer 622 was afgesloten en wachtte op de technische recherche, om te zorgen dat de plaats delict niet verontreinigd werd. Toen ging ik met mijn collega's de andere kamers op de verdieping af, op zoek naar eventuele getuigen.'

'Dus u had de leiding over het onderzoek?' vroeg ik.

'Nee. De zaak werd uiteindelijk toevertrouwd aan de gerechtspolitie van Genève.'

'Van Genève? Waarom?'

'Omdat het duidelijk was dat de moord iets met Banque Ebezner te maken had. De misdaad was gepleegd in Verbier, maar de wortels van de zaak lagen in Genève. Toen de politie van Genève dus vroeg of zij het onderzoek mochten overnemen, hadden wij daar geen bezwaar tegen.'

'Waarom was u zo overtuigd dat de wortels van de zaak in Genève lagen?' informeerde ik.

De politieman aarzelde. Hij antwoordde geheimzinnig: 'Door wat we in kamer 622 vonden.'

'Wat vond u daar dan?'

'Ik heb al te veel gezegd,' zei Favraz.

'Of niet genoeg,' antwoordde Scarlett.

'Destijds was maar een handvol agenten op de hoogte. Die informatie mag alleen maar door de politie van Genève geopenbaard worden. Het is nog steeds hun onderzoek, want het loopt nog, en ik wil ze niet voor de voeten lopen.'

'Hebt u een contact bij de politie van Genève?' vroeg Scarlett.

'Destijds was luitenant Philippe Sagamore met het onderzoek belast. Hij was een jaar of veertig, dus die zal er nog wel werken. Zeg maar dat ik jullie heb gestuurd.'

Ik noteerde de naam. Scarlett vervolgde: 'Om nog even terug te komen op de ochtend van 16 december: u was dus in het Palace en u ondervroeg getuigen? Is er iets wat u met ons kunt delen?'

'In het algemeen heerst er op een plaats delict een bijzondere sfeer: het klinkt misschien vreemd, maar ondanks al die krioelende agenten is het er meestal vredig en stil. De stilte na de storm, zeg maar, of beter gezegd: na de dood. Maar die ochtend was een uitzondering op de regel. Het was ongekend druk op de zesde verdieping in het Palace.'

HOOFDSTUK 49
De ochtend van de moord

De ochtend van de moord

Zondag 16 december, halfacht 's ochtends. Er werd op Macaires kamerdeur gebonkt. Met moeite werd hij wakker. Het bonken hield aan. Ten slotte stond hij op en trok een kamerjas aan. In het halletje van zijn suite stapte hij net voordat hij de deur opendeed op een stukje papier. Iemand had een briefje voor hem onder de deur door geschoven. Macaire dacht eerst dat het iets van het hotel was, toen herkende hij Anastasia's handschrift. Met bonzend hart las hij de haastig neergekrabbelde regels.

> Macaire,
> Ik ga voor altijd weg.
> Ik kom niet terug. Probeer me niet te vinden.
> Het spijt me.
> Ik zal voor altijd moeten meedragen wat ik heb gedaan.
> Anastasia

Opnieuw werd er op de deur gebonkt. Macaire liet het briefje in de zak van zijn kamerjas glijden en deed open: voor hem stond een politieman in uniform. Op de gang was het een drukte vanjewelste.

'Wat is er aan de hand?' vroeg Macaire.

De politieman keek hem argwanend aan.

'Hebt u niets meegekregen van alle drukte van het afgelopen uur?'

'Ik heb gisteravond slaappillen geslikt,' verklaarde Macaire, die eruitzag alsof hij nog half in coma was.

'Er is vannacht een moord gepleegd,' zei de agent.

'Wat? Hoezo?'

Macaire begreep niet wat er gebeurde. Alles tolde, hij had hoofdpijn, hij voelde zich alsof hij een nachtmerrie had.

'Wie is er dood?' vroeg Macaire.

'Een hotelgast. Op deze verdieping. Hebt u niets gehoord vannacht?'

'Nee, niets. Maar ik zei al dat ik slaappillen heb genomen.'

Macaire wilde de gang op lopen om te zien wat er gebeurde, maar de agent hield hem tegen.

'Het hotel is vergrendeld; de gasten mogen voorlopig hun kamer niet af. Laat uw deur alstublieft openstaan! Er komt zo een rechercheur met u praten.'

Vanaf zijn drempel zag Macaire Lev, die ook in de deuropening stond en hem verward aankeek.

'Lev! Wat is er aan de hand?' vroeg Macaire.

'Het is Jean-Bénédict,' antwoordde Lev bleek. 'Hij is vanochtend dood gevonden.'

'Wat? Is Jean-Béné dood? Wat zeg je daar?'

'Een hotelmedewerker heeft hem dood gevonden. Hij is neergeschoten.'

Geschokt liep Macaire zijn kamer in. Hij ging op een bank zitten: dit was het beste nieuws dat hij kon krijgen. Hij kon het niet geloven. Als Jean-Bénédict dood was, werd hij dan voorzitter? Zou Tarnogols voorspelling uitkomen? Hij was Anastasia kwijt, maar hij zou wel voorzitter worden. Eindelijk!

Een jong uitziende politieman in burger met een atletisch figuur meldde zich bij de deur van Macaires suite.

'Rechercheur Favraz van de gerechtspolitie,' zei de politieman terwijl hij op de badge wees die om zijn hals hing. 'Mag ik u wat vragen stellen?'

Macaire nodigde de jongeman uit in zijn suite. Op diens verzoek toonde hij een identiteitsbewijs en noemde hij zijn functie bij de bank. De politieman noteerde alles zorgvuldig in een opschrijfboekje en legde uit dat Jean-Bénédict in de loop van de nacht met kogels om het leven was gebracht. Macaire was geheel ontdaan.

'Hebt u niets gehoord?' vroeg de agent verbijsterd.

'Ik sliep,' verklaarde Macaire.

'Op een paar meter van u vandaan worden twee schoten gelost en u slaapt rustig door?'

'Ik gebruik slaappillen. Hoe laat is het gebeurd?'

'Dat moeten we nog vaststellen. Ik hoorde dat veel mensen gisteren zijn vergiftigd. U ook?'

'Nee,' antwoordde Macaire. 'Ik heb niet van die cocktail gedronken.'

Macaire kon zijn tong wel afbijten. De agent keek hem wantrouwend aan.

'Wie heeft het over cocktails? Ik hoorde dat het waarschijnlijk om een voedselvergiftiging ging.'

Opeens werd het gesprek afgebroken, want er gebeurde iets op de gang. Inspecteur Favraz ging direct polshoogte nemen. Vanaf de drempel van zijn suite zag Macaire hoe de agent naar de kamer van Horace Hansen rende, weer naar buiten kwam en naar zijn collega's riep: 'Hij heeft een hartaanval, bel een ambulance!' Na een paar minuten van verwarring kwamen twee ambulancemedewerkers naar boven die naar de suite van Horace Hansen werden geleid, waar ze lang bleven. Uiteindelijk kwam hij naar buiten, op een brancard, bewegingloos, lijkbleek, met een zuurstofmasker op zijn gezicht. Inspecteur Favraz hielp de ambulancemedewerkers: hij hield een infuus op armlengte. Ze stapten in de lift en de deuren gingen dicht.

In de lift keek de politieman naar het gezicht van Horace Hansen: het leek of hij iets zei. Hij bracht zijn oor naar de mond van de oude man en hoorde hem aan één stuk door zeggen: 'Levovitch voorzitter, Levovitch voorzitter.' De agent begreep niet wat het kon betekenen, maar hij schreef de raadselachtige woorden op om ze niet te vergeten.

In Verbier werd het langzaam dag. De blauwe zwaailichten van de hulpdiensten verlichtten de gevel van het Palace. Rondom de hoofdingang waren gendarmes, rechercheurs, hondengeleiders en forensisch rechercheurs druk in de weer. Achter hen werden tientallen nieuwsgierigen en journalisten door plastic linten op afstand gehouden; ze waren in alle staten en wilden weten wat er aan de hand was. 'Een van de grote bazen van Banque Ebezner is vermoord,' werd er gezegd. Een moord in Verbier – dat was nog nooit vertoond!

Meneer Rose en een paar medewerkers, die de drukte nerveus door de grote ramen gadesloegen, waren diepbedroefd: alle reserveringen zouden worden afgezegd. Het was het begin van het skiseizoen, maar niemand kwam naar een hotel waar net een moord was gepleegd. Het was nog maar de vraag of het Palace het zou overleven.

~

Aan het begin van die maand april, vier maanden na de gebeurtenissen, zat Macaire op zijn voorzitterskamer bij Banque Ebezner en dacht geregeld terug aan die sombere zondag in december waarop hij twee generaties Hansen had zien verdwijnen. Een paar uur na de moord op zijn zoon stierf Horace Hansen aan de gevolgen van de hartaanval in het ziekenhuis van Martigny. De brute dood van zijn zoon was hem te veel geworden. Sinior Tarnogol, het derde lid van de Raad, was in rook opgegaan. Hij had een brief voor Jean-Bénédict achtergelaten die in de kluis op de kamer van laatstgenoemde was gevonden, waarin hij zei dat hij met onmiddellijke ingang ontslag nam en dat zijn aandelen en zijn stem voor Macaire Ebezner waren.

En zo kreeg Macaire in de weken na de moord op Jean-Bénédict niet alleen de aandelen van Tarnogol terug, maar ook die van zijn vader. De Raad was gedecimeerd, de notaris die het testament van Abel Ebezner ten uitvoer bracht moest constateren dat de wilsbeschikking niet meer gerespecteerd kon worden en dat zijn aandelen dus zouden overgaan naar zijn enige erfgenaam.

Zo werd Macaire de facto voorzitter van Banque Ebezner, aangezien hij over meer dan driekwart van de aandelen beschikte. Dit maakte hem tot een van de rijkste en machtigste bankiers van Genève. Hij werd bewonderd en benijd. Maar zijn reputatie was ook een beetje bezoedeld: hij had zijn roem te danken aan het feit dat zijn neef was vermoord. Het hielp ook niet mee dat het politieonderzoek op dood spoor zat, en ook al was er niets dat Macaires betrokkenheid kon aantonen, iedereen die hem op straat tegenkwam vroeg zich onwillekeurig af wat er in die beruchte nacht van 15 op 16 december nou precies in kamer 622 van het Palace de Verbier was gebeurd. Had Macaire Ebezner zijn neef vermoord om de zeggenschap over de familiebank te krijgen?

Macaire wist van die geruchten en deed zijn best om er geen aandacht aan te besteden. En bovendien zag hij overal om zich heen alleen maar lachende gezichten en strijkages. Mensen die hem in de stad tegenkwamen haastten zich naar hem toe, begroetten hem eerbiedig en smeerden hem stroop om de mond. En dat had een heel duidelijke reden: Jean-Bénédict was enig kind en had zelf geen kinderen, Horace en hij waren gestorven zonder voor nageslacht te zorgen. De Hansen-tak was uitgestorven. Het reglement van Banque Ebezner voorzag er voor dergelijke gevallen in dat hun aandelen door de bank werden teruggekocht om vervolgens verdeeld te worden onder nieuwe leden van de Raad, die door de voorzitter zouden worden aangewezen.

Voor het eerst in het driehonderdjarig bestaan van Banque Ebezner zou de Raad niet uitsluitend uit Ebezners en Hansens bestaan. Voor alle jonge honden in de financiële wereld was dit een buitenkans. En daarom werd Macaire de meest geziene en meest gevleide man van Genève.

Macaire, de ongeliefde zoon van Abel, was de machtigste Ebezner ooit geworden.

De rijkste Ebezner.

De grootste Ebezner.

Wat voelde hij? Verveling. Walging. Uiteindelijk had hij nooit om de bank gegeven. Nu hij de top had bereikt, herinnerde hij zich weer waarom hij vijftien jaar geleden zijn aandelen had afgestaan.

Alleen met Anastasia was hij gelukkig geweest.

Zonder haar zat er geen smaak aan zijn leven.

Hij wilde haar terugvinden.

Hij wilde haar heroveren.

Waar was ze?

Op hetzelfde moment, een paar duizend kilometer van Genève, op het Griekse eiland Korfoe.

Anastasia kwam uit de smaragden zee en pakte de badhanddoek die ze op het strand had laten liggen. Ze was gelukkiger dan ooit en dat was te zien: ze was subliem, schitterend, stralend. Ze baadde in de zon en vooral in Levs liefde. Ze droogde zich af en liep naar het indrukwekkende huis dat achter haar verrees, dat beschermd werd door de rotsen en uitkeek over de Ionische Zee.

Toen ze hier in december waren aangekomen, was alles hartstocht geweest. De hartstocht van de tweede kans, van het samenzijn, van het niets meer hoeven verbergen. Hand in hand door het oude hart van Korfoe slenteren, wandelen langs de zee. En dan dit huis! Zoiets had Anastasia nog nooit gezien.

Lev wilde dat alles perfect was en alles was perfect.

Lev wilde dat ze mooi waren: hij had de luxewinkels in Athene leeggekocht. 'We kleden ons iedere avond om!' zei hij. Ze vond het een geweldig idee. Hun slaapkamer, zo groot als een balzaal, gaf toegang tot twee kleedkamers die uitkwamen in twee reusachtige badkamers. Ze sloten zich allebei op, ze gingen uit elkaar om elkaar mooier terug te kunnen vinden, geparfumeerder, verzorgder, subliemer.

In een lang ritueel verzorgden ze zichzelf. Ze scherpten hun zintuigen, zodat de opwinding over hun samenzijn toenam terwijl de tijd verstreek.

Eerst drukte Lev zich op, dan douchte hij lang, daarna ging hij elke vierkante centimeter van zijn gebeeldhouwde lijf langs. Hij knipte, verzorgde, masseerde alle imperfecties weg, speurde naar elke haar die niet meewerkte.

Anastasia hield van het koninkrijk van haar badkamer. Ze dook in de enorme badkuip met aangenaam heet water, gevuld met geurend schuim. Ze had overal kaarsen neergezet en ze lag langdurig en vredig te lezen. Dan volgde het ritueel van haar haar, dat ze kunstig liet golven. Vervolgens controleerde ze of de nagels van haar handen en voeten perfect gelakt waren, en daarna zocht ze een jurk uit. 'Nooit twee keer dezelfde!' zei Lev. 'Als ze op zijn, dan komen er nieuwe!' Hij liet onophoudelijk cadeaus voor haar bezorgen.

’s Ochtends stond Lev vroeg op. Hij liep hard in de heuvels op het eiland en ging daarna naar zijn kleine studeerkamer op de begane grond om te werken.

Als Anastasia uit bed kwam, ging ze naar hem toe. Ze ontbeten samen: aan het begin van het jaar in de eetkamer, en zodra het mooi weer was op het terras. Ze genoten van kaastaart, Griekse lekkernijen, warme croissants die elke ochtend door een bakkerij werden bezorgd.

Na een korte wandeling over het stille strand liep Anastasia weer naar huis over de in de rotsen uitgehakte trap. Als ze op het terras stond, bracht Alfred haar koffie, water en gesneden fruit.

‘Dank je wel, Alfred,’ glimlachte ze en ze nam een slok koffie. ‘Alsof je mijn gedachten hebt gelezen. Hoe laat komt Lev terug?’

‘Tussen nu en het einde van de middag,’ antwoordde hij terwijl hij keek hoe laat het was.

Sinds ze op Korfoe waren aangekomen moest Lev regelmatig naar Genève, op verzoek van Macaire, die dacht dat hij in Athene woonde. Lev had Anastasia uitgelegd dat hij niet als een dief in de nacht kon verdwijnen. ‘Dat zou verdacht zijn,’ zei hij. Anastasia begreep niet op wat voor verdenking hij doelde. Het kon haar ook niet schelen, die korte afwezigheid van Lev was altijd heerlijk onverdraaglijk: als hij terugkwam was er nog meer verlangen, nog meer liefde, nog meer hartstocht – wie had gedacht dat dat mogelijk was?

En bovendien zou het hooguit een paar maanden duren. Dat zei Lev tenminste. Eerst was er sprake van dat hij snel ontslag zou nemen, maar toen veranderde hij van gedachten, met als argument dat hij zijn cliënten niet van de ene dag op de andere in de steek kon laten. ‘Dat is niet professioneel,’ had hij gezegd. ‘Wat heb je eraan om professioneel te zijn als je toch ontslag neemt?’ had ze geantwoord. ‘Het is een principekwestie,’ was zijn weerwoord.

De stem van Alfred haalde Anastasia uit haar gedachten.

‘Wat wenst u vanavond te eten, mevrouw? We hebben net verse vis en prachtige langoesten binnengekregen.’

‘Spaghetti met langoest?’ stelde Anastasia voor.

‘Uitstekend idee, mevrouw.’

Ze keek uit over de zee die zich voor haar uitstrekte. Ze kon nog niet geloven dat ze met Lev in dit droomhuis woonde, met een privébaai en personeel dat een en al aandacht was.

Ze hoopte dat ze hier nooit meer weg hoefde.

In Genève, op de bovenste verdieping van Banque Ebezner, deed Cristina de deur van de kamer van Macaire een stukje open.

'Lev is er,' zei ze ernstig.

'Laat hem maar binnen,' antwoordde Macaire en hij stond op om zijn bezoeker te verwelkomen.

Lev verscheen in de kamer. Ze vielen elkaar in de armen.

'Dag, oude jongen! Wat leuk je te zien.'

'Vind ik ook, meneer de voorzitter,' antwoordde Lev met een glimlach.

Macaire barstte in lachen uit.

'Alsjeblieft, dat hoeft toch niet als we onder elkaar zijn! En bovendien weet ik hoeveel ik je verschuldigd ben. Ik zal nooit vergeten dat je bereid was om voor mij van het voorzitterschap af te zien.'

Macaire wees naar twee stoelen en de mannen gingen zitten.

'Mag ik je iets inschenken? Een whisky'tje?'

'Een whisky'tje,' zei Lev.

Macaire pakte een indrukwekkende kristallen karaf. Hij schonk twee glazen in en toen proostten de mannen samenzweerderig.

'Je wilde me zien?' vroeg Lev uiteindelijk.

'Ja,' zei Macaire, opeens heel serieus. 'Hoe gaat het in Athene?'

Als reden voor zijn vertrek had Lev gezegd dat hij zich niet meer in Genève zag nu de ander voorzitter was geworden. Dat hij behoefte had aan een andere omgeving. Dat hij zichzelf opnieuw wilde uitvinden en nieuwe plannen wilde smeden. Om een rustige overgang voor de cliënten te garanderen waren ze overeengekomen dat Lev zijn vertrek niet direct zou aankondigen, dat hij gedeeltelijk op afstand kon werken, dat hij vaak naar de bank zou komen en zijn lange afwezigheid zou verklaren met ontwikkelingen in het buitenland.

'Luister,' zei Macaire toen Lev een korte samenvatting van de situatie had gegeven. 'Ik heb goed nagedacht over wat je zei. Je wilt ontslag nemen, je hebt het gevoel dat je hier alles al gedaan hebt. Maar eerlijk gezegd heb ik je nog nodig bij de bank. Vanwege de stabiliteit.

Je hebt een paar van de grootste cliënten in je portefeuille. Ik ben bang dat ze een deurtje verder gaan kijken als jij weggaat. De bank is al behoorlijk opgeschud door de moord op Jean-Bénédict, en jouw vertrek zou niet goed voor ons zijn.'

'Wil je dat ik blijf?' vroeg Lev verbijsterd. 'Eerlijk gezegd geloof ik niet dat ik daar trek in heb.'

'Ben je door een andere bank benaderd, is dat het? Hoeveel bieden ze? Ik bied het dubbele! Ik heb je nodig!'

'Nee, ik ben niet van plan bij een andere bank te gaan werken. Ik wil iets heel anders. En bovendien: jij bent nu voorzitter, je hebt je kantoor op de zesde. Als ik terugkom, is het niet leuk als ik in mijn eentje op de vijfde moet zitten.'

'Lev,' zei Macaire. 'Waarom neem jij het filiaal in Athene niet over? Dan kun je het laten groeien. Je hebt een aanzienlijke clientèle in Griekenland, dus het is perfect te rechtvaardigen. Je kunt je cliënten van daaruit bedienen, dan kun je gemakkelijk naar Genève komen, of waar dan ook in Europa.'

'Het filiaal in Athene is niet bepaald uitnodigend,' wierp Lev tegen. 'Daar wil ik mijn dagen niet slijten.'

'Dan werk je thuis, als je dat liever doet. Dan hoef je er maar een keer per week naartoe om te kijken of alles goed gaat.'

Lev aarzelde. Macaire drong aan. 'Laat me niet in de steek!' smeekte hij. 'Je bent een van de pijlers waarop deze bank rust. Ik kan mijn voorzitterschap niet beginnen met het verlies van mijn beste vermogensbeheerder. Wat zouden de cliënten daar wel niet van denken? Toe nou.'

'Goed dan,' zei Lev. 'Maar ik leg me niet vast voor meer dan een jaar.'

'Een jaar is al heel wat,' verzekerde Macaire hem. Hij keek hem dankbaar aan. 'En als het bevalt, kun je je contract zo vaak als je wilt verlengen.'

Lev ging akkoord. De mannen beklonken de afspraak met een stevige handdruk en proostten opnieuw.

Toen Lev wegging glimlachte Macaire hooghartig; er schemerde iets van een superioriteitsgevoel in door. Levs zwakke punt is zijn vriendelijkheid, dacht hij. Het eerste deel van de val was achter hem dichtgeslagen.

Macaire trok de bovenste la van zijn bureau open en haalde er een brief uit die hij een paar dagen eerder had gekregen. Een anonieme brief. Toen hij hem voor het eerst had gelezen, had hij zich verslikt in zijn koffie. Op het papier stond maar één zin:

Anastasia is er met Lev Levovitch vandoor.

HOOFDSTUK 50

In Genève (1/5)

Dankzij Favraz, het hoofd van de recherche van Wallis, hadden we een afspraak in Genève met luitenant Philippe Sagamore kunnen regelen. En zo vertrokken Scarlett en ik op de ochtend van dinsdag 3 juli 2018 voor een dag naar Genève. 'Ik begrijp dat de politie van Wallis het dossier aan Genève heeft gegeven,' zei ik tegen Scarlett. 'Als je iedere keer anderhalf uur op en neer moet rijden om iemand te ondervragen!'

'Ik hoop niet dat die rechercheurs net zoveel mopperen als jij!'

De weg van Verbier naar Genève liep langs het Meer van Genève. Tussen twee blikken op het panorama door las Scarlett me voor uit de diverse artikelen over de moord die ze had opgeduikeld.

'Ik ben nu al dagenlang het hele dossier aan het doorspitten!' zei ze geïrriteerd. 'Ik heb het gevoel dat we iets missen. Alle journalisten bevestigden dat Jean-Bénédict bij iedereen geliefd was. Degenen die we hebben gesproken, vertellen niets dan goeds over hem.'

'En toch is er ten minste één iemand die hem dood wilde hebben,' zei ik.

'Om te ontdekken wie, moeten we eerst ontdekken waarom.'

'Ik hoop dat die Sagamore ons kan helpen. Hoe dan ook, gefeliciteerd dat je hem hebt overgehaald om ons te ontvangen! Je kunt heel overtuigend zijn, Scarlett.'

'Och, zoveel had ik er niet mee te maken. Jouw naam heeft de deur geopend. Aanvankelijk klonk hij heel terughoudend. Hij wilde weten wie me zijn naam had gegeven. Maar toen ik over jou begon, werd hij direct heel hartelijk. Het schijnt dat hij erg heeft genoten van een tv-serie gebaseerd op een van jouw romans. Die moest ik ook maar eens gaan kijken.'

Het was grappig om daaraan herinnerd te worden.

'Bernard en film, dat was iets heel bijzonders,' zei ik. 'Hij stond aan de basis van die serie.'

'Hield Bernard van films?' vroeg Scarlett.

'Hij was dol op films. Een paar decennia geleden was hij een van de briljantste filmcritici die er waren. Hij had alles gezien. Hij kende alle films, alle acteurs. Trouwens, na het succes van mijn tweede roman waren er heel veel producenten die de rechten van de roman wilden kopen om er een verfilming van te maken. Hij heeft alle onderhandelingen gevoerd, en dat was af en toe geweldig komisch.'

'Vertel!' eiste Scarlett.

~

Parijs, een paar jaar eerder

Bernard was niet snel onder de indruk. Dus toen de producenten en filmstudio's zich voor zijn deur verdrongen om de rechten van mijn tweede roman te kopen, hield hij het hoofd koel; terwijl ik juist iedere keer weer versteld stond van de namen van de gegadigden en de hoogte van de bedragen.

Bernard was veel terughoudender. Na de gesprekken liet hij nooit na om alles en iedereen af te branden: alle auteurs, producenten en regisseurs die ter sprake waren gekomen. En daarmee herinnerde hij me eraan dat zelfs de grootste namen beroerde films hebben gemaakt.

Aanvankelijk begreep ik zijn wantrouwen niet. Maar later begreep ik waarom hij zo voorzichtig was: hij voelde zich verantwoordelijk voor me.

Een populaire Amerikaanse regisseur die de rechten absoluut wilde kopen, scheepte hij af omdat hij niet wilde komen lunchen. In Parijs.

'Hij zal het wel druk hebben,' zei ik tegen Bernard. 'Nogal wiedes dat hij niet alleen voor een lunch naar Paris komt.'

'Als hij de rechten echt wil hebben, komt hij wel. Als hij niet komt, is dat een teken dat hij de film niet echt wil maken en dat hij het project zal laten vallen. En dan sta jij met lege handen.'

Het hoogtepunt van deze avonturen was een telefoongesprek tussen Bernard en een van de bekendste filmmakers van Hollywood. Voor de gelegenheid was een vertegenwoordiger van het Parijse kantoor van die filmmaker met spoed naar Bernard gestuurd om de gesprekken te vertalen; Bernard sprak geen Engels.

Toen het telefoontje voorbij was zei de afgevaardigde, duidelijk onder de indruk: 'Meneer De Fallois, beseft u wel dat u vijfenveertig minuten aan de telefoon hebt gehangen met meneer Die en die? Zoveel tijd heeft hij nooit voor iemand. U krijgt drie kwartier van hem! Beseft u wel hoe bijzonder dat is?'

En Bernard antwoordde: 'Nee, dat besef ik niet. Ik wil graag dat u het me uitlegt. Want als u me had verteld dat ik drie kwartier met Alfred Hitchcock had gebeld – ja, dan zou ik onder de indruk zijn. Als u had gezegd dat ik drie kwartier met Charlie Chaplin had gebeld – ja, dan zou ik onder de indruk zijn. Maar meneer Die en die – nee, ik zie niet in waarom ik daarvan onder de indruk zou moeten zijn.'

In de auto schaterde Scarlett het uit.

'Zei hij dat echt?'

'Ja.'

'En hoe is het afgelopen?'

'Uiteindelijk kozen we voor een televisieserie. Omdat dat format het meest trouw was aan de roman. Eerst was Bernard terughoudend: voor hem was een televisieserie minder dan een film. Maar daarna zag hij in dat moderne series iets voorhadden op films, omdat die tegenwoordig het geld, de regisseurs en de acteurs hebben, met daarnaast nog het voordeel van een langere tijdspanne. Toen Bernard de eerste beelden van onze serie zag, zei hij: "Series zijn de nieuwe films."'

Zoals met Sagamore overeengekomen, kwamen Scarlett en ik halverwege de ochtend naar het hoofdbureau van de gerechtspolitie van Genève. De politieman wachtte ons op in de hal. Hij herkende me direct en ontving ons hartelijk, waarna hij ons naar zijn kantoor op de derde verdieping bracht.

'Dus jullie zijn door Favraz gestuurd,' zei hij.

'We proberen te begrijpen wat er in kamer 622 van het Palace de Verbier is gebeurd,' legde Scarlett uit.

'Ik zou ook graag weten hoe die zaak precies in elkaar zit,' bekende Sagamore. 'Wat weten jullie precies?'

Ik besloot mijn eerste troef uit te spelen.

'We weten dat de politie na de moord iets in kamer 622 heeft gevonden. Wat was dat?'

Sagamore perste er een glimlachje uit.

'Jullie zijn verduveld scherpzinnig. Mag ik jullie een kopje koffie aanbieden?'

HOOFDSTUK 51

De mol

De eerste dinsdag van april, vier maanden na de moord. Genève aan het einde van de middag. Op het hoofdbureau van de gerechtspolitie aan de boulevard Carl-Vogt krijgt luitenant Sagamore op zijn donder van Hélène Righetti, de politiecommissaris van Genève.

'Nou ja, luitenant,' zei Righetti boos. 'Dus die moord is nu vier maanden geleden gepleegd en jullie hebben nog steeds niks?'

'Die zaak is ingewikkelder dan hij lijkt,' verklaarde Sagamore.

'Mag ik u eraan herinneren dat het uw idee was dat de politie van Genève die zaak zou overnemen, luitenant?'

'Na die ontdekking in de kamer van de dode was het duidelijk dat het onderzoek vanuit Genève moest worden geleid...' zei Sagamore.

'...en ik heb een goed woordje voor je gedaan bij de politie van Wallis, die ermee akkoord is gegaan om jou de leiding te geven,' onderbrak commissaris Righetti hem scherp om alle uitvluchten af te kappen.

'En daar ben ik u erg dankbaar voor,' verzekerde Sagamore.

'Nou, laat die dankbaarheid dan eens zien door de zaak op te lossen, luitenant. Want voorlopig sla ik een modderfiguur, en u ook!'

'Mevrouw de commissaris, ik ben ervan overtuigd dat de kern van deze zaak in Genève ligt en dat die te maken heeft met Banque Ebezner. De inbraak in het huis van Macaire Ebezner, twee dagen voor de moord, is geen toeval. En dan die vergiftiging in het Palace de Verbier, zodat de nieuwe voorzitter van de bank niet kon worden aangekondigd. En de volgende nacht wordt een van de leden van de

Raad vermoord. Alles is met elkaar verbonden, ik weet alleen nog niet hoe.'

'Hebt u ten minste een verdachte?'

'Nog niet echt een verdachte, mevrouw.'

Commissaris Righetti zuchtte.

'Hebt u huiszoeking gedaan bij de bank?' vroeg ze.

'Nee, alleen op de kamer van Jean-Bénédict Hansen.'

'Als alles met de bank te maken heeft, zoals u denkt, waarom hebt u dan niet het hele gebouw doorzocht?'

'Dat is niet nodig, mevrouw. Ik heb iets beters: een mol bij Banque Ebezner.'

'Pardon?' bracht commissaris Righetti uit. 'U hebt een mol bij de bank zonder daarover met mij te overleggen?'

'Puur toeval,' legde Sagamore uit. 'Die mol zit daar al maanden. De financiële brigade leidt een geheim onderzoek naar Banque Ebezner, met steun van de federale politie. Er zouden verdenkingen zijn van malversaties in de top van de bank.'

Righetti sloeg haar ogen ten hemel en zei: 'Doe wat u goeddunkt, Sagamore, maar zorg dat dit dossier snel wordt afgesloten!'

Met die woorden verliet ze het kantoor van luitenant Sagamore. Die bleef achter zijn bureau zitten en staarde lang naar het reusachtige bord op de muur waarop hij alle gegevens van het onderzoek had genoteerd. Toen zag hij hoe laat het was en bedacht dat de mol misschien al terug was van de bank. Hij nam de hoorn van de haak en belde met de financiële brigade, die een verdieping lager zat. Inderdaad, ze was er. Hij vroeg haar om bij hem langs te komen om over het onderzoek te praten.

Voor de mol was alles iets meer dan een jaar eerder begonnen: vlak na de dood van Abel Ebezner, toen de anti-witwasafdeling van de federale politie een waarschuwing had doen uitgaan over de transfer van aanzienlijke geldsommen van onduidelijke herkomst bij banken in Genève.

Het onderzoek, dat werd uitgevoerd in samenwerking met de financiële brigade van de gerechtspolitie van Genève, concentreerde zich op Banque Ebezner en richtte zich al snel op de persoon van Sinior Tarnogol. Maar hoe meer de agenten over Tarnogol probeerden te achterhalen, hoe meer ze op een muur stuitten: ze hadden geen enkel spoor van hem dat meer dan vijftien jaar terugging, toen Tarnogol in Genève in een villa aan de rue Saint-Léger 10 was gaan wonen. Daarvóór was er niets. Alsof hij nooit had bestaan. Qua papieren had hij alleen een paspoort van een voormalige Sovjetrepubliek waarvan de archieven gedeeltelijk vernietigd waren, wat elke naspeuring onmogelijk maakte. Op basis van dat paspoort had Tarnogol een verblijfsvergunning gekregen door een onscrupuleuze ambtenaar van het bevolkingsregister van het kanton Genève om te kopen. Die had de verblijfsvergunning kort geleden opnieuw voor tien jaar verlengd; de recherche had deze man gemakkelijk kunnen vinden en hij was ontmaskerd.

Maar de medewerker was niet in staat enige informatie over Tarnogol te verschaffen: die leek volkomen ongrijpbaar. In de maanden daarna hadden de pogingen om hem te schaduwen niets opgeleverd. Tarnogol leek in staat om in rook op te gaan. Wat zijn netwerk betreft: dat was heel beperkt, wat ongebruikelijk is voor iemand met een dergelijk fortuin. Er waren van hem geen vrienden, geen familie, geen relaties bekend. Het enige verband dat kon worden gelegd was met Macaire Ebezner, die hem de aandelen van de familiebank had gegeven, en met Lev Levovitch, die volgens de gegevens van de rechercheurs Tarnogol vijftien jaar geleden aan Abel Ebezner had voorgesteld.

Aan het begin van de vorige zomer, na een onderzoek van zes maanden naar Tarnogol dat geen enkele concrete aanwijzing had opgeleverd, had men besloten om een medewerker van de financiële brigade bij Banque Ebezner naar binnen te krijgen om van daaruit onderzoek te doen. Een van de recente rekruten van de brigade had het perfecte profiel; voordat ze bij de politie was gegaan, had ze een financiële studie gedaan en bij een bank gewerkt. Ze beschikte precies over de ervaring die nodig was om iedereen om de tuin te leiden.

Maar voordat ze dat plan tot uitvoer konden brengen, moesten ze een handlanger hebben in de top van Banque Ebezner.

~

Juni, een jaar eerder

De grote kas van de botanische tuin van Genève was verlaten, met uitzondering van een man die op het houten bruggetje over de vijver stond.

Hij was nerveus. Hij vroeg zich af wat de financiële brigade van hem wilde. Ja, er zaten wat 'ongelukkige' omissies in zijn belastingaangifte. Maar bij wie niet? En waarom lieten ze hem hierheen komen? Hij leunde tegen de reling en keek naar twee schildpadden die vredig tussen de witte lelies zwommen.

De twee inspecteurs – de mol en het hoofd van de financiële brigade – die met behulp van een foto hadden vastgesteld dat deze man degene was op wie ze wachtten, kwamen tevoorschijn vanachter de grote bloeiende struik waarachter ze zich hadden verstopt en liepen naar de brug.

Jean-Bénédict was degene die de politie had besloten te benaderen: van iedereen bij de bank leek hij het meest betrouwbaar. In het geheim van de grote kas, met als enige getuigen de kleurige karpers en de waterschildpadden, had het hoofd van de financiële brigade zich voorgesteld en toen uitgebreid de redenen van de ontmoeting uit de doeken gedaan.

'Een infiltrant?' vroeg Jean-Bénédict verbijsterd terwijl hij naar de mol keek.

Die had vanzelfsprekend niets verteld over de werkelijke aard van de missie bij de bank, en kwam met een smoes die ze eerder hadden voorbereid.

'Het is een onderzoek naar witwassen van drugsgeld door niet nader te bepalen cliënten van de bank. Alles moet volstrekt geheim blijven, zelfs voor de Bankraad.'

'Wees gerust,' verzekerde Jean-Bénédict, die opeens heel tevreden was dat hij zich in het hart bevond van een intrige die hem helemaal niet aanging.

'Denkt u dat u een baan bij Sinior Tarnogol voor me kunt regelen?' vroeg de mol.

'Dat is niet eenvoudig. Hij wil geen secretaresse. Hij is erg gesteld op zijn privacy. En bovendien heeft hij geen cliënten. Nee, ik kan u beter bij een vermogensbeheerder onderbrengen. Dat valt minder op. Mijn neef Macaire komt momenteel om in het werk. Sinds de dood van zijn vader is het allemaal een beetje te veel voor hem. Ik zou kunnen zeggen dat ik een secretaresse in dienst heb genomen om hem te helpen.'

'Bedoelt u Macaire Ebezner?' vroeg het hoofd van de financiële brigade.

'Ja, kent u die?'

'Van naam.'

Toen Jean-Bénédict terug was bij de bank ging hij bij Macaire op de kamer langs en speelde het toneelstukje dat hij met de agenten had gerepeteerd.

'Waarde neef!' riep hij enthousiast. 'Ik heb een zeldzame parel voor je gevonden! Een secretaresse die je kan helpen om je dossiers weer op orde te krijgen. Solide, ervaren, noem maar op. Met haar kun je al je problemen met cliënten oplossen.'

'O, Jean-Béné, je bent mijn redding!' zei Macaire dankbaar. 'Ik hoef niet voor je te verbergen dat ik tot over mijn oren in het werk zit.'

Een paar dagen later trad de mol in dienst van de bank. Eerst kreeg ze een plaats op het secretariaat op de verdieping van de vermogensbeheerders, maar na een paar dagen vroeg ze aan Jean-Bénédict om haar ergens anders neer te zetten. Ze had een onopvallendere plek nodig, midden in de actie, waar ze niet continu door haar collega's in de gaten werd gehouden. Ze had de antichambre van de kamers van Macaire Ebezner en Lev Levovitch (de twee enige bekende contacten van Sinior Tarnogol) voorgesteld. En Jean-Bénédict, die zijn rol heel serieus nam, had zijn neef overtuigd.

'Zeg, Macaire, waarom vraag je je nieuwe secretaresse niet om in de antichambre te gaan zitten? Dan kan ze je helpen zonder dat het te veel opvalt, als je snapt wat ik bedoel. Als de anderen merken dat ze jouw werk doet, dan geeft dat scheve gezichten. Je weet hoeveel hier gekletst wordt... Het zou niet gunstig zijn voor je verkiezingskansen.'

Het argument overtuigde Macaire. En de mol kreeg een nieuwe werkplek in de antichambre. En in de maanden daarop probeerde ze via Macaire en Levovitch een spoor naar Tarnogol te vinden. Tevergeefs.

In april, op het hoofdbureau van de gerechtspolitie, werd er aan het einde van de middag op de deur van het kantoor van luitenant Sagamore geklopt.

Het was de mol.

Het was Cristina.

HOOFDSTUK 52
Cristina

Cristina liep Sagamores kantoor binnen. Ze droeg het mantelpak dat ze die dag op de bank had gedragen. Maar ze had het jasje uitgetrokken en haar strenge knotje losgemaakt, zodat haar haar op haar schouders viel. Aan haar riem hing een leren holster met haar dienstwapen en haar rechercheursbadge.

'Ik ben doodop,' zei ze tegen Sagamore. 'Ik hang al sinds juni de modelsecretaresse uit. Ik voel me alsof ik twee banen heb!'

'Dat is niet alleen maar een gevoel,' antwoordde hij schaterend.

'Fijn dat je erom kunt lachen, Philippe. Weet je, ik zou best een eigen leven willen hebben, iemand willen ontmoeten, dat soort dingen!'

'Maak je niet druk, jij ontmoet heus wel iemand, en bovendien krijg je een mooie promotie zodra we deze zaak hebben opgelost.'

'En wil je me daarom zien?'

'Ja, ik wilde een overzicht maken van hoe het ervoor staat met het onderzoek.'

'Philippe, nee! Ik wilde net naar huis, lekker in bad en dan rustig eten.'

'Je gaat rustig met mij eten,' zei Sagamore. 'Ik bestel pizza.'

Cristina legde zich erbij neer. Ze was nu al tien maanden undercover bij Banque Ebezner en ze kon niet wachten tot Sagamore dit onderzoek had afgerond.

Ze keek naar het grote bord op de muur waarop de verschillende sporen van het onderzoek stonden. Ze haalde een foto los die met magneten op zijn plaats werd gehouden en bekeek hem aandachtig.

'Daar gaan we dan.' zei ze. 'Laten we de puzzelstukjes opnieuw bekijken.'

Een paar uur later was het nacht in Genève, de kantoren van de recherche waren verlaten en donker, met uitzondering van het kantoor van luitenant Sagamore. Aan een hoek van de tafel aten Cristina en de luitenant het eten dat ze hadden laten bezorgen: pizza en tiramisu. Tegenover hen hing het reusachtige witte bord waarop ze het hele onderzoek punt voor punt hadden gereconstrueerd.

Terwijl Cristina de tiramisu gulzig te lijf ging, keek ze naar het eerste kwart van het bord, waarop de feiten van de zaak vermeld stonden.

OMSTANDIGHEDEN VAN DE MOORD

Onder die kop waren met magneetjes foto's opgehangen van het lichaam van Jean-Bénédict, en een plattegrond van de zesde verdieping van het Palace waarop de namen van de gebruikers van de diverse kamers stonden vermeld.

621: Horace Hansen
622: Jean-Bénédict Hansen
623: Sinior Tarnogol
624: Lev Levovitch
625: Macaire Ebezner

Vlak daaronder stond een tekstje:

Jean-Bénédict Hansen is rond vier uur 's nachts vermoord, op kamer 622 van het Palace de Verbier. Twee schoten, 9mm, van dichtbij.

Het lichaam werd om halfzeven 's ochtends gevonden door een hotelmedewerker die het ontbijt kwam brengen.

Luitenant Sagamore slikte de laatste hap pizza door, stond op en zei: 'Aan de positie van het lichaam te zien wijst alles erop dat de moordenaar heeft aangeklopt. Jean-Bénédict stond op, trok zijn kamerjas aan om open te doen en toen: paf! Hij kon onmogelijk ontsnappen. Het bezoek was niet als dreigement bedoeld, het was geen inbraak of een uit de hand gelopen ruzie: het was moord. Daar is geen twijfel over mogelijk. De dader was een man die Jean-Bénédict Hansen wilde uitschakelen.'

'Of een vrouw,' suggereerde Cristina. 'We kunnen niet uitsluiten dat de dader een vrouw is.'

'Klopt,' stemde Sagamore in. 'Maar volgens de statistieken is de moordenaar in zaken als deze gewoonlijk een man.'

'En volgens de statistieken gebruiken vrouwen gewoonlijk een vuurwapen als ze een moord plegen!'

'Puntje voor jou,' zei Sagamore. 'Hoe dan ook, we kunnen onmogelijk weten of de moordenaar direct is vertrokken of dat hij de suite van Jean-Bénédict is binnengegaan. Er zijn geen aanwijzingen dat hij de kamer doorzocht heeft, geen voetafdrukken, geen sporen van braak, maar we moeten niet vergeten dat het een hotelkamer is: er is overal zoveel DNA dat we er niets mee kunnen!'

'Wat zegt ballistiek?' vroeg Cristina.

'Ze hebben de kogels intact uit het lichaam kunnen halen, maar dat brengt ons nauwelijks verder. Als we een wapen vinden, kunnen we in elk geval met zekerheid bepalen of dat het moordwapen is, door de krassen in de loop te vergelijken met die op de kogels.'

Cristina keek naar het onderste deel van het bord, dat treurig leeg was, waar een groot vel papier hing waarop maar één woord stond.

GETUIGEN???

'Het is toch ongelooflijk dat er helemaal geen getuigen zijn!' zei Cristina geërgerd.

Sagamore knikte, toen nuanceerde hij: 'Een deel van de gasten lag in het ziekenhuis vanwege de vergiftiging.'

'Onder wie ik!' zei Cristina woedend, die de nacht in het ziekenhuis van Martigny had doorgebracht. 'Denk je dat die vergiftiging bedoeld was om het hotel leeg te krijgen, zodat de moordenaar vrij spel had?'

'Dat is niet eenvoudig te zeggen,' antwoordde Sagamore. 'Alles wat we weten is dat geen van de gasten op die verdieping iets gehoord heeft. Horace Hansen zag voor zijn hartaanval nog kans om tegen de politie te zeggen dat hij stokdoof was, dat hij overdag een gehoorapparaat droeg, maar dat hij dat uitdeed als hij naar bed ging. Macaire Ebezner beweerde dat hij sterke slaappillen had geslikt – wat zijn arts bevestigde – en Lev Levovitch en een van de HR-managers van de bank verklaarden dat ze helemaal niets hadden gehoord. Een ander zegt dat hij kort wakker werd van lawaai, maar dat hij daarna niets meer hoorde en daarom maar weer is gaan slapen zonder zich verder nog druk te maken.'

De luitenant wees op een plattegrond van de begane grond van het Palace de Verbier.

'Na tien uur kun je alleen nog maar door de hoofdingang naar binnen. Die wordt bewaakt door twee camera's. En door een beveiligingsmedewerker, die ons verzekert dat hij de hele nacht niemand heeft gezien. De videobeelden bevestigen dat.'

'En hoe zit het met de andere ingangen van het hotel?' vroeg Cristina, die op de plattegrond de buitendeuren aanwees.

'Alle deuren die overdag open zijn gaan 's nachts op slot. Dan zijn er nog nooduitgangen, maar die gaan alleen van binnenuit open. Daardoor kan niemand het hotel in.'

'Behalve met een handlanger!' zei Cristina. 'Misschien heeft iemand de deur van binnenuit opengedaan om de dader binnen te laten. Dan hebben we dus met minstens twee daders te maken. Maar daar geloof ik niet in. Deze moord lijkt impulsief. Jean-Bénédict Hansen in een hotel met een vuurwapen vermoorden, dat duidt op haast. Hij moest die nacht nog sterven. Het lijkt een daad van iemand die alleen heeft gehandeld, iemand die in een isolement verkeerde en ten einde raad was.'

Sagamore glimlachte en zei: 'Dan kom je dus uit bij mijn hypothese, het enige in de zaak waar ik redelijk zeker van ben.'

'Namelijk?'

'Namelijk dat de moordenaar al in het hotel was. Het was een hotelgast, iemand van de bank of een genodigde, in elk geval iemand die al ter plaatse was.'

'En die daarna door een nooduitgang is weggevlucht?' suggereerde Cristina.

'Dat is mogelijk. Jammer genoeg sneeuwde het flink die nacht, en we hebben rondom het hotel geen sporen gevonden. Maar ik denk dat de moordenaar niet hoefde te vluchten. Hij heeft de moord gepleegd en is toen weer naar zijn kamer gegaan, en de volgende dag heeft hij gedaan alsof hij stomverbaasd was. De moordenaar was in het hotel, voor de neus van de politie. Daar ben ik van overtuigd.'

Cristina peinsde. Toen vroeg ze: 'Wie is de laatste die Jean-Bénédict Hansen heeft gezien?'

'Sinior Tarnogol,' antwoordde Sagamore. 'Dat weet ik omdat de beveiliging van het Palace op zaterdagavond, een paar uur voor de moord, naar zijn kamer werd geroepen.'

Van het bord haalde Sagamore een fragment uit een getuigenverklaring die op de ochtend van de moord was afgelegd door het hoofd beveiliging van het Palace, en gaf die aan Cristina te lezen.

Op de avond van zaterdag 15 december, om 23.50 uur, werd ik vanwege een woordenwisseling naar kamer 623 geroepen. Ik begaf mij direct naar de kamer in kwestie, waar ik werd ontvangen door een man die mij verzekerde dat er niets aan de hand was. Ik dacht dat ik mij misschien in de verkeerde kamer bevond. Er klonk geen geluid op de gang. Alles leek rustig. Ik drong niet aan en vertrok. Ik heb de directeur op de hoogte gebracht voor het geval er opnieuw moest worden opgetreden. Het was een vreemde avond en we konden maar beter voorzichtig zijn. Er volgde echter geen nieuwe oproep. Verder was het een rustige nacht. Dat wil zeggen: totdat de volgende ochtend in kamer 622 een lijk werd gevonden.

'Het hoofd van de beveiliging is er zeker van: de man die in kamer 623 de deur opendeed was Jean-Bénédict Hansen,' vervolgde Sagamore. 'Hij herkende hem van de foto. En 623 was de kamer van Tarnogol.'

'Inderdaad,' knikte Cristina. 'En Jean-Bénédict Hansen zat in 622. Wat heeft dat te betekenen?'

'Dat zul je wel zien,' zei Sagamore en hij wees op de volgende sectie van het bord:

Onder die kop, in blokletters, hingen twee foto's. De ene van Lev Levovitch, de andere van Macaire Ebezner. Bij beide foto's stond een tekstje ter uitleg.

LEV LEVOVITCH
De rechterhand van Abel Ebezner, die hem als een zoon beschouwde.
De Raad stond op het punt hem tot voorzitter te benoemen. Jean-Bénédict Hansen leek tegen deze keuze te zijn: hij gaf de voorkeur aan zijn neef Macaire Ebezner.
Lev Levovitch besloot kort na de moord uit Genève te vertrekken. Hij zegde de suite in het Hôtel des Bergues op waar hij al vijftien jaar woonde. Waar is hij naartoe? Waarom dit overhaaste vertrek?

'We weten dat Levovitch aardig wat onroerend goed bezit,' zei luitenant Sagamore. 'Een huis op een gewilde plaats net buiten New York, een appartement in Athene en een huis op Korfoe.'

'Volgens mijn informatie is hij naar Athene verhuisd,' zei Cristina. 'Hij zei dat hij behoefte had aan een andere omgeving. Hij was vandaag in Genève, ik heb hem op de bank gezien. Hij bezocht Macaire, die hem ervan heeft overtuigd om geen ontslag te nemen. Hij heeft de leiding over het filiaal in Athene aan Lev overgedragen. Van daaruit bedient deze zijn cliënten nog steeds. Volgens mij is de leiding over het filiaal in Athene een excuus van Macaire Ebezner om geen gezichtsverlies te lijden bij de clientèle van de bank. Macaire mag dan wel voorzitter zijn, Levovitch is altijd de ster geweest. Als hij ontslag neemt, krijgt de bank een forse tik.'

Sagamore schreef op het papier op het bord naast de foto van Levovitch: 'Athene?' Toen wees hij op het tekstje over Macaire.

MACAIRE EBEZNER
Er is ingebroken in zijn woning. Hij liegt over de inhoud van zijn kluis. Houdt vol dat er persoonlijke administratie in zat die hij in de kluis had gelegd om het te beschermen tegen brand – ongeloofwaardig. Kan verband houden met de dood van zijn neef.

Gezien in de keukens van het hotel, waar hij samen met Jean-Bénédict Hansen kratten met wodkaflessen doorzocht. Er is geen verband met de algehele vergiftiging geconstateerd.

Legaal eigenaar van een 9mm-pistool, zoals gebruikt bij de moord. Had geen bezwaar tegen een ballistisch onderzoek: de krassen in de loop stemden niet overeen met die op de kogels van de moord op Jean-Bénédict Hansen.

Geen enkel bewijs om hem in staat van beschuldiging te stellen.

Sagamore had alleen Lev Levovitch en Macaire Ebezner onder de verdachten geschaard. Cristina verbaasde zich erover dat er niets over Tarnogol stond.

'Je zei dat Tarnogol de laatste was die Jean-Bénédict Hansen in leven heeft gezien,' merkte ze op. 'Waar de beveiliging van het Palace nog aan toevoegt dat ze tussenbeide kwam bij een "woordenwisseling" in zijn suite, waar Jean-Bénédict Hansen zich bevond. En direct na de moord gaat Tarnogol in rook op, met achterlating van een ontslagbrief die alles moet verklaren. Waarom staat Tarnogol niet op de lijst van verdachten? Was je hem vergeten?'

Sagamore glimlachte sluw.

'Daar kom ik zo op,' beloofde hij, waarna hij verder voorlas van het bord.

Vanaf de namen van de twee verdachten had de luitenant een pijl getrokken naar het laatste deel van het bord.

MOTIEF: VOORZITTERSCHAP?

'Welk motief was er om Jean-Bénédict Hansen te vermoorden?' vroeg luitenant Sagamore. 'Volgens zijn vrouw had hij geen vijanden en was hij nooit bedreigd. Het enige motief dat ik kan bedenken is het voorzitterschap van de bank.'

'De Bankraad zou die avond in de grote balzaal de naam van Lev Levovitch noemen,' zei Cristina. 'We hebben de getuigenverklaring van die rechercheur uit Wallis die verklaart dat hij Horace Hansen duidelijk hoorde zeggen: "Levovitch voorzitter".'

'Dat is waar, maar hij had net een hartaanval gehad,' wierp Sagamore tegen. 'Ik weet niet zeker of een onderzoeksrechter dat als bewijs zou toelaten.'

Cristina liet zich niet uit het veld slaan door dat tegenargument en vervolgde: 'Je kunt je heel goed voorstellen dat Levovitch Jean-Bénédict heeft vermoord omdat die niet wilde dat Lev voorzitter zou worden, omdat hij liever zijn neef Macaire benoemd zag. We weten dat Jean-Bénédict Hansen in de Bankraad in de minderheid was omdat Sinior Tarnogol en Horace Hansen de voorkeur gaven aan Levovitch. Dus vertelde Jean-Bénédict Hansen zijn neef Macaire Ebezner dat Levovitch gekozen was voordat dat bekend werd gemaakt. Macaire wist dat Levovitch een bedreiging voor hem was en had al met de mogelijkheid rekening gehouden. En dus vergiftigde hij de wodka die gebruikt werd voor de cocktails, zodat de aankondiging niet door kon gaan en hij tijd won.'

'Jammer genoeg heb je geen enkel bewijs voor dat verhaal,' zei Sagamore.

'Macaire Ebezner en Jean-Bénédict Hansen zijn in de keukens gezien toen ze met de wodkavoorraad in de weer waren,' zei Cristina. 'Na de vergiftiging ontdekte Levovitch dat Jean-Bénédict Hansen achter de schermen tegen zijn benoeming streed en dus vermoordde hij hem.'

'Om vervolgens naar Athene te verhuizen?' merkte Sagamore op. 'Je hypothese snijdt geen hout.'

'Heb jij dan een betere?' vroeg Cristina.

'Ja. ik denk dat Macaire Ebezner Jean-Bénédict Hansen heeft vermoord om voorzitter te worden.'

'Maar Jean-Bénédict Hansen heeft alles gedaan om zijn neef te helpen om voorzitter te worden,' zei Cristina.

'Twee dagen voor de moord werd Anastasia Ebezner, de vrouw van Macaire, voor het Hôtel des Bergues aangereden. Ik heb de arts ondervraagd die haar heeft behandeld: Jean-Bénédict Hansen was degene die haar had aangereden, hij zei dat hij was vergeten de lichten aan te doen en dat hij haar niet had gezien. En op de dag daarna, dus op de ochtend van de verkiezing, betrapte Anastasia Ebezner een inbreker. Dat kan allemaal geen toeval zijn.'

'Denk je dat die inbreker Jean-Bénédict Hansen was?' vroeg Cristina.

'Dat is best mogelijk. Hij wilde Macaire onder druk zetten, eerst door zijn vrouw aan te rijden en daarna door zijn kluis open te breken. Misschien was hij op zoek naar iets wat hem chantabel maakte.'

'Heb je al iets van Anastasia Ebezner gehoord?' vroeg Cristina toen.

'Nee. Ik heb geprobeerd haar op te sporen, maar tevergeefs. Ik heb haar omgeving ondervraagd, maar ze had niet echt vrienden. En bovendien zie ik eerlijk gezegd geen verband met ons onderzoek. Op de dag van de inbraak bij de Ebezners had ze een briefje voor haar man neergelegd om hem te vertellen dat ze bij hem wegging. Ze wilde gebruikmaken van zijn afwezigheid om ervandoor te gaan. Dat is een relatiekwestie die ons verder niet aangaat.'

'Nog even over het onderzoek,' zei Cristina. 'Ik moet toegeven dat ik niet begrijp wat voor motief Macaire Ebezner kon hebben om Jean-Bénédict Hansen te vermoorden.'

'Hij had de waarheid over zijn neef ontdekt.'

'De waarheid?' vroeg Cristina verbijsterd. 'Welke waarheid?'

Sagamore keek ernstig.

'Cristina, er is iets wat van belang is voor het onderzoek en wat ik voor iedereen geheim heb gehouden, op een paar leden van mijn brigade en het hoofd van de kantonnale politie van Wallis na. Het is de hoofdreden waarom de politie van Wallis de zaak aan ons heeft overgedragen. Het is waarschijnlijk de belangrijkste aanwijzing in deze zaak.'

'Zeg op, verdorie!' zei Cristina.

'Ik geloof dat alles te maken heeft met het oorspronkelijke onderzoek dat al voor de moord op Jean-Bénédict Hansen bezig was, en waarvoor jij tien maanden geleden undercover bent gegaan. Ik geloof dat alles met elkaar te maken heeft.'

Cristina keek bedenkelijk. 'Ik zie niet waar je naartoe wilt, Philippe. Je hebt me nog steeds niet uitgelegd waarom Tarnogol niet op het bord voorkomt, als hij de kern van het onderzoek is.'

'Hou je van verrassingen?' vroeg Sagamore.

'Niet echt,' antwoordde Cristina, die haar geduld begon te verliezen.

'Dan ga je dit niet leuk vinden.'

Op het laatste lege deel van het bord hing Sagamore een stukje papier met de tekst

WIE IS SINIOR TARNOGOL?

'Wie is Sinior Tarnogol?' las Cristina.

In plaats van te antwoorden liep Sagamore naar een metalen ladekast waarin hij zijn dossiers bewaarde. Hij haalde er een grote plastic tas uit.

'Op die ochtend ben ik zodra ik over de moord hoorde naar het Palace de Verbier gegaan.'

'Weet ik,' knikte Cristina. 'We hebben elkaar gezien. Jij kwam uit Genève en ik uit het ziekenhuis!'

Sagamore schudde met de tas en zei: 'Dit heb ik in de suite van Jean-Bénédict gevonden. Verborgen onder in de kledingkast.'

Sagamore stak zijn hand in de tas. Alles wat erin zat was maanden geleden geanalyseerd door de technische recherche: je kon het nu aanraken zonder de bewijzen te besmetten. Het eerste wat Sagamore uit de tas haalde was een lange jas, die hij aantrok. Het kledingstuk was op diverse plaatsen opgevuld zodat degene die het droeg op een merkwaardige manier zwaarlijvig leek. Cristina begreep eerst niet wat deze vermomming te betekenen had. Toen haalde de luitenant iets tevoorschijn wat op een siliconenmasker leek en stak zijn hoofd erin. Cristina deinsde terug: ze leek ontzet. Hoe was het mogelijk? De man die voor haar stond was niet meer haar collega Philippe Sagamore, maar Sinior Tarnogol.

Tarnogol had nooit bestaan. Hij was een creatie van Jean-Bénédict Hansen.

~

Die avond, op het kantoor van luitenant Sagamore, keek Cristina minutenlang naar het siliconenmasker in haar handen. Ze kon er niet bij: het was een voorwerp van buitengewone kwaliteit, gedetailleerder en met meer talent gemaakt dan alles wat ze ooit had gezien. Het was niet te vergelijken met de maskers die je in de winkel kunt kopen: dit was een uniek stuk, met oog voor detail gemaakt. Elke oneffenheid in de huid was indrukwekkend realistisch. Het hoofd- en baardhaar was perfect geïmplanteerd. De kleur van de huid was haast levend. Het was bijna angstaanjagend. De gebruikte silicone was extreem dun, nam perfect de vorm van de drager aan, ook bij de lippen en de ogen. Het reageerde op bewegingen alsof het echte huid was: de neus, de rimpels en alle plooien in het gezicht bewogen onthutsend goed mee. Dit masker was gemaakt door een absolute topper op zijn gebied. Cristina had nooit iets gezien wat erbij in de buurt kwam.

Ze kon geen woord uitbrengen. Toen ze over de schok heen was, luisterde ze naar Sagamore, die vertelde over de aanwijzingen die hij had verzameld om aan te tonen dat Jean-Bénédict Hansen en Sinior Tarnogol een en dezelfde persoon waren. Voor elk daarvan hing hij een papiertje op het bord.

AANWIJZING 1
De beveiliging van het Palace werd gebeld over 'een woordenwisseling' op kamer 623, te weten de kamer van Sinior Tarnogol. Daar aangekomen deed Jean-Bénédict Hansen de deur open; hij verzekerde de beveiliging dat alles in orde was.

AANWIJZING 2
De tas met daarin de kleding en het siliconenmasker van Tarnogol werd gevonden in de suite van Jean-Bénédict Hansen.

AANWIJZING 3
In het masker zijn haren gevonden die afkomstig waren van Jean-Bénédict Hansen.

AANWIJZING 4
Tarnogol woonde in een villa in de rue Saint-Léger 10. Deze stond op naam van een brievenbusfirma, gevestigd op de Britse Maagdeneilanden, die direct gelieerd was aan JBH SA, de persoonlijke holdingmaatschappij van Jean-Bénédict Hansen.

AANWIJZING 5
Een huiszoeking in de rue Saint-Léger 10 leidde tot de vondst van persoonlijke eigendommen van Jean-Bénédict Hansen.

AANWIJZING 6
De agenda's van Hansen en Tarnogol toonden aan dat beiden regelmatig tegelijkertijd op reis moesten.

AANWIJZING 7
Namens de Raad was het Jean-Bénédict Hansen die belast was met de organisatie van het Grote Weekend. En toevallig betrokken Tarnogol en hij naast elkaar gelegen hotelkamers. Via het balkon kon hij van de ene naar de andere kamer gaan zonder dat iemand iets zag: Jean-Bénédict ging naar binnen door de deur van kamer 622, en enkele ogenblikken later kwam Sinior Tarnogol naar buiten door de deur van kamer 623.

AANWIJZING 8
Het ontbijt dat Jean-Bénédict Hansen bestelde op de ochtend van zijn dood bestond uit eieren, kaviaar, zwarte thee en een klein glaasje Beluga-wodka. Dit was volgens de medewerkers van het Palace de Verbier het favoriete ontbijt van Sinior Tarnogol.

AANWIJZING 9
Na de dood van Jean-Bénédict Hansen is Tarnogol op raadselachtige wijze verdwenen.

AANWIJZING 10
Een door Tarnogol getekende ontslagbrief werd gevonden in de kluis van Jean-Bénédict Hansen, samen met de aandelen die Macaire Ebezner vijftien jaar eerder aan Sinior Tarnogol had overgedragen. Ongetwijfeld wilde Tarnogol een manier vinden om zich te ontdoen van zijn hinderlijke persona en zichzelf de aandelen toe-eigenen.

Cristina was verbijsterd.

'Jean-Bénédict Hansen heeft vanaf het begin een loopje met ons genomen,' zei ze, terwijl ze de diverse aanwijzingen op het bord nog eens doorliep.

'Dat zou weleens kunnen verklaren waarom je in zes maanden bij de bank niets over Tarnogol te weten bent gekomen,' merkte Sagamore op.

Cristina kookte: ze had zich als een beginneling in de luren laten leggen. Jean-Bénédict Hansen had haar vanaf het begin gemanipuleerd. Vijftien jaar lang had hij iedereen een rad voor ogen gedraaid.

HOOFDSTUK 53
In Genève (2/5)

'Tot april wist niemand van deze ontdekking,' verklaarde Sagamore. 'Op een handvol collega's van de recherche na, in Wallis en Genève, en zij hadden een geheimhoudingsplicht. Cristina was de eerste aan wie ik het op de vrouw af heb verteld. En ik moet zeggen dat ze me goed heeft geholpen om alles duidelijker te zien.'

Sagamore had een stapel documenten voor ons klaargelegd. Hij spreidde ze uit op tafel zodat we ze konden bestuderen.

'Is dit het onderzoekdossier over de moord?' vroeg ik.

Luitenant Sagamore knikte.

'Alleen om in te kijken. Jullie mogen niks meenemen en ik heb jullie niks laten zien.'

Tussen de papieren lagen foto's van het huis van de Ebezners en van een kamer met een gebroken ruit.

'Dat is van de inbraak bij de Ebezners, twee dagen voor de moord, of niet?' vroeg Scarlett.

'Ja, hoe weten jullie daarvan?'

'We hebben met de buurvrouw van de Ebezners gesproken,' antwoordde Scarlett. 'Maar nog even over uw onderzoek: u zei dat u in april, dus vier maanden na de moord, nog geen enkele aanwijzing had.'

'Nauwelijks, in elk geval.'

'En een spoor? Of een verdachte?'

'Alleen de stellige overtuiging dat de moordenaar achter de dubbele identiteit van Jean-Bénédict Hansen was gekomen.'

'En als u moordenaar zegt, doelt u dan op iemand in het bijzonder?'

'Macaire Ebezner. Tijdens het Grote Weekend ontdekte hij dat Jean-Bénédict Hansen in werkelijkheid Tarnogol was en dat deze hem al vijftien jaar manipuleerde. Zo begreep hij dat zijn neef degene was die zijn benoeming in de weg stond. Hij besloot hem uit te schakelen om zo twee vliegen in één klap te slaan: als hij Jean-Bénédict Hansen vermoordde, vermoordde hij ook Sinior Tarnogol. Technisch gesproken hebben we dus te maken met een dubbele moord die de Raad buitenspel zou zetten, omdat het enig overgebleven lid, Horace Hansen, niet bepaald standvastig was. Macaire Ebezner wist dat het voorzitterschap en de bank van hem zouden zijn als hij zich van zijn neef zou weten te ontdoen. En dus ging hij in die nacht van 15 op 16 december tot actie over. Hij liep doodeenvoudig zijn kamer uit en klopte drie deuren verder aan. Toen zijn neef voor hem opendeed, schoot hij twee keer en daarna legde hij de paar meter naar zijn eigen kamer weer af. Zelfs als iemand hem had gehoord, zelfs als iemand wakker was geworden en de gang op was gelopen om te zien wat er aan de hand was, dan had hij nog ruim de tijd om terug naar zijn kamer te gaan en een slaappil te nemen, zoals elke avond. Een solide alibi, dat zijn arts vervolgens kon bevestigen. En het moordwapen? Dat had hij ongetwijfeld zonder het te melden van een particulier gekocht, zoals heel veel andere keurige Zwitsers. Macaire zou trouwens spontaan aan de politie melden dat hij in het bezit was van een legale revolver, en zelfs vrijwillig meewerken aan een onderzoek. Hij stelde zich naïef op om iedereen voor de gek te kunnen houden. Terwijl hij een ervaren schutter was. Dat weet ik omdat ik heb achterhaald dat hij regelmatig oefende op een schietbaan in de buurt van Genève.'

Er werd aangeklopt. Het was een rechercheur die een dringende kwestie met zijn leidinggevende moest bespreken.

'Een ogenblikje,' zei Sagamore.

Hij verdween met zijn collega naar de gang. Direct pakte Scarlett haar mobiel en ze begon foto's te maken van de documenten die op tafel lagen.

'Ben je gek?' hield ik haar tegen. 'Dat is verboden!'

'Dit is een goudmijn, schrijver! Sagamore zei het zelf: ik zal jullie nooit een kopie van het dossier geven. Schiet op, help me! Maak zo veel mogelijk foto's! We nemen allebei een stapel!'

Ik gehoorzaamde. Dit was de enige manier om cruciale informatie over het onderzoek in handen te krijgen.

HOOFDSTUK 54
De muziekdoos

Anastasia had slecht geslapen. Voor het eerst sinds ze in Korfoe was aangekomen, was ze veel eerder wakker dan Lev. Buiten was het nog donker. Ze keek een ogenblik naar haar geliefde, die vredig lag te slapen, toen stond ze op. Ze liet een bad vollopen en bleef er lang in liggen. Ze was onrustig. Voor het eerst had ze het gevoel dat er wolken hingen boven het Griekse paradijs.

De vorige avond, toen Lev terugkwam uit Genève, was ze blij geweest. Ze hadden gedineerd in de grote eetkamer, die met tientallen kaarsen werd verlicht. Het was perfect. Toch had ze het gevoel dat er iets mis was.

'Ging alles goed in Genève?' vroeg ze.

'Ja,' had Lev geantwoord.

Door de manier waarop hij wegkeek, wist ze dat hij loog. Ze besloot door te vragen.

'Je had een afspraak bij de bank, toch?'

'Ja.'

'Met cliënten?'

'Met Macaire. Hij wilde me spreken.'

'Macaire? Waarover?'

'Hij heeft me gevraagd om geen ontslag te nemen. Hij zei dat mijn vertrek de stabiliteit van de bank in gevaar zou brengen. Hij bood me aan om het filiaal van Athene onder mijn hoede te nemen en mijn portefeuille van daaruit te beheren.'

'Dat aanbod heb je afgeslagen, mag ik hopen?'

‘Ik moest het wel accepteren.’

Het was hun eerste ruzie sinds ze op Korfoe waren. Ze riep dat hij had beloofd dat hij bij de bank weg zou gaan en hij antwoordde dat er niets zou veranderen, dat hij vanuit Athene kon werken.

‘Het idee was dat we naar Korfoe zouden gaan om bij elkaar te zijn,’ zei Anastasia.

‘We zijn ook bij elkaar! Er verandert helemaal niks. Ik moet gewoon één keer per week op en neer naar Athene.’

‘Ik krijg het vreemde gevoel dat je helemaal niet bij de bank weg wilt!’

‘Ik wil gewoon niet dat iemand wantrouwig wordt.’

‘Wantrouwig? Waarover?’

Hij ontweek de vraag.

‘Ik wil gewoon dat we hier rustig kunnen wonen. Ver van alle problemen.’

‘Als je hier rustig wilt wonen, moet je ontslag nemen! De bank redt het heus wel zonder jou.’

‘Het ligt iets ingewikkelder.’

‘Soms heb ik het gevoel dat je iets voor me achterhoudt, Lev.’

Hij lachte, alsof ze iets heel doms zei.

‘Nou ja, zeg! Ik hou helemaal niks voor je achter! Wat zou ik achterhouden? En ik moet wel werken, Anastasia.’

‘Je hebt meer dan genoeg geld om niet te hoeven werken.’

‘Misschien hou ik wel voor je achter dat ik veel minder rijk ben dan jij denkt.’

Om de aandacht af te leiden schonk hij wijn bij. Ze wist dat hij loog. En het was niets voor hem om zo lomp over geld te praten. Ze zei: ‘Mag ik je er even aan herinneren dat je jarenlang in een suite van het meest prestigieuze hotel van Genève hebt gewoond?’

‘Die suite in het Hôtel des Bergues was peanuts vergeleken met dit huis, het personeel, de jurken...’

‘Maar Lev,’ onderbrak Anastasia hem. ‘Die dingen interesseren me niet! Ik geef niet om geld, dat heb ik je altijd gezegd. Voor mijn part woonden we in een schaapskooi zonder een cent te makken, dat zou ik prima vinden. En bovendien: als er gewerkt moet worden, dan werk ík wel. Ik zoek wel een baantje bij een winkel in de stad. Dat zou me zelfs gelukkig maken.’

Lev barstte uit in een vrolijke schaterlach en deed alsof ze iets heel grappigs had gezegd. Toen ging hij van tafel, nam Anastasia bij de hand en trok haar mee naar het terras. In de lauwe lentenacht hoorde je de zee en de zwaluwen. In de verte zag je de glinsterende lichtjes van de stad. Alles was sprookjesachtig. Hij omhelsde haar en ze voelde zich weer goed. Totdat ze 's ochtends vroeg wakker werd.

In bad lag Anastasia te peinzen. Waarom slaagde Lev er niet in de banden met Genève te verbreken? Ze was ervan overtuigd dat hij loog. Ze was ervan overtuigd dat hij iets voor haar verborgen hield.

Luitenant Sagamore had slecht geslapen. Hij was wakker geworden toen de zon opkwam. Eerst bedacht hij dat het veel te vroeg was om op te staan: hij kon nog dik twee uur doorslapen. Maar nadat hij een kwartier lang in bed had liggen woelen, met zijn blik naar het plafond, stapte hij stilletjes uit het echtelijk bed.

In de donkere keuken van het appartement maakte Sagamore koffie en dronk die op bij het raam, terwijl hij naar de uitgestorven straat keek. Het onderzoek zat hem dwars. Hij dacht terug aan het gesprek dat hij de vorige avond op zijn kantoor met Cristina had gevoerd. Ondanks alle bewijzen had ze gezegd: 'Toch denk ik niet dat Jean-Bénédict Hansen Tarnogol is.'

Die reactie had Sagamore verrast.

'Zeg nou zelf, Cristina: de haren in het siliconenmasker hebben zijn DNA, de villa van Tarnogol is van hem, de voorwerpen die we daar gevonden hebben zijn van hem – en dan het ontbijt met kaviaar, eieren en wodka dat hij naar zijn kamer liet brengen – wat voor bewijzen wil je nog meer?'

'Dat zijn inderdaad sterke aanwijzingen,' erkende ze. 'Maar hoe kon Jean-Bénédict Hansen zich in gezelschap van Tarnogol vertonen als hij het zelf was?'

'Hoe vaak heb je ze samen gezien?' vroeg Sagamore.

Cristina dacht een ogenblik na.

'Hé,' antwoordde ze, opeens in de war. 'Eigenlijk heb ik ze nooit samen gezien... behalve op de zaterdagavond van het Grote Weekend, in de balzaal. Ze stonden naast elkaar op het podium toen Horace Hansen de voorzitter bekend ging maken.'

'Toen had hij een medeplichtige,' beweerde Sagamore, die aan dit geval had gedacht. 'Iemand die zich als Tarnogol vermomde met behulp van het siliconengezicht en zich in gezelschap van Jean-Bénédict vertoonde, zodat die niet verdacht zou worden.'

Cristina wist nog dat Tarnogol en Jean-Bénédict op het podium in de balzaal, toen Horace de microfoon pakte om de aankondiging te doen, heel stil waren geweest. Als Tarnogol alleen een masker was, had iedere handlanger hem daar kunnen spelen. Maar toch twijfelde ze.

'Ik weet zeker dat je tientallen bankmedewerkers zult vinden die Jean-Bénédict Hansen en Tarnogol samen hebben gezien. En bovendien: hoe zou Jean-Bénédict iedereen voor de gek hebben kunnen houden tijdens de vergaderingen van de Bankraad?'

'Omdat niet hij, maar zijn handlanger bij de vergaderingen aanwezig was. Die moest alleen een oosters accent opzetten en niet te veel zeggen.'

Cristina was niet geheel overtuigd.

'Ik heb Abel Ebezner niet gekend,' zei ze. 'Maar van wat ik heb gehoord denk ik niet dat hij zich gemakkelijk om de tuin liet leiden. Tarnogol is een perfecte leugen. Daarvoor is intelligentie nodig, talent, een buitengewone tegenwoordigheid van geest. Ik denk niet dat Jean-Bénédict Hansen tot zoiets in staat was.'

'Tenzij Jean-Bénédict Hansen juist zo geniaal was om zich veel minder briljant voor te doen dan hij was, zodat zijn omgeving geen gevaar van hem verwachtte. Dat pleit juist voor zijn talent: niemand zou hem ooit verdenken.'

'Heb je het spoor van dat masker terug kunnen volgen?' vroeg Cristina. 'Heb je de fabrikant opgespoord?'

'Ik heb het geprobeerd, maar helaas. De specialisten uit de omgeving die ik heb ondervraagd zeggen dat ze nog nooit zoiets gezien hebben. Het is het nieuwste van het nieuwste. Goed genoeg voor Hollywood.'

Het feit dat Cristina twijfelde had Sagamore van zijn stuk gebracht. Die ochtend in de keuken dacht hij lang na over het gesprek, en toen nam hij een besluit dat een keerpunt in het onderzoek zou betekenen.

Hij bereidde zich voor op de werkdag, dekte de ontbijttafel voor zijn vrouw en kinderen, die nog lagen te slapen, en ging naar het hoofdbureau van de gerechtspolitie aan de boulevard Carl-Vogt.

Luitenant Sagamore dacht dat alleen een heel kleine kring van politiemensen op de hoogte was van het bestaan van die tas die in de kamer van Jean-Bénédict Hansen was gevonden. Daarin vergiste hij zich.

Macaire Ebezner had slecht geslapen. Die ochtend om halfnegen liep hij in Cologny in kamerjas en met verwarde haren de keuken van zijn huis binnen. Arma was brood aan het roosteren en maakte voor de derde keer eieren: haar baas was anderhalf uur later dan gewoonlijk. Sinds hij voorzitter was, ontbeet hij elke ochtend stipt om zeven uur. Hij vertoonde zich altijd in een schitterend driedelig pak uit zijn garderobe die vanwege zijn nieuwe functie geheel vernieuwd was. Hij dronk koffie en at zijn eieren met een volkorenboterham (vanwege de lijn) terwijl hij de krant doorbladerde. Uiterlijk om tien voor halfacht vertrok hij naar de bank.

'Alles in orde, m'neer?' vroeg Arma, die stomverbaasd was dat Macaire zo laat was opgestaan.

'Heel vroeg wakker geworden, weer in slaap gevallen, wekker niet gehoord,' vatte Macaire brommerig samen terwijl hij aan tafel ging zitten.

Arma maakte direct sterke koffie voor hem.

'Ik heb maar niet bij u aangeklopt,' zei ze terwijl ze de dampende kop voor hem neerzette. 'Dat had ik wel moeten doen. Door mij bent u nu te laat.'

'Doet er niet toe,' antwoordde Macaire.

Hij streek met zijn hand over zijn gezicht. Hij zag bleek.

'Bent u ziek, m'neer?'

'Nee, ik ben uitgeput.'

'Problemen?'

'In zekere zin.'

'Op de bank?'

Macaire gaf geen antwoord en dronk zijn koffie. Hij was moe, hij moest eens een nacht goed slapen. Ondanks de pillen werd hij al twee maanden elke ochtend voor zonsopgang wakker. Dan deed hij zijn ogen open en raakte hij in de greep van een grote angst die hem niet losliet en die ervoor zorgde dat hij niet meer kon slapen.

Arma bleef tegen hem praten, maar hij luisterde niet meer. Hij werkte zijn eieren in een paar happen naar binnen en zonderde zich af in zijn werkkamer. Hij moest in alle rust nadenken, maar hij was nooit alleen: op de bank werd hij continu gestoord, en thuis viel Arma hem lastig met haar zorgzaamheid. Hij ging achter zijn bureau zitten. Tegenover hem lagen wat onbelangrijke papieren van de bank die hij moest ordenen, wat foto's van Anastasia en een klein muziekdoosje. Hij pakte het gedachteloos op en zette het toen weer neer alsof hij zijn vingers eraan had gebrand. Hij dacht terug aan wat er twee maanden eerder was gebeurd, op een avond halverwege februari. Sindsdien leed hij aan slapeloosheid. Sinds hij met de post een kaartje voor een uitvoering van Tsjaikovski's *Zwanenmeer* had gekregen in de Opera van Genève. Toen hij de uitnodiging zag, begreep hij het meteen: Wagner wilde weer contact met hem opnemen.

~

Half februari, twee maanden na de moord op Jean-Bénédict

De pauze liep ten einde. De bel ging. Het publiek van het Grand Théâtre zocht snel zijn plaatsen weer op. De derde akte van *Het zwanenmeer* ging beginnen.

In de foyer, die weldra verlaten zou zijn, zaten twee mannen naast elkaar op een marmeren bank.

'Ik dacht dat ik niet meer in actieve dienst was,' zei Macaire. 'Dat mijn positie van voorzitter te veel aandacht trok.'

'Dat is ook zo,' zei Wagner. 'Ik wilde je alleen feliciteren met het succes van je laatste missie voor P-30. We zijn van Tarnogol af en jij bent voorzitter geworden.'

'Bedankt,' antwoordde Macaire eenvoudig, ook al begreep hij de toespeling op Tarnogol niet.

Na een korte stilte zei Wagner: 'Macaire, ik zou je graag iets willen vragen.'

'Ga je gang.'

'Waarom heb je Jean-Bénédict Hansen met een vuurwapen vermoord? Waarom heb je zo'n groot risico genomen?'

Macaire was sprakeloos.

'Zeg, ik heb Jean-Béné niet vermoord!'

Wagner glimlachte.

'Volgens de rest van de wereld... nou ja, het was gewoon nieuwsgierigheid. Ik bedacht dat je hetzelfde als bij Horace Hansen had kunnen doen. Dat trekt veel minder de aandacht.'

'Horace Hansen is overleden aan een hartaanval,' zei Macaire.

'Een hartaanval!' herhaalde Wagner, die daar kennelijk iets komisch in zag.

'Ik weet niet waar je naartoe wilt,' zei Macaire geërgerd.

'Voor mij hoef je je niet zo naïef voor te doen,' zei Wagner. 'Ik weet dat jij heel goed toneelspeelt. Je hebt Horace Hansen vermoord! Je hebt het flesje met gif gebruikt, het eerste flesje dat ik je had gegeven. Na twaalf uur een hartaanval, geen enkel spoor, de perfecte moord. Op de vader heb je de perfecte moord gepleegd. Maar de zoon, dat was een bloedbad.'

'Zeg, ik heb er niks mee te maken, Wagner! Als ik iemand had afgemaakt, was het Tarnogol geweest!'

Wagner lachte sluw.

'Daar weet ik ook alles van, Macaire. Denk maar niet dat ik gek ben.'

'Waarvan weet je alles?'

'Ik weet dat je neef Jean-Bénédict Sinior Tarnogol was.'

'Wat? Wat zeg je nou?'

'Toe, Macaire, tegen mij hoef je je niet van de domme te houden. Ik weet dat Tarnogol nooit heeft bestaan: hij was een schepping van Jean-Bénédict Hansen. Hij speelde Tarnogol al jaren!'

'Wát zeg je?' stamelde Macaire.

Wagner zag de ongelovige blik van zijn gespreksgenoot en hij begreep dat de ander echt van niets wist.

'Heeft de politie dan niets gezegd?' vroeg Wagner verbaasd. 'In de suite van Jean-Bénédict lag een siliconenmasker: het gezicht van Tarnogol. Hij heeft nooit bestaan! Het was gewoon een meesterlijke imitatie.'

Macaire keek Wagner aan: even vroeg hij zich af of de ander niet door de politie gestuurd was om tegen hem te liegen en hem uit te horen over de moord op Jean-Bénédict.

'Ik geloof geen woord van wat je zegt, Wagner. Ik heb vijftien jaar met Tarnogol samengewerkt, en geloof me, hij bestond wel degelijk. En bovendien: als het waar is wat je zegt, waarom zou de politie dat dan stilhouden?'

Wagner drong niet aan. Hij stond op en stak Macaire een vriendelijke hand toe.

'Ik ben niet gekomen om je op de huid te zitten. Ik wilde je vooral mijn excuses aanbieden voor de manier waarop ik je in december heb behandeld: je hebt veel meer lef dan ik dacht. Je moet weten dat als je P-30 ooit nodig hebt, voor wat dan ook, we voor je klaar zullen staan.'

Bij die woorden haalde Wagner een pakje uit zijn zak dat hij aan Macaire gaf. Toen die het object bekeek, zei Wagner: 'Een cadeau. Maak maar open.'

Macaire pakte het uit; er zat een klein, houten muziekdoosje in dat begon te spelen als je aan de kleine slinger draaide. In het plaatje stond gegraveerd: HET ZWANENMEER, TWEEDE AKTE, SCÈNE 10.

'Als je me ooit nodig hebt,' zei Wagner voordat hij wegging, 'laat dat muziekdoosje dan spelen. Dan kom ik direct.'

Twee maanden later dacht Macaire in zijn werkkamer terug aan het laatste gesprek met Wagner. Sinds die dag had zijn voorzitterschap een bittere smaak. Het opwindende gevoel van macht was verpest: had P-30 de dood van Jean-Bénédict en Horace Hansen in scène gezet? Was hij, zij het dan indirect, bij een verschrikkelijk complot betrokken? Zaten er bloedvlekken op zijn troon? Hij wist niet wie hij moest geloven. Het zat hem dwars. Hij sliep niet meer de slaap der rechtvaardigen. Alsof hij zichzelf iets te verwijten had.

Hij ging terug naar zijn slaapkamer om zich klaar te maken; toen vertrok hij naar de bank. Hij was veel te laat. Hij zou wel een excuus bedenken. Toen de auto door de poort reed, was het halftien.

Het was halftien. Sagamore vond dat een fatsoenlijk tijdstip voor een onverwacht bezoek en belde aan bij de villa in de rue des Granges, in het hart van de oude stad van Genève. Toen de politieman zich bekend had gemaakt ging de dubbele deur van massief hout open en betrad hij een binnenplaats. In zijn hand hield hij de tas die hij had meegenomen van het hoofdbureau van de gerechtspolitie.

Aan de andere kant van de binnenplaats was de voordeur. Een huisbediende ontving hem. De luitenant liet zijn penning zien en herhaalde wat hij door de intercom had gezegd.

'Luitenant Sagamore, recherche. Ik kom voor Charlotte Hansen.'

De huisbediende gaf een eerbiedige hoofdknik en vroeg de politieman om mee te lopen. Ze liepen door een lange gang: de vloer was van wit marmer, de muren waren bedekt met kostbaar behang. Sagamore was al wel een paar keer in huize Hansen geweest, maar iedere keer was hij onder de indruk van de luxueuze inrichting van het huis. De salon waar hij naartoe werd gebracht leek wel een museum. De huisknecht bood hem thee of koffie aan – wat hij beleefd afsloeg – en liet hem toen alleen om mevrouw te roepen.

Sagamore was naar Charlotte Hansen gekomen om haar te laten zien wat hij over haar man had ontdekt. Hij had het die ochtend bedacht, toen hij zo vroeg wakker werd. Het leek hem de beste manier om het onderzoek een nieuwe impuls te geven. Want als Jean-Bénédict vijftien jaar lang Tarnogol had gespeeld, kon Sagamore zich nauwelijks voorstellen dat zijn vrouw daar niets van wist. Misschien was ze er zelfs wel bij betrokken. Als hij Charlotte Hansen hiermee zou confronteren, zou haar reactie de waarheid onthullen. Het was dus tijd om zijn troefkaart uit te spelen.

De deur van de salon ging open en Charlotte Hansen verscheen. Sagamore had haar al een tijd niet gezien en ze leek magerder geworden.

'Dag, luitenant,' zei ze terwijl ze hem stevig de hand drukte. 'Is er nieuws over de dood van mijn man?'

Ze gingen zitten in twee fauteuils die tegenover elkaar stonden, en na een korte samenvatting van de stand van het onderzoek besloot Sagamore de sprong te wagen.

'Mevrouw Hansen,' zei hij ernstig. 'Ik vraag me af of u uw man echt kende.'

'Hoe bedoelt u?' vroeg Charlotte Hansen ongerust.

Bij wijze van antwoord haalde Sagamore het siliconengezicht uit de tas en trok het over zijn hoofd. Charlotte reageerde er even hevig op als Cristina de vorige dag.

'Tarnogol,' fluisterde ze geschrokken. 'Wat... wat heeft dit te betekenen?'

Sagamore zette het masker weer af.

'We hebben dit masker gevonden in de hotelkamer van uw man, in het Palace de Verbier. We hebben goede redenen om aan te nemen dat Tarnogol en hij een en dezelfde persoon waren. Dat hij dit personage heeft bedacht en jarenlang heeft gespeeld. Dat hij iedereen in de maling heeft genomen – inclusief u, zo te zien.'

Charlotte kon geen woord uitbrengen. Toen reageerde ze geschokt, trok ze de beweringen van de politieman in twijfel en zei dat hij zich vergiste. Daarna vertelde Sagamore over de villa in de rue Saint-Léger die op naam stond van een brievenbusfirma die eigendom was van Jean-Bénédict Hansen. Charlotte viel om van verbazing en verwierp alle aantijgingen. Om zijn woorden kracht bij te zetten liet Sagamore de bankpapieren zien die hij had meegenomen. Daarna liet hij een aantal voorwerpen zien die in transparante plastic zakken zaten: visitekaartjes, sommige op naam van Jean-Bénédict Hansen, andere op naam van Sinior Tarnogol, een overhemd waarop de initialen van Jean-Bénédict Hansen geborduurd waren, een aansteker, sigaren en een parfumflesje.

'Herkent u deze voorwerpen?'

'Ja,' bevestigde Charlotte Hansen. 'Dat zijn de aftershave die hij gebruikte, de sigaren die hij rookte, een van zijn overhemden – en zijn aansteker herken ik ook, een Dupont waar hij erg aan gehecht was. Als u die dingen in zijn hotelkamer hebt gevonden, dan is dat volkomen normaal.'

'Deze voorwerpen hebben we gevonden in de villa in de rue Saint-Léger 10,' zei Sagamore toen. 'Mevrouw Hansen, die villa is hier te voet een paar minuten vandaan, en ook de bank is vlakbij. U moet in ieder geval toegeven dat het allemaal wel heel goed uitkomt. Uw man kon in een andere gedaante van de ene naar de andere plaats gaan zonder dat iemand iets doorhad.'

Na zijn bezoek liep Sagamore naar zijn onopvallende politieauto, die op de place du Grand-Mézel stond. Cristina zat op de passagiersstoel te wachten. Ze had zich die ochtend ziek gemeld bij de bank om aan het onderzoek te kunnen meewerken.

'En?' vroeg ze toen haar collega achter het stuur ging zitten.

'We zullen zien hoe ze reageert,' antwoordde hij terwijl hij de dubbele deur van de villa van de Hansens in de gaten hield, enkele tientallen meters van hen vandaan.

HOOFDSTUK 55
Confidenties

Diezelfde dag, aan het einde van de middag, in het huis van de Ebezners in Cologny.

Arma liep heen en weer voor de deur van de werkkamer, met als smoes dat ze de vloer dweilde, en probeerde zo goed mogelijk mee te luisteren met het gesprek dat daar werd gevoerd. Maar tot haar grote teleurstelling kon ze niks verstaan. Ze wist alleen dat het iets te maken had met de moord op de neef van m'neer.

M'vrouw Hansen was iets eerder langsgekomen. Ze was bloednerveus. Ze trilde. Ze leek niet in haar normale doen. M'neer had haar direct meegenomen naar de studeerkamer en daar hadden ze zich opgesloten. Dan moest het wel ernstig zijn: m'neer ontving nooit iemand in zijn werkkamer.

Binnen spraken Macaire en Charlotte op fluistertoon; ze waren zich bewust van de ernst van de situatie.

'Hoe is het mogelijk dat Jean-Béné Tarnogol was?' vroeg Macaire steeds; hij kon het niet geloven. 'Dat is onmogelijk. Ik heb ze samen gezien.'

'Vaak?'

Die vraag maakte Macaire onzeker. Nu hij er goed over nadacht, besefte hij dat hij ze in de afgelopen vijftien jaar bijna nooit samen had gezien.

'Tarnogol was niet vaak op de bank,' zei Macaire. 'Het leek alsof hij altijd onderweg was, en nu snap ik pas waarom. Maar de Bankraad dan? Daar zaten Jean-Béné en Tarnogol allebei in; hoe kunnen ze dan een en dezelfde persoon zijn? Had Jean-Béné een handlanger, iemand die zich als Tarnogol vermomde als hij er was?'

'Denk je dus dat Jean-Béné dat allemaal in scène heeft gezet?'

'Ik heb geen flauw idee,' moest Macaire bekennen. 'Naar aanleiding van wat de politie je heeft laten zien zou ik heel graag een bewijs van het tegendeel willen zien. Jammer genoeg is er geen enkel lid van de Bankraad meer in leven dat ons zou kunnen helpen.'

Er viel een bedrukte stilte. Toen vroeg Macaire aan Charlotte: 'Heb je de agenda van Jean-Béné meegenomen?'

Met een nerveus gebaar haalde ze een leren notitieboek uit haar handtas. Macaire sloeg het open op de week voor het Grote Weekend.

'In de nacht van maandag 10 op dinsdag 11 december heb ik Tarnogol gezien,' zei hij. 'Ik was bij hem thuis om drie uur, toen ik terugkwam uit Bazel, waar ik naartoe was gegaan om iets voor hem te doen.'

Macaire legde zijn vinger op het bijbehorende vakje in de agenda.

'Hier staat dat hij in Zürich was. Ik kan me die maandag goed herinneren. De dag dat alle ellende begon. Ik herinner me dat hij wegging bij de bank, zogenaamd vanwege een afspraak in Zürich. En kort daarna kwam Tarnogol mijn kamer binnen met als excuus dat hij Levovitch wilde spreken, en vroeg me om in Bazel een envelop voor hem te halen.'

'Dus dat was Jean-Bénédict, die zich snel had omgekleed?'

'Je zegt dat de villa in de rue Saint-Léger 10 van hem was...'

'Dat heeft de politie ontdekt. Hij heeft er nooit een woord over gezegd.'

'Hij had alle tijd om de bank uit te lopen als Jean-Bénédict, zich in de rue Saint-Léger te vermommen en als Tarnogol terug te komen. Dat is minder dan tien minuten lopen... Dus toen ik die nacht terugkwam uit Bazel en dacht dat ik bij Tarnogol was, was ik eigenlijk bij Jean-Béné...'

'En ik maar denken dat hij in Zürich zat,' fluisterde Charlotte.

Macaire was geheel van streek. De agenda van Jean-Bénédict lag nog steeds open en zijn vinger bewoog naar dinsdag 11 december, waar stond: diner met Macaire. Hij zei: 'Die dinsdagavond hebben

Jean-Béné en ik samen in mijn eetkamer een plan op poten gezet om Tarnogol op de avond van donderdag 13 december uit te schakelen.'

'Uit te schakelen?' wist Charlotte uit te brengen. 'Hoe bedoel je dat?'

'Na het diner van de bankiersvereniging zouden we samen over de kade gaan wandelen, die in die tijd van het jaar donker en verlaten is. Jean-Béné zou achter het stuur van zijn auto zitten en doen alsof hij ons niet zag, en dan zou ik Tarnogol redden door hem tegen me aan te trekken. Hij zou me dankbaar zijn en voor me stemmen.'

Charlotte keek Macaire verontrust aan.

'En wat is er die avond gebeurd?'

'Om de een of andere reden was Tarnogol niet aanwezig bij het diner van de Geneefse Bankiersvereniging. Toevallig, hè? Alsof hij wist wat we van plan waren!'

'Dat was de avond dat Jean-Bénédict Anastasia aanreed,' begreep Charlotte. 'Ik was met mijn zus naar een orgelconcert, en Jean-Béné was zogenaamd zo ziek als een hond.'

'Hij was helemaal niet ziek,' onthulde Macaire. 'Hoe laat ben je naar dat concert gegaan?'

'Vroeg, want mijn zus en ik zijn voor de voorstelling uit eten geweest.'

'Zodra je weg was, ging Jean-Béné naar het Hôtel des Bergues, vermomd als Tarnogol. Ik zag hem toen ik aankwam, hij liep langs me heen, zei dat hij opeens ziek was geworden en Lev Levovitch in zijn plaats stuurde. Nu ik eraan terugdenk, begrijp ik dat dat geen toeval was. Toen Jean-Béné als Tarnogol uit het hotel was vertrokken, verstopte hij zich in zijn auto op de quai des Bergues en nam zijn normale uiterlijk weer aan. En toen wachtte hij, zoals gepland.'

'Maar waarom?'

'Enerzijds om mij het einde van het diner te laten meemaken zodat ik niets zou vermoeden van zijn geheim. Hij zou zich van de domme houden, zou vragen waar Tarnogol was. Maar ik geloof dat hij wachtte omdat hij nóg een idee in zijn achterhoofd had: zich ontdoen van Levovitch.'

'Levovitch?'

'Ik denk dat Jean-Béné alias Tarnogol Levovitch om een heel specifieke reden had gevraagd om hem bij het diner te vervangen. Hij vermoedde dat Levovitch na het diner vast over de kade zou gaan wandelen om de benen te strekken. Dat klopte. Toen Jean-Béné ons voor het hotel zag, aarzelde hij geen seconde: hij scheurde op ons af. Hij wilde Levovitch uitschakelen. Het zou de perfecte misdaad zijn: er waren geen getuigen. En als hij werd ondervraagd, had hij een solide alibi dat jij zou hebben bevestigd; dat hij de hele avond ziek in bed had gelegen. Mij zou hij verzekerd hebben dat hij dacht dat het Tarnogol was en dat hij gewoon mijn plan had uitgevoerd, en dus zou ik niets kunnen zeggen, omdat ik er zelf tot aan mijn nek in zat. Maar het plan mislukte: Anastasia liep voor de auto langs op het moment dat hij de kade op reed, en hij reed haar aan.'

'Maar waarom zou hij Levovitch willen vermoorden?'

'Om voorzitter te worden. Jean-Béné had al heel veel macht bij de bank omdat hij dubbel lid was van de Raad, en met zijn vader erbij zelfs driedubbel. Hij had ongetwijfeld een plan om de laatste wilsbeschikking van mijn vader terzijde te schuiven en officieel de zeggenschap over de bank in handen te krijgen. Maar hij kon geen staatsgreep plegen met Levovitch tegenover zich. Levovitch was te machtig.'

Charlotte Hansen werd bleek. Ze zweeg langdurig.

'Ik kan het niet geloven,' mompelde ze.

Toen sloeg Macaire de nagel in de doodskist.

'Op die bewuste dertiende december kwam jij na het ongeluk naar het ziekenhuis, en toen zijn we allemaal hierheen gekomen, weet je nog?'

'Ja, zeker.'

'Hoe ben je naar het ziekenhuis gegaan?'

'Met de auto van mijn zus. Die stond vlak bij Victoria Hall geparkeerd. Ik wilde zo snel mogelijk naar het ziekenhuis, ze gaf me de sleutels en we spraken af dat ik de auto de volgende dag terug zou brengen.'

'Dus toen jullie die nacht bij mij vertrokken zat Jean-Béné in zijn auto en jij in de auto van je zus. Zijn jullie achter elkaar aan gereden?'

'Dat weet ik niet meer... Waarom vraag je dat?'

'Omdat Tarnogol bij mijn hek verscheen toen jullie net weg waren; hij wilde met me praten. Hij zou ziek moeten zijn, maar hij leek zo gezond als een vis. Bovendien heb ik tijdens het hele weekend in het Palace de Verbier Jean-Béné en Tarnogol nooit samen gezien, tot aan de laatste Raadsvergadering op zaterdagmiddagmiddag. Vanaf het begin zag ik alleen Jean-Béné.'

Toen Charlotte bij Macaire wegging was ze nog verbijsterder dan daarvoor. Terwijl ze wegreed – waarbij haar motor meermalen afsloeg, wat aantoonde hoe nerveus ze was – zag ze niet de ongemarkeerde politieauto die onopvallend op de chemin de Ruth geparkeerd stond en die haar de hele tijd al gevolgd was.

In zijn werkkamer was Macaire gevloerd. Hij dacht terug aan het laatste gesprek met Wagner, in februari: toen had de ander niets over Jean-Bénédict gezegd.

Hij pakte het muziekdoosje dat voor hem stond en keek ernaar. 'Als je me ooit nodig hebt, laat de muziekdoos dan spelen,' had Wagner gezegd. Macaire pakte de kleine slinger vast en bracht hem in beweging.

Terwijl hij draaide en de beroemde melodie van scène 10 van de tweede akte van *Het zwanenmeer* metaalachtig weerklonk, kwam er langzaam een papiertje tevoorschijn van tussen de tandwielen van het mechanisme. Er stond een telefoonnummer op.

Macaire bedacht dat het tijd was om hulp te vragen.

Op hetzelfde moment, op Korfoe, in de namiddagzon, zwommen Anastasia en Lev in het turkooizen water van de Ionische Zee.

Anastasia bleef een moment kijken naar de inham en het dorp dat zich in de verte boven de kliffen verhief. Ze leek in gedachten verzonken. Lev kwam naar haar toe en nam haar in zijn pezige armen.

'Is alles in orde?' vroeg hij. 'Ik vind je zo stil vandaag.'

'Alles is in orde,' zei ze.

'Komt het door ons gesprek van gisteren? Als je echt niet wilt dat ik het filiaal in Athene ga leiden, dan doe ik het niet.'

'Maak je niet druk, alles is in orde, echt waar.'

Ze kuste hem om hem tot zwijgen te brengen.

Wat haar dwarszat, was hij. Ze voelde dat hij iets verborg. Ze kon de gedachte aan haar wapen niet onderdrukken, haar vergulde pistool dat ze in Genève in haar tas had gestopt en dat ze niet meer kon vinden toen ze op Korfoe aankwamen. De enige die bij die tas had gekund was Lev, in zijn suite in het Palace.

Ze had er nooit met hem over durven praten. Eigenlijk wilde ze het niet weten. Want iedere keer als ze aan dat vergulde pistool dacht, dacht ze terug aan wat er vier maanden eerder in het Palace de Verbier was gebeurd, toen Jean-Bénédict Macaire op zijn kamer bedreigde om het voorzitterschap van de bank in handen te krijgen en zij daarna de waarheid over Sinior Tarnogol ontdekte.

HOOFDSTUK 56
Geschaduwd

Begin mei. In de hitte van de vroege middag wandelde Anastasia alleen door het historische hart van Korfoe. Lev was er niet. Sinds hij een maand eerder de leiding van het Atheense filiaal van Banque Ebezner op zich had genomen, ging hij iedere dinsdagochtend vroeg weg uit Korfoe en kwam hij pas terug voor het avondeten. Die dinsdag was Lev op verzoek van Macaire naar Genève gegaan om verslag uit te brengen.

Vijftienhonderd kilometer verderop, in Genève, onder een stralende lentezon.

Op het terras van het Red Ox Steak House aan de boulevard des Tranchées waren Macaire en Lev net klaar met lunchen. Ze waren de laatste gasten: ze waren laat gekomen omdat Macaire zijn wekelijkse sessie bij dokter Kazan niet had willen afzeggen. Hij had dit restaurant trouwens uitgekozen omdat het vlak bij de praktijk van zijn psychoanalyticus zat.

'Ik ben heel blij dat het je bevalt in Athene,' zei Macaire tegen Lev. 'En bevalt de stad ook?'

'Uitstekend. Ik voel me er goed.'

'Waar woon je precies?'

'In de wijk Kolonaki, op de flank van de Lycabettus. Niet ver van het centrum.'

Macaire keek hem aan met een gespeelde blik van verstandhouding. Lev keek hoe laat het was.

‘Ik moet bijna weg om mijn vlucht te halen,’ zei hij. ‘Als er niets meer te bespreken is.’

‘Nee, ik geloof dat we alles hebben gehad. Bedankt voor je komst.’ De twee mannen drukten elkaar de hand en Lev ging weg.

Macaire ging ook weg, maar hij ging niet naar de bank: hij liep via de rue de l’Athénée naar het parc Bertrand, waar hij aan een van de paden op een bankje ging zitten, zoals Wagner hem had gezegd. Die verscheen een paar minuten later en kwam naast hem zitten. Ze deden of ze elkaar niet kenden, Wagner verdiepte zich in de krant die hij had meegebracht.

‘Ik heb het kastje in zijn schoudertas verstopt,’ fluisterde Macaire.

‘Heeft hij iets gemerkt?’

‘Hij was op de wc.’

Wagner glimlachte tevreden.

‘Over een paar uur weten we precies of Levovitch in Athene is en of Anastasia bij hem is.’

‘Bedankt voor je hulp, Wagner.’

‘Dat was P-30 je wel verschuldigd, Macaire.’

Die avond, toen de zon op Korfoe onderging, dronken Lev en Anastasia een glas wijn op het terras en keken naar de prachtige zonsondergang. Een bediende stak om hen heen tientallen kaarsen aan, het diner zou bijna worden opgediend.

De twee geliefden gingen te veel in elkaar op om te merken dat enkele tientallen meters verderop een man hen in de gaten hield vanaf de hoge rotsen die uitstaken boven het huis, en hen met een telelens fotografeerde.

Op hetzelfde moment in Cologny. In het huis van de Ebezners was Arma net klaar met koken.

‘Hebt u honger, m’neer?’ vroeg ze aan haar baas, die een fles wijn ontkurkte.

Hij vulde twee glazen en gaf er een aan Arma.

'Ik heb honger,' antwoordde hij. 'Maar ik heb geen zin om alleen te eten. Eet je mee?'

Arma was verrast door die vraag en wist eerst niets uit te brengen. Toen herstelde ze zich, ze zei verward 'd'nkuwel' en liep naar de servieskast om voor nog een persoon te dekken.

'Laat ook maar, Arma,' zei Macaire. 'Je hebt genoeg gewerkt vandaag. Ik neem je mee uit eten. De Lion d'Or, lijkt je dat iets?'

'Dat is te chic voor mij,' zei Arma ongerust. 'Ik draag een werkschort.'

'Welnee, je ziet er prima uit. Wacht maar.'

'Ik kan zo niet uit eten,' hield ze vol. 'Ik ga een andere keer wel mee.'

'Waarom zoek je niet iets uit in de kast van Anastasia? Al haar spullen hangen er nog. Jullie hebben ongeveer dezelfde maat, toch? Kies maar wat je wilt. En neem de tijd, ik heb geen haast.'

Arma gehoorzaamde en ging de trap op. Ze liep de grote badkamer in, waar nog niets veranderd was. Ze maakte zich op en deed haar haar. Toen koos ze in de garderobe een jurk uit, iets simpels en elegants. Ze vond een paar geschikte schoenen, met hakken, maar niet te hoog. Toen ze de moed vond om zichzelf in de spiegel te bekijken was ze eerst bang dat ze er belachelijk zou uitzien. Maar dat was niet zo. Ze was zelfs best knap.

'Wauw, Arma!' riep Macaire uit, die door de kier van de deur stond te kijken.

Ze werd zo rood als een tomaat.

'Weet u zeker dat het zo kan, m'neer?'

'Je bent... verbluffend.'

Haar hart bonkte. Ze was onder de indruk van het moment en volgde plechtig haar baas, die met haar in zijn sportwagen naar het restaurant in het centrum van Cologny reed en het portier galant voor haar openhield.

Ze kregen een tafel op het terras, met het mooist denkbare uitzicht over Genève.

'Dus hier kwam u vaak met m'vrouw?' vroeg Arma, terwijl ze het vergezicht bewonderde.

'Ja,' zei Macaire.

Arma had er direct spijt van dat ze over m'vrouw was begonnen. Snel, een ander onderwerp!
'Ik heb nog nooit zo'n mooie plek gezien,' zei ze.
Ze glimlachte naar Macaire, die teruglachte.

~

10 jaar eerder

Arma liep door het open hek en zag het reusachtige huis aan het einde van de oprijlaan. Ze was nooit eerder in Cologny geweest, laat staan in de chemin de Ruth. Onderweg was ze onder de indruk geraakt van de omvang en de stijl van de huizen die ze kon zien.
Ze belde aan. Een heel knappe jonge vrouw deed open en glimlachte naar haar. Het was Anastasia.
'Dag, m'vrouw,' groette Arma timide. 'Ik kom voor de advertentie.'
'Kom binnen. We verwachtten je al.'
Arma werd naar de salon gebracht. Ze geneerde zich toen ze op de prachtige sofa moest plaatsnemen. Er kwam een man binnen. Arma vond hem heel knap.
'Dit is mijn man, Macaire,' zei Anastasia.
'Dag, m'neer,' groette Arma onder de indruk. 'Ik heet Arma.'
'Fijn dat je er bent, Arma,' glimlachte Macaire. 'Het bemiddelingsbureau zei dat jij een pareltje bent. We zijn hier net komen wonen en we zoeken een huishoudster voor hele dagen. Je bent jong, maar je hebt uitstekende referenties. Zou je het willen proberen?'
'Het zou me een eer zijn, m'neer,' antwoordde Arma.

~

Tien jaar later kon Arma nauwelijks beseffen dat ze tegenover m'neer zat in dit restaurant waarover ze zoveel had gehoord. Ze werd betoverd door de gerechten die ze kreeg voorgeschoteld, door de wijn, door de trolley met desserts. Ze wilde dat dit moment voor altijd zou voortduren, maar toen het tijd was om te vertrekken zei Macaire: 'Bedankt, Arma.'

'Voor vanavond?' vroeg ze verrast.

'Voor alles.'

Hij bracht haar naar huis in de wijk Les Eaux-Vives, en liep met haar mee naar de ingang van het gebouw waar ze woonde, op de hoek van de rue de Montchoisy en de rue des Vollandes. Trillend ging ze naar binnen. Hij ging met een glimlach naar huis.

Terug in Cologny verdween Macaire in zijn werkkamer. Peinzend rookte hij een sigaar. Opeens ging de telefoon, hoewel het al laat was. Hij nam op, en aan de ander kant van de lijn hoorde hij een melodie die hij uit duizenden herkende: *Het zwanenmeer*. Het was Wagner.

Zonder een minuut te verliezen stapte Macaire in zijn auto en reed naar de telefooncel in het centrum van Cologny. Hij belde het nummer dat in de muziekdoos was verborgen. Toen de telefoon één keer was overgegaan, nam Wagner al op.

'Ik ben op Korfoe,' zei hij. 'Ik heb ze gevonden.'

'Op Korfoe? Zitten Anastasia en Lev op Korfoe?'

'Ja. ik heb foto's. Die zal ik je sturen.'

Met bonzend hart hing Macaire op. De anonieme brief klopte dus: Anastasia had hem voor Lev in de steek gelaten. Hij voelde woede in zich opwellen.

Het uur van de wraak had geslagen.

En hij wist precies wat hij ging doen.

HOOFDSTUK 57
In Genève (3/5)

Toen Sagamore weer in zijn kamer kwam, hadden Scarlett en ik alles kunnen fotograferen. We waren weer braaf gaan zitten, als twee kinderen die iets stouts hebben gedaan.

'Excuses voor de onderbreking,' zei Sagamore. 'Een spoedgevalletje.'

'We begrijpen het volkomen,' stelde Scarlett hem gerust.

'Waar waren we?'

'U vertelde over het onderzoek dat niet opschoot, uw twijfel, de druk van uw baas...'

Hij zag dat er een grote foto van een wit bord voor ons lag, waarop het hele onderzoek was uitgewerkt.

'Ik heb dat bord bijna twee jaar laten hangen,' zei Sagamore. 'Voordat ik het van de muur haalde heb ik die foto gemaakt, om niet te vergeten wat er allemaal hing.'

Scarlett en ik hadden de aanwijzingen op het bord stuk voor stuk bekeken, en dat zou later heel nuttig blijken.

'Wat is dit voor ring?' vroeg Scarlett, en ze wees op de foto op het bord van een edelsteen die iets van een saffier had.

'Dat was destijds een van de sleutels in de voortgang van het onderzoek. Zoals ik al zei zaten we vier maanden lang muurvast. Maar toen stuitten we halverwege april op die ring. Cristina vond hem.'

HOOFDSTUK 58
Vaarwel Levovitch

Toen Macaire die ochtend aankwam bij de bank, had hij zich in lange tijd niet meer zo kalm gevoeld. Sinds de dood van Jean-Bénédict had hij het gevoel dat alles hem tussen de vingers door glipte, ook al was hij nu voorzitter. Er gebeurde zoveel, en hij werd alle kanten op geslingerd: Anastasia verdwenen, de anonieme brief waarin stond dat ze hem met Levovitch bedroog, en dan Tarnogol die een verzinsel van Jean-Bénédict bleek. Hij was zo van de kaart dat hij niet meer kon slapen en eten. Hij zat met duizend vragen, hij speelde de film van de laatste vijftien jaar steeds opnieuw af, en deed zijn best om de oudste herinneringen op te roepen en te begrijpen hoe die maskerade mogelijk was geweest.

Hij had volkomen onwaarschijnlijke theorieën bedacht. Hij had zich zelfs afgevraagd of Anastasia en Jean-Bénédict al die tijd geen minnaars waren geweest, en of ze vijftien jaar geleden niet samen een afgrijselijk complot hadden opgezet, dat Jean-Bénédict in de gedaante van Tarnogol zijn aandelen zou inpikken in ruil voor Anastasia's liefde, en dat hij zich als een idioot om de tuin had laten leiden. Dat Anastasia gedaan had of ze smoorverliefd op hem was geworden en Jean-Bénédict de aandelen in handen had gekregen. Uit liefde? Voor geld? Het dividend dat Tarnogol ieder jaar opstreek was een fortuin! De bank maakte jaarlijks honderden miljoenen francs winst, en een groot deel daarvan werd verdeeld onder de vier leden van de Raad. Had Jean-Bénédict Anastasia een deel van de buit beloofd?

In die weken had Macaire zijn hersenen gepijnigd. Hij voelde zich een marionet. Maar sinds gisteravond, sinds zijn telefoontje met Wagner, had hij het gevoel dat er eindelijk weer iets in beweging was: hij stond op het punt om de situatie weer in de hand te krijgen. Hij had Anastasia opgespoord, en daarmee had hij bovendien bevestigd gekregen dat ze er met Levovitch vandoor was gegaan. De anonieme brief klopte. Hij vroeg zich af wie dat kon weten. En wie hem die brief had gestuurd. Uiteindelijk deed het er nauwelijks toe. Wat nu belangrijk was, was wraak. Macaire kon eindelijk ergens heen met zijn woede.

Levovitch had hem onderschat. Hij dacht dat hij dom was. Hij speelde al maanden een spelletje met hem: hij was niet uit Genève vertrokken om afstand te nemen, hij woonde niet in Athene. Hij woonde op Korfoe, in een huis aan zee, waar hij kroelde met zijn vrouw! Levovitch had alles vanaf het begin gepland: hij had het voorzitterschap afgeslagen zodat hij gemakkelijker met Anastasia kon vertrekken. Had hij onder één hoedje met Jean-Bénédict gespeeld? Waren ze een kwaadaardig drietal geweest? Hadden zij Jean-Bénédict vermoord?

Macaire deed zijn best om niet te lang te blijven piekeren. Hij moest zich concentreren op wat binnen zijn bereik lag: Levovitch kapotmaken en zijn naam en reputatie besmeuren.

Die ochtend begon Macaire onbewogen aan de uitvoering van zijn plan, dat hij 'Operatie Vaarwel Levovitch' noemde. Het idee was nogal simpel: volgens wat Charlotte had verteld, was de politie er zeker van dat Jean-Bénédict alias Tarnogol een handlanger bij de bank had gehad. Hij zou het bedrog niet in zijn eentje hebben kunnen uitvoeren, al was het maar omdat hij een dubbelganger moest hebben voor de zittingen van de Raad. En dus ging Macaire ervoor zorgen dat Levovitch de handlanger van Jean-Bénédict werd. Daardoor zou Levovitch direct in staat van beschuldiging worden gesteld. De politie zou hem oppakken in zijn droomhuis op Korfoe. En uitleveren met handboeien en al. In de val! Dan zou Levovitch de voorpagina niet halen met de president van Frankrijk, maar met een gepantserde arrestantenwagen voor het Gerechtshof in Genève. Misschien zouden ze hem de moord op Jean-Bénédict ook wel in de schoenen schuiven, wie weet! Levovitch zou voor altijd verdoemd zijn, Anastasia zou weer alleen zijn en met hangende pootjes terugkomen.

Op de bank wachtte hij geduldig tot Cristina haar kantoor verliet voor haar koffiepauze. Zodra de kust veilig was, ging Macaire een verdieping naar beneden zonder dat iemand hem zag. Hij ging naar de kamer van Levovitch, waar ondanks diens vertrek naar Griekenland nog niets veranderd was. Hij trok een la van het bureau open en legde er twee bewijsstukken in die Levovitch' lot zouden bezegelen: de zakdoek waarop de naam van Sinior Tarnogol stond geborduurd, en die hij achterover had gedrukt op die avond toen hij naar Bazel was gereden. In de zakdoek had hij de verlovingsring verstopt die Anastasia hem had teruggegeven. Die ring was datgene wat vijftien jaar geleden het pact met Tarnogol had bezegeld. Die had Tarnogol aan Macaire gegeven op de avond dat ze elkaar ontmoetten in het Palace de Verbier en waarvan hij hem verzekerd had dat degene aan wie hij hem gaf van hem zou gaan houden. En hij was zo verliefd, zo wanhopig dat hij het had geloofd. Hij verstopte de zakdoek tussen een stapel dossiers en maakte zich snel uit de voeten.

Toen Cristina terugkwam van haar pauze, zat Macaire aan de telefoon. De deur van zijn kamer stond wijd open en ze kon het gesprek verstaan.

'Ik weet het zeker, Lev,' zei Macaire in de hoorn, waaruit continu geluid kwam. 'Ik heb je het dossier van Stevens gegeven. Weet je zeker dat je het niet mee naar Athene hebt genomen? ... Hm... Echt heel vervelend... Goed dan, hou me op de hoogte...'

Macaire hing op en zuchtte diep, alsof hij zich verschrikkelijk ergerde.

'Iets niet in orde?' Cristina kon zich niet inhouden.

'Levovitch is een cliëntendossier kwijt. Dat is het probleem als je continu onderweg bent. Ik had hem heel belangrijke documenten gegeven en die kunnen we nu niet meer terugvinden. Hij zegt dat ze niet in zijn kamer in Athene liggen.'

'En in zijn kamer hier?' stelde Cristina voor. 'Wilt u dat ik even ga kijken, beneden?'

'Hé, daar had ik niet aan gedacht,' zei Macaire. 'Ik ga met je mee, dat is eenvoudiger.'

Even later waren Macaire en Cristina in hun vroegere kamers op de vijfde verdieping. Ze betraden de kamer van Levovitch. Macaire stortte zich meteen op de kast. Cristina nam de bureauladen voor haar rekening. Opeens kon ze geen woord meer uitbrengen. Macaire zag het en vroeg: 'Alles in orde, Cristina?'

'Ik weet het niet.'

Macaire was in zijn nopjes. Hij liep naar haar toe.

'Heb je het dossier van Stevens gevonden?'

'Nee,' zei ze. 'Ik heb een zakdoek gevonden met een ring erin.'

'Sinior Tarnogol,' las Macaire op de zakdoek. 'Wat heeft dat te betekenen... En die ring? Waarom bewaarde Levovitch een zakdoek en een ring van Tarnogol in zijn bureau?'

'Het lijkt me eerder een vrouwenring,' merkte Cristina op toen ze de diameter zag. 'En die steen is ook vrij vrouwelijk. Het lijkt wel een saffier. Ik kan me niet herinneren dat ik Tarnogol ooit een saffier heb zien dragen.'

Macaire merkte dat zijn plannetje dreigde te mislukken en deed er een schepje bovenop.

'Ja, maar nu herinner ik me dat ik Tarnogol die ring om zijn nek heb zien dragen, aan een gouden ketting. Ik weet het nog precies, ik was bij hem thuis en toen viel het me op. Daarom weet ik het nog.'

Cristina keek hem aan.

'Bent u bij Tarnogol thuis geweest?'

Macaire kon zijn tong wel afbijten: hij had zich versproken.

Aan het einde van die dag, in het hoofdbureau van de gerechtspolitie aan de boulevard Carl-Vogt.

'Fijn dat u tijd hebt gevonden om langs te komen, meneer Ebezner,' zei luitenant Sagamore toen hij Macaire naar een verhoorkamer had gebracht. 'Excuses dat we u in zo'n ongastvrije ruimte ontvangen, maar er is geen spreekkamer beschikbaar.'

'Maakt u zich geen zorgen, luitenant. Het is altijd interessant om een kijkje achter de schermen te nemen. Net alsof ik in een detectiveserie zit.'

Sagamore glimlachte.

'Dus u hebt in het kantoor van Lev Levovitch een ring gevonden die toebehoort aan Sinior Tarnogol, correct?'

'Dat wil zeggen, mijn secretaresse heeft hem gevonden. We waren in zijn kamer op zoek naar een dossier en toen vond ze hem. Het was trouwens haar idee om contact met u op te nemen.'

'Ja, ik heb haar net gesproken. Ze zei dat u die steen herkende, is dat juist?'

Macaire bedacht dat hij voorzichtig moest laveren om uit dit wespennest weg te komen.

'Nou, ik moet u allereerst vertellen dat Charlotte Hansen, de weduwe van Jean-Bénédict Hansen, me een paar weken geleden vertelde dat haar man Sinior Tarnogol was, die dus een verzinsel was.'

'Ja, dat vermoeden wij inderdaad,' bevestigde Sagamore.

'U zult wel begrijpen dat dat bericht me enorm in verwarring heeft gebracht. Vooral omdat ik heel close was met mijn neef. Sindsdien denk ik continu terug aan alle keren dat ik met Tarnogol was, om de puzzel op te lossen. En zo kreeg ik een flits van herkenning zodra ik die steen zag.'

'U herkende die steen omdat Tarnogol die weleens droeg, is het niet?'

'Ja, precies.'

'En waar hebt u die steen dan gezien?' vroeg Sagamore. 'Op de bank?'

Macaire aarzelde. Hij had helemaal geen trek om aan de politie uit te leggen waarom hij toen bij Tarnogol was. Maar hij kon het verhaal dat hij aan Cristina had verteld ook niet veranderen: als Sagamore haar daarover vragen had gesteld, moesten de twee versies wel met elkaar overeenstemmen.

'Ik heb Tarnogol die ring een keer als hanger zien dragen toen ik bij hem thuis was. Ik was verrast dat hij dat vrouwensieraad als talisman droeg en daarom heb ik het onthouden. Destijds dacht ik dat het wel een herinnering aan een verloren liefde zou zijn, zoiets.'

'Bij welke gelegenheid ging u bij Tarnogol op bezoek?' vroeg Sagamore.

'Hij had me uitgenodigd,' antwoordde Macaire luchtig. 'Ik kan me niet herinneren of er iets speciaals aan de hand was. Het was kort voor de verkiezing van de nieuwe voorzitter. Ik vermoed dat hij de potentiële kandidaten wilde spreken.'

'Meneer Ebezner,' zei Sagamore. 'Excuses dat ik u hiermee lastigval, maar kunt u mij het interieur van Sinior Tarnogols villa gedetailleerd beschrijven?'

Macaire werd verrast door die vraag. Hij vroeg zich af of het een test was om te kijken of hij de waarheid sprak. Sagamore had Tarnogols villa vast en zeker doorzocht, dus wist hij hoe het eruitzag. En dus besloot hij het huis zo exact en gedetailleerd mogelijk te beschrijven.

'Ik was er 's avonds. We aten samen. Het was al vrij laat. Een koud buffet. Heel elegant. Zalm, kaviaar, nou ja, alles topklasse dus.'

'En het huis,' onderbrak Sagamore. 'Kunt u me het huis beschrijven? De meubels? De verschillende kamers?'

'Ik herinner me dat je bij binnenkomst direct een lift en een reusachtige trap van wit marmer zag. Ik heb alleen de salon gezien waar Tarnogol me ontving. Die was op de eerste verdieping. Er waren minstens drie salons op een rij. Gescheiden door vouwwanden. Die waar wij zaten, was schitterend gestoffeerd. Ik herinner me de sofa's waar we op zaten: heel comfortabel, blauw velours. Er stond een ronde tafel bij het raam waarop het eten stond. Louis XVI. Nou ja, welke Lodewijk dan ook. In elk geval antiek!'

'Is u iets bijzonders opgevallen? Een voorwerp, een schilderij, een kunstwerk?'

Macaire dacht een ogenblik na en zei toen: 'Er hing een reusachtig schilderij over de gehele breedte van de wand: een stadsgezicht van Sint-Petersburg. Ik herinner me dat schilderij omdat Tarnogol er lang over uitweidde toen hij over zijn afkomst vertelde.'

Zodra Macaire zijn verklaring had afgelegd en de verhoorkamer uit liep, ging Sagamore naar de kamer ernaast, van waaruit Cristina alles via een videoverbinding had gevolgd.

'En?' vroeg Sagamore. 'Wat denk jij?'

'Ik heb geen idee. Hij lijkt de waarheid te vertellen en anders is hij een uitstekend acteur. Maar ik blijf me afvragen: stel dat hij de handlanger van Jean-Bénédict Hansen was? Stel dat hij Tarnogol speelde als die zich in aanwezigheid van Jean-Bénédict Hansen moest vertonen? Nu hij weet dat zijn neef is ontmaskerd, verstopt hij wat spullen bij Levovitch om zichzelf vrij te pleiten. Het is ook wel heel toevallig dat hij me heeft gevraagd om in de laden van het bureau te zoeken en dat ik toen die ring en zakdoek vond. Ik vind het moeilijk om te geloven dat het allemaal toeval is.'

Sagamore knikte.

'Denk je dat de beschrijving van de villa klopt?'

'Dat is moeilijk te zeggen,' zei Cristina.

Toen de politie de villa na de moord doorzocht, was die helemaal leeg. Het meubilair was verdwenen alsof er geen enkel spoor mocht achterblijven. Het enige wat ze vonden was een doos die vergeten was in een kast, waarin spullen zaten die aan Jean-Bénédict Hansen hadden toebehoord. Een buurman had gezegd dat de verhuiswagens op de donderdag voor de moord alles hadden weggehaald. Maar het was onmogelijk gebleken om het verhuisbedrijf te vinden.

Sagamore fronste.

'We hebben een nijpend gebrek aan concrete aanwijzingen om de verschillende hypotheses te toetsen,' zei hij.

'Kon die ring maar praten!' verzuchtte Cristina, terwijl ze met de plastic zak zwaaide waarin het sieraad zat dat ze in Levovitch' la had gevonden.

Dat vond Sagamore een uitstekend idee.

'Ik ken iemand die ons vast wel kan helpen!' riep hij plotseling uit. 'Kom, we gaan!'

Tien minuten later stopte Sagamores onopvallende politieauto voor een klein zaakje in tweedehands sieraden in de wijk Les Pâquis. Het winkeltje was nog open, hoewel het al laat was. De eigenaar, een zekere Frank, was een bijzonder type met een ongewoon uiterlijk, die in het verleden betrokken was geweest bij de handel in gestolen diamanten. Sindsdien had hij zijn leven gebeterd en af en toe gaf hij de politie inlichtingen als zijn voormalige kennissen gestolen juwelen aan hem probeerden te verpatsen.

Sagamore en Cristina liepen de lege winkel in en Frank begroette ze joviaal.

'Dag, luitenant, wat leuk u te zien! Komt u voor een mooi horloge?'

'Ik kom voor informatie,' antwoordde Sagamore, terwijl hij de ring op de toonbank legde.

'Wat wilt u weten?'

'Kun jij achterhalen waar deze ring vandaan komt?'

Frank keek bedenkelijk.

'Op het eerste gezicht lijkt me dat niet makkelijk, luitenant. Maar ik wil best even kijken.'

Frank pakte het sieraad en bestudeerde het met een loep.

'Dit is geen waardevolle ring,' constateerde hij. 'Dit is geen echte saffier.'

'Wat is het dan wel?' vroeg Sagamore.

Frank nam de tijd om de steen te bestuderen. Hij ging achter zijn werktafel zitten, pakte een ander vergrootglas, hield de ring onder verschillende lichtbronnen en zei toen: 'Ik geloof dat er iets in de zetting staat, maar de steen zit ervoor.'

'Kan je het lezen?'

'Nee, dan moet ik de steen eruit halen.'

'Doe dan maar,' zei Sagamore.

Frank haalde de steen los, en toen kon hij lezen wat erin stond gegraveerd.

Juwelier Kaham, Genève – 4560953

~

Kaham was een oude juwelierszaak die al decennialang in de rue Étienne-Dumont zat, in het hart van de oude stad van Genève.

De openingstijden van de winkel wisselden nogal en dus moest Sagamore lang wachten voordat de winkelier eindelijk besloot om zijn winkel open te gooien. Het was er stoffig en donker: toen Sagamore naar binnen ging, dacht hij dat die oude Kaham al een hele tijd niet veel kon hebben verkocht.

'Ik ben luitenant Philippe Sagamore,' stelde de politieman zich voor en hij liet zijn penning zien.

'Politie?' Verbaasd kneep de oude man zijn ogen tot spleetjes.

'Ja. Recherche. Ik doe onderzoek naar een moord.'

De oude man haalde zijn schouders op; het was niet duidelijk of de zaak hem niet interesseerde of dat hij het niet begreep. Sagamore liet hem de ring zien, waarvan de steen niet meer in de zetting zat.

'Wilt u die laten repareren?' vroeg Kaham.

'Nee,' antwoordde Sagamore. 'Die ring komt hier vandaan, en ik moet weten wie hem gekocht heeft.'

Verrassend genoeg was het antwoord op die vraag niet moeilijk te vinden. Kaham was van mening dat al zijn creaties uniek waren en daarom had hij ze stuk voor stuk genummerd. Dit getal stond samen met de naam van de koper in reusachtige boeken; in de loop der jaren was dat een flinke stapel geworden. Kaham bekeek de ene na de andere jaargang van zijn eindeloze lijsten; plotseling legde hij zijn vinger bij een regel en slaakte hij een triomfantelijke kreet. Hij had het gevonden!

Snel las Sagamore wat er stond.

> 4560953 – gouden ring met blauwe zirkoon. Koper: Sol Levovitch.

Op hetzelfde moment, op Korfoe. Het was het einde van de ochtend. Anastasia nam een laat ontbijt op het terras. Tegenover haar las Levovitch de krant. Hij leek gelukkig en onbezorgd. Ze durfde niet te beginnen over wat haar steeds meer dwarszat. Steeds dacht ze terug aan wat er een paar uur voor de moord was gebeurd, toen ze had ontdekt dat Tarnogol niet bestond.

HOOFDSTUK 59
Sinior Tarnogol

Vijf maanden eerder, zaterdag 15 december, vlak voor middernacht, vier uur voor de moord

Anastasia had net gehoord dat Jean-Bénédict Macaire had gechanteerd: hij zou afstand doen van het voorzitterschap en in ruil daarvoor zou Jean-Bénédict verzwijgen dat zijn neef de wodka voor de cocktails had vergiftigd.

Ze ging terug naar de kamer van Lev. Toen ze alles had verteld, zei ze: 'Er is maar één iemand die hier een stokje voor kan steken.'

'Wie dan?'

'Tarnogol. Ik ga met hem praten.'

'Nu?'

'Hij heeft ontslag genomen. Hij voelt zich bedreigd, ik denk dat hij zijn spullen pakt. Ik moet hem spreken voordat hij weg is. Macaire zei dat hij in de kamer hiernaast zit.'

'Tarnogol is gevaarlijk,' waarschuwde Lev.

'Weet ik.'

Het korte antwoord verraste Lev.

'Laat me met je meegaan,' zei hij.

'Nee, Lev. Bemoei je hier alsjeblieft niet mee! Dit is iets tussen Tarnogol en mij. Hij... heeft een deel van mijn leven gestolen. Door hem ben ik met Macaire getrouwd! Door hem zijn jij en ik...'

Ze viel stil. Ze wilde er niet over praten. Ze liep de gang op en klopte op de naastgelegen deur.

Lev bleef in de suite en voelde paniek opkomen. Voor het eerst in de vijftien jaar dat hij deze rol speelde leek zijn perfect uitgewerkte scenario niet te voldoen. Hij had geen andere keuze dan open te doen. Hij haastte zich naar het balkon en klom over de balustrade naar het balkon van de kamer ernaast, die van Tarnogol, waarvan de openslaande deur nog steeds openstond.

Anastasia stond op de gang van de zesde verdieping en roffelde op de deur. Geen reactie. Ze bukte: na enige ogenblikken zag ze een reepje licht, alsof iemand net wakker was geworden en het licht had aangedaan.

Lev had zich rap uitgekleed en een kamerjas aangetrokken toen hij Anastasia's stem door de deur heen hoorde.

'Tarnogol, ik weet dat je er bent, doe open!'

Lev greep het siliconenmasker en zette het snel op. Hij sloeg de kamerjas dicht en kruiste zijn armen ervoor om de overgang tussen het masker en de huid te verbergen. Het was verre van perfect, hij negeerde de basisregels die zijn vader hem had bijgebracht. Maar hij had geen keuze. Hij liep naar de deur. Diep vanbinnen wist hij dat dit het moment van de waarheid was.

De deur ging open en Anastasia zag Tarnogol voor zich, gekleed in een kamerjas, duidelijk net wakker.

'Wat is er aan de hand?' vroeg Tarnogol.

'Jij en ik moeten eens praten,' zei Anastasia.

Tarnogol stapte opzij om Anastasia binnen te laten. Ze keek Tarnogol als een woedende leeuwin in de ogen. Ze had een kort flits van herkenning. Die ogen. Ze herinnerde zich wat ze diezelfde ochtend in Genève nog tegen luitenant Sagamore had gezegd: 'Alles lag in de ogen. In de ogen, luitenant, en die liegen nooit.' Ze begreep het meteen en wierp zich op hem.

In kamer 622, de suite naast die van Tarnogol, was Jean-Bénédict Hansen dolblij: de bank was van hem. Hij borg de aandelen die hij van Macaire had gekregen in de kluis, toen hij door de wand heen lawaai hoorde. Het leek of er bij Tarnogol een woordenwisseling aan de gang was. Hij hoorde een vrouw schreeuwen en er bonkte iets tegen de muur. Hij rende naar de telefoon om de beveiliging op de hoogte te brengen, daarna liep hij de gang op om te zien wat er aan de hand was. De deur van Tarnogols suite stond open: daarbinnen was een woordenwisseling aan de gang. Hij liep er langzaam naartoe en zag in de kamer een tafereel waarop hij niet gerekend had. Anastasia schudde Lev door elkaar bij de kraag van zijn kamerjas. Op het tapijt lag een siliconenmasker dat leek op het gezicht van Tarnogol.

'Wat...' mompelde Jean-Bénédict.

Anastasia besefte dat Jean-Bénédict in de kamer stond en liet Lev los. Die keek machteloos toe hoe Jean-Bénédict het siliconenmasker opraapte.

'Was jij het?' zei hij stomverbaasd. 'Was jij het al die jaren? Bestaat Tarnogol niet?'

Jean-Bénédict bracht het masker naar Levs gezicht, die doodsbang was. Zijn geheim was uitgekomen.

'Dat is ongelooflijk,' zei Jean-Bénédict met iets van bewondering in zijn stem. 'Dat is absoluut ongelooflijk!'

Hij liep wat dichter naar ze toe met een dreigende blik. Op dat moment verscheen een kleerkast van de beveiliging in de deuropening.

'Is alles hier in orde?' vroeg hij. 'Een gast heeft geklaagd dat hij geschreeuw hoorde.'

'O, alles is helemaal in orde,' stelde Jean-Bénédict hem met een grote glimlach gerust. 'We waren aan het repeteren voor een sketch. Hebben we te veel lawaai gemaakt? Excuses, in dat geval.'

Jean-Bénédict liep naar de beveiliger toe om hem met weer een glimlach gerust te stellen en klopte op zijn schouder; toen deed hij de deur voor zijn neus dicht. Hij keerde terug naar Lev en Anastasia en keek ze met een duivelse blik aan; ze leken doodsbang.

'Deze avond verloopt wel heel miraculeus!' zei Jean-Bénédict enthousiast.

Met die woorden zette hij het siliconenmasker op en hij keek in de wandspiegel hoe hij eruitzag.

'Ongelooflijk!' riep hij uit. 'Het is gewoon een wonder! Je hebt ons vijftien jaar lang voor de gek gehouden, Lev. Ik wil alles weten! Ik moet weten hoe je dit hebt gedaan.'

Jean-Bénédict zette het masker weer af en liep naar het zitgedeelte van de suite.

'Kom zitten,' beval hij Lev en Anastasia.

Ze hadden geen andere keuze dan te gehoorzamen. Ze gingen naast elkaar op de bank zitten. Anastasia was doodsbang en in een reflex greep ze kort de hand van Lev. Het ontging Jean-Bénédict niet.

'Ach, jullie zijn tortelduifjes!' riep hij uit. 'Het wordt nog mooier! Steeds mooier!'

Hij deed de minibar open en pakte een fles champagne.

'Mag ik?' vroeg Jean-Bénédict aan Lev. 'Of moet ik dat aan Tarnogol vragen?'

Hij wapperde met het masker en barstte in lachen uit; toen ontkurkte hij de fles en zette hem aan zijn mond. Met een walgelijke beweging likte hij zijn lippen af, toen riep hij: 'Champagne! Champagne voor Sinior Tarnogol, de grootste bedrieger uit de geschiedenis. En nu: vertel, Lev, ik wil alles weten!'

15 jaar eerder, de vrijdagochtend van het Grote Weekend

Die ochtend was Lev 's ochtends vroeg uit Genève naar Verbier vertrokken. De vorige avond had Anastasia hem in de steek gelaten toen ze niet naar de afspraak in het Hôtel des Bergues was gekomen.

In Martigny had hij even tijd voordat de aansluitende trein naar Le Châble vertrok, waar hij op de bus naar Verbier zou stappen, en hij besloot koffie te drinken in de warmte van het Hôtel de la Gare. Toen hij binnen zat, in het geroezemoes van de vele gasten die er zaten te ontbijten, keek hij door het raam naar de uitgestorven straat. Plotseling zag hij tot zijn grote verrassing zijn vader opduiken, met een koffer in de hand, die door de schemering liep en het hotel binnen ging, waar hij zich onder de andere gasten mengde. Zonder zich te laten zien hield Lev hem in de gaten. Sol Levovitch liep de hal door en verdween naar de toiletten. Lev besloot hem te volgen. Hij had een voorgevoel dat er iets niet in de haak was. Hij ging ook naar het toilet: niemand. Toen zag hij dat een van de hokjes op slot zat. Daar zat zijn vader. Met zijn koffer. Er klonk veel gestommel. Wat was hij aan het doen?

Lev wachtte een paar minuten.

Plotseling ging de deur van het hokje open.

Lev was met stomheid geslagen. Hij kon het niet geloven. De man tegenover hem was Sinior Tarnogol.

'Papa,' stamelde Lev geschokt.

Tarnogol bracht zijn handen naar zijn hals en haalde voorzichtig het siliconengezicht los. Dat duurde even: langzaam verscheen vanachter het masker het gezicht van Sol.

'Ben jij Tarnogol?' stamelde Lev. 'Was jij het al die tijd?'

Sol knikte.

'Tarnogol en een paar anderen. Daarom heeft meneer Rose me in dienst genomen. Om verschillende hotelgasten te spelen en de gebreken in de dienstverlening op te sporen.'

En zo ontdekte Lev tot zijn verbijstering dat bepaalde hotelgasten die hij jarenlang had bediend niet bestonden. Of beter gezegd: ze waren een en dezelfde persoon. Zijn vader.

Sol Levovitch was een geweldig acteur. Hij had werkelijk iedereen om de tuin geleid. Al die jaren had hij meer dan levensechte personages geschapen. Dankzij meneer Rose had hij zijn genialiteit eindelijk de vrije loop kunnen laten. In Wenen had hij siliconenmaskers op maat laten maken bij de grootste vakman op dat gebied, die ook aan grote filmstudio's leverde.

Lev pakte het masker en bestudeerde het. Het was verbijsterend realistisch; de neus, de haarimplant, de manier waarop het silicone versmolt met de ogen en de mond. De illusie was perfect.

Toen Lev over de eerste schrik heen was, dacht hij terug aan hoe Tarnogol zich in de loop van het afgelopen jaar tegen hem had gedragen, en hij vroeg zijn vader om een verklaring.

'Als jij Tarnogol bent, waarom heb je me op de avond van het grote bal van de bank dan verraden aan meneer Bisnard?'

'Alle andere medewerkers van het Palace hadden je gezien: ze waren woedend op je. Ik wilde dat er een eind aan kwam toen dat nog kon. Voordat je jezelf helemaal voor schut zou zetten en een schandaal veroorzaakte. Dat zou je je baan hebben gekost... en bovendien... als ik eerlijk ben, zag ik hoe je naar al die bankiers keek, al die machtige lui. Ik voelde me klein. Ik was jaloers op ze. Toen ik ook nog hoorde dat je loog over je identiteit om te doen alsof je deel uitmaakte van die wereld, kon ik dat niet verdragen.'

'En toen?' eiste Lev te horen.

'Afgelopen lente, toen Anastasia naar Brussel was vertrokken, was je doodongelukkig. Ik kon niet met je praten. Ik was gefrustreerd. Ik vroeg je een paar keer mee uit eten, maar je wilde niet. Weet je nog?'

'Ja,' bevestigde Lev.

'Toen bedacht ik dat Tarnogol misschien zou slagen waar ik faalde. Ik koos voor Tarnogol en niet voor een ander personage, omdat ik het gevoel had dat hij het beste bij die bankierwereld paste. Tarnogol vroeg je mee uit eten cn je zei ja.'

'Ik kon zijn uitnodiging toch niet afslaan,' verdedigde Lev zich.

'Doet er niet toe,' antwoordde zijn vader. 'Het belangrijkste is dat ik een heerlijke avond met je had. Ik ontdekte dat ik in de gedaante van Tarnogol de wijze vader kon zijn die ik als mezelf niet ben. Dat bleek vorige zomer nog, toen je zei dat je een aanbod van de bank had gekregen; ik werd woedend. Ik wilde niet dat je wegging, ik trapte een scène om je te ontmoedigen en toen bleef je. Dat nam ik mezelf kwalijk, omdat ik best doorhad dat jij niet meer in het hotel thuishoorde, maar in Genève.'

'En dus kwam je als Tarnogol terug naar het Palace en zorgde ervoor dat ik ontslagen werd.'

'Ja. Meneer Rose wist ervan. Ik zei dat ik zou zorgen dat je uit je vel zou springen en dat ik dan je ontslag zou eisen.'

'Dus het was allemaal één groot toneelstuk,' zei Lev.

'Als je het zo wilt noemen. Het toeval wilde dat Anastasia precies op dat moment aankwam en jou meenam. Ik was verdrietig om mezelf, Tarnogol was blij voor jou.'

'Maar waarom dan dat toneelstuk bij de bank?' vroeg Lev. 'Waarom dat gedoe met het openen van die rekening en daarna het opkopen van de bank?'

'Meneer Rose had verteld dat jij door de oude Ebezner op een zijspoor was gezet en dat je een belangrijke eerste cliënt nodig had om volwaardig bankier te worden. Ik bedacht dat Tarnogol daar de geschikte persoon voor was. Al mijn personages beschikken over een vals paspoort van een Berlijnse meestervervalser. Dat hadden ze nodig om in te checken bij het hotel. Ik bedacht dat ik gewoon naar de bank kon gaan om een rekening te openen, met mijn paspoort op zak – kinderspel, dacht ik. Daarna wilde ik de overboeking van het denkbeeldige geld steeds langer uitstellen. Ik zou zeggen dat de banken dwarslagen. Zodra je dan officieel bankier was geworden, zou je andere cliënten aantrekken en dan was je veilig.'

'Maar de afspraak bij Banque Ebezner verliep niet zoals voorzien?'

'Precies. Ik had een reusachtig vermogen verzonnen. Abel Ebezner vroeg me om die documenten te ondertekenen. Daar had ik niet op gerekend. Maar ik kon ook niet meer terug. Ik ging naar de volgende afspraak met al die documenten oningevuld in de envelop. Ik wist dat ik geen rekening zou kunnen openen. En dus wilde ik tijd winnen, voor jou, om je te helpen. Ik bedacht dat ik een eis zou stellen die Abel Ebezner nooit zou kunnen inwilligen; Tarnogol een deel van zijn bank verkopen.'

'Maar daardoor leek ik een volslagen idioot!' wond Lev zich op.

'Het spijt me. Ik wilde alleen helpen. Wacht maar, ik los alles op. Ik sta op het punt om als Tarnogol terug te gaan naar het Palace: meneer Rose heeft een kamer voor me gereserveerd naast die van Abel Ebezner, en dan vertel ik hem...'

'Jij vertelt helemaal niks!' ontplofte Lev. 'Je gaat dat hele personage vergeten!'

'Ik ga Abel Ebezner ervan overtuigen om je tot bankier te benoemen. Laat me mijn gang gaan, alsjeblieft!'

'Maar in januari word ik sowieso bankier, zodra Macaire vicevoorzitter wordt! Ik heb je hulp niet nodig, hoor je? Ik heb je hulp helemaal niet nodig!'

'Dat is juist het probleem,' fluisterde Sol.

'Wat?'

'Dat je mijn hulp niet meer nodig hebt. Je hebt me altijd nodig gehad, ik ben je vader. Maar nu sta je op eigen benen. Je hebt mij niet meer nodig, en dat is moeilijk te verkroppen.'

Lev kon er nog steeds niet bij.

'Ik kan het niet geloven. Het was allemaal één grote farce!'

'Het was geen farce!' stribbelde zijn vader tegen.

'Een clownsvoorstelling dan,' riposteerde Lev, die diep gekwetst was door alle leugens. 'Al die gasten die zo lovend over me waren, die ervoor zorgden dat ik trots was op mijn werk – allemaal nep! Wat moeten meneer Rose en jij gelachen hebben, wat moeten jullie me stom hebben gevonden!'

'Nee,' protesteerde Sol. 'Die personages dienden om de kwaliteit van de dienstverlening te controleren.'

'Het was een manier om me in het Palace te houden!' snauwde Lev.

'Nee,' verzekerde zijn vader hem.

Lev was buiten zichzelf van woede. Hij voelde zich verraden en vernederd tegelijk.

'Die belachelijke acteerobsessie van jou!' zei hij boos. 'Mama is niet vermoord door een bankier, maar door een acteur! Om jou en die belachelijke opvoeringen is ze weggegaan! Door jou is ze doodgegaan!'

'Lev, nee, alsjeblieft! Ik dacht dat ik er goed aan deed.'

'Je hebt alles kapotgemaakt!' brulde Lev. 'Je bent maar een clown!'

'Ik ben geen clown!' riep Sol uit.

'Als je geen clown bent, wat doe je dan in dat pakje?'

'Ik ben je vader.'

'Ja, maar ik weet niet of je de vader bent die ik zou willen.'

Bij die woorden gaf de vader, gekrenkt tot op het bot, zijn zoon een klap. Lev was eerder geschrokken dan dat het pijn deed; hij bracht zijn hand naar zijn wang.

'Vergeef me...' smeekte Sol, die er meteen spijt van had dat hij zich had laten gaan.

Lev stapte achteruit in de richting van de deur.

'Wacht!' riep zijn vader. 'Ik heb er een goede reden voor. Er is iets wat ik je nog niet verteld heb...'

Maar Lev wilde niets meer horen. Hij rende weg. Hij wilde verdwijnen. Hij had vooral behoefte aan troost. Hij had Anastasia nodig. Hij moest haar vinden. Hij sprong op de eerste trein naar Genève. En tijdens die rit van Martigny naar Genève bracht de trein in de tegenovergestelde richting die hij onderweg kruiste Anastasia naar Martigny, van waaruit ze naar Verbier wilde reizen om Lev te zoeken.

De hele dag zwierf Lev door Genève. In het appartement van Olga von Lacht: niemand. Bij hem thuis: niemand. Hij wachtte lang in Remor: niemand. Hij ging naar iedere plaats in Genève waar zij weleens kwam. Tevergeefs. Wanhopig ging hij terug naar Anastasia's moeder. Daar was nog steeds niemand. Hij wachtte bij de lift tot er iemand zou komen. Tegen zeven uur 's avonds verscheen eindelijk Olga von Lacht, die terugkwam van haar werk. Zodra hij haar zag, maakte Lev zich klaar om zijn rol van Romanov te spelen. Maar voordat hij zijn mond open kon doen begon Olga te schreeuwen: 'Hoe durf je je hier te vertonen? Smeerlap! Rioolrat!'

Ze voegde de daad bij het woord en begon Lev met haar handtas te slaan.

'Madame Von Lacht,' riep hij uit. 'Hou op! Wat is er met u aan de hand?'

'Wegwezen, stuk verdriet! Onkruid! Oplichter! Ik weet alles!'

'Mevrouw Von Lacht,' smeekte Lev. 'Ik moet Anastasia absoluut spreken. Ik ben de hele dag al naar haar op zoek!'

Olga liet haar handtas zakken: was Anastasia niet bij Lev? Waar was ze dan? Ze besloot van de gelegenheid gebruik te maken om Lev en haar dochter uit elkaar te drijven.

'Anastasia wil je niet meer zien,' zei ze dus. 'Ze houdt van een ander. Een rijke, machtige man! Geen miserabele bagageknecht! Wegwezen nu, hoor je?'

Zonder een woord ging Lev weg.

Die avond ging hij uiteindelijk terug naar het Palace de Verbier, nadat hij uren had rondgezworven, geheel van de kaart door de gebeurtenissen van het laatste etmaal.

Het was al na middernacht toen een taxi hem voor het Palace afzette. In de uitgestorven lobby zag hij zijn vader, die op hem zat te wachten. In een wanhopige poging om zijn zoon niet te verliezen gaf hij hem de brieven die hij had vervalst om Lev te doen denken dat Anastasia voor Macaire koos.

De vader nam het zichzelf kwalijk dat hij zo laf was. Tarnogol zou het vast beter doen. Maar hij was Tarnogol niet meer. Hij was alleen nog maar Sol.

En Lev werd diep getroffen door die brief waarvan hij dacht dat die het einde betekende, en hij zocht troost in de armen van Petra.

~

Vijftien jaar later, in kamer 623 van het Palace de Verbier, onderbrak Jean-Bénédict Levs verhaal.

'Wat zei je nou over die brieven?' vroeg hij.

Anastasia herhaalde de uitleg die ze aan Lev had gegeven, toen ze elkaar een jaar geleden bij de uitvaart van Abel Ebezner eindelijk hadden teruggevonden.

'Ik had twee brieven geschreven,' zei ze. 'De ene was voor Lev, waarin ik hem vertelde dat ik van hem hield, en de andere was voor Macaire, om hem te laten weten dat ik niets voor hem voelde. Maar Levs vader, aan wie ik die brieven had gegeven, heeft ze bewerkt.'

'Hij had de namen ervanaf geknipt en ze omgewisseld,' zei Lev. 'Ik kreeg een brief waarin ze het uitmaakte, zodat ik dacht dat Anastasia haar leven met Macaire wilde delen. De volgende avond op het grote bal zag ik Anastasia en Macaire kussen, wat dat voor mij bevestigde.'

'Maar Macaire kuste mij!' protesteerde Anastasia, die vijftien jaar na dato nog steeds de behoefte voelde om zich te verdedigen. 'Ik zag het helemaal niet aankomen!'

'Ik kan me anders niet herinneren dat je boos op hem werd!' verweet Lev haar.

'Toe, tortelduifjes,' onderbrak Jean-Bénédict hen. 'Niet zo kibbelen! Ik wil weten hoe het verder ging, en vooral waarom Levs vader de namen op die brieven had verwisseld zodat jij aan Anastasia's liefde zou twijfelen.'

'Omdat hij doodziek was en niet alleen wilde sterven.'

~

Vijftien jaar eerder, in de balzaal

Toen Lev Anastasia met Macaire had zien kussen, wilde hij zich wreken door op zijn beurt Petra te kussen. Anastasia was gebroken toen ze zijn nieuwe verovering zag, en ze ging er snel vandoor.

Te midden van die vrolijke menigte voelde Lev zich machteloos, terwijl Petra nog steeds aan zijn arm hing. Het weerzien met Anastasia, en vooral de aanblik van die kus met Macaire, had hem flink door elkaar geschud. Het was één ding om de brieven te lezen en het te weten, maar het was heel iets anders om het ook echt te zien.

Op zijn beurt verliet Lev de balzaal. Hij voelde zich niet op zijn plaats tussen die bankiers. Hij bedacht dat zijn vader gelijk had: de bank had hem veranderd. Hij wilde weer in het hotel werken. Hij wilde hier weer wonen. In deze bubbel. Nooit meer weg uit het Palace. Hij moest toegeven dat de enige die altijd het beste voor hem had gewild, zijn vader was.

Toen hij de balzaal uit liep, stuitte hij op meneer Rose, die duidelijk op de hoogte was van wat er tussen Sol en zijn zoon speelde.

'Lev,' zei meneer Rose. 'Ik moet met je praten. Het gaat over je vader.'

'Ik weet het, hij deed het voor mij, hij wilde me helpen door middel van Tarnogol.'

'Daar wil ik het niet over hebben. Je vader heeft kanker, Lev.'

Lev verbleekte: deze keer had zijn vader niet gelogen.

'Dus dat was geen verzinsel,' fluisterde hij.

'Hij gaat dood,' zei meneer Rose vertrouwelijk.

'Waarom heeft hij dat nooit verteld?'

'Hij wilde je niet ongerust maken, hij dacht dat hij er wel bovenop zou komen. Jammer genoeg is er niets meer aan te doen. Hij gaat dood en hij heeft alleen jou. Hij heeft nog maar een paar maanden.'

Opeens wilde Lev zijn vader weer zien, hem tegen zich aan drukken. Geen seconde meer verliezen van de tijd die ze nog hadden.

Op die avond van het bal van Banque Ebezner had Sol in het Palace moeten zijn. Maar Lev vond hem niet op zijn kantoor, en geen van de medewerkers aan wie hij het vroeg, had hem gezien. Lev bedacht dat hij wel in zijn appartement zou zijn. Hij ging ernaartoe en klopte lang op de deur; er werd niet opengedaan. De deur was niet op slot, en Lev besloot naar binnen te gaan. Er was niemand. Hij riep: er kwam geen antwoord. Het was duidelijk dat zijn vader niet thuis was. Hij besloot nog even de slaapkamer te controleren. Die was ook leeg. Maar in plaats van te vertrekken, wilde Lev het privédomein van zijn vader bekijken. Hij opende de grote wandkast tegenover het bed. Hij was stomverbaasd: op een plank zag hij een serie siliconengezichten op de hoofden van paspoppen. Het waren de gezichten van hotelgasten die hij had gekend. Daaronder lagen allerlei voorwerpen, de accessoires van die personages: horloges, sieraden, brillen, sigaretten. En tussen dat alles het ingebonden boek waarop zijn vader zo zuinig was, waarin hij al zijn ideeën noteerde. Lev sloeg het open en zag in de vorm van schetsen en aantekeningen allerlei gasten die hij in het Palace had bediend. Zijn vader had schetsen van hun gezichten gemaakt, waarna hij mallen had laten maken en daarna siliconenmaskers. Lev begreep dat die personages echt bestonden: Sol Levovitch had hun levensverhalen beschreven, hun manier van spreken, hun voorkeuren en eisen, zodat hun gedrag bij ieder verblijf in het hotel hetzelfde zou zijn.

Lev bekeek de siliconenmaskers en keek lang naar dat van Tarnogol. Het fascineerde hem. Hij pakte het op en ging voor de kaptafel zitten, die een centrale plaats in de kamer innam en waar zijn vader zich jarenlang had getransformeerd om zich incognito te mengen onder de clientèle van het Palace. Lev besefte dat zijn vader hem alles geleerd had: hij kende de bewegingen en de houdingen, hij wist hoe hij zijn stem kon omvormen om hem gedragener te maken. Hij bedacht dat hij het laatste jaar zelf ook veel genoegen had beleefd aan dit soort bedrog, toen hij zich presenteerde als Lev Romanov. Uiteindelijk bracht hij alleen maar in de praktijk wat zijn vader hem had geleerd. Hij was een acteur. Ze waren inderdaad een acteursgeslacht. Ze waren de Levovitchen.

De helft van de kast was een hanggedeelte voor de kleren van de personages. Zonder moeite herkende Lev de kleren van Tarnogol en hij trok ze aan: ze waren gevoerd met textiel en schuimrubber zodat hij zwaarlijviger werd en zijn gestalte veranderde. Het was verbluffend.

Daarna trok hij het siliconengezicht over zijn eigen gelaat. De kunststof zat strak om zijn kaak, vormde zich naar zijn ogen en lippen. Hij bracht het grijze haar in model en streek de dikke wenkbrauwen glad. Het resultaat was verbijsterend: hij wás Sinior Tarnogol. Hij oefende even met lopen en bewegen in dit nieuwe omhulsel. Hij besefte dat hij het personage dat Sol had gecreëerd en Tarnogol had gedoopt, perfect kon uitbeelden: de stem, de manier van bewegen, van spreken. Precies zoals zijn vader het hem had geleerd. Lev begreep dat zijn vader hem had voorbereid om het stokje van hem over te nemen. Hij begreep ook dat zijn vader niet zomaar een getalenteerd acteur was: hij was een zuivere dramaturg, de vleesgeworden ziel van het theater. Een groots artiest.

In de gedaante van Tarnogol bekeek Lev zichzelf lang in de spiegel. Hij voelde zich trots. Trots dat hij een Levovitch was. Hij wilde dat zijn vader hem zo zou zien. Hij wilde dat hij zag dat ze op elkaar leken. Dat ze helemaal niet zo verschillend waren.

Als zijn vader hier niet was, moest hij wel in het Palace zijn. Lev ging ernaartoe. Toen hij het appartement verliet, zorgde hij ervoor dat hij zijn kostbaarste bezit meenam, dat sinds de vorige avond in zijn broekzak had gezeten: de verlovingsring van zijn moeder, die hij in het Hôtel des Bergues aan Anastasia had willen geven.

Terug in het Palace besefte Lev direct hoe goed zijn nieuwe identiteit was: de medewerkers trapten er volledig in en groetten hem eerbiedig. Lev schiep er genoegen in om ze net zo uit de hoogte te behandelen als Tarnogol dat zou doen. Dit was een goede gelegenheid om zijn stem en zijn accent te oefenen, en als iemand hem vroeg: 'Hoe gaat het met u?' antwoordde hij dus steevast: 'Ga aan de kant!' Onder zijn siliconenmasker was Lev in de wolken: wat zou zijn vader een gezicht opzetten als hij hem zo zag! Maar zijn vader was nergens. Lev zwierf een tijdje door de lobby, daarna ging hij naar het bordes om een sigaret te roken.

Op datzelfde moment verliet Macaire de balzaal op de eerste verdieping met de aandelen van de bank in zijn hand, en ging naar het bal in het Palace. Zonder Anastasia was zijn avond verpest. Hij voelde zich triest. Hij voelde zich alleen. Hij was bereid om al het goud van de wereld te geven om bij haar te zijn. Hij voelde de behoefte om een luchtje te scheppen en liep het bordes op.

Toen Lev Macaire door de deur van het Palace zag komen, wierp hij hem een woedende blik toe voordat hij besefte dat Macaire hem natuurlijk niet herkende.

'Dag, meneer,' groette Macaire beleefd toen hij hem passeerde.

Lev zag dat de ander er droevig uitzag. En dus sprak hij hem aan, met de stem en het accent van Tarnogol.

'Gaat het wel, jongeman? Ik ben Sinior Tarnogol, heel aangenaam kennis te maken. Ik hou er niet van om zo'n knappe jongeman zo triest te zien. Kan ik iets voor u doen?'

Macaire zuchtte. 'Ach, kon u er maar voor zorgen dat de vrouw die ik liefheb ook van mij zou houden,' zei hij. 'Ze heet Anastasia, ik zou er alles voor overhebben om met haar te kunnen zijn.'

Die woorden maakten Lev duidelijk dat Macaire niet wist dat Anastasia voor hem had gekozen. Hij had haar liefdesverklaring nooit ontvangen. Anastasia wilde haar leven met hem delen, maar hij wist van niks. En aangezien ze na de kus de balzaal uit was gevlucht, dacht hij dat ze hem had afgewezen.

Lev bedacht dat hij de gelegenheid had om een spelletje met Macaire te spelen; van waar dat toe zou leiden, had hij geen flauw idee. In de gedaante van Tarnogol zei hij op vertrouwelijke toon: 'Ik kan je wel helpen om die Anastasia te veroveren.'

'Hoe dan?' vroeg Macaire, zichtbaar tot alles bereid.

'Dat is niet goedkoop,' waarschuwde Tarnogol. 'Ik weet niet of je het wel kunt betalen.'

Macaire liet zich niet imponeren en zwaaide met de envelop.

'Ziet u dit? Dit zijn aandelen in Banque Ebezner! Weet u hoeveel ze waard zijn, alleen al aan het dividend dat ze jaarlijks opleveren? Geloof me, ik heb meer dan genoeg om u voor uw diensten te betalen. Hoeveel wilt u?'

'Ben je bereid een pact met de duivel te sluiten?' vroeg Tarnogol.

Macaire schrok van het woord 'duivel', maar hij liet zich niet uit het veld slaan.

'Ik ben tot alles bereid!' zei hij.

En Tarnogol antwoordde direct: 'Die aandelen in ruil voor Anastasia.'

Er viel een stilte. Macaire leek te aarzelen, toen herstelde hij zich en antwoordde vastbesloten: 'Akkoord. Als u erin slaagt om Anastasia van mij te laten houden, dan krijgt u mijn aandelen. Ik geef niks om geld, meneer Tarnogol! Alles wat ik wil is Anastasia's liefde.'

~

Vijftien jaar later was Lev bijna opgelucht dat hij het geheim kon vertellen dat hij al die jaren met zich had meegedragen. Hij zei tegen Jean-Bénédict Hansen: 'Ik had niks te verliezen. Eerst dacht ik dat het een flauwe grap was, maar toen besefte ik dat het misschien een meesterzet was. Dat ik de functie van vicevoorzitter zou inpikken – stel je voor hoe ik Macaire daarmee een hak zou zetten! Terwijl ik ervan overtuigd was dat hij Anastasia van me had afgepakt. En bovendien: als het lukte zou ik op jonge leeftijd al steenrijk worden. Die avond dacht ik dat ik Macaire een loer draaide, maar eigenlijk draaide ik mezelf een loer.'

~

Vijftien jaar eerder

Macaire liep zijn kamer in het Palace binnen, gevolgd door Tarnogol.

'Gaat u zitten,' zei hij en hij wees naar een fauteuil, terwijl hij zelf achter het kleine schrijftafeltje ging zitten.

Hij trok een la open, haalde papier en pen tevoorschijn en begon een wettelijk bindend contractje op te stellen. Een paar zinnen waarmee hij zijn aandelen afstond aan Sinior Tarnogol.

'Is dat contract rechtsgeldig?' vroeg Tarnogol bezorgd. 'Ik wil geen gedonder.'

'Geen zorgen,' stelde Macaire hem gerust. 'Ik heb rechten gestudeerd, ik weet wat ik doe. Dit contract is volledig rechtsgeldig.'

Hij legde het document in de kamerkluis, samen met de aandelen.

Toen zei hij: 'Als ik dankzij u Anastasia's liefde win, zoals u beweert, dan zet ik mijn handtekening onder dat contract en geef ik het aan u, samen met de aandelen.'

'Welke garantie heb ik dat je je aan je belofte houdt?' vroeg Tarnogol.

'Ik ben een man van mijn woord,' zei Macaire. 'U kunt me vertrouwen.'

De kans was te mooi om te laten liggen, en Lev greep hem. Als het lukte, was het de klapper van de eeuw! Hij stak zijn hand in zijn zak; terwijl hij de ring van zijn moeder met zijn vingertoppen bevoelde, zei hij: 'Kom over een kwartier naar de derde verdieping. Bij de lift.'

Vijftien minuten later stond Macaire ongeduldig te wachten op de gang van de derde verdieping, waar Anastasia's kamer was. Opeens ging een deur open; Tarnogol verscheen.

'U bent de duivel!' rilde Macaire.

'Kom mee,' beval Tarnogol, en hij liep voor Macaire uit naar de dienstgang die alleen de medewerkers kenden.

Veilig voor alle blikken haalde Tarnogol de ring uit zijn zak en legde die in Macaires hand. Lev twijfelde even of hij afstand zou doen van de ring van zijn moeder, maar hij bedacht dat hij hem wel zou terugkrijgen als zijn list mislukte. En als die wel lukte, had hij genoeg geld om tot aan zijn dood net zoveel diamanten te kopen als hij wilde.

'Geef die ring aan Anastasia,' zei hij tegen Macaire. 'Vraag haar ten huwelijk. Ze zal ja zeggen.'

Macaire haastte zich naar Anastasia's kamer. Toen hij voor de deur stond, bleef hij een ogenblik staan; hij durfde niet aan te kloppen.

Aan de andere kant van de muur zat Anastasia rechtop in bed; ze huilde wanhopig. Ze was bedrogen door Lev, die voor Petra had gekozen; ze was afgewezen door haar moeder, die niets meer van haar wilde weten. Ze voelde zich door alles en iedereen in de steek gelaten. Als het Grote Weekend voorbij was, had ze niet eens een dak boven haar hoofd! Ze wist niet wat er van haar moest worden. Even overwoog ze om uit het raam te springen en aan alles een einde te maken.

Opeens werd er op de deur geklopt. Ze kwam moeizaam overeind en deed open. Voor haar zag ze Macaire, met zijn knie op de grond, die haar een ring met een saffier voorhield.

'Anastasia von Lacht, wil je met me trouwen?' vroeg hij.

Ze aarzelde nauwelijks. Ze antwoordde niet vanuit haar hart, maar vanuit de angst om alleen te eindigen, en vooral vanwege haar hang naar warmte, haar diepgewortelde behoefte om bemind te worden. Ze had genoeg geleden; haar moeder had haar jarenlang meegezeuld om een man te vinden en al haar relaties – eerst met Klaus, toen met Lev – waren mislukt; ze wilde gekoesterd worden en in vrede leven.

'Ja!' riep ze uit, en ze trok Macaire omhoog om hem tegen zich aan te drukken. 'Ja!'

Een paar stappen verderop, verscholen achter een hoek in de gang, keek Tarnogol toe. Onder het masker huilde Lev.

~

Vijftien jaar na dato, in kamer 623 van het Palace de Verbier, wist Anastasia het opeens. Ze zei tegen Lev: 'De ring die Macaire me gaf was de ring die jij voor mij bestemd had?'

'Ja. De ring van mijn moeder.'

Wanhopig sloeg ze haar handen voor haar mond.

'Ik heb hem net teruggegeven aan Macaire...'

'Geeft niet,' zei Lev.

Anastasia kon haar tranen niet inhouden, terwijl Jean-Bénédict Hansen geen woord wist uit te brengen vanwege het verhaal dat hij net had gehoord.

'Macaire hield woord,' vervolgde Lev. 'Diezelfde avond gaf hij me het contract en de aandelen. Een maand later zette Tarnogol zijn eerste stap in de bank als lid van de Raad, en maakte ik promotie dankzij Abel Ebezner, die overigens nooit iets vermoed heeft. Ik moet zeggen dat Tarnogol zogenaamd veel op reis was en ik had vaak afspraken met cliënten, ofwel in een salon van de bank, of ergens anders in Genève, of in het buitenland. Het was niet moeilijk om de twee agenda's op elkaar af te stemmen. Eerlijk gezegd hadden we bijna nooit de gelegenheid om elkaar tegen te komen. Het dividend deed de rest: ik schoof een medewerker van het bevolkingsregister wat smeergeld toe om op basis van een vals paspoort van een Sovjetrepubliek, dat mijn vader had laten maken, een authentieke verblijfsvergunning te regelen voor Tarnogol, die definitief in Genève ging wonen. Hij trok in een villa in de rue Saint-Léger, die ik eerst huurde en later kon kopen. Het was een bordkartonnen decor: alleen de hal, de trap en de salons op de eerste verdieping die vanaf de straat zichtbaar waren, waren gemeubileerd. De rest was leeg en ongebruikt.'

Jean-Bénédict stond op en begon door de suite te ijsberen.

'Het is ongelooflijk, Lev! Je bent een genie! Een absoluut genie! Besef je wel dat je ons allemaal in de maling hebt genomen? Vorige week nog maakte je die arme Macaire doodsbang door het voorzitterschap van de bank aan Lev Levovitch te geven. Het was briljant: zodra je tot voorzitter was gekozen, hoefde Tarnogol alleen maar af te treden uit de Raad en niemand zou er ooit iets van weten. Dan werd jij voorzitter van Banque Ebezner, de eerste niet-Ebezner die de bank zou leiden.'

'Helemaal niet,' weersprak Lev. 'Ik wilde Macaire in het nauw drijven zodat hij de ruil ongedaan zou maken: het voorzitterschap in ruil voor Anastasia. Ik had Anastasia eindelijk teruggevonden, na vijftien jaren die voelden alsof ik een woestijn was doorgetrokken. Ik wilde dat Macaire ons met rust liet. Als ze bij hem wegging zou hij een scène hebben veroorzaakt, met zelfmoord hebben gedreigd. Hij was in staat om alles te verpesten.'

Jean-Bénédict keek Lev uit de hoogte aan.

'Macaire had je bijna vermoord.'

'Weet ik.'

Jean-Bénédict barstte in lachen uit.

'Wat een absurd verhaal. Nou ja, het belangrijkste is dat ik Tarnogols aandelen nu heb, aangezien Macaire zo vriendelijk is geweest die aan mij af te staan. En wat jou betreft, Lev, of moet ik zeggen Tarnogol, jij hebt me net je ontslagbrief gegeven. Ik ben blij dat je hebt besloten iets anders te gaan doen. Macaire gaat ook weg bij de bank, maar niet voordat hij mij tot voorzitter heeft benoemd en Abels aandelen aan me heeft overhandigd. En als mijn vader doodgaat is het gehele aandelenkapitaal van mij! Dan word ik de machtigste bankier van Zwitserland! Dus dit is hoe het gaat gebeuren, Lev: morgen voer jij je Tarnogol-act nog één keer op. We beleggen een persconferentie met Tarnogol, Macaire, mijn vader en mij. Daar kondigen we aan dat Macaire tot voorzitter is gekozen, maar dat hij direct zal aftreden en zijn aandelen aan mij zal overdragen. Meteen daarna kondig jij ook je vertrek aan. Als de journalisten vragen stellen, als ze om een reden vragen, dan bedenk je maar iets. Daarna mag je gaan, Lev. En dan wil ik je nooit meer zien. Ik laat je met rust, ik laat je je leven leiden met Anastasia. Dat is toch wat je wilt?'

'Deal,' zei Lev. 'Meer vraag ik niet.'

Jean-Bénédict verliet kamer 623 en ging naar zijn eigen suite.

'En nu?' fluisterde Anastasia, toen ze alleen in de kamer waren.

'Nu moeten we weggaan en nooit meer terugkomen. Maak je geen zorgen, ik heb alles voorzien.'

Die nacht om drie uur, dus kort voordat de eerste medewerkers van het Palace arriveerden, slopen twee gestalten weg uit kamer 624, die van Lev.

Zonder enig geluid te maken liepen ze de trap af; hun voetstappen werden gedempt door de dikke vloerbedekking. Ze liepen naar de begane grond en namen een dienstgang die uitkwam bij een nooduitgang. Lev duwde de deur open: het sneeuwde flink en er waaide een ijskoude wind naar binnen. Buiten lag een smal, besneeuwd straatje waar Alfred in de kou op ze wachtte. Achter hem stond een grote zwarte auto met draaiende motor. Lev hield de deur open om Anastasia naar buiten te laten, maar ze zei: 'Wacht, ik moet nog even naar boven.'

'Wat!?'

'Ik moet nog iets doen. Het is heel belangrijk!'

'Anastasia, nee... We moeten weg voordat iemand ons ziet.'

'Ik smeek je, Lev! Het is belangrijk.'

Hij zuchtte.

'Schiet op dan!'

Ze ging weer naar binnen. Lev liet de deur dichtvallen en bleef met Alfred buiten staan. Hier zou niemand ze zien.

Ze wachtten lang, diep weggedoken in hun jas. Hun haar raakte bedekt met sneeuw, ze rilden. Toen ging de nooduitgang weer open en Anastasia verscheen. Lev hield de deur open.

‘Waar bleef je nou?’ vroeg hij geërgerd.

Ze keek hem een ogenblik aan, toen zei ze: ‘Ik moest nog iets doen.’

‘Laten we gaan!’ veroorloofde Alfred zich, terwijl hij het achterportier openhield. ‘We hebben haast.’

Anastasia stapte in; ze draaide zich om en zag dat Lev niet had bewogen en de deur nog steeds openhield.

‘Alfred,’ zei hij. ‘Je weet wat je te doen staat.’

De chauffeur knikte.

‘Ga je niet mee?’ vroeg Anastasia ongerust.

‘Ik kan nog niet weg,’ legde Lev uit.

‘Nee, Lev,’ smeekte ze. ‘Niet blijven, dan krijg je grote moeilijkheden!’

‘Ik laat de bank niet in handen van Jean-Bénédict Hansen vallen! Dat ben ik Abel Ebezner verplicht.’

Ondanks Anastasia’s protesten ging hij weer naar binnen; hij deed de deur achter zich dicht. De auto reed weg met Anastasia aan boord, en onder dekking van de nacht verliet ze eerst het Palace en toen Verbier; ze reden door het dal naar het vliegveld van Sion, waar ze direct de tarmac op reden. Er stond een privévliegtuig te wachten, klaar om op te stijgen.

Enige ogenblikken later vertrok het toestel, met Anastasia aan boord, richting Korfoe.

HOOFDSTUK 60
Sint-Petersburg

Sagamore was van Genève naar Verbier gereisd. Zijn eerste stop: de gemeentepolitie.

'U jaagt op spoken,' zei het hoofd van de gemeentepolitie, een mollige kerel aan wiens kroon van grijs haar je kon zien dat hij nog maar een paar maanden van zijn pensioen af was.

'Hoezo?' vroeg Sagamore.

'Sol Levovitch is al jaren dood.'

'Dat weet ik. Maar ik wil weten wie hij was. U zei door de telefoon dat u hem gekend hebt.'

'Dit is een dorp, luitenant. Iedereen kent iedereen. Sol Levovitch was een aardige, vriendelijke man, geliefd bij iedereen. Hij is al best lang dood. Waarom bent u in hem geïnteresseerd?'

'Omdat ik me afvraag of er een verband bestaat tussen hem en de moord op Jean-Bénédict Hansen.'

Het hoofd van politie keek nieuwsgierig op.

'De moord in kamer 622,' zei hij.

'Ja. In het kader van het onderzoek hebben we een sieraad gevonden dat aan Sol Levovitch zou hebben toebehoord.'

'Sol Levovitch? Maar die is al minstens tien jaar dood.'

'Veertien,' specificeerde Sagamore.

'U weet dat hij een zoon heeft, een hoge pief bij Banque Ebezner, die op de avond van de moord in het hotel was?'

'Ja, dat weet ik,' zei Sagamore. 'En juist daarom ben ik hierheen gekomen.'

Sagamore was ervan overtuigd dat de ring die hij in Levovitch' la had gevonden iets met de zaak te maken had. Cristina dacht van niet. De vorige dag hadden ze er lang over gediscussieerd.

'In een la van Levs bureau hebben we een ring gevonden die van zijn vader was – dat kunnen we toch niet tegen hem gebruiken?' vond Cristina.

'Die ring zat in een zakdoek van Tarnogol, en Macaire Ebezner zei dat hij had gezien dat Tarnogol hem om zijn nek droeg.'

'Stel dat Macaire liegt?' suggereerde Cristina.

Sagamore was van mening dat dat een reden te meer was om het spoor te volgen. Óf Macaire sprak de waarheid en Levovitch was bij de zaak betrokken, óf Macaire loog, en dan sprak dat tegen hem.

Sagamore constateerde dat het hoofd van de gemeentepolitie niet erg behulpzaam was, en daarom kondigde hij aan dat hij naar het Palace ging om de directeur een paar vragen te stellen.

'Ik ga mee,' zei het hoofd van de gemeentepolitie, die dolblij was dat hij zijdelings kon meewerken aan een moordzaak; dat was weer eens wat anders dan parkeerproblemen.

Op zijn kamer liet meneer Rose koffie voor de twee agenten brengen.

'Sol Levovitch,' zei hij. 'Ja, die kende ik goed. Een zeer gewaardeerde collega. Ik heb hem ontmoet in Bazel. Hij werkte in de bar van hotel Les Trois Rois. Ik bood hem een baan aan en zijn zoon ook, en toen zijn ze hierheen gekomen. Zijn zoon Lev werkte ook in het Palace voordat hij naar de bank overstapte. Een jongen die alles kon.'

'Wat deed Sol Levovitch in uw hotel?' vroeg Sagamore.

'Hij bewaakte de kwaliteit van de dienstverlening,' zei meneer Rose. 'Hij was mijn ogen, zeg maar. Daar was hij steengoed in. Niets ontging hem.'

'Volgens mijn naspeuringen is hij acteur geweest, is dat correct?'

'Ja. Hij heeft jarenlang geprobeerd om door te breken, maar tevergeefs. Toen heeft hij zijn carrière verruild voor een, laten we zeggen, stabielere broodwinning.'

'Ik heb een voormalige collega van Sol Levovitch gesproken uit de tijd dat hij in hotel Les Trois Rois werkte. Sol Levovitch had hem toevertrouwd dat hij bij het Palace de Verbier was aangenomen om er als *mystery guest* te functioneren en door middel van vermommingen en acteertalent de fouten en onoplettendheden van het hotelpersoneel op te sporen.'

Meneer Rose onderdrukte een lach.

'Dat lijkt me zuiver fantasie, luitenant! Dit is een hotel, geen circus.'

Sagamore drong niet aan en stelde de volgende vraag.

'Wat was Sol Levovitch voor iemand?'

Meneer Rose fronste, alsof hij het nut van de vragen niet inzag.

'Een aardige man. Eerlijk. Een harde werker. Ik moet zeggen dat ik niet begrijp waar u naartoe wilt, luitenant.'

Sagamore liet de ring aan meneer Rose zien.

'Herkent u dit sieraad?'

'Nee. Zou dat moeten?'

'Die ring behoorde toe aan Sol Levovitch.'

'Waar hebt u die gevonden?'

'Doet er niet toe.'

De agent had scherper geantwoord dan hij wilde, en meneer Rose begreep dat er iets niet in de haak was. Toch drong hij niet aan. Hij vroeg alleen: 'Kan ik nog iets voor u betekenen, luitenant?'

'Momenteel niet,' zei Sagamore. 'Hier hebt u mijn kaartje: belt u me als u iets te binnen schiet?'

'Waarover?' vroeg meneer Rose verward.

'Over Sol Levovitch.'

Sagamore en het hoofd van de gemeentepolitie gingen naar buiten. Door het raam van zijn werkkamer zag meneer Rose ze in de auto stappen. De ring was dus weer boven komen drijven, dacht hij. De ring die de oorzaak was van de ruzie tussen Lev en Sol, zodat ze de weinige tijd hadden verspild die ze samen nog hadden.

~

Vijftien jaar eerder

Eind januari. Meneer Rose en Sol Levovitch zaten in het privézaaltje van restaurant L'Alpina. Opeens ging de deur open; Tarnogol kwam binnen. Hij deed de deur achter zich dicht om er zeker van te zijn dat niemand hen zou zien, knoopte zijn overhemd open om de uiteinden van het siliconengezicht vast te pakken en trok het van zijn hoofd, zodat Lev verscheen.

Meneer Rose en Sol barstten in lachen uit. Lev kwam bij ze aan tafel zitten en meneer Rose schonk champagne in.

'Wat vieren we?' vroeg de laatste. 'Je zei dat je groot nieuws had.'

'Zeg dat wel!' zei Lev. 'Woensdag is Sinior Tarnogol voor het eerst aanwezig geweest bij een bijeenkomst van de Bankraad!'

De twee anderen applaudisseerden. Sol was apetrots.

'De leerling overtreft de meester,' zei hij.

'En had niemand iets door?' vroeg meneer Rose.

'Niemand. U had Abel Ebezner moeten zien, hij was woedend. Hij heeft gezegd dat hij advocaten gaat inschakelen, dat hij de aandelenoverdracht van zijn zoon zal aanvechten.'

'Zorg maar dat je niet in de problemen komt!' waarschuwde Sol.

'Maken jullie je geen zorgen!' stelde Lev ze gerust. 'Ik wilde gewoon kijken hoe ver ik kon gaan. Ik ben erin geslaagd om lid te worden van de Bankraad, en nu heeft de grap lang genoeg geduurd. Ik heb erover nagedacht: ik geef Macaire zijn aandelen terug. Of hij mag ze voor een mooi bedrag van me kopen. Daarna verdwijnt Tarnogol voorgoed.'

De twee andere twee mannen knikten, opgelucht dat Lev een punt achter het bedrog zette voordat hij werd ontmaskerd.

'Hoe dan ook,' zei Sol bewonderend, 'het is geweldig dat je erin geslaagd bent Macaire zover te krijgen zijn aandelen aan jou te geven! Besef je dat wel? Als dat geen bewijs is dat je een groot acteur bent! Hoe heb je dat in godsnaam voor elkaar gekregen? Toe, vertel.'

'Ik heb ze geruild tegen de ring,' zei Lev.

'Welke ring?' vroeg Sol, wiens gezicht direct betrok.

'De ring van mama.'

Sol werd vuurrood van woede.

'De... de ring van je moeder? Heb je de ring van je moeder aan Macaire Ebezner gegeven?'

'Je hebt altijd gezegd dat het geen echte saffier was, dat die ring geen stuiver waard was.'

Sol stoof op. 'En de sentimentele waarde dan? Stomme bankier! Kijk nou eens wat voor man je bent geworden! Een materialist! Je bent geobsedeerd door geld!'

'Welnee, papa! Dit is toch precies wat je wilde?'

Er viel een doodse stilte. Sol trilde van woede. In een opwelling sloeg hij met zijn vuisten op tafel; een glas viel om.

'Precies wat ik wilde? Dacht je verdomme echt dat ik wilde dat je de enige herinnering aan je moeder zou wegdoen?'

'Nee, dat ik acteur zou worden! Ik heb de rol van je overgenomen en hem doorontwikkeld. Is dit niet de grootst mogelijke rol die er bestaat? Een levensecht nummer?'

'Je hebt het alleen maar om het geld gedaan!' zei Sol beschuldigend. 'Je wil de macht grijpen bij de bank!'

'Helemaal niet! Ik heb het gedaan om je te laten zien dat we uit hetzelfde hout gesneden zijn, dat ik ook een acteur ben.'

'Zwijg!' brulde Sol. 'Ik wil je niet meer horen. De zoon die ik heb grootgebracht zou dit nooit doen! Wegwezen, Lev. Ga maar terug naar je bank! Ga je geld maar tellen! Ga terug naar je waardeloze bankiersbestaan!'

~

Terwijl luitenant Sagamore in Verbier zat, had Cristina vrij genomen van de bank om in het Hôtel des Bergues op onderzoek uit te gaan. Sinds de ontdekking van de ring leek Sagamore zich vast te klampen aan Levovitch.

Ze meldde zich bij de receptie van het Geneefse hotel, alleen gewapend met haar mooiste glimlach, omdat ze vanuit het oogpunt van discretie liever niet vertelde dat ze van de politie was.

'Dag, meneer, ik ben de secretaresse van Lev Levovitch, die lange tijd in een van uw suites verbleef.'

De receptionist knikte om haar duidelijk te maken dat hij wist over wie ze het had.

'Waarmee kan ik u helpen, mevrouw?'

'Het gaat over de suite die meneer Levovitch huurde, en waaruit hij kortgeleden is vertrokken. Hij vermoedt dat hij niet al zijn spullen heeft meegenomen.'

‘Wat ontbreekt er dan?’

‘Een paar dossiers. Papierwerk. Die liggen vast nog ergens in een la. Zou u het heel vervelend vinden als ik er even naar zou kijken? Meneer Levovitch zou u heel dankbaar zijn.’

‘Helaas, mevrouw. Die suite is momenteel bezet. Maar ik zal direct navraag doen bij mijn collega’s: als de kamermeisjes iets vinden, dan houden ze het altijd apart. Het is eigenlijk heel vreemd als ze niet naar meneer Levovitch zijn opgestuurd.’

De medewerker pakte de telefoon en belde het hoofd van de housekeeping. Cristina baalde als een stekker. Na een kort gesprek hing hij op. Hij zei: ‘Na het vertrek van meneer Levovitch is er niets in zijn suite gevonden. Volgens mijn collega’s hebben de verhuizers al zijn bezittingen meegenomen.’

Verhuizers, dacht Cristina. Dat is een spoor.

‘Hartelijk dank,’ zei ze. ‘Ik neem direct contact met ze op. Kunt u zich de naam van het verhuisbedrijf herinneren? Ik heb alle informatie op kantoor liggen, en als ik kan voorkomen dat ik daar helemaal naartoe moet, dan scheelt me dat veel tijd.’

‘Vraagt u dat aan de conciërge, mevrouw. Die gaat daarover.’

Cristina wachtte in de hotelbar tot de conciërge in de administratie de mailwisseling met het verhuisbedrijf had gevonden. Hij kwam algauw naar haar toe en legde een papier op de bar.

‘Ik heb alles voor u opgeschreven.’

‘Dank u wel,’ zei Cristina, en ze greep direct haar mobiel om het bedrijf in kwestie te bellen.

Ze sprak met een administratief medewerkster die haar meteen alle informatie gaf waarover ze beschikte. Toen belde ze Sagamore.

‘Waar ben je, Philippe?’

‘Ik ben net uit Verbier vertrokken. Ik rij nu in Martigny de snelweg op.’

‘Hou je stuur dan maar goed vast, want ik heb nieuws.’

Twee uur later parkeerde Sagamore zijn onopvallende auto voor een reusachtige meubelopslag op een industrieterrein in Carouge. Hier hadden de verhuizers op verzoek van de klant de spullen afgeleverd die ze in de suite in het Hôtel des Bergues hadden opgehaald.

Sagamore en Cristina hoefden alleen hun badge te laten zien om de verantwoordelijke zover te krijgen dat hij ze naar de ruimte bracht die Levovitch voor zijn spullen had gehuurd. Een gloeilamp aan het plafond wierp een zwak licht op de opgestapelde spullen.

'Er zijn meubels,' constateerde Cristina direct. 'Terwijl het verhuisbedrijf zei dat ze alleen dozen uit het hotel hadden gehaald.'

Sagamore bescheen alles met zijn zaklamp: er waren tafels, lampen, tapijten, en vooral: sofa's van blauw velours.

'Die spullen komen overeen met Macaire Ebezners beschrijving van de salon van Tarnogol,' merkte hij op.

In een hoek zag hij oude ingelijste affiches van de voorstellingen van Sol Levovitch. Daar weer naast zag hij op een tafel in Louis XVI-stijl een groot, ingebonden boek met vergeelde pagina's. Hij bladerde het door en vond schetsen van personen, vergezeld van wat aantekeningen. Hij bladerde verder tot hij een afbeelding van Sinior Tarnogol vond.

'Volgens mij heb ik iets gevonden,' zei hij.

'Ik ook,' antwoordde ze. 'Kom eens hier met je zaklamp!'

Sagamore ging naar Cristina toe en scheen in de richting van een schilderij dat op twee stoelen stond. De twee agenten herkenden het doek direct.

'Dit is het gezicht op Sint-Petersburg waar Macaire het over had!' fluisterde Cristina.

Op dat moment begrepen ze dat ze op een dwaalspoor hadden gezeten. En dat het Lev Levovitch was die al die jaren Sinior Tarnogol had gespeeld.

HOOFDSTUK 61
In Genève (4/5)

Op zijn kamer pauzeerde Sagamore even. Hij nam een slok water.

'Dus het was Lev Levovitch die Tarnogol al die jaren speelde,' zei Scarlett.

'Ja. Cristina's intuïtie klopte. Hij had de sporen heel goed uitgewist. Uiteindelijk zou ik erachter komen hoe en waarom. Maar voordat het zover was, bleek Levovitch wekenlang onvindbaar. Na de ontdekking van de meubelopslag ging ik tevergeefs naar hem op zoek. Ik had het gevoel dat hij als een aal uit onze handen glipte. Hij was helemaal van het toneel verdwenen: hij was niet meer in het filiaal in Athene verschenen, de Atheense politie had hem gezocht. Zijn appartement in de Griekse hoofdstad had hij al lang geleden verkocht. Hij kwam niet voor op de passagierslijsten van luchtvaartmaatschappijen; hoogstwaarschijnlijk reisde hij onder een valse identiteit. In Genève werd de bank in de gaten gehouden en Cristina was extra alert. Maar niks. Uiteindelijk begreep ik dat hij voor het laatst gezien was met Macaire Ebezner.'

HOOFDSTUK 62
Problemen

In Genève, in het gebouw van Banque Ebezner, ondervroeg Sagamore Macaire op zijn kamer.

'Zoals ik al zei: Lev heeft vorige maand ontslag genomen,' zei Macaire opnieuw.

'Hoe heeft hij u dat laten weten?' vroeg de politieman.

'Hij zei dat hij niet meer wilde,' antwoordde Macaire, die de vraag niet begreep. 'Dat hij het een tijdje geprobeerd had om mij een plezier te doen, maar dat hij er genoeg van had.'

'Ik bedoel: heeft Levovitch het u persoonlijk laten weten?'

'Ja.'

'Was Levovitch dan in Genève?' vroeg Sagamore verbaasd.

'Ja, natuurlijk. Waarom vraagt u dat?'

'Wanneer was dat?'

'Ongeveer een maand geleden, dat zei ik al. Ik kan me de precieze datum niet meer herinneren.'

'Kwam hij naar de bank?'

'Nee, we hadden in de stad afgesproken.'

'Waar dan?'

'In het restaurant in het park van Les Eaux-Vives. Na de lunch. We dronken koffie op het terras.'

Macaire voelde zijn hartslag versnellen, maar hij dwong zichzelf om kalm te blijven. Vanzelfsprekend kon hij niet aan de politie vertellen wat er die dag echt was gebeurd, en ook niet hoe Levovitch ervoor had gezorgd dat hij zou zwijgen.

Een maand eerder

Macaires sessie bij dokter Kazan was net afgelopen. Toen hij naar buiten liep, stond er een man in pak op hem te wachten.

'Dag, meneer Ebezner,' groette die.

Macaire keek naar de man. Hij had een paar ogenblikken nodig om de ander te herkennen.

'U bent de chauffeur van Levovitch...'

'Ja,' knikte Alfred. 'Meneer Levovitch zou u graag spreken.'

Alfred wees naar de auto die achter hem stond en deed de passagiersdeur open. Er zat niemand op de achterbank.

'Waar is Levovitch?' vroeg Macaire.

'Hij wacht ergens op u.'

Macaire fronste.

'Wat zijn dit voor manieren? Laat Levovitch zich maar vertonen! Laat hij mijn secretaresse maar bellen om een afspraak te maken! Ik ben wel de voorzitter van Banque Ebezner!'

Zonder met zijn ogen te knipperen gaf Alfred Macaire een visitekaartje met daarop de naam van Sinior Tarnogol. Daaronder stond: 'Het uur van de waarheid.'

'Wat heeft dit te betekenen?' stamelde Macaire.

'Stapt u maar in, meneer Ebezner,' zei Alfred zacht.

Macaire gehoorzaamde met tegenzin.

De auto reed door het centrum en toen via de quai Gustave-Ador naar het park van Les Eaux-Vives. Ze reden het hek door naar het restaurant. De lunchdrukte was achter de rug, de parkeerplaats was uitgestorven. Er was niemand in de buurt, behalve, op een bankje op een paar meter afstand, een bekende gestalte. Sinior Tarnogol.

Macaire stapte uit en liep stomverbaasd naar hem toe. Tarnogol trok zijn siliconenmasker af en Levs gezicht verscheen.

'Dus jij was het!' riep Macaire uit. 'Jij was Tarnogol!'

Lev knikte. Macaire vervolgde: 'De politie is ervan overtuigd dat het Jean-Bénédict was... Ik... ik weet niet hoe je het voor elkaar hebt gekregen, maar...'

'Mooi zo,' onderbrak Lev hem. 'Nu is iedereen blij. Jij bent voorzitter, dat wilde je. En ik heb eindelijk een punt kunnen zetten achter al dit bedrog.'

'Heb jij Jean-Béné vermoord?'

'Ik wilde jou net hetzelfde vragen.'

Er viel een stilte waarin de mannen elkaar aankeken. Toen zei Lev: 'Ik neem ontslag bij de bank, Macaire. Ik kom afscheid nemen.'

'Afscheid?' schreeuwde Macaire. 'Je maakt een grapje, hoop ik? Zo makkelijk kom je er niet vanaf, Lev! Ik weet dat Anastasia bij jou is!'

Dat leek Lev van zijn stuk te brengen.

'Hoe weet je dat?'

'Doet er niet toe,' zei Macaire triomfantelijk. 'Jij bent niet de enige met troeven in handen!'

'Luister, Macaire. Ik wilde je alleen zeggen dat ik met onmiddellijke ingang opstap bij de bank. Van mijn kant is alles geregeld. Ik heb al mijn dossiers al een tijdje geleden overgedragen aan de medewerkers van het Atheense filiaal. Ik ga er voorgoed vandoor. Probeer me niet te vinden.'

Macaire grijnsde.

'Denk je dat ik je zomaar laat verdwijnen? Met mijn vrouw?'

'We hadden een afspraak, Macaire. Anastasia tegen het voorzitterschap. Jij hebt je voorzitterschap gekregen.'

'Ik had een pact met Tarnogol gesloten,' zei Macaire.

'Ik ben Tarnogol.'

'Nee, jij bent Lev Levovitch maar!'

Lev haalde zijn schouders op alsof dat er allemaal niet toe deed. Hij maakte aanstalten om naar zijn auto te lopen, maar toen zei Macaire: 'Ik weet dat jullie op Korfoe zitten. In een villa aan zee.'

'Als je toch weet waar we wonen, moet je maar eens langskomen,' antwoordde Lev, die zich niet liet overbluffen.

'Ik denk vooral dat de politie nog eens langskomt,' dreigde Macaire. 'Om jou in de boeien te slaan.'

'Dat doe je niet,' zei Lev. 'Vanwege Anastasia.'

'Vanwege Anastasia?'

'Op de nacht van de moord heb ik haar geholpen uit het Palace te vluchten. Toen we al buiten waren, wilde ze per se weer naar binnen.

Ze zei dat ze nog even naar boven moest, alsof ze het over de zesde verdieping had. Ik wachtte buiten, en het duurde even tot ze terug was.'

'Bedoel je dat...'

'Ik weet het niet, Lev. Maar zullen we de politie er maar buiten houden?'

Macaire was verbaasd door deze bekentenis en vertrouwde Lev toe: 'Op de ochtend dat Jean-Béné vermoord is vond ik onder mijn kamerdeur een briefje van Anastasia, waar ongeveer in stond:

Macaire,
Ik ga voor altijd weg.
Ik kom niet terug. Probeer me niet te vinden.
Het spijt me.
Ik zal voor altijd moeten meedragen wat ik heb gedaan.
Anastasia'

~

Aan luitenant Sagamore vertelde Macaire alleen dat hij Lev in het restaurant in het park van Les Eaux-Vives had gezien, en dat die had verteld dat hij met onmiddellijke ingang ontslag nam.

'Zit Lev in de problemen?' vroeg Macaire aan de agent.

'Er is een arrestatiebevel tegen Lev Levovitch uitgevaardigd,' zei Sagamore ernstig. 'Als u hem spreekt, als u hem ziet, is het van het grootste belang dat u mij daar onmiddellijk van op de hoogte brengt.'

Op hetzelfde moment in de levendige, vrolijke oude stad van Korfoe.

Anastasia zat op het terras van een cafeetje waar ze graag kwam. Eén keer per week kwam ze hier aan het einde van de ochtend naartoe. Ze ging aan een tafeltje zitten, lunchte met een salade van tomaat, komkommer en feta en dronk daarna een Griekse koffie. Ze keek naar de voorbijgangers op het kleine pleintje met de bloemen. Ze kon hier de hele middag zitten, kijken naar de passanten, de cafeetjes waar het altijd druk was, de toeristen die zich verdrongen op de trottoirs, en vooral de stelletjes. Naar hen keek ze met de meeste aandacht. Wandelende stelletjes, kussende stelletjes, ruziënde stelletjes. Levende stelletjes.

Sinds kort had ze het onaangename gevoel dat Lev en zij op sterkwater stonden. Ze wist niet hoelang dat gevoel er al was, maar tot haar verrassing hoopte ze soms dat Lev en zij snel van Korfoe zouden vertrekken. Terwijl ze toch hield van het huis en het eiland: ze voelde zich hier goed en zou dolgraag vaak terugkomen. Voor vakantie. Het leed geen twijfel dat ze gelukkig was, maar ze zaten nu bijna een halfjaar op Korfoe en ze kon zich niet voorstellen dat ze hier de rest van haar leven zou blijven. Wat zouden ze hier op lange termijn doen? Voor het eerst voelde ze iets van verveling.

Een halfjaar waarin ze van 's ochtends vroeg tot 's avonds laat op hun mooist waren, een halfjaar van een perfect leven, buiten de tijd, een halfjaar van een partituur waarin Lev geen valse noot had gespeeld, plus het leger van huisbedienden dat voor ze zorgde. Een halfjaar van absolute perfectie. Maar van perfectie krijg je snel genoeg, bedacht ze.

Een halfjaar ontbijten met kaviaar. Soms dacht ze met een vleugje nostalgie terug aan Macaire, die zijn krant las en haar af en toe iets voorlas, waarna hij zei: 'Dat geloof je toch niet, snoes!' terwijl hij een boterham at en zijn vingers onder de jam kwamen. Een halfjaar lang een ballet van zwijgende bedienden. Soms dacht ze aan Arma met haar joviale impertinentie. Ze vroeg zich af hoe het met haar ging. Ze vroeg zich af hoe het ervoor stond in Cologny.

Ze hield van koken, maar op Korfoe hadden ze een kokkin en een banketbakker die haar niets lieten doen. In Cologny was ze altijd betrokken bij het huishouden en ze hielp Arma vaak bij het werk. Op Korfoe wilde Lev dat niet. 'Verspil daar toch geen tijd aan,' zei hij. 'We hebben genoeg personeel.'

Het werd haar droom om samen met Lev iets op te bouwen. Een taveerne te openen: zij achter het fornuis, hij in de bediening. *Chez Lev & Anastasia*. Ze zouden een fantastisch duo vormen. Ze was er weleens over begonnen, maar Lev had haar niet serieus genomen. Hij was te druk met het in stand houden van hoe hij dacht dat het paradijs er voor haar uitzag. Maar zo'n paradijs werd op de lange termijn stomvervelend. Dat Eva uiteindelijk van de appel had gegeten, kwam vast omdat ze een excuus zocht om ervandoor te gaan!

Dus als Lev één keer per week voor zijn werk naar Athene reisde, pakte ze haar fiets en ging ze naar de stad. Alfred stond erop haar te brengen, maar daar wilde ze niets van weten. Alleen op haar fiets voelde ze zich vrij. Ze wandelde door de steegjes van de oude stad en daarna ging ze aan haar tafeltje zitten, keek naar de stelletjes en bedacht welk daarvan zij zou willen zijn.

Die middag haalde Anastasia op het terras van het restaurant pen en papier uit haar handtas en schreef ze de brief af waaraan ze die ochtend al was begonnen. De behoefte was opeens opgekomen en ze besloot die niet weg te drukken. Zodra ze hem af had, las ze hem een paar keer over. Daarna vouwde ze hem op en deed hem in een envelop, waarna ze naar het postkantoor ging.

Vanachter het loket vroeg de medewerker: 'Waarheen?'

'Genève, Zwitserland,' antwoordde ze.

HOOFDSTUK 63
Correspondentie

Er was een week verstreken. Die middag kwam Macaire vroeg thuis, maar hij was in een rothumeur: hij moest die avond nog naar een of andere cocktailparty en had daar helemaal geen zin in.

Toen hij binnenkwam, trof hij Arma, die de trapleuning oppoetste.

'Dag, m'neer,' begroette ze hem, terwijl ze hem met grote ogen aankeek.

Macaire bekeek haar een ogenblik.

'Zeg Arma, ben je vanavond vrij?'

'Ja, m'neer! Wilt u dat ik langer blijf?'

'Nee, ik wil dat je meegaat naar een cocktail.'

'Een cocktail?' herhaalde Arma ongemakkelijk. 'Waar?'

'In het Museé d'Art et d'Histoire. Speciaal voor grote donateurs, zoals de bank. Op de binnenplaats, het wordt heel leuk.'

'Oei oei,' zei Arma ongerust. 'Dat is chic!'

'Ja, een beetje wel,' gaf Macaire toe.

'Ik heb niks om aan te trekken! Ik heb mooie kleren nodig!'

'Haal maar wat uit Anastasia's kast.'

'Nog meer pikken van m'vrouw?'

'Ja, nog meer pikken van m'vrouw. M'vrouw is er niet meer. M'vrouw komt niet meer terug.'

Na enige aarzeling vroeg Arma: 'M'neer, mag ik mij opmaken in de grote badkamer? Daar staan bjoetieproducten en...'

'Gebruik de slaapkamer en badkamer maar zo lang je wilt, Arma. Ik heb ze niet nodig.'

Dat liet ze zich geen twee keer zeggen. Ze haastte zich naar boven en begon met een strooptocht door Anastasia's reusachtige klerenkast. Ze liet alle jurken de revue passeren, raakte de kostbare stoffen aan, bewonderde de slangenleren schoenen. Ze koos een ensemble dat ze er chic vond uitzien, maar niet overdreven. Ze vergewiste zich ervan dat de maat klopte. Het was perfect!

'En nu schoon,' zei ze, vastbesloten om zich voor de gelegenheid te schrobben als een braadpan.

Ze sloot zich op in de badkamer. Ze drukte haar gezicht in de zachte peignoirs die ze zo vaak had gewassen en gestreken en waarover ze zich iedere keer weer had verbaasd hoe luxueus ze aanvoelden. Toen snoof ze aan het badzout en de badolie. Ze liet een bad vollopen en zakte er lang in weg, verstopt in een berg schuim, waarbij ze alle crèmes en alle zeepjes gebruikte die in haar buurt stonden.

Toen het tijd was om naar de cocktailparty te gaan en ze zich aan Macaire liet zien, verborg hij zijn emoties niet.

'Arma,' zei hij. 'Je bent...'

'Belachelijk,' zei zij.

'Subliem,' corrigeerde hij.

Ze lachte. Het maakte haar nog mooier.

Toen ze in het Museé d'Art et d'Histoire waren, schaarden ze zich onder de massa genodigden die luidruchtig op de binnenplaats stonden te praten. Om de fontein waren kaarsen neergezet.

'Zo prachtig,' zuchtte Arma. 'Ik geloof dat ik nog nooit zoiets moois heb gezien.'

Terwijl ze zich onder de andere aanwezigen mengden, gaf Macaire haar een arm, en iedereen wilde weten wie die vrouw aan de zijde van voorzitter Ebezner was.

Niet alleen voelde Macaire zich die avond voor het eerst in lange tijd niet alleen, maar hij amuseerde zich zelfs, terwijl hij cocktailparty's gewoonlijk saai en afgezaagd vond. Arma stortte zich op de champagne, die een bevrijdende uitwerking op haar had. Daarna begaf ze zich naar het buffet, gefascineerd door de smaken, vormen en presentatie. Ze aarzelde niet om Macaire midden in een zin te onderbreken en hem haar laatste ontdekkingen in de mond te schuiven ('Proef dit eens, m'neer!').

Ze maakte hem aan het lachen. Ze verlichtte zijn avond. Zozeer dat toen de cocktail ten einde liep hij niet wilde dat de avond voorbij was en hij met haar over de klinkerstraten van de oude stad ging wandelen. Ze vonden een café, gingen aan de bar zitten en bestelden iets te drinken. Macaire kon zich niet herinneren dat hij dat ooit met Anastasia had gedaan.

Tegen middernacht zei Arma: 'M'neer...'

'Hou eens op met dat m'neer. Ik ben geen m'neer meer.'

Ze keek hem nieuwsgierig aan.

'Wie bent u dan?'

'Ik ben Macaire.'

'O. En hoe noem ik u dan?'

'Macaire.'

Ze begon haar zin opnieuw.

'Macaire...'

'Ja?'

'Ik geloof dat ik iets te veel gedronken heb.'

In de auto op weg naar haar appartement in de rue de Montchoisy viel Arma in slaap. Macaire sleepte haar naar de lift; hij vond haar sleutel in haar handtas, droeg haar naar het bed en legde haar neer. Toen ze de volgende ochtend wakker werd zag ze hem op een stoel zitten, waar hij in een oncomfortabele positie in slaap was gevallen.

'Macaire?' zei ze zacht.

Hij deed een oog open. Ze keek hem liefdevol aan en stak haar hand uit om zijn arm aan te raken.

'Heb je hier de hele nacht gezeten?' vroeg ze.

'Ja.'

'Was het roemantisch?'

'Nee, het was helemaal niet roemantisch. Ik was bang dat je zou stikken in je braaksel.'

Ze barstten in lachen uit. Macaire bedacht dat het al lang geleden was dat hij zo had gelachen. In een spontane beweging boog hij zich over Arma heen en kuste haar.

Diezelfde dag, op Korfoe.

Op het postkantoor vertelde de beambte dat Anastasia een brief had ontvangen. Hij had haar teruggeschreven, poste restante, zoals ze had voorgesteld.

Ze nam de brief mee naar haar cafeetje om hem te lezen. Ze ging aan een tafel zitten, plaatste haar bestelling en scheurde de envelop open.

Anastasia,

Je brief heeft me zo gelukkig gemaakt.

Ik vraag me al maanden af waar je bent. Hoe het met je gaat.

Al maandenlang heb ik duizend vragen.

Waarom heb je niets van je laten horen?

Waarom kwam je tijdens het Grote Weekend naar Verbier? Waarom kwam je naar mijn kamer en liet je een bericht voor me achter, terwijl je me daarna zo neerbuigend behandelde?

Ik hoop je ooit weer te zien. Om over alles te praten.

Ik heb op je gewacht, nu wacht ik niet meer.

Er is nog wel een vraag die me niet loslaat en die ik je nu ga stellen. Anastasia, heb jij Jean-Béné vermoord?

Ik hoop dat je me terugschrijft.

Ik weet niet eens of je nog op Korfoe bent. Misschien ben je ergens anders, nu Lev niet meer bij de bank werkt.

Met liefde,
Macaire

Ze keek op. Had Lev ontslag genomen bij de bank? Maar waar ging hij dan iedere week heen als hij zogenaamd in Athene zat?

Op hetzelfde moment, in Genève, wist Lev dat hij met vuur speelde. Als de politie hem zou aanhouden was alles voorbij. Hij maakte zich zorgen. Hij vroeg zich af hoe het zover had kunnen komen. Hij dacht terug aan veertien jaar geleden, december.

~

Veertien jaar eerder, december

Het Grote Weekend kwam dichterbij.

Het was bijna een jaar geleden dat Lev Anastasia was verloren en Macaires aandelen in handen had gekregen.

Het was al bijna een jaar dat Lev er een identiteit bij had en zowel zichzelf was als Sinior Tarnogol, lid van de Bankraad.

Het was al bijna een jaar dat zijn vader en hij nauwelijks met elkaar praatten. Sols gezondheid verslechterde zienderogen, hij kon niet meer werken en kreeg palliatieve zorg in Martigny.

Lev leefde een solitair bestaan. 's Ochtends kwam hij als eerste aan op de bank en hij vertrok als laatste. Zijn rol kostte hem al zijn tijd en energie. Maar hij zou zijn doel bereiken; binnen een maand zou het dividend van de bank hem in staat stellen om het huis bij de Pré Byron te kopen, dat huis met het prachtige uitzicht waar Anastasia zo van gedroomd had. Hij had beloofd het voor haar te kopen. Hij stond op het punt om dat voor elkaar te krijgen.

Dat huis zou alles goedmaken. Hij zou zijn vader ernaartoe brengen en hem comfortabel huisvesten. Hij zou zeggen: 'Kijk, papa, dit heb ik dankzij mijn acteertalent kunnen kopen', en bovendien kon hij dankzij dat huis Anastasia weer veroveren. Dit huis was hun beloofde land.

In februari zou ze met Macaire trouwen. Hij was ervan overtuigd dat ze dat niet zou doen. Ze zou beseffen dat ze een fout had gemaakt en de verloving verbreken. Hij kon zich niet voorstellen dat het anders zou gaan. Hij kon zich niet voorstellen dat ze niet samen zouden eindigen. Ze waren voor elkaar bestemd.

Voor altijd.

~

Toen Lev veertien jaar later aan die tijd terugdacht voelde hij nog steeds een diepe pijn in zijn hart. Anastasia en hij waren uiteindelijk herenigd, maar hoeveel tijd moesten ze nog bij elkaar zijn om alle pijn van het verleden te vergeten? En dan wist hij nog niet eens van de wending die het onderzoek naar de moord op Jean-Bénédict over een paar dagen zou nemen.

Die dag kwam het hoofd van de gemeentepolitie een paar minuten nadat hij gebeld was aan bij het Palace de Verbier. Een tuinman die de borders onderhield had het gevonden. De medewerkers van het hotel verdrongen zich om het kleine bloembed.

'Niets aanraken!' beval de politieman, die met zijn ronde gestalte aan kwam draven.

De tuinman wees naar zijn ontdekking, en het hoofd van politie hurkte neer om het van dichtbij te bekijken.

'Dat is toch verdorie onmogelijk!' mompelde hij.

Hij pakte zijn portofoon en vroeg de centrale om direct de gerechtspolitie op te roepen.

HOOFDSTUK 64
In Genève (5/5)

‘We werden ingelicht door de gerechtspolitie van Wallis,’ legde Sagamore uit. ‘Ik ging direct naar Verbier. Ik wilde het met eigen ogen zien.’

‘Wat had de tuinman dan gevonden?’ vroeg Scarlett, die het niet meer hield.

‘Een klein verguld pistool. In de kolf stond een naam gegraveerd: Anastasia.’

‘Anastasia, zoals Anastasia Ebezner?’

‘Precies. Dat kon natuurlijk geen toeval zijn! We lieten het wapen direct analyseren in het laboratorium van het forensisch instituut in Genève. De verregaande corrosie bewees dat het al een paar maanden in de sneeuw lag, blootgesteld aan de elementen, wat een compleet ballistisch onderzoek helaas onmogelijk maakte. Maar het was sowieso een 9mm.’

‘Net als het moordwapen,’ zei ik.

‘Net als het moordwapen,’ bevestigde Sagamore.

‘En wat deed u toen?’ vroeg Scarlett.

‘Ik moest Anastasia vinden. Ze was al maanden spoorloos.’

‘Vond u dat vóór die tijd dan niet verdacht?’ informeerde Scarlett.

Voordat Sagamore antwoord gaf, bladerde hij in zijn papieren en viste het proces-verbaal van de inbraak eruit, dat hij aan ons gaf zodat wij het konden doorbladeren.

‘Ik vond het helemaal niet vreemd dat Anastasia was verdwenen,’ legde Sagamore uit. ‘Op de dag van de inbraak had ik een briefje gevonden dat ze voor haar man had neergelegd, waarin ze zei dat ze bij hem wegging. Dat werd trouwens ook bevestigd door de huishoudster, een zekere Arma, die me vertelde dat haar bazin een heel serieuze buitenechtelijke relatie had en dat ze van plan was met hem weg te gaan. In mijn ogen sneed het allemaal hout.'

'Wist u wie haar minnaar was?' vroeg ik.

'Op dat moment niet, nee. Eerlijk gezegd heb ik daar ook geen onderzoek naar gedaan, want ik zag geen verband met de zaak. Maar daarna ontdekte ik dat het Lev Levovitch was. Toevallig, nietwaar? De twee personen naar wie ik op zoek was, waren bij elkaar. Maar op dat moment wist ik nog van niks, en daarom verhoorde ik mijn hoofdverdachte.'

'Macaire Ebezner,' zei Scarlett.

'Bingo.'

HOOFDSTUK 65
The Woman with the Golden Gun

In een verhoorkamer op het hoofdbureau van de gerechtspolitie in Genève keek Macaire luitenant Sagamore ongerust aan. Die had net een verguld pistool voor hem neergelegd, verpakt in een plastic zak. Macaire herkende het onmiddellijk.

'Aan uw blik te zien denk ik dat dit wapen u bekend voorkomt,' zei Sagamore.

Macaire knikte ongelovig.

'Dat pistool is van mijn vrouw, Anastasia. Waar hebt u het gevonden?'

'In de tuin van het Palace de Verbier. Vlak bij een nooduitgang. Aan de conditie te zien heeft het een paar maanden buiten gelegen.'

'Is dit het moordwapen?'

'Dat proberen we juist vast te stellen. Waarom had uw vrouw een vuurwapen, meneer Ebezner?'

'Dat had ze van mij gekregen, na een serie inbraken in Cologny. Ze was bang, ze wilde zich kunnen verdedigen, vooral als ze alleen thuis was wanneer ik weg was voor zaken.'

'Het wapen is niet geregistreerd,' merkte Sagamore op.

'Zoals de meeste wapens die door particulieren worden doorverkocht,' zei Macaire. 'Het is niet verplicht. Ik heb het op een wapenbeurs in Zürich gekocht.'

'Wanneer was dat?'

'Een paar jaar geleden.'

Sagamore keek een ogenblik naar de man tegenover hem. De stilte werkte Macaire op de zenuwen.

'Meneer Ebezner, hebt u een idee hoe het wapen van uw vrouw in Verbier kan zijn beland?' vroeg de politieman.

'Nee. Ik ben net zo verbijsterd als u.'

'Maar u moet toch toegeven dat het wel mooi in elkaar past: uw vrouw heeft een ongeregistreerd wapen, u neemt het mee naar Verbier vanwege de verkiezing omdat je maar nooit weet.'

'Zeg, luitenant,' stoof Macaire op. 'Dat soort insinuaties pik ik niet!'

'Geeft u mij dan eens een betere verklaring!'

'Die heb ik niet. Ik snap niet hoe dit wapen in Verbier is beland.'

Toen vroeg Sagamore: 'Is uw vrouw tijdens het weekend van de bank in Verbier geweest?'

'Mijn vrouw? Nee, hoezo?'

Sagamore gaf geen direct antwoord op de vraag.

'Meneer Ebezner, waar is uw vrouw?'

Macaire bleef onbewogen.

'Dat weet ik niet,' loog hij. 'Zoals u weet is ze bij me weg, en ik heb sinds december niets van haar gehoord.'

Sagamore wist dat Macaire niets los zou laten. Hij had hem trouwens niet eens ontboden om een bekentenis te krijgen, maar om te zien wat hij in de komende uren ging doen. Als Macaire Ebezner iets met de moord te maken had, zou hij daar snel genoeg achter komen.

Toen Macaire vertrokken was, belde Sagamore direct met Cristina.

'Macaire is vertrokken. Ik heb een observatieteam op hem gezet en een ander team houdt zijn huis in de gaten. Verlies jij hem op de bank geen moment uit het oog.'

'Begrepen. Is er nieuws uit het lab over het wapen?'

'Het is inderdaad een 9mm, net als het moordwapen, maar door de roest en de corrosie in de loop kunnen ze niet vaststellen of dit het moordwapen is.'

'Verdomme!' vloekte Cristina. 'Heb jij een hypothese?'

'Ik denk dat de moordenaar of Macaire Ebezner, of Anastasia Ebezner is.'

'Wat zou Anastasia Ebezner voor motief hebben?'

'Dat weet ik niet zeker, maar het is haar wapen, en na de moord is ze verdwenen. Dat is voldoende om nieuwsgierig van te worden. Hoe dan ook, ik heb de moeder en zus van Anastasia Ebezner ontboden. Misschien kunnen zij helpen.'

Sagamore hing op en keek naar het witte bord tegenover zijn bureau, waarop hij nu ook Anastasia's foto had opgehangen. Het pistool was gevonden vlak bij een nooduitgang van het Palace. Volgens de plattegrond van het hotel was het de meest directe uitgang als je met de trap van de zesde verdieping kwam. De uitgang kwam uit op een straatje waarover je het hotel onopvallend te voet of met de auto kon verlaten. Sagamore was ervan overtuigd dat de moordenaar door die deur was weggegaan. Had hij het wapen per ongeluk laten vallen? Had hij het in de sneeuw gegooid om zich ervan te ontdoen, in de overtuiging dat het niet gevonden zou worden voordat de sneeuw smolt en hij al ver weg zou zijn?

Sagamore keek opnieuw naar de foto van Anastasia. Had zij Jean-Bénédict Hansen vermoord?

Toen Sagamore Olga von Lacht ondervroeg, verzekerde ze hem dat ze geen flauw idee had waar haar dochter was.

'Ik vind het hoe dan ook betreurenswaardig dat zij haar man heeft verlaten,' zei Olga. 'Dat is beneden alle peil.'

'Heeft Anastasia u verteld dat ze van plan was om bij haar man weg te gaan?'

'Nee,' loog Olga.

'Hoe weet u dat dan?' vroeg Sagamore.

'Dat heeft haar man Macaire me natuurlijk verteld.'

Olga begreep de bedoeling van die vraag niet. Maar Sagamore had er een goede reden voor: hij vroeg zich af of Macaire zich van zijn vrouw had kunnen ontdoen. Was zij een lastige getuige van wat er was gebeurd? Maar toen Sagamore met Irina, de zus van Anastasia, had gesproken, liet hij die hypothese los.

Irina verteld dat Anastasia altijd het lievelingetje van hun moeder was geweest.

'Zij werd altijd beschermd en vertroeteld,' zei Irina. 'Ze was de enige die telde voor moeder!'

'Weet u waar uw zus nu zou kunnen zijn?'

‘Geen idee. Vast ergens in de zon, lekker aan het genieten met haar bankier.’

‘Haar bankier? Welke bankier?’

‘Lev Levovitch. Ze hadden een affaire. Toen we een keer aan het lunchen waren, liet Anastasia ons een gouden armband zien die ze van hem had gekregen. Ze zei dat ze met hem weg wilde. Ik weet zeker dat ze bij hem is. Dat heb ik trouwens ook aan Macaire Ebezner verteld.’

‘O?’

‘Aan het begin van de lente heb ik hem een anonieme brief gestuurd. Ik heb hem een of twee keer ontmoet; hij was zo triest, nog zo verliefd op haar. Ik vond dat hij het recht had om het te weten.’

~

Die middag op Korfoe.

Anastasia zwom in de Ionische Zee. Lev bekeek haar verliefd vanaf het terras, waar hij de krant las en koffie dronk. Ze keek ook naar hem en barstte uiteindelijk in lachen uit.

‘Blijven we nog lang zo naar elkaar staren?’ riep ze. ‘Trek je zwembroek aan en kom!’

‘Ik kom zo,’ beloofde hij. ‘Nog even de krant uitlezen.’

Op hetzelfde moment in Cologny.

Macaire stormde zijn huis binnen.

‘Ben je al terug?’ vroeg Arma verbijsterd toen ze hem in de hal naar binnen zag struikelen.

Macaire nam niet eens de moeite om te antwoorden. Hij liep linea recta naar zijn werkkamer en sloot zich op. De situatie was kritiek. De bewijzen stapelden zich op tegen Anastasia: het feit dat ze tijdens het weekend van de moord in het Palace was, haar wapen dat daar was gevonden. Maar vooral bleef Macaire maar terugdenken aan wat Lev had gezegd toen ze elkaar voor het laatst hadden gezien in het park van Les Eaux-Vives: Anastasia en hij waren door de nooduitgang naar buiten gegaan, maar zij was plotseling weer naar binnen gegaan. Ze was naar boven gelopen om Jean-Bénédict te vermoorden, toen had ze het briefje onder zijn deur door geschoven en het wapen laten verdwijnen, en daarna was ze gevlucht.

Hij deed zijn kluis open en haalde het bericht tevoorschijn dat ze op de ochtend van de moord onder de deur door had geschoven, en de brieven die ze vanaf Korfoe had gestuurd. Hij gooide alles in de metalen prullenmand en stak het in brand. Hij moest alles vernietigen. Hij keek toe hoe de brieven verteerd werden en hij voelde hoe het verdriet bezit van hem nam. Hij had zoveel van haar gehouden. Ze was de liefde van zijn leven. Hij kon het idee niet verdragen dat ze in de problemen zat. Hij moest haar waarschuwen. Ze had hulp nodig.

Hij pakte het muziekdoosje dat op een plank stond en liet het spelen tot het telefoonnummer tevoorschijn kwam. Hij leerde het uit zijn hoofd; toen liep hij met grote stappen de kamer uit.

'Wat is er aan de hand, Macaire?' vroeg Arma toen ze hem langs zag stormen.

Zonder uitleg te geven liep hij naar buiten. Hij sprong in zijn auto en scheurde weg. Hij sloeg de chemin de Ruth in richting Cologny.

De agenten die bij het huis postten, gingen direct in de achtervolging.

Toen Sagamore het hoorde, was hij in zijn kamer op het hoofdbureau van de gerechtspolitie.

'Luitenant, Macaire Ebezner is vliegensvlug naar huis gegaan, is tien minuten binnengebleven en toen weer vertrokken. Hij ziet eruit alsof hij haast heeft.'

'Hij gaat vluchten!' zei Sagamore. 'Volg hem onopvallend, we moeten zien waar hij naartoe gaat. Ik kom eraan.'

De luitenant haastte zich zijn kantoor uit en sprintte met vier treden tegelijk de trap naar de ondergrondse parkeergarage af. Hij stapte in zijn onopvallende politieauto, zette het zwaailicht op het dak en scheurde met brullende sirene door de stad.

Toch ging Macaire niet ver weg. Hij parkeerde in de buurt van het dorpsplein van Cologny en liep over het gazon van het parkje naar een telefooncel.

Sagamore sloeg net de rue de la Confédération in toen hij van de situatie op de hoogte werd gebracht.

'Een telefooncel?' vroeg hij verbijsterd. 'Zorg dat het gesprek wordt afgetapt. We moeten weten wie hij belt!'

'Wagner,' zei Macaire in de cabine door de telefoon, 'ik heb hulp nodig. Het gaat over Anastasia.'

'Wat is er aan de hand?' vroeg Wagner.

'De politie heeft bij het Palace de Verbier een pistool gevonden dat van haar is.'

'Wat?' vroeg Wagner verbijsterd. 'Hoe is dat mogelijk?'

'Dat is een lang verhaal. Alle sporen wijzen naar haar, Wagner. Ze was in het weekend van de moord in het Palace, het wapen is van haar en ze heeft me een briefje gestuurd dat op een bekentenis lijkt. Maar ik weet dat ze er niets mee te maken heeft.'

'Hoe kun je daar zo zeker van zijn?'

'Dat heeft ze gezegd. Nou ja, dat heeft ze geschreven. Vanaf Korfoe. We hebben elkaar een paar brieven gestuurd, ik schrijf haar via poste restante.'

'Heeft Anastasia je geschreven?'

'Ja, ze wilde me laten weten dat ze aan me dacht, dat ze hoopte dat ik haar zou vergeven voor alles wat ze had gedaan.'

'Wat ze had gedaan? Jean-Bénédict Hansen vermoorden, bedoel je?'

'Nee, ik heb haar gevraagd of zij dat was. Ze verzekerde me van niet.'

'Ik zal zien wat ik kan doen,' zei Wagner. 'Ik neem weer contact met je op.'

Ze hingen op.

'Opgehangen,' zei een van de rechercheurs die Macaire in de gaten hield. 'We proberen het gesprek te traceren, maar dat duurt nog wel even.'

Nu reed de luitenant in volle vaart over de quai Gustave-Ador.

'Aanhouden,' beval hij.

In Cologny haastten de agenten zich uit hun hinderlaag naar Macaire, die uit de telefooncel kwam.

Wagner peinsde, met de hoorn nog in de hand. Hij had de gestalte achter hem niet gezien, die bij het gesprek aanwezig was geweest. Het was Alfred.

'Wat doet u, meneer Levovitch? U had beloofd dat het afgelopen was.'

Lev keek naar de grond. Hij schraapte zijn keel om zijn stem terug te vinden.

'Ik kan niet anders, Alfred.'

'Maar, meneer, dan raakt u alles kwijt! Wie met vuur speelt, brandt zijn vingers!'

'Je begrijpt het niet, Alfred. Ik kan er nu niet mee ophouden...'

~

Veertien jaar eerder

Halverwege februari, op de dag dat de koopakte van het huis bij de Pré Byron werd ondertekend, gingen Macaire en Anastasia samen naar het stadhuis van Collonge-Bellerive.

Lev, die terugkwam van de notaris, sloeg ze bij de uitgang van het stadhuis vanuit de auto gade. Ze zagen er gelukkig uit.

Ze had dus ja gezegd. Alles was voorbij. Voorgoed. Hij zou nooit de man aan haar zijde zijn. Hij zou nooit haar echtgenoot worden.

Met gebroken hart ging Lev ervandoor, naar het reusachtige huis aan de Pré Byron dat nu van hem was. Alle kamers waren leeg. Met uitzondering van een slaapkamer, waar in het midden een klein tafeltje stond met een telefoon erop. Hij haalde de hoorn van de haak en besloot de enige te bellen die hij nog had in zijn leven: zijn vader.

In het centrum voor palliatieve zorg van Martigny klonk de verpleegster die opnam ernstig: 'Meneer Levovitch, we proberen u al sinds vanochtend te bereiken. Het gaat erg slecht met uw vader. U moet direct komen!'

Lev sprong in zijn auto en haastte zich naar Martigny, zonder zich om de maximumsnelheid te bekommeren. Toen hij op de kamer van zijn vader kwam, was meneer Rose al aanwezig. Aan de tranen die over zijn wangen stroomden zag Lev dat het een kwestie van minuten was. Hij liep naar het bed toe en kuste het gezicht van de man die hij nooit meer zou zien.

'Het spijt me van de ring van mama,' zei Lev. 'Het spijt me zo wat ik heb gedaan.'

'Je moet nergens spijt van hebben, Lev,' wist Sol met moeite uit te brengen. 'Ik ben zo trots op je. Je hebt het personage van Tarnogol overstegen. Je hebt gedaan wat maar weinig acteurs kunnen: een personage tot leven wekken.'

'Wij zijn de Levovitchen,' fluisterde Lev. 'Een groot acteursgeslacht.'

'Een groot acteursgeslacht,' glimlachte zijn vader.

Sol hield het grote, in leer gebonden boek tegen zich aan gedrukt, waarin hij al zijn personages had beschreven. Met de weinige kracht die hij nog had, gaf hij het aan zijn zoon.

'Speel mijn personages, jongen.'

'Ik beloof het.'

'Laat ze voor eeuwig leven. Zo blijf ik eeuwig in jou doorleven.'

De kleine vader glimlachte en sliep vredig in, voorgoed.

Terug in Genève goot Lev een jerrycan benzine leeg op de begane grond van zijn nieuwe huis, en stak die aan. Toen ging hij zonder op de brandweer te wachten naar het Hôtel des Bergues.

'Ik wil uw grootste suite huren,' zei hij tegen de receptionist.

'Voor een nacht?'

'Voor altijd.'

HOOFDSTUK 66
Breuken

Gehuld in een badhanddoek liep Anastasia van het strand naar het huis. Ze vroeg zich af waarom Lev niet was komen zwemmen. Ze had hem het terras zien verlaten en dacht dat hij zich ging omkleden, maar hij was niet teruggekomen.

Ze ging naar binnen, en tot haar verbazing zag ze niemand. Lev niet, Alfred niet, de bedienden niet. Alsof iedereen was verdwenen. Het was heel vreemd. Ze riep, maar er kwam geen reactie.

Ze ging naar boven, naar de slaapkamer, en daar zat Lev op bed. Ze zag direct dat er iets niet in orde was.

'Wat is er aan de hand, Lev? Waarom ben je niet naar het strand gekomen?'

Zonder een woord te zeggen keek hij haar bijna kwaadaardig aan. Ze werd ongerust.

'Lev, wat is er? Waarom kijk je zo?'

Toen liet hij Macaires brieven zien die hij in een la in de kledingkast had gevonden en zei: 'Dus je schrijft met hem?'

'Heb jij in mijn spullen zitten neuzen?'

Hij werd bozer.

'Dus je houdt nog steeds van hem?'

'Wat? Welnee!'

'Waarom wilde je hem dan zo graag schrijven?'

'Omdat ik iets van me wilde laten horen.'

'Omdat je iets van je wilde laten horen? Droom ik? Waarom zou je dat doen?'

'Ik ben al vijftien jaar met hem bevriend.'

'Hij is je man!'

'Hij is iemand die me altijd liefdevol en met respect heeft behandeld, en ik neem het mezelf kwalijk dat ik zo bij hem weg ben gegaan.'

'Aha, mevrouw heeft spijt!'

'Ik wil niet dat je zo neerbuigend tegen me doet, Lev! Het gaat niet om spijt, maar om berouw dat ik iemand pijn heb gedaan die altijd het beste met me voorhad.'

'Dat is wel vreemd, Anastasia, want je bent er in dit halfjaar niet één keer over begonnen dat je van hem wilde scheiden.'

'Misschien omdat jij in dat halfjaar nooit op het idee bent gekomen me ten huwelijk te vragen? Terwijl ik daar al vijftien jaar op wacht! Wat doen we hier eigenlijk op Korfoe? We zitten opgesloten in dit huis en doen van 's ochtends vroeg tot 's avonds laat alsof we het perfecte stel zijn. We doen niets samen, Lev!'

'Jawel, we houden van elkaar.'

'Dat is iets anders! Wat bouwen we nou eigenlijk op?'

'Wat heb je met Macaire opgebouwd?' antwoordde Lev onhandig.

'Precies, en daarom ben ik bij hem weggegaan! Jouw grote fout is dat je te weinig zelfvertrouwen hebt, Lev! De enige die jou niet bewondert ben jij zelf!'

Er viel een lange stilte.

'Anastasia, heb jij Jean-Bénédict Hansen vermoord?'

'Heb ik... wát?' stoof ze op. 'Natuurlijk niet. Wat een idee!'

'De politie heeft in de tuin van het Palace een pistool gevonden waarin jouw naam stond gegraveerd!'

'Mijn gouden pistool?'

'Hoe is jouw pistool in Verbier beland?'

'Het zat in mijn tas toen ik uit Genève vertrok. Ik wilde het daar niet achterlaten. Pas toen ik hier op Korfoe aankwam, besefte ik dat ik het niet meer had.'

'Dus je pistool is op raadselachtige wijze verdwenen?' vroeg Lev spottend.

'Het is verdwenen in jouw kamer in het Palace,' merkte Anastasia op. 'Mijn tas is de kamer niet uit geweest. Misschien heeft Sinior Tarnogol het gepakt? O, wacht even, jij bent Tarnogol, dat was ik even vergeten!'

'Wat insinueer je daar, dat ík Jean-Bénédict heb vermoord?'

'Jij beschuldigt mij toch ook? En trouwens, doe maar niet zo schijnheilig met al je verwijten! Wanneer wilde je me vertellen dat je ontslag hebt genomen?'

'Wie heeft je dat verteld? Macaire?'

'Sinds wanneer houden we dingen voor elkaar achter, Lev? Je neemt ontslag bij de bank en je vertelt het niet eens! Waar ga je iedere week heen als je naar Athene gaat, zogenaamd om naar de bank te gaan?'

'Ik werk. Voor mezelf, voor ons.'

'Hoe dan?'

'Mijn vermogen beheren, mijn investeringen bijhouden. Onze investeringen, moet ik zeggen. Ik doe het allemaal voor ons, zodat we onbezorgd op dit eiland kunnen wonen.'

Ze keken elkaar lang aan. Anastasia zag er verdrietig uit.

'Ik geloof dat ik stik op ons eiland,' bekende ze. 'Volgens mij raken we elkaar kwijt, Lev.'

Ze liep de kamer uit.

~

Op het hoofdbureau van de gerechtspolitie verhoorde Sagamore Macaire meedogenloos. Het nummer dat hij in de telefooncel had gebeld was een anoniem, prepaid mobiel nummer. Het was onmogelijk om te achterhalen van wie dat was. En al even onmogelijk om het met terugwerkende kracht te traceren.

'Met wie heb je gebeld?' herhaalde Sagamore. 'Met Anastasia? Dek je haar?'

'Nee, dat heb ik al gezegd! Ik weet niet eens waar ze is.'

'Met wie dan wel? Wie was het? Ik waarschuw je, Macaire: ik hou je aan voor de moord op Jean-Bénédict Hansen!'

'Maar ik heb hem niet gedood! Waarom zou ik dat doen?'

'Om voorzitter van Banque Ebezner te worden. De Raad had Levovitch gekozen. Maar de dood van Jean-Bénédict Hansen zorgde ervoor dat alles toch nog in jouw voordeel eindigde.'

'Ik heb mijn neef niet gedood,' zei Macaire.

'Vertel dan met wie je belde!'

Macaire had geen andere keuze dan de waarheid te vertellen.

'Ik heb een zekere Wagner gebeld, een agent van de Zwitserse inlichtingendiensten. Ik was helemaal overstuur dat dat pistool bij het Palace was gevonden, ik wilde Anastasia spreken en ik bedacht dat Wagner iets zou kunnen doen.'

'Waarom wilde je Anastasia helpen?'

'Omdat ze in het weekend van de moord in Verbier was,' verklaarde Macaire, die geen uitweg zag.

'Je vrouw was in het Palace ten tijde van de moord?'

'Ja.'

Sagamore ging tegenover Macaire zitten.

'Nu ga je me vertellen wie die Wagner is.'

Macaire was op van de zenuwen door alles wat er gebeurd was. Hij kon niet meer slapen, en als hij dankzij zijn slaappillen eindelijk wegzakte had hij nachtmerries. Het was tijd om zijn geweten te zuiveren.

'Door mij zijn er mensen doodgegaan!' schreeuwde hij.

'Dus jij hebt Jean-Bénédict Hansen vermoord,' zei Sagamore.

'Nee, natuurlijk niet! Maar ik ben ongewild betrokken geraakt bij een dubbele moord op een ouder echtpaar in Madrid.'

Sagamore begreep er niets meer van. Hij zette de deur van de verhoorkamer open en keek Macaire ontgoocheld aan.

'Je kunt gaan.'

'Echt?' zei Macaire verbijsterd. Hij stond op.

'Ik had net het gepensioneerde stel aan de lijn dat jij zo bruut vermoord hebt. Ze maken het uitstekend. Ze doen je trouwens de groeten.'

Macaire zag er net zo verbijsterd uit als Sagamore, wat de intuïtie van de politieman bevestigde: Macaire sprak de waarheid. Wat kon dit allemaal betekenen? Geen van zijn contacten bij de federale politie en de inlichtingendiensten had ooit van P-30 gehoord. En al helemaal niet van infiltraties bij buitenlandse belastingdiensten. Het enige wat hij wist was dat Macaire, bewust of niet, de spil van deze zaak was. Sagamore besloot hem onopvallend te laten volgen, in de overtuiging dat hij hem naar een spoor zou leiden. Hij hoefde alleen nog tot volgende dinsdag te wachten.

Die dag verliet Macaire tegen twaalf uur 's middags te voet de bank. Een rechercheur van het observatieteam volgde hem op een afstand. De twee mannen liepen over de rue de la Corraterie naar de place de Neuve, staken toen het parc des Bastions door en gingen verder naar de place Claparède, waar Macaire een gebouw binnen ging. Hij ging naar de derde verdieping en verdween door een deur.

Enige ogenblikken later verscheen Sagamore, die door een collega was ingelicht, bij de deur. Hij las de naamplaat van de psychoanalyticus die hier zijn praktijk had.

Hij legde het verband niet direct.

Toen kreeg hij opeens een ingeving.

Hij stond paf.

Hij begreep alles.

HOOFDSTUK 67
Le Dôme

Op dinsdag 3 juli 2018 kwamen Scarlett en ik in de middag terug in Verbier. Ons gesprek met Sagamore was meer dan vruchtbaar geweest. Bij de receptie van het Palace liet Scarlett alle aanwijzingen die we op het hoofdbureau hadden gefotografeerd, afdrukken; toen gingen we aan de bar zitten om ze allemaal uit te pluizen.

Opeens zei ik tegen Scarlett: 'Aan deze zelfde zwart marmeren bar heb ik je voor het eerst gezien, tien dagen geleden.'

Ze glimlachte.

'En zie hoe ver we zijn gekomen; we zitten midden in een strafzaak. Je gaat me toch wel noemen in je boek?'

'Ik weet niet of ik dit wel laat uitgeven, Scarlett.'

'Joh, dat moet je wel doen, schrijver! Ik weet zeker dat we op het punt staan deze zaak op te lossen.'

'En ontdekken wat de politie heeft gemist?'

'We zijn goede rechercheurs,' merkte ze op. 'Bovendien: zo'n boek koopt iedereen! Stel je voor: een romanschrijver lost een strafzaak op in een luxehotel in de Zwitserse Alpen.'

'Ik heb geen uitgever meer, weet je nog?'

'Die vind je wel weer,' stelde Scarlett me gerust.

'Welnee! Vergeleken met Bernard is iedere uitgever onbetekenend.'

'Wat ga je dan doen? Je pen aan de wilgen hangen?'

'Geen idee.'

We bleven een ogenblik zwijgen. Toen stond ik op om weer naar mijn kamer te gaan.

'Eten we vanavond samen, schrijver?' stelde Scarlett voor. 'Dan trakteer ik je hier van tevoren op een drankje. Zullen we zeggen acht uur en dat we daarna gaan eten? Ik moet de hele tijd denken aan die spaghetti van de vorige keer.'

'Nee, dank je,' zei ik. 'Heel aardig van je, maar ik moet verder met mijn boek.'

Haar blik ging heen en weer tussen verdriet en teleurstelling.

'Waarom doe je dit altijd, schrijver? Ik bied je gezelschap aan, maar je slaat het stelselmatig af.'

'Je weet waarom ik dat doe, Scarlett...'

'Ja, klopt. Maar ik wou dat dat niet zo was.'

'Als het niet zo was, zou ik geen schrijver zijn.'

'Soms zou ik best willen dat je dat niet was.'

'Als ik geen schrijver was, zouden we nu niet bij elkaar zijn.'

Ik liep naar mijn kamer en ging op het balkon een sigaret roken.

Ik dacht aan Bernard.

De een-na-laatste keer dat ik Bernard had gezien, was halverwege december, in Parijs. We lunchten bij Le Dôme, en zoals altijd namen we de zonnevis met een glas wijn. We spraken over onze plannen. Ik zei tegen Bernard: 'Ik heb een paar boeken in mijn hoofd. Het volgende gaat over jou.'

Hij barstte in lachen uit. 'Dan moet ik nog heel lang leven.'

Toen stapten we in zijn oude Mercedes en bracht hij me naar het station.

De dag na die beloftevolle dag begon hij zich opeens heel slecht te voelen. In het café onder de uitgeverij. Waar hij iedere ochtend zijn boterhammen in de koffie doopte.

De ambulance bracht hem direct naar het ziekenhuis.

HOOFDSTUK 68
Schaakmat

Korfoe, op een zonnige ochtend halverwege juni.

Anastasia en Lev ontbeten op het terras. Opeens kwam er vanaf het strand een groepje Griekse agenten aan. Ze werden aangevoerd door een man in burger. Anastasia en Lev keken elkaar ongerust aan. De agenten hielden stil, en de man in burger liep alleen verder. Hij beklom de treden naar het huis. Anastasia herkende hem.

'Luitenant Sagamore,' zei ze.

'Dag, mevrouw Ebezner. Dag, meneer Levovitch.'

Aan de manier waarop de politieman hem aankeek begreep Lev dat hij voor hem kwam.

'Hoe hebt u me gevonden?' vroeg hij.

'Ik ben u dinsdag vanuit Genève gevolgd. Vanaf de place Claparède naar het vliegveld, naar de terminal van de privéjets.'

'Ben jij dinsdag in Genève geweest?' bracht Anastasia uit. 'Lev, je zei dat je in Londen was. Wat deed je in Genève?'

Lev gaf geen antwoord. Sagamore vervolgde: 'Meneer Levovitch, u bent vanaf het begin van dit jaar iedere dinsdag naar Genève gekomen. Met een privévliegtuig. Ik heb al uw reizen kunnen reconstrueren.'

'Dat was vanwege mijn sessies met dokter Kazan,' zei Lev uiteindelijk

'Zie jij dokter Kazan?' vroeg Anastasia verbaasd. 'Waarom heb je dat nooit verteld?'

'U ziet dokter Kazan niet, meneer Levovitch,' onderbrak Sagamore haar. 'U bent dokter Kazan.'

Levovitch speelde magistraal dat hij stomverbaasd was over Sagamores insinuaties en de aanwezigheid van de politie. Toch verzekerde hij hem dat hij zich erg bij de zaak betrokken voelde en de politie dolgraag wilde helpen. Hij schonk Sagamore koffie in en liet ook koffie brengen aan de Griekse agenten op het strand.

'Het schijnt dat u dokter Kazan aan Macaire Ebezner hebt aanbevolen,' zei Sagamore.

'Absoluut,' bevestigde Lev. 'Hij is een geweldige therapeut.'

'En hoe kende u hem?'

'Ik heb hem op een avond in het Palace de Verbier leren kennen. Dat is jaren geleden. Ik vond hem fascinerend. Hij was bereid om mij als patiënt aan te nemen, ook al zat zijn praktijk overvol.'

'Geef me de namen van de andere patiënten,' eiste Sagamore.

'Hoe moet ik die weten? Dokter Kazan is gebonden aan een beroepsgeheim.'

'Hou op met die onzin, meneer Levovitch. Dokter Kazan heeft nooit bestaan!'

'Ik snap niet waar u naartoe wilt. Zijn praktijk zit op de place Claparède, nummer 2.'

Sagamore legde een map op tafel en sloeg hem open. Er zaten drie papieren in die de agent aan Lev en Anastasia liet zien. Het waren drie fotokopieën.

'Dit zijn pagina's uit een boek van uw vader met aantekeningen en schetsen. We hebben het gevonden in een meubelopslag die u huurde.'

Op iedere pagina stonden een tekening en een omschrijving.

De eerste van Sinior Tarnogol.

De tweede van dokter Kazan.

De derde van Wagner.

Bij het zien van die tekeningen begon Anastasia te trillen, wat Sagamore niet ontging. Lev bleef onbewogen.

'Dat zijn inderdaad tekeningen van mijn vader. Hij was erg behendig met het potlood en hij hield ervan om naar mensen te kijken.'

'Legt u eens uit wie Sinior Tarnogol was,' zei Sagamore.

'Een lid van de Bankraad,' antwoordde Lev ontspannen. 'En een vaste gast van het Palace, zoals u ongetwijfeld weet.'

'Denkt u dat ik gek ben?' wond Sagamore zich op. 'Tarnogol was een personage, bedacht door uw vader: Sol Levovitch, acteur! En hetzelfde geldt voor dokter Kazan en Wagner!'

'Ik ken die meneer Wagner niet,' zei Lev. 'Er staat hier dat hij voor de inlichtingendiensten werkt. Dat verbaast me niets. Er was een tijd dat alle grootindustriëlen in het Palace overnachtten, en toen was het er één groot spionnennest. Al die mensen waren gasten van het Palace. Waarom vraagt u het ze niet zelf?'

'Omdat ze allemaal op miraculeuze wijze zijn verdwenen,' zei Sagamore. 'Tegelijk met u.'

'Luitenant Sagamore,' zei Lev op een volmaakt ontspannen toon. 'Ik vrees dat u op een dwaalspoor zit.'

Anastasia zag bleek en staarde in de verte. Ze begreep alles. Ze zei niets om haar geliefde niet in gevaar te brengen. Maar haar lijkbleke gezicht sprak boekdoelen. Sagamore zei: 'Mevrouw Ebezner, we hebben op de plaats delict een wapen gevonden dat u toebehoort.'

Anastasia bleef zwijgen. Ze was inmiddels doodsbang. Sagamore vervolgde: 'Ik weet dat u op de avond van de moord in het Palace de Verbier was. Dat zult u moeten uitleggen.'

Ze brak. Ze was op van de zenuwen. Ze begon te huilen. Sagamore stond op. Hij wenkte de Griekse agenten, die nu ook naar het terras kwamen. Hij zei: 'Anastasia Ebezner en Lev Levovitch, u bent beiden aangehouden voor de moord op Jean-Bénédict Hansen.'

De politiemannen gingen om Lev en Anastasia heen staan, boeiden ze en voerden ze mee.

Lev was bang, maar hij liet niets merken. Anastasia was in tranen.

Alles was voorbij.

De poorten van het Griekse paradijs waren achter hen dichtgeslagen.

VIERDE DEEL

Drie jaar na de moord

September

HOOFDSTUK 69
Vallen

Genève raakte in de greep van de herfst.

In een supermarkt in het centrum vulde Anastasia de fruitschappen bij. Haar zus Irina kwam naar haar toe. Ze werkten in dezelfde winkel. Irina had de baan voor hen beiden gevonden.

'Kom even helpen,' zei Irina vriendelijk. 'We hebben iemand nodig bij de kassa's.'

Anastasia liep braaf achter haar zus aan. Irina was heel aardig voor haar. Na de gebeurtenissen had ze haar een tijdje onderdak gegeven, totdat ze een appartementje in de wijk La Servette vond. Ze begon langzaam maar zeker een nieuw leven op te bouwen.

Het einde van Korfoe, drie jaar geleden, was het einde van alles geweest. Ze was bij Lev weggegaan. En ze was van Macaire gescheiden. Dat was doodsimpel geweest: ze had van alles afstand gedaan, had geen cent alimentatie gevraagd. Ze wilde alleen dat het huwelijk werd ontbonden en dat ze een streep onder de afgelopen vijftien jaar kon zetten.

Ze voelde zich heel alleen. Irina zei vaak: 'Je vindt zo weer iemand, maak je niet druk', maar ze wilde niet 'iemand' vinden. Ze wilde hém vinden. Lev, de jonge piccolo met al zijn dromen uit het Palace de Verbier. Lev Levovitch de bankier hoefde ze niet, en dokter Kazan, Wagner of Sinior Tarnogol evenmin.

~

Drie jaar eerder
Half juni

Direct na hun aanhouding op Korfoe werden Lev en Anastasia aan Genève uitgeleverd. Maar de tenlastelegging hield geen stand. Met het elan van een topadvocaat wist Lev de beschuldigingen een voor een te weerleggen.

Er was geen enkel bewijs dat ze bij de moord op Jean-Bénédict Hansen betrokken waren geweest. Inderdaad waren ze die nacht in het Palace de Verbier, maar dat gold ook voor heel veel anderen. En Anastasia's pistool? Ze hield bij hoog en laag vol dat ze het was kwijtgeraakt, en bovendien was het zo aangetast door corrosie dat onmogelijk kon worden vastgesteld of het het moordwapen was.

'Net als u zou ik dolgraag willen begrijpen wat er in kamer 622 van het Palace de Verbier is gebeurd,' zei Lev tegen luitenant Sagamore.

'Maakt u zich over mij geen zorgen, Levovitch! Jean-Bénédict Hansen had ontdekt dat u Tarnogol was, correct?'

'Dat ik Tarnogol ben?' stoof Lev op. 'Dat is idioot. En dat zegt u nu al sinds u op Korfoe bij ons aanklopte. Wat betekent dat, "Tarnogol zijn"? U bent u en ik ben ik.'

'Hou op met dat circus, Levovitch! We weten alles!'

'U hebt geen enkel bewijs voor uw beweringen!'

'We hebben deze ring gevonden, en die is van u.'

'U hebt inderdaad een ring gevonden die mij toebehoort, die van mijn moeder is geweest en die in de la van mijn bureau lag. Daar zie ik helemaal niets bijzonders aan.'

'Een getuige beweert dat die ring van Tarnogol was.'

'Uw getuige vergist zich. En één getuige, dat is sowieso nogal mager. Bovendien komt die getuigenis u wel heel goed uit.'

'We hebben meubels van Sinior Tarnogol gevonden in een meubelopslag die op uw naam stond. De verhuizers die ze daarheen hebben gebracht hebben dat officieel verklaard.'

'Ik heb Tarnogol gebruik laten maken van mijn opslag.'

'U bent Tarnogol!' hield Sagamore vol. 'Dat was een personage, bedacht door uw vader. Net als die Wagner en die dokter Kazan. Hun beschrijvingen staan in het boek van uw vader.'

'Ik heb u al een paar keer duidelijk gemaakt dat dat gasten uit het Palace waren. Kijk de gastenlijsten van het hotel er maar eens op na, dan ziet u dat het klopt. Mijn vader schetste weleens een gast. En hoe dan ook vind ik het vreselijk om te horen dat Kazan geen gediplomeerd arts is. Ik hoop dat u die charlatan snel te pakken krijgt.'

'U maakt het alleen maar erger voor uzelf, Levovitch!'

'Integendeel. Ik protesteer tegen deze willekeurige aanhouding, die rampzalige gevolgen voor u zal hebben, luitenant.'

Anastasia beantwoordde Sagamores vragen met hetzelfde aplomb.

'Wat ik in het Palace deed op de nacht van de moord? Lev en ik hadden afgesproken dat we er samen vandoor zouden gaan. Ik vond mezelf laf omdat ik mijn man verliet met alleen een stom briefje op zijn bed. En dus ging ik naar Verbier om het hem persoonlijk te vertellen.'

Sagamore moest vaststellen dat de verklaring van Anastasia overeenkwam met die van Macaire Ebezner.

'Maar u zult het met me eens zijn dat het vreemd is om midden in de nacht weg te gaan,' zei Sagamore.

'Toen ik Macaire had gesproken, wilde ik geen minuut langer in het Palace blijven. Waarom zou ik? Misschien zou hij gaan smeken, of een scène veroorzaken om me bij zich te houden. Misschien zou hij wel met zelfmoord dreigen. Ik wilde gewoon weg.'

'Waarom ging Lev Levovitch die avond niet met u mee?'

'Hij wilde het einde van het Grote Weekend afwachten. Vanwege de vergiftiging was de benoeming uitgesteld, en bovendien wilde hij op een nette manier opstappen. Niet wegvluchten als een dief in de nacht.'

De verhoren liepen al snel vast. En algauw had Sagamore geen andere keuze dan Anastasia en Lev te laten gaan. Samen verlieten ze het hoofdbureau van de gerechtspolitie van Genève op de boulevard Carl-Vogt. Ze liepen een eindje over de stoep. Toen ze buiten het bereik van alle oren waren, keek Anastasia Lev met een woedende blik aan en zei: 'Wie ben jij? Lev Levovitch? Dokter Kazan? Sinior Tarnogol? Wagner? Ik weet niet eens wie ik voor me heb. Ik weet dat je tegen de politie hebt gelogen, Lev. Maar je charme en je spelletjes blijven niet eeuwig werken! Ik wil weten waarom je het allemaal hebt gedaan.'

Lev keek ernstig.

'Ik was niet van plan om het personage Tarnogol lang te laten leven,' zei hij. 'Maar op de dag dat mijn vader stierf besloot ik om het bedrog nog even te laten voortduren. Zolang Tarnogol nog leefde, was mijn vader in zekere zin nog niet dood. Toen begon ik het spel steeds leuker te vinden. Als Tarnogol bedroog ik iedereen op de bank, en dat gaf me een enorme kick. Bij iedere vergadering van de Raad voelde ik een adrenalinestoot. En bovendien was Abel Ebezner woedend op Macaire, en ik moet bekennen dat dat me wel beviel.'

'Maar het was nog niet genoeg voor je, dus toen kwam dokter Kazan!'

'Macaire zocht een psychiater. Dat zag ik direct als een gelegenheid om een ander personage van mijn vader tot leven te wekken: dokter Kazan, arts en psychoanalyticus uit Berlijn. Toen was het al een stuk makkelijker geworden: Tarnogols aandelen in de bank gaven me een reusachtige financiële speelruimte. Onder een valse naam huurde ik een appartement op de place Claparède, dat ik ombouwde tot praktijkruimte. Ik hing een naamplaat op de deur en nam een telefoonaansluiting. Wie zou het controleren?'

Anastasia was verpletterd.

'En Wagner?' vroeg ze. 'Dat gedoe met de inlichtingendiensten? Zat jij daar ook achter?'

Lev knikte. Waarom zou hij het ontkennen?

'Alles was verzonnen. Wagner, P-30, die zogenaamde missies. Er is nooit een dubbele moord gepleegd in Madrid. Het gaat uitstekend met die arme IT'er. In ruil voor wat geld gingen zijn vrouw en hij ermee akkoord dat ik een moord in scène zou zetten en dan een foto van ze maakte, met emmers kunstbloed. Ik bedacht er een smoes voor.'

'Maar wat had je daar allemaal aan?' vroeg Anastasia.

'Het genoegen om Macaires leven te beheersen, want ik had het gevoel dat hij me had afgenomen wat me het meest lief was: jij. Dankzij dokter Kazan wist ik alles over hem. Wat Wagner betreft, telkens als Macaire voor een missie uit Genève moest vertrekken, was hij even weg bij jou. Nadat we elkaar weer hadden gezien bij Abels uitvaart wilde ik een einde maken aan al dat toneel. Dus zei Wagner tegen Macaire dat hij na zijn benoeming tot voorzitter geen missies meer kon uitvoeren.'

Stomverbaasd mompelde Anastasia: 'Maar als je zoveel om me gaf, waarom heb je me dan al die jaren genegeerd?'

'Omdat ik dacht dat jij mij negeerde. Dat jij mij niet meer wilde zien. Vijftien jaar van onuitgesproken woorden. Kijk eens waar dat ons heeft gebracht.'

'Lev, heb jij Jean-Bénédict vermoord omdat hij achter je geheim was gekomen?'

'Nee.'

'Ik weet niet of ik je nog kan geloven. Er zijn zoveel leugens geweest.'

'Vraag me alles wat je wilt.'

'Wat is er in de week voor de moord gebeurd? Was je echt van plan om er met mij vandoor te gaan?'

'Ik droomde van niets anders, Anastasia. Maar ik wist dat Macaire ons het leven onmogelijk zou maken. Tenzij ik hem zover zou krijgen om jou te ruilen voor het voorzitterschap.'

'Op dezelfde manier als hij zijn aandelen had afgestaan, bedoel je?'

'Ja. Ik wist hoe graag hij voorzitter wilde worden. Hij was tot alles bereid. Het was de beste manier om te zorgen dat hij ons met rust zou laten. Ik ben goed bevriend met de hoofdredacteur van de *Tribune de Genève*. Ik had hem beloofd dat ik een interview met de president van Frankrijk zou regelen in ruil voor het plaatsen van een gelekt bericht in de weekendeditie.'

'Dat bericht dat Macaire de nieuwe voorzitter werd?'

'Ja. ik wilde dat Macaire in de zevende hemel was, om hem daarna harder te laten vallen. De volgende dag, maandag, ging ik heel vroeg naar de bank, vermomd als Tarnogol. Ik zorgde ervoor dat onze secretaresse Cristina een nep-gesprek zou opvangen waaruit ze zou afleiden dat Macaire niet verkozen zou worden. Dat was vijf dagen voor de benoeming.'

'Maar die ochtend was ik bij jou,' merkte Anastasia op.

'Jij sliep nog,' zei Lev. 'Nadat ik mijn stukje had opgevoerd, kwam ik terug naar het hotel. Daarna was het een kwestie van wachten en spelen met Macaire. Alles ging perfect. Dankzij het personage van Tarnogol kon ik hem tot het uiterste tergen. Dankzij Wagner kon ik achter het plan komen dat hij met Jean-Bénédict had bedacht en dat eruit bestond dat hij Tarnogol na het diner van de Geneefse Bankiersvereniging bijna zou aanrijden. Dat was de reden waarom Tarnogol niet bij het diner aanwezig was.'

'Maar ik heb Tarnogol en jou samen in de lobby van het Hôtel des Bergues gezien,' zei Anastasia.

'Die avond droeg Alfred het kostuum van Tarnogol,' zei Lev.

'Dus toen we elkaar vrijdagochtend op station Genève-Cornavin zagen om er samen vandoor te gaan en jij zei dat Tarnogol bezig was om te verhinderen dat Macaire verkozen zou worden, was je helemaal niet van plan om er met mij vandoor te gaan?' vroeg Anastasia.

'Macaire zat zijn eigen verkiezing in de weg. omdat hij zich tegen me verzette. Vrijdagochtend kwam ik er dankzij het personage van Wagner achter dat hij er zeker van was dat hij Tarnogol zou kunnen overtuigen om hem tot voorzitter te benoemen. Macaire leek geheel niet van plan om de deal van Tarnogol aan te nemen en het voorzitterschap te ruilen voor jou, Anastasia. Ik moest een manier vinden om hem van gedachten te doen veranderen. Dus moest ik ons vertrek uitstellen. En daar heb ik gebruik van gemaakt om compromitterende bewijzen tegen Macaire te vinden door een inbraak in scène te zetten.'

'Wat? Die inbraak, was jij dat?'

'Alfred, om precies te zijn. In opdracht van mij.'

'Alfred?!' bracht Anastasia uit, die begreep dat ze die dag de ogen van Alfred had herkend. 'Hoe kon je...'

Lev vervolgde: 'Alfred had Macaire bespioneerd en de combinatie van de kluis gezien. Ik wilde zijn schriftje in handen krijgen om hem onder druk te zetten. Ik wist niet wat erin stond, maar ik dacht dat het wel belangrijk moest zijn, want hij besteedde er zoveel tijd aan en hij bewaarde het in zijn kluis. Alfred moest onze afspraak op het station dus goed benutten om het schrift terug te krijgen. Alleen lag het niet meer in de kluis. En dus belde hij me om te vragen wat hij moest doen. Omdat ik al wel dacht dat jij naar huis zou gaan, zei ik dat hij moest wachten en je angst moest aanjagen. Ik wilde Macaire laten geloven dat de inlichtingendiensten hem zouden aanpakken als hij het voorzitterschap niet in de wacht zou slepen.'

'Hoe kon je, Lev?'

'Ik heb het voor ons gedaan.'

'Je hebt het voor jezelf gedaan,' antwoordde Anastasia.

Ze keken elkaar zwijgend aan. Lev hield een taxi aan.

'Kom,' zei hij tegen Anastasia. 'Laten we ergens heen gaan om alles goed te bespreken.'

Maar ze bleef staan waar ze stond.

'Ik ga niet met je mee, Lev.'

'Anastasia...'

'Ga weg! Ik smeek het je!'

Hij gehoorzaamde, een gebroken man. Hij stapte in de wachtende taxi en verdween. Ze wachtte tot hij ver weg was, toen barstte ze in snikken uit. Ze was weer alleen. Ze wandelde op goed geluk rond en kwam uit op de place du Cirque. Ze zag Remor, dat café waar ze zoveel tijd had doorgebracht toen het met Lev allemaal begon. Ze wist niet waar ze naartoe moest of wat ze moest doen, en dus ging ze naar binnen. Ze bleef stokstijf staan; toen zag ze dat een van de klanten haar stomverbaasd aankeek. Het was Macaire.

Ze ging tegenover hem zitten. Ze bleven allebei lang zwijgen. Toen fluisterde Anastasia: 'Het spijt me allemaal.'

'Het spijt mij ook.'

'Hoe gaat het met je?'

'Veel beter. Ik heb een nieuw leven opgebouwd. Ik ben heel verliefd.'

'Ik ben blij voor je.'

Ze bleven lang praten. Ze besloten snel te scheiden. Ze wilden allebei zo snel mogelijk de bladzijde omslaan. Voordat ze uit elkaar gingen vroeg Macaire op vertrouwelijke toon: 'Anastasia, ik moet iets weten: heb jij Jean-Béné vermoord?'

'Nee,' verzekerde ze hem. 'Waarom zou ik dat doen?'

'Vanwege dat briefje dat je onder mijn deur door schoof.'

'Toen ik uit het Palace vertrok, wilde ik een briefje voor je achterlaten. Om je te laten weten dat je ondanks alles iets voor me betekend hebt.'

‘Ondanks alles?’ zei Macaire diep gekwetst. ‘Hoe elegant.’

‘Ik leidde niet het leven dat ik wilde, Macaire. Ik had nooit met je moeten trouwen. Ik heb je tijd verspild en dat spijt me. Tijd is zo kostbaar, het leven is zo kort. Je moet het aan echte liefde wijden. Je moet liefhebben met heel je hart.’

‘Dus je hebt nooit van me gehouden?’

‘Ik heb nooit van je gehouden zoals jij wilde dat ik van je hield. En daarom wilde ik je vergeving vragen.’

Ze kuste Macaire op zijn wang en stond op.

Drie maanden verstreken. Op een mooie avond, begin september, stroomde het publiek naar het Grand Théâtre op de place de Neuve voor de première van *Nabucco*. Er werd gezegd dat deze nieuwe bewerking van Verdi heel bijzonder was, en iedereen die er in Genève toe deed haastte zich naar de opera.

Onder de toeschouwers waren Macaire en Arma. Hand in hand arriveerden ze, stralend, en ze namen plaats in een van de beste loges. In de pauze wilde Macaire een luchtje scheppen, maar Arma bleef liever in de loge. Hij ging alleen naar buiten, naar het bordes van de opera, en daar trof hij Lev. De twee mannen barstten in lachen uit.

‘Sigaret?’ vroeg Lev.

‘Waarom niet?’ antwoordde Macaire.

Ze zonderden zich af van de andere toeschouwers, gingen op de stenen trap zitten en bewonderden het parc des Bastions. Macaire zei tegen Lev: ‘Bedankt, Wagner.’

Lev glimlachte.

‘Waarvoor?’ vroeg hij.

‘Dankzij jou was ik gelukkig. Op mijn missies kwam ik tot leven. Die momenten beleefde ik écht, ook al was het allemaal nep.’

Na een aarzeling vroeg Lev: ‘Neem je het me niet kwalijk?’

‘Integendeel,’ zei Macaire. ‘Weet je, toen Anastasia wegging, was het zwaar. Maar toen besefte ik dat het een kans was om een nieuw bestaan op te bouwen, om te leren van mijn fouten en een leven te leiden dat dichter bij mijn aspiraties lag. Ik ben verloofd met Arma. Ik ben gelukkig!’

'Wat een goed nieuws!' zei Lev enthousiast. 'Ik ben heel blij voor jullie!'

'Dank je wel, dat betekent veel voor me. Een liefde zoals met Arma heb ik nog nooit meegemaakt. Ik hoop dat je op de bruiloft komt.'

'Natuurlijk,' beloofde Lev.

'Bedankt, ouwe jongen. Eigenlijk zijn we net twee broers, vind je niet?'

'Jawel,' zei Lev. 'Ik ben de laatste vijftien jaar met niemand zo close geweest als met jou. Trouwens, mag Tarnogol ook op de bruiloft komen?'

Macaire barstte in lachen uit. 'Hoe heb je dat allemaal voor elkaar gekregen? Het is echt ongelooflijk.'

'Ik heb alles van mijn vader geleerd,' zei Lev. 'Maar het was vooral een samenloop van omstandigheden. Toen we elkaar op het bordes van het Palace tegenkwamen herkende je me niet, en ik wilde zien hoe ver het bedrog kon gaan. Het ging allemaal veel verder dan ik ooit had voorzien.'

'En dokter Kazan?' vroeg Macaire. 'Was dat ook een personage van je vader?'

'Jazeker. Op een dag nam je mij in vertrouwen, ik weet niet of je dat nog weet. Je was helemaal ondersteboven van de gevolgen van de zaak-Tarnogol: je voelde dat je in je vaders achting was gedaald en dat deed je verschrikkelijk veel pijn. Ik zag er direct een gelegenheid in om dokter Kazan tot leven te brengen.'

'De vonk sloeg meteen over,' zei Macaire.

'En dat heeft meer dan tien jaar geduurd.'

Macaire glimlachte.

'En Wagner? Hoe heb je die bedacht?'

'Op een dag vertelde je dokter Kazan dat je droomde van een minder eentonig leven. Dat je actie wilde en je leven niet achter je bureau wilde slijten. En toen, tijdens een zitting van de Bankraad waarbij ik in de gedaante van Tarnogol aanwezig was, vertelde Abel dat de federale politie de hulp van de bank had ingeroepen bij een onderzoek van Scotland Yard naar witwassen.'

'Operatie Diamanten Huwelijk,' begreep Macaire.

'Precies. De Raad besloot gehoor te geven aan het verzoek van Scotland Yard en dat was topgeheim. Dat bracht mij op het idee om Wagner uit het leren boek van mijn vader tevoorschijn te toveren. Een agent van de inlichtingendienst die regelmatig in het Palace logeerde om rijke buitenlandse gasten te bespioneren. Wagner vroeg je om informatie aan hem door te spelen die de Raad eigenlijk allang aan de echte federale politie had overgedragen.'

'Vandaar dat krantenartikel dat Wagner zo geloofwaardig maakte.'

'Precies,' bevestigde Lev. 'Dat was een onverwachte meevaller. Daarna besloot ik een wereld om Wagner heen te scheppen, vooral P-30, een geheime organisatie, zodat ik geen energie hoefde te besteden met bewijzen dat die organisatie bestond.'

'Maar je wist wel dat ik een wapen had gekocht,' merkte Macaire op.

'Dat had je aan dokter Kazan verteld, dus aan mij, dus aan Wagner.'

'En die brief van de president van Zwitserland?'

'Een vervalsing. Zelfgemaakt.'

'En de rapporten die ik aan de Federale Raad heb gestuurd?'

'Wat Wagner "rapporten" noemde, waren eigenlijk gewoon lange brieven die op de post gingen, en die door de overheid met een standaardbrief werden beantwoord, zoals alle brieven van burgers. Wat je missies betreft: ik heb je gewoon op kosten van de bank door Europa laten reizen. Je verslagen over de gebouwen van de belastingdienst eindigden in het algemeen in een prullenbak van het Grand Théâtre. Zoals je weet heeft die moord in Madrid nooit plaatsgevonden. De advocaten die fungeerden als tussenpersonen tussen jou en de buitenlandse belastingdiensten waren mijn eigen advocaten in die landen en die speelden met mij onder één hoedje.'

'En de mensen van de belastingdiensten?'

'Acteurs.'

'En Perez, de agent van de inlichtingendienst in Madrid?'

'Ook een acteur.'

'Verdorie,' zei Macaire geamuseerd. 'Wat kan een mens soms dom zijn.'

'Nee,' zei Lev. 'Als je iets echt wilt geloven, zie je alleen wat je wilt zien.'

Macaire knikte.

'Weet je, Lev, ik heb geen spijt van alles wat er in de laatste vijftien jaar is gebeurd. Dankzij jou heb ik geleefd!'

'Het voelt goed om je eindelijk alles te kunnen vertellen,' zei Lev.

'Je hebt vier levens geleefd.'

Lev perste er een glimlachje uit. Er viel een stilte, toen vroeg Macaire: 'Lev, wat is er op die avond in december in kamer 622 gebeurd?'

'Ik weet het niet. Ik weet niet wie Jean-Bénédict heeft vermoord.'

In de foyer klonk de bel die de toeschouwers terug naar de zaal riep.

'Voordat we weer naar binnen gaan, heb ik nog een laatste vraag,' zei Macaire. 'Wagner heeft jou opgespoord op Korfoe. Maar als jij Wagner was, waarom zou hij dat dan doen?'

Lev zuchtte. Hij glimlachte verdrietig.

Hij wist vanaf het begin dat de vlucht met Anastasia het gevaar met zich meebracht dat hun relatie zou veranderen.

Hij wist dat de hartstocht die ze in Genève voor elkaar voelden, de passie van het nieuwe begin, van het verbodene, van de nieuwigheid, de wederzijdse behoefte om elkaar voortdurend te zien en te bewonderen als ze bij elkaar waren en elkaar wanhopig te missen als dat niet zo was, dat dat allemaal zou instorten als ze continu bij elkaar waren, als ze samen op Korfoe zouden zijn. Want eerlijk is eerlijk: als je niks doet, zijn de dagen lang. Soms zouden ze zich vervelen en dus zouden ze moeten vechten om die wederzijdse passie langer te laten duren: die komedie met mooie kleren, met elegantie en kaarsen, zich opdoffen, zich wassen, de beste versie van jezelf zijn, dat was een onmisbaar spelletje dat ze moesten spelen, omdat dat het enige middel was tegen het fatale verloop van iedere liefde en de allesverterende kracht van routine die alle geliefden leren kennen als ze eens twee aparte geliefden zijn geweest en dan een koppel worden. Het was het begin van het settelen, van het grote vergeten van jezelf en de ander, het einde van de grote leugen die hen tot dan toe in staat had gesteld om perfect te zijn, knap, onfeilbaar en altijd welriekend, wanneer het plotseling mogelijk werd om je te laten gaan: comfortabele kleren, joggingbroeken, een buikje, haargroei op verkeerde plaatsen, slechte adem. 'Liefje, kun je me een wc-rol brengen?'. Met een bord eten voor de tv. Als zoutzakken in slaap vallen op de bank met de televisie nog aan, open monden, gesnurk, noem maar op. Dat nooit, had Lev zich voorgenomen. Niet met Anastasia! Dan stierf hij nog liever.

Om daartegen te vechten hadden ze een gemeenschappelijke vijand nodig. Een jaloerse echtgenoot die naar Korfoe komt, een rel schopt zodat ze ergens anders heen moeten om elkaar opnieuw te vinden. Zodat alles weer bij nul zou beginnen. Een stel dat altijd nieuw is, is een stel dat nooit verslijt, dacht Lev.

Tegen Macaire zei hij alleen: 'Ik geloof dat Korfoe gedoemd was te mislukken.'

Ze stonden op.

'No hard feelings?' vroeg Lev aan Macaire.

'Wat denk jij!' glimlachte Macaire.

De twee mannen drukten elkaar broederlijk de hand. In de blik van Macaire lag iets triomfantelijks. Opeens knoopte hij zijn overhemd los en liet Lev een microfoon zien die met tape op zijn borst was geplakt. Uit het donker doken politieagenten in burger op die Lev vastgrepen. Sagamore was er ook bij.

'Dat is nog eens een bekentenis, meneer Levovitch,' zei hij, voordat hij hem naar een onopvallende politieauto bracht.

~

Drie jaar later dacht Anastasia vaak aan die gebeurtenissen terug. Ze had de arrestatie uit de krant vernomen, zoals iedereen. Ze had het proces tot in het kleinste detail gevolgd: ze was zo vaak ze kon naar de zittingen gegaan en ze had alle verslagen bewaard die in de krant verschenen. Ze hoopte dat Lev eronderuit zou kunnen komen. Hij kwam altijd overal onderuit. Ze geloofde niet in God, maar tot haar verrassing begon ze te bidden.

Drie jaar later, terwijl ze hem al die tijd niet meer gezien had, dacht ze nog steeds continu aan hem. Iedere zondag liep ze vanuit La Servette over de rue de Chantepoulet naar het Meer van Genève en het Hôtel des Bergues. Ze zocht een bankje en ging zitten om het majestueuze gebouw te bekijken. Ze staarde naar de vijfde verdieping, naar de ramen van de suite waar hij had gewoond. Ze vroeg zich af waar hij nu zou wonen. Dan liep ze verder langs de quai du Mont-Blanc naar hotel Beau-Rivage. Ze ging zitten in een fauteuil in de lobby en bestelde zwarte thee. Ze dacht opnieuw aan hem. Ze zag weer voor zich hoe hij achttien jaar geleden op deze plek de rol van graaf Romanov voor haar moeder had gespeeld. Dan vouwde ze het artikel uit de *Tribune de Genève* open, uit de tijd van het proces, dat ze in haar handtas bewaarde. Er stond een grote foto in van Lev, even knap als altijd, die bij het Gerechtshof aankwam. Daaronder stond:

VAL VAN STERBANKIER LEV LEVOVITCH

Lev Levovitch is door de rechtbank van eerste aanleg in Genève schuldig bevonden aan oplichting, het illegaal uitoefenen van een medisch beroep en misbruik van vertrouwen. De bankier zat onder een valse identiteit in de Raad van Banque Ebezner en heeft jarenlang het vertrouwen beschaamd van Macaire Ebezner, de voorzitter van de bank die zijn naam draagt. Hij is veroordeeld tot vier jaar gevangenisstraf en verbeurdverklaring van zijn bezittingen. Verder is hem een levenslang beroepsverbod voor de financiële sector opgelegd.

HOOFDSTUK 70
Vergiftigd

Woensdag 4 juli 2018.

In mijn suite in het Palace de Verbier verdronk Scarlett in de krantenknipsels. Ze had alle artikelen over Levovitch' proces gelezen, dat veel aandacht van de pers trok. Ik merkte dat ze ongeduldig was; ze had het gevoel dat we ons doel naderden.

'Ik heb alles helemaal opnieuw doorgenomen, schrijver, en ik kom steeds tot dezelfde conclusie: Levovitch is de moordenaar.'

'Toch heeft justitie hem op dat punt van alle blaam gezuiverd.'

'Wegens gebrek aan bewijs,' nuanceerde ze.

'Dat doet er niet toe: als er geen bewijs is, is hij niet schuldig. Je weet wat ze zeggen: onschuldig tot het tegendeel bewezen is.'

'Wat mij dwarszit is dat de spullen van Tarnogol op de kamer van Jean-Bénédict Hansen zijn gevonden. Wat wist Jean-Bénédict Hansen? Wat was zijn link met Levovitch? Daar ligt de kern van de zaak, dat weet ik zeker.'

'Hoe bedoel je dat?' vroeg ik.

'We weten bijvoorbeeld niet wie er achter die vergiftiging op de zaterdagavond van het Grote Weekend zat. En ook niet waarom die gebeurde, trouwens. We weten dat Macaire en Jean-Bénédict met wodkaflessen in de weer waren, maar Macaire Ebezner heeft tegen de politie volgehouden dat hij op zoek was naar een speciaal jaar en Jean-Bénédict Hansen kan zijn versie van de feiten niet meer navertellen.'

Scarlett wilde Macaire Ebezner absoluut spreken, maar sinds ons korte onderhoud op de bank bleven onze verzoeken om een afspraak onbeantwoord. Ze vervolgde: 'Eén ding is zeker: noch Macaire Ebezner, noch Jean-Bénédict Hansen is vergiftigd; hun namen staan niet op de lijst van ziekenhuisopnames.'

Ze zwaaide met de lijst, die ze in het politierapport had gevonden.

'En Lev Levovitch?' vroeg ik.

'Die was wel vergiftigd,' zei ze, en ze wees op zijn onderstreepte naam op een van de bladzijden.

Scarlett dook opnieuw in de lijst met namen. Opeens betrok haar gezicht.

'O God!' riep ze uit.

'Wat heb je gevonden?'

'O God!' herhaalde ze. 'Kijk!'

Met rode balpen zette ze een cirkel om een van de namen en ze gaf me het papier.

'Arma, de huishoudster van de Ebezners,' zei Scarlett. 'Zij is ook vergiftigd. Arma was in het weekend van de moord in het Palace de Verbier!'

HOOFDSTUK 71
Arma

Scarletts ontdekking bezorgde ons een nieuwe rit naar Genève om nogmaals met Arma te praten. Op donderdag 5 juli troffen we haar aan het begin van de middag aan de oever van het Meer van Genève. Het was een hete dag. We liepen naar de pont des Bergues en op het Île Rousseau gingen we zitten op een bankje in de schaduw van de bomen. Genève was nooit zo mooi als in de zomer, groen en badend in het zonlicht dat het water een smaragden glinstering gaf, alsof het de Caribische Zee was.

'We weten alles, Arma,' zei Scarlett.

'Wat weten jullie?'

'In het weekend van de moord was je in het Palace de Verbier. Zaterdagavond werd je vergiftigd en belandde je in het ziekenhuis. Ik denk dat dat detail de politie destijds is ontgaan, want in het dossier wordt het nergens genoemd.'

Arma boog het hoofd.

'Waarom ging je dat weekend naar Verbier?' vroeg ik.

'Ik wilde erbij zijn als Macaire benoemd werd. Het was een van de belangrijkste momenten in zijn leven en dat wilde ik niet missen. Ik had me er al bijna een jaar op verheugd.'

'Wist hij dat je er was?'

'Nee, natuurlijk niet. Hij had het waarschijnlijk niet goedgevonden. Maar ik wilde alleen onopvallend in een hoekje staan en zijn triomf meemaken. Ik had er trouwens al lang van tevoren een vrije dag voor opgenomen. En dus ging ik op vrijdag naar Verbier, waar ik een kamertje in een herberg had gereserveerd. Op zaterdagavond kleedde ik me mooi aan en ben ik de balzaal in geslopen voor de cocktailparty. Niemand stelde vragen.'

'En wat gebeurde er toen?'

'Eerlijk gezegd was ik vrij nerveus. Ik nam een cocktail. Later, toen de aankondiging kwam, werd ik opeens heel ziek. Net als iedereen. Ik belandde in het ziekenhuis. Maandagochtend kwam ik er pas weer uit, en toen hoorde ik over de moord.'

'Dus niemand heeft ooit geweten dat je die avond in het Palace was?' vroeg ik.

'Niemand behalve Macaire. Daarom is hij bij me weggegaan. Zoals ik zei toen we elkaar de vorige keer zagen, ben ik Macaire daardoor kwijtgeraakt.'

'Is hij bij je weggegaan omdat hij ontdekte dat je naar Verbier was gekomen?'

'Nee, hij is weggegaan omdat hij dacht dat ik Jean-Bénédict Hansen heb vermoord.'

Ze barstte in snikken uit. Scarlett en ik keken elkaar geïntrigeerd aan.

'Waarom dacht Macaire dat jij Jean-Bénédict Hansen hebt vermoord?'

Maar Arma antwoordde niet. Ze pakte haar tas en ging er in tranen vandoor.

We moesten absoluut achterhalen hoe de vork in de steel zat. De enige die antwoord kon geven op onze vragen was Macaire Ebezner. We wisten dat hij ons niet op de bank zou ontvangen. Van Arma hadden we gehoord dat hij tegenwoordig in een appartement op de quai du Général-Guisan woonde, en dus postten we voor de deur van het gebouw tot hij aan het einde van de middag terugkwam van de bank. Toen hij eindelijk kwam, leek hij niet bepaald blij om ons te zien.

'Jullie weer? Ik dacht dat ik me duidelijk genoeg had uitgedrukt.'

'Meneer Ebezner, we moeten u absoluut spreken.'

'Ik heb jullie niks te zeggen.'

'Het gaat over Arma. We weten dat zij in het weekend van de moord in Verbier was.'

Macaire Ebezner kon niet weigeren. Hij nam ons mee naar binnen, naar zijn reusachtige appartement, en liet ons plaatsnemen in de salon, waarvan de openslaande deuren een uniek uitzicht op de Jet d'Eau boden.

'Dus jullie zijn door blijven wroeten,' zei Macaire onaangenaam.

'We hebben onderzoek gedaan,' nuanceerde Scarlett. 'En we hebben achterhaald dat uw voormalige huishoudster en partner Arma tijdens het weekend van de moord in het Palace de Verbier was.'

'Hoe zijn jullie daarachter gekomen?' vroeg Macaire.

'Ze staat op de lijst van de ziekenhuisopnames. Dat had de politie over het hoofd gezien. Ik zou graag van u horen hoe u erachter bent gekomen dat ze in Verbier was.'

~

Een jaar na de moord
December

Een donderdag aan het einde van de middag. In het huis in Cologny schold Arma, met diamanten in haar oren en gekleed in een pak met luipaardprint, de huishoudster de huid vol.

'Wrijf die vloer eens wat harder op, zeg.'

'Excuus, m'vrouw,' kreunde de huishoudster.

'Excuus, excuus, je kunt voor alles wel excuus maken. Je moet gewoon beter je best doen.'

De voordeur ging open en Macaire verscheen. Hij was zichtbaar in een uitstekend humeur. Arma vloog hem om de hals en overlaadde hem met kussen. Telkens als ze hem zo verwelkomde, bedacht Macaire dat hij dit met Anastasia nooit had meegemaakt. Hij voelde zich zoveel gelukkiger. Hij was een nieuw mens.

'Hoe was je dag, liefste?' vroeg Arma.

'Heel goed. Ik heb al mijn afspraken voor morgen afgezegd. We gaan een lang weekend op stap. Er ligt sneeuw in de Alpen en daar wil ik van profiteren. Bovendien komen er zaterdag kijkers voor het huis en daar heb ik helemaal geen zin in. Dat laat ik aan de makelaar over.'

Ze vloog hem opnieuw om de hals en vroeg: 'Waar gaan we naartoe?'

'Ik heb zin in Verbier,' zei hij.

'Ja, Verbier! In het Palace?'

'Eerlijk gezegd twijfel ik daar nog een beetje over. De moord op Jean-Béné is nog maar een jaar geleden.'

'Daar moet je niet steeds aan blijven denken. Zet die nare herinneringen opzij. Je gaat het Palace toch niet je hele leven ontlopen, hoop ik?'

'Ik weet het niet...'

'Toe, liefje! Al die loexe! We sluiten ons op in de kamer, we maken een groot vuur en we gaan samen op de bank zitten.'

'Als je dat wilt, goed,' zei Macaire.

Hij hing zijn jas op, liep naar de salon en schonk een glas whisky in. Hij ging bij het raam staan en dronk, terwijl hij naar de sneeuw keek die langzaam op het bevroren gazon viel. Hij liet zijn gedachten de vrije loop. Hij dacht aan Anastasia. Dat deed hij wel vaker. Hij vroeg zich af waar ze was, wat ze deed. Of ze gelukkig was. Hij hield niet meer van haar, ook al hield hij nog van haar – want als je ooit van iemand gehouden hebt, dan blijft dat zo.

Waarschijnlijk omdat ze het net over het Palace de Verbier hadden gehad, dacht hij terug aan de boodschap die ze met lippenstift op de badkamerspiegel had geschreven:

Ik ben er, beertje.
A.

Hij vroeg zich opeens af waarom ze alleen een 'A' had geschreven. Haar brieven uit Korfoe ondertekende ze altijd met 'Anastasia'. Het briefje dat ze onder de deur door had geschoven ook. Hij dacht plotseling terug aan een fragment uit een van de brieven: 'Ik ben naar Verbier gekomen om bij je weg te gaan, niet om lieve berichtjes aan je te schrijven.' Toen dacht hij aan wat Arma net zei: 'We sluiten ons op in de kamer, we maken een groot vuur en we gaan samen op de bank zitten.' Hij schrok zo dat zijn glas uit zijn handen viel.

Arma hoorde het en rende naar de salon. Macaire zag lijkbleek!

‘Wat is er, liefste?’

‘Jij was het,’ zei hij. ‘Jij was in het Palace tijdens het weekend van de moord! Je liet je doorgaan voor mijn vrouw, je bent mijn kamer in gelopen en je hebt dat bericht op mijn spiegel geschreven zodat ik zou denken dat Anastasia dat had gedaan.’

‘Nee. Ik had je horen zeggen hoeveel je van die lippenstift hield. Toen heb ik er ook een gekocht, via een nicht die in Parijs woont. Die droeg ik thuis zodat jij me zou zien, maar je zag het niet. Ik had het net op de spiegel geschreven toen ik de deur hoorde opengaan. Ik verstopte me in een kast en ik vergat de lippenstift op de wastafel.’

‘Maar wat deed jij in godsnaam in het Palace?’

‘Ik wilde bij je benoeming zijn. Ik was zo trots op je. Het was jouw dag. Daarom had ik vrij gevraagd: ik wilde erbij zijn als je gekroond werd. Ik had al maanden van tevoren een kamer gereserveerd in een kleine herberg in het dorp. In de tussentijd kwam ik erachter dat Anastasia bij je wegging en dat jij terug in Genève een leeg huis zou vinden. En dus wilde ik je mijn liefde verklaren. Zodat je iemand had die echt van je hield! Ik meldde me bij de receptie, ik zei dat ik je vrouw was. De receptionist durfde niks te vragen en gaf me direct een sleutel. Maar jij was er niet, en dus schreef ik dat bericht op de badkamerspiegel en verstopte ik me om je reactie te zien. Maar toen je eindelijk terugkwam, aarzelde ik. Ik was bang dat je me uit zou lachen. Toen werd je plotseling geroepen vanaf het balkon en liet ik me natuurlijk niet meer zien. Ik dacht dat het beter was als ik je van een afstand zou bewonderen omdat je me vast en zeker zou afwijzen. Ik was je huishoudster maar.’

Macaire was met stomheid geslagen. Hij schonk zich nog een glas scotch in, dat hij in één keer achteroversloeg. Toen vroeg hij met trillende stem: ‘Heb jij Anastasia’s gouden pistool gestolen, Arma?’

Eerst keek ze hem zwijgend aan. Toen begon ze te huilen.

‘Ik vond het pistool thuis in de kast, in de tas die Anastasia mee zou nemen als ze wegging met Levovitch. Ik weet niet waarom ik haar spullen doorzocht, vast omdat ik wilde achterhalen waar ze naartoe gingen. Ik hoopte een vliegticket of een berichtje te vinden. Maar ik vond een wapen. Eerst was ik bang dat Anastasia zelfmoord wilde plegen. Ze was zo kwetsbaar in die tijd, ik dacht dat ze iets vreselijks ging doen, net als Romeo en Joelia. Eerst wilde ik het pistool wegdoen, in het meer gooien of zo, maar ik was bang dat iemand me zou zien en dat ze me voor een misdadiger zouden aanzien. Ik bedacht dat ik het in de bergen in een ravijn zou gooien, waar niemand het zou vinden. En daarom nam ik het mee naar Verbier.'

'Arma,' fluisterde Macaire ontsteld. 'Heb jij Jean-Bénédict vermoord?'

'Nee! Ik zweer dat ik hem niet vermoord heb.'

'Wat heb je dan gedaan?' donderde Macaire; hij voelde dat Arma iets achterhield.

'Toen ik zaterdagmiddag op je kamer verstopt zat, hoorde ik dat je het over Tarnogol had. Ik wist dat hij je heel veel moeilijkheden had bezorgd en dat hij een bedreiging voor je benoeming vormde. Toen je terugkwam van het balkon zei je dat je hem ging doden. Maar ik wilde niet dat je in de gevangenis zou komen. Daar zou jij niet tegen kunnen. Dan zou je alles kwijtraken en uiteindelijk zelfmoord plegen! Dat kon ik niet toelaten. Ik moest iets doen. Ik had duizend keer liever dat ík veroordeeld werd dan jij. Ik bedacht dat het een teken van God was: ik had het pistool gevonden, ik had het meegenomen, dus nu moest ik het gebruiken. Het moment was gekomen om te bewijzen hoeveel ik van je hield. Ik wilde je leven eenvoudiger maken met een moedige daad. En bovendien mocht iedereen het weten! Ik zou het aan de rechter en de jury hebben verteld, het zou in de krant komen. Wat is een groter bewijs van liefde? Ik zou niet meer zomaar een huishoudster meer zijn, ik zou de wrekende engel zijn! De Bonnie van de liefde! Het voelde alsof die dag een keerpunt in mijn leven was. En dus mengde ik me om zes uur onder het bankpersoneel in de balzaal. Het wapen zat in mijn handtas en ik ging Tarnogol neerschieten zodra hij op het podium verscheen. Voor jou, liefste! Maar natuurlijk was ik bloednerveus, dus dronk ik een cocktail met wodka om moed te verzamelen. Toen nog een paar, dat moet wel als je iemand gaat doden. Alleen ging ik me heel slecht voelen. De Raad stond nog maar net op het podium en ik begon over te geven. Toen de hulpdiensten kwamen, maakte ik dat ik wegkwam uit de zaal. Ik moest van het wapen af zien te komen voordat ik flauwviel, anders zouden ze het vinden. Ik strompelde door de gangen naar een raam waardoorheen ik het wapen in een met sneeuw bedekte struik gooide. Op dat moment dacht ik er niet aan dat de sneeuw zou smelten. Ik dacht zelfs helemaal nergens aan: ik gooide het wapen weg en ik viel flauw. Toen ik mijn ogen weer opendeed, lag ik in het ziekenhuis van Martigny.'

Macaire wist niet meer wat hij moest geloven. Hij joeg Arma het huis uit en sloot zich op in zijn werkkamer. Met de telefoonhoorn in de hand keek hij lang naar het visitekaartje van luitenant Sagamore.

'Maar uiteindelijk hebt u de politie niet gebeld,' zei Scarlett in de salon van Macaire. 'Waarom niet?'

Voordat Macaire antwoord gaf, stond hij op; hij maakte een bureaula open die op slot zat. Hij haalde er een map uit die hij aan mij gaf.

'Ik zocht het liever zelf uit. Dit is Arma's ziekenhuisdossier van de avond van de moord en het verslag van de arts die haar onderzocht. Ik heb ze altijd bewaard, met de gedachte dat deze geschiedenis nog weleens een staartje kon krijgen.'

Scarlett bekeek de documenten.

'Hier staat dat Arma op zaterdag 15 december om 20.15 uur is opgenomen en dat ze pas maandagochtend werd ontslagen. Ze was ernstig vergiftigd en ze lag de hele tijd aan het infuus.'

'Toen de moord werd gepleegd lag Arma in het ziekenhuis in Martigny,' vervolgde Macaire. 'Een halfuur van Verbier vandaan. Met een naald in haar arm. Dat lijkt me een perfect alibi.'

Scarlett knikte, toen zei ze: 'U hebt na afloop onderzoek laten doen. Dat verklaart niet waarom u de politie niet hebt gebeld.'

'Als Arma Jean-Bénédict had vermoord, had ze dat gedaan om mij te beschermen. Dat zou betekenen dat iemand zoveel van me hield als er nog nooit van mij gehouden was.'

'En waarom wilde u haar niet terug toen u ontdekte dat zij het niet gedaan had?'

Macaire staarde in de verte. Alsof hij zich schaamde voor zijn antwoord.

‘Ik besefte dat ik om de verkeerde reden met haar was: ze was een slechte imitatie van Anastasia. Haar schaduw. De enige vrouw van wie ik ooit heb gehouden is Anastasia. Tarnogol had gelijk, zijn voorspelling is uitgekomen: ik ben de voorzitter van de bank, maar ik ben alleen.’

‘Tarnogol heeft nooit bestaan,’ merkte ik op.

‘Toch was hij er wel,’ antwoordde Macaire.

HOOFDSTUK 72
Het spel is uit

Scarlett en ik verlieten Macaire Ebezner en Genève zonder iets met ons onderzoek te zijn opgeschoten. We wisten nog altijd niet wie de moordenaar was. Terug in Verbier sloten we ons op in mijn suite om voor de zoveelste keer de puzzelstukjes te bekijken. Urenlang namen we het dossier door, en voor het eten bestelden we cheeseburgers en friet bij de roomservice waar we nauwelijks van aten terwijl we de aanwijzingen uit het dossier nóg een keer doornamen.

Er was een detail dat ons ontging, maar wat?

Om twee uur 's ochtends staarden we naar de muur, waarop drie vellen papier hingen met daarop de namen van de drie mogelijke verdachten in deze zaak.

Anastasia Lev Macaire

Scarlett zuchtte terwijl ze naar een foto keek van het bord dat luitenant Sagamore destijds had gemaakt en waarop diezelfde namen stonden.

'We komen op hetzelfde uit als de politie,' zei Scarlett. 'En we lopen op hetzelfde punt vast.'

We waren uitgeput. En een beetje ontmoedigd, moet ik zeggen. Maar we moesten volhouden.

'Koffie?' vroeg ik.

'Graag.'

Ik bediende de machine. Scarlett werkte methodisch de aanwijzingen van Sagamores bord af door de documenten die we stiekem hadden gefotografeerd opnieuw door te nemen. Meer dan een uur bestudeerde ze alle informatie die Sagamore destijds had verzameld. En zo stuitten we weer op het optreden van de hotelbeveiliging in kamer 623, waarvan hier de verklaring volgt die een zekere Milan Luka, hoofd beveiliging van het Palace, op de ochtend van de moord bij de politie aflegde.

> Op de avond van zaterdag 15 december, om 23.50 uur, werd ik vanwege een woordenwisseling naar kamer 623 geroepen. Ik begaf mij direct naar de kamer in kwestie, waar ik werd ontvangen door een man die mij verzekerde dat er niets aan de hand was. Ik dacht dat ik mij misschien in de verkeerde kamer bevond. Er klonk geen geluid op de gang. Alles leek rustig. Ik drong niet aan en vertrok. Ik heb de directeur op de hoogte gebracht voor het geval er opnieuw moest worden opgetreden. Het was een ongebruikelijke avond en we konden maar beter voorzichtig zijn. Er volgde echter geen nieuwe oproep. Verder was het een rustige nacht. Dat wil zeggen: totdat de volgende ochtend in kamer 622 een lijk werd gevonden.

Scarlett las het voor, toen zei ze: 'Er staat duidelijk dat degene die het hoofd van de beveiliging op kamer 623 te woord stond Jean-Bénédict Hansen was, en dat hij die herkende van een foto.'

Opeens begon ze te peinzen.

'Wat is er?' vroeg ik.

'Het hoofd beveiliging heeft het over een "woordenwisseling".'

'Ja, dus?'

'Dat impliceert een vorm van gesprek, toch?'

'Ja. Een twistgesprek.'

'Dat betekent dat Jean-Bénédict Hansen niet alleen was op kamer 623. Destijds is dat Sagamore niet opgevallen, omdat hij dacht dat Jean-Bénédict Hansen Tarnogol was. De aanwezigheid van Jean-Bénédict in kamer 623 – de kamer van Tarnogol – was dus niet verrassend. Maar eigenlijk was Tarnogol Levovitch. Dat heeft Sagamore over het hoofd gezien.'

'Dan zou Jean-Bénédict dus ruzie hebben gehad met Tarnogol, dus met Levovitch,' zei ik. Ik begreep waar Scarlett naartoe wilde.

Ze knikte.

'Op zaterdag 15 december maakte Jean-Bénédict Hansen ruzie met Levovitch. En een paar uur later was hij dood.'

~

Milan Luka werkte al jaren niet meer in het Palace. Maar we hadden genoeg aan een korte zoektocht op internet om hem te vinden: hij stond inmiddels aan het hoofd van zijn eigen beveiligingsbedrijf, Luka Sécurité genaamd, gevestigd in Sion.

Zo gingen we de volgende ochtend, vrijdag 6 juli 2018, na een korte nacht op bezoek bij Milan Luka, op het kantoor van zijn bedrijf in het centrum van Sion. Hij was een man van een jaar of vijftig, stevig gebouwd en met een ongewoon, maar erg sympathiek uiterlijk. Hij ontving ons vriendelijk, ook al kwamen we onverwacht aanzetten. We merkten dat hij ervan genoot om over zijn jaren in het Palace te praten.

'Ik was daar heel gelukkig,' vertrouwde hij ons toe. 'Ik ben naar Zwitserland gekomen toen ik heel jong was, en toen had ik het geluk dat ik meneer Rose leerde kennen. Hij wist hoe je iemand zelfvertrouwen moet geven zodat je het beste uit jezelf kunt halen. Ik werd aangenomen bij de beveiliging, en later kreeg ik er de leiding over. Ik heb veel aan hem te danken.'

'Waarom hebt u ontslag genomen bij het Palace?'

'Dat was na de dood van meneer Rose. Zonder hem was het niet meer hetzelfde. En eerlijk gezegd wilde ik ook al heel lang mijn eigen toko beginnen. Maar ik bleef, uit trouw aan meneer Rose. Terwijl de sfeer na de moord toch heel erg veranderd was.'

'Hoe bedoelt u?' vroeg Scarlett.

'Het Palace was een bijzondere plaats. Een oase van rust voor de gasten. Er hing een sfeer van volmaakte vrede. Na de moord veranderde dat. Meneer Rose werd diep getroffen door de gebeurtenissen en vooral door wat daarna kwam: het proces van Lev Levovitch en zijn veroordeling. Hij was er kapot van, hij was altijd zo trots op Lev.

U had moeten horen hoe hij over hem sprak: Lev was zijn held. Hij dacht zelfs dat hij voorzitter van Banque Ebezner zou worden. Maar jammer genoeg had zijn held wat pech. Het was een enorme klap voor meneer Rose. En die heeft hij niet overleefd.'

'Hoezo niet?'

'Een paar maanden na Levovitch' veroordeling heeft hij zelfmoord gepleegd. Een kogel door de mond met zijn legerpistool, echt verschrikkelijk. Om hem heen lagen krantenartikelen over de val van Levovitch. Dat was een heel moeilijke tijd voor mij.'

'Wat kunt u ons vertellen over de moord in kamer 622, meneer Luka?' vroeg ik.

Het voormalige hoofd beveiliging vertelde eerst over de chaos na de vergiftiging op zaterdag, en toen over de ontdekking van het lijk op zondag.

'Ik was een van de eersten die het hoorde,' zei hij. 'Ik heb direct de politie gebeld en toen heb ik de zesde verdieping afgesloten om eventuele sporen veilig te stellen.'

'Was u op de ochtend van de moord in het Palace?' vroeg ik verrast.

'Ja, hoezo?'

'Omdat u er zaterdagavond ook al was. We weten dat u om tien voor twaalf naar kamer 623 werd geroepen.'

'Ik zou inderdaad naar huis gaan toen mijn dienst erop zat, maar na de vergiftiging was meneer Rose heel zenuwachtig, en dus bleef ik. 's Nachts werkte er gewoonlijk maar één beveiliger, dat was meestal voldoende. Maar onder die omstandigheden leek het me verstandig om versterking te bieden, voor het geval dat.'

'Waar zat u die nacht?' vroeg ik.

'De nachtwaker stond zoals altijd bij de receptie om de hoofdingang te bewaken; de enige nachtingang. Zelf lag ik te slapen op een kantoor van de boekhouding. Ik moest bijkomen, want ik had een zware dag achter de rug.'

'Dus er kon niemand naar binnen?'

'Nee, alleen door de hoofdingang. Dat was de regel: 's nachts was er maar één ingang. We moesten waakzaam zijn, er waren veel vermogende gasten, met juwelen en contanten.'

‘Maar als je binnen een handlanger had, kon je door een nooduitgang naar binnen,’ merkte ik op.

‘Als je binnen een handlanger had,’ herhaalde het voormalige hoofd van de beveiliging. Ironisch vervolgde hij: ‘Je kon ook via het dak met een helikopter naar binnen. We waren al behoorlijk voorzichtig, voor een dorp als Verbier. Waar wilt u naartoe met al die vragen?’

‘Meneer Luka,’ zei Scarlett toen. ‘We denken dat u een paar uur voor de moord misschien iets belangrijks hebt gezien.’

‘Wat dan?’

Ze liet hem het fragment uit het politieverslag zien.

‘Op zaterdagavond 15 december werd u naar kamer 623 geroepen.’

‘Ja, dat weet ik nog. Een gast had de receptie gebeld en die had ons ingeseind. Er was iets loos. Er werd geschreeuwd, meen ik.’

‘Wie was de gast die belde?’

‘Dat heb ik nooit geweten. Ik dacht trouwens niet dat hij zijn naam heeft genoemd. Destijds was het telefoonsysteem nog niet digitaal, dus we konden niet achterhalen uit welke kamer er werd gebeld. Waar wilt u naartoe?’

‘Wie zag u in kamer 623?’

‘Meneer Hansen. Dat heb ik al aan de politie verteld.’

‘Vond u het niet vreemd dat meneer Tarnogol daar niet was?’ vroeg ik. ‘Het was zijn kamer, niet de kamer van meneer Hansen.’

‘De beveiliging weet over het algemeen niet precies wie in welke kamer zit. We krijgen een kamernummer en dan gaan we kijken wat er loos is.’

Scarlett speelde onze troefkaart uit.

‘We denken dat er nog iemand anders in de kamer was. U hebt destijds vast de kranten wel gelezen, dus u weet dat Sinior Tarnogol nooit heeft bestaan: hij was een personage van Lev Levovitch. En daarom denken wij dat Lev Levovitch in kamer 623 was. Toen u die avond naar boven ging, zag u Jean-Bénédict Hansen en Lev Levovitch. Correct?’

Het voormalige hoofd beveiliging zuchtte. Hij stond op van zijn bureau en ging bij het raam staan alsof hij onze blikken wilde vermijden.

'Klopt,' bekende hij. 'Lev Levovitch was ook in die kamer. Met een vrouw.'

'Waarom hebt u dat niet aan de politie verteld?' vroeg Scarlett.

'Omdat meneer Rose me had gevraagd om niets te zeggen. Naderhand vroeg ik hem wat er aan de hand was, en toen zei hij dat ik niet mocht vertellen dat Lev in de kamer was. Hij wilde hem beschermen.'

Alle sporen leidden naar Lev Levovitch.

Op de muur van mijn suite keken Scarlett en ik naar de namen van de drie verdachten.

Anastasia Lev Macaire

Ook al zei Milan Luka dat Anastasia – volgens ons de vrouw die het voormalige hoofd beveiliging had gezien – ook bij Lev en Jean-Bénédict in kamer 623 was geweest, toch dachten we dat zij er niets mee te maken had.

'Aangezien we nu weten dat Arma het pistool van Anastasia had meegenomen, kunnen we haar van de verdachtenlijst schrappen,' zei Scarlett.

'Klopt,' zei ik. 'En bovendien weten we ook dat Arma Anastasia's pistool heeft weggegooid toen iedereen vergiftigd werd, dus rond zeven uur. We kunnen er dus zeker van zijn dat het niet het moordwapen is.'

Scarlett haalde de naam Anastasia van de muur. Nu waren alleen Macaire en Lev nog over. Ik vervolgde: 'De verdachte kon aan een wapen komen. We weten dat Macaire een wapen had.'

'Ja, maar Levovitch mag je ook niet onderschatten,' zei Scarlett. 'Als hij iedereen vijftien jaar voor het lapje kon houden, kon hij ook wel aan een wapen komen.'

Daar had Scarlett gelijk in. Ze vervolgde: 'Ik ben het met Sagamore eens: de verdachte was in het hotel en is daar na de moord gebleven. Toen de politie dacht dat hij weg was, zat hij nog gewoon binnen.'

'Hij kan door de nooduitgang gevlucht zijn, net als Anastasia,' wierp ik tegen.

'We hebben alles verkend, alle plattegronden bekeken. De route die Anastasia had genomen was de enige manier om weg te komen zonder gezien te worden. Zoiets moet je weten.'

'Misschien had de moordenaar zijn plannetjes heel precies uitgewerkt,' merkte ik op.

Scarlett keek ongelovig.

'Doe even serieus, schrijver! Als de moordenaar al lang geleden had bedacht dat hij Jean-Bénédict zou uitschakelen, zou hij dat niet midden in een hotel met een revolver doen. Dit lijkt eerder een impulsieve daad. Dat is Sagamore trouwens met me eens. En het lijkt me ook logisch.'

'Wat denk je dan?' vroeg ik.

'Als de moordenaar door de nooduitgang is weggevlucht, dan kende hij het hotel heel goed. Zo goed als alleen een werknemer het kan kennen. Dus of de moordenaar bleef na de moord in het Palace, of hij kende het hotel op zijn duimpje. Eigenlijk is er geen twijfel meer mogelijk. Wie kon aan een wapen komen? Wie kende het Palace op zijn duimpje?'

'Levovitch,' zei ik.

'Levovitch,' bevestigde Scarlett. 'En het motief is heel eenvoudig: op de avond voor de moord had Jean-Bénédict Hansen ontdekt dat Levovitch Tarnogol was. Levovitch heeft hem die nacht vermoord om zijn geheim veilig te stellen.'

'Het snijdt bijna hout,' zei ik. 'Maar als Lev Levovitch Jean-Bénédict Hansen heeft vermoord omdat die de waarheid over Tarnogol had achterhaald, waarom vonden wij in Hansens kamer dan juist spullen die naar Tarnogol leidden?'

'Misschien had Levovitch ze daar gelegd om zich na afloop te vermommen,' opperde Scarlett.

'Misschien, maar ik ben niet overtuigd,' zei ik. 'Ik denk dat we iets over het hoofd zien.'

Het duurde nog een paar uur voordat we het begrepen. We bekeken de aanwijzingen van alle kanten, en er was inderdaad een detail dat niet klopte. Dus toen we diep in de nacht ondergedoken zaten in een oceaan van documenten, slaakte Scarlett een gil, en haar gezicht lichtte op.

'Natuurlijk! Waarom hebben we daar niet eerder aan gedacht?'

'Waaraan?' vroeg ik.

'Het lag de hele tijd vlak voor onze neus!'

Zonder nog iets te zeggen stortte ze zich op haar laptop en trommelde op het toetsenbord. Zodra ze klaar was met zoeken keek ze op van het scherm, trots en verbluft tegelijk. Toen liep ze mijn suite uit en haastte zich naar de trap, alsof ze het geduld niet had om op de lift te wachten. Ik begreep er niets van, maar ik volgde haar. We bereikten de begane grond en liepen door de uitgestorven lobby. De nachtwaker was even niet bij de receptie en Scarlett maakte van de gelegenheid gebruik om achter de balie te stappen en de dienstgang van het hotel in te lopen. Ze vond het kantoor van de directeur van het Palace meteen. Ze gooide de deur open, ervan overtuigd dat er op dit tijdstip niemand zou zijn. Maar tot onze verrassing brandde er licht. En zat er een man in een stoel.

Scarlett keek hem sprakeloos aan. Ze herkende hem meteen: ondanks alle verstreken jaren was hij niet veranderd. Hij zag er nog net zo uit als op de krantenfoto's.

'Lev Levovitch...' fluisterde Scarlett. 'Wat doe jij hier?'

'Dus jullie hebben alles ontdekt,' zei hij.

HOOFDSTUK 73
De moordenaar van kamer 622

Die nacht vertelde Lev Levovitch Scarlett en mij wat er in de maanden voor de moord was gebeurd.

'Na de dood van Abel Ebezner vonden Anastasia en ik elkaar terug,' zei Lev. 'Eindelijk was ik gelukkig. Ik had maar één idee: al mijn kostuums aan de wilgen hangen en een leven met Anastasia opbouwen. Maar ik merkte dat ze aarzelde om bij Macaire weg te gaan. Ze wilde hem geen pijn doen, ze was bang dat hij zelfmoord zou plegen. Ik besloot om in te grijpen met het masker van Tarnogol. Vijftien jaar eerder had ik een meesterlijke slag geslagen: ik had de aandelen van Macaire Ebezner afgenomen door Anastasia in zijn armen te drijven. Ik was ervan overtuigd dat ik Macaire alleen maar onder druk hoefde te zetten om hem zover te krijgen dat hij afstand zou doen van zijn vrouw in ruil voor het voorzitterschap. Vijf dagen voor het Grote Weekend, toen Macaire zeker wist dat hij voorzitter zou worden, ontdekte hij dat Tarnogol mij, Levovitch, in zijn plaats wilde benoemen. Eerst reageerde hij zoals ik verwachtte: hij stortte in. Ik wilde met hem spelen, zijn zenuwen tot het uiterste op de proef stellen zodat hij geen andere keuze had dan Anastasia met mij te ruilen. Maar Macaire was niet van plan om afstand te doen van zijn vrouw of het voorzitterschap. Hij vocht terug, ondanks al mijn listen. En dus moest ik een laatste redmiddel inzetten: ervoor zorgen dat de Raad mij verkoos, maar op het laatste moment voorkomen dat dat werd bekendgemaakt. Zo kon ik Macaire in het nauw drijven.'

'Je had er beter gewoon met Anastasia vandoor kunnen gaan!' zei Scarlett pragmatisch.

Lev glimlachte geamuseerd.

'Je hebt volkomen gelijk. Ik denk dat ik me aan mijn plan vastklampte vanuit een belachelijk gevoel van trots. Ik wilde Macaire verslaan.'

'En je plan om ervoor te zorgen dat de aankondiging op het laatste moment niet doorging was die vergiftiging?' vroeg ik.

'Absoluut. Ik heb al die arme mensen vergiftigd. Van tevoren had ik Macaire het hoofd op hol gebracht. Twee dagen eerder had Wagner hem vergif gegeven, dat eigenlijk gewoon water was, om Tarnogol uit de weg te ruimen. Ik had alle ruimte om die zogenaamde vergiftiging te laten mislukken, zodat Macaire eindelijk die deal met Tarnogol zou sluiten. Maar dat deed hij niet. Toen gaf Wagner hem een fles wodka die zogenaamd vergiftigd was, omdat het andere gif te langzaam zou werken, die hij neer kon zetten in de bar bij de salons, op de eerste verdieping, waar de Raad vergaderde. Ik hoefde alleen maar te profiteren van een moment van onoplettendheid van Macaire om de fles weg te halen en hem te laten denken dat hij hem was kwijtgeraakt.'

'Maar was die wodka echt vergiftigd?' vroeg Scarlett.

'Welnee,' antwoordde Lev. 'Ik wilde geen enkel risico nemen. Ik had alles al maanden van tevoren voorbereid. Ik had ervoor gezorgd dat er voorafgaand aan het grote bal cocktails op basis van Belugawodka geserveerd zouden worden, om zo nodig verwarring te zaaien bij Macaire. Toen zorgde ik ervoor dat de barman een fles wodka in handen kreeg waarin ik een vrij sterk braakmiddel had gedaan. Ik had een rood kruis op de fles gezet, net als op die andere, zodat Macaire zou denken dat het zijn schuld was. Het braakmiddel zou snel werken, en door de chaos zou de avond niet door kunnen gaan. Maar ik denk dat ik me vergist heb in de dosering. Toen ik om halfzeven merkte dat het braakmiddel nog niet werkte, schakelde ik Alfred in. Hij had zich onder de gasten gemengd met de opdracht om luidruchtig flauw te vallen als de aankondiging kwam. Maar hij kreeg er geen tijd voor, want voordat hij iets deed zakte een van de andere gasten eindelijk ineen, en in zijn val nam hij een tafellaken mee en alles wat er op die tafel stond. Direct werden er ook anderen ziek, en algauw vielen ze als vliegen. Zelf deed ik alsof ik ook last had, om de verdenking niet op me te laden. Het plan werkte perfect: Macaire ging er eindelijk mee akkoord om afstand te doen van Anastasia in ruil voor het voorzitterschap. We konden weg. Alleen begon Jean-Bénédict Hansen zich ermee te bemoeien, en dat liep rampzalig af.'

'Hoe dan?' vroeg ik.

'Macaire was ervan overtuigd dat hij met die vergiftigde wodka alle bankmedewerkers had vermoord, en hij biechtte alles op aan zijn neef. Die besloot hem te chanteren: het voorzitterschap in ruil voor zijn stilzwijgen. Alleen kreeg Anastasia lucht van het gesprek, en toen ze de hulp van Tarnogol inriep, begreep ze dat ik dat was. We kregen ruzie en Jean-Bénédict Hansen betrapte ons. En toen ontdekte ook hij mijn geheim.'

Lev zweeg even. Het was stil in de kamer. Toen wendde hij zich tot Scarlett en vroeg: 'Hoe ben je erachter gekomen?'

'Dat meneer Rose de moordenaar was? Omdat hij de enige was die het Palace in en uit kon zonder op te vallen. En omdat hij een wapen had.' Ze wees op het schilderij waarop hij stond afgebeeld in zijn uniform van luitenant-kolonel. 'Ik heb het opgezocht: alle officieren van het Zwitserse leger beschikken over een Sig Sauer P210. Die heeft een kaliber van 9mm, net als het moordwapen. Bovendien had hij een motief: hij wilde jou beschermen. Een paar uur voor de moord greep de beveiliging in op kamer 623. Het leek loos alarm. Maar het hoofd beveiliging heeft tegen de politie gezegd dat hij het incident aan de directeur had gerapporteerd vanwege de vreemde gebeurtenissen eerder die avond. Ik vermoed dat meneer Rose ongerust werd toen hij ontdekte dat er iets op kamer 623 was gebeurd – hij wist dat dat de kamer van Tarnogol was. En hij wist ook dat jij Tarnogol was. Van jouw proces weten we dat het personage Tarnogol op verzoek van meneer Rose door je vader was bedacht als *mystery guest*. En nu je vader dood was, was meneer Rose de enige die wist dat jij Tarnogol was. Dus toen hij ontdekte dat Jean-Bénédict achter je geheim was gekomen, vermoedde hij dat jij gevaar liep.'

Zaterdag 15 december
Een paar uur voor de moord

Meneer Rose ijsbeerde door zijn kantoor in het Palace. Hij was zichtbaar ongerust. Lev keek ontredderd naar hem.

'Maakt u zich geen zorgen, meneer Rose. Ik heb alles onder controle.'

'Alles onder controle? Hoelang zeg ik nou al dat je met Tarnogol met vuur speelt? Ik wist het wel: vroeg of laat zou je betrapt worden. Besef je wel dat je een gevangenisstraf en een gigantische boete boven het hoofd hangen? Het is het einde van je carrière! Ze nemen je alles af wat je hebt!'

'Jean-Bénédict heeft beloofd dat hij zijn mond houdt, op voorwaarde dat ik morgen nog één keer de rol van Tarnogol speel: op een persconferentie, om hem tot voorzitter te benoemen. Daarna verdwijn ik voorgoed.'

'Denk je dat justitie je niet zal vinden?'

'Niemand zal er ooit iets van weten,' stelde Lev hem gerust.

'Nou ja, Lev,' wond meneer Rose zich op. 'Je bent zo intelligent! Hoe kun je dan zo naïef zijn? Denk je dat Macaire Ebezner zich zomaar laat plukken? Dat hij zijn bank aan zijn neef geeft vanwege een of andere belachelijke chantagepoging? Dit loopt allemaal verkeerd af!'

Na een lange stilte zei Lev: 'Meneer Rose, wees gerust. Ik heb aan alles gedacht.'

'Dat stelt me helemaal niet gerust. Waar heb je aan gedacht?'

'Wacht maar af. Deze hele geschiedenis ontploft in het gezicht van Jean-Bénédict Hansen,' zei Lev. 'Dat heeft hij wel verdiend. Hij is altijd achterbaks geweest. Hij wil al jaren een putsch plegen bij de bank, en na de dood van Abel Ebezner al helemaal. En dus heb ik een... hoe zal ik het noemen... een levensverzekering afgesloten.'

'Een levensverzekering?'

'Ik wist dat het personage Tarnogol vroeg of laat ontmaskerd zou worden. In vijftien jaar zijn de bankregels behoorlijk veranderd. Vijftien jaar geleden werden er niet zoveel vragen gesteld over geldstromen, maar nu wel. Ik besefte heel goed dat de financiële autoriteiten zich er ooit mee zouden gaan bemoeien. En dus besloot ik me in te dekken. Ik verzamelde eigendommen van Jean-Bénédict en zette ze in Tarnogols woning. Ik zorgde ervoor dat hun agenda's overeenstemden. Zoals die maandagavond dat ik Macaire naar Bazel stuurde: ik wist dat Jean-Bénédict toen in Zürich was. De villa in de rue Saint-Leger, die ik via een brievenbusfirma had gekocht, heb ik voor een appel en een ei aan Jean-Bénédict verkocht. Hij dacht dat hij in een onroerendgoedfonds investeerde, ik had hem een waanzinnig rendement voorgespiegeld en hij geloofde het meteen. Hij maakte geld over naar de brievenbusfirma, en daarmee werd hij eigenaar van een huis in Genève, zonder dat hij het wist. Hij heeft me nooit iets gevraagd, vooral omdat het hem heel veel opleverde. Maar dat geld maakte ik persoonlijk aan hem over zodat hij geen argwaan zou krijgen. Nou ja, wat ik maar wil zeggen is dat ik alle sporen al heb uitgewist. Ik hoef nog maar één ding te doen.'

'Wat dan?' vroeg meneer Rose.

'Het masker van Tarnogol in de suite van Jean-Bénédict verstoppen.'

Enkele ogenblikken later ging Lev naar de kamer van Jean-Bénédict Hansen, met als excuus dat hij de persconferentie wilde voorbereiden.

'Waar wil je op dit tijdstip over praten?' vroeg Jean-Bénédict Hansen geërgerd. 'Ik wilde net gaan slapen.'

'We moeten er zeker van zijn dat alles perfect verloopt,' zei Lev. 'De journalisten gaan heel veel vragen stellen en we moeten weten wat we gaan zeggen.'

Toen werd er weer aangeklopt. 'Wie nu weer?' zei Jean-Bénédict Hansen geërgerd. 'Wat is dit, waarom komt iedereen me midden in de nacht lastigvallen?' Woedend deed hij de deur open, maar hij kalmeerde toen hij meneer Rose zag.

'Excuses voor het late uur, meneer Hansen,' zei meneer Rose. 'maar dit zijn buitengewone omstandigheden. Aangezien u namens de Raad belast bent met de organisatie van het Grote Weekend moet ik u absoluut spreken.'

'Wat is er aan de hand?'

Jean-Bénédict besteedde alle aandacht aan zijn nieuwe bezoeker, en Lev maakte daar gebruik van om de balkondeur stilletjes van het slot te halen.

'De medewerkers van de keuringsdienst van waren zijn nog in de keukens. Ik zou het erg op prijs stellen als u ze zou willen ontmoeten, zodat ze u kunnen vertellen dat de vergiftiging op geen enkele manier te maken heeft met het voedsel dat door ons is bereid.'

Jean-Bénédict leek er niet al te enthousiast over, maar meneer Rose drong aan en uiteindelijk ging hij akkoord. Ook Lev verliet kamer 622; terwijl de andere twee mannen naar de lift liepen, ging hij naar zijn eigen kamer.

Onder de mantel van de nacht klom Lev, met in zijn hand een tas met daarin het siliconenmasker van Tarnogol en een jas die Tarnogol vaak droeg, van zijn eigen balkon naar dat van kamer 623 – de kamer van Tarnogol – en toen door naar dat van kamer 622, de suite van Jean-Bénédict Hansen, waar hij naar binnen ging door de balkondeur die hij net van het slot had gehaald. Lev plukte wat haren van een kam van Jean-Bénédict en liet ze in het masker vallen, waarna hij het helemaal boven in een kledingkast verstopte. Toen gebruikte hij de telefoon om naar de receptie te bellen en voor de volgende ochtend een ontbijt te bestellen dat precies was wat Tarnogol altijd nam: eieren, kaviaar en een klein glaasje wodka.

'Waarom deed je dat?' vroeg Scarlett.

'Tijdens de persconferentie die Jean-Bénédict de volgende dag wilde beleggen, zou ik hem er in het openbaar van beschuldigen dat hij vijftien jaar lang Tarnogol had gespeeld en de bank had verraden. De bewijzen lagen al klaar, zowel in Genève als in Verbier. Ik zei dat ik al maandenlang onderzoek deed, dat ik had ontdekt dat hij de eigenaar was van de villa in de rue Saint-Léger, dat ze alleen maar in zijn hotelkamer hoefden te kijken wat er verstopt lag in de kasten en in de kluis (daar lagen Macaires aandelen). De val stond op het punt om dicht te klappen.'

Ik zei: 'En meneer Rose wist dat hij, dankzij jouw plan, jou voor altijd veilig zou stellen als hij Jean-Bénédict Hansen zou uitschakelen, omdat iedereen dan zou denken dat hij Tarnogol was geweest. En dus ging hij in het holst van de nacht ongezien naar Jean-Bénédict Hansen en vermoordde hem met twee kogels. Hij heeft je beschermd als een zoon. Een daad van absolute liefde.'

Lev knikte ontroerd. Uiteindelijk zei hij: 'Op een avond tijdens het proces, toen hij naar Genève was gekomen om me te steunen, heeft meneer Rose me alles opgebiecht. Hij was doodziek van de misdaad die hij had gepleegd. Vooral vond hij dat het allemaal zijn fout was, dat hij door Jean-Bénédict Hansen te vermoorden mijn neergang had versneld. Hij nam het zichzelf enorm kwalijk. Hij zei dat ik door hem alles zou kwijtraken. Mijn veroordeling heeft hem gebroken. Uiteindelijk pleegde hij zelfmoord op de dag nadat ik was vrijgekomen. Hij had me tot zijn enige erfgenaam benoemd.'

'Hij heeft je het Palace nagelaten,' zei Scarlett. 'En jij bent dus de directeur van dit hotel, die ongrijpbare directeur die ik al sinds mijn aankomst te pakken probeer te krijgen.'

'Ja. Toen ik hoorde dat jullie onderzoek deden naar de moord in kamer 622, was ik eerst ongerust. Toen bedacht ik dat het een gelegenheid was om alles openbaar te maken.'

Ik vroeg: 'Meneer Levovitch, waar is de revolver van meneer Rose nu?'

Levovitch forceerde een glimlachje. 'Die is door de politie in beslag genomen toen hij zelfmoord had gepleegd. Niemand heeft ooit het verband gelegd met de moord in het Palace. Omdat ik zijn erfgenaam was, heeft de politie een keer contact met me opgenomen, toen ik allang vrij was, om te zeggen dat ik zijn wapen kon ophalen. Ik zei dat ik het niet hoefde. Toen zeiden ze: "Als u het niet hoeft, dan wordt het vernietigd." Ik antwoordde: "Doe maar." En dat is ook gebeurd. De politie heeft het enige bewijsstuk vernietigd van meneer Roses betrokkenheid. Dat was mijn manier om hem te beschermen. Hoe ver je gaat om degenen van wie je houdt te beschermen: daaraan kun je de betekenis van je leven afmeten.'

HOOFDSTUK 74
De bladzijde omslaan

Maandag 9 juli 2018, in het Palace de Verbier.

Er werd op de deur van mijn suite geklopt. Het was Scarlett. Er lag een vleugje verdriet in haar glimlach. Achter haar stond een hotelmedewerker die haar bagage droeg.

'Is het al tijd?' vroeg ik.

'Ja.'

'Ik loop met je mee naar de lobby,' zei ik om het afscheid nog even uit te stellen.

In de lift zei Scarlett: 'Je hebt me nog niet verteld wat er na Bernards hartfalen gebeurde.'

~

Parijs, 1 januari 2018

Bernard lag maar kort in het ziekenhuis, toen mocht hij naar huis. Maar opeens verslechterde hij weer, en hij werd opgenomen in het Hôpital Américain in Neuilly.

Toen ik het hoorde, op die eerste januari, nam ik onmiddellijk de trein uit Genève naar Parijs, want het ging slecht met hem. Ik vroeg me bezorgd af hoe ik hem zou aantreffen. Toen ik de deur van zijn kamer openduwde, bonsde mijn hart. En daar zat hij, in topvorm, op een stoel, in overhemd en stropdas en met een grote glimlach op zijn gezicht.

'Joël,' zei hij. 'Je maakt je druk om niks. Het gaat uitstekend met me.'

Ik vroeg me af waarom ze hadden gezegd dat het zo slecht met hem ging. We kletsten even, toen zei hij dat ik beter iets leuks kon gaan doen en dat hij een bezoeker kreeg.

'Maak je geen zorgen,' zei Bernard. 'We zien elkaar morgen.'

Het was de laatste keer dat we samen waren.

De volgende dag was hij er niet meer.

Hij die zo gek was op clowns, had een geweldig nummertje opgevoerd.

~

Scarlett veegde een traan weg.

De liftdeuren gingen open. We liepen de lobby door.

'We zijn er nooit achter gekomen wat er eigenlijk tussen Lev en Anastasia is gebeurd,' zei Scarlett. 'Zijn ze allebei weggegaan? Wat triest!'

'Volgens mij loopt het goed af.'

Inderdaad: toen we bij de receptie stonden, kwam Lev Levovitch naar ons toe.

'Mevrouw Leonas,' zei hij. 'Het was me een waar genoegen.'

'Insgelijks,' antwoordde Scarlett en ze drukte hem de hand.

Op dat moment verscheen de adjunct-directeur, die we een paar dagen eerder ook al hadden gezien.

'Dit is meneer Alfred Agostinelli,' zei Lev. 'En mag ik u mijn echtgenote voorstellen, die hier ook werkt?'

Er kwam een knappe blondine naar ons toe. Anastasia. We groetten elkaar. Toen kwamen er twee kinderen van een jaar of tien door de hal naar hun ouders gelopen. Edmond en Dora, de zoon en dochter van Lev en Anastasia.

'Hoe hebben jullie elkaar teruggevonden?' vroeg Scarlett.

Anastasia pakte de hand van haar man en glimlachte gelukkig.

~

Jaren eerder
Een paar maanden na de vrijlating van Lev

De eerste dagen van het nieuwe jaar. Na een zonnige wintermiddag in Genève maakte Olga von Lacht haar opwachting in de salon van hotel Beau-Rivage. Ze nam plaats in een fauteuil en bestelde zwarte thee. De vrouw in de stoel naast haar hoorde haar stem en keek op van haar krant.

'Mama?' vroeg Anastasia verbijsterd.

'Dag, kindje.'

Ze hadden elkaar al heel lang niet meer gesproken. Al niet meer sinds Anastasia naar het laatste Grote Weekend was gegaan en toen met Lev vertrokken was.

'Hoe wist je dat ik hier zou zijn?' vroeg Anastasia.

'De appel valt niet ver van de boom.'

Na een stilte vervolgde Olga: 'Ik wilde je spreken, Anastasia. Ik wilde zeggen dat ik hoop dat je gelukkig bent. Daar lijkt het niet op.'

'Bedankt, mama. Ik doe mijn best.'

'Dan moet je beter je best doen.'

Anastasia keek weg. Haar moeder kon dus niet anders dan overal een verwijt van maken.

'Je hebt geen kinderen,' zei Olga. 'Ik hoop dat je die wel zult krijgen.'

'Met wie?' vroeg Anastasia.

Ze kon een snik niet inhouden. Toen nam Olga haar dochter in haar armen en fluisterde: 'Hij is degene van wie je houdt. Weet je, ik denk dat iedereen maar één keer in zijn leven liefheeft, en die kans mag je niet verspelen.'

Olga nam Anastasia's gezicht in haar handen, veegde haar tranen weg en zei: 'Weet je wat ik altijd heb gewild voor jou en je zus?'

'Dat we met een rijke man zouden trouwen.'

'Nee. Dat jullie rust zouden vinden.'

Een paar dagen later ging Olga naar het Palace de Verbier om Lev te zoeken.

'Het schijnt dat je de nieuwe directeur bent?' vroeg ze.

'Hoe weet u dat?'

'Je moet me niet onderschatten, ik weet altijd alles.'

Levovitch kon een glimlach niet onderdrukken. Ze bekeek hem een ogenblik zwijgend en zei toen: 'Weet je, Lev, voor mij ben je een rioolrat. Maar voor mijn dochter ben je graaf Romanov. En is dat uiteindelijk niet waar het om gaat?' Voor de eerste keer glimlachte Olga. 'Jullie zijn voor elkaar gemaakt. Ga naar Genève, herover mijn dochter! Jullie kunnen hier samen gelukkig zijn! Het leven is kort, Lev! Je moet ervoor zorgen dat je het goed besteedt!'

~

Voor Scarlett was het tijd om te vertrekken. Voor het Palace stond een taxi te wachten. Samen liepen we de treden van het bordes af.

'Ik ben aan je gehecht geraakt, Scarlett,' zei ik.

'Ik ook aan jou, schrijver. Ik weet dat we elkaar ooit weer zullen zien.'

Ze drukte een kus op mijn wang. Toen zei ze: 'Dankzij jou heb ik het gevoel dat ik Bernard een beetje heb gekend.'

'Als de lezers van dit boek er ook zo over denken, dan is het de moeite van het schrijven waard geweest.'

Ze glimlachte.

'Mag ik je iets vragen, schrijver?'

'Natuurlijk.'

'Heb je een gebroken hart? Schrijf je daarom?'

'Misschien wel... en jij?' vroeg ik op mijn beurt. 'Heb jij een gebroken hart?'

'Als jouw hart gebroken is, dan is dat van mij dat ook, want ik ben een van jouw personages.'

'Scarlett, ik wilde je zeggen dat...'

Toen werd ik onderbroken door de deur die openging.

'Ben je daar, Joël?'

Het was Denise, ze was terug van vakantie. De twee weken waren alweer om. Ik had niets gemerkt van het verstrijken van de tijd. Ik hoorde haar roepen: 'Wat een zootje is het in de keuken!' Toen kwam ze mijn werkkamer binnen.

‘Wat is hier gebeurd, Joël? Je appartement is een bende! Het lijkt wel of je twee weken niet buiten bent geweest.’

Ze keek naar mijn computerscherm, de papieren op mijn tafel en de kaartjes aan de muur.

‘Ik heb een roman geschreven,’ zei ik. ‘Ik heb me helemaal laten meeslepen.’

Ze leek verbijsterd.

‘Ben je twee weken de deur niet uit geweest?’

Ze pakte een stapel bladzijden op.

‘Ik heb nog geen tijd gehad om het te corrigeren.’

Ze las:

Het mysterie van kamer 622

Op zaterdag 23 juni 2018 legde ik in de ochtendschemering mijn koffer in de kofferbak en vertrok ik naar Verbier. De zon verscheen aan de horizon en liet de uitgestorven straten van het centrum van Genève baden in een krachtig oranje halo. Ik stak de pont du Mont-Blanc over en reed langs de bebloemde kades naar de Wijk van de Verenigde Naties, waar ik de snelweg richting Wallis nam.

Op die zomerochtend scheen alles me wonderbaarlijk toe: de kleuren van de hemel leken nieuw, de landschappen die aan weerszijden langs de weg langs schoten zagen er nog sprookjesachtiger uit dan gewoonlijk, De kleine dorpjes die verspreid lagen tussen de wijngaarden en uitkeken over het Meer van Genève waren als de achtergrond van een prentbriefkaart. Ik verliet de snelweg in Martigny en reed over de weg vol haarspeldbochten die na Le Châble omhoogslingerde naar Verbier.

‘Heb je gefantaseerd dat je naar de bergen ging?’ vroeg Denise. ‘Je bent een duivel, Joël.’

Door het raam zag ze opeens de asbak op het balkon, die boordevol peuken zat.

‘Zoveel sigaretten? Wat walgelijk! Je had toch op zijn minst de asbak kunnen leeggooien?’

'Ik heb heel veel tijd op het balkon doorgebracht.'

'Dat is geen reden om de asbak niet te legen,' bromde ze. 'En de keuken is een slagveld.'

Toen zag ze de kaartjes die ik aan de muur had gehangen.

Sloane
22/6: een dag om te vergeten
622: een kamer om te vergeten

'Dus 622 is het omgekeerde van de datum dat het uitging met Sloane?' begreep Denise.

'Ja. Heel veel verhaalelementen hebben met Sloane te maken,' gaf ik toe. 'Dat zul je wel merken als je het leest.' Denise las een ander kaartje en zei: 'Ik denk dat het personage Scarlett Leonas uit Londen ook geïnspireerd is op je voormalige Engelse vriendinnetje.'

'Bingo,' zei ik. 'Leonas is een anagram van Sloane.'

'En waarom Scarlett?'

'Van Scarlett O'Hara. *Gone with the Wind* was Bernards lievelingsboek. De roman zit vol verwijzingen naar hem. De keuze voor Verbier bijvoorbeeld: hij was dol op die plek. Of het personage van Levs chauffeur, Alfred Agostinelli, die is genoemd naar de secretaris van Proust. En bovendien begint Scarlett met de "S" van "solitair". Want ik ben altijd solitair, en daarom schrijf ik. Ik geloof dat ik me met Bernard minder eenzaam voelde. Toen is Bernard verdwenen en kwam Scarlett weer terug.'

Denise stuurde me naar het parc Bertrand om een wandelingetje te maken, zodat ik voor het eerst in twee weken buiten kwam. Zogenaamd omdat ze ging opruimen, maar eigenlijk omdat ze mijn nieuwe roman wilde lezen.

Ik ging naar het park. Nu het boek af was, wist ik dat een deel van mij afscheid van Bernard had genomen. Ik zou graag willen dat hij hier was, zodat we nog een keer samen konden wandelen. Te midden van de zingende vogels dacht ik opeens zijn stem te horen, die antwoord gaf op de vraag die ik me sinds zijn overlijden stelde.

Waar gaan de doden heen?

Overal waar je aan ze denkt. Vooral in de sterren. Want die blijven ons volgen, ze dansen en stralen in de nacht, vlak boven onze hoofden.

Ik keek omhoog naar de blauwe lucht. Ik was alleen, maar gerustgesteld. Op dat moment zag ik Sloane op me afkomen; ze was aan het hardlopen. Ze stopte, glimlachte naar me en deed haar oortjes uit.

'Ik ben net terug van twee weken vakantie,' zei ze. 'Ik heb veel nagedacht. Ik geloof dat ik iets doms heb gedaan.'

'Ik ook.'

Ik voelde mijn hart bonzen. Toen zei ze: 'Misschien kunnen we vanavond iets gaan drinken? Nou ja, als het uitkomt, tenminste... Ik weet dat je het de laatste tijd heel druk hebt met je boek.'

'Ik ben klaar met mijn boek. Ik heb weer een heel leven voor me.'

Ze glimlachte opnieuw.

'Tot vanavond dan,' zei ze.

Ze rende verder. Ik ging zitten op een bankje, bekeek de natuur om me heen en maakte weer contact met de wereld. Opeens voelde ik me heel gelukkig.

Het leven is een roman waarvan je al weet hoe die eindigt: met de dood van de hoofdpersoon. Het belangrijkste is dus niet hoe het verhaal eindigt, maar hoe we de bladzijden vullen. Want net als een roman moet het leven een avontuur zijn. En avonturen zijn de vakanties van het leven.